WOLFGANG & REBECCA HOHLBEIN

DIE TEMPLERIN

DAS TESTAMENT GOTTES

WOLFGANG & REBECCA

HOHLBEIN

DIE TEMPLERIN

DAS TESTAMENT GOTTES

Roman

HEYNE

FSC
www.fsc.org
MIX
Papier aus verantwortungsvollen Quellen
FSC® C014496

Verlagsgruppe Random House FSC-DEU-0100
Das für dieses Buch verwendete
FSC®-zertifizierte Papier *EOS* liefert Salzer, St. Pölten.

Deutsche Erstausgabe im Wilhelm Heyne Verlag, München
in der Verlagsgruppe Random House GmbH
Lektorat: Momo Evers
Herstellung: Helga Schörnig
Satz: Christine Roithner Verlagsservice, Breitenaich
Druck und Bindung: GGP Media GmbH, Pößneck
Printed in Germany

ISBN: 978-3-453-26677-3

1. KAPITEL

Robin hatte mehr von der Welt gesehen als die meisten anderen Frauen ihres Alters. In den vergangenen Jahren hatten ihr zahlreiche Menschen nach dem Leben getrachtet. Das Schicksal hatte sie mehrfach auf hohe See geschickt, auf entbehrungsreiche Reisen durch die endlosen Wüsten des Heiligen Landes, in blutige Kämpfe und erbarmungslose Schlachten. Sie hatte die klaffenden und brandigen Wunden derer verbunden, die nur knapp mit dem Leben davongekommen waren, und mehr als einmal hatte es so ausgesehen, als käme für sie selbst jede Hilfe zu spät. Dennoch hatte sie einen Großteil aller Menschen überlebt, die ihr am Herzen lagen.

Sie war zweiundzwanzig Jahre alt, und doch hätte man meinen sollen, dass kein Grauen und kein Schrecken sie noch hätten erschüttern können, dass es nichts mehr gab, was sie sorgen, und niemanden, der sie noch hätte quälen können. Und im Großen und Ganzen war dem auch so: Was Gott ihr abverlangt hatte, hatte sie zu einem starken Menschen reifen lassen, der sich an den kleinen Freuden des Lebens erfrischen konnte und den großen, bedeutenden Dingen, wie zum Beispiel dem Krieg um das Heilige

Land, der nach wie vor um Jerusalem herum tobte, mit einer beinahe kränkenden Gelassenheit entgegentrat. Nein – es gab wirklich nichts, was Robin noch aus der Ruhe bringen konnte.

Außer Leila.

Ihre Tochter, inzwischen fünf Jahre alt, war in diesen Stunden wieder einmal nicht daheim. Das allein war nicht ungewöhnlich: Zum Leidwesen ihrer Eltern neigte Leila seit annähernd einem Jahr dazu, sich mit einigen Jungen aus dem Viertel herumzutreiben, Orangen und andere exotische Früchte aus den Gärten der Nachbarschaft zu stehlen und die Ziege des alten Erdogan mit Lehmklumpen und Steinen zu bewerfen. Die Zeit, in der sie sich von ihrem Vater Salim mit liebevoll bestickten Kleidern hatte schmücken lassen und in der Saila und Nemeth ihr das Haar zu kleinen Kunstwerken voller goldener Nadeln und schillernder Perlen hatten aufstecken dürfen, war wie im Flug vergangen. Salim hatte seiner Tochter seit Monaten kein neues Kleid mehr anfertigen lassen – es war vergebene Liebesmüh. Die Lebensdauer jedweden Textils, mit dem sich nicht zumindest durch trockenes Gestrüpp tingeln ließ, betrug in etwa sechs Stunden; eher weniger. Saila beschränkte sich darauf, Leila am Morgen das widerspenstige schwarze Haar zu kämmen und es zu einem einfachen Zopf zusammenzubinden, und Robin kleidete sie in schlichte, aber robuste Leinenhemden, wie es in ihrer friesischen Heimat üblich war. Das Leinen kratzte auf der weichen Kinderhaut und machte nicht nur Leila, sondern auch ihre geplagten Eltern zum Gespött der Nachbarn und der gemeinhin eitlen und stolzen Mädchen Jerusalems. Leila schien es nicht zu stören. Mit den anderen Mädchen hatte sie sowieso nichts zu schaffen, wenn sie ihnen nicht gerade an den Haaren zog oder sie mit schmutzigem Wasser bespritzte. Und erwachsene Menschen nahm sie in aller Regel überhaupt nicht wahr.

Kurzum: Leila war eine Strafe, und Robin wusste nicht, wofür. Sie fragte sich, was sie getan hatte, dass der Herrgott ihr eine solche Prüfung auferlegte, und sie hatte nicht die geringste Ahnung, wie sie diese kaum hüfthohe Herausforderung jemals bewältigen sollte.

Sie hatte versucht, mit dem Mädchen zu reden, sie zu schelten und sie einzusperren. Aber Leila war komplett uneinsichtig, stur und außerdem recht klug. Wenn Robin mit ihr redete, fand Leila einfach die besseren Argumente, oder sie gab sich einsichtig, um möglichst schnell wieder in Ruhe gelassen zu werden. Schalt Robin sie, demonstrierte Leila ihr den unschuldigsten Augenaufschlag, der je unter dem Himmel des Orients getan worden war, sodass Robins Zorn jäh wieder verpuffte. Und wenn man sie einsperrte, fand Leila eben irgendwie nach draußen – meistens durch das Fenster. Dass dieses im ersten Stock ihres Stadthauses gelegen war, fand Leila nicht schlimm. Wahrscheinlich nur ein bisschen abenteuerlich.

Auch innerhalb der vergangenen Stunde musste das Mädchen das Fenster als Tor in ein neues Abenteuer gewählt haben. Und nun war es bereits die Stunde nach Mitternacht.

Robin verharrte vor dem Eingang ihres Zuhauses, unschlüssig, in welche Richtung sie sich wenden sollte, als Salim an ihr vorbeischoss. Mit einem unanständigen arabischen Fluch auf den Lippen verschwand er im Eilschritt nach rechts, ohne Robin eines Blickes gewürdigt, geschweige denn sich zu einer Erklärung herabgelassen zu haben.

»Salim!« Als er auf ihren Ruf nicht reagierte, eilte Robin ihm nach und griff ihn an der Schulter. »Wo willst du hin?« Sie kannte den Sarazenen nur zu gut und wusste, dass er gerade in einer Stimmung war, in der er unter Umständen Dinge tun würde, die ihm am kommenden Tag sehr leidtaten. Seiner Tochter den Hintern zu versohlen wie ein nordischer Waffenschmied, zum Beispiel. Durch den dünnen Stoff seines schwarzen Hemdes hindurch spürte Robin die Anspannung seiner Muskeln, und in seinen Augen loderte heiße Wut, als er innehielt und zu ihr herumwirbelte.

»Was glaubst du, wohin ich will, wenn meine Tochter sich des Nachts allein auf der Straße herumtreibt, Weib?«, fluchte er. »Selbstverständlich halte ich den Zeitpunkt für günstig, mich endlich einmal im Harem meines Vaters zu vergnügen – nun, da ich von meinen väterlichen Pflichten entbunden bin, bis diesem kleinen Wechselbalg einmal nach einem Kurzbesuch im elterlichen Haushalt zumute ist.«

»Wie redest du denn daher? Sie ist deine Tochter, und ich bin deine Ehefrau!«, schnappte Robin, besann sich dann aber eines Besseren. Sie würde die Ruhe bewahren und sich lieber darum bemühen, ihren zornigen Gatten zu besänftigen, statt eine Grundsatzdiskussion über zwischenmenschliche Werte und Umgangsformen vom Zaun zu brechen. »Ich komme mit«, entschied sie. »Wo wollen wir nach ihr suchen?«

»Wo auch immer es ein Tier zu quälen oder etwas zu zerstören gibt«, fauchte Salim. »Ich werde sie finden, verlass dich darauf. Du gehst zurück ins Haus und setzt Doran mit einem Tritt vor die Tür, der ihn von Jerusalem bis nach Mekka befördert. Und zwar mit seinem hohlen Kopf voran.«

»Das werde ich nicht tun!« Robin schüttelte entschieden den Kopf. Offiziell stand der junge Doran seit einigen Wochen in ihren Diensten, um ihre Tochter vor weltlichen Gefahren jeglicher Art zu schützen. Doch alle, besonders Doran selbst, wussten, dass es eigentlich die Welt war, die vor Leila geschützt werden musste.

Robin hatte nachdrücklich darauf bestanden, den jungen Assassinen zu engagieren, den sie während ihrer Suche nach dem legendären Wasser des Lebens kennengelernt hatte. Nicht weil sie große Hoffnungen hegte, dass er tatsächlich besser mit ihrer Tochter zurande käme als alle anderen, die bislang an ihrer Erziehung verzweifelt waren, sondern weil sie ihm vertraute. Sie wusste, dass er Leila niemals etwas zuleide tun würde. Nicht einmal, wenn das Mädchen Erdogans verdammte Ziege irgendwann vierteilen und über der Öllampe in ihrem Zimmer rösten würde.

»Dann werde ich Doran vor die Tür setzen! Sobald ich zurück bin und diese fleischgewordene Strafe Allahs in den Brunnen eingemauert habe. Dieser Hohlkopf ist der Aufgabe, auf ein fünfjähriges Mädchen achtzugeben, offenkundig nicht gewachsen!« Mit einem Schnauben wandte Salim sich ab und wollte davonstürmen, aber Robin bekam ihn am Unterarm zu fassen und riss ihn zurück.

»Ich komme mit, weil du sie sonst nur wieder schlägst!« Alle erzwungene Ruhe war von ihr abgefallen, und aus ihrer Stimme klang jetzt eine wütende Entschlossenheit, die der Salims in nichts nachstand. Sie hasste es, wenn ihr Mann ihre kleine Tochter schlug. Zwar schlug er stets bloß mit der flachen Hand, nicht etwa mit Gegenständen, wie es manch anderer Vater an seiner Stelle getan hätte. Doch kräftig und voller Energie, wie er nun einmal war, musste er nicht eigens mit einem Gürtel oder einem Stock auf Leilas Gesäß eindreschen, um dafür zu sorgen, dass sie im Anschluss nur noch auf dem Bauch in den Schlaf fand.

Hätte man Robin vor einigen Jahren erzählt, dass ihr geliebter Salim, dieser kluge, warmherzige Mensch und liebende Vater, jemals die Hand gegen sein eigenes Kind erheben würde, hätte sie ihn verlacht oder wäre beleidigt gewesen – je nach Gemütslage. Doch sie hätte auch nie geglaubt, dass es ein Kind – ein Mädchen zudem! – geben könnte, das sich so benahm wie ihre Tochter. Es war die berechtigte Sorge, die Salim in seine Wut und Gewaltausbrüche trieb, und vielleicht tat er sogar das einzig Richtige, weil Regeln und Grenzen aus Worten in Leilas Welt schlicht keine Akzeptanz fanden. Dennoch blutete Robin allein in Erwartung der Tränen und Schreie des Mädchens das Herz, und ihre eigene Hilflosigkeit entlud sich in Wut auf Salim: »Ich lasse nicht zu, dass du sie verprügelst!« Sie verstärkte ihren Griff um seinen Unterarm so sehr, dass es ihn schmerzen musste. »Ich kann es nicht ertragen, wenn du …«

»Ich habe sie noch nie verprügelt!«, fiel Salim ihr ins Wort, riss sich mit einem Ruck los, stürmte aber nicht sogleich weiter, sondern atmete hörbar tief durch. Dann mäßigte er endlich seinen Ton: »Hätte ich das getan, könnte sie das Haus nie wieder ohne fremde Hilfe verlassen, und das weißt du. Du weißt, dass ich ihr niemals irgendeinen echten Schaden zufügen könnte. Du weißt, dass ich sie nur vor sich selbst schützen möchte. Du weißt, dass ich sie vor sich selbst schützen *muss*, wenn sie ihre Kindheit überleben will.« Er griff nach Robins Kinn und zwang sie, seinem eindringlichen Blick im schwachen Licht, das durch die unteren Fenster auf die Straße fiel, zu begegnen. »Das weißt du doch, oder?«

Robin antwortete nicht. Selbstverständlich war sie sich all dessen bewusst. Doch sie wollte ihn spüren lassen, dass sie litt. Sie wollte, dass er sich einbildete, ganz allein schuld an ihrer Misere zu sein, damit er sich endlich etwas einfallen ließ, was ihnen wirklich half, weil sie selbst nämlich nicht mehr ein noch aus wusste. Fast wünschte sie, König Balduin käme in diesem Augenblick um die Ecke geritten, um ihr aufzutragen, die Gebeine der Heiligen Jungfrau auf einem Löwen nach Jerusalem zu holen und sie zu neuem Leben zu erwecken. Denn es erschien ihr, als wäre etwas Derartiges, verglichen mit der Erziehung eines jungen Menschen, noch die leichter zu bewältigende Herausforderung.

Doch König Balduin war dem Tod längst näher als dem Leben. Jüngst hatte er seinen Neffen Balduin V., den Sohn seiner Schwester Sibylle, zu seinem Nachfolger ernennen müssen, und weil dieser den Windeln gerade erst entwachsen war, führte nun Raimund III. von Tripolis die Regentschaft. Dieser aber, das wusste Robin, hätte sich selbst dann nicht an sie gewandt, wenn er tatsächlich einen solch absurden Wunsch verspürt hätte. Und so war Robin mit dem Rücktritt des hinfälligen Balduin IV. aus ihrer Pflicht als Erster Ritter des Jerusalemer Königshofes in ein fast normales Leben als fast normale junge Frau entlassen worden. Als junge Frau mit einem gigantischen, inzwischen fünfjährigen Problem und einem Ehemann, der ihr auch nicht helfen konnte.

»Ja«, antwortete sie schließlich widerwillig. »Ja. Das weiß ich alles. Aber …«

Erneut ließ Salim sie nicht ausreden. »Ich werde sie nicht schlagen«, versprach er beinahe sanft und küsste Robins Stirn. »Ich verspreche es dir. Es hat die letzten zehn Male nichts gebracht, und es würde auch dieses Mal nichts bringen. Ich werde …« Er zögerte.

»Du wirst was?« Robin zog misstrauisch die Brauen zusammen.

Salim zuckte die Schultern. »Mit ihr … reden. Von Mann zu Mann, sozusagen.« Er grinste gequält.

Robin maß ihn skeptisch. Sie war geneigt, ihm zu glauben, dass er Leila nicht wieder gewaltsam züchtigen wollte, aber das mit dem Reden glaubte sie ihm nicht. Sein Zögern war ihr ebenso wenig entgangen wie sein plötzlicher Stimmungswechsel, der ihr sehr verdächtig erschien. Als wäre ihm viel daran gelegen, dass sie sich vertrauensvoll und halbwegs beruhigt ins Haus zurückzog.

Robin suchte seinen Blick, und Salim hielt ihrem stand. Er war ein hervorragender Lügner. Sie wusste, dass er ihr nichts verraten wollte und würde – was auch immer er vor ihr verheimlichen mochte. Darum gab sie sich geschlagen. »Einverstanden«, stimmte sie beschwichtigt zu. »Ich warte zu Hause.«

Auch sie war eine gute Lügnerin.

Salim drückte ihr einen Kuss auf die Lippen. »Mach dir keine Sorgen, Christenweib. Ich habe mich schon weitaus größeren Gefahren gestellt.«

Und damit eilte er davon, nicht mehr stampfend, sondern leise wie eine Katze. Robin wandte sich ab und kehrte tatsächlich ins Haus zurück. Aber nur für einen kurzen Moment. Dann spitzte sie vorsichtig am Türrahmen vorbei, wartete ab, bis er um die nächste Ecke verschwunden war, und folgte ihm so leise und unauffällig, wie sie es von ihm und den anderen Schattenkriegern des Alten vom Berge gelernt hatte.

Zu dieser späten Stunde regte sich nicht mehr viel im muslimischen Viertel der Stadt. Doch Salim eilte zielsicher durch die Straßen, bis er einen düsteren kleinen Bezirk erreichte, in dem das Leben erst jetzt richtig erwachte. Robin begleitete ihn ungesehen in einem Abstand von rund fünfzig Schritt und bekam nicht nur zunehmende Schwierigkeiten, ihn im Auge zu behalten, sondern lief auch Gefahr, dabei entdeckt zu werden. Aus zahlreichen Teestuben und Gasthäusern, in denen der Alkohol, den der Koran so streng verbot, in Sturzbächen die Kehlen durstiger Männer hinabfloss, fiel helles Licht auf die ungepflasterten, engen Wege. Einige Soldaten des Jerusalemer Königs torkelten Fackeln schwenkend an ihr vorüber. Einer von ihnen hatte sich selbst eingenässt, was aber niemanden zu stören schien. Ihn selbst am allerwenigsten.

Salim überquerte einen kleinen Platz, auf dem auch weit nach Mitternacht noch reger Handel getrieben wurde. Eine Hure lockte einen Freier auf einen blickdicht verhangenen Wagen; drei Burschen, denen noch kein Haar aus den Achselhöhlen spross, schlugen zur Belustigung einiger anderer Betrunkener wild aufeinander ein. Eine Schar alter Männer lungerte um eine Kiste herum, die ihnen als Tisch für ein Geldspiel diente, und zwei Juden standen mit einem kleinen Karren am Rande, um die Gewinner anschließend um ihre Gewinne zu bringen und die Verlierer um ihr letztes Hemd.

Robin lebte nun seit annähernd sechs Jahren in der Heiligen Stadt, doch in diesem Teil war sie noch nie gewesen.

Sie hatte davon gehört, aber keine Vorstellung vom Ausmaß der widerwärtigen, überaus vielseitigen Hemmungslosigkeit gehabt, die hier vorherrschte. Nun mit eigenen Augen zu sehen, wovon man sonst bloß hinter vorgehaltener Hand sprach, erschreckte sie sehr.

Was sie allerdings am allermeisten entsetzte, war der Umstand, dass dieses verkommene Gebiet so nah an dem lag, in dem sie lebte – und damit auch die Möglichkeit bestand, dass ihre kleine Tochter sich irgendwo hier herumtrieb. Dass sie irgendetwas stehlen und ohne jegliches richterliches Verfahren an Ort und Stelle enthauptet werden könnte. Dass man ihr die Zunge aus dem Rachen riss, weil sie sie nicht beherrschte. Oder dass einer dieser lüsternen alten Säcke, die hier in jedem Winkel lauerten, Leila in ein stinkendes Hinterzimmer lockte und ihr etwas unaussprechlich Schreckliches antat …

Robin zwang sich, nicht weiter darüber nachzudenken, und konzentrierte sich darauf, Salims Fährte nicht zu verlieren. Offenbar war er davon überzeugt, dass Leila hier irgendwo zu finden war. Oder er wusste sogar ganz genau, wo sie sich befand, jedenfalls machte er nicht den Eindruck, als ob er nach ihr suchte. Vielmehr bahnte er sich seinen Weg zielstrebig durch die Menge auf dem Platz, passierte eine schmale, unbeleuchtete Gasse und hämmerte an deren Ende an die Tür eines Hauses. Es erschien Robin eher wie ein heruntergekommener Verschlag, in dem sie halbwegs guten Gewissens bestenfalls ein lahmes Maultier untergestellt hätte. Und zwar das eines Menschen, den sie auf den Tod nicht ausstehen konnte.

»Tarek! Beweg deinen schrumpeligen Hintern aus dem schimmligen Stroh, sonst mache ich dir Beine!«, fluchte Salim, als niemand sofort auf sein Klopfen reagierte. »Ich bezahle dich nicht dafür, dass du deinen Rausch ausschläfst, wenn ich nach dir verlange!«

Robin duckte sich hinter einen morschen Karren, der nur noch ein einziges Rad hatte, und beobachtete ihren Mann mit zunehmender Verwunderung. Der Name Tarek war ihr fremd. Niemand dieses Namens stand in ihren Diensten. Zumindest nicht, soweit sie wusste. Außerdem hatte niemand, den Salim und sie beschäftigten, es nötig, in einer heruntergekommenen Hütte am Rande eines derart zwielichtigen Viertels zu hausen.

Ein weiterer Augenblick verging, in dem Salim abermals ungehalten gegen die hölzerne Tür hämmerte. Dann vernahm sie schlurfende Schritte, und schließlich öffnete sich die Tür einen Spaltbreit. Salim versetzte ihr einen Tritt, sodass sie zur Gänze aufschwang. Die Gestalt eines Mannes, den Robin in der Dunkelheit zunächst nicht deutlich erkennen konnte, stolperte mit einem leisen Fluch zurück, entzündete dann irgendwo im Inneren des Hauses eine Laterne und kehrte damit zum Eingang zurück.

»Oh, du Sohn eines verkrüppelten Esels, gezeugt in einem stinkenden Hühnerstall«, knurrte der Fremde, den Salim mit Tarek angesprochen hatte. Im Schein der kleinen Laterne in seiner Hand machte Robin ihn als Muselmanen von rund dreißig Jahren aus. Die Brauen waren über seiner Hakennase zusammengewachsen. Er war hager und trug ärmliche Kleidung. Was hatte Salim mit einem solchen Menschen zu schaffen? Und wenn er tatsächlich in seinen Diensten stand: Warum bezahlte er ihn nicht anständig, damit er sich wenigstens vernünftige Kleidung kaufen konnte?

»Hüte deine Zunge, Kerl!« Salim maß sein Gegenüber vom Kopf bis zu den Zehen, schien noch etwas hinzufügen zu wollen, winkte dann aber entnervt ab. »Hol das Pferd, und zieh dich um. Es ist so weit.«

»Schon wieder? Mir scheint, dein Töchterlein pflegt irgendwo in der Stadt eine kleine Affäre«, spöttelte Tarek und heimste sich damit prompt eine schallende Ohrfeige von Salim ein. Er schlug nur mit dem Handrücken zu und legte auch nicht sonderlich viel Kraft in den Hieb. Dennoch taumelte der fremde Muselman einen halben Schritt zurück. Er war ein Schwächling, registrierte Robin. Nicht besonders groß, krank von zu ausgelassenem Leben und außerdem recht dumm, dass er sich einen solchen Ton dem Sohn des Alten vom Berge gegenüber erlaubte. Wenn er denn wusste, mit wem er sprach.

»Sie ist fünf Jahre alt, du elender Hurensohn!«

Tarek hob die Linke, um sein Gesicht zu schützen, und nutzte sie dazu, sich die rot glühende Wange zu reiben, als er begriff, dass er zumindest für den nächsten Augenblick keinen weiteren Hieb zu befürchten hätte, sofern er Salim nicht erneut verhöhnte. »Schon gut, schon gut … Verzeih … Es tut mir leid. Es ist nur … Ich habe es bereits zweimal getan. Gestern und auch in der Nacht davor … So war es nicht abgesprochen. Ich kann nicht jede Nacht hinausreiten und darauf hoffen, dass ich sie noch erwische, ehe sie freiwillig heimkehrt.«

Gestern und in der Nacht davor? Robin stockte der Atem. Wollte er damit sagen, dass Leila auch in den beiden vergangenen Nächten fort gewesen war, ohne dass sie, ihre eigene Mutter, es bemerkt hatte? Das konnte nicht sein! Konnte ihr Versagen wirklich solche Ausmaße angenommen haben? Robin erwartete einen Widerspruch von Salim, aber der Sarazene ging nicht auf die Behauptung ein.

»Nicht?«, erwiderte er stattdessen verächtlich. »Welcherlei Pflichten binden dich denn an deine ärmliche Hütte? Für wen musst du da sein? Für die Huren, den Alkohol, das Glücksspiel oder das Spiel mit dir selbst?«

Tarek blieb eine Antwort schuldig und fühlte sich sichtlich unwohl in seiner Haut. Vielleicht wusste er doch in vollem Umfang um Salims Identität. Aber er gehorchte trotzdem nicht sofort. »Du wirst mir schon ein wenig entgegenkommen müssen«, beharrte er unbehaglich, aber entschieden.

»Elender Beutelschneider!«, schimpfte Salim. Aber aus seiner Stimme klang eine Ungeduld, die auch Tarek nicht entgehen konnte. Das brachte Salim einen Verhandlungsnachteil ein. Er wusste es selbst und schlug einen zusätzlichen Betrag vor fünf Dirham vor.

Tarek schüttelte den Kopf. »Zu wenig.«

Salim gab sich sichtlich Mühe, nicht aus der Haut zu fahren. »Was willst du noch, du Hund?«

»Das Pferd«, erklärte der Muselman.

»Es ist ein ausgebildetes Schlachtross! Ein Tier, das sogar meinem Vater gerecht würde!«

»Es ist ein Wallach.«

»Aber ein …«, begann Salim.

Tarek brachte ihn mit einer beschwichtigenden Geste zum Schweigen. »In Ordnung. Behalte den Gaul. Erhöhe um sieben Dirham, und wir sind uns einig.«

»Gut«, stimmte Salim widerwillig zu. »Und nun zieh dich endlich um.«

Tarek wandte sich ab, um – so vermutete Robin – Salims Bitte nachzukommen, hielt dann aber noch einmal inne: »Wenn ich morgen noch einmal losmuss, bekomme ich das Pferd.«

Salim beobachtete ihn durch die offene Tür. Wahrscheinlich wollte er das Haus nicht betreten. Wenn es dort roch, wie Robin es sich vorstellte, dann stank es gewiss erbärmlich. Viele der Menschen in den ärmeren Häusern lebten mit Ziegen, Hühnern und einer Unzahl von Ratten und Mäusen unter einem Dach. Salim jedenfalls drehte in regelmäßigen Abständen den Kopf zur Seite – vermutlich, um einen Hauch frischer Luft zu erhaschen. Im Inneren des Hauses raschelte, polterte und klimperte es.

»Andersherum, du Schwachkopf!«, schalt Salim Tarek nach einer Weile. »Du trägst den Waffenrock falsch herum … Und schnür die Stiefel anständig zu … Gut so. Der Helm … Warum ist er rostig? Du solltest darauf achtgeben, bis du ihn brauchst! Hast du ihn etwa in einem Trog aufbewahrt?!«

Robin begriff immer weniger von dem, was sie sah und hörte. Salim wollte seine Tochter suchen, keinen Verbrecher zum Ritter ausbilden, um ihn in die Schlacht gegen die Kleinnager in seinem Haus zu schicken! Was zum Teufel hatte der Sarazene nur vor?

»Klapp das Visier herunter, ehe du das Haus verlässt«, bestimmte Salim nach einem letzten prüfenden Blick. »Ich werde nun nach Hause zurückgehen und abwarten. Hol das Pferd, und beeil dich, damit du sie nicht wieder verpasst. Solltest du auch nur einen Lidschlag mehr Zeit vergeuden als zwingend nötig, frag mich später lieber nicht nach den sieben Dirham. Und nie wieder nach einem weiteren Auftrag.«

Sieben Dirham!, wiederholte Robin in Gedanken. Davon konnte eine Familie annähernd zwei Monate leben …

Salim machte auf dem Absatz kehrt, um den Weg zurückzugehen, den er gekommen war, und Robin duckte sich etwas tiefer hinter den morschen Karren, um nicht entdeckt zu werden. Als Salim außer Sichtweite war, richtete sie sich vorsichtig wieder auf und beobachtete die kleine, hagere Gestalt Tareks, der nun aus dem ärmlichen Eckhaus ins Freie trag.

Der Muselman trug einen Helm, dessen Visier nicht heruntergeklappt war, ein langes, rostiges Schwert und einen schmutzigen weißen Waffenrock, auf dem ein blutrotes Tatzenkreuz prangte.

Das Gewand eines Tempelritters!

Ihr Gewand?

Robin bewahrte es seit ihrer Rückkehr nach Leilas Geburt in einer Truhe unter ihrem Bett auf, die im Laufe der Jahre gelegentlich von Saila von Staub befreit, aber nicht ein einziges Mal geöffnet worden war. Hin und wieder hatte sie durchaus das Bedürfnis verspürt, den Waffenrock noch einmal hervorzuholen und überzustreifen; ein letztes Mal am Duft der reich verzweigten Wege zu schnuppern, die sie in ihr jetziges Leben geführt hatten – am Staub der Komturei, in die Bruder Abbé sie einst aufgenommen hatte, am Heu des Dachbodens, auf dem Salim und sie sich zum ersten Mal geliebt hatten, am Salz der Meere, die sie bereist (und um große Mengen halb verdauter Speisen bereichert) hatte, am Sand der Wüsten, in denen sie beinahe verdurstet wäre … All der Schweiß und das Blut längst vergangener Strapazen hafteten an ihrem Waffenrock, und ebenso verlangte es sie manchmal danach, den schweren Helm noch einmal über den Kopf zu stülpen und sich so stark zu fühlen wie in den zahlreichen Kämpfen, die sie überstanden hatte, und vor allem die Klinge des Schwertes noch einmal zu berühren, welches das einzige Erbe des Vaters war, den sie nie gekannt hatte. Aber nach ihrer Rückkehr nach Jerusalem hatte sie nichts von alledem jemals wieder getan. Ihr Herz mochte sich zeitweilig nach den Abenteuern ihrer Jugend sehnen. Doch mindestens genauso groß wie ihr Durst nach Freiheit und ihre Lust, immerfort mehr von der Welt zu entdecken, war der Schmerz, den sie empfand, wenn sie an den Preis für die Maskerade zurückdachte, der sie sich damals hatte unterwerfen müssen: an die stete Angst, enttarnt und getötet zu werden, die teils wortwörtlich schmerzhafte Unterdrückung ihrer Weiblichkeit und all das Elend, das sie durchgestanden und mit angesehen hatte. Als wäre sie kein junges Mädchen gewesen, sondern ein gestandener Krieger, den weder abgehackte Gliedmaßen noch die Schreie der Sterbenden im Geringsten erschütterten.

Robin hatte mit alledem abschließen wollen. Sie hatte ihre eigene Identität viel zu lange verleugnen müssen, als dass sie wirklich noch einmal Robin von Tronthoff, der Tempelritter, sein wollte. Auch nicht für die Dauer weniger Minuten, in denen ihr nicht einmal jemand zusah. Die Templerin war eine Legende, deren Reliquien in einer verschlossenen Truhe unter Robins Bett ruhten. Das Mädchen aus dem friesischen Fischerdorf hingegen war nun eine erwachsene Frau. Eine Mutter, die derzeit vor der Wahl stand, gleich an ihrem ersten Kind zu verzweifeln oder es als das größte Abenteuer ihres Lebens zu betrachten. Sich ihm zu stellen, um es zu einem guten Ende zu führen wie die zahlreichen anderen Herausforderungen, die sie in jungen Jahren gemeistert hatte. Zwar rückte die vollkommene Verzweiflung in diesen Tagen stetig näher, aber Robin war trotzdem noch lange nicht bereit aufzugeben. Offenbar ging es dem Wüstenprinzen ebenso. Was aber der Fremde in dem Gewand, das sie für das ihrige hielt, damit zu schaffen hatte und was Salim plante, verstand sie noch immer nicht.

Einen winzigen Moment lang spielte sie mit dem Gedanken, einfach aus ihrem Versteck zu treten und den Fremden zur Rede zu stellen. Was verheimlichte Salim? Was hatte er mit ihrer fürchterlichen, von Herzen geliebten Tochter vor? Handelte es sich tatsächlich um ihren Waffenrock und um ihren – in der Tat recht rostigen – Helm, in dem dieser stinkende, hässliche Mensch respektloserweise steckte? Falls ja, wollte sie, dass er beides schleunigst ablegte und zurückgab, damit sie es in ihre geheime Truhe zurückstecken konnte. Nachdem sie es Salim aus Wut über die heimliche Übereignung um die Ohren geschlagen hatte, natürlich.

Aber der Mann hatte seine Laterne bereits gelöscht und eilte nach rechts davon – wahrscheinlich um das Pferd zu holen, von dem Salim und er gesprochen hatten. Und selbst wenn Robin ihn eingeholt hätte, würde er gewiss den Teufel tun, seinen Auftraggeber an dessen Weib zu verraten. Schließlich erhoffte er sich zu der gestohlenen Ausrüstung offenbar auch noch ein Schlachtross.

Nein, was auch immer Salim im Schilde führte – sie tat gewiss besser daran, Leila zu suchen, ehe er sie fand. Auf ein Gespräch unter Männern, wie er es scherzhaft genannt hatte, lief das, was sie soeben mitbekommen hatte, auf jeden Fall nicht hinaus.

Ohne einen konkreten Anhaltspunkt, wo sie ihre Tochter hätte suchen können, drängte Robin sich durch das rundum verkommene Treiben auf dem Platz. Sie passierte die Spieler vor der Teestube und wollte gerade in eine vergleichsweise friedliche Gasse einbiegen, als sie die Stimme eines Kindes vernahm, das irgendwo hinter ihr vor Vergnügen quiekte. Sie verharrte mitten im Schritt und blickte alarmiert zurück.

»Fünf Dirham und eine Decke aus Lammfell!«, jubilierte die Kinderstimme. Leilas Stimme! Das Mädchen musste sich irgendwo unter dem Verdeck des Karrens verbergen, den die schlapphütigen Juden in diesem Moment von den Spielern vor der Teestube fortzogen. Robins Herz tat einen Sprung – ob vor Freude oder Entsetzen, hätte sie selbst nicht zu sagen vermocht. Was machten diese Heiden bloß mit ihrem Mädchen?!

»Was sagtet Ihr doch gleich, was der Kaufpreis gewesen ist?«, setzte Leilas Stimme nun freudig hinzu. »Zwei Dirham?«

Der älteste der Juden nickte. »In etwa. Ja.«

Robin unterdrückte den Impuls, auf dem Absatz kehrtzumachen, ihre Tochter unter dem Verdeck hervorzureißen und sie sich unter den Arm zu klemmen, um sie im Schnellschritt heimzutragen und ihr dort die Ohren lang zu ziehen. Die jüdischen Händler waren schließlich zu dritt, und sie trug keinerlei Waffen bei sich. Also wich sie zunächst bloß in die Nachtschatten zurück und beschränkte sich darauf, die Männer mit dem Karren zu beobachten und angestrengt nachzudenken, während sie ihnen auf leisen Sohlen folgte.

Zumindest in diesen Sekunden schwebte Leila offenbar nicht in Lebensgefahr. Wahrscheinlich hatten diese Dreckskerle sie mit irgendetwas gelockt und entführten sie gerade, ohne dass sie sich dessen bewusst war. Um sich an ihr zu vergehen oder um sie zu verkaufen. Oder sie wussten, dass Leila die Enkelin des Alten vom Berge war, und erhofften sich in ihrer grenzenlosen Dummheit ein stattliches Lösegeld, wo sie am Ende bloß der Tod erwarten würde.

Robin kannte keinen einzigen Juden persönlich, aber sie

hatte viel von ihnen gehört und traute ihnen alles zu. Es ging ihr nicht darum, dass sie einem Volk angehörten, das keine Skrupel gehegt hatte, den Sohn Gottes zu verraten, sodass er grausam am Kreuze starb. Robin glaubte an Gott, war aber vernünftig genug, keinen Menschen bis ins zwanzigste Glied und länger für die Verbrechen seiner Ahnen verantwortlich zu machen. Darüber hinaus gestand sie jedem seinen eigenen Glauben zu, so wie sie erwartete, dass man ihr auch den ihrigen ließ. Aber die Juden mussten gute Gründe haben, weltweit das Leben in eigenen Siedlungen vorzuziehen, zu denen kein Andersgläubiger, ob Christ oder Moslem, je Zutritt hatte. Man sagte ihnen Lug und Trug nach, Diebstahl, Hehlerei, Hurerei und allerlei fürchterliche andere Schandtaten, für die sich nicht einmal in der überaus umfangreichen arabischen Sprache passende Worte fanden. Als die Kreuzzügler das jüdische Viertel der Stadt dem Erdboden gleichgemacht hatten, hatten sie nicht bloß aus ihrem eigenen Glauben in Paarung mit einem ordentlichen Maß an Intoleranz heraus gehandelt: Jene Juden, die sich als unbelehrbar erwiesen und sowohl an der Leugnung der Göttlichkeit Jesu festhielten als auch darauf bestanden, weiterhin in der Heiligen Stadt zu bleiben, wollte man vor allen Dingen nötigen, sich zu verstreuen. So hatten ihre neuen Nachbarn (zumeist waren es Muslime, denn kaum ein Christ duldete einen Juden in unmittelbarer Nachbarschaft) immerzu ein Auge auf sie, und es war wesentlich schwieriger, sich zu versammeln, um etwa ein Verbrechen zu planen oder einen Aufruhr anzuzetteln.

Das Misstrauen gegenüber den Juden saß jedenfalls tief, und – so fand Robin – es war gewiss nicht unbegründet. So erwischte auch sie sich gelegentlich dabei, einen misstrauischen Blick auf das bescheidene Haus der Familie ben Ephraim am Ende ihrer Straße zu werfen.

»Das ist großartig!« Nun schwang Leila die Beine über die offene Seite des Karrens und ließ sie entspannt baumeln. »Es ist wie Stehlen, ohne ein Dieb zu sein!«

»Nein.« Der älteste der Männer – er trug einen silberweißen Bart, der ihm fast bis zur Brust reichte, und die typisch jüdischen Ohrlocken wie seine beiden Gefährten – bremste den Wagen, drehte sich zu dem Mädchen um und blickte es ernst an. »Es ist einfach nur Handelsgeschick«, erklärte er. »Wir sind keine Diebe.«

»Ist mir egal«, winkte Leila ab und kicherte vergnügt. »Ich finde es toll! Wenn ich groß bin, will ich auch ein Jude werden und klauen, ohne ein Dieb zu sein.«

Die beiden jüngeren Männer tauschten Blicke, die Robin nicht zu deuten vermochte, und der Alte seufzte tief. »Du solltest nun nach Hause gehen«, sagte er zu Robins Überraschung. »Eines Tages werden deine Eltern dich erwischen, wenn du nachts auf unseren Karren springst. Und dann werden sie uns töten.«

Leila schüttelte den Kopf. »Meine Eltern könnten niemals einen Menschen töten. Dazu sind sie viel zu gutherzig«, plauderte sie drauflos. »Manchmal verhaut mein Vater mich. Aber er tut mir nie richtig weh. Er schlägt mich so, dass es laut klatscht, aber man merkt es kaum. Manchmal klatscht er sogar nur in die Hände und trifft mich überhaupt nicht. Immer dann, wenn meine Mutter in einem anderen Raum ist. Und wenn ich laut zu weinen anfange, dann hört er auch schnell wieder auf. So oder so.« Sie lachte.

»Deine Mutter«, erkundigte sich einer der jüngeren Juden. »Was tut sie, wenn dein Vater dich schlägt?«

Robin glaubte fast, eine Spur von Vorwurf aus seiner Stimme herauszuhören. Moralische Vorhaltungen aus dem Mund eines Juden! Aber vielleicht war es auch nur ihr schlechtes Gewissen, das seinen Worten diesen Beiklang verlieh.

»Sie tröstet mich«, erklärte Leila freimütig. »Dann weine ich noch mehr, und dann schickt sie mich in mein Zimmer und schimpft mit meinem Vater. Meistens kommt er dann irgendwann in der Nacht und bringt mir heimlich Zuckerwerk als Entschuldigung.«

Robin musste sich zusammenreißen, um die Luft nicht zischend zwischen den Zähnen hindurchzusaugen und sich dadurch womöglich zu verraten, denn die Juden waren nur wenige Schritte von ihr entfernt stehen geblieben.

Zuckerwerk! Als Entschuldigung dafür, dass Salim Leila überhaupt nicht wirklich schlug! Sie konnte kaum glauben, was ihre Tochter da erzählte, und dennoch erklärte dies natürlich einiges. Unter anderen Umständen wäre sie erleichtert gewesen zu erfahren, dass Salim ihrem Mädchen niemals so wehgetan hatte wie angenommen. Wahrscheinlich hätte sie sogar Dankbarkeit empfunden, denn es rückte den Sarazenen wieder in das Licht der Sanftmut, in dem sie ihn vor Leilas Geburt gesehen hatte. Aber die gespielten Schläge, die Salim so großzügig verteilt hatte, waren im Grunde das Einzige gewesen, was er bislang zu Leilas Erziehung beigetragen hatte! Und dann hatte er sie auch noch mit türkischem Honig und süßen Früchten für all ihre Vergehen und das gemeinsame Schauspiel im Anschluss entschädigt! Salim hatte Robin die ganze Zeit über vor ihrer Tochter zum Narren gemacht. Wen wunderte es da noch, dass sie weder ihn noch sie respektierte und ihnen immer mehr entglitt!

»Deine Eltern lieben dich, kleines Mädchen«, stellte der Alte nicht ohne Kummer fest. »Darum solltest du aufhören, uns nachzulaufen und nachzueifern. Es würde ihnen das Herz brechen, wenn sie davon erführen.«

Eine Annahme, die Robin sofort unterschreiben würde. Mit Blut anstelle von Tinte.

»Warum?«, erwiderte Leila verständnislos. »Ich habe so viel von euch gelernt. Ich kann bis einhundert zählen. Fast ohne Fehler. Ich weiß, wie man eine Muschel in drei Perlen verwandelt, und ich kann alle Münzen voneinander unterscheiden. Warum darf ich es nicht erzählen? Meine Mutter wäre stolz auf mich. Wir könnten uns tagsüber treffen, und damit wäre auch mein Vater einverstanden.«

»Du willst es nicht begreifen, du dummes Ding.« Der Jude, der bislang noch überhaupt nichts gesagt hatte, schüttelte den Kopf. Er war jünger, als Robin im schwachen Licht zunächst angenommen hatte. Er hatte den Stimmbruch hörbar noch vor sich. »Wir sind Juden! Kein Moslem lässt sein Kind bei einem Juden lernen. Ganz gleich, was es lernen will.«

»Meine Mutter ist eine Christin«, wandte Leila trotzig ein.

»Noch schlimmer«, sagte der Alte. »Und nun sieh zu, dass du heimkommst.«

Leila machte keine Anstalten, sich vom Karren zu bewegen. Robin konnte beinahe hören, wie sie ihr stures Näschen kräuselte und die Lippen zu einem Schippchen zog.

»Nun mach schon.« Der Alte trat an sie heran und hob sie mit einer sanften, aber bestimmten Bewegung vom Wagen. »Zwing mich nicht, ab morgen Abend einen anderen Weg zu gehen, damit du uns nicht mehr nachlaufen kannst. Deinethalben landen wir irgendwann noch vor einem Gericht.«

Worauf du Gift nehmen kannst, Elender!, grollte Robin im Stillen.

»Und mir persönlich ist es vollkommen gleich, ob das Beil, das mir den Kopf abtrennt, von einem muslimischen oder einem christlichen Henker geführt wird«, fügte der jüngste Jude hinzu.

Leila musterte die drei Männer missmutig, gab sich aber schließlich geschlagen. »In Ordnung«, sagte sie.

»Vergiss nicht die Aufgabe, die ich dir gestellt habe«, sagte der Alte und lächelte.

»Einen Dirham«, versprach Leila feierlich. »Einen halben für euch und einen halben für mich.«

»Das dürfte ein Leichtes für dich sein.« Der alte Jude versetzte dem Mädchen einen liebevollen Klaps auf den Po, und Leila machte kehrt und eilte leichtfüßig die Straße hinab, wobei sie fröhlich über die Schulter zu den Juden zurückwinkte.

Robin verharrte in ihrem Versteck, um sich die Gesichter der Juden, die ihr Kind ganz offensichtlich zu verderben suchten, bestmöglich einzuprägen. Ihre Erleichterung darüber, dass sie Leila zumindest keine Gewalt anzutun gedachten, hielt sich in Grenzen. Das würde ein Nachspiel haben, so viel stand fest. Und sie wollte nicht garantieren, dass an dessen Ende nicht tatsächlich die eine oder andere Ohrlocke an einem losen Kopf über blutiges Pflaster rollte.

Zunächst aber musste sie sich um Leila kümmern, und anschließend würde sie sich Salim vorknöpfen. Er schuldete ihr eine ganze Reihe von Erklärungen!

Robin eilte ihrem Kind nach, verzichtete aber darauf, dem Mädchen auf offener Straße die Leviten zu lesen. Stattdessen folgte sie Leila in einigen Dutzend Schritten Entfernung, die nun in ihr eigenes Viertel zurückkehrte und langsamer wurde, als sie sich ihrem Wohnhaus näherte. Dort angelangt, legte die Fünfjährige den Kopf in den Nacken, als suchte sie irgendetwas an der Fassade. Dann zog sie sich am Rahmen der Tür in die Höhe – vermutlich, um das Haus auf demselben Wege wieder zu betreten, wie sie es verlassen hatte: durch das Fenster im Obergeschoss. Robin knurrte leise. Ob ihre Tochter wirklich glaubte, sie käme damit durch? Was gleich die nächste Frage nach sich zog: Wie oft *war* sie damit bereits durchgekommen?

Das Schnauben eines Tieres riss Robin aus ihren Gedanken, und wenige Wimpernschläge darauf löste sich ein Pferd schnaubend aus den schwarzen Schatten, die die gegenüberliegenden Häuser im Mondschein auf die dunkle Straße warfen. Leila erschrak und verlor den Halt am Türrahmen, als sie über die Schulter zurückblickte. Der Reiter des Pferdes schrie etwas Unverständliches, was Robin zunächst entfernt an Latein erinnerte, bei genauerem Hinhören aber wie Griechisch unter schweren Halsschmerzen klang. Dann gab der Fremde seinem Tier die Sporen und trieb es unter lautem Kampfgebrüll auf Leila zu, die auf dem Hosenboden sitzend aus schreckgeweiteten Augen zu ihm hinblickte.

Wie ein Derwisch flog Robin auf den Reiter zu und erkannte erst spät, dass sie den Fremden schon einmal gesehen hatte. Es war Salims Handlanger. In *ihrem* Waffenrock. Robin schnappte nach Luft. War es das, was Salim unter »vertrau mir« verstand? Sie war noch immer unbewaffnet, aber sie wusste, dass sie jeden, der ihrem Mädchen wehtun wollte, mit bloßen Händen in der Luft zerreißen würde. Auch wenn ihr eigener Ehemann denjenigen offenbar genau dafür bezahlte. Der Mann war jedoch schneller. Obwohl sein Pferd scheute und stieg, beugte er sich herab, packte Leila am Hemdkragen und riss sie zu sich in den Sattel. Wenige Augenblicke später hatte sein Tier sich wieder beruhigt und Leila ein rostiges Schwert am Hals.

Robin blieb wie angewurzelt stehen und starrte den Fremden, auf dessen Kopf ihr eigener Helm saß, voller Entsetzen an. Auf wen zum Teufel hatte Salim sich da bloß eingelassen?

Leila wand sich im Griff des vermeintlichen Tempelritters und verletzte sich dabei selbst an der Klinge, die bei Weitem nicht so stumpf war, wie es den Anschein machte. Ein feiner Schnitt glänzte in der Dunkelheit an ihrem Hals.

»Lass sie los!«, kreischte Robin. »Lass sie sofort runter, du verdammter Dreckskerl, oder ich bringe dich um!«

Eine Mischung aus Überraschung und Erleichterung trat in den Blick des Mädchens. »Mutter …!«, presste Leila mit erstickter Stimme hervor.

»Hab ich dich, du elendes Heidenkind!«, höhnte derweil Tarek, der das Visier des Helmes noch immer nicht heruntergeklappt hatte. »Nun hat dein letztes Stündlein geschlagen! Ich opfere dich auf dem Altar an unseren grausigen Christengott!«

Langsam verstand Robin, was da gerade vor ihren Augen geschah. Salim hatte Tarek engagiert, um Leila in Angst und Schrecken zu versetzen. Was für ein erbärmliches Schauspiel! Und dieser Mistkerl hatte die Kleine verletzt!

»Lass sie runter!«, wiederholte sie voller Zorn. »Oder ich werde dafür sorgen, dass man dich vierteilt!«

»Ihr könnt mir nichts anhaben, Weib!« Der Mohammedaner fand offenbar zunehmend Gefallen an seiner Rolle als Schmierenkomödiant. »Ich bin ein Tempelritter, ich bin ein Christenmann! Ich bin stark, ich bin mächtig, und ich bin frei von Skrupel, denn ich kämpfe und töte für den Gott der Christen, der ein fürchterlicher ist! Er verzehrt sich nach dem Blut junger Mädchen – doch wird er auch das einer erwachsenen Frau nicht ablehnen!« Er lachte gehässig.

Aus den Augenwinkeln nahm Robin über sich eine Bewegung wahr und verharrte fassungslos, als sie sah, wie das Schauspiel dem Willen ihres Gatten nach weitergehen sollte: Praktisch lautlos schwang Salim sich aus dem Fenster, durch das Leila regelmäßig ins Freie gelangte, ließ sich an der Fassade hinabgleiten und landete breitbeinig im Nacken des Wallachs wie der schwarze Schatten eines Racheengels. Das Ross schnaubte und bäumte sich unter der zusätzlichen Last wieder auf, und das Schwert entglitt Tareks Hand, dessen Überraschung allerdings überhaupt nicht gespielt wirkte.

Da sprang Robin vor, riss ihre Tochter aus dem Griff des falschen Templers, und Salim verpasste ihm einen Fausthieb vor die ungeschützte Nase, der sie brach und den Muselmanen seitlich vom Pferd schleuderte.

»Mutter …« Leila klammerte sich schluchzend an Robins Hals. Diese drückte sie an sich, strich ihr beruhigend durch das widerspenstige schwarze Haar und spie dem am Boden liegendem Kerl über Leilas Schulter hinweg ins Gesicht.

»Elender … Das war nicht ausgemacht …« Tarek ächzte, während er nach seiner blutenden und nun auch noch von Speichel besudelten Nase tastete, die fortan durch zwei Haken auffallen würde.

»Du hast mein Mädchen verletzt!«, schrie Salim und trat ihm mit voller Wucht in die Rippen.

»Ich habe … ich wollte …« Tarek keuchte.

»Es ist mir egal, was du wolltest!«, fluchte Robin und versetzte ihm ebenfalls einen Tritt, ehe sie ihre Tochter auf der Türschwelle absetzte. »Oder solltest!«, fügte sie wütend an Salim gewandt hinzu.

Durch den Lärm aufgeschreckt, erschien nun Saila verschlafen im Eingang, war aber sogleich hellwach, als sie den blutenden Kratzer an Leilas Hals erblickte. Besorgt nahm sie das weinende Kind in Augenschein.

»Er sollte sie erschrecken, nicht verletzen!«, verteidigte sich der Sarazene.

»Erschrecken? Ihr in den Kleidern eines christlichen Ritters eine Heidenangst einjagen? Noch dazu in meinen Kleidern?!« Robin war außer sich, und als Salim mit einer beschwichtigenden Geste auf sie zutrat, stieß sie ihn grob von sich.

»In deinen Kleidern?« Leila hörte auf zu schluchzen und maß den am Boden Liegenden neugierig.

»Robin! Sie muss begreifen, dass es gefährlich ist, sich heimlich herumzutreiben. Noch dazu mitten in der Nacht!«, knurrte Salim.

»Gefährlich. Ja. Besonders, weil sie einen Vater hat, der schwachsinnige Trinker dafür bezahlt, seine Tochter zu entführen, zu verletzen und ihr noch dazu ein vollkommen abstruses Weltbild zu vermitteln. Ein grausamer Christengott, der nach dem Blut junger Mädchen lechzt … Das ist widerwärtig!«

»Das ganze Gerede war nicht ausgemacht.« Salim wandte sich ab – wohl um Tarek einen weiteren Tritt zu verpassen. Aber der Muselman hatte sich bereits auf Hände und

Knie aufgerichtet, war ein Stück weit davongekrabbelt und zog sich nun an einem Pfosten in die Höhe.

»Hände weg, du Schwachkopf!«, brüllte der Wüstenprinz, als Tarek nach den Zügeln des Wallachs griff. Der falsche Templer zog erschrocken den Kopf ein und stolperte davon.

»Wie konntest du das tun?« In Robins Augen brannten Tränen der Wut und Enttäuschung. Sie fühlte sich in ihrem Stolz verletzt und als Christin ebenso wie als Ehefrau und Mutter verraten und verkauft. Und das ausgerechnet von dem Mann, dem sie ewige Liebe geschworen hatte. Wie konnte er sich bloß so schäbig und respektlos verhalten? Wie konnte er ausgerechnet jene widerwärtige Intrige wiederholen, mit der einst Gernot von Elmstatt und Otto, der Waffenmeister seines Vaters, ihrem eigenen, unbehelligten und friedlichen Leben in dem kleinen friesischen Dorf ein jähes Ende bereitet hatten? Es war damals deren Idee gewesen, als Tempelritter verkleidete Mörder loszuschicken, um den Orden in Verruf zu bringen – die Idee des Bösen schlechthin! »Und wenn du es schon nicht lassen konntest, wieso hast du mir nichts davon erzählt?«, setzte Robin fassungslos hinzu. »Und warum musstest du es ausgerechnet von der Hand eines vermeintlichen Christen ausführen lassen? Warum?«

»Das lag nahe.« Salim hob gleichmütig die Schultern. »Die Christen sind in unser Land einmarschiert, um es an sich zu reißen. Sie morden und sie plündern. Und sie schänden unsere Frauen. Willst du das bestreiten?«

Robin musterte ihn hart. »Nein«, gestand sie ohne jedes Schuldgefühl. »Auf einige von ihnen mag das zutreffen. Aber gewiss nicht auf die Templer. Die Tempelritter sind ehrbare, gottgefällige Männer.«

»Und Frauen?«, riet Leila, die noch immer staunend in die Richtung blickte, in welche der Fremde in dem Waffenrock verschwunden war. Dem Waffenrock, der angeblich ihrer Mutter gehörte.

Robin funkelte Salim einen weiteren Moment zornig an, dann wandte sie sich ihrer Tochter zu. Es war falsch, dass sie sich vor ihren Augen mit ihrem Vater stritt. Wenn auch mit Abstand nicht so verkehrt wie das, was ihr Vater getan hatte.

»Geh ins Haus, und lass dich von Saila versorgen und umziehen«, bestimmte sie, anstatt Leilas Frage zu beantworten. »Ich komme gleich in dein Zimmer. Wir haben viel zu besprechen.«

Das Mädchen reagierte nicht gleich. Sie bedachte Salim mit einem Blick, den Robin, die das Gespräch zwischen ihr und den Juden belauscht hatte, nur zu leicht zu deuten vermochte. *Du schuldest mir eine Menge Zuckerwerk, Vater,* stand darin geschrieben. *Mindestens einen Ochsenkarren voll!*

Salim schenkte ihr ein gequältes Lächeln, das ausschließlich in seinen schwarzen Augen stattfand. Robin hätte es niemals gesehen, hätte sie nicht gewusst, worauf sie achten musste. Schließlich kam Leila der Aufforderung ihrer Mutter nach und verschwand an Sailas Hand im Haus.

Robin und Salim folgten ihr kurze Zeit später, als ihr lautstarker Streit auf offener Straße mit den ersten Flüchen und Verwünschungen aus der Nachbarschaft honoriert wurde und ein Eimer voller stinkender Abfälle, der im hohen Bogen aus einem Fenster geschleudert wurde, sie beide nur knapp verfehlte. Zumindest für die unmittelbaren Nachbarn sowie alle, die mit ihnen unter einem Dach lebten, kehrte damit allerdings noch lange keine Ruhe ein.

Schließlich erschien Nemeth, Sailas inzwischen fast erwachsene Tochter, schlaftrunken in der Stube, in der ein zorniges Wort das andere gab. Augenrollend empfahl sie Robin, sich bloß nichts gefallen zu lassen, aber doch bitte nicht mehr heute, weil sie gefälligst schlafen wolle. Ihr Lohn war ein matschiger Granatapfel, der an der Wand knapp neben ihrer Schulter zerplatzte. Geduckt zog das Mädchen sich in Leilas Zimmer zu ihrer Mutter zurück. Doran suchte sich derweil einen Platz neben der Tür, von welchem aus er den Streit bekümmert verfolgte. Robin wusste, dass er jederzeit bereit war, sein Leben für sie zu opfern, und hoffte, dass er sich nicht in das Geschehen einmischen würde. Salim konnte Doran nicht ausstehen und würde sein Opfer – in dieser Stimmung zudem – möglicherweise mit Freuden entgegennehmen. Schließlich positionierte Kaya, Robins verhasster persönlicher Aufpasser, seine zweihundertzwanzig Pfund Lebendgewicht zwischen den beiden Streitenden und schob sie um zwei Längen seiner gigantischen Arme voneinander weg, wann immer sie sich einander auf Schlag- oder Trittweite näherten. Irgendwann kehrte Saila aus Leilas Zimmer zurück, gesellte sich zu ihnen in die Stube, brüllte Zeter und Mordio und begann dann, in wenig demütigem, vorwurfsvollem Tonfall zu Allah zu beten, weil niemand ihr Beachtung schenkte. Dass sie noch nicht einmal vom Personal in diesem Haus respektiert wurden, brachte Robin und auch Salim noch mehr in Rage.

Sie brüllten einander an, schleuderten Obst, Geschirr, Schimpfworte und Vorwürfe. In einem einzigen Satz bescheinigte Robin Salim vollkommenes Versagen als Vater und die Schuld am Krieg um das Heilige Land, während Salim ihr nicht nur totale Naivität, sondern auch eine Affäre mit dem armen Doran unterstellte, der hilflos dabeistand und nicht begriff, was er falsch gemacht haben sollte.

Inzwischen waren rund zwei Stunden seit Beginn der Schlacht vergangen, und Robin war es leid. Sie spie ihrem Gatten vor die Füße, warf den Kopf in den Nacken, stolzierte davon und verbarrikadierte sich in ihrem Schlafzimmer, wo sie sich aufs Bett warf und wie ein Schlosshund heulte. Überlaut hallte ihr Schluchzen von den Wänden wider, weil es nun geradezu gespenstisch still in ihrem kleinen Stadthaus geworden war. Vermutlich wagte niemand, auch nur ein einziges Wort zu sagen, um nicht den Zorn des Hausherrn womöglich von seinem Eheweib auf sich selbst zu lenken. Und irgendwann hörte Robin, wie der Wüstenprinz das Haus verließ.

Als Salim zurückkehrte, graute bereits der Morgen. Er reichte Robin den Helm und den verschmutzten Waffenrock, den er aus ihrer Truhe entwendet und auf widerwärtige Weise zweckentfremdet hatte. Frisches Blut aus Tareks zerschmetterter Nase haftete daran. Robin warf ihm beides vor die Füße, stieß ihn aus dem Schlafzimmer und begann, auf ihn einzubrüllen. »Und damit, glaubst du, ist die Sache erledigt, was?«, schrie sie, während sie ihn mit einem weiteren Stoß gefährlich nahe an den oberen Absatz der Treppe beförderte. »Du hast meine Geschichte mit Füßen getreten! Du hast mich und mein ganzes Volk verraten! Du hast meinen Glauben durch den Dreck gezogen und Gottes Namen missbraucht! Und soll das alles vergessen sein, nur weil du mir zurückbringst, was sowieso mir gehört? Weißt du, was? Ich brauche den Mist nicht mehr! Behalt den Kram – ich will ihn nicht mehr sehen, nachdem du ihn so schändlich entweiht hast!«

Sie trat nach dem Helm, der daraufhin die Stufen hinabpolterte und scheppernd vor der Eingangstür landete.

Es klopfte an der Tür.

»Da hast du es schon wieder!« Salim deutete vorwurfsvoll die Treppe hinab, als Nemeth an ihm vorbeischlüpfte, um zu öffnen. »Was sollen denn die Nachbarn denken, wenn wir uns die ganze Zeit über anbrüllen? Lass uns doch wenigstens versuchen, vernünftig miteinander zu reden, Robin!«

»Vernünftig? Was für ein Wort aus deinem Mund!«, spottete Robin. »Aber wie viel Vernunft kann man schon von einem Mann erwarten, der der Sohn des berühmtesten Mörders des Orients ist!«

Salims Augen verengten sich. »Lass meinen Vater aus dem Spiel!«

»Ach was! Du ziehst meinen Gott mit hinein, und ich darf nicht mal deinen Vater erwähnen?«

»Es war ganz allein meine Idee. Mein Vater hatte nichts damit zu tun!«, erklärte Salim bestimmt.

»Aber er hat etwas damit zu tun, was für ein hinterhältiger Mistkerl aus dir geworden ist! Damals in Friesland warst du ein ehrlicher, guter Mensch. Je länger du in der Nähe der verkommenen Lenden bist, denen du entsprungen bist, umso schlechter ist es um deine Moral bestellt!«

»Alt und inzwischen ein wenig schrumpelig, wie ich wohl gestehen muss«, mischte sich eine melodische Stimme vom unteren Ende der Treppe unvermittelt ein. »Aber verkommen, mein Kind …? Das möchte ich doch weit von mir weisen.«

Salim fuhr herum, und auch Robin blickte erschrocken zum Eingang im Erdgeschoss hinunter.

»Obwohl ... Möglicherweise ist es nur eine Frage der Perspektive«, lenkte der kunterbunt gekleidete alte Mann grinsend ein. Seine Körpermasse füllte den Großteil des Eingangsbereiches. Nemeth, die die Tür nach innen geöffnet hatte, musste Bauch und Brust einziehen, um nicht zerquetscht zu werden.

Scheich Raschid ad-Din Sinan – der Alte vom Berge! Salims Vater war gekommen. Er hätte sich keinen ungünstigeren Augenblick für einen seiner gefürchteten Spontanbesuche aussuchen können! Obwohl ... Robin schüttelte unwirsch den Kopf. Im Grunde war jeder Augenblick ein ungünstiger für einen Besuch des Alten vom Berge.

»Vater!« Der Beiklang von Erleichterung und Freude, der beim Anblick seines Vaters in der Stimme des Wüstenprinzen mitschwang, entging Robin nicht. Der Alte schob sich ungefragt in den kleinen Flur hinein und drängte Nemeth so in die Stube zurück. Zwei vermummte Assassinen schlüpften an dem Alten vorbei durch die Tür.

Schon stürmte Leila im Nachtgewand die Treppe hinab. »Großvater!«, rief sie und lief in seine ausgebreiteten Arme.

Zu Robins absolutem Unverständnis war der Alte vom Berge der einzige erwachsene Mensch, der Leila jederzeit in ihrer eigenartigen Welt willkommen war. Wann auch immer er sie besuchte – und er besuchte sie viel zu oft für Robins Geschmack; mindestens alle zwei Monate –, fiel sie ihm um den Hals und liebkoste ihn, wie sie es mit Robin bestenfalls tun würde, wenn diese sich mit Honig einreiben würde. Leila lauschte seinen Worten, als wären sie Offenbarungen, und blickte zu ihm auf wie zu einer Ikone.

Robin hätte es sich einfach machen und Leilas übertriebene Liebe zu ihrem Großvater darauf schieben können, dass dieser niemals ohne großzügige Geschenke für sein Enkelkind aufkreuzte. Aber da Leila sich aus Schmuck, Kleidern, bunten Lämpchen und Wandbehängen nun einmal überhaupt nichts machte, war und blieb der Grund für ihr inniges Verhältnis für Außenstehende ein unlösbares Geheimnis.

»Oh, du Tochter eines Prinzen und eines besessenen Trampeltiers!« Der Alte hob sein Enkelkind auf den Arm und liebkoste Leilas Stirn.

Robin schnaubte.

»Sag mir: Was ist es, das deine ehrenwerte Mutter so sehr erregt, dass ihr Kopf glüht, als hätte er über Nacht in einem Schmelztiegel gelegen?«

»Vater hat ihre Kleider an einen fremden Mann verliehen. Außerdem hat er den Krieg um unser Land verschuldet. Aber nur weil Mutter sich heimlich mit Doran geküsst hat«, erläuterte Leila sachlich und machte ihren Eltern damit schmerzlich klar, wie viel sie von der lautstarken Auseinandersetzung im Nebenraum mitbekommen haben musste – und wie wenig sie davon begriff.

Robin und Salim tauschten einen schuldbewussten Blick, der jedoch schnell wieder zornigem Funkeln wich. Jeder der beiden wusste schließlich, dass er nur so laut hatte schreien müssen, weil der andere noch lauter gebrüllt hatte.

»Aber, aber, meine Hübschen …« Der Alte grinste breit. »Das ist doch kein Grund zur Aufregung. Ich persönlich amüsiere mich königlich bei der Vorstellung, wie der naseweise Doran sich in einem Kleide Robins einem ganzen Heer christlicher Feinde entgegenwirft. Warum habt ihr mir keinen Boten gesandt? Diesem Spektakel hätte ich wirklich zu gern beigewohnt! Was für ein Kleid genau ist es gewesen? Doch nicht etwa das edle, brokatbesetzte Wintergewand, das ich deiner Mutter in meiner unermesslichen Güte jüngst habe zukommen lassen, oder?«

»Das Weiße da oben, mit dem roten Kreuz drauf.« Leila deutete auf den Waffenrock, der auf dem Boden vor dem Schlafgemach der Eltern lag. »Und den Helm, der bei dem Schwert in der Truhe gelegen hat.«

»Woher …«, begann Robin aufgebracht, biss sich aber auf die Zunge, als sie sich einen mahnenden Blick ihres Schwiegervaters einfing. Sowenig sie seine Anwesenheit im Allgemeinen und heute im Besonderen begrüßte: Der Alte hatte ausnahmsweise einmal recht, wenn er ihr stumm bedeutete, dass es an der Zeit war, sich zumindest in Leilas Gegenwart zu mäßigen.

Dann trug der Alte Leila die Treppe hinauf – erstaunlich leichtfüßig für das immense Gewicht, das die Füße in seinen Schnabelschuhen tragen mussten. Die Kleine kuschelte sich mit einem seligen Lächeln an die monströse Schulter ihres Großvaters, während dieser nun ungebeten in die Stube marschierte und sich an den wenigen Trauben gütlich tat, die die Nacht auf dem Obstteller unbeschadet überstanden hatten. Robin und Salim folgten ihm, während die beiden Assassinen ebenfalls die Treppe heraufglitten.

Dann setzte der Alte Leila sanft auf dem Boden ab. »Wie wäre es, meine Prinzessin, wenn du jetzt hinausgehst und deine Großmutter begrüßt? Hörst du das?« Er legte einen seiner wulstigen Finger auf die Lippen und bedeutete seiner Enkelin, dass sie lauschen solle. Auch Robin spitzte die Ohren. Tatsächlich: Von irgendwoher näherten sich mehrere Pferde und Kamele gemächlichen Schrittes ihrem Stadthaus. Aus den Augenwinkeln sah Robin Sinan lächeln: »Da kommt sie schon.«

Leila legte den Kopf schräg. »Die Großmutter, die in der Wüste lebt, oder die Großmutter, die schon lange gestorben ist?«

»Leila!«, schalt Salim sie. »Red doch nicht solch einen Unsinn! Was soll dein Großvater denn von dir denken?«

»Wie soll ein Mensch dich besuchen, der nicht mehr lebt?«, fragte der Alte vom Berge interessiert.

Leila zuckte die Schultern. »Mutter sagt, Jesus Christus ist unter den Menschen, obwohl er schon lange gestorben ist«, erklärte sie. »Warum soll meine Großmutter das nicht auch können?«

»O mein Gott!«, stöhnte Robin. Zum ersten Mal seit Langem war sie wenigstens für einen kurzen Augenblick froh, sich nicht im heimischen Friesland zu befinden. Leilas kindliche Schlussfolgerungen waren geradezu ketzerisch. Aus dem Mund eines Kindes mochte eine solche Logik ja gerade noch angehen, aber wenn sie älter würde, könnten solche Aussagen sie in Robins Heimat in Teufels Küche befördern – und Robin selbst gleich mit dazu.

»Geh hinaus, und sieh dir die Großmutter an, die noch nicht gestorben ist. Was mich persönlich täglich aufs Neue erstaunt«, lachte Sinan.

Leila wirbelte herum und stürmte die Treppe zum zweiten Mal an diesem Morgen hinunter. Nemeth folgte dem Mädchen. Wo war eigentlich Doran? Als Leilas Leibwächter wäre es seine Aufgabe gewesen zu verhindern, dass sie allein aus dem Haus lief. Robin hatte ihn an diesem Morgen überhaupt noch nicht zu Gesicht bekommen. Sie war sich nicht einmal sicher, ob er noch in ihrem Haus weilte, nach all dem Unsinn, den Salim nachts in seiner wütenden Raserei von sich gegeben hatte.

Kaum war Leila gänzlich außer Sichtweite, schwand die Fröhlichkeit aus Scheich Sinans Miene, und er maß Robin mit einem langen Blick, den Salim aber ignorierte. »Warum bist du hier, Vater?«

»Nun, euer Geschrei schwappte bis über die Mauern von Masyaf«, behauptete Sinan. »Ich hörte, dass es um irgendein Gewand deines Weibes ging, und dachte, ich könnte euch in modischen Fragen zur Seite stehen, während mein geliebtes ehemaliges Weib euch erklärt, wie man eine wunderbare Ehe effektiv und nachhaltig zerstört.«

»Mutter ist also wirklich hier?«, fragte Salim. In Robins Augen wäre etwas in der Art von »Willst du mich für dumm verkaufen?« angemessener gewesen.

Sinan rollte theatralisch die Augen. »Habe ich dich jemals belogen, Lieblingssohn?«

Salim blieb ihm die einzig ehrliche Erwiderung – ein klares Ja – schuldig und herzte den Alten stattdessen auf jene – wie Robin fand – weibische Weise, die den Muslimen zu eigen war. Dann eilte er ebenfalls lächelnd zum Eingang hinab. Robin hörte die Pferde und Kamele nun vor dem Haus schnauben und wiehern. Ihre Schwiegermutter Tahenkat musste mit einem guten Dutzend der Tiere angereist sein. Auch Stimmen und Schritte drangen an Robins Ohr, das Geräusch von ledernen Riemen, die irgendwo festgezurrt wurden, und zwischen alledem Leila, die abwechselnd aufgeregt vor sich hin plapperte und vor Vergnügen quietschte.

»Du bringst sie völlig durcheinander mit deinem Gerede von Gott und Jesus Christus«, bemerkte Sinan, als er mit

Robin und den beiden Assassinen allein im Raum war. »Jesus war nur ein Prophet. Einer von vielen.«

Robin schüttelte den Kopf. »Sie ist meine Tochter. Ich habe das Recht und die Pflicht, sie zu einer guten Christin zu erziehen.«

»Und ihr das Leben unnötig zu erschweren?« Der Alte lachte wenig amüsiert. »Um ihr Probleme zu bereiten, wo sie keine haben muss? Sie ist meine Enkeltochter, Salim ist ihr Vater. Und Salim ist Moslem. Womit er in unserem Land sehr gut beraten ist, wie ich meine.«

»Als ob es darum ginge, womit sie besser beraten wäre!«, blaffte Robin. »Es geht um Gott! Um die Wahrheit!«

»Die dir natürlich offenbar ist.« Sinan machte eine beschwichtigende Geste, als Robin zu einer Erwiderung ansetzte. »Aber ich bin nicht hier, um mit dir über deinen Glauben zu diskutieren. Deine Schwiegermutter und ich sind hergekommen, um mit euch zu feiern.« Er blickte sich pikiert in der verwüsteten Stube um. »Kein unbedingt feierliches Ambiente, wie ich wohl anmerken darf.«

»Zu feiern?«, fragte Robin misstrauisch. Nach den Ereignissen der vergangenen Nacht war ihr nach allem anderen als nach Feiern zumute. Sie hatte außerdem nicht die geringste Ahnung, welches Fest Sinans Meinung nach für diesen Tag anstand. Es fiel ihr schwer, sich neben all den christlichen Feiertagen auch noch jene der Muslime zu merken, obwohl sie schon seit gut sechs Jahren in ihrer Mitte lebte.

»Was gibt es denn zu feiern?«

Sinan antwortete nicht gleich, sondern maß Robin bloß mit einem Blick, der ein im Verhungern begriffenes Kind von der Wichtigkeit des Ramadan überzeugt hätte. Dann schüttelte er den Kopf und stopfte sich die letzten Trauben in den Mund. »Euren Hochzeitstag, Robin«, antwortete er kauend. »Den sechsten, wenn ich mich recht entsinne.«

»Hochzeitstag …« Robins Lippen formten das Wort lautlos. Sie verkniff sich einen schuldbewussten Blick. Für den heutigen Tag, fand sie, sollte Salim ruhig allein an allem schuld sein. Er hatte es nicht besser verdient. Dennoch arbeitete es in ihr. Hochzeitstag! Wie hatte sie das bloß vergessen können? In alter Tradition hatte sie Saila bereits vor Tagen damit beauftragt, den Markt um alles zu erleichtern, was sie für die alljährliche kleine Feier benötigten. Noch gestern Morgen hatte sie sich persönlich vergewissert, dass die gute Seele des Hauses alles zu ihrer Zufriedenheit erledigt hatte. All das war in ihrer Sorge um Leila und in ihrem Zorn auf Salim völlig untergegangen.

Sinan nickte. »Ich gratuliere noch in aller Form, sobald mein ehemaliges Eheweib ihr gar zu hübsches Gesäß von ihrem Trampeltier geschwungen hat. Es ist zwar nicht so, dass ich mir allein nicht zutraute, auch für einen solch großartigen Anlass die richtigen Worte zu finden – aber du weißt ja, wie deine Mutter ist, Lieblingssohn. Sie ist immerfort auf der Suche nach einem Grund, um mir nach allen Regeln der Kunst …«

Er brach ab, als sich nun eine schmale Gestalt zögerlich durch die Tür quetschte und eine Entschuldigung murmelte. Ihr Gesicht war zur Hälfte unter einem nachlässig gewickelten Tagelmust verborgen, aber Robin erkannte den Jungen darunter sofort und forderte ihn mit einem Nicken auf, die Treppe heraufzukommen. Es war einer der Burschen, die die Ställe des kleinen Anwesens in Schuss hielten, in das Balduin sich nach seinem Rücktritt zurückgezogen hatte. Robin hatte ihren kranken Freund, den ehemaligen König Jerusalems, bereits seit Wochen nicht mehr besucht. Nichts tun zu können, als seinem Elend tatenlos beizuwohnen, brach ihr immer wieder aufs Neue das Herz.

Aufmerksam betrachtete sie den Jungen und dachte an ihre letzte Begegnung mit ihm zurück: Als sie ihre Stute Luna bei ihrem letzten Besuch in seine Obhut gegeben hatte, hatte er ihre Pracht über alle Maße gelobt und sie ihr später frisch gestriegelt und so strahlend sauber zurückgegeben, als beschränkte sich ihr Nutzungsgebiet auf ein orientalisches Badehaus. Den halben Dirham, den sie ihm dafür angeboten hatte, hatte er nachdrücklich abgelehnt. Der Junge war kein Moslem. Trotzdem trug er einen Tagelmust und eines der landestypischen knöchellangen Gewänder. Offenbar legte er Wert darauf, im muslimischen Viertel nicht aufzufallen.

»Ich überbringe Euch eine Botschaft«, nuschelte er und kramte einen Moment verlegen unter seinem Obergewand herum, ehe er eine dünne Pergamentrolle darunter hervorzog und sie Robin überreichte. Sie trug das Siegel Balduins.

Robin bedankte sich, löste das Siegel und überflog die wenigen Zeilen aus blauer Tinte mit einem Blick.

»Soll ich Euer Pferd satteln, Herrin?«, fragte der Bursche hoffnungsvoll. Offenbar war ihm der Inhalt der Botschaft bekannt.

Robin schüttelte den Kopf. »Nein danke, du kannst jetzt gehen.«

Salim, der gerade die Treppe hochgekommen war, betrachtete sie und den Jungen stumm und alles andere als wohlwollend, aber Robin drückte ihm nur das dünne Pergamentpapier in die Hand, maß Scheich Sinan mit einem kühlen Blick und zuckte die Schultern, ehe sie die Stufen zum Untergeschoss hinabstapfte.

»Ich muss fort«, erklärte sie kurz angebunden. König Balduin verlangte nach ihr. Hochzeitstag hin, Hochzeitstag her: Robin fand, er hätte sich keinen besseren Moment dafür aussuchen können.

2. KAPITEL

»Robin! Meine kleine fruchtbare Oase in den endlosen Weiten der Wüste ...« Der ehemalige König von Jerusalem versuchte sich auf die Ellbogen aufzurichten. Er war der Mühe aber nicht gewachsen und glitt sogleich in die zahlreichen Kissen zurück. Die Kissen waren offensichtlich nötig, um den Druck auf die zahllosen offenen Geschwüre an seinem ausgemergelten Körper so gut wie möglich abzufangen. »Verzeih ...«, entschuldigte er sich matt. In seinen trüben, inzwischen gelblichen Augen blitzte es schwach, und er zwang sich zu einem matten Lächeln. »Mein Gebrechen verbietet mir, mich zu erheben und dir aufrechten Hauptes gegenüberzutreten. Aber ... du kannst dich gern zu mir legen. Nur damit wir einander beim Reden besser in die Augen sehen können, versteht sich.«

Robin erwiderte sein Lächeln. Angesichts des siechenden Elends, in das sich Balduin IV. inzwischen verwandelt hatte, fiel ihr das nicht eben leicht. Die Erkenntnis schmerzte sie, ließ sich aber nicht mehr leugnen: Die Mühen und Gefahren, die sie auf sich genommen hatte, um das Wasser des Lebens zu finden, waren umsonst gewesen. Sie konnte sein Leben nicht retten. Nach der schweren

Geburt Leilas hatte sie selbst unwissentlich und unwillentlich von dem legendären Trank gekostet. Anfangs hatte sie tatsächlich geglaubt, das sei ihre Rettung gewesen. Doch inzwischen war ihr klar, dass Gott allein seine schützende Hand über sie gehalten hatte, denn sie fühlte sich nicht gerade unverwundbar und schon gar nicht unsterblich. Ebenso wenig wie Balduin IV. unsterblich geworden war. Ganz im Gegenteil – er kam ihr längst wie Gevatter Tod persönlich vor, auch wenn er selbst noch immer felsenfest daran zu glauben schien, dass das Wasser des Lebens seine Wirkung tun, seine Wunden heilen und ihn von seinem Siechtum befreien würde. Dabei hatte inzwischen schon zweimal die Nachricht über sein Ableben in der Stadt kursiert, und die Ärzte gaben einander die Klinke zu seiner Kammer in die Hand, um ihn zur Ader zu lassen. Die Muslime spotteten bereits, die einzige Aufgabe der Ärzte sei es, sein Sterben zu beschleunigen.

»Habt Dank, aber ich bleibe lieber stehen«, erwiderte Robin in jenem sanftmütigen Tonfall, den sie sonst nur beherrschte, wenn Leila sich böse verletzt hatte oder unter Fieber litt. Sie trat an das Bett, griff nach einem Tuch auf dem kleinen Beistelltisch und tauchte es in die bereitstehende Wasserschüssel, um den Schweiß von seiner Stirn zu tupfen. Ein Teil von ihr wünschte sich, Balduin hätte sich in einen Tagelmust hüllen lassen, ehe er sie empfing – ganz so wie er es in seiner Eitelkeit bislang immer getan hatte. Nun jedoch lag sein glühendes Gesicht frei. Oder besser gesagt: das, was davon übrig war. Der Aussatz hatte tiefe, eitrige Krater in seine Haut gefressen. Sie musste sich zwingen, nicht direkt dorthin zu blicken, wo einmal seine Nase gewesen war, und durch den Mund zu atmen, um den Gestank von Krankheit und Tod aushalten zu können.

»Ihr habt nach mir gerufen«, stellte sie fest. »Was kann ich für Euch tun?«

»Ich habe dich vermisst«, behauptete Balduin schwach. »Keine Frau vermag mein altes Herz so sehr zu erfreuen wie du, denn keine andere ist auch nur annähernd so schön.«

»Mmmmh …« Robin wusch das Tuch aus und reinigte vorsichtig die schlimmsten Wunden in seinem ehemals so attraktiven Gesicht. »Das sagt Ihr immer, wenn ich Euch besuche. Dass Ihr mir nicht eigens einen Boten schicken müsst, damit ich an Euch denke, wisst Ihr. Ich komme gern zu Euch, wann immer es meine Zeit erlaubt.«

Etwas in Balduins Augen zeigte ihr, dass er ganz genau wusste, dass das nicht die ganze Wahrheit war. Was auch nicht schwer zu erraten war: Immerhin hatte er sie ehrenhaft aus ihren Pflichten als Erster Ritter entlassen und zumindest für die nächsten Jahre mehr als gut abgesichert. Damit hatte er ihr erlaubt, seit nunmehr sechs Jahren einfach nur Eheweib und Mutter zu sein. Gut – sie war die Mutter des schrecklichsten Kindes im gesamten Orient; aber das war nicht der Grund, aus dem sie sich so selten auf seinem Anwesen blicken ließ. Die Wahrheit war, dass kein Mensch der Welt einem guten Freund dabei zusehen wollte, wie er bei lebendigem Leibe verweste.

»Ich meine es auch so«, antwortete Balduin. »Sag deinem Ehemann, dass er es dir ebenfalls sagen soll. Jeden Tag. Wer hätte gedacht, zu welch wunderhübscher Erscheinung du dich mausern würdest, wenn man dir die Rüstung abnimmt und es dir erlaubt, dich zu waschen.«

»Das hat mir nie jemand verboten«, erwiderte Robin. »Mir mangelte es damals nur an Gelegenheiten.« Der Gestank der brandigen Wunden war fürchterlich. Dennoch zog Robin sich nun einen Schemel heran und ließ sich neben dem Bett des ehemaligen Königs nieder, um zumindest fast auf Augenhöhe mit ihm zu sein. »Also: Warum bin ich hier?«

Balduin lächelte erneut, und Robin beobachtete zu ihrem Entsetzen, dass seine trockenen, wunden Mundwinkel dabei einrissen. »Ich weiß«, sagte er, ohne auf ihre Frage einzugehen. »Du lässt dir nichts verbieten.«

Warum konnte es nicht einfach so weitergehen wie damals vor fünf Jahren?, überlegte Robin, und Zorn kroch ihr die Kehle empor. Damals hatte es kurzfristig so ausgesehen, als ob Balduin es tatsächlich schaffen könnte. Das Fieber war zurückgegangen, und an einigen Tagen hatte er sich sogar so kräftig gefühlt, dass er Robin gebeten hatte, ihn auf kurze Ausritte zu begleiten. Ein kleines Wunder, wenn man bedachte, dass er in den Monaten zuvor zu schwach gewesen war, um sich auch nur auf einem Pferd zu halten. In dem Maße, wie seine Kräfte zurückgekehrt waren, hatte er den Aussatz allmählich aus seinem Wortschatz, wenn nicht gar aus seinem Bewusstsein verdrängt. Er war offenbar davon überzeugt gewesen, dass nach dem Fieber auch die schrecklichen Pusteln von seiner Haut verschwinden würden.

Die Pusteln und Beulen jedoch ließen sich nicht totschweigen und erst recht nicht verbannen. Nach einer kurzen Phase der Besserung war der Aussatz mit neuer, nie da gewesener Kraft zurückgekehrt. Tage wie heute, an denen er Besuch empfangen und sich ein wenig mit ihm unterhalten konnte, wurden immer seltener. Seine Finger hatten sich in schwarze Stümpfe verwandelt, als wären sie Kerzen aus zu altem Wachs, die viel zu schnell herunterbrannten. Wenn es ihm an noch viel selteneren Tagen gelang, sich zu erheben und ein paar Schritte durch den Raum zu gehen, ließ sein Gang erkennen, dass auch seine Zehen angegriffen waren – wenn er überhaupt noch welche besaß.

»Bruder Abbé ist verhindert«, seufzte Balduin nach einem Moment unangenehmen Schweigens. »Nun ja. Verglichen mit mir ist er das blühende Leben schlechthin. Aber es geht ihm trotzdem nicht gut.«

»Was ist passiert?«, erkundigte Robin sich besorgt.

Der ehemalige König deutete ein Schulterzucken an und wandte den Blick ab. »Das vermag niemand zu sagen. Er leidet in immer kürzeren Abständen unter Fieber. Seine Haut weist kupferfarbene, nässende Knötchen auf, und er scheint viel zu schnell zu altern. Er sieht schlecht, kann das Wasser nicht halten und verwechselt Namen. Neulich war es nur einer glücklichen Fügung zu verdanken, dass er überlebte, als er seinen Wasserkrug mit einer Flasche Lampenöl verwechselte. Ein Novize griff in buchstäblich letzter Sekunde ein …« Balduin schüttelte mitfühlend den Kopf. »Ein einziger Schluck Lampenöl führt unweigerlich zum Tod, wusstest du das?«

Robin schüttelte stumm den Kopf. Was Balduin ihr erzählte, bekümmerte sie zutiefst. »Ihr habt ihm doch sicherlich einen guten Arzt zur Seite gestellt, nicht wahr?«

»Den besten. Und Abbé hat sich sogar dazu überreden lassen, sich einem hochgelobten muslimischen Arzt anzuvertrauen. Du kannst dir sicher vorstellen, dass ihn das große Überwindung gekostet hat. Und dann hat er ihn sofort unter Schimpf und Schande davongejagt, als er ihm die Franzosenkrankheit diagnostizierte.« Balduin schloss für einen Moment die Augen, und als Robin gerade glaubte, dass er eingeschlafen sein könnte, fügte er hinzu: »Die Franzosenkrankheit. Einem Geistlichen! Welch ein Unding.« Er schlug die Augen wieder auf. »Könnte ich bitte einen Schluck Lampenöl bekommen?«, bat er.

»Und nun soll ich tun, womit Ihr Bruder Abbé nicht mehr beauftragen könnt«, riet sie. Sie lächelte.

»Wenigstens einen ganz kleinen?«

Robin wusste, dass er scherzte, und irgendwie war es schön zu wissen, dass ihm selbst das schlimmste Gebrechen den Humor nicht nehmen konnte. Sie vermutete, dass es dadurch etwas erträglicher für ihn wurde. Trotzdem war ihr nach allem, was sie gerade vernommen hatte, und angesichts des Leides ihres Freundes nicht nach Scherzen zumute. Sie stemmte eine Faust ihn die Hüfte und hob mahnend eine Braue.

»Oh, du bist eine richtige Mutter geworden«, kommentierte Balduin belustigt. »Aber du hast natürlich recht: Ich habe dich nicht kommen lassen, um dir mein Elend in vollem Umfang vor Augen zu führen. Ich möchte lediglich, dass du für mich die Welt rettest.«

»Wie bitte?« Hatte sie sich nicht heute Nacht noch gewünscht, Balduin würde sie bitten, die Gebeine der Heiligen Jungfrau auf einem Löwen nach Jerusalem zu holen und zu neuem Leben zu erwecken? Konnte er etwa ihre Gedanken lesen? Und war es nicht vielleicht doch das kleinere Übel, in Jerusalem zu bleiben und sich ihren Pflichten als Eheweib und gute Mutter zu beugen?

»Das ist vielleicht ein wenig übertrieben«, winkte Balduin ab, und sein Tonfall wurde ernst. »Aber nicht viel. Wie du weißt, sah ich mich gezwungen, die Krone auf meinen naseweisen Neffen zu übertragen. Ebenso gut hätte ich sie meiner Mutter direkt auf den Kopf nageln können. Der kleine Balduin ist viel zu jung, um dieses wunderbare Königreich verantwortungsvoll zu führen. Im Prinzip ist es also meine hoch ehrenwerte Schwester Sibylle, die das Zepter führt – und Sibylle tut alles, was unsere Mutter von ihr verlangt.«

»Was verlangt Agnes von Courtenay?«, fragte Robin, der all das nicht neu war.

»Sie ist im Begriff, auch den letzten Rest von Frieden im Heiligen Land für ihre kopflose Gier zu opfern«, antwortete Balduin bitter. »Es gibt Verträge, Robin. Ich habe Abmachungen mit Saladin getroffen, damit Christen und Mohammedaner halbwegs friedfertig nebeneinanderleben können. Zumindest so lange, bis sich eine bessere, endgültige Lösung gefunden hat. Eine Lösung, die kein Blutvergießen erfordert und mit der beide Seiten einverstanden sind. Es wäre die Aufgabe meines Neffen – oder meinethalben auch meiner Schwester –, weiterhin nach einer solchen Lösung zu suchen. Dazu gehört jedoch ganz gewiss nicht, laut darüber nachzudenken, Moscheen niederzubrennen und die Karawanen der Mekka-Pilger abzufangen und auszurauben. Meine Mutter kann jetzt all ihre abscheulichen Fantasien mit einem Fingerschnippen in die Tat umsetzen. Sie wird nicht mehr lange an sich halten können, und sie wird Fehler machen. Unverzeihliche Fehler mit gar zu leicht absehbaren Folgen. Was glaubst du, wie lange wird dieses christliche Königreich noch überdauern, wenn Saladin all seine Glaubensbrüder zum offenen Kampf gegen die Christen aufruft? Jeder Schritt, den du vor dieses Gemäuer setzen wirst, könnte dein letzter sein.«

Robin senkte betroffen den Blick. Auch das war eine Folge ihres Scheiterns. Zwar hatte sie ihre Mission erfüllt und das Wasser des Lebens nach Jerusalem gebracht, aber trotz all ihren Anstrengungen war es ihr weder gelungen, den König zu retten, noch hatte sie Agnes von Courtenay davon abhalten können, die Macht über das Heilige Land zu ergreifen. Schon jetzt nahm die Unruhe im Volk spürbar zu. Balduin war es in seiner Gewissenhaftigkeit und Weisheit gelungen, dass Christen und Moslems zwar nicht miteinander, aber überwiegend friedlich nebeneinander lebten. Agnes und Sibylle hingegen entzogen den Mohammedanern immer mehr Rechte und bürdeten ihnen stattdessen unnötige Pflichten auf. Alles, was Robin um jeden Preis hatte verhindern wollen, war am Ende doch eingetreten. Sie schauderte. »Was wollt Ihr dagegen tun?«, fragte sie.

Der ehemalige König seufzte. »Ich kann überhaupt nichts mehr tun. Aber es gibt jemanden in deutschen Landen, der möglicherweise seinen Einfluss walten lassen kann. Der Graf von Egesrode ist ein alter Jugendfreund meiner Mutter. Vielleicht ist er sogar der einzige wahre Freund, den sie je besessen hat. Bitte … Dort drüben auf meinem Pult liegt ein Schreiben, das ich jüngst habe verfassen lassen.«

Robin erhob sich gehorsam und nahm die lederne Rolle an sich. »Was soll ich damit tun?«

»Bring es nach Egesrode«, bat Balduin sie. »Es ist ein sehr persönlicher Brief. Ich möchte nicht, dass irgendjemand außer Gunther von Egesrode ihn liest. Darum möchte ich, dass du ihn nimmst. Ich weiß, dass ich mich auf dich verlassen kann. Du bist wahrscheinlich der einzige Mensch, dem ich noch mein volles Vertrauen schenken kann.«

»Aber ich …«, begann Robin.

Balduin schnitt ihr mit einer für seinen Zustand überraschend energischen Geste das Wort ab. »Ich weiß auch, dass du mit all dem politischen Unsinn nichts mehr zu schaffen haben wolltest. Und das verlange ich auch gar nicht von dir. Alles, worum ich dich bitte, ist, einen einfachen Botengang für mich zu erledigen. Niemand weiß von deiner Aufgabe, und du wirst auch niemandem davon erzählen. Es gibt zahlreiche Christen, die keinen allzu großen Wert auf Frieden im Heiligen Land legen. Scheinheilige Schwachköpfe, die jede Silbe unseres senilen Heiligen Vaters für bare Münze nehmen und die Aussichtslosigkeit einer letzten Schlacht um das Heilige Land zu diesem Zeitpunkt einfach nicht in ihre kleinen Gott-will-es-so-Hohlköpfe bekommen. Sabbernde Trottel, die lieber heute als morgen den Befehl empfangen würden, sich sehenden Auges in Saladins gezückten Säbel zu werfen. Weil sie sich überhaupt nicht vorstellen können, dass Gott eben nicht jeden Deppen vor dem aufgerissenen Maul retten kann, in das er sich schmeißt. Gott will keinen Krieg. Und schon gar nicht auf dem Boden, auf dem einst sein geheiligter Sohn wandelte. Bitte, Robin … Besuch deine alte Heimat. Und bring dem Grafen von Egesrode dieses Schreiben. Vermutlich ist es das Letzte, worum ich dich in meinem Leben bitte.« Er hatte sich in Rage geredet und sank nun sichtlich erschöpft in die Kissen zurück.

Robin presste die Lippen aufeinander und drehte die lederne Rolle unbehaglich zwischen den Fingern. Dann nickte sie langsam. »Ich hatte nicht vor, mich zu verweigern«, sagte sie leise. »Ich habe einen Eid darauf geschworen, Euch zu dienen, bis dass der Tod uns trennt. Auch wenn Ihr mich von meinen ritterlichen Pflichten entbunden habt. Ihr seid mein Freund, Balduin. Vielleicht der einzige, den ich noch habe, wenn Gott auch Bruder Abbé zu sich holen sollte.«

Sie hielt inne und senkte den Blick. Was sollte sie bloß

Salim erzählen? Er würde alles andere als erfreut darüber sein, wenn er erfuhr, dass sie erneut im Auftrag des ehemaligen Königs von Jerusalem reisen würde. Die letzte Bitte Balduins hätte sowohl sie als auch Leila um ein Haar das Leben gekostet. Doch all das verblasste für Robin im Angesicht des Gefallens, um den Balduin sie bat. In dieser Situation über Salim und Leila zu reden wäre gewesen, als versuchte sie, sich einer großen Schlacht zu verweigern, weil sie befürchtete, sich einen Fingernagel abzubrechen.

Balduin lächelte zufrieden und ruinierte damit abermals seine Mundwinkel. »Ich wusste, dass du mich nicht im Stich lassen würdest, Robin. Und was deinen Ehemann angeht – er wird schon Verständnis für dein quälendes Heimweh aufbringen. Wenn du es richtig angehst, schenkt er dir die Reise in deine alte Heimat vielleicht sogar zum Hochzeitstag. Das erinnert mich daran: Könntest du bitte die Schublade dort öffnen? Nein, nicht diese. Die darüber. Ja. Greif hinein.«

Robin tat, wie ihr geheißen, und zog einen sorgsam zusammengefalteten, reich bestickten Wandbehang aus der Schublade. Er zeigte die heilige Katharina im Kreise einer Schar von Engeln und gefiel Robin sofort. »Das ist ein sehr schönes Stück«, sagte sie.

»Es ist für dich«, erklärte Balduin. »Und für deinen Ehemann, falls er sich mit diesem heidnischen Zeug anfreunden kann. Und nun geh heim, und genieße diesen Tag.« Mit einer schwachen Geste entließ er sie, doch dann lächelte er und setzte hinzu: »Wer hätte gedacht, dass ihr beide es so lange miteinander aushaltet.«

3. KAPITEL

Als Robin am Mittag in ihr Stadthaus zurückkehrte, hatten Saila und Nemeth die Kampfspuren der vergangenen Nacht längst beseitigt. Das Mahl, das sie Robins Familie auftischten, übertraf alle Anordnungen und Erwartungen bei Weitem: Es gab frische Feigen und Granatäpfel, Zitrusfrüchte, mehrere Sorten Fladenbrot, ein halbes Dutzend schmackhafter Soßen in kleinen Messingschalen, kaltes Hammelfleisch, gefüllte Oliven, Kamelmilch, Ziegenmilch, schwarzen Tee und noch vieles mehr. Offenbar hatte auch Salims Vater einen nicht unerheblichen Beitrag zu ihrem – und vor allen Dingen seinem eigenen – leiblichen Wohl geleistet. Robin beobachtete, wie Saila und Nemeth immer mehr Köstlichkeiten in den Raum trugen und auf dem frisch gereinigten Teppich abstellten.

Salim nahm sichtbar widerwillig neben ihr Platz. »Und?«, flüsterte er, während sich auch seine Mutter Tahenkat auf einem der großen Kissen, die auf dem Boden verstreut lagen, niederließ. Die Wüstenprinzessin war in Begleitung einer jungen, schweigsamen Sarazenin erschienen, die ihr nun dampfenden schwarzen Tee einschenkte. »Was wollte Balduin von dir?«

Statt eine Antwort zu geben, drückte Robin ihm den dunkelblauen Wandbehang, den sie in Erwartung genau dieser Situation griffbereit gehalten hatte, in die Hand. Innerlich kochte sie noch immer vor Wut, aber sie würde sich bemühen, gute Miene zum bösen Spiel zu machen, bis die kleine Familienfeier überstanden war. Sie hatte keine Lust, sich gleich mit der ganzen Sippe zu zanken.

»Hübsch, nicht wahr?«, sagte Robin, während Salim das Geschenk Balduins kurz vor sich ausbreitete und dann stirnrunzelnd wieder zusammenlegte. »Balduin hat ihn uns geschenkt. Eine kleine Aufmerksamkeit zum Hochzeitstag.«

Salim reichte ihr das Tuch zurück. Dann widmete er sich schweigend dem Festmahl. Offenbar hatte er genauso wenig Lust, sich vor seinen Eltern mit ihr zu streiten, wie sie selbst.

Nach dem Essen gab Scheich Sinan dem steten Drängen Leilas nach und ging mit ihr nach draußen, um die Pferde und Kamele zu füttern. Tahenkat entschuldigte sich ebenfalls und ließ die Eheleute mit den Dienern allein.

»Du hast meine Frage nicht beantwortet.« Salim gab nicht so schnell auf. »Was wollte Balduin denn nun von dir?«

Robin winkte Nemeth, ihr noch einen Tee einzuschenken. Tee war gut für die Nerven. Und diese wollte sie jetzt nicht verlieren. »Doch, das habe ich«, erwiderte sie so gleichmütig wie möglich. »Er wollte uns zum Hochzeitstag gratulieren.«

Der Sarazene maß sie vom Kopf bis zu den Knien, auf denen sie saß. »Selbstverständlich«, erwiderte er sarkastisch. »Vermutlich als kleine Wiedergutmachung dafür, dass er deinen letzten Namenstag vergessen hat.«

Robin zuckte die Schultern. Sie hatte diese Bemerkung

kommen sehen und war darauf vorbereitet. »Ich weiß nicht, auf welche Gedanken ich selbst käme, wenn ich meine Kammer praktisch seit Jahren nicht mehr verlassen könnte«, stellte sie fest. Dabei bemühte sie sich, genau das richtige Maß an Vorwurf in ihrer Stimme mitschwingen zu lassen. »Balduin denkt eben unter anderem an mich und daran, unter welchem Vorwand er mich zu sich bestellen kann. Er ist inzwischen sogar zu schwach, um sich mit einem Buch zu beschäftigen.«

»Und warum hat er uns dann nicht beide kommen lassen?«

Auch darauf war Robin vorbereitet. »Ihm war gerade eher nach Damenbesuch«, versuchte sie es mit einem Scherz.

Salim rümpfte die Nase und beobachtete einen Moment schweigend, wie Saila hereinkam und der Stimmung halber ein paar Öllampen entzündete, obwohl die Abenddämmerung noch Stunden auf sich warten lassen würde. »Ich würde nur zu gern wissen, unter welch mysteriösem Gebrechen dein ehemaliger König eigentlich leidet«, bemerkte er nach einer Weile.

Robin deutete ein Schulterzucken an. Dass Balduin IV. unter einer schweren Krankheit litt, war hinlänglich bekannt. Dass es der Aussatz war, der ihn heimgesucht hatte, wussten jedoch außer ihr selbst nur die Ärzte, Bruder Abbé und Balduin selbst. Und das war auch gut so. In den letzten Jahren seiner Regentschaft hatte Balduin sich seinem Volk nur noch mit verschleiertem Antlitz gezeigt. Wie hätte er auch erklären sollen, dass er mit einer tödlichen Krankheit geschlagen war, die gemeinhin als eine Strafe Gottes bekannt war? Ausgerechnet er, der doch König von Gottes Gnaden war? Sein Elend galt als Mysterium, und das war ein Vorteil für Robin. Wäre es nicht so, hätte Salim ihr niemals erlaubt, auch nur einen Fuß in den Palast oder auf das Anwesen des Königs zu setzen. Ganz gleich, wie wichtig ihre Mission war und welch furchtbare Folgen es hätte, wenn sie sich geweigert hätte, sie zu übernehmen. Sie erinnerte sich nur zu gut daran, wie wütend er geworden war, als er erfahren hatte, dass sie mit Bruder Lucio, einem Aussätzigen, zum Mosesberg gereist war. Und mit seinem Zorn hatte Salim sogar ausnahmsweise vollkommen recht. Das Gesetz schrieb nicht von ungefähr vor, dass Aussätzige, die ihr Haus verließen, mit viel Lärm auf sich aufmerksam machen mussten. Die Krankheit galt als übertragbar, und kaum jemand überlebte sie. Robin aber fürchtete den Aussatz längst nicht mehr. Es schien, als könnte er ihr aus irgendeinem Grund nichts anhaben –, sonst hätte sie sich bei dem engen Umgang mit dem verstorbenen Bruder Lucio und dem noch immer sterbenden Balduin nämlich schon längst anstecken müssen. Aber das musste sie Salim natürlich nicht auf die Nase binden. »Die Ärzte sagen, es könnte die Franzosenkrankheit sein«, behauptete sie deshalb. Sie wusste nicht, was das war, aber das, was ihr Balduin über die Krankheit des armen Bruder Abbé erzählt hatte, erschien ihr ähnlich.

Salim verschluckte sich an seinem Tee. »Die Franzosenkrankheit?«

Robin nickte. »Ich weiß nicht, was das ist«, fügte sie dann wahrheitsgemäß hinzu.

Salim zog eine Grimasse und schüttelte den Kopf. »Besser, du erfährst es auch nicht«, gab er zurück. »Aber vielleicht bist du in Zukunft lieber ein wenig vorsichtig, wenn deinem alten Freund noch einmal nach Damenbesuch zumute ist.«

In diesem Moment betrat sein Vater mit einer völlig überdrehten Leila an der Hand den Raum. Mit einem gekünstelten Ächzen ließ Sinan sich auf den Boden sinken und setzte die Kleine auf seinen Schoß, die sich offenbar göttlich über die albernen Scherze ihres Großvaters amüsierte. Besonders lustig fand sie anscheinend seinen Bart, den er zu zwei Zöpfen geflochten hatte. Auch Tahenkat kam kurz darauf zurück und begann, sehr zu Leilas Begeisterung, leise und ernst von ihren zahllosen Wüstenabenteuern zu erzählen. Nach und nach versammelte sich Robins und Salims kleiner Haushalt wieder im Raum, um ihr zuzuhören. Sinan ließ einen seiner Assassinen herbeiholen, der so mitreißend auf einer Flöte spielte, als wäre er nicht etwa zum Morden, sondern eigens zum Musizieren ausgebildet worden. Und Salim? Der freute sich offenbar über die Anwesenheit seiner Eltern, die einander doch für gewöhnlich kaum sahen, geschweige denn aus freien Stücken miteinander redeten.

Robin kam sich schrecklich überflüssig vor. Eine graue Ente in einem Pulk von schwarzen Schwänen. Sie versuchte sich auf die Frage zu konzentrieren, wie sie Balduins Bitte nachkommen konnte, ohne einen neuerlichen Streit zu provozieren, was ihr aber nicht leichtfiel. Noch immer kreiste ein nicht unerheblicher Teil ihrer Gedanken um den Streit der vergangenen Nacht. Wie sollte sie sich nur jemals mit Salim einigen, wie Leilas Erziehung vonstattengehen sollte? Sicher war: Dieser Streitpunkt zwischen Salim und ihr war noch lange nicht behoben und brodelte stetig weiter wie glühende Lava. Der Alte vom Berge würde klar auf Salims Seite stehen, falls es zu einem neuerlichen Eklat kam. Das stand so fest wie die Pyramiden von Gizeh. Bei Tahenkat war Robin sich nicht ganz so sicher.

Salims Mutter war eine überaus eigensinnige, starke Frau – und sie mochte Robin, da deren Lebensgeschichte der ihrigen nicht ganz unähnlich war. Aber letzten Endes war auch sie eine Muselmanin. Selbst Leila – und dieser Gedanke war für Robin schier unerträglich – würde eher zu ihrem Vater halten als zu ihr. Allein schon wegen all des Zuckerwerks. Und weil sie nun einmal hier, im muslimischen Viertel von Jerusalem, aufgewachsen war, wo Christen wie Robin allenfalls geduldet wurden – und das vielleicht auch nicht mehr lange, wenn Agnes von Courtenay und ihre fürchterliche Tochter Sibylle den Frieden, den Saladin und Balduin IV. geschaffen hatten, weiterhin gefährdeten. Leila jedenfalls erwachte allmorgendlich nicht etwa vom Geläut der Kirchenglocken, sondern von den Rufen der Muezzins, mit denen sie die Muslime von den Minaretten der Moscheen zum Gebet riefen. Und Salim untergrub Robins Erziehungsversuche nach Kräften, wie sie nun wusste. So blieb ihr wohl nichts anderes übrig, als zuzusehen, wie ihre Tochter sich in jeder Hinsicht in eine völlig verkehrte Richtung entwickelte, während sie, das unfähige Christenweib, längst zum Gespött der Nachbarschaft geworden war. Tatsächlich schien es ihr ab und an, als wären dieser Tage selbst die dreimal verfluchten Juden in Jerusalem noch höher angesehen als die Christen. Zumindest unter den Mohammedanern. Dabei kamen die Christen doch nur deshalb hierher, um den Heiden zum rechten Glauben und damit zu ihrem Seelenheil zu verhelfen. Kurz: Robin fühlte sich einsam in dieser fremden Welt, mit der sie nie gänzlich verwachsen war. Und nun hatte sie auch noch ihr eigener Ehemann auf übelste Weise hintergangen. Am liebsten wäre sie aufgesprungen, zu Fuß zum nächstliegenden Hafen gerannt und ohne eine

Erklärung auf das nächste Schiff in Richtung Abendland gesprungen – Seekrankheit hin oder her. Wenn sie doch zumindest in ihr Schlafzimmer hätte laufen können, um sich dieser ganzen Heuchlerei zu entziehen. Was nutzte denn dieses Schauspiel von der glücklichen Familie, die zusammenkam, um einen Hochzeitstag zu zelebrieren!

Sie beherrschte sich jedoch um Leilas willen. Die Kleine lauschte gerade mit großen Augen der Geschichte, die ihr Großvater ihr über Salims und Robins spektakuläre Hochzeit erzählte. Sie war nahezu vollständig erstunken und erlogen. Es hatte weder reich geschmückte Elefanten gegeben noch hundert Jungfrauen, die auf den Mauern Masyafs zu lieblicher Musik tanzten. Robin fragte sich verärgert, weshalb er ihrer Tochter bloß einen solchen Unsinn erzählte. Oft kam es ihr so vor, als wollte er sie in seine Festung locken. Dort könnte sie sich an seinem Reichtum ergötzen und zu einer richtigen orientalischen Prinzessin heranwachsen. Und einst würde sie dann selbst ein solch wunderschönes Fest feiern, wie es die Hochzeit ihrer Eltern angeblich gewesen war. Um den Preis ihrer Freiheit und auf Kosten all jener armen Seelen, die der Alte vom Berge und seine Assassinen auf dem Gewissen hatten.

Sicherlich: Robin hatte Raschid ad-Din Sinan viel zu verdanken. Einige Male hatte er ihr wahrscheinlich sogar das Leben gerettet. Das bedeutete jedoch noch lange nicht, dass sie ihn liebte. Bestenfalls konnte sie ihn dulden. Aber doch bitte nicht heute! Sie war nur froh, dass Leila sich bei ihrem einzigen längeren Aufenthalt auf Masyaf im vergangenen Winter bereits nach fünf Tagen zu Tode gelangweilt hatte. So beneidete Robin Sinan zwar noch immer um die Zuneigung, die ihre Tochter ihm entgegenbrachte, aber wenigstens musste sie nicht mehr befürchten, dass das Mädchen sich einst tatsächlich in seine dekadente Festung würde locken lassen. Es war keine gute Idee von ihm gewesen, Leila für zwei Wochen einzuladen, um sie dann die meiste Zeit einem zunehmend verzweifelten Kindermädchen aufzubürden, weil der Alte vom Berge selbst viel zu sehr damit beschäftigt gewesen war, viele Leben für noch mehr Geld auslöschen zu lassen.

»Sag mir, kleine Wüstenrose«, erkundigte Scheich Sinan sich nun bei Leila, »bist du jemals auf dem Rücken eines Kamels geritten, oder ist es noch immer dieser fürchterliche alte Klepper, der euch durch die Straßen der Stadt schleppt?«

»Nein«, antwortete Leila und beantwortete damit nur den ersten Teil der Frage ehrlich. Ihr Gesichtsausdruck zeigte deutlich, was sie dabei dachte: »Aber ich bin mir sicher, du lässt mich gleich auf deinem Trampeltier bis Konstantinopel reiten, wenn ich weiter so hübsch mit den Wimpern klimpere. Und mein Vater läuft neben mir her und füttert mich mit Weintrauben.«

Robin übernahm es selbst, die Frage nach ihrem Reittier zu beantworten. Die Herablassung, mit der Salims Vater über nahezu alles sprach, was ihr gehörte, ärgerte sie: »Mein Pferd ist nach wie vor ein kräftiges, zuverlässiges Tier. Ich habe immer noch jenes, das ich mir nach Leilas Geburt zugelegt habe. Es ist damals sehr schnell gesundet.«

»Es heißt Luna«, erklärte Leila. »Das bedeutet Mond. Mein Vater hat auch eines. Aber das hat keinen Namen.«

»Es ist ein Pferd, Leila, kein Mensch.« Salim zuckte die Schultern.

»Das herrliche dunkelgraue Schlachtross, das du aus

meiner Herde ausgewählt hast.« Sinan seufzte theatralisch. »Wäre es nicht deine erste Wahl gewesen, hätte ich es für mich behalten. Doch für meine Kinder und Kindeskinder ist mir kein Opfer zu groß. Es gibt ein sehr ähnliches Tier in meinem Bestand. Falls du es dir noch einmal anders überlegst, Robin. Einen Bruder des Prachtstücks, das Salim mitgenommen hat.«

Robin unterdrückte nur mühsam ein Schnauben. »Danke«, presste sie hervor, »ich glaube, Luna wird mir noch einige Jahre treu dienen.« Sie wusste, dass Sinan es persönlich genommen hatte, als sie nach ihrer Rückkehr aus dem Reich der Roten Geister darauf verzichtet hatte, ein neues Pferd aus seiner erstklassigen Zucht auszuwählen. Das war ja schließlich auch ihre Absicht gewesen. Stattdessen hatte sie Luna in einer kleinen Karawanserei erworben. Zu einem Spottpreis, denn irgendjemand hatte sie mit einer Verletzung am Knöchel dort zurückgelassen. Es war nicht klar gewesen, ob sie sich jemals vollständig erholen würde. Doch das Reisebudget, mit dem König Balduin Robin auf die Suche nach dem Wasser des Lebens geschickt hatte, war längst aufgebraucht gewesen. Sie hatte ein neues Pferd gebraucht, um das letzte Stück des Weges zu bewältigen, und sie hasste es, irgendwelche Geschenke von Sinan anzunehmen. Robin wusste, dass er allein darum so gern Großzügigkeit walten ließ, weil er es liebte, andere Menschen in seiner Schuld, wenn nicht gar in seiner Abhängigkeit, zu wissen. Darum hatte sie sich das Geld nur geliehen und es ihm in Jerusalem zurückgezahlt. Gegen seinen ausdrücklichen Willen.

Sinan zog spöttisch eine Augenbraue in die Stirn. »Wenn dieser Gaul nur ansatzweise so stur ist wie seine Besitzerin, tut man sicher gut daran, ihn im Morgengrauen zu satteln, wenn man den Stall bei Nacht verlassen will. Aber wir schweifen ab. Seht nur das Feuer der Ungeduld, das in den Augen der kleinen Prinzessin brennt.« Er lächelte Leila zu. »Geh mit Kaya. Er wird dir zeigen, wie man ein Trampeltier reitet. Es ist nicht schwer, und du wirst Gefallen daran finden. Na los!« Er bedeutete Robins Leibwächter, den er selbst vor vielen Jahren ausgebildet und Salim zur Verfügung gestellt hatte, seinen Anweisungen zu folgen, und scheuchte seine strahlende Enkelin mit einer liebevollen Geste aus dem Raum. »Such dir das kräftigste und schönste Tier aus«, rief er ihr gönnerhaft nach. »Das mit den schönsten Decken und dem prächtigsten Geschirr!«

Raschid wandte sich wieder Salim zu und rieb sich die fleischigen Hände. Die Wangen in seinem kantigen Gesicht waren leicht gerötet, und seine Augen strahlten kaum weniger als Leilas, als sie aus dem Raum gestürmt war, um zum ersten Mal in ihrem Leben allein auf einem Kamel zu reiten. Um ganz genau diesen Blick nicht sehen zu müssen, hatte Robin sich vor fünf Jahren einen lahmenden Gaul zugelegt.

»So macht man kleine Mädchen glücklich«, erklärte der Alte vom Berge selbstzufrieden. »Es ist überhaupt nicht schwer.«

Natürlich nicht, ergänzte Robin insgeheim voller Sarkasmus. Wenn man es mit Auftragsmorden zu einem der reichsten Männer des Morgenlandes gebracht hat, ist die Verlockung groß, gute Erziehung durch kostspielige Tiere und teuren Schmuck zu ersetzen. Nur entfacht man bei Leila damit leider nichts als ein Strohfeuer. Wichtiger wäre es doch, sie in ihrer Leichtlebigkeit ein wenig zu bremsen und ihr etwas über das Leben beizubringen. Und über Gott …

Robin wusste nicht, warum ausgerechnet sie, die der Kirche von jeher nahezu lästerlich kritisch gegenüberstand, sich immer mehr Gedanken über Gott und den richtigen Glauben machte. Es war, als rückte der Allmächtige ihr immer näher, je weiter sie sich von ihrer christlichen Heimat und Erziehung entfernte. Aber gerade heute hatte es gewiss auch eine Menge mit dem zu tun, was Salim sich in der Nacht erlaubt hatte. Wieder streifte sie ihren Angetrauten mit einem eisigen Blick. Sie war noch nicht fertig mit Salim. Spätestens wenn Sinan und Tahenkat sich wieder auf ihre Kamele schwangen, lief seine Gnadenfrist ab. Das einzig Gute an dem festlichen Mahl zu ihrem Hochzeitstag war, dass sie es nicht einmal dann restlos verzehren konnten, wenn sie es großzügig mit den Hausangestellten teilten. Es würden eine Menge Früchte übrig bleiben. Und Robin hatte schon eine sehr genaue Verstellung davon, nach wem sie sie werfen würde.

»Oh, Leila ist meistens glücklich«, antwortete Salim seinem Vater. »Das Problem ist im Moment eher, dass sich ihre Vorstellung von Glück selten mit der unseren deckt.«

»Und deine Vorstellung von Erziehung sich nicht mit meiner von Moral und Respekt.« Robin biss sich auf die Unterlippe. Das hätte sie nicht sagen sollen. Dass sie in einer solchen Diskussion vor Salims Eltern nur den Kürzeren ziehen konnte, hatte sie sich schließlich im Vorfeld schon ausgerechnet.

»Moral!« Salim funkelte sie verärgert an. »Was bedeutet Moral, wenn es vielleicht um das Leben unseres Kindes geht? Wenn ihre Leiche auf einem Misthaufen hinter der Hütte eines perversen Menschen verwest, weil du sie nicht in den Griff bekommst – kannst du sie dann mit Moral und Respekt zu neuem Leben erwecken? Betest du zu deinem Gott, dass er ihre Gliedmaßen wieder miteinander verleimt, wenn ein betrunkener Christenkrieger sie auf der Straße in Stücke hackt?«

Das war zu viel für Robin. »Kein Christ würde jemals …«, setzte sie an, doch Salim ließ sie nicht ausreden. Wenn er sich vor ein paar Stunden noch bei ihr hatte entschuldigen wollen, hatte er längst vergessen, wofür. Die Gegenwart seines Vaters war gewiss nicht ganz unschuldig daran.

»Deine Christenfreunde tun noch ganze andere Dinge, wenn die Nacht lang ist und der Alkohol in Strömen fließt. Am vergangenen Sonntag – dem Tag, der euch so heilig ist – haben sie die greise Mutter des einäugigen Sattlers im Süden der Stadt geschändet. Ihn selbst haben sie gezwungen, rohes Schweinefleisch zu essen, um die alte Frau schließlich doch noch zu enthaupten. Und seinen Sohn haben sie verschleppt. Niemand weiß, wohin und wozu.«

»Du erfindest Geschichten!« Robin war sich sicher, dass das nicht stimmen konnte. Sie wusste natürlich, dass nicht jeder Kreuzfahrer ein so reines Gewissen und so edle Ziele hatte, wie der Papst es sich gewünscht hätte. Jede Herde barg schließlich das eine oder andere schwarze Schaf. Doch was Salim da erzählte, erschien ihr viel zu ungeheuerlich, als dass es der Wahrheit entsprechen könnte.

»Ich wünschte, es wären nur Geschichten«, erwiderte Salim. »Ich wünschte, der alte Vater des Sattlers hätte sich nicht in seinem Kummer das Leben genommen. Ich habe ihn nämlich sehr geschätzt.«

»Das ist … eine Sünde«, stammelte sie und ärgerte sich im nächsten Augenblick über sich selbst. Warum bat Robin Saila nicht darum, ihr die Zunge an den Gaumen zu nähen? Statt sich ihre Sprachlosigkeit einzugestehen, stammelte sie dummes Zeug, das dem senilsten, scheinheiligsten Johanniter zur Ehre gereicht hätte. Eine Sünde, die aus Schmerz und Verzweiflung geboren war, konnte schließlich vor keinem gerechten Gott so schwer wiegen wie eine, die aus reiner Boshaftigkeit begangen wurde – unabhängig davon, welchen Namen man diesem Gott gab.

Salim setzte zu einer Entgegnung an, aber sein Vater brachte ihn mit einer fast sanftmütigen Geste zum Schweigen. »Bitte streitet euch nicht. Es ist doch euer Hochzeitstag.« Und doch: Etwas in seinem Blick verriet Robin allerdings, dass ihm diese Auseinandersetzung gerade sehr gelegen kam. Sie rümpfte die Nase, und Salim schaute demonstrativ fort von ihr.

Sinan seufzte, ein feines Lächeln um die wulstigen Lippen. »Doran berichtete mir bereits von euren Sorgen. Er hat mir einen Boten gesandt. Was in seinem Brief geschrieben stand, bestätigte in vollem Umfang, was ich bei meinen Besuchen in jüngerer Vergangenheit nur erahnen konnte.«

»Er hat was?«, entfuhr es Salim. »Dieser Taugenichts soll auf meine Tochter achtgeben, nicht auf meine Familienangelegenheiten. Kein Wunder, dass er seine Aufgaben nicht erfüllen kann, wenn er im stillen Kämmerlein Briefe an meine Eltern verfasst!«

»Er hat es nur gut gemeint«, mischte sich Tahenkat nun ein. »Ohne seine Botschaft wären wir jetzt wahrscheinlich nicht hier, um euch zu helfen.«

»Noch nicht«, bestätigte Sinan. »Es ist nicht so, als hätte ich mir nicht schon meine eigenen Gedanken gemacht.«

»Oh.« Robin spielte die Erstaunte. »Und ich dachte, ihr seid hier, um uns zum Hochzeitstag zu gratulieren.«

Tahenkat lächelte milde. »Dazu hätte ein Bote genügt, findest du nicht?« Im Gegensatz zu ihrem ehemaligen

Gatten wirkte ihr Lächeln warm und ehrlich; was daran liegen mochte, dass die stolze Wüstenprinzessin es selten zeigte. Es war nicht so abgenutzt wie das des Alten vom Berge.

»Und wie genau soll diese Hilfe aussehen?«, fragte Salim skeptisch.

In Tahenkats Augen blitzte kurz der Schalk. »Wir haben Hand- und Fußfesseln aus gehärtetem Stahl mitgebracht. Außerdem einen geduldigen Imam, der Leila tagaus, tagein aus dem Koran vorlesen wird, und ein Nagelbrett, auf dem sie fortan schlafen kann.«

»Sehr komisch«, stöhnte Salim, während Robin sich keine Mühe gab, ihr Misstrauen zu verbergen. »Und im Ernst?«

Scheich Sinan holte tief Luft und genoss die Spannung, die in der Luft hing. »Wir möchten, dass ihr uns nach Masyaf begleitet«, erklärte er schließlich gedehnt.

»Er möchte, dass ihr ihn nach *Masyaf* begleitet«, betonte Tahenkat.

»Kommt überhaupt nicht infrage!« Robin war entsetzt. Sie hatte sich nicht getäuscht. Ihr Schwiegervater hatte sich also wirklich in den Kopf gesetzt, ihr kleines Mädchen in seine Festung zu locken. Hoffentlich, so dachte sie, behielt sie auch in ihrer zweiten Vermutung recht: dass es ihm nicht gelingen würde.

Tahenkat beugte sich vor und fixierte ihren ehemaligen Gatten. »Tu nicht so, als hätte ich etwas damit zu tun. Das war ganz allein deine Idee.«

»Und warum bist du dann hier?«, wollte Salim wissen. »Ihr könnt euch doch sonst auch nie auf etwas einigen.«

»Es kommt nicht infrage!«, wiederholte Robin energisch, aber niemand beachtete sie. Lediglich Tahenkat zwinkerte ihr kurz verschwörerisch zu, ehe sie an Salim gewandt antwortete: »Er hat mich gebeten, euch davon zu überzeugen, dass es eine gute Idee ist.«

Sinan nickte. »Ich wusste, dass Robin sich widersetzen würde, ohne mich überhaupt richtig anzuhören.«

»Und ich dachte, Robin könnte ein wenig Unterstützung gut gebrauchen«, fügte Tahenkat hinzu.

Sie lächelte nicht mehr, aber Robin spürte, wie die Wüstenprinzessin sich innerlich vor Lachen schüttelte, während Scheich Sinans Miene zu einer gequälten Grimasse gefror. Offenbar hatte er tatsächlich mit der argumentativen Unterstützung einer Frau gerechnet; mit Tahenkats Fingerspitzengefühl. Robin aber fiel ein kleiner Stein vom Herzen. Sie kämpfte nicht ganz auf verlorenem Posten.

»Ich dachte zunächst an drei oder vier Monate«, versuchte ihr Schwiegervater es im Alleingang. »Wenn es Leila gefällt, auch an ein halbes Jahr.« Oder ein Leben lang, fügten seine Augen hoffnungsvoll hinzu. »Sie wird bekommen, was immer ihr Herz begehrt. Sie wird sich auf meiner Burg keine Minute langweilen. So käme sie überhaupt nicht mehr auf den Gedanken, irgendwelchen Unsinn anzurichten. Ihr könntet die Zeit für euch nutzen, um wieder ein wenig näher zueinanderzufinden.«

Als ob Leila ihnen solchen Kummer bereitete, weil sie sich langweilte!, dachte Robin bei sich. Sie beschäftigte sich schließlich unentwegt mit ihrer Tochter! Wenn sie sie denn einmal zu Gesicht bekam …

Zornig schob sie die Gedanken beiseite. Stattdessen sagte sie: »Weil du ihr beibringst, wie man albern herumhüpft, um später irgendwelchen lüsternen Männern zu gefallen? Oder wie man mit kleinen Glöckchen klimpert und ein hübsches Gesicht mit bunten Farben entstellt?«

»Das ist nichts für Leila«, sagte Salim. Das musste selbst er einräumen.

»Wie du bei ihrem letzten Aufenthalt auf deiner Burg eigentlich auch schon bemerkt haben solltest«, fügte Robin hinzu.

Sinan straffte die Schultern. »Gib mir vier Monate, und ich mache eine richtige Prinzessin aus ihr. Sie wird den Luxus schon noch lieben lernen. Und sie ist klug genug, um zu begreifen, dass der Preis, den sie dafür zahlt, verschwindend gering ist.«

»Während Robin natürlich nicht klug genug ist, um zu begreifen, dass sie Leila niemals bieten könnte, womit du sie nach Masyaf lockst«, ergänzte Tahenkat trocken.

Sinan fuhr zu ihr herum. »Oh, du elendes …«, begann er, verstummte aber unter dem Blick der Sarazenin, obgleich Robin darin nichts erkennen konnte als gleichgültigen Spott.

Sie musste Tahenkat dennoch recht geben. »Sie spricht nur die Wahrheit. Wenn du ein Kind wünschst, das du als lebendiges Schmuckstück in deinen goldenen Käfig sperren kannst, dann mach dir ein eigenes.«

»Robin!« Salim war sichtlich schockiert.

Tahenkat dagegen lächelte, aber es lag keine Spur von Wärme darin. »Er weiß, wie das geht. Zugegeben: Er benötigt in der Praxis reichlich Hilfe. Aber mit viel gutem Willen funktioniert es. Unser Sohn ist der lebende Beweis.«

»Tahenkat …« Trotz seiner erheblichen Größe und seiner gewaltigen Leibesfülle wirkte Robins Schwiegervater für einen Moment schwach und hilflos. Sein Tonfall war fast weinerlich. Die Mutter seines Sohnes wirkte ihrerseits wie die fleischgewordene Gelassenheit. »Bitte verrate mir: Was ist der wahre Grund, aus dem du mich begleitet hast?«

Tahenkat hob eine Braue. »Ich wollte mein Enkelkind sehen.«

»Und …?«, drängte Salim, der wohl ebenfalls ahnte, dass seine Mutter mehr im Schilde führte.

»Und ich gebe deinem Vater recht, wenn er dir gleich erzählt, dass Jerusalem dieser Tage ein gefährliches Pflaster für ein leichtsinniges kleines Mädchen ist«, antwortete die Sarazenin. »Und das wird er dir gleich erklären, denn wir hatten uns auf diese Reihenfolge geeinigt.«

Sinan schien nach einem Mauseloch zu suchen, in das er unauffällig verschwinden konnte. Aber so etwas gab es in Salims und Robins Stadthaus nicht. Schon gar keines, das groß genug wäre, um seinen gigantischen Körper zu fassen.

»Es ist nur eine Frage der Zeit, bis dein Christenkönig aus dem Palast vertrieben wird und dieses wunderbare Land wieder ganz und gar denen gehört, denen Allah es zugedacht hat.« Sinan schien seine Strategie ungeachtet des Verrats durch seine entflohene Angetraute verfolgen zu wollen. Aber er wirkte nicht mehr ganz sicher dabei. Er machte jetzt eher einen trotzigen Eindruck. »Wie ihr bestimmt wisst, ist Saladins Versuch, den Söhnen Nur ad-Dins das Erbe ihres Vaters streitig zu machen, von Erfolg gekrönt. Schon bald wird er als Sieger aus Aleppo zurückkehren. Und dann wird er sich wieder ganz und gar Jerusalem widmen können und müssen. Das Volk wird ihn dabei mit aller Kraft unterstützen. Die Zeit des Friedens in Jerusalem neigt sich ihrem Ende zu.«

»Die Zeit des Friedens hat gerade erst begonnen«, erwiderte Robin bestimmt. Trotzdem hatte sie ihre Zweifel. Balduin V. war viel zu jung, um sich den Plänen seiner Mutter und seiner Großmutter zu widersetzen. Aber zu einem Krieg gehörten immer noch mindestens zwei Parteien, oder? Statt militärische Maßnahmen zu planen, sollte Saladin lieber alles daransetzen, Agnes und Sibylle zur Vernunft zu bringen! Außerdem gab es gute Argumente, die dafür sprachen, dass Saladin den Frieden wahren würde.

»Rainald von Chatillon treibt sich irgendwo plündernd herum. Saladin wird sich also den Fürsten, den er am meisten hasst, irgendwann vom Halse schaffen. Balduins Schwager Guido von Lusignan weigert sich aber bislang, stellvertretend gegen ihn ins Feld zu ziehen. Warum sollte Saladin gerade jetzt eine neue, große Schlacht provozieren? Er hat sich doch zurückgezogen. Ich dachte, dass auch er den Frieden schätzt und wahren will.«

Sinan lachte spöttisch. »Du glaubst also, der große Saladin hat sich in einer einsamen Höhle eingerichtet und zählt tagaus, tagein die Haare auf seinen Zehen? Er hatte genug Zeit, die nächsten Schritte zu überdenken, zusätzliche Männer auszubilden, Waffen und Tiere herbeizuschaffen und ein ansehnliches Heer zusammenzustellen. Wenn er nach zwei Jahren, in denen man nichts von ihm gehört hat, zurückkehrt, will ich nicht in der Haut eures Königs stecken. Aber der ist ja ohnehin noch viel zu sehr damit beschäftigt, endlich sprechen und laufen zu lernen, als dass er Jerusalem regieren könnte.«

Ganz so jung war Balduin der V. nun auch wieder nicht. Er konnte sogar schon reiten, wenn auch noch nicht besonders gut. Aber darum führte ja auch Raimund III. noch die Regentschaft – obwohl er in Wirklichkeit nichts zu sagen hatte. Stattdessen schluckte und spuckte er nur, was Sibylle und deren Mutter, die Gräfin Agnes von Courtenay, ihm vorkauten. Robin konnte weder Raimund noch Balduins intrigante Schwester Sibylle ausstehen. Ihre

Hoffnungen ruhten allein auf den Schultern des Knaben. Balduin IV. würde ihr zwar nicht zustimmen, aber das war ihr im Moment egal. »Ich traue Balduins Neffen durchaus zu, sich gegen Saladin behaupten zu können, falls er wirklich mit einem Heer kommt«, knurrte sie.

»Es ist vollkommen egal, wer diesen elendigen Streit letztlich gewinnt.« Tahenkat meinte das wahrscheinlich genau so, wie sie es sagte. Sie lebte in der Wüste und hasste die Städte. Kein Feldherr, kein Gottesmann und kein christlicher König würde jemals Anspruch auf die endlosen, windgepeitschten und vor allem völlig unfruchtbaren Dünen erheben, die die Sarazenenprinzessin ihre Heimat nannte. Solange niemand grundlos muslimische Karawanen überfiel, kämpfte Tahenkat bloß gegen andere selbst ernannte Wüstenprinzen und -prinzessinnen. Das war schon immer so gewesen. Es gehörte irgendwie dazu, soweit Robin es verstanden hatte.

Tahenkat wandte sich an Salim. »Aber dein Vater hat trotzdem recht. Die Stimmung in den belagerten Städten ist angespannter denn je. Überall regt sich neuer Widerstand. Und auch mir ist nicht wohl bei dem Gedanken, dass mein Enkelkind womöglich im Zentrum eines neuen blutigen Krieges aufwächst. Ausgerechnet in Jerusalem.«

Sinan blickte Tahenkat erleichtert an. »Danke, dass du mich doch unterstützt.«

Die Wüstenkriegerin ließ sich nicht beirren. »Allerdings zerrisse es mir das Herz, sie hinter klafterdicken Mauern eingesperrt zu wissen, wo sie ihren Großvater jedes Mal um Erlaubnis bitten muss, wenn sie den Vorhang lüften möchte, um ein wenig frische Luft hereinzulassen. Leila ist ein wilder Vogel. Sie kann überhaupt nichts anderes sein, denn in Salims Blut fließt auch das meine. Das macht ein

Viertel. Zusammen mit der Hälfte, die Robin dazu beigetragen hat, bleibt unterm Strich nur noch ein lächerliches Viertel für Sinans weibische Ader.«

Der Scheich rollte die Augen, doch diese Geste trug nicht eben dazu bei, ihre Anspielung auf seine Attitüden zu entkräften.

Seine ehemalige Frau fuhr mit ruhiger Stimme fort. »Leila entdeckt gerade ihre kraftvollen Schwingen. Sie will fliegen, und das soll sie auch. Ihr könnt ihren Wissenshunger nicht mit Lesestunden im Garten stillen und ihre Abenteuerlust nicht mit Stadtspaziergängen.«

»Du … willst sie mit auf deine Reisen nehmen?« Salim fühlte sich bei dieser Vorstellung offensichtlich unbehaglich. Robin hatte nur eine vage Ahnung, was der Gedanke in ihm auslöste. Wenn er von den Jahren seiner Kindheit erzählte, die er bei seiner rastlosen Mutter verbracht hatte, widersprach er sich oft selbst. Er redete von Gemeinschaft und Zusammenhalt, aber auch von Einsamkeit. Von Abenteuern und Ödnis, von entsetzlichen Gefahren und absoluter Geborgenheit. Doch Robins eigene Glücksmomente während ihrer zahlreichen Wüstenreisen waren recht überschaubar gewesen, und so gerieten ihre Fantasien gerade vom Regen in die Traufe. Die Wüste würde ebenso wenig ein Zuhause für Leila sein wie Burg Masyaf. Und so war Robin mehr als erleichtert, als Tahenkat nun lachend den Kopf schüttelte. »So weit kommt es noch, dass ich in meinen besten Jahren mit einem frechen Gör durch die Dünen kraxele und lustige Gesichter in den Sand male. Glaub mir, ich bin stolz und froh, dass mein erwachsener Sohn längst seine eigenen Wege geht.« Sie schenkte Salim ein Lächeln, das gewiss mütterlich sein sollte. Aus ihrem stolzen, fast jugendlichen Gesicht wirkte es aber eher wie das einer großen Schwester. Robin fragte sich wieder einmal, wie jung Tahenkat gewesen sein musste, als sie dem Scheich einen Sohn geboren hatte. Vierzehn? Jedenfalls nicht älter als sechzehn. Sie war eindeutig zu jung für eine richtige Großmutter.

»Was schlägst du stattdessen vor?«, fragte Salim ungeduldig.

»Ich möchte euch ein kleines Geschenk zu eurem Hochzeitstag machen. Eines, das euch unterstützen soll, Leila beim Fliegenlernen zu helfen. Zeigt ihr die Welt. Erklärt sie ihr. Zeigt ihr, woher sie kam und wer sie ist. Und dann lasst sie selbst entscheiden, in welche Richtung sie fliegen will.«

»Weise gesprochen«, bemerkte Scheich Sinan verschnupft. »Welchen Teil dieser Weisheit wolltest du ihnen auf edles Tuch gestickt zum Hochzeitstag vermachen?«

»Den Zeigt-ihr-die-Welt-Teil«, erklärte Tahenkat. »Ihr solltet ins Frankenland reisen. Zeig deiner Tochter deine Heimat, Robin. Dort ist es derzeit ohnehin sicherer als hier. Kehrt nach einem halben Jahr zurück. Und wer weiß? Vielleicht weiß sie es danach tatsächlich zu schätzen, ein warmes Bad zu genießen und sich in kostspielige Stoffe hüllen zu können.«

Robins Herz tat einen fröhlichen Sprung – den ersten seit Langem. Besser hätte es für sie in ihrer derzeitigen Situation überhaupt nicht laufen können! Sie könnte Balduins Wunsch nachkommen, ohne sich zuvor einer Diskussion mit Salim zu stellen. Und sie könnte zurück nach Hause! Wie schön es wäre, diesem fremden Land, das sich einfach nicht genug Mühe gab, ihr eine richtige Heimat zu sein, wenigstens für ein paar Monate den Rücken zu kehren. Vorausgesetzt, Tahenkats Vorschlag stieß auf Zustimmung. Im Augenblick sah es nicht gerade danach aus.

Salim zumindest hatte offenbar Bedenken. »Glaubst du wirklich, eine solche Reise würde Leila so guttun?«

»In jedem Fall müsst ihr euch nicht weiter den Kopf über die Frage nach dem richtigen Glauben zerbrechen, wenn ihr sie selbst entscheiden lasst«, antwortete Tahenkat. »Aber ihr könnt sie nur zwischen Religionen und Kulturen wählen lassen, die sie auch kennt. Und sie wird merken, wie sehr sie in der Fremde auf euch angewiesen ist. Es wird sie enger an euch binden.«

»Eine großartige Idee.« Sinan tat sich sichtlich schwer mit der Art, auf die Tahenkat die Zügel an sich gerissen hatte.

Die Sarazenin nickte und lächelte leicht. »Und es war nicht einmal meine eigene. Du hast deinen Sohn genauso erzogen. Ich finde, er ist ganz gut geraten.«

»Aber er ist ein Junge!«

»Leila ist im Grunde auch nur ein besonders hübscher Junge, wenn man dem glaubt, was Doran über sie zu berichten wusste.«

»Und er war viel älter, als ich ihn ins Frankenland geschickt habe.«

»Du hast ihn auch nicht begleiten müssen.«

»Und überhaupt: Wie willst du diese Reise eigentlich finanzieren?« Sinan schüttelte den Kopf. »Hast du irgendwelche Einkünfte, von denen ich nichts weiß?«

»O ja.« Tahenkat bedachte den Alten mit einem süffisanten Lächeln. »Mein ehemaliger Ehemann liest mir jeden Wunsch von den Augen ab, wenn ich damit drohe, für immer in der Unendlichkeit der Wüste zu verschwinden. Und wenn er vermeiden will, dass sein geliebter Sohn bis ans Ende seiner Tage kein Wort mehr mit ihm spricht. Und ihm zu allem Überfluss auch noch den Kontakt zu seiner geliebten Enkelin verwehrt.«

Sinan erschrak sichtlich. »Das meinst du alles nicht ernst.«

»Aber es klingt verlockend«, mischte sich Robin ein. Der energische Einsatz ihrer Schwiegermutter überraschte sie, erfreute sie aber auch. Sie war sich nicht sicher, ob eine große Reise Leila wirklich so nachhaltig verändern konnte. Aber für ihre eigene Seele würde eine Reise ins vertraute Friesland ganz sicher warmer Balsam sein.

»Zugegeben«, bestätigte Salim. »Nicht dass ich mich allzu sehr nach Eisregen und trockenem Brot sehne … Aber ich gestehe, es ist die vernünftigste Idee, die seit Langem unter diesem Dach zustande gekommen ist. Leila wird froh sein, wenn wir wieder zurück sind. Sie wird sich glücklich schätzen, endlich wieder wie ein richtiges Mädchen behandelt zu werden. Die Deutschen behandeln ihre Weiber bekanntlich wie minderwertige Lasttiere. Leila wird ihr Leben hier mit ganz neuen Augen sehen.«

»Aber …«, begann Sinan, doch in diesem Augenblick polterten kleine Kinderfüße lautstark die Treppe herauf.

Gleich darauf platzte Leila in den Wohnraum, dicht gefolgt von Kaya. Der Leibwächter hinkte, hielt sich den Unterleib und zog ein Gesicht, als spielte er mit dem Gedanken einer Karriere als Eremit oder Eunuch. Leila ignorierte den sauertöpfischen Riesen und plapperte munter drauflos. »Großvater! Glupschauge hat den Eierwagen der Ali-Zwillinge über den Haufen gerannt. Und er hat Kaya ins Gesicht gespuckt. Und ihm in den Bauch getreten, aber ich glaube, das war keine Absicht.« Sie kicherte.

»Glupschauge?«, fragte Salim.

»Ich habe dem Kamel einen Namen gegeben.«

»Oh. Das klingt … spannend.« Sinan war offenbar aus

dem Konzept gekommen. Leila schmiegte sich an seinen kugelrunden Bauch und strahlte.

»Nicht wahr?«

»Du kommst genau im richtigen Moment.« Robin beschloss, dass nicht nur ihr Schwiegervater mit unfairen Mitteln kämpfen konnte. Wenn er Leila mit reich geschmückten Kamelen und der Aussicht auf ein Leben in Saus und Braus nach Masyaf zu locken versuchte, würde sie es ihm nur zu gern gleichtun. Sinan hat verloren, dachte sie triumphierend. Es sei denn, er wollte seiner geliebten Enkelin gleich das kleine Herz brechen. »Dein Großvater hat eine tolle Überraschung für dich.« Robin sang die Worte fast.

»Eine Überraschung? Oh. Fein. Was ist es denn?« Leilas Worte waren höflich, aber ihre Stimme klang hörbar gelangweilt. Vermutlich erwartete sie ein weiteres buntes Kleid, das sie dazu benutzen konnte, matschiges Fallobst und außergewöhnliche Insekten einzuwickeln.

Sinan zögerte und schickte Robin über Leilas Schulter hinweg einen Blick, der zwischen Mahnung, Drohung und der Ankündigung elementarer Vernichtung schwankte. »Das Kamel«, versuchte er sich aus der Affäre zu ziehen. »Glupschauge. Du darfst es behalten.«

Robin vermutete, dass er eigentlich ein etwas kleineres Geschenk für seine Enkeltochter dabeigehabt hatte.

»Wirklich? Wie nett von dir. Danke.« Leila pustete Sinan einen kleinen Kuss auf die Nase. Robin kniff die Augen zusammen. Von wegen! Damit war sein Hals noch lange nicht aus der Schlinge heraus.

»Da fällt mir ein: Ich habe auch etwas für dich, Großvater.« Leila zog etwas Kleines, Rundes aus der Tasche ihres Leinenhemdes. »Leider kann ich es dir nicht ganz umsonst überlassen.« Sie drehte den grauen Kiesel vor Sinans Nase zwischen den Fingerspitzen. »Aber weil du mein Großvater bist, gebe ich es dir für … sagen wir: zwei Dirham.«

»Einen Kieselstein für zwei Dirham?« Scheich Sinan zog zweifelnd die Brauen zusammen.

»Das ist doch kein Kieselstein! Das ist eine Perle!«, behauptete Leila.

»Ach so! Eine Perle!« Sinan griff nach dem Kiesel und hielt ihn prüfend ins Licht. Dann machte er ein trauriges Gesicht. »Es tut mir leid, kleine Wüstenrose. Man hat dich übers Ohr gehauen. Das hier ist so rund wie eine Perle. Aber es glänzt nicht wie Perlmutt, und es ist auch viel zu schwer. Es ist wirklich nur ein Kieselstein.«

Leila grinste frech. »Perlen, die glänzen und leicht sind, kann jeder haben. Aber wer besitzt schon eine graue Perle, die wie ein Kieselstein aussieht?«

So etwas bringen die Juden ihr also bei, dachte Robin bei sich. Sie verkniff es sich aber einzuschreiten. Leilas zwielichtige Freunde sollten zunächst ihrer beider Geheimnis bleiben. Ihre Tochter würde es ihr nicht eben hoch anrechnen, wenn sie sie vor der ganzen Familie verriet. Und so kehrte Robin lieber wieder zum eigentlichen Thema zurück: »Dein Großvater möchte dir eine Reise schenken. Dir, deinem Vater und mir. Wir reisen ins Frankenland.«

»Ins Abendland?« Leila wirbelte zu ihr herum. »Mit einem richtigen Schiff über das Meer? Dorthin, wo du herkommst?«

»Dorthin, wo ich herkomme«, bestätigte Robin. »Und dort bleiben wir ein ganzes halbes Jahr.«

Salims Vater saß plötzlich so steif da wie ein Schwertschlucker, der versehentlich den Griff abgebissen hatte.

»Wirklich?« Leilas Augen leuchteten. »Das ist ja wunderbar! Das ist das beste Geschenk, das ich je bekommen habe!« Jubelnd fiel sie Sinan um den Hals, herzte ihn so leidenschaftlich, dass ihm die Atemluft knapp wurde, und drückte ihm einen nassen Kuss in den Bart. »Weißt du, was? Dafür überlasse ich dir die Perle für einen einzigen Dirham!«

Sinan seufzte tief und suchte geschlagen einen silbernen Dirham aus dem Geldbeutel an seinem Gürtel.

Ein halber Sieg für euch, ein halber für mich ... Leila hatte ihr Ziel erreicht. Und Robin auch. Sinan würde den Teufel tun, von seinem unfreiwilligen Versprechen zurückzutreten. Er würde nicht riskieren, dass Leila bis zu ihrem vollendeten fünfundzwanzigsten Lebensjahr kein einziges Wort mehr mit ihm wechselte. Und Robin würde nach Friesland zurückkehren – zusammen mit ihrer Familie!

Zufrieden schenkte sie sich einen Becher Kamelmilch ein und leerte ihn in einem einzigen Zug. Vielleicht war es das letzte Mal, dass sie dieses widerliche Zeug herunterwürgen musste.

4. KAPITEL

Salim reagierte nicht eben begeistert, als Robin ihm am kommenden Morgen verriet, warum sie Tahenkats Vorschlag mit so viel Begeisterung unterstützt hatte. Selbstverständlich hatte die Sarazenenprinzessin recht: Leila würde eine solche Erfahrung bestimmt guttun. Aber Robin wäre ungern mit einem Geheimnis im Gepäck abgereist, und so hatte sie sich schweren Herzens entschlossen, Salim die Wahrheit zu gestehen: dass sie in Europa einen Auftrag von Balduin erfüllen, ihr Versprechen dem siechen ehemaligen Regenten gegenüber einlösen wollte. Hinzu kam: In Egesrode gab es keine Kathedrale, keine außergewöhnliche Handwerkskultur, keine besonderen Speisen oder Gewürze. Soweit sie wusste, gab es dort nicht einmal gepflasterte Straßen und Häuser aus Stein – und somit rein gar nichts, was Salim gegenüber einen Abstecher dorthin gerechtfertigt hätte. Alles, was Egesrode auszeichnete, waren der Graf und seine persönliche Beziehung zu Agnes von Courtenay. Und selbst diese Beziehung lag schon so weit zurück, dass Robin insgeheim bezweifelte, dass der Jugendfreund der Königsmutter noch irgendeinen Einfluss auf sie ausüben konnte. Doch die Hoffnung starb bekanntlich zuletzt, und Robin war fest entschlossen, dafür zu sorgen, dass sie in diesem Fall erst nach ihrem Freund Balduin sterben würde.

Dies alles versuchte sie Salim so sachlich wie möglich zu erklären. Es half sicher, dass die Idee zu ihrer Abendlandreise ursprünglich von seiner Mutter gekommen war. Auch dass sein Vater und Balduin für die Reisekosten aufkommen würden, war sicher nicht zu Robins Nachteil, und so zuckte der Sarazene nach einem kurzen, heftigen Wortwechsel resigniert die Schultern.

Bereits am Tag darauf stattete Robin Balduin einen letzten Besuch ab, um sich von ihm zu verabschieden. Schon am Vormittag kreisten Robins Gedanken ausschließlich um ihren dahinscheidenden Freund. Sie wusste, dass Balduin sich tief in ihrer Schuld fühlte. In der Schlacht von Mardsch Ayun hatte sie ihn vor dem sicheren Tod bewahrt und den Pfeil, der für ihn bestimmt gewesen war, mit ihrem eigenen Leib abgefangen. Später hatte sie nicht nur ihr eigenes Leben, sondern auch das ihres ungeborenen Kindes riskiert, um das legendäre Wasser des Lebens für ihn zu finden. Als Zeichen seiner Dankbarkeit hatte er ihr nach ihrer ehrenhaften Entlassung aus den Diensten als Erster Ritter am Hofe von Jerusalem ein großzügiges Erbe überlassen. Sie war voraussichtlich bis ans Ende ihrer Tage abgesichert. Der kinderlose König hatte Robin einen Teil seiner persönlichen Barschaft sowie eine größere Weberei, ein kleines Landgut und ein abgelegenes Gestüt überschrieben. Das Gestüt war einem Brand zum Opfer gefallen, noch bevor sie es besichtigen konnte. Robin hatte bestimmt, dass man Balduin nichts davon erzählen solle. Sie war auch ohne das Gestüt gut versorgt und wollte nicht, dass er sich um etwas sorgte, dessen Verlust niemanden allzu sehr schmerzte. Als sie sich bei ihrem Besuch erneut für seine Großzügigkeit bedankte, hatte sie allerdings nicht das Gefühl, dass er viel von dem verstand, was sie sagte. Heute war einer seiner besonders schlechten Tage. Er lag mit hohem Fieber danieder und brachte nur wenige zusammenhanglose Worte hervor. Also verließ sie ihn nach weniger als einer halben Stunde mit dem Versprechen, sein Schreiben nach Egesrode zu bringen und bald zurückzukehren. Sie fühlte sich elend dabei, weil sie nicht wusste, ob sie ihr Wort wirklich würde halten können.

Je schlimmer Balduins Siechtum wurde, umso mehr begriff Robin, wie nahe er ihr stand. Zwischen ihnen war eine Art von Liebe gewachsen, die nicht im Geringsten vergleichbar mit der Liebe war, die sie für Salim empfand. Eine Liebe wie zwischen Bruder und Schwester oder Vater und Tochter. Gerade dass sie keinen Deut körperlicher Art war, machte sie so wichtig. So echt. Robin wünschte sich, sie könnte mit Balduin gemeinsam daran glauben, dass das Wasser des Lebens doch noch seine Wirkung entfalten würde; aber sie konnte es nicht. Sie wusste, dass er sterben würde. Und sie wusste, dass es nicht mehr lange dauern konnte. Ihr blieb nur eine Möglichkeit: zu beten, dass er zumindest noch durchhielt, bis sie aus Friesland zurückkehrte. Und um genau das zu tun, führte sie ihr Weg von Balduin direkt zur Grabeskirche.

Robin ließ sich Zeit mit ihren Fürbitten. Ihr eigener Glaube war im Laufe der vergangenen Jahre in diesem Land mit seinen verschiedenen Gottheiten und fremdartigen Bräuchen merklich gewachsen. Sie verbrachte viel Zeit mit Gebeten und stummen Gesprächen mit Gott, Jesus Christus, der heiligen Katharina oder anderen Heiligen. Dennoch fühlte sie sich noch immer benommen, als sie nach ihrem Gebet für Balduin durch das Portal auf die Straße hinaustrat. Sie beschloss, sich erst ein wenig zu sammeln, ehe sie nach Hause zurückkehrte. Es war schließlich nicht so, als würde sie dort sehnsüchtig erwartet. Salim begleitete seine Eltern, die einige Tage bei ihnen geblieben waren, ein Stück weit auf ihrem Heimweg. Leila perfektionierte ihre Reitkünste auf Glupschauge, dem Trampeltier. Doran und Nemeth gaben dabei auf sie acht. Und Robin wollte ihrer Tochter nicht mit so viel Beklemmung im Herzen entgegentreten. Es war schon anstrengend genug, sich um Leila zu kümmern, wenn man in bester Verfassung und voll und ganz bei der Sache war. Also begab sie sich zum Basar, wo sie bei dieser Gelegenheit noch einige Dinge für die große Reise besorgen konnte – warme Kleider etwa, denn Friesland würde sie mit winterlicher Kälte, vielleicht sogar mit Schnee begrüßen.

Schnee …

Damals, als die Kälte in ihrer ärmlichen Hütte ihre Zehen betäubt und ihr den Schlaf geraubt hatte, als ihre Lippen aufgeplatzt und die Hühner unter ihrem Schlaflager erfroren waren, hätte sie nie geglaubt, dass sie den Schnee einmal vermissen würde. Aber es gab Schlimmeres als Schnee und Kälte. Sand und Hitze zum Beispiel. Wenn man über genug Geld verfügte, dann konnte man gegen Kälte angehen. Man konnte sich in dicke Stoffe und Felle hüllen und ein großes Feuer in einem steinernen Haus entzünden. Doch kein Geld der Welt half, wenn es zu heiß war. Man konnte einfach nicht mehr Kleider ablegen, als man am Leib trug. Irgendwann war Schluss, und man schwitzte trotzdem noch. Hätte Robin sich die Mühe gemacht, den Schweiß aufzufangen, der in den vergangenen

Jahren von ihrer Haut getropft war, hätte sie damit ein kleines Wadi bewässern können. Sie lächelte. Damit war es nun bald vorbei. Zumindest für einige Monate.

Je weiter Robin sich von der Grabeskirche entfernte, desto tiefer tauchte sie in das bunte Treiben des Basars ein. Sie kaufte viele mehr oder weniger sinnvolle Dinge: warme Stoffe, Schafwolle, hübsche Messingleuchter und wohlriechende Kräuter, die angeblich gegen Seekrankheit halfen und Haie vertrieben. Dabei wuchs ihre Vorfreude auf das, was ihrer Familie und ihr bevorstand. In vierzehn Tagen würden sie ablegen. Bald würde Leila endlich mit eigenen Augen sehen und begreifen, wovon ihre Mutter ihr bislang nur hatte erzählen können. Mit dem Geld, das Scheich Sinan ihnen überlassen hatte, waren Überfahrten und bescheidene Unterkünfte gesichert. Außerdem würden sie für einige Wochen kostenlos bei Gregor von Geestermünde, einem Geschäftsfreund des Alten vom Berge, unterkommen. Dazu kamen noch die Münzen, die Balduin ihr vermacht hatte und mit denen sie Leila problemlos die besten Kleider kaufen konnte. Das Mädchen würde den deutschen Winter samt Schnee bestimmt lieben.

Der Basar war wie immer völlig überfüllt, und so hatte Robin Luna einem vertrauenswürdig wirkenden Burschen abseits des Platzes anvertraut und ihm einen Vierteldirham versprochen, wenn er gut auf die Stute achtgab. Falls nicht, so hatte sie ihm angekündigt, würde er fünf Finger verlieren – und zwar an jeder Hand. Nun drängelte sie sich seit gut anderthalb Stunden von Stand zu Stand und entdeckte immer wieder etwas Neues, was ihr unverzichtbar erschien. Die Hälfte dieser Dinge würde sie sicherlich überhaupt nicht brauchen, schalt sie sich selbst, schob die mahnenden Stimmen aber gut gelaunt beiseite und erwog stattdessen, einem anderen Burschen ebenfalls einen Vierteldirham anzubieten, damit er ihr beim Tragen half. Besonders schwer lastete ein robuster hellgrüner Stoff in ihren Armen. Sie würde ihn Saila anvertrauen, damit diese ein warmes Kleid, einen Mantel und – das durfte Salim nie erfahren – eine Hose für Leila daraus anfertigte. Stoffe gab es auf diesem Markt reichlich, und bald erspähte Robin einen Händler, der über noch schöneres, noch dickeres Leinen verfügte. Hierzulande bestanden die Kleider der Frauen und die Kaftane oder Pumphosen der Männer zumeist aus weichen, dünnen und vor allem unglaublich bunten Stoffen. Es wäre vermutlich niemand auf die Idee gekommen, aus dem rauen dunkelblauen Tuch, das da lag, etwas anderes zu schneidern als Segel für kleine Boote. Doch vor Robins innerem Auge vernähte sich das königsblaue Gewebe in derselben Sekunde, in der sie es erspähte, zu einem warmen, hübschen Kleid für sie selbst. Sie wusste, dass sie wenigstens die Hälfte der verfügbaren Rolle besitzen musste. Unbedingt.

»Was soll dieses Leinen kosten?«, wandte sie sich darum an den Händler.

»Einen ganzen und einen halben Dirham für jede Elle«, antwortete dieser, während er sich von dem Schemel unter dem Baldachin seines Standes erhob.

Robin bemerkte, dass der Sonnenschutz aus demselben Stoff gefertigt war. Vermutlich war er von guter Qualität, aber einfach herzustellen und darum nicht allzu teuer. »Das ist viel zu viel.«

»Der Stoff ist von hervorragender Qualität!« Der Händler begann eifrig, die ersten drei Ellen von der Rolle zu wickeln, um sie Robin so dicht unter die Nase zu halten, dass sie daran riechen konnte. »Schaut Euch dieses saubere Gewebe an! Und diese Farbe! Ihr könnt es waschen, so oft Ihr wollt; es wird nichts von diesem edlen Blau verlieren.«

»Gewiss.« Eines der vielen Dinge, an die Robin sich in diesem Land nie gewöhnt hatte, war der nahezu krankhafte Drang zu feilschen, der seinen Bewohnern allesamt in die Wiege gelegt war. Vielleicht hing das mit ihrem Glauben zusammen. Mohammed, ihr Lieblingsprophet, war schließlich auch ein Geschäftsmann gewesen. »Es ist nur so, dass anderthalb Dirham für eine Elle …«, begann sie, aber der Händler hörte ihr überhaupt nicht zu: »Ein Blau wie das des Meeres am frühen Morgen, ganz kurz bevor die Sonne über den Horizont lugt!« Der Mann strich mit dem Handrücken über das Linnen wie über den Hals eines besonders hübschen Pferdes, wenn nicht gar einer schönen Frau. »Und ich verrate Euch ein Geheimnis: Wascht es im Morgengrauen in den Fluten, kurz bevor die Sonne aufgeht. Wenn das Meer genau dieselbe Farbe hat. Sein Blau wird davon noch tiefer, noch edler, noch anmutiger!«

»Auch wärmer?«, erklang eine Stimme hinter Robin, doch sie sah sich nicht um. Wer eine derart dumme Frage stellte, hatte noch nicht einmal einen geringschätzigen Blick verdient.

»O ja! Wärmer! Warm wie ein Weib auf dem Höhepunkt der Lust!«

»Weicher?«

»Weicher – so weich, dass es das Auge streichelt, guter Mann! Ihr werdet es nicht bereuen! Dieser Stoff ist wahrlich jeden halben Dirham wert!«

»Nicht mehr als das?«

»Viel mehr! Er wird Euer Leben bereichern, ganz gleich, was Ihr damit tut. Verhängt Eure Fenster damit, und Eure Nachbarn werden glauben, ein Scheich habe Einkehr gehalten. Schmückt Eure Reittiere, und sie werden schneller laufen als je zuvor, weil sie spüren, dass Ihr sie zu etwas ganz Besonderem erhoben habt.«

»Was wird wohl geschehen, wenn ich mein Bett damit bespanne?«

Der Händler zwinkerte seinem Kunden zu. »Dieses Geheimnis wird so lange mein kleines persönliches bleiben, bis Ihr es mit mir teilt, weil Ihr es selbst versucht habt.«

Nun schaute Robin doch hinter sich. Gütiger Himmel – wie konnte ein Mensch allein sich nur so viele schwachsinnige Fragen ausdenken? Als sie aber den Mann erkannte, der da unmittelbar hinter sie getreten war, spannte sich mit einem Mal jeder Muskel ihres Körpers. Es war einer der Juden, auf deren Karren Leila in jener verhängnisvollen Nacht gesessen hatte. Dieses Mal war er allein.

»Ihr habt es also ausprobiert?«, fragte der alte Jude mit schräg gelegtem Kopf.

»Gewiss, gewiss!« Der Händler lachte.

»Sagt mir: Wie viele Kinder habt Ihr?«, erkundigte sich der Jude. Dabei drehte er eine seiner Schläfenlocken betont unschuldig zwischen den Fingern.

Der Händler warf sich in die Brust. »Mehr als zwei Dutzend! Und fast alle sind Jungen!«

»Zwei Dutzend Kinder!« Der Jude riss die Augen weit auf und sprach so laut, dass er trotz des Lärms noch drei Stände weiter gut zu verstehen war. »Dieser Mann hat fast zwei Dutzend Söhne! Das ist ja unvorstellbar!«

»Lasst das bloß nicht sein Eheweib hören!«, rief ein Glaswarenhändler von einem benachbarten Stand lachend herüber. »Er hat nämlich nur eines, und das ist unvorstellbar eifersüchtig!«

»Und immerfort gereizt, wegen seiner eitlen und anstrengenden Töchter!«, ergänzte ein Obsthändler vergnügt.

»Oh«, bemerkte der Jude. »Das muss an ihren vielen Brüdern liegen.«

»Brüder? Sie haben keine Brüder.« Der Glaswarenhändler grinste. »Zumindest keine, die sie kennen. Unser Erkan macht nur Mädchen. Drei an der Zahl hat er schon hinbekommen. Allesamt verzogene kleine Gören.«

»Dann … betrügt Ihr Euer Weib?« Der Jude gab sich bestürzt.

»Was? Nein, ich …« Der Stoffhändler bedachte seine Nachbarn abwechselnd mit vernichtenden Blicken. »Wie könnte ich … Ich habe …«

»Ihr habt mich belogen.«

»Nein, nein!« Der Händler winkte hektisch mit der Rechten. Dann zuckte er die Schultern. »Möglicherweise habe ich ein wenig übertrieben. Verzeiht.«

Der Jude nickte. »Verzeihen kann ich Euch. Nur vertrauen kann ich Euch nicht mehr. Woher soll ich wissen, dass alles wahr ist, was Ihr mir über diesen Stoff erzählt habt?«

»Das habe ich doch dem Weib erzählt.« Der Händler hatte ganz offensichtlich jegliche Lust auf ein Geschäft mit dem Alten verloren, aber Robin achtete nicht auf ihn. Ihr Blick hing immer noch wie festgefroren an dem bärtigen Gesicht des Juden, der sich so große Mühe gegeben hatte, ihre Tochter zu verderben. Am liebsten wäre sie ihm an Ort und Stelle an den Hals gesprungen und hätte ihn gewürgt. Doch damit brächte sie sich selbst auf die Seite des Unrechts. Ihr drohte ein dunkles Verlies oder gar der

Galgen, wenn sie es nicht schaffte, Ruhe zu bewahren. Zumindest für den Moment.

»Aber ich interessiere mich für Euren Stoff – auch wenn Ihr offenbar ein Lügner seid«, erwiderte der Jude ruhig. »Ich gebe Euch einen halben Dirham für drei Ellen.«

»Ihr macht Scherze!« Der Händler rümpfte empört die Nase.

Robin sah ihren kostbaren Stoff schon in den gierigen Fängen des Alten verschwinden. Rasch wandte sie sich wieder zu dem Händler um: »Sechs für acht Ellen.« Vermutlich war auch das noch zu viel. Aber sie wollte den Handel schnell abschließen und dann dem Juden folgen. Hatten sie doch noch eine Rechnung miteinander zu begleichen.

Der Händler schüttelte den Kopf. »Zehn.«

»Ich gebe Euch zwölf für alles«, mischte sich der Jude erneut ein. Robin knirschte mit den Zähnen. Dieser Dreckskerl wollte ihr den guten Stoff doch tatsächlich restlos vor der Nase wegkaufen!

»Für alles?« Der Händler blickte auf die dunkelblaue Rolle hinab. »Es sind fünfzehn Ellen!«

Der Jude hob die Schultern. »Nehmt Ihr mein Angebot an oder nicht?«

Zwischen den Brauen des Händlers bildete sich eine steile Falte, hinter der es sichtbar arbeitete. Vermutlich konnte er sich für heute zufrieden zurücklehnen, wenn er sich auf dieses Geschäft einließ. Ein mittelmäßiger Händler verdiente etwa einen Dirham am Tag. Schließlich nickte er. »Einverstanden.« Dabei klang er um einiges weniger enthusiastisch als zuvor beim Anpreisen seiner Ware. Er hielt dem Juden die Hand hin, nahm die Kupfermünzen entgegen und zählte sie. Dann händigte er ihm das blaue

Tuch aus. Robin beobachtete frustriert, wie das begehrte Gut den Besitzer wechselte. Es gab keinen vergleichbaren Stoff an diesem Stand.

Sie sammelte ihre Habe auf, warf den Kopf in den Nacken und stolzierte ein paar Schritte davon, ehe sie wieder kehrtmachte, um sich an die Fersen des verfluchten Juden zu heften. Sie würde herausfinden, was er sich davon versprach, sich das Vertrauen ihrer Tochter zu erschleichen. Und er würde teuer für jede Sekunde bezahlen, die er darauf verwendet hatte, Leilas Charakter zu verderben. Den Stoff für ihr Kleid würde er ihr freiwillig hinterherwerfen, wenn sie mit ihm fertig war!

Der Alte quetschte sich durch das Gewühl auf dem Basar, bis er eine Teestube erreichte, vor der seine Gefährten mit dem Karren warteten. Robin hätte sich ohrfeigen können. Warum hatte sie ihn nicht im Schutze der Menschenmasse am Kragen gepackt und in einen ruhigen Winkel gezerrt! Die Kunden hier auf dem Bazar waren normalerweise zu sehr mit ihren eigenen Besorgungen beschäftigt, um eine kleine Handgreiflichkeit mehr als eines beiläufigen Blickes zu würdigen. Nun war der Kerl nicht mehr allein, und Robin sah sich mit dem gleichen Problem konfrontiert wie in der Nacht, als sie dem kleinen Handelskarren gefolgt war. Allein und nur mit einem Dolch bewaffnet, hatte sie gegen drei kräftige Männer keine Chance. Zumal sie den Dolch, den sie bei sich trug, in den letzten anderthalb Jahren nur zum Schälen und Entkernen von Obst verwendet hatte. Doch das Glück war ihr hold. Der Alte lud nur den Stoffballen auf dem Karren ab, wechselte einige hebräische Worte mit seinen Gefährten und setzte dann lachend seinen Weg fort. Die anderen Männer blieben sitzen und ließen sich vom Wirt Tee nachschenken.

Der Jude kehrte nicht, wie Robin zuerst gehofft hatte, in das Gedränge zurück, sondern entfernte sich schnellen Schrittes vom Basar. Als er eine enge Gasse erreichte, warf er unvermittelt einen Blick über die Schulter zurück. Robin reagierte schnell, wandte ihr Gesicht ab und tat, als schnürte sie die Lederriemen ihrer Sandalen neu. Ob er gemerkt hatte, dass er verfolgt wurde? Oder hatte er etwa ein schlechtes Gewissen, dass er sich auf diese nicht gerade unauffällige Weise absicherte? Bestimmt hatte er ein Geheimnis. Wahrscheinlich sogar eine ganze Menge von Geheimnissen. Dass das Judenvolk ausschließlich aus Verbrechern bestand, war schließlich überall bekannt. Vielleicht, so dachte Robin, würde sie ja gleich sogar etwas beobachten können, womit sie den Juden vor ein Gericht bringen könnte. Ein Glücksfall, denn dass er sich mit ihrer Tochter unterhalten und ihr das Rechnen beigebracht hatte, würde natürlich nicht reichen, um ihn hinter Gitter zu bringen. Leider war es bislang das Einzige, was Robin gegen ihn in der Hand hatte. Bislang.

Aus den Augenwinkeln sah sie den Bärtigen in einer Gasse verschwinden, und so eilte sie an die Kreuzung und spähte um die Ecke.

Der Weg, der zwischen zwei Reihen einstöckiger Häuser entlangführte, war kaum drei Schritte breit. Abfälle und Unrat säumten ihn zu beiden Seiten. Zwei verwilderte Hunde wühlten darin herum, und am Ende der Gasse entleerte eine dicke Muselmanin einen Abfalleimer. Als sie den Juden erblickte, rümpfte sie die Nase und trippelte in eines der Häuser zurück, um geräuschvoll die Tür hinter sich zuzuschlagen. Damit war der Alte der einzige Mensch auf dieser Straße.

Der Jude ging ein paar Schritte weit, wandte sich dann

einer Hauswand zu und raffte sein Gewand, um gegen die Mauer zu pinkeln. Robin zog eine enttäuschte Grimasse. Das war alles? Verflucht – warum hatte er sich nicht abgesetzt, um einen Einbruch zu begehen? Warum vergriff er sich nicht wenigstens an einem der Straßenköter? Erst jetzt bemerkte sie, wie sehr sie darauf angewiesen war, ihn bei etwas Verbotenem zu erwischen. Sie schämte sich ein wenig. Aber nicht genug, um die ganze Angelegenheit einfach auf sich beruhen zu lassen. Sie verlangte zumindest ein klärendes Gespräch, ehe sie mit Leila ins Abendland reiste. Diese Gelegenheit war so gut wie jede andere. Sie war allein mit dem Juden. Er würde ihre Fragen beantworten – und wenn sie dafür tatsächlich ihr Obstmesser zur Hilfe nehmen musste!

Entschlossen trat sie um die Ecke und schritt auf den Alten zu. Er sah sie kommen und nahm ertappt die Hand von seinem Geschlecht, sodass sein Gewand wieder zu seinen Knöcheln hinabfiel. Dann wischte er sich die Finger am Hintern ab und ging ihr gesenkten Blickes entgegen. Vermutlich wollte er zu seinen Freunden vor der Teestube zurückkehren. Als er auf ihrer Höhe war, verpasste Robin ihm unvermittelt einen Schlag auf den Unterkiefer, der seinen Kopf in den Nacken schnellen ließ, und einen Tritt gegen den rechten Knöchel, durch den er das Gleichgewicht verlor. Mit einem überraschten Schmerzensschrei landete der Alte zwischen Abfall und Unrat auf dem harten Pflaster. Die Hunde blickten in ihre Richtung, knurrten kurz und wandten sich dann wieder den Abfällen zu, weil sie begriffen, dass niemand sie ihnen streitig machen wollte. Robin vergewisserte sich, dass sie noch immer allein waren. Dann ließ sie sich neben dem Alten in die Hocke sinken und verdrehte ihm den linken Arm so, dass er sich selbst die Schulter auskugeln würde, falls er auch nur die geringste Gegenwehr leistete. Der Jude ächzte vor Schreck und Schmerz. »Was … wollt Ihr von mir?« Seine Unterlippe war aufgeplatzt. Robin empfand jedoch kein Mitleid, sondern hätte sich sogar gewünscht, mehr Schmerz in seiner Stimme zu hören. Darum verstärkte sie ihren Griff um einen Deut. Dieser Kerl würde nie wieder Einfluss auf ihre kleine Tochter nehmen. Und wenn sie erwischt würde, würde sie einfach behaupten, er habe ihr etwas antun wollen.

»Was willst du von meiner Tochter?« Sie maß sein faltiges Gesicht aus eisigen Augen. Er musste noch älter sein, als sie zunächst angenommen hatte. Seine Haut war dünn und trocken wie Pergament. Feine blaue und violette Äderchen schimmerten hindurch.

»Von Eurer Tochter?« Der Alte schüttelte den Kopf und stöhnte auf. Offenbar bereitete ihm selbst diese Bewegung Schmerzen in der Schulter. Da war der Schmerz, den Robin hatte hören wollen, aber sie empfand keine Befriedigung. Stattdessen überkam sie wieder ein wenig Scham angesichts des Alters des Mannes. »Ich weiß nichts von Eurer Tochter«, jammerte der Jude. »Ich weiß nicht einmal, wer Ihr seid!«

»Das Mädchen, das du auf deinem Karren spazieren zu fahren pflegst. In dunkelster Nacht.« Robin war außer sich. »Warum tust du das? Was willst du von Leila? Willst du ihr Vertrauen erschleichen? Sie dir gefügig machen? Sie zu einer Diebin und Betrügerin ausbilden?«

»Leila!« Unpassenderweise hellte sich die Miene des Juden auf. »Oh, Leila ist ein wunderbares Mädchen. Nur ist es leider bloß eine Frage der Zeit, bis der Unaussprechliche sie zu sich holt, wenn Ihr nicht besser auf sie achtgebt.«

»Gib du lieber acht, was du sagst!« Robin verstärkte ihren Griff noch weiter. Der Mann stöhnte so gequält auf, dass sie sich nicht sicher war, ob sie ihm die Schulter ausgekugelt hatte. Es fühlte sich nicht so gut an, wie sie geglaubt hatte. Die Befriedigung blieb aus. Immer noch.

Der Jude biss die Zähne zusammen. »Das würde ich gern. Nur fällt es mir gerade ein wenig schwer, zusammenhängende Gedanken zu fassen. Ich werde Euch alles erzählen, was Ihr wissen wollt. Lasst nur bitte endlich meinen Arm los.«

»Damit du davonrennen kannst?«

»Ich trage die Last von zweiundsiebzig Wintern auf meinem Buckel. Was glaubt Ihr, wer von uns beiden der flinkere Läufer ist?«

Er hatte also schon wieder die Kraft, sarkastisch zu sein. Robin ließ sich jedoch nicht irritieren. »Oder damit du um Hilfe schreien kannst?«

»Wer hilft einem alten Juden gegen eine junge Christin in einer Stadt, die von Kreuzrittern besetzt ist? Ihr werdet behaupten, ich habe Euch etwas antun wollen, und man wird mich dafür töten. Ich bin alt, aber nicht senil.« Sein Blick bohrte sich in Robins Augen. Er hatte offenbar Schmerzen, wirkte aber nicht ängstlich. Vermutlich hielt sich die Angst vor dem Tod in Grenzen, wenn man zweiundsiebzig Jahre alt war. Er machte den Eindruck, als wollte er gern noch etwas länger leben, könnte sich aber auch ganz gut damit abfinden, wenn daraus nichts werden sollte. »Wenn Ihr wirklich etwas von mir wissen wollt, dann fragt mich, sobald Ihr mich losgelassen habt. Wenn Ihr mich nur quälen oder gleich töten wollt, tut Euch keinen Zwang an. Am Ende wird Gerechtigkeit walten. Ganz gleich, vor welchem Gott Ihr Euch verantworten müsst.«

Robin zögerte. Der Greis hatte recht. Gott würde es nicht gutheißen, dass sie der Wut über ihr eigenes Versagen dadurch Luft machte, dass sie diesen Mann misshandelte – Jude hin oder her. Einen Moment lang fragte sie sich, was Bruder Abbé wohl sagen würde, wenn er sie jetzt sehen könnte. Oder Balduin, oder Salim, oder gar ihre Mutter.

Beschämt ließ sie von dem Alten ab und erhob sich, fand sich jedoch nicht dazu bereit, ihm die Hand zu reichen, um ihm beim Aufstehen zu helfen. Ungerührt sah sie zu, wie er seine knochigen, knackenden Glieder aus eigener Kraft emporhievte und sich den gröbsten Schmutz vom Gewand klopfte. »Was habt ihr mit meiner Tochter vor? Wollt ihr eine Lügnerin und Betrügerin aus ihr machen? Oder gar eine Jüdin?«

Der Alte tastete nach seiner aufgeplatzten Unterlippe, betrachtete das Blut an seinen Fingerspitzen und maß Robin dann mit einem langen Blick. Sie fühlte sich zunehmend unbehaglich. »Die Frage ist wohl viel eher, was Eure Tochter von uns will. Seit wir sie einmal mitgenommen haben, kennt sie die Strecke, die wir Abend für Abend mit unserem Karren gehen. Und sie lässt keine Gelegenheit aus, sich heimlich von daheim fortzuschleichen, um uns nachzulaufen.«

Das war Robin nur zum Teil neu. »Ihr hättet sie überhaupt nicht mitnehmen dürfen. Nicht ein einziges Mal!«

»Oh. Gut.« Der Alte schüttelte den Kopf und setzte zum Gehen an. »Für den Fall, dass mir mitten in der Nacht noch einmal ein betrunkener Krieger begegnet, der ein fremdes Kind mit Geschichten von großen Elefanten lockt, werde ich mich zurückhalten.« Er nickte Robin zum Abschied zu. »Gehabt Euch wohl.«

»Bleib gefälligst stehen!« Robin eilte dem Alten nach und riss ihn an der Schulter zurück. »Wir sind noch nicht fertig miteinander!«

Der Alte zuckte die Schultern. »Ich habe Eure Bitte vernommen und werde ihr nachkommen. Was wollt Ihr mehr? Falls es um den Stoff geht, den ich Euch vor der Nase weggehandelt habe – ich überlasse ihn Euch zum Preis von einem Dirham für jede Elle.«

»Wickle dich darin ein und ersticke.« Als ob es Robin jetzt darum ginge! »Was hast du gerade gesagt? Ein Krieger, der ein fremdes Kind lockt?«

»Mit einem Elefanten«, bestätigte der Jude. »Er trug löchrige Stiefel und ein stumpfes Schwert ohne anständige Scheide. Er konnte sich nicht einmal vernünftige Kleider leisten, geschweige denn einen Elefanten.«

»Und Leila wollte mit ihm gehen?« Alles in Robin sträubte sich dagegen, dem Juden, diesem Gauner, Glauben zu schenken. Doch nichts in seinen Zügen deutete darauf hin, dass er sie belog.

»Eure Tochter ist mit ihm gegangen. Und hätte der Mann keinen Halt an unserem Karren eingelegt, um sich günstigen Wein zu besorgen, wäre sie ihm auch weiterhin gefolgt. Aber sie hat so viele Fragen gestellt, dass offensichtlich war, dass sie überhaupt nicht wusste, an wessen Hand sie da ging.«

»Und was habt ihr dann getan?«

Der Alte hob die Schultern. »Die Jungen haben überlegt, ihm eine leere Flasche über den Schädel zu ziehen. Aber das konnte ich ihnen gerade noch ausreden. Für einen Juden in Jerusalem wird vor Gericht niemals der gute Zweck die Mittel heiligen, wisst Ihr? Aber der Mann war betrunken genug, um sich auf einen Handel einzulassen.«

»Ihr habt um meine Tochter gehandelt?« Robin war fassungslos.

»Ihr könntet auch sagen, wir haben ein Lösegeld gezahlt«, erwiderte der Alte. »Der Mann war betrunken genug, um sich mit einer Flasche unseres billigsten Weines zufriedenzugeben.«

Robin suchte nach etwas im Blick des Juden, was ihn der Lüge bezichtigte. Aber sie fand nichts. Trotzdem schüttelte sie den Kopf. »Das kann ich nicht glauben. Du willst dich herausreden.«

Der Greis zuckte die Schultern. »Wenn Ihr darauf besteht, denke ich mir eine andere Geschichte aus. Nur müsst Ihr mir ein paar Stunden Zeit dafür lassen. In meinem Alter ist man längst nicht mehr so einfallsreich und schlagfertig wie einst. Außerdem muss ich mich mit meinen Brüdern absprechen. Nicht dass Ihr einem anderen von uns noch einmal die Mär von dem Krieger mit dem kleinen Christenmädchen entlockt und ich als Lügner dastehe.«

»Ich werde Leila fragen«, entschied Robin.

Der Alte nickte. »Und wenn sie meine Geschichte bestätigt, kommt Ihr zurück und entschuldigt Euch bei mir?«

Robin maß ihn kühl. »Wenn sie sie nicht bestätigt, kehre ich zurück und kugele dir beide Arme aus.«

»Das ist ein fairer Vorschlag.« Der Jude lächelte. »Wie lange werdet Ihr brauchen? Und wo werden wir uns wiedersehen?«

»Bei Sonnenuntergang. Morgen vor der Grabeskirche.«

»Ich ziehe eine persönlichere Atmosphäre vor«, entgegnete der Greis. »Treffen wir uns vor meinem Haus. Es ist nicht weit von dem Euren entfernt.« Er beschrieb ihr den Weg.

»Vor deinem Haus, falls Leila deine Geschichte bestätigt.« Daran hatte Robin allerdings ihre Zweifel. »Vor der Grabeskirche, falls du gelogen hast.«

»Einverstanden.« Der Alte reichte ihr die Hand, um den Pakt zu besiegeln. Er wirkte sehr selbstsicher, doch vielleicht war seine Gelassenheit nur aufgesetzt. Man musste gut darin sein, Menschen etwas vorzuspielen, wenn man sich seinen Lebensunterhalt damit verdiente, andere übers Ohr zu hauen. »Übrigens: Mein Name ist Emmanuel.«

Robin zögerte kurz, dann ergriff sie seine Hand. Der Jude wandte sich lächelnd ab, massierte sich aber im Davongehen die schmerzende Schulter.

»Ich werde dich finden!«, rief Robin ihm nach. »Falls du die Unwahrheit gesagt hast und nicht zur Grabeskirche kommst, werde ich dich finden. Und dann wirst du meinen Zorn nicht nur in deinen Schultern spüren, das verspreche ich dir!«

Der Alte antwortete nicht, sondern ging kopfschüttelnd seines Weges. Robin hatte sich nur selten zuvor so miserabel gefühlt.

5. KAPITEL

Kaum daheim angekommen, schlug Robin ihrer Tochter einen langen Ausritt auf Luna und Glupschauge vor, um ungestört mit ihr reden zu können. Bei dieser Gelegenheit fand sie heraus, dass Leila noch immer von dem Elefanten träumte, den sie nie zu Gesicht bekommen hatte. Als sie in jener verhängnisvollen Nacht mit ihrem potenziellen Entführer auf die Juden getroffen war, hatte einer der jüngeren von ihnen, ein Bursche namens Noah ben Ruben, Leila mit einer kleinen Flöte unter das Verdeck des Karrens gelockt. Währenddessen hatten die anderen den Krieger mit einer Flasche Wein abgespeist und zum Teufel gejagt. Die Flöte besaß Leila noch, und sie brachte bereits einige wohlklingende Töne hervor. Aber der Elefant wäre ihr mit Abstand lieber gewesen.

Robin klärte ihre Tochter ohne Umschweife darüber auf, wie gefährlich es war, mit einem fremden Mann mitzugehen. Schließlich schwor sie bei allen Heiligen, Salim nichts von ihrem Gespräch zu erzählen. Leila musste im Gegenzug versprechen, das Haus nachts nicht mehr zu verlassen und den Juden aus dem Weg zu gehen. Leila willigte ein, wenngleich Robin sah, dass ihre kleinen Finger hinter dem Rücken ein Kreuz formten. Ihr war ohnehin klar, dass Leila ihr Versprechen nicht halten würde. Warum sollte sie auch? Robin konnte ihr beim besten Willen nicht erklären, warum sie sich nicht mit den jüdischen Händlern abgeben sollte. Sicher, sie konnte ihr erzählen, was die Leute sich erzählten. Auch in der Heiligen Schrift stand einiges geschrieben. Eigene Erfahrungen mit den Juden hatte sie aber bisher nicht gemacht. Aus Leilas Sicht musste es sich also so darstellen: Die netten Männer mit den lustigen Hüten und Schläfenlocken hatten sie aus großer Gefahr gerettet. Dann hatten sie ihr eine hübsche Flöte geschenkt, ihr gezeigt, wie man rechnete, und ihr danach noch viele schöne und aufregende Stunden beschert. Und nun kam ihre dumme Mutter daher und verbot ihr den Umgang mit diesen netten Menschen. Robin seufzte. Es war nicht leicht, eine Mutter zu sein.

Am Abend bat Robin Nemeth, sicherheitshalber mit in Leilas Bett zu schlafen. Sie selbst war viel zu aufgewühlt, um sich zur Ruhe zu legen. Allerdings wollte sie die Nacht, und vor allem die kommenden Nächte, auch nicht unter Leilas Fenster verbringen. So trug sie Kaya am nächsten Morgen schweren Herzens auf, die Fenster beider Geschosse vergittern zu lassen. Salim war noch nicht zurück. Sie hoffte, dass er erst heimkehrte, sobald Kaya seinen Auftrag erfüllt hatte. Wahrscheinlich würde er nicht sonderlich erfreut über diese Maßnahme sein. Robin schämte sich ja selbst dafür, ihre eigene Tochter wie ein wildes Tier in einen Käfig zu sperren, aber sie wusste sich nicht anders zu helfen.

Der Tag erschien Robin endlos. Dennoch bot er ihr nicht genügend Zeit, sich auf ihre Entschuldigung bei dem alten Juden vorzubereiten. Als die Sonne sank, erwartete

Emmanuel sie vor seinem Haus. Er saß auf der Stufe vor dem Eingang und las in einem kleinen Büchlein. Robin war speiübel. Sie hatte ihm unrecht getan und schämte sich abgrundtief für ihr unbedachtes Tun. Doch ihr Stolz nötigte sie, sich ihm mit erhobenem Haupt und festem Schritt zu nähern.

»Nun?« Als Emmanuel sie kommen sah, legte er sein Buch beiseite, erhob sich und nickte ihr zum Gruß zu. Seine wässrigen Augen glänzten zufrieden. »Wollt Ihr Euch bei mir entschuldigen?«

Robin mied seinen Blick und wühlte in ihren Taschen nach ein paar Münzen. »Ich werde für den Wein bezahlen.« Sie zuckte betont gleichgültig die Schultern. Hoffentlich sah er ihr nicht an, was in ihr vorging! »Und für eine weitere Flasche dazu. Ich denke, damit sind wir einander nichts mehr schuldig.« Verflucht – er war doch ein Jude! Sie hatte keinen Grund, sich so zu schämen! Möglicherweise hatte sie ihm ein wenig unrecht getan, das gab sie zu. Aber wahrscheinlich war sie dabei nur ein Werkzeug Gottes gewesen. Ja, so musste es sein: Robin war eine kleine Feile des Allmächtigen, mit der er dem Juden einen Kratzer für all die Vergehen und Verbrechen versetzt hatte, die er in seinem langen Leben begangen haben mochte.

Der Alte schüttelte lächelnd den Kopf. »Ich lehne ab.«

Robin hielt ihm zwei Dirham hin. »Nimm das Geld.« Es war viel zu viel, aber sie wollte die ganze Angelegenheit möglichst schnell und für immer hinter sich lassen. »Du hast es dir wohl verdient.«

Emmanuel lächelte noch immer. »Ich verdiene mein eigenes Geld. Und zwar auf durch und durch ehrliche Weise.«

Robin betrachtete ihr Gegenüber mit aufkeimender

Wut. »Dann hast du mich nur hierherbestellt, um dich an meiner Schande zu laben?« Sie musste sich jetzt unbedingt beherrschen. »Gut. Du hattest recht. Du hast meiner Tochter anscheinend das Leben gerettet, und ich habe mich dumm und ungerecht verhalten. Ist es das, was du hören wolltest? Dann nimm endlich das Geld, und zieh deines Weges.«

Der alte Jude zeigte sich von ihrer Entschuldigung nicht gerade beeindruckt. »Ich möchte kein Geld. Ich will, dass Ihr etwas für mich tut. Oder besser: mit mir.«

Robin zog ihre Hand zurück und wich alarmiert einen Schritt zurück. Ihre Muskeln spannten sich. Hinter ihrer Stirn vereinten sich alle Geschichten, die man sich über das jüdische Volk erzählte, zu einem furchterregenden Bild. Gar nichts würde sie mit diesem heidnischen Greis tun! Er konnte sie nicht zwingen, eine koschere Jungfrau zu verspeisen oder mit ihm Unzucht zu treiben.

Emmanuel musste ihre Gedanken gelesen haben, denn er lachte auf. »Nicht das, was Ihr denkt.« Er legte ihr eine seiner schrumpeligen Hände auf die Schulter. Robin erstarrte unter der Berührung zur Salzsäule und maß ihn mit eisigem Blick.

»Ich will nur, dass Ihr mich heute begleitet.« Er deutete mit einer Kopfbewegung auf den Eingang zu seinem Haus. »Und zwar dort hinein. Ich möchte Euch mit meiner Familie bekannt machen.«

»In … in dein Haus?« Niemals würde sie da hineingehen. Ein Besuch bei seiner Familie war zwar nicht ganz so abscheulich wie ein Schäferstündchen mit dem weißhaarigen Greis, aber es war trotzdem falsch. Was würde Bruder Abbé davon halten, wenn sie ihm beichtete, dass sie mit einer jüdischen Familie bei Tisch gesessen hatte? Obwohl – wenn sie ehrlich war, musste sie zugeben, dass er wahrscheinlich eher neugierig als schockiert wäre. Er würde sie über alle möglichen Dinge ausfragen, die sie bei den Juden in Erfahrung gebracht hatte. Schlimmstenfalls würde er ihr ein paar Ave-Marias abverlangen. Bruder Abbé war zwar ein Mitglied des Templerordens, aber er war auch ein vergleichsweise toleranter Christ. Immerhin hatte er sogar Salim, den Sohn des Alten vom Berge, in seine friesische Komturei aufgenommen. Und sie hatte doch so viel von ihm gelernt …

Trotzdem konnte sie sich nicht auf Emmanuels Vorschlag einlassen. Wer wusste schon, was die Heiden hinter diesen dicken Mauern in aller Heimlichkeit trieben? Womöglich opferten sie Kinder oder suhlten sich im Blut erschlagener Christen! Wollte der Alte sie deshalb gar in sein Haus locken? War dies eine Falle?

»Nein. In dein Haus werde ich nicht mitkommen.«

Emmanuel machte den Eindruck, als hätte er Widerstand erwartet. »Es gibt nichts, wovor Ihr Euch fürchten müsst. Meine Familie weiß von meinem Wunsch und wird Euch anständig behandeln. Wir feiern den letzten Abend des Chanukkafestes. Keine Sorge, ich verlange nicht von Euch, mit uns zu beten. Ihr müsst nicht einmal etwas essen, was Euch nicht schmeckt. Ich kann mir allerdings kaum vorstellen, dass Ihr in meinem Haus etwas Essbares findet, was Euch nicht mundet.« Er lachte – freundlich fast, wie Robin gegen ihren Willen fand. »Ich möchte nur, dass Ihr Euch einen Eindruck davon verschafft, wie wir Juden wirklich sind. Und vor allen Dingen davon, wie wir nicht sind.« Er lächelte aufmunternd. »Wenn Ihr Euch allzu unwohl fühlt, könnt Ihr jederzeit wieder gehen. Das verspreche ich Euch.«

Robin war noch immer nicht überzeugt. Sie fürchtete sich vor dem, was sie in dem unscheinbaren jüdischen Haus erwarten mochte, das da zwischen zwei Muselmanenhäusern hervorlugte. Zwar hatte sie ihr Obstmesser heute gegen einen richtigen Dolch getauscht, doch was nutzte ihr das im Zweifelsfall gegen eine ganze Horde blutlüsterner Heiden? Andererseits: War sie nicht schon mit viel gefährlicheren Gegnern fertiggeworden? Wenn es sein musste, wusste sie sich auch mit bloßen Händen zu verteidigen.

Was würde Salim ihr jetzt wohl raten? Für ihn waren die Juden keine Heiden, nur Andersgläubige. Er gab nicht viel auf die Gerüchte, die sich um das Verrätervolk rankten. Andererseits wäre er aber bestimmt nicht begeistert, wenn sie einfach so das Haus eines fremden Mannes betrat …

Emmanuel beobachtete sie aufmerksam, aber ohne jeden Argwohn. Dann beugte er sich leicht zu ihr vor, als wollte er ihr ein Geheimnis anvertrauen. »Einst, als ich so jung war wie Ihr, war ich auch ein Christ.«

Robin blickte mit einer Mischung aus Überraschung und Misstrauen zu ihm auf. »Du warst ein Christ?«

Der Alte nickte. »Meine Mutter war Christin und mein Vater Christ. Ich wurde christlich getauft und nach christlichen Maßstäben erzogen.«

»Aber ich kann doch sehen, dass du ein Jude bist. Der Hut und die Schläfenlocken sind eindeutige Zeichen. Und gerade eben hast du selbst gesagt …«

»Ich bin Jude.« Emmanuels Stimme klang, als wäre er sehr stolz darauf. »Ich bin freiwillig zum Judentum konvertiert. Und ich habe es nie bereut – nicht eine Sekunde.«

Robin hatte nicht gewusst, dass das jüdische Volk so etwas zuließ. Aber wenn der Alte mit diesem Geständnis ihr Vertrauen hatte gewinnen wollen, dann hatte er versagt. Es bekräftigte ihr Misstrauen sogar noch. Emmanuel erschien ihr jetzt noch schlimmer als ein einfacher Jude, der von anderen Juden geboren, erzogen und verdorben worden war. Er war ein echter Judas – ein Christ, der dem Sohn Gottes den Rücken zugekehrt und ihn verraten hatte.

»Und nun willst du mich bekehren, damit auch ich mich vom Herrgott abwende und dem Fegefeuer anheimfalle.«

»Dem Fegefeuer«, wiederholte Emmanuel amüsiert. »Das war einer der Gründe, warum ich mich von Eurem Gott abgewandt habe. Ich brauche keinen Gott, vor dem ich mich fürchten muss. Ich brauche keinen Gott, der mir verbietet, mich zu bilden, Fragen zu stellen und das Beste aus meinem irdischen Leben zu machen. Ich brauche keinen Gott, der Hass und Mord und Zerstörung zulässt. Euer Gott fordert all diese Dinge sogar, wenn sie sich gegen Menschen richten, die einen anderen Glauben haben. Ich möchte kein Schaf sein, wisst Ihr? Für Euch steht an höchster Stelle, Euren Gott zu ehren und Euch in gedankenloser Demut zu üben. Für uns Juden hingegen ist das wichtigste aller Gebote das Gesetz der Nächstenliebe. Liebe deinen Nächsten, denn er ist wie du.« Sein Blick suchte den Robins. »Wäre es anders, wäre Eure Tochter vielleicht nicht mehr am Leben. Zumindest wäre ihr Leben nicht mehr allzu lebenswert.«

Der Gedanke ließ Robin schaudern. Schnell wechselte sie das Thema. »Du willst mich doch bekehren.«

Emmanuel schüttelte den Kopf. »Ich möchte Euch einladen. Einfach so. Ich könnte Euch ja auch nur schlecht in so kurzer Zeit von etwas überzeugen, selbst wenn ich wollte. Schließlich werdet Ihr bald verreisen.«

»Woher weißt du das?«

»Von Eurer Tochter«, antwortete der Alte. »Sie hat herausgefunden, wo mein Zuhause ist. Gestern Nacht hat sie an meine Tür geklopft. Ich habe sie nicht eingelassen, sondern sie direkt zu Eurem Haus zurückbegleitet. Unterwegs hat sie mir von Eurer Reise ins Abendland erzählt.«

Nemeth!, fluchte Robin im Stillen. Leila hatte sich tatsächlich wieder hinausgeschlichen, obwohl Nemeth zusammen mit ihr in einem Bett geschlafen hatte!

Emmanuel grinste, als hätte er wieder in ihren Gedanken gelesen. »Euer Kindermädchen schnarcht. Eure kleine Tochter musste nur abwarten, bis das Geräusch regelmäßig blieb. Dann konnte sie durch das Fenster schlüpfen. Sie musste nicht einmal besonders leise sein. Sie sagt, das Schnarchen Eures Kindermädchens übertöne selbst das Stampfen eines Elefanten.«

»Sie hat noch nie einen Elefanten gesehen.«

»Das würde sie aber gern.« Emmanuel nickte erneut in Richtung Eingang. »Ich bin also Eurem Wunsch nachgekommen und habe Leila fortgeschickt, als sie erneut vor mir stand. Ich habe sie unbemerkt und sicher wieder nach Hause und in ihr Zimmer gebracht. Eure Nachtruhe und Euer Hausfrieden lagen mir am Herzen. Ihr seht, Ihr könnt mir vertrauen. Nehmt Ihr meine Einladung an? Bitte.«

Robin konnte sich noch immer nicht zu einer Zusage durchringen. Tatsächlich war das Durcheinander hinter ihrer Stirn so groß, dass sie beinahe vergessen hatte, warum sie eigentlich hier war und was Emmanuel von ihr wollte.

»Ihr müsst Euch wirklich nicht fürchten. Außer meiner Frau und mir sind nur meine Enkelsöhne im Haus. Sie sind kaum älter als Eure Tochter.«

Robin gab sich einen Ruck. »Einverstanden. Aber ich kann jederzeit wieder gehen.«

Emmanuel nickte freundlich. »Ich wusste, dass ich Euch überzeugen könnte. Ihr seid nicht wie die anderen Christen. Ihr bemüht Euch nur darum, so zu sein wie sie.« Dann schob er die niedrige Haustür auf und bedeutete ihr mit einer Geste, vor ihm einzutreten. »Tretet ein, und seid willkommen. Bitte fühlt Euch wie zu Hause.«

Eva, Emmanuels Frau, empfing Robin freundlich, aber zurückhaltend. Auch sie war alt, aber deutlich jünger als ihr Mann. Robin schätzte sie auf rund fünfzig Jahre. Ihr noch immer volles dunkles Haar und die großen grünen Augen in ihrem schmalen Gesicht ließen vermuten, dass sie einst sehr schön gewesen war, auch wenn ihre Nase den Anschein erweckte, als hätte man sie mehrfach gewaltsam gebrochen. Auch hatte sie einen schleppenden Gang. Ihr rechtes Bein gehorchte nicht mehr recht. Eine Folge ihrer gewaltsamen Vertreibung aus dem jüdischen Viertel, wie Emmanuel knapp und mit leiser Stimme erklärte, als Eva für einen Augenblick in einem anderen Raum verschwand. Robin durchforstete seine runzelige Miene nach einer Spur von Vorwurf, fand aber zu ihrem Erstaunen nichts dergleichen. Der alte Jude schien auch nicht weiter darauf eingehen zu wollen, denn er wechselte übergangslos das Thema. »Früher haben wir die ganze Familie zum Chanukkafest eingeladen«, erklärte er, während Robin sich unsicher in dem großen düsteren Wohnraum umsah. »Doch dieser Tage erfordern die Umstände ein wenig Zurückhaltung. Wir wollen keine unnötige Aufmerksamkeit auf uns ziehen.«

»Weil ihr etwas Verbotenes tut?«

»Nur wenn es verboten ist, ein paar Kerzen anzuzünden.« Emmanuel schüttelte lachend den Kopf. »Die Menschen werden misstrauisch, sobald sich mehrere Juden zusammenfinden und die Türe hinter sich schließen. Heute ist das ausnahmsweise mal ein Glück für mich. Der Großteil meiner Familie ist deshalb nämlich heute nicht hier. Und von denen wäre mindestens die Hälfte bestimmt dagegen, eine Andersgläubige an unserem Fest teilnehmen zu lassen. In manchen Dingen sind die Juden auch nicht besser als die Christen.« Er seufzte. »Ich persönlich glaube, dass diese Welt eine bessere wäre, wenn Kirchen, Moscheen, Synagogen und Tempel vorbehaltlos allen Menschen offenstünden, wisst Ihr? Es würde den Menschen helfen, einander zu verstehen. Wir sind einander alle viel ähnlicher, als manch einer glauben mag.«

»Ihr feiert ein Fest, bei dem es darum geht, Kerzen anzuzünden?«, sagte Robin, der nicht nach einer Grundsatzdiskussion zumute war.

Er nickte. »Wir zünden Kerzen an, um des Chanukkawunders zu gedenken. Heute ist der achte und letzte Tag des Festes. Eva wird die Geschichte gleich für die Kinder erzählen. Ich werde sie bitten, es auf Arabisch zu versuchen, damit auch Ihr alles versteht.«

Robin runzelte die Stirn. »Verstehen die Kinder sie denn dann auch noch?«

»Sie beherrschen neben dem Hebräischen bereits die arabische und die griechische Sprache«, antwortete der Greis stolz. »Ich denke, demnächst werde ich sie mit dem Lateinischen vertraut machen.«

»Ihr erzieht eure Enkel allein?« Robin konnte sich ein gewisses Maß von Anerkennung für so viel Bildung in so jungen Jahren nicht verkneifen. »Warum?«

»Mein Sohn Ezra wurde zum Tode verurteilt. Für ein Verbrechen, das er nicht begangen hat.« Nun schwang doch ein wenig Bitterkeit in der Stimme des Juden mit. »Ein Mädchen von adligem Geschlecht hatte es auf ihn abgesehen. Sie wollte ihn verführen. Aber Ezra liebte seine Frau über alles. Sein erster Sohn Salomon tat gerade seine ersten Schritte, und meine Schwiegertochter stand wieder kurz vor der Niederkunft. Niemals hätte mein Sohn sie betrogen. Aber das fremde Mädchen wollte seine Zurückhaltung nicht einfach hinnehmen und sann auf Rache. Sie klagte ihn an, sich an ihr vergangen zu haben. Man glaubte ihr. Sie war eine Christin, und dann auch noch von Adel. Die Geburt seines zweiten Sohnes hat Ezra nicht mehr erlebt.«

»Und eure Schwiegertochter?« Emmanuels Geschichte erschütterte Robin. Sie hoffte, dass es eine Lüge war. Juden logen schließlich oft.

»Sie starb wenige Tage nach der Geburt. Sie benannte ihren Sohn nach seinem Vater und bat mich, für ihn zu sorgen, ehe sie die Augen für immer schloss. Das war vor etwa sieben Jahren. Ich habe ihr mein Wort gegeben, und ich habe es keinen Tag bereut. Salomon und der kleine Ezra sind wunderbare Jungen. Da kommen sie ja schon!«

Emmanuel erhob sich, um seine Enkel in die Arme zu schließen, die in diesem Moment von ihrer Großmutter in die Stube geführt wurden. Die beiden Jungen waren frisch gewaschen und trugen offensichtlich ihre besten Kleider. Ihre Wangen leuchteten rosig, kein einziger Fleck verunzierte ihre Hemden, und ihre Augen strahlten, als sie ihren Großvater begrüßten. Robin fragte sich mit einem Anflug von Neid, wann sie Leila zuletzt so ordentlich und sauber zu Gesicht bekommen hatte. Vermutlich war das gewesen, kurz bevor sie Laufen gelernt hatte.

»Jetzt aber genug von dem Gerede über meine Familiengeschichte«, verkündete der Alte, während er seine Enkel mit sanfter Gewalt von sich schob. »Lasst uns nun die letzte Kerze entzünden und das Wunder des Chanukkatempels feiern!«

6. KAPITEL

»Wo ist er?«

Es war kurz vor Morgengrauen, als Salim in ihr Schlafzimmer platzte und sie unsanft aus dem Schlaf riss. Robin schrak auf, schob sich auf den Ellbogen in halbe Höhe und blinzelte verschlafen. »Wo ist wer?«

Ein Teil ihres Verstandes klammerte sich noch immer an die Eindrücke des Traumes, aus dem Salim sie so jäh gerissen hatte. Sie konnte sich schon fast nicht mehr daran erinnern, aber sie wusste noch, dass es etwas mit der Kuhgöttin zu tun gehabt hatte. Diese ägyptische Götze, die gehörnte Frau, war ihr schon einmal im Traum begegnet. Damals hatte sie sie mit ihrer Schwangerschaft vertraut gemacht.

»Der Verbrecher, den man in mein Haus gesperrt hat.« Salim ließ sich auf die Knie fallen und hob die Bettdecke an, um unter dem Bett nachzusehen. »Wo ist er – und welches fürchterliche Vergehen legt man ihm zur Last?«

Aber Robin war noch immer nicht bei sich und beachtete Salim nicht. Moses … Was hatte Moses mit der Kuhgöttin zu schaffen? Er war bei ihr gewesen. Der brennende Zweig des Dornbusches in seiner Hand hatte seine Identität verraten. Die Kuhgöttin hatte mit ihm geredet, und Robin … Sie wusste es nicht mehr. Sie glaubte, ihnen gelauscht zu haben. Aber was hatten sie gesagt? Und was, bei allen Heiligen, tat Salim jetzt unter ihrem Bett? Langsam doch im Hier und Jetzt angelangt, wälzte sie sich auf die Seite und ließ den Oberkörper von der Kante hängen, um nachzusehen, was der Sarazene tat. Nur seine Füße lugten unter dem Bett hervor.

»Vielleicht ist er da drinnen.« Als er wieder unter dem Bett hervorrobbte, zog er die Truhe hinter sich her, in der Robin Waffen und andere Erinnerungsstücke aus ihrem alten Leben verwahrte. Unter anderem, wie ihr plötzlich wieder einfiel. Mit einem Schlag war sie hellwach. Salim durfte nicht in die Truhe sehen! Sie hatte doch gestern … Im Gegensatz zu ihrem verrückten Traum waren die neuen Geheimnisse ihrer Truhe real und sehr wichtig. Sie schlug die Bettdecke zur Gänze zurück und richtete sich auf. »Lass die Finger von meiner Truhe! Oder brauchst du meinen Waffenrock schon wieder? Willst du dieses Mal ein Attentat auf den Heiligen Vater verüben? Im Gewand eines Templers?«

Salim grinste, schob die eisenbeschlagene Truhe aber gehorsam an ihren Platz zurück. »Keine schlechte Idee. Aber nein. Das lag nicht in meinem Sinne.« Anscheinend konnte er Robin vom Gesicht ablesen, wie knapp ihr Sinn für Humor bemessen war, wenn es um ihre persönlichen Dinge – insbesondere um ihren Waffenrock – ging. Kein Wunder: Sie hatte ihm den schändlichen Missbrauch noch nicht verziehen.

»Ich suche den Dieb oder Mörder, den man in mein Haus gesperrt hat. Warum vergittert man sonst sämtliche Fenster eines Gebäudes? Doch wohl, um einen Menschen, der anderen Menschen gefährlich werden könnte, von der Straße fernzuhalten, oder?«

Robin zog eine Grimasse, als sie begriff. »Ach das …« Sie ließ sich wieder zurück in die Kissen sinken und mied seinen Blick. »Das ist wegen Leila. Ich habe es veranlasst.«

Salim schüttelte den Kopf und ließ sich neben sie plumpsen. »Ach, du armes, dummes Weib«, seufzte er. Dann tastete er mit zwei Fingern nach ihrem Kinn und drehte ihren Kopf mit sanfter Gewalt in seine Richtung. »Wenn es nicht ohnehin nur für ein paar Wochen wäre, wäre ich vermutlich ziemlich verärgert. Aber so … Ich glaube, du verdienst mein Mitgefühl.«

Robin hasste diesen Tonfall. »Tu dir doch selbst leid! Sie ist auch deine Tochter. Vorgestern war sie schon wieder weg, obwohl Nemeth in ihrem Zimmer geschlafen hat.«

»Wo war sie denn?«, fragte Salim besorgt.

»Ich weiß es nicht«, log Robin. Leila hatte ihr Wort gebrochen, aber Robin fühlte sich trotzdem an ihren Teil der Abmachung gebunden. Was für ein Vorbild wäre sie sonst für ihre Tochter? Sie würde die Juden nicht erwähnen. »Ich bin aufgewacht, als sie das Fenster wieder schloss. Als ich nach ihr gesehen habe, waren ihre Füße schwarz und ihre Hände zerkratzt vom Klettern. Sie hat so getan, als schliefe sie.«

»Und du hast so getan, als ob du es ihr abnimmst, um das Haus dann ohne ein weiteres Wort zu einem Gefängnis umzugestalten. Das gefällt mir. Du solltest Leila gegenüber öfter Taten sprechen lassen, statt immer alles endlos mit ihr zu bereden. Nur das Ausmaß behagt mir dieses Mal nicht ganz. Ich fühle mich ein wenig eingekerkert, wenn ich ehrlich sein soll.«

Robin schwieg.

»Was sagt Leila denn dazu?«, fragte der Sarazene nach einer Weile.

»Ich weiß es nicht. Sie redet nicht mehr mit mir.«

»Oh.« Salim kratzte sich am Hinterkopf. »Aber eigentlich tut sie das nie, oder? Leila redet nicht. Sie hält nur Ansprachen.«

Robin nickte. »Sie fragt nicht, sie fordert.«

»Sie nimmt sich nichts vor. Sie tut es einfach«, ergänzte Salim.

»Sie betet nicht mit mir. Sie sagt Gott lediglich ihre Meinung.«

Eine kleine Weile lagen sie stumm nebeneinander, starrten an die Decke und hingen ihren Gedanken nach. Robin hatte nicht lange geschlafen. Sie war bis spät in die Nacht bei Emmanuel und seiner Familie geblieben. Dort hatte sie Evas Geschichten gelauscht und versucht, den Weisheiten des alten Juden mit möglichst viel Distanz zu begegnen. Irgendwann hatte sie es aufgegeben. Emmanuel war ein wirklich kluger Mann. Und er hatte Leila über alle Maßen gelobt. »Sie ist ein wunderbares Mädchen«, hatte er gesagt. »Ihr Verstand ist nur zu groß für ihre kleine Welt.« Er hatte sogar angeboten, sie unter seine Fittiche zu nehmen und sie Griechisch, Latein und Hebräisch zu lehren, aber Robin hatte abgelehnt. Sie begann zwar, Emmanuel als guten Menschen zu respektieren, die Christin in ihr jedoch würde niemals einen Juden als Lehrer für ihre Tochter akzeptieren. Außerdem würden Bücher Leila auf Dauer ebenso langweilen wie die meisten anderen Dinge. Sie gaben keine schrillen Geräusche von sich, wenn man mit Steinen nach ihnen warf. Leila brauchte keinen Lehrer, sondern einen Ausbilder.

»Findest du eigentlich, dass wir übertreiben?«, fragte sie

schließlich leise. »Ich meine, Leila hat bestimmt auch ihre guten Seiten.«

Salim nickte. »Sie ist hübsch.«

»Sie weiß, was sie will, und schwimmt nicht mit dem Strom«, fügte Robin hinzu.

»Es gäbe weniger Kriege, wenn mehr Menschen wären wie unsere Tochter.«

Robin war sich da nicht so sicher. »Oder mehr. Die Welt wäre voller starrsinniger Könige und Königinnen, die nicht auf ihre Berater hören wollen und mit allen Mitteln ihre Ziele durchsetzen.«

»Ist sie doch jetzt schon.« Salim schien das recht gleichgültig zu sein. »Aber nun übertreiben wir wirklich. Übrigens: Ich habe dir etwas mitgebracht.« Er wühlte in einer seiner Taschen, zog eine kleine Schachtel daraus hervor und reichte sie ihr. »Eine kleine Entschuldigung für die Geschichte mit deinem Waffenrock. Und gleichzeitig ein Dankeschön. Es war großartig, wie ihr meinen Vater dazu überredet habt, für die Reise aufzukommen. Er war noch immer ziemlich mitgenommen, als ich mich von ihm verabschiedet habe. Aber ich glaube, es wird uns allen guttun, für eine Weile von hier wegzukommen und uns nur aufeinander zu konzentrieren. Allein hätten wir es uns aber wohl kaum leisten können.«

Robin wollte ihm nicht unbedingt erzählen, dass sich das am gestrigen Abend geändert hatte. Nachdem sie gemeinsam das Chanukkafest gefeiert und die Gans verspeist hatten und die Kinder im Bett waren, waren Emmanuel und sie bei einem Becher Wein ins Geschäft gekommen: Sie hatte ihm den blauen Stoff zu einem fairen Preis abgekauft. Darüber hinaus hatte sie ihm die alte Weberei von König Balduin sozusagen auf Zeit verkauft.

Er hatte einen guten Preis dafür gezahlt und versprochen, sie ihr nach ihrer Rückkehr zu den gleichen Konditionen zurückzugeben. Zum Abschied hatte Emmanuel ihr noch ein besonderes Geschenk gemacht. »Wenn Ihr irgendwann in Not geratet, sucht die nächste jüdische Siedlung auf. Klopft an und sagt, Ihr habt Emmanuel ben Ruben aus Jerusalem vor das Kinn geschlagen – und er hat Euch verziehen.«

Robin lächelte. Der Jude war ein seltsamer Kerl. Vollkommen traute sie ihm noch immer nicht, und vielleicht hatte sie einen Fehler gemacht, denn sie verstand nicht viel von Geldgeschäften. Aber das Wissen, sich im Frankenland notfalls auch ohne die Hilfe des Alten vom Berge durchschlagen zu können, beruhigte sie trotzdem. Was wäre zum Beispiel, wenn es Leila in Friesland so gut gefiel, dass sie nicht mehr nach Jerusalem zurückkehren wollte? Salim wäre sicher wenig begeistert. Aber selbst wenn Leila und Robin ihn mit vereinten Kräften überreden könnten, wäre Scheich Sinan ein viel größeres Problem. Er würde sie am ausgestreckten Arm verhungern lassen, um sie zur Rückkehr ins Morgenland zu zwingen. Würde alles tun, um sein geliebtes Enkelkind so bald wie möglich wieder in seiner Nähe zu wissen. In diesem Fall wäre Robin auf die Barschaft angewiesen, die Balduin ihr überlassen hatte. Dazu kam jetzt noch das Geld, das der vorläufige Verkauf der Weberei ihr eingebracht hatte und das nun zum Teil in der Truhe unter dem Bett untergebracht war. Damit könnte sie eine ganze Weile überbrücken oder sich sogar eine bescheidene neue Existenz in ihrer alten Heimat aufbauen.

Aber sie wollte Salim nichts von dem Geld in der Truhe erzählen. Noch nicht. Vielleicht würde er sonst glauben, sie plane hinter seinem Rücken, endgültig ins Abendland zurückzukehren. Aber so war es nicht. Sie sicherte bloß ihre Unabhängigkeit von seinem Vater – auch die seinige. Wenn sie in Friesland Geld brauchten, würde er merken, dass ihre Besitzurkunden dort einen feuchten Kehricht wert waren. Dann konnte sie ihm erzählen, dass sie die Weberei verkauft hatte. Brauchten sie kein Geld, erhielt sie die Weberei nach ihrer Rückkehr ebenso still und heimlich zurück, wie sie sie verkauft hatte, und alles war wieder wie gehabt. Robin setzte sich auf und drehte die kleine Schachtel, die Salim ihr gegeben hatte, zwischen den Fingern. Das Behältnis war ein Kunstwerk für sich. Es war in mehrfarbigen Brokat eingefasst und mit winzigen blumenförmigen Nieten versehen.

»Was ist das?«

»Schau nach«, sagte Salim.

Sie kam der Aufforderung nach und fand ein filigranes goldenes Kettchen auf einem winzigen Samtkissen. Vorsichtig nahm sie es zwischen die Fingerspitzen und betrachtete es im Licht der aufgehenden Sonne. Ein sternförmiger Anhänger baumelte daran. Jemand hatte in winzigen geschwungenen Lettern *Robin, Salim & Leila* in den goldenen Stern graviert. »Das ist wunderschön«, flüsterte Robin.

»Es ist ein Fußkettchen«, erklärte Salim. »Es wird dich nicht am Handgelenk stören, wenn du auf mich einschlägst oder Dinge nach mir wirfst.«

Robin schenkte ihm ein verlegenes Lächeln. »Danke.«

»Auf der Rückseite ist noch Platz für weitere Namen.« Salim hauchte ihr einen Kuss auf die Lippen. Dann nahm er ihr das Kettchen ab, band es um ihr Fußgelenk und küsste ihre Füße. Er schob ihr Nachthemd in die Höhe und liebkoste ihre Waden, ihre Oberschenkel, ihren Bauchnabel und alles, was seine weichen Lippen dazwischen ertasteten. Zum ersten Mal seit vielen Monaten liebten sie sich wieder. Und für die Dauer einiger Stunden war ihre einzige Sorge, dass sie irgendwann damit wieder würden aufhören müssen.

7. KAPITEL

Während der letzten Wochen in Jerusalem malte sich Robin immer wieder aus, was sie mit ihrer Reise ins Abendland erzielen könnte. Sie würde nicht nur den vielleicht letzten Wunsch des armen Balduin erfüllen. Die Reise sollte auch einen Grundstein legen, auf dem sich ihre Tochter einen gefestigten, selbst erwählten Glauben errichten konnte. Außerdem sollte sie Salim, Leila und Robin zusammenschweißen. Sie würden lernen müssen, einander zu verstehen, und vielleicht wieder zu der glücklichen kleinen Familie zusammenwachsen, die sie gewesen waren, ehe Leila dem Krabbelalter entwachsen war. Mehrere Monate lang würden sie gezwungen sein, möglichst dicht beieinanderzubleiben und aufeinander zu achten. Also würden sie sich angewöhnen müssen, mehr miteinander zu reden, einander besser zuzuhören und einander mit mehr Respekt zu begegnen.

So hatte es sich Robin zumindest erträumt. Doch ganz so kam es nicht.

Sie hätte wissen müssen, dass zumindest die ersten Wochen jeglicher Romantik entbehren würden. Es war schließlich nicht Neues, dass sie die Seekrankheit übermannte, sobald ihre Zehenspitzen auch nur ein Beiboot auf dem Trockenen berührten. Nur war es etwas völlig anderes, sich an den Schmerz einer alten Wunde zu erinnern, als ihn tatsächlich noch einmal zu empfinden. Und so kam es, dass Robin sich auch auf dieser Reise ächzend und stöhnend auf ihrer Schlafstätte wälzte und sich die Zeit damit vertrieb, sich Gedanken über alte Verletzungen und die Erinnerung daran zu machen. Leilas Geburt fiel ihr ein. Wie die Zeit doch die Erinnerung an ein Erlebnis veränderte! Natürlich wusste Robin, dass ihre Entbindung eine der schrecklichsten Erfahrungen ihres Lebens gewesen war. Im Nachhinein war sie sich nicht sicher, was schlimmer gewesen war: die tödlichen Fänge des Drachen oder die schwere Geburt. Gemeinsam hatten sie der entsetzliche Schmerz und der immense Blutverlust ihrer letzten Kräfte beraubt. Sie hatte geschrien, gefiebert und geweint – und am Ende das Bewusstsein und um ein Haar auch ihr Leben verloren. Aber in ihrer Erinnerung schaffte Robin es, selbst diesen schrecklichen Stunden etwas Schönes abzugewinnen. Sie hatte die Schmerzen, die Angst und die absolute Hilflosigkeit, die sie empfunden hatte, schon fast vergessen. Stattdessen stand ihr Salims Lächeln vor Augen, als er seine Tochter zum ersten Mal in den Armen hielt. Sie roch nicht etwa Schweiß, Blut und andere Körpersäfte, sondern nur den lieblichen Duft des Säuglings. Vor ihrem geistigen Auge sah sie Tahenkat, die das winzige Menschenkind abnabelte und in blütenweiße Tücher wickelte, an denen nicht der winzigste Tropfen Blut haftete. Ihr war bewusst, dass das völlig unmöglich war. Robin hatte sich versichern lassen, dass es absolut nichts in dem schwarzen Zelt gegeben hatte, was nicht über und über mit Blut besudelt gewesen war; einschließlich der Zeltplane selbst. Das änderte jedoch nichts an der Klarheit, mit der sie sich an die blütenweißen Laken erinnerte.

Aber so war es eben mit Erinnerungen: Sie waren wie ein Text, der immer und immer wieder kopiert wurde und mit den Jahrhunderten immer mehr von seinem ursprünglichen Inhalt einbüßte. Die Schriften wurden ausgearbeitet, modernisiert, gekürzt, angepasst, mit Fußnoten und neuen Ideen versehen, in andere Sprachen übersetzt, von Stein auf Holz, von Holz auf Pergament und von Pergament auf arabisches Papier übertragen. Dieser Gedanke gefiel Robin. Sie vergrub sich noch tiefer unter den Fellen in ihrer Kammer auf dem Unterdeck. Wären ihre eigenen Erinnerungen ein Schriftstück, würde irgendwann, nach vielen Jahrhunderten, womöglich nur noch ein winziger wahrer Kern erhalten sein, nach dem zu forschen sich als recht aufwendige Angelegenheit entpuppen könnte. Ob sich wohl jemand die Mühe machen würde?

Eine neue Welle der Übelkeit überrollte sie. Vielleicht sollte sie etwas anderes versuchen, um ihre Krankheit in den Griff zu bekommen. Erinnerte sie sich an irgendetwas Schönes, was sie je auf einem Schiff erlebt hatte? An irgendeinen kleinen Glücksmoment?

Sie dachte angestrengt darüber nach, aber es wollte ihr einfach nichts einfallen. In diesem Punkt waren die Scriptoren ihres Gedächtnisses wohl gründlicher, als ihr lieb war. Trotzdem hatte sie das Gefühl, dass es ihr auf ihren bisherigen Seereisen auf keinen Fall so schlecht gegangen sein konnte wie jetzt.

Sie reisten auf der *Aisha*, einem kleinen Handelsschiff, das vorwiegend Kräuter und Gewürze ins Abendland transportierte. Es hätte schlimmer kommen können. Verglichen mit einem Schiff, das mit Schafen, Geflügel oder anderem Vieh beladen war, war der durchdringende Geruch von Jasmin, Thymian und Knoblauch noch das kleinere Übel. Aber Robin gab er trotzdem den Rest. Sie verbrachte die meiste Zeit in ihrer Kajüte und bedauerte sich nach Kräften selbst. Die Kammer verließ sie nur, um wenigstens ein bisschen Nahrung aufzunehmen oder sie anschließend wieder über die Reling zu speien. Dabei fror sie auch noch erbärmlich. Der deutsche Winter, dem sie sich langsam näherten, sah aus der Nähe viel weniger romantisch aus, als sie ihn sich in der Hitze Jerusalems ausgemalt hatte. Dort hatte ihre Haushälterin Saila sich zwar die Finger wund genäht, um aus den warmen Stoffen, die Robin erstanden hatte, ausreichend warme Kleidung für sie alle zu machen, aber Robin beschlich trotzdem der Verdacht, dass die Stoffe einfach nicht für einen friesischen Winter gemacht waren.

Der Kapitän der *Aisha* war ein rauer Muselman Anfang vierzig und trug den Namen Atilla al-Amari. Von ihm erwarb Robin ein Fässchen blauer Tinte, eine Schreibfeder und etwas Papier. In den Stunden, in denen es ihr etwas besser ging, wollte sie ein Reisetagebuch führen. Doch sosehr sie sich auch anstrengte, die Seiten mit tiefgründigen, wichtigen Gedanken zu füllen, beschrieb sie doch nur Zeile für Zeile das Elend, die Kälte und die erdrückende Langeweile. Wenigstens hatte Leila ihren Spaß. Für sie war die Reise auf einem Schiff ein riesengroßes Abenteuer. Den ganzen Tag kroch sie in jeden Winkel, unterhielt die Mannschaft und scheute sich auch nicht davor, zwischen den violetten und gelben Segeln in der Takelage herumzuklettern. Dabei schien sie nicht einmal zu frieren. Salim hatte alle Hände voll zu tun, mit ihr Schritt zu halten. Schließlich trug er die Verantwortung praktisch allein. Das war ganz und gar nicht der Sinn ihrer Reise. Es missfiel Robin sehr, aber ändern konnte sie es nicht. Ihr blieb nur zu leiden, zu beten und zu hoffen, dass ihre Reise zu Wasser möglichst schnell und ohne Zwischenfälle zu Ende ging.

Leider sollten ihre Hoffnungen bald enttäuscht werden.

Die kleine Gruppe von Reisenden hatte die letzte Reisewoche knapp zur Hälfte überstanden, als sich das Wetter drastisch verschlechterte. An die Kälte, die mit jeder Seemeile zuzunehmen schien, hatten sie sich wohl oder übel gewöhnt. Doch jetzt kam zu allem Überfluss auch noch ein heftiger Sturm auf. Ein starker Wind peitschte die Wellen über den Bug, und der Kapitän hatte alle Mühe, den Kurs zu halten. Die Mannschaft holte die Segel ein und versuchte, so viel wie möglich von dem Salzwasser, Schneeregen und Hagel vom Oberdeck zu entfernen. Die *Aisha* schwankte so sehr, dass die Ladung unter Deck durcheinandergeschleudert wurde. Auch sonst blieb nichts, was nicht mit Nieten oder Nägeln in den Planken verankert war, an seinem Platz. Das Holz knirschte, quietschte und knackte so laut, dass es selbst das Heulen des Windes und das Klatschen des Ozeans übertönte. Und über all das rollte nun schon seit zwei Tagen und Nächten ein ununterbrochenes Donnergrollen hinweg, während Blitze wie ein gigantischer Funkenregen vom finsteren Himmel zuckten.

Atilla ließ jeweils ein Viertel der Männer für wenige Stunden zu Kräften kommen, während er die übrigen mit donnernder Stimme über das Deck kommandierte. Robin war sich sicher, dass der Kapitän die Ruhepausen der Männer gern noch verkürzt hätte. Das war aber nicht möglich, wenn er nicht riskieren wollte, dass der eine oder andere vor Entkräftung ins Meer stürzte. Einer der Männer ertrank trotzdem, nachdem eine heftige Böe ihn über Bord gefegt hatte. Alle Versuche, ihn mit Tauen aus den reißenden Fluten zu retten, scheiterten kläglich. An eine Bergung der Leiche war nicht einmal zu denken.

Robin erfuhr diese Nachricht von Salim, der versucht hatte, sich auf dem Oberdeck nützlich zu machen. »Wir sollten für seine Seele beten. Haben wir denn keinen Priester an Bord?«

»Der Priester ist nur ein Mönch auf der Heimreise«, antwortete Salim. »Er wird bestimmt nicht für einen Moslem beten. Abgesehen davon, dass der Moslem bestimmt ganz gut ohne das christliche Geschwätz von der Dreifaltigkeit auskommt.«

»Warum wird der Mönch nicht für einen Moslem beten?« Leila wandte sich von dem Bullauge ab, durch das sie eher fasziniert als ängstlich auf das aufgebrachte Meer hinausgeblickt hatte. »Wenn ich ein Moslem wäre, würde ich auch für einen ertrunkenen Mönchsseemann beten.« Sie hielt kurz inne, ehe sie weitersprach: »Ist Ali jetzt tot?«

»Natürlich ist er tot. Er ist ertrunken.« Salim legte Leila sanft eine Hand auf die Schulter. Er rechnete wohl damit, dass das Mädchen gleich in Tränen ausbrechen würde. Seine Tochter weinte jedoch nicht, sondern legte die Stirn in tiefe Denkfalten. »Vielleicht hat ein Wal ihn gefressen. Dann kann er überleben. Ich werde für ihn beten. Muss ich zu Gott oder zu Allah beten, wenn ich einen Wal für den Mann brauche?«

»Zu Gott«, antwortete Robin. Obwohl ihr immer noch übel war, erfüllte sie einen Moment lang warmer Stolz. Offenkundig hörte Leila ihr doch häufiger zu, als sie bislang angenommen hatte. Wenigstens die Geschichte von Jona und dem Wal hatte sie sich gemerkt. Dann aber fiel ihr ein, dass auch Emmanuel ihr noch einmal davon erzählt haben könnte. Schließlich stammte die Geschichte aus dem Alten Testament.

»Oder zu Allah. Es ist nämlich völlig egal, wie du ihn nennst«, ergänzte Salim.

Der vorwurfsvolle Blick, den er ihr zuwarf, entging Robin keineswegs. Sie wusste auch genau, womit sie ihn sich verdient hatte. Sie hatten vereinbart, nicht mehr zu versuchen, ihre Tochter auf die eine oder andere Seite zu ziehen. Leila sollte sich von sich aus zu dem einen oder anderen Gott bekennen, ohne dass sie sie beeinflussten. Robin hatte aber ohnehin nicht vor, das unliebsame Thema in diesem Moment weiter zu vertiefen. Dazu ging es ihr viel zu schlecht. Und Leila interessierte sich bereits nicht mehr für ihre Eltern. Stattdessen blickte sie wieder fasziniert auf die schäumenden Wellen hinaus.

»Bei Allah – ich bin froh, wenn dieser Albtraum endlich vorbei ist.« Salim seufzte und ließ sich zu Robin auf die Pritsche sinken. »Andererseits: Bislang hat sie noch nichts wirklich Schlimmes angestellt.« Er nickte in Leilas Richtung, die mit dem Rücken zu ihnen stand.

Das hatte Robin etwas anders gehört. »Wenn man von den zahllosen gestohlenen Süßhölzern absieht. Und davon, dass sie Dorans Stiefel über Bord geworfen hat.«

»Von mir aus hätte sie diesen Dummkopf gleich mit über die Reling schubsen können.« Salim war alles andere als begeistert gewesen, als Robin vorgeschlagen hatte, den jungen Assassinen mitzunehmen. Zum Ausgleich musste Robin ertragen, dass auch Kaya sie auf ihrer langen Reise begleitete. Zusätzlich hatten sie noch vier weitere Männer dabei, die ihnen die Reise sicherer und angenehmer gestalten sollten.

Robin rammte Salim den Ellbogen in die Seite. »Red nicht so daher!« Salim hatte nicht sonderlich laut gesprochen, und der Lärm des Sturms hatte ihn sicher übertönt. Außerdem haftete Leilas Blick noch immer wie gebannt auf den schwarz glänzenden Wellen. Dennoch wollte Robin nicht, dass Salim sich in ihrer Gegenwart so über Doran äußerte. »Du weißt genau, wie ausgezeichnet ihr Gehör für Dinge ist, die sie nicht hören soll.«

»Verzeih.« Salim hob abwehrend die Hände und verzog den Mund. »Ich meine ja nur, dass es völlig überflüssig war, Doran …«

»Der Wal ist da!« Leila fuhr plötzlich aufgeregt zu ihnen herum und gestikulierte wild in Richtung Bullauge. »Es hat funktioniert! Der Wal ist da, um den Seemannmoslem zu fressen!«

»Oh. Gut.« Salim erhob sich und tätschelte seiner Tochter liebevoll die Wange. »Und? Zu wem hast du dafür gebetet?«

»Zu Großvater«, antwortete Leila. »Der ist so gut wie jeder andere.«

»Dein Großvater ist doch kein …« Robin unterbrach sich, als sie durch das dicke Glas hindurch etwas erspähte, was sich unweit des Schiffes gegen den dunkelblauen Himmel abzeichnete. »Da ist wirklich etwas.« Sie schlug die dicken Felle zurück und schob Leila beiseite, um besser sehen zu können.

»Das habe ich doch gesagt. Der Wal ist da!« Leila verschränkte stolz die Arme vor der Brust.

»Das ist kein Wal.« Salim legte den Kopf schräg. »Das ist ein anderes Schiff.«

»Ein Schiff, das auf uns zuhält«, ergänzte Robin beunruhigt. Sie griff nach einem der Felle und schlang es sich um die Schultern, weil die Kälte im Raum sich schon wieder unter ihr Gewand zu schleichen begann.

»Oder auf die Küste.« Salim bemühte sich, gleichgültig zu klingen, doch auch er war beunruhigt. Robin spürte es. »Wir können nicht mehr weit vom Hafen entfernt sein.«

»Ja. Auf die Küste«, wiederholte Robin. Sie bedachte Salim mit einem fast flehenden Seitenblick. Sie durften Leila jetzt keine Angst einjagen.

»Warum sollte es auch auf uns zuhalten? Man hat doch noch nie von Schiffen gehört, die andere Schiffe angreifen, oder?«

»Nein.« Robin fand, dass der Sarazene schon überzeugender geklungen hatte. »Und es ist auch viel kleiner als unsere Dau. Eher ein Fischerboot.« Er zuckte die Schultern. »Vielleicht sollte ich dem Kapitän dennoch einen leichten Kurswechsel vorschlagen. Möglicherweise haben sie ihr Schiff nicht unter Kontrolle und sind im Begriff, uns zu rammen. Rein versehentlich natürlich. Oder sie brauchen unsere Hilfe.«

»Möglicherweise, ja.« Der Boden unter Robins Füßen schwankte so sehr, dass sie sich an der Wand der Kajüte abstützen musste und den Brechreiz nur mit Mühe unterdrücken konnte.

Salim schritt zur Tür, wandte sich aber noch einmal zu Leila um, ehe er die kleine Kammer verließ. »Sei ein großes Mädchen, und pass gut auf deine Mutter auf. Nicht dass sie sich wieder übergibt. Wir müssen alle noch ein paar Tage in dieser Kajüte aushalten.«

Leila hob die Hand zum Schwur. »Versprochen. Ich bete für uns alle. Auch dafür dass uns das fremde Schiff nicht aus Versehen rammt. Und wenn doch: Wie viele Wale brauchen wir?«

»Dreiundsiebzig.« Salim lächelte. »Vierundsiebzig für den Fall, dass ihr darauf besteht, Doran schon wieder mitzunehmen.«

»Kein Problem«, behauptete Leila, ließ sich auf die freie Pritsche sinken und faltete die Hände zum Gebet. Salim verließ die Kammer, und Robin blickte weiter fröstelnd auf das aufgewühlte Meer hinaus.

Das fremde Schiff zeichnete sich schwarz gegen den wetterleuchtenden Himmel ab. Robin war sich mittlerweile fast sicher, dass es direkt auf sie zuhielt. Es war bedeutend kleiner als die *Aisha*. Sie schätzte, dass es nicht einmal halb so groß war. Wenn es die Dau rammte, würde es ihr keinen allzu großen Schaden zufügen, dabei aber riskieren, selbst zu kentern. Warum taten sie das?, fragte sich Robin beunruhigt. Hatten sie sie nicht gesehen? Oder verließen sie sich darauf, dass die *Aisha* ihnen noch rechtzeitig auswich? An eine andere Möglichkeit wollte sie gar nicht erst denken.

Leila riss sie aus ihren düsteren Gedanken, indem sie von der Pritsche hüpfte und in die Hände klatschte. »Dreiundsiebzig!«

Robin wandte sich zu ihr um. »Und Doran?«

»Bekommt einen eigenen Wal. Kaya kann schwimmen.«

Robin lächelte. Manchmal hielt Leila eben doch zu ihr. »Woher kennst du eigentlich die Geschichte von Jona und dem Wal?«, fragte sie, während sie sich wieder setzte und die Felle dicht um ihre Schultern zog.

Leila maß sie verständnislos. »Von dir, alte Mutter«, antwortete sie. »Kannst du dir nicht merken, was du mir erzählst? Oder hast du sie vergessen, weil du sie nur erfunden hast?«

Hervorragend, lobte sich Robin im Stillen. Es war doch nicht Emmanuel gewesen. Leila hielt also nicht nur gelegentlich zu ihr, ab und zu hörte sie ihr sogar zu. »Ich habe nie etwas von dem erfunden, was ich dir erzählt habe«, antwortete sie. »Ich würde dich nie belügen, und ich wünschte mir, dass du mich auch nicht belügst. Es ist nicht schön, belogen zu werden.«

»Du würdest mich niemals anlügen?« Jetzt hatte sie Leilas volle Aufmerksamkeit.

»Natürlich nicht.«

»Fein.« Leila ließ sich neben sie plumpsen. »Hast du schon einmal ins Bett gepinkelt?«

Robin lachte. »Bestimmt. Als ich noch klein war und in der Nacht frieren musste oder Angst hatte. Oder wenn ich krank war. So etwas passiert.«

Leila nickte zufrieden. »Bist du in meinen Vater verliebt?«

»Selbstverständlich bin ich in deinen Vater verliebt.«

Leila kicherte, wurde aber gleich wieder ernst und setzte ihr Kreuzverhör fort. »Hast du schon einmal einen anderen Jungen geküsst?«

»Nein, natürlich nicht«, antwortete Robin ehrlich.

»Warum versteckst du einen Waffenrock und ein Schwert in deiner Truhe?«

»Ich …« Robin runzelte die Stirn. Das war nicht fair. Natürlich wollte sie ihre Tochter nicht belügen. Aber sie wollte sie auch nicht mit ihrer Vergangenheit belasten. So abenteuerlich ihr Leben damals gewesen war, war es doch auch viel zu grausam gewesen, um einem kleinen Mädchen davon zu erzählen. »Damit du nicht damit spielst«, antwortete sie ausweichend.

»Woher hast du diese Sachen?« Leila ließ sich nicht beirren. »Hast du sie schon einmal benutzt? Kannst du damit umgehen? Hast du einen bösen Menschen damit verletzt? Oder einen schrecklichen Christenritter damit getötet?«

»Sprich nicht so über die Christen. Wenn wir angekommen sind, wirst du fast ausschließlich von Christen umgeben sein. Das ist mein Volk. Und die meisten von ihnen sind gute, rechtschaffene Menschen.«

»Du kannst es mir ruhig erzählen.« Leila überging die Zurechtweisung einfach. »Ich habe auch schon mal jemanden getötet.«

»Du hast was?«, entfuhr es Robin.

»Ich habe Erdogans Hund ertränkt.« Leila hob die Schultern und drehte auf die unschuldigste Weise die Handflächen nach oben. »Er hat Ahmed gebissen. Dabei hat er ihm immer Leckereien mitgebracht.«

Robin schwieg. Dass ihre Tochter zu etwas so Abscheulichem in der Lage war, erschreckte und enttäuschte sie zutiefst.

»Nun habe ich dir ein Geheimnis verraten«, fuhr Leila nach einer Weile fort. »Verrätst du mir jetzt auch deins?«

»Das Schwert habe ich von meinem Vater geerbt.« Das war keine Lüge. Nur eben nicht die ganze Wahrheit.

»Und was ist mit dem Waffenrock?« Leila wollte einfach nicht lockerlassen.

Den auch, hätte Robin am liebsten geantwortet. Aber sie verkniff sich die einfache Ausflucht. Wenn sie lernen wollten, besser miteinander auszukommen, mussten sie vor allen Dingen ehrlich zueinander sein. »Ich werde es dir erzählen«, versprach sie darum. »Sobald du ein bisschen älter bist.«

»Sechs?« Leila hatte offenbar nicht vor, ihre Mutter so leicht davonkommen zu lassen.

»Eher sechzehn.«

»Acht.« Leila hielt ihr die Hand hin, um den Pakt zu besiegeln. Der Umgang mit Emmanuel und den anderen Juden hatte deutliche Spuren in ihrem Wesen hinterlassen.

»Leila, ich …« Robin unterbrach sich, weil die Tür so heftig aufgestoßen wurde, dass sie gegen das Fußende ihrer Pritsche krachte. Zeitgleich erhoben sich auf dem Oberdeck aufgeregte Stimmen. Al-Amaris Männer brüllten in heillosem Durcheinander aufeinander ein.

»Sie werden uns rammen!« Salim stürmte, dicht gefolgt von Kaya und Doran, in die Kammer. »Diese Wahnsinnigen versenken ihr eigenes Schiff!«

»Dann brauchen sie es wohl nicht mehr.« Leila sprang auf und trippelte zurück ans Fenster. »Vielleicht habe ich mehr Wale bekommen, als ich brauchte.« Sie stellte sich auf die Zehenspitzen und spähte konzentriert hinaus.

Robin eilte ihr nach und ließ den Blick ebenfalls über die unruhige See schweifen. Das fremde Schiff war tatsächlich bedrohlich nahe gekommen und hielt noch immer direkten Kurs auf sie.

»Sie haben bestimmt nur die Kontrolle verloren.« Im unregelmäßigen Licht des Gewitters versuchte Robin, eine Flagge am Mast des Schiffes zu erkennen, konnte aber keine entdecken.

»Oder sie wollen uns besuchen«, schlug Leila vor. »Vielleicht sind sie schon genauso lange unterwegs wie wir. Vielleicht langweilen sie sich.«

»Ihr beide werdet euch jedenfalls in die Kapitänskajüte zurückziehen.« Salim schob Leila vor sich her aus der Kammer. »Ich glaube nicht, dass sie uns großen Schaden zufügen können, wenn sie uns wirklich rammen. Aber auch von einem kleinen Schaden bekommt ihr hier unten ziemlich schnell nasse Füße.«

Robin folgte ihm. Kaya und Doran schlossen sich ihnen

an. Anstatt sich jedoch mit ihrer Tochter in die Kapitänskajüte zu begeben, befahl sie Doran, allein auf Leila aufzupassen. Sie selbst zwängte sich durch eine kleine Luke ans Oberdeck und eilte an die Steuerbordreling. Dort hatte sich auch der größte Teil der Besatzung postiert. Angespannt blickten die Männer dem fremden Schiff entgegen. Sechs von ihnen, so registrierte sie, hatten ihre Armbrüste gespannt. Sie hielten sich bereit, auf die Fremden zu schießen, sobald sie ihnen auch nur den geringsten Anlass dazu gaben. Robin glaubte jedoch nicht, dass die Besatzung des anderen Schiffs tatsächlich plante, die *Aisha* zu überfallen. Es wäre ein Himmelfahrtskommando. Das Schiff, das sich ihnen durch die stürmischen Fluten näherte, war nicht nur deutlich kleiner als ihr eigenes, sondern hatte zudem leichte Schräglage. Backbord schwappte salziges Wasser über die Planken, und Robin erkannte die Schemen weniger Männer, die versuchten, es mit Eimern zurückzuschaufeln. Trotz der Dunkelheit und des eisigen Nieselregens konnte Robin sie bald zählen. Es waren acht, und sie wirkten nicht sonderlich kräftig.

Kapitän al-Amari kurbelte wie von Sinnen am Steuer. Gleichzeitig brüllte er Befehle. Offenbar versuchte er alles, was ihn die jahrzehntelange Erfahrung als Kapitän der Dau gelehrt hatte, um einen Zusammenstoß abzuwenden. Die Naturgewalten schienen sich jedoch gegen ihn verschworen zu haben. Lenkte er das Schiff nach Backbord, versetzte der Wind dem nahenden Boot einen Stoß und trieb es ein weiteres Stück auf sie zu. Steuerte er in die andere Richtung, peitschten die Wellen das fremde Schiff, sodass es wieder in Gefahr war, sie zu rammen. Auch der andere Steuermann drehte hektisch am Steuerrad, schien aber nicht sonderlich viel von seinem Handwerk zu verstehen. Als sie schon die Farbe seiner Wollmütze erkennen konnte, entschied Robin, dass die Steuerbordreling im Falle eines Zusammenstoßes sogar eine noch schlechtere Wahl war als die Kajüte auf dem Unterdeck. Die Planken hier oben waren rutschig, und sie zählte nach wie vor zu den untalentiertesten Schwimmerinnen der Welt. Auf keinen Fall wollte sie riskieren, das gleiche Schicksal zu erleiden wie der Schiffsjunge, dem Leila einen Wal bestellt hatte. Also riss sie sich vom Anblick des nahenden Unglücks los, stieg aufs Achterdeck hinauf und klammerte sich in Erwartung eines heftigen Rucks an einen Mast.

Als der Ruck endlich kam, durchfuhr er die *Aisha* mit einem dumpfen Knall und riss mindestens drei der Männer auf dem Hauptdeck von den Beinen. Al-Amari fluchte so lautstark, dass seine Verwünschungen sogar die Schreie der Besatzungen beider Schiffe übertönten. Die Dau kippte ein kleines Stück zur Seite weg. Das kleinere Schiff vollführte eine halbe Drehung in den tanzenden Fluten und schrammte an der Seitenwand der *Aisha* entlang. Es gab ein hässliches, quietschendes und knarrendes Geräusch, das Robins Backenzähne vibrieren ließ, doch zumindest war bislang kein Krachen oder Bersten zu hören. Die Dau war also wohl nicht ernsthaft beschädigt. Das hatte natürlich nicht viel zu bedeuten. In unruhiger See konnte sich ein winziges Leck nur allzu schnell in einen gewaltigen Krater verwandeln.

Robin sandte ein Stoßgebet zum Himmel, dass nichts dergleichen geschehen würde, und kehrte auf das Hauptdeck zurück. Sie entdeckte Salim an der Reling. Er hatte sich weit über das Geländer gebeugt und brüllte etwas zu den Fremden auf dem Deck des anderen Schiffes hinunter.

Sie konnte die Antwort, die von dem anderen Schiff

zurückkam, gerade so verstehen. »Das ist nicht unser Kapitän! Unser Kapitän ist tot!«

Ein zweites Besatzungsmitglied gestikulierte in Richtung Steuerrad. »Der da kann Norden nicht von Süden unterscheiden! Keiner von uns kann das! Wir sind alle nur Gehilfen!« Der vermeintliche Kapitän des fremden Schiffes hielt das Steuerrad noch immer mit beiden Händen umklammert, wie festgefroren in der Sekunde des Zusammenstoßes.

»Wir werden sinken!«, brüllte der Erste. Er trug einfache Leinenkleider und einen Mantel, der in einem früheren Leben vielleicht einmal ein Mehlsack gewesen war.

»Und da habt ihr gedacht, warum sollte es uns besser gehen als euch?« Atilla al-Amari hatte das Steuer seinem zweiten Steuermann überlassen und sich zu Robin und Salim gesellt. Er war außer sich vor Wut. Sein Blick glitt prüfend an der Außenwand des Schiffes entlang. Robin bezweifelte allerdings, dass sich in der Dunkelheit irgendein Schaden ausmachen ließ – sofern sie denn einen nennenswerten erlitten hatten.

»Ihr müsst uns helfen!« Die Stimmen vom Deck des anderen Schiffes klangen immer verzweifelter.

Jetzt bemerkte Robin, dass das Boot langsam, aber stetig abtrieb. Es war völlig außer Kontrolle und hatte nun deutliche Schräglage. Vermutlich war es leckgeschlagen, sodass der Schiffsbauch sich mit Wasser füllte. Wenn sie die Besatzung retten wollten, blieb ihnen nicht mehr viel Zeit.

Doch Atilla erweckte nicht den Eindruck, als wollte er irgendjemanden retten. Erst recht niemanden, der möglicherweise seine geliebte Dau beschädigt hatte. »Gebt mir einen schweren Stein, und ich helfe euch beim Sinken!«, brüllte er zornig zurück.

»Das meint er nicht ernst, oder?« Robin warf Salim

einen ungläubigen Blick zu. Von Leilas Walen war weit und breit nichts zu sehen.

Salim zuckte die Schultern. »Ich persönlich habe Atilla noch nie scherzen hören«, erwiderte er.

»Das könnt Ihr doch nicht tun!« Robin drängte sich energisch zwischen den Sarazenen und den Kapitän. Mühsam kämpfte sie gegen den Drang an, den spitzbärtigen Muselmanen am Kragen zu packen und kräftig durchzuschütteln. »Ihr könnt doch nicht einfach zusehen, wie sie mit Mann und Maus auf den Meeresgrund sinken!« Allein bei dem Gedanken an die glitschigen, krallenbewehrten Ungeheuer mit den vielen Zähnen, die die See bergen mochte, lief es ihr kalt den Rücken herunter. Vielleicht konnten die Schiffbrüchigen noch von Glück reden, wenn sie einfach nur ertranken.

Atilla quittierte ihren Appell mit dem Hochziehen einer Braue, um dann eine weitere Salve von Flüchen auf die Fremden hinabregnen zu lassen. Sie musste selbst einschreiten. »Seile!«, schrie sie. »Bringt alle Taue, die ihr auftreiben könnt! Los! Holt diese Männer herauf!«

Die Männer an Deck reagierten überhaupt nicht auf ihre Worte. Bestenfalls vergewisserten sie sich mit Blicken in Atillas Richtung, dass der Befehl seinen Ursprung wirklich nicht wider Erwarten bei ihm hatte.

»Übergeschnappt«, erklärte einer seinem Gefährten. Sie wandten sich von ihr ab und setzten ihre Arbeit an der Takelage fort.

Verzweifelt eilte Robin selbst über das Deck, um ein Seil zu finden. »Tu was!«, rief sie Salim zu, der immer noch wie angewachsen an der Reling lehnte.

»Er ist der Kapitän.« Salim klang nicht gerade gleichgültig, aber auch nicht übermäßig bestürzt.

»Er ist ein Freund deines Vaters!« Robin bewegte sich nun deutlich auf der Schwelle zur Hysterie. Das kleine Schiff war mittlerweile kaum noch zu erreichen. Es trieb auf Höhe des hinteren Drittels der *Aisha*. Die Fremden waren in völlige Panik verfallen. Sie flehten um Hilfe. »Glaubst du, das hier wird dem Alten vom Berge gefallen? Denkst du, er wird noch mit Kapitän Atilla befreundet sein wollen, wenn er davon erfährt? Und du weißt, dass dein Vater keine ehemaligen Freunde und Verbündeten hat – zumindest keine lebenden. Mach ihm das gefälligst klar!«

»Wollt Ihr mir drohen?« Atilla blickte wenig beeindruckt zu ihr herüber. Offenkundig hatte er jede Silbe verstanden. In ihrer Wut war Robin laut geworden.

Salim schüttelte den Kopf. »Fiele uns gar nicht ein.«

»Richtig«, bestätigte Robin. »Wir drohen nicht, wir kündigen an. Und jetzt befehlt Euren Männern endlich, diesen Leuten zu helfen!« Sie drängte sich erneut zwischen Salim und Atilla und bohrte ihren Blick in die tiefschwarzen Augen des Kapitäns. Dabei bemühte sie sich um einen sanfteren Tonfall. »Ich bitte Euch. Wollt Ihr wirklich die Schuld am Tod von einem Dutzend unschuldiger Männer tragen? Ich kenne mich mit Euren Gesetzen nicht aus – aber sagt mir, was würde Allah Euch jetzt gebieten? Lasset sie ertrinken, denn sie haben euer Schiff beschädigt? Das kann ich mir nicht vorstellen!«

»Den Punkt mit dem Schiff lässt der Koran in der Tat außer Acht«, gab Atilla zurück. »Nun gut. Ich werde Euch Euren Wunsch erfüllen.« Er formte die schwarzen Augen zu schmalen Schlitzen. »Unter einer Bedingung.«

»Beeilt Euch mit Euren Bedingungen.« Robins Augen glitten gehetzt zu dem immer weiter abtreibenden Schiff.

»Ihr tragt die Kosten«, erklärte der Kapitän. »Und die volle Verantwortung.«

»Einverstanden.«

Salim stieß einen erschrockenen Pfiff aus. »Wie willst du das …« Robin ließ ihn jedoch nicht ausreden: »Lass das nur meine Sorge sein. Los jetzt! Ihr müsst die Männer auf die Dau holen und versuchen, ihr Schiff anzubinden. Vielleicht ist der Schaden überhaupt nicht so groß. Morgen, wenn die Sicht besser ist und die See sich etwas beruhigt hat, werden wir sehen, ob er sich beheben lässt.«

Atilla seufzte. »Wir werden es versuchen. Aber es wird den Zeitpunkt unserer Ankunft zusätzlich verzögern. Und sobald ich merke, dass die Last der *Aisha* einen Schaden zufügen könnte, lasse ich sämtliche Taue wieder kappen.«

Robin nickte erleichtert. »Danke.« Ihr fiel ein Stein vom Herzen, der groß genug gewesen wäre, um Atilla als Wurfgeschoss gegen das fremde Schiff zu dienen.

Atilla wandte sich ab und wies seine Männer an, den Schiffbrüchigen auf die Dau zu helfen. Robin sah ihnen dabei zu, bis sich die Kälte und Feuchtigkeit durch alle ihre Knochen gefressen hatten. Dann holte sie Leila aus der Kapitänskajüte und kehrte mit ihr auf das Unterdeck zurück. Dort übergab sie sich, zog sich dann trockene Kleider an und hüllte sich in ihre Felle. Sie hatte vor, sich jetzt wieder voll und ganz auf ihr Selbstmitleid zu konzentrieren. Zunächst würde sie sich aber um ihr kleines Reisetagebuch kümmern.

Noch etwa zwei Tagesreisen bis zum Ziel, schrieb sie. *Haben etwa ein Dutzend Schiffbrüchige vor dem Ertrinken gerettet. Leila betet neuerdings zu ihrem Großvater.*

8. KAPITEL

Im Laufe der Nacht beruhigte sich die See ein wenig, und der Himmel ließ endlich davon ab, eisiges Nass auf sie herabzuschleudern. Leila schlummerte dicht an ihre Mutter gekuschelt ein, und irgendwann schlief auch Robin aller Übelkeit zum Trotz den Schlaf der Gerechten. Immerhin hatte sie das Überleben eines ganzen Dutzends Schiffbrüchiger gesichert. Wenn sie irgendetwas träumte, so erinnerte sie sich nach dem Aufwachen nicht mehr daran. Als sie die Lider schließlich hob, fühlte sie sich stattdessen zum ersten Mal seit Wochen zumindest halbwegs ausgeruht.

Die Dämmerung war noch fern, und es waren leise Stimmen gewesen, die sie aus dem Schlaf gekitzelt hatten. Als sie in die Dunkelheit der Kajüte blinzelte, erkannte sie Salim und Leila auf der zweiten Pritsche. Silbriger Mondschein fiel durch das kleine Fenster, schmiegte sich um die beiden und verlieh ihren Konturen einen unwirklichen Glanz. Salim hielt seine Tochter im Arm, doch seine kerzengerade Haltung nahm dem Anblick ein wenig von seiner Idylle. Er betrachtete etwas Kleines, das Leila in den Händen hielt.

Robin setzte sich auf und rieb sich den Schlafsand aus den Augen. »Welches Geheimnis teilt ihr denn mitten in der Nacht? Habe ich einen Grund zur Eifersucht?«

»Nur wenn du schon immer unbedingt ein gestohlenes Holzpferdchen besitzen wolltest«, antwortete Salim. »Leila hat sich in das fremde Schiff geschlichen.« Er deutete mit einer Kopfbewegung auf den dunklen Gegenstand, den Leila verlegen zwischen den Fingern drehte. Robin las zwischen den Zeilen, dass er die ganze Angelegenheit lieber vor ihr geheim gehalten hätte.

»Du warst auf dem fremden Schiff?« Robin stand auf und ließ sich vor Leila in die Hocke sinken. »Du solltest die Kajüte nicht verlassen. Das hast du versprochen.«

Sie griff nach dem Holzpferd und hielt es in Richtung Fenster, um es im Mondlicht in Augenschein zu nehmen. Es war aus Kirschholz gefertigt, kaum so groß wie ihre Hand und sehr leicht, aber seine Verarbeitung zeugte von höchstem Geschick. Jede einzelne Haarsträhne war mit Liebe und Feingefühl in Mähne und Schweif geschnitzt worden, und unter den Hufen ertastete Robin sogar winzige Hufeisen. Sie glaubte nicht, dass das kleine Pferd irgendeinen anderen Zweck erfüllte, als hübsch auszusehen. Nicht einmal als Briefbeschwerer konnte es herhalten, denn dazu stünde es viel zu unsicher auf seinen weniger als fingerdicken Beinen. Nur reiche Menschen konnten sich etwas so Überflüssiges und Teures leisten.

»Sie hat die Kajüte verlassen. Und sie hat vor allen Dingen etwas gestohlen.« Salim nahm das Pferdchen an sich. »Sobald die Sonne aufgeht, wird sie es zurückbringen und sich entschuldigen. Zudem wird sie sich bis zu unserer Ankunft auf der *Aisha* nützlich machen. Die Kombüse kann jede noch so kleine Hand gebrauchen. Vorausgesetzt«, fügte er an Leila gewandt hinzu, »die Männer, die du bestohlen hast, lassen deine Hände an deinen Armen.«

Leilas Blick flackerte Hilfe suchend zu Robin, und diese versuchte, möglichst gleichgültig die Schultern zu zucken. Es gelang ihr nicht. Als sie die Panik in Leilas Augen sah, seufzte sie. »Das würde dein Vater nie zulassen. Aber ich fürchte, unser Schiffskoch lässt auch nicht zu, dass du dich in seiner Küche herumtreibst. Er muss sich ja darum sorgen, dass du ihm den Rauch vom Feuer stiehlst.«

Leila verschränkte die Arme vor der Brust und zog eine Schnute. »Sie werden überhaupt nicht bemerken, dass das Pferdchen fehlt. Du kannst es mir genauso gut zurückgeben.« Aus den Augenwinkeln stierte sie auf das konfiszierte Diebesgut in der Hand ihres Vaters. »Sie haben eine ganze Schatzkammer voller schöner Dinge.«

Robin und Salim tauschten einen verwunderten Blick. Das Schiff, das sie mit zahllosen Tauen ans Heck der *Aisha* gebunden hatten, war weiß Gott kein großes Handelsschiff voller wertvoller Güter. Es sah eher aus wie das Boot bescheidener Wollhändler.

»Schöne Dinge?«, fragte Salim. »Was für schöne Dinge meinst du?«

»Solche Dinge wie das Pferd.« Leila zuckte die Schultern. »Schnitzereien. Und silberne und goldene Becher. Und Münzen und Schmuck. Und schöne Stoffe mit Stickereien darauf. Aber davon habe ich nichts genommen.« Wie zum Beweis hielt sie Robin ihre leeren Handflächen hin und schüttelte unschuldig den Kopf.

»Wo hast du diese Sachen gefunden?« Robin sah, wie sich Salims Muskeln unter seinem Hemd strafften. »Ich meine, wo genau?«

»Im Schiff.« Leila war den Tränen nahe. Salims ungewohnt strenger Ton hatte sie verstört. »Ganz unten. Da, wo bei uns die Süßhölzer sind.«

»Der Frachtraum steht doch fast zur Hälfte unter Wasser«, wandte Robin ein.

»Es ist dort trocken wie Großvaters Hintern.« Das Mädchen reckte Robin die Füße entgegen. Die Stiefel, in denen sie steckten, waren bloß ein wenig feucht vom Nieselregen.

»Aber warum hat das Boot dann Schlagseite?« Robin stand vor einem Rätsel.

Salim hob eine Braue wie jemand, der gerade einen besonders außergewöhnlichen Käfer in seinem Brei entdeckt hatte, und erhob sich dann mit einem Ruck. »Weil …«, begann er, doch Leila ließ ihn nicht ausreden.

»Weil sie Dummköpfe sind. Sie haben alle ihre Schätze und Vorräte auf der linken Seite gestapelt. Sie wissen nicht, dass ein Schiff umkippen kann, wenn man alle Sachen auf eine Seite stellt.«

»Doch. Das wissen sie.« Salim stapfte wütend zum Ausgang. »Ihr bleibt hier. Ich schicke Kaya zu euch.«

Endlich verstand auch Robin. »Ein Hinterhalt! Es ist alles nur ein Schauspiel!«

Hinter ihrer Stirn liefen die Erinnerungen an den vergangenen Abend im Schnelldurchlauf ab. Der vermeintliche Wal, der so zielgenau auf sie zugesteuert war, dass es kaum ein Zufall sein konnte. Der Zusammenstoß, der das kleine Handelsschiff beinahe zum Kentern gebracht hatte. Der Tod des Kapitäns, die Verzweiflung und Hilflosigkeit der fremden Seeleute … Nichts davon war echt gewesen. Es war alles Teil eines hinterhältigen Planes, um auf die *Aisha* zu gelangen und sie wahrscheinlich noch in dieser Nacht zu plündern.

»Sind die Leute vom kleinen Schiff Schausteller?« Leila strahlte.

Robin erhob sich und hob Leilas Kinn mit zwei Fingern an. Sie sah ihr fest in die Augen. »Nein. Das sind sie nicht. Sie sind Verbrecher. Du wirst jetzt genau das tun, was ich dir sage. Es ist sehr wichtig, dass du dieses eine Mal auf mich hörst.« Sie schnappte sich eine grobe Wolldecke und wickelte ihre Tochter darin ein.

»Aber mir ist nicht kalt!«, protestierte Leila und wand sich aus der Decke. »Ich will …«

Von irgendwo auf dem Unterdeck drang ein lautes Poltern zu ihnen, dicht gefolgt von einem Schrei und einem gurgelnden Keuchen. Robin presste Leila eine Hand auf die Lippen und blickte gehetzt zur geschlossenen Tür. Sie hörte, wie zwei oder drei Männer hektisch an der Kajüte vorbeistolperten.

»In Ordnung.« Robin warf Leila einen Blick zu, der in gleichem Maße entschlossen und bedauernd war. »Ich muss jetzt etwas tun, was mir nicht gefällt. Ich mache es, weil ich dich liebe, hast du verstanden? Und ich verspreche dir: Ich komme bald zurück.« Und dann wickelte sie das Mädchen mit etwas mehr als sanfter Gewalt erneut in die Decke und klemmte sich das zappelnde Bündel unter den Arm.

Als sie die Kajüte wenig später verließ, stolperte Robin beinahe über einen Kopf, der ihr vor die Füße gerollt war. Zunächst hatte sie ihr Hindernis im flackernden Fackelschein gar nicht erkannt. Sie wäre gewiss gefallen, hätte sie ihr langes blaues Leinengewand nicht zuvor abgelegt. So schützten sie zwar nur noch eine wollene Hose und ein viel zu dünnes Hemd vor der Kälte, dafür konnte sie das

Gleichgewicht besser halten. Ihre Rechte hielt das Schwert ihres Vaters umklammert.

Sie riss es in die Höhe und fuhr herum. Ihr gegenüber stand eine abgerissene, hagere Gestalt, die eine der Gewürzkisten der *Aisha* in den Händen hielt. Der Körper schien noch nicht bemerkt zu haben, dass ihm der Kopf fehlte. Kaya verpasste dem Burschen einen Tritt zwischen die Schulterblätter, um der Erkenntnis nachzuhelfen. Robin wich gerade noch zur Seite aus, sodass sie nicht von der stürzenden Leiche und der schweren Kiste in die Planken gestanzt wurde.

»Zurück!« Der Hüne trat die Kiste in hohem Bogen davon. Zimtstangen regneten auf den toten Körper hinab. »Hier ist kein Platz für …«

Eine schattenhafte Gestalt löste sich aus dem Zwielicht hinter dem grobschlächtigen Muselmanen, sprang über eine weitere Leiche hinweg und raste mit einem Kampfschrei und gezückter Klinge auf Kaya zu. Robin warf sich mit den Füßen voran zwischen den muskulösen Schenkeln des Riesen hindurch und rammte dem Angreifer beide Fersen gegen die Kniescheiben. Sein Kampfschrei verwandelte sich in einen Laut der Qual, als mindestens eine davon sich knirschend löste und er zur Seite wegkippte. Die Schwertklinge verfehlte Kayas Nacken und streifte stattdessen nur seinen Oberarm. Glücklicherweise war sie aber zu stumpf, um den Stoff seines Hemdes zu beschädigen. Der Assassine fuhr herum und brach dem am Boden Liegenden mit einem wütenden Tritt die Hälfte seiner Rippen.

Robin sprang auf und sah, wie Kayas Krummsäbel auf die Kehle des Mannes zuraste.

»Kaya, nein! Das ist nicht …«

Blut schoss in einer Fontäne aus der Hauptschlagader des Fremden. Es zeichnete widerwärtige Muster in Kayas furchterregendes Gesicht und sprudelte auf die Planken hinab, wo es einen dunkelroten See bildete, in dem der Sterbende zuckte. Die Waffe entglitt seinen erschlaffenden Fingern.

Robin warf sich neben dem Fremden auf die Knie, legte ihr Schwert beiseite und versuchte verzweifelt, den Blutfluss mit beiden Händen zu stoppen. »Das war nicht nötig, verdammt!« Sie bemühte sich darum, dem sterbenden Mann nicht in die Augen zu blicken. Stattdessen funkelte sie Kaya über ihre Schulter hinweg an. »Ihn zu fesseln hätte völlig ausgereicht!«

»Das ist der Grund, warum Ihr in der Kammer bleiben solltet«, erwiderte Kaya frostig. Er packte Robin unter der Schulter und riss sie mit einem Ruck auf die Beine. »Hier ist kein Platz für Klageweiber.«

»Du kannst dich ruhig einfach bedanken.« Robin spie dem Riesen ins Gesicht. Sie wand sich in seinem eisernen Griff, um den Sterbenden wieder sehen zu können, und bereute es in der nächsten Sekunde. Das Blut schäumte nun auch aus seinem Mund. Der Blick aus seinen weit aufgerissenen, von feinen Äderchen durchzogenen Augen war auf sie gerichtet und kündete von einer Mischung aus Erkennen und stummem Vorwurf, ehe er sich plötzlich trübte und erstarrte. Sie riss sich von seinem fürchterlichen Antlitz los und deutete mit dem Kinn in Richtung des Frachtraumes. »Sind da noch mehr?«

»Keine Lebenden, wenn ich mich nicht verzählt habe.«

Wie zur Bestätigung schwang die schwere Tür zum Lager auf. Drei Assassinen eilten nahezu lautlos zum Aufstieg, um jenen zu helfen, die noch auf dem Oberdeck kämpften. Falls der Kampf noch nicht vorbei war. Robin vernahm schnelle Schritte und den einen oder anderen Ausruf, den sie nicht verstand, aber keinen wirklichen Kampfeslärm.

Natürlich nicht. Was in ihre Ohren drang, waren bloß die verzweifelten Fluchtversuche der ertappten Gauner. Die besten Ohren der Welt konnten einen Assassinen nicht töten hören. Sie waren Männer des Alten vom Berge, die über die Sinne von Luchsen verfügten, sich wie Katzen bewegten und aus dem Hinterhalt mordeten – so unvermittelt und zielsicher wie Giftschlangen. Robin wagte es kaum, sich vorzustellen, wie viele der Fremden bereits ihr Leben gelassen hatten.

Ihr tragt die Kosten und die volle Verantwortung, echoten Atillas Worte in ihrem Hinterkopf. Die volle Verantwortung … Die Verantwortung für mehr als ein Dutzend Menschenleben!

Ruckartig sah sie zu ihrer Kajüte hin und riss die Augen so weit auf, wie sie konnte. »Leila?«, rief sie in gespieltem Entsetzen. »Leila! Nicht! Weg vom Fenster!«

Kaya ließ von ihrer Schulter ab und trat mit einem einzigen Riesenschritt in die Tür zur Kammer. »Wo …?«, begann er verwirrt, als ihn dort auf den ersten Blick nichts als zwei Pritschen inmitten gähnender Leere erwarteten. Weiter kam er nicht, denn Robin nutzte ihre Chance. Sie beförderte ihren lästigen Aufpasser mit einem gezielten Tritt auf das Steißbein in die Kammer und schlug die Tür hinter ihm zu. Schnell schob sie den Riegel von außen vor, ehe Kaya begriff, dass er auf einen billigen Trick hereingefallen war. Robin fischte ihr Schwert aus der Blutlache und eilte zum Aufstieg.

Um sich durch die Luke zu zwängen, musste sie sich an

den leblosen Gliedern eines Räubers vorbeikämpfen, dessen Oberkörper ihr den Weg versperrte. Sie erkannte, dass es nicht die Söldner Atillas gewesen sein konnten, die ihn umgebracht hatten. Das war die Arbeit von Salims Assassinen. Robin erspähte keinen einzigen Tropfen Blut, nur sein Kopf schien viel zu schwer an seinem Hals zu lasten. Sein Genick war offenbar gebrochen. Mit einer Hand zog sie den Toten an sich vorbei und ließ ihn auf das Unterdeck fallen. Dabei erschrak sie darüber, wie wenig Mühe es ihr bereitete und mit welch leisem und trockenem Geräusch er auf den Planken aufschlug. Er war völlig ausgemergelt und wog wahrscheinlich weniger als Robin selbst. Seine Knochen brachen wie trockenes Geäst, als er auf das Unterdeck krachte. Obwohl Robin sich bemühte, nicht in sein Gesicht zu sehen, konnte sie es doch nicht ganz vermeiden. Es wirkte eher wie das eines großen Jungen denn wie das eines Mannes. Auf Robins Zunge breitete sich ein bitterer Geschmack aus, der sie fast würgen ließ. Wie groß musste das Elend dieses Burschen gewesen sein, dass er sich einem solchen Selbstmordkommando angeschlossen hatte? Wie aussichtslos musste ihm seine Lage erschienen sein und wie wertlos sein junges Leben? Oder war er einfach fürchterlich naiv gewesen? Hatte er sich diesen Verbrechern ungestüm angeschlossen, um einem verrückten Traum hinterherzujagen? Hatte man ihm einen Floh in eines seiner noch nicht ganz trockenen Ohren gesetzt, der Lieder von großer Freiheit und fetter Beute pfiff?

Er würde es ihr nicht mehr erzählen können. Sein lebloser Leib konnte nur noch stumm in die Welt hinausschreien, dass sie, Robin, die volle Verantwortung für das Schicksal trug, das ihn auf der *Aisha* ereilt hatte. Und das Gleiche galt für all jene Fremden, die in diesen Augenblicken vielleicht noch lebten und ebenfalls gleich tot sein würden. Sie musste sich endlich am Riemen reißen und versuchen, dem Morden auf dem Schiff Einhalt zu gebieten, anstatt sich an die Sprossen des Aufstiegs geklammert mit Fragen und Selbstvorwürfen zu quälen.

Robin zog sich auf das Oberdeck hinauf und erkannte, dass sie zu spät kam. Die Gauner hatten den Assassinen nichts entgegenzusetzen gehabt. Vermutlich wären Atillas Männer sogar allein mit ihnen fertiggeworden. Robin erspähte nur wenige Waffen zwischen den Toten, und diese waren in schlechtem Zustand und zum Teil sogar rostig. Auch die Toten und Sterbenden, die wie Fallobst auf dem Deck verstreut lagen, waren nicht kräftiger oder älter als der Junge, den sie durch die Luke gezogen hatte. Erst jetzt – im Schein der zahlreichen Fackeln und Laternen, die Atilla hatte entzünden lassen – begriff sie, was ihr am Vorabend wegen der Distanz von Reling zu Reling und der schlechten Sichtverhältnisse entgangen war: Sie waren mit einem Schiff voller Kinder kollidiert. Ihre Angreifer waren nichts als große Lausebengel, denen zum Teil noch nicht einmal die ersten Bartstoppeln gewachsen waren. Hungrige Burschen, möglicherweise Vogelfreie … Ja, die Handvoll Söldner des Kapitäns hätte die Fremden mit bloßen Händen in der Luft zerreißen können.

Robin fühlte etwas Heißes ihre Wange hinabrinnen und registrierte erst jetzt, dass sie weinte. Sie ließ sich neben einem der Burschen auf die feuchten Planken sinken. Dann strich sie ihm das verfilzte Haar aus dem Gesicht und schloss seine Lider über den blicklosen Augen. Es war der Mann, oder vielmehr der Junge, mit der Wollmütze. Jener, der das Steuerrad des angeblich verstorbenen Kapitäns übernommen hatte.

Ob sie den Kapitän getötet hatten? Oder schrie er in diesen Sekunden Zeter und Mordio an irgendeinem Hafen, wo er sein kleines Boot schlecht bewacht zurückgelassen hatte, um sich in einem Hurenhaus zu vergnügen? Und war es vielleicht genau dieser junge Mann hier gewesen, der die anderen von seiner wahnwitzigen Idee überzeugt und ins Verderben geritten hatte? Hatte er den verrückten Plan ausgeheckt, einen kleinen Kutter zu stehlen, um damit einen größeren zu überfallen, und dann ein noch größeres Schiff und immer so weiter, bis man irgendwann eine Flotte befehligte, ein Heer, ein Land, die ganze Welt? Robin schluchzte trocken auf, und ihr war, als spürte sie, wie all seine schillernden Träume sich aus seinem Körper lösten und mit dem eisigen Nieselregen vermischten. Am Ende war es egal, ob es seine eigene Fantasie gewesen war, die ihn ums Leben gebracht hatte, oder die eines anderen.

Sie hob den Kopf und schaute sich durch einen Tränenschleier hindurch um. War da jemand, der ihr wenigstens eine einzige Antwort auf die zahlreichen Fragen geben konnte, die sich hinter ihrer Stirn überschlugen? Nein, hier waren nur vier Söldner und der Kapitän. Sie verpassten jedem, der ihnen noch immer nicht tot genug vorkam, einen sauberen Kehlenschnitt. Einige andere Besatzungsmitglieder hievten die Leichen in einem zügigen Rhythmus über Bord. Drei weitere Männer sowie zwei der Assassinen hangelten sich der Reihe nach auf das Deck des kleinen Schiffes, um alles Brauchbare auf die *Aisha* zu schaffen. Danach würden sie sicher die Taue kappen, an denen es hing, oder es gleich ganz versenken.

»Nichts davon ist deine Schuld.« Salim war von hinten an sie herangetreten und legte nun eine Hand auf ihre

Schulter, um sie sanft zu streicheln. Seine Worte vertieften Robins Schuldgefühle nur noch mehr. Woher wollte er wissen, was in diesen Sekunden in ihr vorging, wenn ihr persönlicher Anteil an der Ursache dieser Katastrophe so schwer ersichtlich, so abwegig war? Robin betrachtete ihn verständnislos.

»Atilla ist ein erfahrener Mann.« In ihren Ohren klangen Salims Worte wie ein plumper Versuch, sie zu verteidigen. »Er hat jedem einzelnen dieser Männer gestern aus nächster Nähe ins Gesicht gesehen. Er hätte merken müssen, dass …« Salim suchte nach Worten.

»Dass sie fast noch Kinder waren?«, half Robin seinem Vokabular auf die Sprünge. »Dass ihre Mütter wahrscheinlich noch immer darauf warten, dass ihre Söhne vom Holzholen und Pilzesammeln heimkehren?«

Salim schüttelte unbehaglich den Kopf. »Dass irgendetwas nicht stimmte.« Er merkte wohl selbst, wie unbefriedigend das klang, und wechselte das Thema. »Nun komm. Lass uns wieder hinuntergehen. Du holst dir noch den Tod in diesen dünnen Hosen. Und diese Nacht hat schon eindeutig zu viele Opfer gefordert.«

»Nicht die Nacht, Salim, *wir* haben zu viele Opfer gefordert. Warum habt ihr sie getötet? Warum habt ihr sie nicht einfach aneinandergekettet und in den Frachtraum gesperrt? Dann hätten wir sie an Land an ein anständiges christliches Gericht übergeben können.«

»Das sie dann zum Tod durch den Galgen oder durch Vierteilen verurteilt?« Salim schüttelte den Kopf und drückte ihr einen Zeigefinger auf die Lippen, als sie etwas erwidern wollte. »Wir können morgen darüber reden, wenn sich die Gemüter etwas abgekühlt haben. Hier oben wird sich dein Hitzkopf höchstens unterkühlen. Lass uns jetzt in der Kajüte verschwinden, ehe Atilla uns jede Kerbe im Holz der *Aisha* in sämtliche gängigen Währungen umrechnet. Ich werde ein paar Stunden Schlaf benötigen, ehe ich seine Gleichungen nachvollziehen kann. Und überhaupt – wo ist eigentlich Leila?«

Robin bedachte ihren Angetrauten mit einem letzten zornigen Blick, besann sich dann aber, dass sie ihm unrecht tat, wenn sie ihre Wut auf ihn abwälzte. Diese Wut galt schließlich einzig und allein ihr selbst. Es war unglaublich leichtfertig von ihr gewesen, die Verantwortung für etwas zu übernehmen, was sie sich nicht einmal richtig angesehen hatte. Salim hatte lediglich versucht, den Schaden zu begrenzen, als er seine Männer alarmiert hatte. Das konnte sie ihm wirklich nicht zum Vorwurf machen. Er hatte das veranlasst, was in seinen Augen das einzig Richtige war. Dabei war er so kurz entschlossen gewesen wie sie, als sie bestimmt hatte, die Fremden auf der Dau aufzunehmen. Auch sie hatte sich nicht damit aufgehalten, sich zu einem längeren Gespräch bei einem Glas Wein auf das kleinere Schiff einzuladen.

»Leila ist in unserer Kammer«, antwortete sie.

»Freiwillig?« Salim war sichtlich erstaunt. »Ich hätte mein Reitpferd darauf verwettet, dass sie sich bis an die Milchzähne bewaffnet mit Granatäpfeln und Zimtstangen aus dem Frachtraum ins Gefecht werfen würde.«

Robin hob die Schultern. Das klang ganz ähnlich, wie das, was Leila gekreischt hatte, als sie sie fest verschnürt unter die Pritsche geschoben hatte. »Kaya ist bei ihr.«

Eine steile Denkfalte bildete sich über Salims Nasenwurzel. Vermutlich fragte er sich gerade, wie es Robin gelungen war, seinen treuesten Mann dazu zu bewegen, sich über einen eindeutigen Befehl hinwegzusetzen. Robin war sich sicher, dass er hatte Kaya aufgetragen hatte, sowohl auf seine Frau als auch auf seine Tochter achtzugeben.

»Nicht freiwillig«, kam Robin Salims Frage zuvor. Dann riss sie sich vom Anblick der Aufräumarbeiten auf dem Schlachtfeld los und schritt mit hängenden Schultern zur Luke. »Du hast recht. Hier gibt es nichts mehr für uns zu tun. Und es wird Zeit, die beiden wieder aus ihrer Gefangenschaft zu befreien.«

Als sie die Kajüte betraten, kniete Kaya gesenkten Hauptes unter dem Bullauge. In den Armen hielt er Leilas zierlichen Körper. Im Kontrast zu seinen an mächtige Baumwurzeln erinnernden Pranken wirkte Leila umso zerbrechlicher. Ihre Augen waren geschlossen, und eine ihrer Hände hing schlaff auf den Boden hinab.

»Was geht hier vor?« Salim drängte sich an Robin vorbei, als er seine scheinbar ohnmächtige Tochter im Griff des Giganten erblickte. »Was hast du mit ihr gemacht, du Grobian?«

Der Leibwächter hob erschrocken den Blick und deutete ein Kopfschütteln an. Er war wohl darauf bedacht, sich keinesfalls mehr als nötig zu regen. Auf Robin wirkte er unbeholfen, wie ein zu dickes Kind, das versuchte, ein Taubenei auszubrüten, ohne es zu beschädigen.

»Pst! Sie ist einfach eingeschlafen.« Eine vierfache Spur blutiger Kratzer, die sich von seinem linken Auge an seinem Oberlippenbart vorbei bis hin zu seinem breiten Kinn zog, zeigte Robin und Salim, dass es nicht ganz so einfach gewesen sein konnte. »Ich habe sie bloß festgehalten«, fügte er fast entschuldigend hinzu.

Robin vermutete, dass Leila bis zur Erschöpfung gegen den Hünen angekämpft hatte, nachdem er sie unter der Pritsche hervorgezogen und aus der mit mehreren Kordeln verschnürten Decke befreit hatte. Dafür hasste sie sich gleich noch ein wenig mehr. Hatte sie sich tatsächlich so lange auf dem Hauptdeck ihrem Kummer und ihren Selbstvorwürfen hingegeben? Ihr war es nur wie wenige Augenblicke vorgekommen. Leila dagegen hatte die Zeit genügt, um sich fast bis zur Ohnmacht gegen einen Mann zur Wehr zu setzen, der viermal so groß war wie sie selbst. Sie hatte sich in der Tat aufgeführt wie ein gut bezahltes Klageweib. Jetzt konnte sie sich nur allzu gut vorstellen, wie die Männer an Deck in Spott und Gelächter aufgingen.

Stumm schüttelte sie den Kopf über sich selbst. Was war nur los mit ihr? In ihrem Leben war ihr weiß Gott Schlimmeres widerfahren. Ihre Klinge hatte Muskeln, Sehnen, Schlagadern und sogar Knochen durchtrennt. Um ein Haar hätte sie den hakennasigen Tarek auf der Stelle umgebracht, als er Leila vor wenigen Wochen bei seinem ungeschickten Entführungsversuch verletzt hatte. Als der Jude Emmanuel zu ihren Füßen lag, war es ganz ähnlich gewesen. Sie hatte ein Kribbeln in den Fingern verspürt, das sie für einen Moment als Lust auf Blutrache interpretiert hatte. Es hatte sich angefühlt wie eine fast schmerzhafte Verspannung zwischen den Schulterblättern, die erst von ihr ablassen würde, wenn sie dem Menschen, dem ihre maßlose Wut gerade galt, zumindest etwas sehr, sehr Schlimmes angetan hatte.

Nein, wies Robin sich im Stillen zurecht, das konnte nicht stimmen. Oder vielleicht doch? Im nächsten Augenblick hatte sie sich doch wieder für ihr unbeherrschtes Tun geschämt! Na gut, bei Emmanuel hatte es etwas länger gedauert. Aber der war ja auch ein Jude. Ihr war jedenfalls schnell wieder bewusst geworden, dass sie die Gewalt schon immer als letztes Mittel, als hässliches, aber notwendiges Übel erachtet hatte. Tatsächlich hatte sie sie auch damals, als sie ein fester Bestandteil ihres Alltags gewesen war, weit mehr verabscheut, als ihre Erinnerungen es ihr vorzugaukeln versuchten – und somit war gar nicht verwunderlich, dass sie sich jetzt bereits schämte, dem Mann auf dem Unterdeck die Kniescheiben zertreten zu haben, oder? Dabei sagte ihr Verstand ihr, dass Kaya, vielleicht sogar sie beide, jedes Zögern mit dem Leben bezahlt hätten. Und plötzlich begriff sie nicht mehr, warum sie das Schwert ihres Vaters überhaupt mit auf die Reise genommen hatte. Im Moment jedenfalls hatte sie das sichere Gefühl, dass sie es ohnehin nicht mehr führen konnte. Wo war ihr Schwert überhaupt? Wahrscheinlich hatte sie es auf dem Oberdeck zurückgelassen – und sie wollte es jetzt nicht suchen.

Robins Blick haftete an Leila, als Salim sie sanft aus Kayas Armen hob, auf der Pritsche ablegte und sorgfältig zudeckte. Ihre Tochter. Ihr Kind. Das Leben, das Salim und sie mit Gottes Hilfe geschaffen hatten, das ihnen anvertraut war. Dieses erstaunliche kleine Etwas, das ihnen ab und an den letzten Nerv raubte, ihnen aber auch so viele Momente des Glücks bescherte, die sie nur viel zu wenig zu schätzen wussten. Ein Wunder aus Fleisch und Blut, das binnen zweier Lidschläge einfach zerstört werden konnte. Es reichte eine sorgsam geführte Klinge in der falschen Hand, die sich vielleicht auch für die richtige hielt, die für das Gute und Gerechte und den richtigen Glauben in einer besseren Welt kämpfte …

Robin bedeutete Kaya mit einer ruppigen Geste, den Raum zu verlassen. Sie wollte allein mit ihrer kleinen Familie sein. *Die Templerin Robin,* so schrieb sie in dieser Nacht in ihr kleines Reisetagebuch, *ist endgültig Geschichte.*

Dessen war sie sich jetzt vollkommen sicher. Nie wieder wollte sie eine Waffe gegen einen anderen Menschen erheben. Sie alle waren Kinder Gottes, ganz gleich, welchen Namen dieser trug.

Während der letzten drei Tage ihrer Seereise verließ Robin die kleine Kajüte nur noch, um sich zu übergeben oder dringend ihr Geschäft zu erledigen. Sie entwickelte sich zu einer unschlagbaren Meisterin im Zusammenkneifen der Pobacken und nahm dafür nicht unerhebliche Bauchschmerzen in Kauf. Aber das war immer noch besser, als Kapitän al-Amari zu begegnen.

Salim hatte vollkommen recht gehabt, als er behauptet hatte, dass Atilla ein erfahrener Mann sei, dem an den Fremden im Vorfeld irgendetwas hätte auffallen müssen. Er hatte nur vergessen, darauf hinzuweisen, dass der spitzbärtige Muselman außerdem einer der kältesten, intrigantesten und widerwärtigsten Menschen war, die unter diesem Himmel wandelten.

Atilla al-Amari hatte bemerkt, dass etwas im Busch gewesen war. In aller Heimlichkeit hatte er mehrere Männer auf das Boot der vermeintlich Schiffbrüchigen geschickt, nachdem diese ihr Schlaflager zwischen seinen Gewürzen aufgeschlagen hatten. Dort fanden die Söldner nicht nur Beweise für den Plan der Fremden, sondern auch noch zwei versteckte Wachen. Diese erschlugen sie und verstauten sie in großen Fässern. Dann sorgte der Kapitän dafür, dass das Deck der *Aisha* hell erleuchtet wurde, damit sich niemand mehr unbemerkt von Bord schleichen konnte. Seine Männer versteckten sich an Deck. So konnten sie jeden, der mit seiner Beute die Flucht auf das kleinere Schiff versuchte, spätestens am Heck der Dau aus dem

Hinterhalt erschlagen. Sie hatten die halbe Nacht darauf gewartet, dass die Fremden ihren längst durchschauten Plan umzusetzen versuchten, und hatten auch Leilas Vergehen aus ihren Verstecken amüsiert beobachtet. Auf Salims Leute waren sie tatsächlich nicht angewiesen und richteten schließlich selbst ein beachtliches Blutbad unter den Räubern an. Dass kaum einer der Gauner zwei volle Jahrzehnte zählte, war Atilla egal gewesen.

Robin kam es so vor, als hätte der Sinn der ganzen blutigen Aktion allein darin bestanden, ihr ihre Leichtfertigkeit und Dummheit vor Augen zu führen. Am Morgen nach der Schreckensnacht hatte sie einen letzten kurzen Disput mit dem Kapitän. Dabei verströmte dieser Verachtung aus jeder Pore und wurde nicht müde zu betonen, dass er die Pläne der Verbrecher schon lange durchschaut hatte, bevor sie mit dem Boot zusammengestoßen waren. Salim hatte außerdem recht behalten, was die Rechnung für die Kerben im Holz der *Aisha* anlangte. Atilla rechnete ihr jeden noch so unbedeutenden Schaden in Dirham, Silbertaler und Schafe um. Selbst die Scharniere der Gewürzkiste, die der Kopflose auf dem Unterdeck hatte fallen lassen, wollte er ersetzt haben. Angesichts der bescheidenen Reichtümer, die von dem Boot der Räuber geborgen worden waren, ehe man es versenkte, verzichtete er jedoch großmütig darauf, ihr einen Schuldschein auszuschreiben.

Robin wäre es egal gewesen. Schließlich konnte kein Geld der Welt schwerer wiegen als die Schuld, die auf ihren Schultern lastete. Atilla wusste das ganz genau und labte sich sichtlich an ihrem Elend. Allem Anschein nach fühlte er sich als der große Lehrer, der ihr die Lektion ihres Lebens beigebracht hatte. Zwar sprach er es nicht direkt aus, aber er betonte bei jeder Gelegenheit, dass junge Menschen nun einmal Fehler machten und er einst nicht anders gewesen sei – mit dem Ergebnis, dass Robins Fehler stetig Gesprächsstoff der Besatzung blieben. Also zog sie sich in die Kajüte zurück und redete mit niemandem mehr außer mit Salim, denn Leila sprach nicht mehr mit ihr. Wenn ihre Tochter ihr etwas Dringendes mitzuteilen hatte, schickte sie Doran mit der entsprechenden Botschaft. Da Leila aber nun einmal ein redseliges Wesen hatte, war für sie fast alles dringend. »Mustafa hat ein riesiges Loch in der Hose.« – »Kapitän Atilla hat gesagt, ich darf das Holzpferd behalten.« – »Du hast es vielleicht schon gemerkt, aber ich wollte dir noch mitteilen, dass ich nicht mehr mit dir rede.« Als Doran ihr diese Botschaft überbrachte, bat Robin ihn, Leila zu ihr zu bringen. Aber das Mädchen hatte offenbar an der Tür gelauscht und war plötzlich unauffindbar. Salim tat sein Bestes, seiner Tochter zu erklären, warum Robin sie gefesselt und eingesperrt hatte, doch alles Erklären hatte keinen Erfolg, und so kehrte er immer wieder aufs Neue mit einem hilflosen Schulterzucken zu Robin zurück. Letztlich war es der junge Doran, der Leila wieder zur Vernunft brachte – oder zumindest zurück in ihre ganz gewöhnliche Gemütslage. Robin sollte nie erfahren, was genau er ihrer Tochter erzählt hatte. Was ihr an dem Tag zu Ohren kam, an dem sie endlich die Weser hinauf in Richtung Bremen fuhren, genügte ihr jedoch vollkommen.

Am späten Nachmittag tapste Leila an Dorans Seite in die Kajüte und ließ sich neben Robin auf die schmale Pritsche fallen. »Ist es wahr, dass du mit Doran zum Berg Sinai gereist bist? Zum Beten und für die Absolution und diese Sachen?«

Robin betrachtete sie einen Moment aus halb zusammengekniffenen Augen, aber Leila hielt ihrem Blick stand.

»Nicht ganz«, antwortete sie schließlich. »Ich würde dir gern ein wenig mehr darüber erzählen, aber erst am heutigen Morgen erreichte mich ein Bote mit der Kunde, dass du nicht mehr mit mir sprichst.«

Leila ließ sich nicht beirren. »Ist es wahr oder nicht?«

Robin antwortete nicht. Immerhin hatte Leila sich drei Tage lang jedem anständigen Dialog verweigert. Nun wollte sie es ihr nicht zu einfach machen. Sie sollte erfahren, wie sich so etwas anfühlte – wenigstens für ein paar Stunden.

»Gut. Es ist also wahr.« Leila nickte verständnisvoll. »Ich weiß jetzt, warum du mich unter dem Bett versteckt hast, als wäre ich Reisegepäck. Du wolltest mich so retten, wie Doran dich damals gerettet hat.«

»Doran hat mich gerettet?« Robins Vorsatz, Leila noch eine Weile schmoren zu lassen, war vergessen. Ihr Blick heftete sich auf den jungen Assassinen, der im Eingang stehen geblieben war. Er hielt das Haupt gesenkt, trug aber ein verschmitztes Lächeln auf den schmalen Lippen.

»Das wirst du doch wohl noch wissen, oder?« Leilas Stimme klang mehr als nur ein wenig vorwurfsvoll. »Man vergisst doch nicht einfach, wie man zusammengeschnürt in einer Kameltasche gesteckt hat, während Armeen von Roten Geistern über den Berg Sinai galoppiert sind!«

Robins Kinnlade klappte nach unten. Zusammengeschnürt in einer Kameltasche? Gerettet vor Heerscharen von Roten Geistern? Sie?

Ihr Blick flackerte erneut zu Doran hin, doch dieses Mal war sie eher fassungslos denn irritiert. Dass der junge Assassine ein unübertrefflicher Geschichtenerzähler war, war nichts Neues. Sein Talent, mit Erzählungen Kurzweil in lange Nächte und auf entbehrungsreiche Wege zu zaubern, war sogar einer der Gründe, warum er sie auf ihrer Reise begleitete. Aber dass er sie, Robin, nun zum Bestandteil einer seiner haarsträubenden Geschichten machte, gefiel ihr ganz und gar nicht.

Endlich fand sie die Sprache wieder. »Nun … das war doch ein wenig anders. Eigentlich sind wir uns erst begegnet, nachdem …«

»Du musst es mir nicht erzählen. Ich weiß schon alles von Doran.« Leila drückte ihr einen ihrer kleinen Zeigefinger auf die Lippen und schüttelte mitfühlend den Kopf. »Es sind bestimmt keine schönen Erinnerungen. Ich verstehe auch, dass du wegen des Holzpferdes ein bisschen Angst hattest. Aber es sah nur so aus wie das Tier eines Roten Geistes. Die fremden Seeleute sind ganz normale Menschen gewesen. Wirklich.« Sie zog das Pferdchen unter ihrem Mantel hervor und ließ es zum Zeichen seiner Harmlosigkeit vor Robins Nase ein paarmal durch die Luft hüpfen. Dazu nickte sie bekräftigend. »Du hast geglaubt, dass sie mich entführen und mit dem Kopf nach unten an einem Elefanten festbinden wollten«, erklärte sie weiter. »Darum hast du mich gefesselt. Du wolltest mit mir das Gleiche machen, was Doran mit dir gemacht hat, nachdem er dem Elefanten den Rüssel um den Hals gewickelt hat. Das weiß ich jetzt. Ich bin dir nicht mehr böse. Und die fremden Seeleute sind längst weit weg. Vater und die Männer haben sie ganz schön erschreckt, als sie in ihren Verkleidungen auf dem Schiff herumgeschrien haben. Was für Angsthasen das doch waren!« Leila grinste frech. »Dabei sollte es doch nur ein kleiner Scherz sein. Bislang war die Fahrt ja auch ganz schön langweilig.«

Für die Dauer von zwei, drei Atemzügen bemühte Robin sich darum, Leilas Ausführungen irgendeinen Sinn zu entnehmen, dem roten Faden nachträglich zu folgen. Doch sosehr sie sich auch anstrengte, es wollte ihr nicht recht gelingen. »Ein kleiner Scherz …«, wiederholte sie tonlos.

»Ja, genau, ein kleiner Scherz.« Leila sprang auf, um die Kammer wieder zu verlassen. Auf halber Strecke verharrte sie aber noch einmal und wandte sich mit erhobenem Zeigefinger halb zu Robin um. »Ich bin nicht mehr böse auf dich. Aber tu das nie wieder. Es gibt keine Roten Geister mehr. Doran hat sie alle im Dornbusch verbrannt.«

Und damit hüpfte sie leichtfüßig aus dem Raum – wohl, um den Seeleuten auf dem Oberdeck wieder im Weg zu stehen. Auch Doran wandte sich zum Gehen, aber Robin bedeutete ihm mit einem nachdrücklichen Räuspern, in der Kajüte zurückzubleiben.

»Rote Geister, ja?« Sie zog eine Augenbraue hoch, während er verlegen auf seine spitz zulaufenden Stiefel starrte. »Elefanten, die mit ihrem eigenen Rüssel stranguliert werden, und ein heiliger Dornbusch, der als Scheiterhaufen herhalten muss?«

Doran hob unbehaglich die Schultern. Doch dann straffte er sich und grinste sie an. »Immerhin redet sie wieder mit Euch.«

»Ganz hervorragend«, grollte Robin. »Aber um welchen Preis!«

Doran lächelte charmant und schenkte ihr einen unschuldigen Augenaufschlag. »Ich habe nicht ausgelassen, dass Ihr die schönste Frau der ganzen Wüste gewesen seid. Übrigens: Ich darf Euch ausrichten, dass Ihr Eure Sachen zusammenpacken und warme Kleider anlegen sollt. Wir legen in weniger als einer Stunde an.«

Er verneigte sich einen Deut zu tief und verschwand. Robin blickte ihm einen Moment verärgert nach und machte sich dann daran, die letzten noch im Raum verstreuten persönlichen Dinge in einem Beutel zu verstauen. Bevor sie jedoch ihr kleines Reisetagebuch zwischen ihre Kleider schob, schlug sie es noch einmal auf und verfasste den letzten Eintrag ihrer Reise von Jerusalem nach Bremen.

Endlich zurück in der Heimat!, schrieb sie mit blauer Tinte auf das teure arabische Papier. *Durch den Schneeregen hindurch lassen sich bereits die ersten Höfe des Bremer Umlands an den Ufern ausmachen. Wir werden noch heute am Hafen anlegen.*

Und übrigens: Doran hat den Verstand verloren.

9. KAPITEL

»Mutter! Vater! Seht nur! Ein rosafarbener Dickhund!« Leila riss sich quietschend vor Vergnügen von Robins Hand los und eilte auf einen Jungen zu, der ein Mastschwein in einen maroden Verschlag trieb. Schneeregen und Kälte hatten die Haut in seinem Gesicht noch rosiger gefärbt als die des Schweines. Die Miene, mit der er das fremde Mädchen beobachtete, das das Tier verzückt hinter den Ohren tätschelte, passte perfekt zu dem nasskalten Wetter, mit dem Bremen die *Aisha* vor weniger als zwei Stunden empfangen hatte. Dass Leila Arabisch sprach, schmälerte das Misstrauen des Burschen sicherlich nicht im Geringsten.

»Du sollst Deutsch sprechen, solange wir in Friesland sind«, erinnerte Robin sie an ihre Abmachung. »Außerdem ist es ein Schwein.«

»Die kennst du doch aus dem Christenviertel«, fügte Doran hinzu. Robin konnte sein Gesicht unter dem Tagelmust, den er sich zum Schutz vor der Kälte um den Kopf gewickelt hatte, nicht erkennen. Sie verzichtete darauf, seine Bemerkung auf eine mögliche Doppeldeutigkeit zu hinterfragen.

»Schwein ist eine Beschimpfung«, erwiderte Leila. »Man sagt es zu Menschen, die man nicht mag. Der alte Erdogan zum Beispiel ist ein riesengroßes Dreckschwein. Sagt Ahmed. Ich würde nie einen rosafarbenen Dickhund als Schwein beschimpfen. Er ist so süß! Und man kann ihn streicheln – schau!«

Robin rollte die Augen, ließ sich aber nicht auf eine Diskussion ein. Wenigstens hatte Leila Deutsch gesprochen. Ihre Worte hatten dem Jungen sogar ein kurzes Lächeln auf die harten Züge gezaubert. Dennoch schob er sie nun stumm und nicht eben sanft beiseite, um das Schwein endgültig in den Verschlag zu treiben und den Riegel vorzuschieben. Doran war mit zwei Schritten bei Leila, in deren Augen sich ein kleines Gewitter zusammenbraute, und zog sie von dem Burschen weg, ehe sie etwas tun konnte, was ihnen allen nur unnötigen Ärger einbringen würde.

Der Junge maß sie mit einem verächtlichen Blick und stampfte von dannen.

An ein Verhalten wie dieses würden sie sich wohl gewöhnen müssen, solange sie sich in Bremen aufhielten. Seit sie am Hafen angelegt hatten, war ihnen nicht ein einziges lächelndes Gesicht begegnet. Es war nicht gleich Hass, der ihnen entgegenschlug, aber von Gastfreundschaft konnte auch keine Rede sein. Als sie die *Aisha* verlassen hatten, hatte sich ein kleiner Pulk von Händlern, Durchreisenden und Anwohnern an der Anlegestelle versammelt. Jeder ihrer Schritte wurde teils neugierig, teils misstrauisch oder gar verächtlich beäugt. Zwei bewaffnete Männer waren vorgetreten und hatten im Namen von Erzbischof Siegfried eine beträchtliche Abgabesumme für das Anlegen der Dau verlangt. Atilla al-Amari weigerte sich zunächst und schwor Stein und Bein, dass der Erzbischof bereits vor drei Jahren die *universitas civitas* unterzeichnet habe. Diese Urkunde, so erklärte er, erlasse den Kaufleuten die Abgaben für das Anlegen von Schiffen in Bremen. Ehe die Situation jedoch eskalieren konnte, hatte Salim die geforderte Summe aus eigener Tasche entrichtet und war sodann mit Robin und Leila losgezogen, um die Hafenstadt zu erkunden und nach einem Schlafplatz zu suchen. Robin hatte nämlich darauf bestanden, in einem der zahlreichen Gasthäuser einzukehren. Die Assassinen würden die Nacht zwar mit den Söldnern und den übrigen Besatzungsmitgliedern auf der Dau verbringen, aber sie selbst würde keinen Wimpernschlag länger auf dem schwankenden Schiff ausharren. Schon gar nicht, wo das Festland nur noch einen Katzensprung weit entfernt war.

Robin freute sich schon darauf, eine möglichst große Distanz zwischen sich und Kapitän Atilla zu bringen. Überhaupt dachte sie nicht im Traum daran, jemals wieder einen Fuß auf die *Aisha* zu setzen. Darum schleppte sie zum allgemeinen Unverständnis ihre ganze persönliche Habe in einem großen Sack auf dem Rücken mit sich herum, während sie mit Salim, Leila und Doran durch die schlammigen Gassen watete.

Dass Doran sie begleitete, war Leila zu verdanken, die gedroht hatte, das Reden wieder einzustellen, falls man den Assassinen bei den anderen auf der Dau zurückließ. Unter anderen Umständen hätte Robin sich Dorans Gegenwart sicher gern gefallen lassen; heute aber war sie noch immer verärgert über die haarsträubenden Geschichten, die er ihrer Tochter über sie erzählt hatte, und ließ deshalb keine Gelegenheit aus, ihn ihren Unmut spüren zu lassen. Sie würde dafür sorgen, dass Doran heute

Nacht auf dem kalten Boden schlafen würde – egal, wie viele freie Betten das Gasthaus haben mochte, das sie hoffentlich bald finden würden. Wenn nötig, würde sie behaupten, dass die Nacht auf kaltem Stein aus Kostengründen leider sein musste. Salim würde ihr wohl kaum widersprechen, nachdem er mit der Anlegeabgabe heute bereits einen nicht einkalkulierten Betrag losgeworden war. Und von dem Geld in ihrer eigenen Tasche wusste nach wie vor niemand.

Sie hatte den Ertrag ihres Handels mit Emmanuel auf den Rat seiner Frau Eva hin in ein mit Linsen und Daunen gefülltes Kissen eingenäht, damit es nicht so klimperte. Nun füllte das Kissen ihren Beutel zu gut einem Drittel und lastete ziemlich schwer auf ihrem Rücken, aber das war ihr die zusätzliche Sicherheit wert. Robin klagte nicht und ließ sich von Salim auch nicht beim Tragen helfen, als er sich dazu anbot. Das Gewicht der Tasche würde sein Misstrauen erwecken, und er sollte ruhig weiterhin glauben, dass Frauen einfach viel mehr Dinge benötigten als Männer – Kleider, Schmuck, duftende Öle, getrocknetes Obst und anderes unnützes Zeug. Falls sie nicht in einen Engpass gerieten, würde er auch die Heimreise noch in diesem Irrglauben antreten. Sie aber würde mit gestärkten Rückenmuskeln nach Jerusalem zurückkehren, und Emmanuel würde ihr die Weberei zurückgeben, die ihre Familie und sie für schlechtere Zeiten absicherte. Es würde sein, als hätte der heimliche Handel mit dem Juden überhaupt nie stattgefunden.

»Ich würde dich gern über die Schwelle tragen, aber ich fürchte, mit diesem Sack auf dem Rücken bekäme nicht einmal der gute Kaya dich durch diese Tür gestemmt«, riss Salim sie aus ihren Gedanken.

Sie hatten den Verschlag passiert und waren vor die schmale Tür eines Wirtshauses getreten. Das Haus war aus dem gleichen längst morschen Holz gefertigt wie der Stall, der den Schweinen dürftigen Schutz vor der Witterung bot. »Zum Krug« stand auf einem verwitterten Schild über dem zur Straße hin gelegenen Fenster geschrieben. Nicht »Zum Goldenen Krug« oder »Zum Bierkrug«, wie Robin erwartet hätte. Bringt euer Wasser doch selbst mit – oder was auch immer ihr zu trinken wünscht, kommentierte sie sarkastisch in Gedanken. Und bildet euch bloß nicht ein, dass ich euch den Krug aus unbestimmtem Material noch eigens spüle.

Eine Ratte flitzte zwischen Salims Füßen hindurch und verschwand quiekend in der einbrechenden Dämmerung. Das Fenster war nicht verglast, bloß mit Pergament bespannt. Eine der schief hängenden Fensterklappen war mit rostigen Nägeln am Rahmen befestigt. Die Scharniere fehlten. Robin hätte eine Wette darauf abgeschlossen, dass es sich bei diesem Gasthaus um die übelste Kaschemme der ganzen Stadt handelte. Sie waren jedoch bereits von vier Gastwirten mit mehr oder minder gut gespieltem Bedauern abgewiesen worden und wagten deshalb nicht zu protestieren. Sie konnten von Glück reden, wenn sie überhaupt noch eine Herberge für diese Nacht fanden. Robin seufzte. Hier waren sie nur die fremden Heiden, die mit diesem eigenartigen, bauchigen Schiff gekommen waren. Die Bremer mussten denken, sie seien direkt aus der Hölle gekommen, denn die Haut einiger Männer auf ihrem, Robins, Schiff war so dunkel, dass sie einmal quer durchs Fegefeuer gerannt sein mussten. Doch alles, sogar der »Krug«, war Robin lieber, als auf die *Aisha* zurückzukehren.

Salim schob die schmale Tür auf. »Ich gestehe, es entspricht nicht ganz meiner Vorstellung von dem Palast, in dem ich meine Prinzessinnen gern untergebracht wüsste. Aber diese eine Nacht werden wir schon überleben. Falls überhaupt noch ein Bett für uns frei ist.«

»Vielleicht wäre es hilfreich, wenn Doran seinen Tagelmust abnähme«, schlug Robin vor.

»Besser nicht«, erwiderte Salim spöttisch. »Das will doch niemand sehen. Kommt.«

Leila huschte als Erste in die nach Moder und Schimmel riechende, aber verhältnismäßig gut besuchte Wirtsstube. Inmitten des kleinen Raumes blieb sie stehen, drehte sich langsam einmal im Kreis und blickte sich neugierig um. Es gab eine lange, viel zu breite Theke, die in einem früheren Leben vielleicht einmal Teil eines Karrens gewesen war. Mehrere große Fässer dienten als zusätzliche Tische, und ein Durcheinander aus Baumstümpfen, wackeligen Hockern und leeren Kisten musste als Sitzgelegenheiten herhalten. Zwei der drei Tische waren frei. Am dritten versuchte eine vollbusige, einäugige Frau mit einem unmoralisch tiefen Dekolleté auf dem Schoß zweier Betrunkener gleichzeitig zu sitzen. Einer der beiden nahm alarmiert die Hand von ihrer Brust, als die Tür aufschwang. Als er in den Fremden bloß harmlose Reisende erkannte, begann er jedoch wieder, die Brust zu kneten. Sie waren ja nur Ungläubige, denen ohnehin niemand Gehör schenken würde.

Ein halbes Dutzend zwielichtiger Gestalten stand mit dem Rücken zur Tür am improvisierten Tresen oder hielt sich daran fest. Die Männer schauten einen Moment über die Schulter hinweg zu Robin und ihren Begleitern hin, und einer von ihnen geriet dabei ins Straucheln, verschüttete sein Bier und musste von zweien seiner Gefährten aufgefangen werden. Sie lehnten ihn kurzerhand wieder an den ausgedienten Karren. Ein anderer lallte etwas vollkommen Unverständliches, von dem nicht sicher war, ob es seinem schwankenden Gefährten oder den neuen Gästen galt. Die Betrunkenen brachen in raues Gelächter aus. Robin bemühte sich um ein freundliches Lächeln, merkte aber selbst, dass es ihr kläglich misslang. Sie sah wahrscheinlich eher aus, als litte sie unter schlimmen Zahnschmerzen.

Zwei weitere Ratten flüchteten durch einen Durchgang in einen unbeleuchteten Raum. Auf dem Boden vor dem Durchgang knieten zwei Kinder im feuchten Stroh. Sie hielten kleine Kiesel in den Händen, mit denen sie offenbar bis jetzt gespielt hatten. Der Anblick der fremdartigen Gäste ließ sie jegliches Interesse an ihrem Spiel verlieren. Sie starrten Leila mit offenen Mäulern an, während diese leichtfüßig auf sie zuhüpfte.

»Ich bin Leila«, grüßte sie die beiden gut gelaunt. Der Junge und das Mädchen waren nicht viel älter als sie selbst, und ein drittes Kind krabbelte auf allen vieren aus dem Raum, in dem die Ratten verschwunden waren. Sie mussten Geschwister sein. Das Kleinkind zog sich an den Haaren des Mädchens in eine aufrechte Position, kippte sogleich wieder ins Stroh und begann zu plärren. Leila lachte.

»Erklärt ihr mir euer Spiel?« Sie legte den Kopf schräg und kratzte sich am Hinterkopf, als keines der Geschwister antwortete. Dann wiederholte sie ihre Frage auf Deutsch. »Ihr erklärt mir euer Spiel, und ich verrate euch, wie die ganzen Wörter auf Arabisch heißen«, schlug sie vor.

Der Junge warf dem Wirt hinter dem Tresen einen unsicheren Blick zu. Der fettleibige Mann, der wohl der Vater der Kinder war, zuckte nur knapp die Schultern und pulte unverdrossen weiter mit einem wulstigen Finger in seinem fleischigen Ohr. Leila ließ sich vor den anderen Kindern in das moderige Stroh sinken.

Salim straffte sich und trat an die Theke: »Sagt mir, guter Mann, Ihr wisst nicht zufällig einen Platz, an dem meine Familie und ich die Nacht verbringen können?«

»Eine halbe Tagesreise von der Küste entfernt – fünfzig Fuß tief!«, grölte einer der Betrunkenen. Wieder brach raues Gelächter aus. Leila lachte einfach mit.

»Meinst du da, wo dein Schiffchen vermodert?«, spöttelte ein anderer.

Der Angesprochene versah ihn mit einem Blick, der so böse wirkte, als hätte man ihm gerade verraten, dass alles Bier, das er an diesem Tag hinuntergeschüttet hatte, zur Hälfte mit Ziegenpisse gestreckt gewesen sei. »Mein Schiff vermodert nirgendwo ohne mich!«, schnaubte er und hob belehrend eine Hand. »Ein Schiff kehrt immer … zu seinem Kapitän zurück. Und weißt du auch, warum?«

»Klär mich auf. Ich brenne vor Neugier.« Der andere Mann wandte sich desinteressiert ab, trank seinen Krug mit einem großen Schluck leer und schob ihn dem Wirt zum Nachfüllen hin.

»Weil …«, erklärte der Kapitän mit hörbar schwerer Zunge, »weil der Kapitän sein Schiff immer zuletzt verlässt. Immer!«

Robin versuchte gar nicht erst, nach der Logik in den Worten des Mannes zu suchen, sondern beobachtete stattdessen den Wirt. Dieser fand nun endlich, wonach er in seinem Ohr gesucht hatte, und begutachtete die ockergelbe Trophäe an der Spitze seines Zeigefingers fachmännisch, ehe er sie an seinem dreckigen Hemd abwischte. Dann stützte er sich mit beiden Händen auf dem Tresen ab und beugte seinen mächtigen Oberkörper so weit zu Salim vor, dass das gekräuselte Haar, das aus seinem Kragen quoll, den Rand eines leeren Bierkrugs polierte. »Und wer seid ihr?«

»Oh – verzeiht.« Salim verneigte sich knapp. »Mein Name ist Salim. Und das sind mein Bruder Doran, mein Weib und meine Tochter. Wir sind auf der Durchreise nach Frankreich, wo der verstorbene Vater meines Weibes ein kleines Gestüt besitzt.«

»Besaß.« Dorans Stimme drückte tiefste Trauer und Pietät aus.

»Ein Gestüt, ja?« Der Wirt glaubte Salim offenbar kein Wort. Nun, viele seiner Worte waren ja auch nicht wahr.

»Heidenpferde, die auf den Berg Sinai kacken«, höhnte der Kapitän.

Vielleicht, überlegte Robin verärgert, war er auch nur ein Wichtigtuer, der nie ein Schiff besessen und sich vor seinem Absturz zum Trinker in Wirklichkeit irgendwo als Hofnarr verdingt hatte. Aber er trug keine Mütze mit Glöckchen, sondern einen ledernen Schlapphut, der schon bessere Zeiten erlebt hatte – etwa vor Beginn des Dombaus unter Erzbischof Bezelin. Und das war mehr als hundert Jahre her.

»Mir ist es einerlei, auf welche biblischen Hügel eure Heidenpferde scheißen«, winkte der Gastwirt ab, ehe Salim etwas zur Verteidigung seines Volkes hervorbringen konnte. »Wer zahlen kann, ist mein Gast. Aber Betten haben wir nicht.«

»Oh«, antwortete Salim bestürzt. »Aber vielleicht wisst Ihr …«

»Niemand in dieser Stadt wird Ungläubige beherbergen«, fiel der Gastwirt ihm ins Wort. »Bremen hat sich den Rücken nicht am Bau des Sankt Petri krumm geschuftet, um Heiden herbeizulocken, die Gottes Unmut erwirken. Ihr könnt Eure Suche getrost einstellen. Aber ich bin ein Menschenfreund. Und ich habe gemeint, was ich gesagt habe: Wer zahlt, ist mein Gast. Nur besitze ich wirklich keine Gästebetten.«

»Was also bietet Ihr uns an?«, fragte Salim.

Der Wirt zuckte die Schultern und begann, zwei Krüge aus einem großen Bierfass aufzufüllen. »Den Stall.«

»Den Verschlag, in dem die Schweine untergebracht sind?« Der Gedanke war Salim offensichtlich unerträglich.

»Nein, den Verschlag daneben. In dem war der Esel untergebracht, ehe Rupert ihn in den Arsch gefickt hat. Vor drei Wochen begann das arme Tier aus dem Hintern zu bluten, und vergangenen Mittwoch hatten wir ein Einsehen und haben ihm die Kehle durchgeschnitten. Aber wir haben ihn bereits weggeräumt. Der Stall ist frei.«

Einer der Betrunkenen schlug mit der Faust auf den Tisch, sodass die Bierkrüge hüpften. »Rupert kann das nicht gewesen sein!«, grölte er.

Robin betrachtete den Mann. Er war Mitte zwanzig und nicht wirklich dick, aber aufgedunsen von zu viel Alkohol und zu wenig Gesundheit.

»Er spielt doch immer das Mädchen. Bruder Antonius ischt … der Mann!«

»Red nicht! Rupert lässt sich in alle …«, begann der, der zuvor beinahe umgefallen wäre, brachte seinen Satz jedoch nicht zu Ende, sondern kippte endgültig um und blieb liegen. Zum Glück, wie Robin fand. Ihr Blick wanderte besorgt zu Leila, die aber ganz im Spiel mit den anderen Kindern aufging und den Erwachsenen anscheinend nicht zuhörte.

»Wir können noch immer zurück auf die Dau«, zischte Salim Robin über die Schulter hinweg zu. Sie dachte einen kurzen Augenblick darüber nach, schüttelte aber dann entschieden den Kopf. Eher würde sie mit den Schweinen, Rupert und dem toten Esel in einem Verschlag nächtigen, als auf das Schiff zurückzukehren. Allein beim Gedanken daran hatte sie das Gefühl, dass der Boden unter ihr sich plötzlich wieder hob und senkte und hob und senkte … In ihrem Magen rumorte es bedrohlich.

Salim rollte die Augen und wandte sich wieder dem Wirt zu. »Was verlangt Ihr dafür?«

Der fette Mann schritt um den Tresen herum, packte den bewusstlosen Betrunkenen unter den Schultern, schleifte ihn aus der Gaststube, warf den Ohnmächtigen auf die regennasse Straße und schloss die Türe hinter ihm. Erst dann antwortete er. »Einen halben Silbertaler pro Nase.«

Salim verschränkte die Arme vor der Brust. »Einen ganzen für alle«, erwiderte er.

»Wollt Ihr mich in den Ruin treiben?« In einem plötzlichen Temperamentsausbruch schlug der Wirt beide Hände über dem Kopf zusammen. »Ich habe eine Familie zu ernähren! Seht Euch meine ausgehungerten Bälger doch an!« Er deutete anklagend auf die spielenden Kinder. Sie waren tatsächlich recht schmal, aber nicht knochig. Robin vermutete, dass zumindest die beiden älteren genug zu essen bekamen. Dafür würden sie aber auch über das gesunde Maß hinaus schuften müssen. Eigentlich waren sie gute Spielgefährten für Leila. Vielleicht erzählten sie ihr ein wenig aus ihrem alltäglichen Leben. Zu Hause in Jerusalem hatte Leila kaum irgendwelche Pflichten. Das wenige, was sie tun musste, tat sie einfach nicht. Vielleicht würde sie irgendwann doch noch begreifen, wie gut sie es daheim hatte. Sie könnte es schätzen lernen und endlich aufhören, ständig fortzulaufen. Auf einmal freute Robin sich sogar ein kleines bisschen auf die Nacht im Viehstall. Sie erhoffte sich einen gewissen erzieherischen Wert von den Unannehmlichkeiten.

»Dann gehen wir eben zurück aufs Schiff«, setzte Salim seine Verhandlung fort. »Es macht mir nichts aus, mein Weib über die Reling kotzen zu sehen. Ich habe ihr wochenlang dabei zugesehen, ohne mich selbst zu übergeben. Kommt.« Er setzte dazu an, an dem Wirt vorbeizugehen, doch dieser vertrat ihm den Weg und wedelte nervös mit der fleischigen Linken. »Halt! Wartet! Was sagtet Ihr? Einen ganzen Silbertaler?«

Salim nickte. »Für die Nacht im Stall und einen Krug Apfelmost für jeden von uns.«

Der Wirt starrte ihn an.

»Meine Tochter ist schon mit einem Becher Wasser zufrieden«, schwächte Salim ab. »Wenn es wenigstens sauber ist.«

»Ich möchte auch Apfelmost!«, krähte Leila, ohne von ihrem Spiel mit den Kieselsteinen aufzublicken. Robins Hoffnung, dass sie dem anstößigen Gerede der betrunkenen Seeleute kein Gehör geschenkt haben könnte, zerbrach in tausend Scherben.

Salim spielte Bedauern. »Es tut mir leid. Sie möchte auch Apfelmost.«

»Außerdem benötigen wir einen Satz warmer Decken«, meldete sich Robin zu Wort. Sie war sich nicht sicher, ob der Wind, der über die Küste fegte, wirklich so erbärmlich kalt war oder ob sie sich innerhalb der letzten Jahre so sehr an das milde Klima des Morgenlandes gewöhnt hatte. Sie wusste aber mit Sicherheit, dass sie bis auf die Knochen durchgefroren war.

Der Wirt wand sich unter Salims Blick. »Das kann ich nun wirklich nicht …«

Salim ließ ihn nicht ausreden. »Für einen halben Silbertaler mehr könnt Ihr ganz gewiss. Es ist ja nur eine Leihgabe. Also?«

Ein tiefer Seufzer entwich der zu weit vorstehenden Brust des Gastwirts. »Also gut«, gab er sich mit widerwilliger Miene geschlagen und wies ihnen einen der freien Tische an einem zugigen Seitenfenster zu. »Bitte. Ihr seid meine Gäste. Aber Ihr zahlt vorab.«

Salim wühlte einen Moment in einem Beutel, den er am Gürtel trug, und drückte dem Mann eine silberne Münze in die Rechte, die ihm fordernd entgegengestreckt worden war. »Den Rest bekommt Ihr, sobald Ihr die Decken beschafft und uns unser Schlaflager gezeigt habt.« Damit ließ er sich Robin und Doran gegenüber auf einer der umgestülpten Transportkisten nieder und schenkte dem Wirt keine weitere Beachtung. »Also, geliebtes Weib? Wie sehen deine Pläne für die kommenden Tage aus?«

»Wir bleiben bis zum Sonntag in der Stadt«, antwortete Robin. Sie beobachtete, wie sich der Wirt sichtlich frustriert abwandte und hinter dem Tresen verschwand, um nach ein paar halbwegs sauberen Krügen für seine anstrengenden Gäste zu suchen. »Ich möchte Leila den Wochenmarkt zeigen. Und natürlich den Dom. Sankt Petri wird ihr gefallen. Und ich will die Heilige Messe mit ihr feiern. Danach können wir dann über Egesrode nach Bramel reisen.«

»Leila wird begeistert sein von all den monotonen Gesängen in einer Sprache, die sie nicht versteht.« Salims Stimme hatte einen deutlichen spöttischen Unterton. »Sie spricht ebenso wenig Latein wie die meisten anderen demütigen Christen, die sich auf den harten Gebetsbänken den Hintern wund sitzen.«

»Man muss ja nicht jedes Wort verstehen, um zu begreifen, worum es geht.« Leider wusste Robin selbst nicht genau, was sie damit meinte. Sie hatte das Gefühl, ihr Volk, ihren Glauben und ihre Kultur vor Salims Spott beschützen zu müssen. Aber noch viel mehr wollte sie ihm einfach widersprechen. Dies war ihre Heimat, auch wenn sie ihr nach mehr als einem halben Jahrzehnt im Orient beschämend farblos vorkam. Und kalt! »Außerdem sprechen unsere Geistlichen in der Messe überhaupt nicht nur Latein. Es sind bloß die Lieder und Psalmen, die …«

»Schon gut, schon gut.« Salim hob kurz beide Hände und schenkte ihr ein um Verzeihung heischendes Lächeln. »Es ist dein Zuhause. Du wolltest hierherkommen, um ihr deine Kultur zu zeigen, und das sollst du tun. Lass dich von meinem Geschwätz nicht beeindrucken. Was Leila aus diesen Erfahrungen macht, liegt allein in ihrer Hand. Also, was möchtest du tun, wenn ihr alle Fenster des Domes lange genug betrachtet habt, um sie im Schlaf nachzeichnen zu können?«

Robin zuckte die Schultern. »Auf dem Weg nach Egesrode würde ich gern das Dorf besuchen, in dem ich aufgewachsen bin.«

Sie blickte kurz zu Leila und den anderen Kindern hinüber. Der Junge und das Mädchen lachten über den Klang der arabischen Worte, die Leila ihnen beizubringen versuchte, indem sie sie mit Engelsgeduld wiederholte.

Und ich würde ihr gern meine Familie vorstellen, fügte sie traurig in Gedanken hinzu, aber leider habe ich keine Verwandten mehr.

»Leila soll den Bach kennenlernen, an dem ich als Kind gespielt habe«, erklärte sie stattdessen. »Die Linde, unter der die Bewohner meines Dorfes sich zu besonderen Anlässen versammelt haben. Die Scheune, in der ich mit den anderen Kindern gespielt habe, wenn es draußen zu nass und zu stürmisch dazu war …«

… die Kapelle, die Bruder Abbé einst so schändlich entweiht hat. Den Ort, an dem sich mein Schicksal besiegelt hat. Meines und das der meisten Menschen, die ich bis dahin kannte …

Robin wischte die düsteren Erinnerungen entschieden beiseite. Es waren die schönen Dinge, an die sie hier in Friesland denken und von denen sie ihrer Tochter erzählen wollte, nicht die schrecklichen. Die Dinge, wie sie vor jenem verhängnisvollen Tag vor mehr als sieben Jahren gewesen waren. Nur das, was in ihre kleine Welt gehörte, die vom Bach bis kurz vor die kleine Kapelle gereicht hatte.

»Das ist nicht allzu viel«, merkte Doran zweifelnd an. »Ich meine, wir sind wochenlang gereist, um uns einen Dom und ein bäuerliches Dorf anzusehen? Bei diesem Wetter?«

»Wir sind hier, um Leila ihre Wurzeln zu zeigen«, erklärte Salim, während der Wirt vier Krüge voll trübem Apfelmost vor ihnen abstellte. »Sie hat ein Recht darauf, zu erfahren, woher sie stammt. Und ob du es glaubst oder nicht: Es gibt tatsächlich Menschen, die mit schlecht gewürztem Essen und streng riechendem Apfelmost glücklich sind. Oder zumindest zufrieden.« Er warf einen leicht zweifelnden Blick auf seinen Krug.

»Das ist ein Pferd«, erklärte Leila ihren neuen Freunden in einem Tonfall, der Robin an den Sailas erinnerte, wenn sie Leila ihre Kochkünste zu vermitteln versuchte. Sie hatte das Kirschholzpferdchen unter ihrem Mantel hervorgezogen und richtete sich nun auf, um ihren Satz auf Arabisch zu wiederholen. Fast schien es so, als wollte sie Doran und ihren Eltern demonstrieren, dass sie keineswegs zum Lernen, sondern im Gegenteil zum Belehren hier war. Die Kinder wieherten vor Vergnügen.

»Wenn du eine große stinkende Stadt mit vielen Menschen und verhältnismäßig imposanten Bauten besichtigen möchtest, musst du dir ein Maultier beschaffen und versuchen, dich nach … nun, ich denke, bis nach Köln durchzuschlagen«, fuhr Salim fort. »Aber du solltest dich beeilen. Wir kehren in spätestens acht Wochen in die Zivilisation zurück.«

»Ein Pferd macht riesengroße Berge von Pferdeäpfeln«, erklärte Leila reichlich gestikulierend und sagte das Gleiche noch einmal auf Arabisch.

»Auf den Berg Sinai!«, grölte der Betrunkene mit dem Schlapphut erneut. Unter seinesgleichen galt das wohl als grandioser Scherz. Die Männer brachen in derbes Gelächter aus. »Nur Heidenpferde kacken auf heilige Berge!« Der Kapitän prostete den Kindern schwankend zu und erstarrte mit erhobenem Krug. Das Bier schwappte über den Rand seines Kruges und triefte seine Hand hinab, aber er bemerkte es nicht. Für einen Augenblick schien er überhaupt nichts mehr mitzubekommen. Einer seiner Gefährten schlug ihm in einer Geste der Freundschaft, die einem weniger kräftig gebauten Menschen möglicherweise das Schlüsselbein gebrochen hätte, auf die Schulter. Der Blick des Säufers jedoch klebte an dem Holzpferd in Leilas

Händen wie die Hand des Lüstlings am Nebentisch am Busen der Hure, die noch immer auf seinem Schoß herumrutschte.

»Richtisch, Wilfried! Kapitän … Wilfried von Huchting! Rechtgläubige gehen zu Fuß und empfangen die Ablo… Abscho… Abscholutschon!« Das freundschaftliche Schulterklopfen seines Saufkumpans war übergangslos in ein Festklammern am Oberarm des Mannes übergegangen. Lange würde es nicht mehr dauern, dann würde er einem ähnlichen Schicksal erliegen wie der Mann, der vermutlich noch immer draußen in einer Regenpfütze vor sich hin dämmerte und morgen früh sicher erfroren sein würde, falls sich nicht bald eine gute Seele seiner erbarmte.

»Verpiss dich, Arndt!« Wilfried von Huchting streifte die Hand seines Gefährten ungehalten ab und knallte seinen Krug so heftig auf den improvisierten Tresen, dass er noch am anderen Ende heftig erzitterte. »Erinnerst du dich daran, was ich dir eben gesagt habe?« Er packte Arndt im Nacken, riss ihn vom Tresen weg und zwang ihn, ebenfalls zu den Kindern hinüberzusehen. Leila war in ihren Belehrungen inzwischen bei Exkrementen von Kamelen angelangt, benutzte mangels eines passenden Spielzeugs aber noch immer das kleine Pferd als Schauobjekt. »Ein Schiff kehrt immer zu seinem Kapitän zurück. Immer!«

Hinter Robins Stirn ertönte ein schriller Alarm, als sie endlich eins und eins zusammenzählte. Zwei Schiffe. Eines, das gestohlen worden war, und eines, das man zu überfallen versucht hatte … »Das fremde Schiff«, flüsterte sie entsetzt. »Das Schiff der Kinder …!«

Sie konnte erkennen, dass auch Salim die Situation begriff. Seine Miene versteinerte sich. Gleichzeitig mir ihr selbst sprang er auf, aber die lodernde Wut schien allen Alkohol aus dem Blut des Kapitäns verbrannt zu haben. Mit zwei großen Schritten war er bei Leila, packte sie an den Hüften und stellte sie wie einen Nutzgegenstand auf den Baumstumpf, der Robin und ihren Begleitern als Tisch diente. Zwei der Krüge rollten zu Boden und gingen zu Bruch, was auch den Wirt auf den Plan rief, der fluchend hinter dem Tresen hervorschoss. Arndt und die drei anderen Betrunkenen gesellten sich mit weniger sicheren Schritten dazu und bildeten einen Halbkreis um Robin, Salim und Doran, die nun mit dem Rücken zum Fenster standen. Leila wirbelte herum und reckte dem Mann mit dem Hut zornig das Kinn entgegen.

Salim schob sich zwischen sie und von Huchting. Robin sah, wie seine rechte Hand zwei, drei Fingerbreit in Richtung des Schwertes wanderte, das er unter seinem Mantel trug. Sie verspürte den Drang, es ihm gleichzutun. Jetzt bereute sie es, dass sie die Waffe ihres Vaters nicht griffbereit, sondern in ihrem Beutel trug. Stattdessen tastete sie nach dem kleinen Dolch in ihrem Gürtel.

»Ich gebe dir einen guten Rat«, fauchte Salim bedrohlich leise. »Rühr meine Tochter nie wieder an.«

»Deshalb sitzt also das Geld bei euch Heiden so locker.« Die Linke des Kapitäns schnellte unbeeindruckt von Salims Worten vor. Er versuchte erneut nach Leila zu greifen. Salim fing die Hand geradezu spielerisch am Gelenk ab und hielt sie so fest umklammert, dass sich das Blut in den fleischigen Fingern zu stauen begann.

»Ich sagte, du sollst sie nicht anfassen.«

Robin sah ihm an, dass er sein Gegenüber am liebsten sofort in den friesischen Mooren versenkt hätte – und zwar an mehreren Stellen zugleich. Ein Bedürfnis, das sie beinahe mit ihm teilte. Aber eben nur beinahe. Erst vor wenigen Tagen hatte sie sich geschworen, nie wieder einem menschlichen Wesen Gewalt anzutun. Sie wollte einfach kein Blut mehr sehen. Nicht einmal das dieses Widerlings, der ihre Tochter mit schmutzigen Händen betatscht hatte. Auch er war ein Kind seiner Eltern. Ein Mensch mit Familie und Freunden und einer eigenen Geschichte – einer Geschichte, die sie zumindest teilweise kannte und verstand. Es war ja alles nur ein großes Missverständnis.

»Bitte beruhigt Euch«, sagte sie im Bestreben, die Dinge im Frieden zu klären. »Es gibt gewiss eine Erklärung für …«

»Eine Erklärung dafür, dass ihr drei meiner Männer über Bord geworfen und euch mit meinem Schiff davongemacht habt?« Kapitän Wilfried von Huchting löste seine Hand mit einem Ruck aus Salims Griff. »Da bin ich aber gespannt! Welche andere Erklärung soll es schließlich sonst dafür geben, dass ihr offenkundig im Besitz meiner persönlichsten Dinge steht! Das da …« Er brüllte, wobei er anklagend auf Leila zeigte, die sich zwischenzeitlich in Dorans Arme geflüchtet hatte. »… ist ein Erbstück meiner Schwester, Gott hab sie selig. Sie bekam es von ihrem Mann, Ulf von Flanken, als er um ihre Hand anhielt. Er ließ das Pferd eigens für sie anfertigen, und es gibt keines, das auch nur annähernd so kunstfertig geschnitzt ist wie dieses. Los! Gebt es her! Ich kann es beweisen! Sein Name und der meiner armen Schwester sind darin verewigt. Überzeugt euch selbst! Auf der linken Vorderfessel!«

»Wie heißt denn deine Schwester?« Leila suchte die linke Vorderfessel des Kirschholzpferdchens aufmerksam ab. Es sah nicht so aus, als wollte sie ihr Spielzeug in absehbarer Zeit freiwillig herausrücken. »Heißt sie Großes-M-Punkt-kleines-v-Punkt-großes-H-Punkt-großes-U-Punkt-kleines-v-Punkt-großes-F-Punkt? Was für ein seltsamer Name!«

»Ihr bekommt es zurück«, versuchte Robin es erneut, ehe der aufgebrachte Mann etwas sagen konnte.

»Wir haben es gekauft«, log Doran zu ihrem Entsetzen. Sie wirbelte herum und bedachte ihn mit einem Blick, der Hexen hätte töten können.

»Kapitän Atilla hat es mir geschenkt«, tastete Leila sich etwas dichter an die Wahrheit heran.

»Kapitän Atilla – soso! Lasst mich noch mehr Namen der diebischen Heiden wissen, deren Hände ich abgehackt sehen will!«

Erneut schoss Wilfrieds Rechte vor, doch dieses Mal war sie zur Faust geballt. Salim tauchte geschickt darunter hindurch und rammte ihm den Kopf in die Lenden. Gleichzeitig griff er mit beiden Händen nach den Beinen des dicken Mannes und riss sie ihm unter dem Körper weg. Dann ging alles furchtbar schnell: Der Wirt stieß Salim beiseite und setzte entschlossen auf Doran zu. Dieser warf Leila kurzerhand durch das mit Pergament bespannte Fenster und griff nach einem der Tonkrüge, um ihn seinem Angreifer über den Schädel zu ziehen. Er verfehlte die Stirn des Wirtes und streifte stattdessen seine Nase und sein Brustbein. Plötzlich hielt der Wirt ein Messer in der Hand. Doran schrie auf, als die Klinge an seiner linken Schulter entlangschrammte, den Stoff seines Gewandes zerschnitt und eine große Wunde hinterließ.

Während Doran sich auf den Gastwirt warf, sah sich Salim von Arndt und einem anderen Betrunkenen nicht sonderlich zielsicher, aber überaus entschlossen bedrängt. Er packte sie am Schopf und schlug beide Schädel so kraftvoll gegeneinander, dass Arndt auf der Stelle zusammenklappte und reglos im schimmligen Stroh liegen blieb. Der zweite Mann blutete so heftig aus einer Platzwunde an der Stirn, dass ihm das dickflüssige Rot die Sicht auf einem Auge raubte. Trotzdem versuchte er, nach Salim zu treten. Der Sarazene rammte ihm ein Knie in den Unterleib, während er Robin über die Schulter hinweg zubrüllte, dass sie verschwinden solle.

Robin wäre dieser Aufforderung gern nachgekommen. Immerhin befand sich Leila nun allein hinter der Gaststätte. Doch während sie ihren schweren Beutel im hohen Bogen aus dem Fenster beförderte, gelang es Wilfried von Huchting, sich auf die Knie und eine Hand aufzurappeln. Die andere schloss er fest um ihre rechte Fessel. Die Männer am Nebentisch verloren nun ihr Interesse an der einäugigen Hure. Einer der beiden stellte sich auf wackeligen Beinen vor die Frau, als müsste er sie vor jemandem beschützen. Offenbar hatte er nicht mitbekommen, worum es überhaupt ging. Der andere setzte mit einem misslungenen Kampfschrei, der eher nach Schwindel und Übelkeit klang, auf Robin zu.

Robin verpasste dem Kapitän einen Tritt an die Schläfe und verlor das Gleichgewicht, als von Huchting zwar aufheulte, ihren rechten Knöchel aber wider Erwarten fest umklammert hielt. Immerhin verfehlte der Mann vom Nebentisch dadurch sein Ziel und krachte mit dem Kinn auf den improvisierten Tisch. Er spie Blut und Zähne aus, richtete sich schwankend wieder auf und stürzte erneut, als Salims Handkante seinen Nacken traf. Fast gleichzeitig trat Salim so fest auf von Huchtings rechten Ellbogen, dass das Splittern von Knochen über den Lärm seiner Schreie hinweg zu hören war. Robin riss ihr Fußgelenk aus der erschlaffenden Hand, machte eine halbe Drehung und sprang durch die Reste des zerfetzten Pergaments ins Freie. Direkt hinter ihr folgte Doran, der sich der massigen Gestalt des Wirtes endlich entledigt hatte.

Salim kam durch die Fensteröffnung, noch ehe sich Doran vollständig abgerollt hatte. Er warf sich Leila über die Schulter, während der Assassine sich Robins Gepäck schnappte, und vergewisserte sich mit einem kurzen Blick, dass niemand seiner Hilfe bedurfte. »Nichts wie weg hier, ehe einer von ihnen Verstärkung ruft!«, keuchte er.

Leila protestierte auf seiner Schulter gegen die unsanfte Behandlung und wand sich gegen seinen Griff. Ihre kleinen Hände hielten das Kirschholzpferdchen noch immer fest umklammert, und Robin sah ihr an, dass sie es ihm am liebsten über den Schädel gezogen hätte.

»Hier entlang!«, bestimmte Salim.

Gemeinsam eilten sie durch die unbefestigte, schlammige Gasse davon.

10. KAPITEL

Gott allein mochte wissen, wie von Huchting es geschafft hatte, aber als Robin und Salim ein einigermaßen passables Versteck für Leila und Doran gefunden hatten und sich der Anlegestelle auf einem kleinen Umweg näherten, war er schon dort. Und er war nicht allein gekommen: Auch Arndt und der Wirt waren wieder auf den Beinen – in Begleitung einer kleinen Truppe von acht, vielleicht auch zehn aufgebrachten Bremern, die Fackeln trugen und sich mit Mistgabeln, Schaufeln, Stöcken oder Ähnlichem bewaffnet hatten. Außerdem war es dem Kapitän tatsächlich gelungen, vier Soldaten zu alarmieren, die sich nun, als Robin und Salim vorsichtig um eine Ecke lugten, strammen Schrittes aus dem stetig anwachsenden, lärmenden Mob lösten.

Vom Aufruhr an der Anlegestelle aufgeschreckt, hatte sich ein Großteil der Besatzung auf dem Deck der *Aisha* eingefunden. Ihre Konturen zeichneten sich schwarz gegen den Nachthimmel ab. Nur wenige von ihnen trugen Laternen. Kapitän Atilla war einer von ihnen. Er schritt in diesem Moment über den Steg auf die Soldaten zu.

»Was ist hier los?«, fragte er auf Deutsch mit starkem

Akzent und hob seine Handlaterne etwas höher, um die Gesichter der Soldaten zu betrachten. »Unsere Ladung wird erst bei Sonnenaufgang gelöscht. Wenn Ihr mit uns handeln wollt, müsst Ihr Euch noch ein paar Stunden gedulden.«

»Handeln?« Von Huchting war der Hysterie nahe. Arndt und der Wirt hielten ihn mit vereinten Kräften davon ab, sich unverzüglich auf Atilla zu werfen, um ihn mit dem wuchtigen Beil in seinen Händen in zwei Teile zu spalten. Stattdessen schwenkte er es nun drohend. »Ich soll für etwas bezahlen, was mir gehört?«, ereiferte sich der Kapitän ohne Schiff. »Dich hat wohl der Esel im Galopp verloren, Heidenhund!«

Robin straffte sich und setzte an, sich aus den Schatten zu lösen. Sie würde den Soldaten den Grund dieses fürchterlichen Missverständnisses erklären, ehe es zu einer neuerlichen gewaltsamen Auseinandersetzung kommen konnte. Aber Salim hielt sie zurück. »Bist du des Wahnsinns? Sie werden dir kein Wort glauben – wenn sie dir überhaupt zuhören.«

»Aber …« Robins Blick flackerte hilflos zwischen dem Sarazenen und dem, was sich an der Anlegestelle abspielte, hin und her.

»Kein Aber. Lass uns abwarten, was geschieht. Ich sehe unsere Männer nicht.«

Robin versuchte wenigstens, einen Teil der Gesichter auf dem Deck der *Aisha* zu identifizieren, schaffte es aber über die Distanz und im Schein der wenigen Fackeln und Laternen nicht. Wahrscheinlich hatte Salim recht: Die Assassinen waren nicht unbedingt bekannt dafür, sich Konflikten Auge in Auge zu stellen und lange Reden zu schwingen. Viel eher pflegten sie sich ihre Meinung aus dem Schutz der Schatten heraus zu bilden und ihren Standpunkt in Taten aus dem Hinterhalt sprechen zu lassen. Zwei der Männer, die Scheich Raschid Sinan ihnen zur Seite gestellt hatte, hätten nicht einmal reden können, wenn sie gewollt hätten, besaßen sie doch keine Zunge mehr.

Der älteste der Soldaten maß Atilla kühl. »Wir verhandeln nicht. Wir konfiszieren«, erklärte er knapp.

Atilla schnaubte verächtlich. »Und mit welchem Recht, wenn ich fragen darf?«

»Ihr Heiden und Diebe schwafelt von Recht und Unrecht?«, brüllte jemand aus der Menge. »Was erdreistet ihr euch?« Ein magerer Junge warf einen Stein nach Atilla, verfehlte ihn aber um mehr als eine Armeslänge.

»Als Nächstes erzählt ihr uns wohl noch etwas von Sitte und Moral!«, fügte ein anderer hinzu.

»Oder von Rechtgläubigkeit!«, höhnte ein weiterer.

Der Mob johlte und brüllte zustimmend, verstummte aber nach und nach, als der wortführende Soldat mahnend eine Hand hob und die aufgebrachten Menschen mit strengen Blicken schalt. Dann wandte er sich wieder Atilla zu. »Ich verhafte Euch im Namen von Erzbischof Siegfried.«

Robin dachte bei sich, dass es in der Kürze der Zeit wohl kaum möglich gewesen war, einen solchen Erlass zu erwirken. Das schien den Soldaten aber nicht weiter zu stören. Er sprach laut und deutlich und hatte außerdem die Hand am Schwertgriff. »Ihr steht unter dem dringenden Verdacht, drei Männer des Kapitäns Wilfried von Huchting getötet und sein Schiff geraubt zu haben.«

Der Mob stimmte einen Sprechchor an, dessen genauer Wortlaut nicht zu verstehen war – sehr wohl aber seine

Bedeutung. Der Soldat versuchte erneut, für Ruhe zu sorgen. Dieses Mal gelang es ihm nicht ganz, aber zumindest ließ sich Atillas Antwort einigermaßen verstehen.

»Ein Schiff geraubt?« Er lachte, klang dabei aber alles andere als amüsiert. »Wie Ihr seht, besitze ich mit der *Aisha* die schönste Dau, die je eine Küste geküsst hat. Ich habe es wahrlich nicht nötig, irgendein Boot zu stehlen.«

Salim zog Robin etwas tiefer in die Nachtschatten hinein, als hinter ihnen Schritte durch die Straßen hallten. Angeführt von einem Jungen, in dem Robin den Sohn des Wirtes zu erkennen glaubte, eilten drei weitere Soldaten an ihnen vorbei. Zum Glück blickten sie weder nach rechts noch nach links, sondern schauten starr geradeaus, während sie auf den Pulk vor der *Aisha* zustrebten.

Die Menschenmenge war bereits auf rund vierzig Mann angewachsen, und Robin befürchtete, dass es noch mehr werden würden. Der Lärm hatte anscheinend alle Anwohner der Hafenstraße aus den Betten geholt. Die Männer und älteren Jungen drängten sich im Halbkreis um von Huchting und die Soldaten, die Frauen mit den Säuglingen und den Kleinsten hielten dagegen ein paar Schritt mehr Abstand oder beschränkten sich darauf, das Geschehen durch geöffnete Fenster zu verfolgen. Eine Handvoll jüngerer Kinder huschte durch die angrenzenden Gassen, um auch den Rest der Stadt wissen zu lassen, dass zu dieser trüben Jahreszeit endlich einmal etwas los war. Eines von ihnen – ein Mädchen von etwa zehn Jahren – trippelte an ihrem Versteck vorbei und begann aufgeregt gegen eine windschiefe Tür zu hämmern.

»Schmied!«, rief es, während in dem einstöckigen Holzhaus ein Licht entzündet wurde. »Alter Schmied! Komm schnell heraus! Die Soldaten sind am Hafen, um gegen die

Heiden zu kämpfen! Sie brauchen jede Hand und jede Waffe! Komm schnell, und bring auch deine Söhne mit!«

Noch ehe sich die Türe knarrend öffnete und der narbengesichtige Schmied verschlafen und missmutig auf die Straße heraustrat, eilte das Kind zum nächsten Haus, um auch den Nachbarn des Alten zu alarmieren. Robin beobachtete das Mädchen und begann dabei, nervös an ihrer Unterlippe zu nagen.

Salim bedeutete ihr, sich tiefer in ihre Deckung zurückzuziehen.

Angestrengt suchte Robin den Mob mit den Augen nach Atilla ab, konnte ihn aber zunächst nicht entdecken. Schließlich sah sie ihn: Er hatte den Steg verlassen und stand nun auf Augenhöhe mit der aufgebrachten Menschenmasse. Immer mehr Steine wurden nach der Dau geworfen. Sie prallten von den Außenwänden ab und klatschten ins Wasser, ohne nennenswerte Schäden anzurichten. Trotzdem konnte sich Robin das Gesicht des Kapitäns in diesen Sekunden gut vorstellen. Jeder Stein, der sein Schiff traf, musste sich für ihn anfühlen, als träfe er ihn selbst. Seine *Aisha* war ihm doch die schönste und liebste Frau auf Erden. Hätte Robin Atilla nicht so sehr gehasst, hätte er ihr glatt ein wenig leidtun können. So aber blieb kein Raum für Schadenfreude.

Atilla, und vor allem das, was gerade mit ihm geschah, bereitete ihr trotzdem großen Kummer. Was sollten sie tun, wenn die Soldaten die Besatzung der Dau tatsächlich verhafteten? Bei der Durchsuchung des Schiffes, die dann zweifelsohne bevorstand, würden sie neben den Gewürzen und Kräutern aus dem Morgenland auch all die gestohlenen Waren von Huchtings im Frachtraum finden. Wenn die Soldaten Wert auf Gesetzestreue legten, würde man dann die gesamte Besatzung und alle Passagiere der *Aisha* vor ein Gericht stellen – also auch Salim, Doran und sie selbst, falls man sie in die Finger bekam. Salim lag vermutlich richtig mit seiner Einschätzung, dass man ihnen überhaupt nicht zuhören würde. Und selbst wenn man sich die Mühe machte, sie ihre Geschichte vortragen zu lassen, gab es weder Zeugen noch Beweise, die diese untermauerten. Robin musste zugeben, dass sie sich auch nicht geglaubt hätte. In Gedanken hätte sie Atilla dafür ohrfeigen können, dass er das Diebesgut nicht mit dem kleinen Schiff versenkt hatte. Tatsächlich war das, was in Leilas Kinderaugen ein riesiger Schatz gewesen war, kaum die Mühe Wert gewesen, es auf die *Aisha* zu verfrachten. Wolle von mittelmäßiger Qualität, eine Truhe voller Becher und Schalen aus Kupferblech, ein kleiner Beutel voller Münzen, etwas Wein … Den abgerissenen Burschen, die das Boot gestohlen hatten, musste die Fracht beinahe so wertvoll erschienen sein wie ihrer kleinen Tochter. Aber Atilla war kein armer Mann. Salims Vater beschäftigte keine armen Männer.

»Wir müssen unsere Männer finden und uns beraten«, unterbrach Salim im Flüsterton den Lauf von Robins zunehmend panischen Gedanken.

Angetrieben von Soldaten mit gezückten Waffen, hatten auch die Söldner die *Aisha* nun verlassen und bildeten einen Kreis im Kreis der aufgebrachten Anwohner. Mehrere Freiwillige schleppten wahllos ausgewählte Kisten und Truhen aus dem Frachtraum über den Steg und luden sie auf dem Pflaster vor Atilla ab, den man in die Mitte des Pulks genötigt hatte. Der Sprechchor war verstummt und der Steinhagel abgeklungen, denn niemand wollte in diesen spannenden Sekunden auch nur ein gesprochenes

Wort, eine verdächtige Geste, ein verräterisches Zucken des fremdartigen Kapitäns verpassen. Schließlich baute sich der wortführende Soldat vor Atilla auf. »Ihr bestreitet also sämtliche Euch zur Last gelegten Verbrechen?«

Atilla verschränkte die Arme vor der Brust. »Selbstverständlich.«

Der Soldat nickte bedächtig und wandte sich dann von Huchting zu. Dieser hatte sich angesichts der immensen Unterstützung, die er durch seine Mitbürger und die Soldaten erfuhr, zumindest so weit beruhigt, dass er sein Beil an Arndt abgegeben hatte. »Kommt Euch eine dieser Truhen bekannt vor, Wilfried von Huchting?«

Der beraubte Kapitän nickte heftig. Selbst im Fackelschein war das erregte Glühen seiner wettergegerbten Wangen nicht zu übersehen. »Diese da!« Er zeigte aufgeregt mit dem Finger auf eine der Kisten. »Die mit dem verbogenen rechten Griff. Sie trägt sogar meinen Namen, seht Ihr?«

»Könnt Ihr mir sagen, was sie enthält?«, fragte der Soldat daraufhin.

Wieder nickte von Huchting. »Selbstverständlich kann ich das«, antwortete er. »Wer meine Dienste in Anspruch nimmt, kann sich gewiss sein, dass ich über jeden mir anvertrauten Holzscheffel den Überblick bewahre.«

Der Soldat wandte sich wieder an Atilla. »Und was ist mit Euch? Wisst Ihr auch ganz genau, was diese Truhe enthält? Und könnt Ihr mir erklären, wie der gute Kapitän von Huchting an sein Wissen gelangt ist, wenn er das Richtige aufzählt?«

Atilla schnaubte. »Natürlich könnte ich es Euch erklären. Jedoch bezweifle ich, dass Ihr an der Wahrheit tatsächlich interessiert seid.«

Der Soldat überging die Bemerkung einfach. »Also?«, richtete er das Wort wieder an den triumphierend grinsenden von Huchting. »Was enthält diese Truhe, die Ihr für die Eurige haltet?«

»Das Bordbuch, mein Geld, meine persönlichen Dinge«, zählte von Huchting auf. »Einen warmen Mantel aus englischer Baumwolle. Eine Gürtelschnalle, die meine Initialen trägt. Sie ist ein wenig verbogen. Ich hatte beabsichtigt, sie hier in Bremen von jemandem wieder in Form bringen zu lassen …«

In seiner Muttersprache zählte Salim leise eine Handvoll Nutztiere auf, von denen Robin unklar blieb, ob er sie in der Ahnenreihe Atillas oder von Huchtings vermutete. Dabei zog er Robin an der Hand durch die enge Gasse von der Anlegestelle fort, während der Soldat den Deckel der Truhe anhob.

»Wir müssen Leila und Doran warnen und zusehen, dass wir ein besseres Versteck für die Nacht finden«, bestimmte der Sarazene im Laufschritt. »Wenn sie bemerken, dass wir nicht auf dem Schiff sind, werden sie nach uns suchen.«

»Aber die Assassinen …«, begann Robin, doch Salim schüttelte energisch den Kopf. »Sie kommen gut ohne uns zurecht. Wir werden versuchen, sie zu finden, wenn sich der Sturm ein wenig gelegt hat. Und vielleicht haben sie uns ja längst entdeckt und folgen uns unbemerkt.«

Robin nickte. Die vier Assassinen, die sie und ihre Familie neben Kaya und Doran begleiteten, hatte Scheich Raschid Sinan persönlich ausgewählt. Das bedeutete für Robin und Salim, dass Kaya und Doran die einzigen Männer waren, die ihnen bedingungslos gehorchten. Für alle übrigen galt Sinans Anweisung, ihre Schützlinge vor allen Dingen keine Sekunde aus den Augen zu lassen. Das ärgerte

Robin zwar ein wenig, erwies sich aber in dieser Situation als großer Vorteil. Wie sich herausstellte, war kein einziger der Assassinen, die Salims Vater ihnen zur Seite gestellt hatte, dem Befehl gefolgt, bis zu Robins, Salims und Leilas Rückkehr auf der *Aisha* zurückzubleiben. Sie alle waren ihnen in einigem Abstand nachgegangen. Als Doran sich mit Leila in einem kleinen Kaninchenstall versteckte und Robin und Salim zum Hafen zurückgelaufen waren, hatten sie sich in zwei Gruppen aufgeteilt. Nun waren sie alle wieder beisammen. Zumindest fast.

In dem heruntergekommenen Verschlag lenkte Doran Leila mit Geschichten aus seiner heldenhaften Vergangenheit davon ab, dass es durch die rostigen Gitter der Tür erbärmlich zog. Währenddessen waren Zeki und Ümit bäuchlings auf dem Flachdach mit den Schatten der Nacht verschmolzen. Von dort würden sie jeden Fremden, der sich dem gesprächigen Assassinen und dem kleinen Mädchen auf weniger als fünf Schritte näherte, ohne Vorwarnung töten. Sabri und Fahrettin, der neben Zeki der zweite Mann ohne Zunge war, hatten sich an Robins und Salims Fersen geheftet und waren ihnen unbemerkt zum Hafen und zurück gefolgt. Nur Kaya war auf dem Schiff zurückgeblieben, wie Salim es ihnen eigentlich allen aufgetragen hatte.

Salim war sichtlich wütend und hielt nicht mit seiner Meinung hinter dem Berg. Seiner Ansicht nach hätten ihnen die Assassinen schon im Gasthaus »Zum Krug« zur Seite stehen müssen, wenn sie schon meinten, lieber den Befehlen seines Vaters als den seinen zu folgen. Dann aber schickte er Sabri und Ümit auf die Suche nach dem Hünen. Kaya war seinem grobschlächtigen Erscheinungsbild zum Trotz ein gut ausgebildeter Schattenkrieger. Niemand konnte sich vorstellen, dass er sich den Soldaten einfach gestellt hatte und festgenommen worden war, und nach einer kleinen Weile des Bangens stellte sich heraus, dass es auch nicht so gewesen war. Sabri und Ümit kehrten mit Kaya in ihr Versteck zurück. Der Riese war zwar bis auf die Knochen durchnässt und fror entsetzlich, war aber sonst unversehrt und vor allen Dingen ein freier Mann. Als von Huchting mit den Soldaten auf dem Kai aufgelaufen war, hatte er schleunigst den Weg an der Bordaußenwand hinab in die kalten Fluten und an der Hafenmauer entlang eingeschlagen – um außer Sichtweite des Mobs auf eine Anweisung zu warten, die sein Leben etwas weniger gefährdete, wie er es formulierte. Trotzdem war Robin zum ersten Mal, seit sie sich erinnern konnte, ein wenig erleichtert, ihn zu sehen. Sie waren auf jeden Mann angewiesen.

Kayas Idee, Atilla und seine Männer gewaltsam aus dem Kerker am Sankt-Petri-Dom zu befreien, verwarf Salim schneller, als Kaya sie zur Gänze äußern konnte. Nicht dass es ihm ganz und gar unmöglich erschienen wäre, sämtliche Wache stehenden Soldaten des Bischofs aus dem Hinterhalt zu töten, die Schlüssel an sich zu reißen und das Schiff so lange zu verteidigen, bis es klar zum Ablegen war. Das Problem war vielmehr, dass eine Flucht einem Schuldeingeständnis gleichkam. Atilla hatte jedoch keines der ihm zur Last gelegten Verbrechen begangen und würde, dessen war Salim sich sicher, bald freigesprochen werden. Atilla hatte einen wortgewandten, einflussreichen Freund: den Alten vom Berge, Salims Vater. Der Sarazene wollte ihm unverzüglich eine Nachricht zukommen lassen. Allerdings war sich Robin nicht sicher, ob ihr Schwiegervater jemanden schicken würde, um Atilla zu helfen.

Schließlich maß der Alte vom Berge seine Hilfsbereitschaft an dem Profit, den er sich von seinem Einsatz versprach. Ob der Kapitän der *Aisha* ihm die Mühe wert wäre, vermochte Robin nicht einzuschätzen. Einer der Assassinen, so beschloss es Salim, sollte derweil nach Bramel eilen, um Gregor von Geestermünde zu unterrichten, dessen Soldaten mit Abstand schneller in Bremen wären als die Männer des Alten vom Berge. Geestermünde war ebenfalls ein Handelspartner und guter Freund Scheich Raschids, und es war geplant, dass Robin und Salim den abschließenden Teil ihres Aufenthalts in Friesland auf seinem Anwesen verbrachten. Der Alte vom Berge hatte ihnen eine entsprechende Bitte und ein kleines Gastgeschenk zur Hand gegeben, das gut verpackt in Salims Tasche ruhte. Das Päckchen sollte Robins Familie nun vorausreisen, zusammen mit einem dringlichen Schreiben, das Salim in aller Eile verfasst hatte und das die Geschehnisse in der Hafenstadt beschrieb.

Nachdem die Assassinen im Schutz der Nacht vier Pferde und trockene Kleider für Kaya zusammengestohlen hatten, beauftragte Salim Zeki, nach Masyaf zurückzukehren, um seinen Vater von den Ereignissen in Bremen in Kenntnis zu setzen. Ümit brach nach Bramel auf. Sabri und Fahrettin schickte er zum Dom, um den Kerker im Auge zu behalten. Sie sollten das Leben des Kapitäns und möglichst vieler seiner Männer schützen, falls die erhoffte Unterstützung zu lange auf sich warten ließ. Kaya und Doran würden Salim, Robin und Leila begleiten. Für sie galt es, Bremen noch in dieser Nacht zu verlassen, weil man hier ihre Gesichter kannte. Sie würden sich zunächst in Robins Heimatdorf und dann nach Egesrode durchschlagen.

Es war nicht ganz einfach, der Stadt unbemerkt den Rücken zu kehren, aber Kaya und Doran konnten, noch ehe der Morgen graute, eine Stelle am Stadtrand ausmachen, die noch nicht von Mauern oder Erdwällen vor unerwünschten Eindringlingen geschützt wurde. Auf den gestohlenen Pferden sprengten Robin, Salim, Leila und die beiden Assassinen durch die ausklingende Nacht. Sie konnten den Tieren auch dann noch keine Ruhe gönnen, als die letzten Lichter Bremens sich nur noch als matt glimmende Glühwürmchen durch den Nieselregen abzeichneten. Stattdessen trieben sie die Tiere immer weiter an, bis sie ein sumpfiges Waldstück im Südwesten erreichten. Hier war der Wald so dicht, dass er ihnen selbst zu dieser kalten, grauen Jahreszeit, in der sich kein vertrocknetes Blatt mehr an das Geäst des Waldes klammerte, noch Schutz bieten konnte. Erst dann erlaubten sie den schnaubenden Tieren, deren Atem eisige Wölkchen um ihre Nüstern bildete, in einen gemächlichen Trabschritt zu verfallen. Als sie einen schmalen Pfad erspähten, der durch das dichte Geäst führte, saßen sie ab und führten ihre Tiere am Zaumzeug in den hereinbrechenden neuen Morgen.

Leila war trotz des stürmischen Rittes in Robins Armen eingeschlafen. Die Erwachsenen fanden nach einiger Zeit eine kleine lichte Stelle. Sie rieben die Pferde trocken, so gut es ging, und errichteten ein Lager aus einer Decke und allen möglichen Kleidungsstücken. Robin übermannte die Erschöpfung, während die Männer im Wechsel Wache standen. Sie schlief vom frühen Nachmittag bis in die Nacht hinein und erwachte irgendwann von Dorans Stimme und …

… etwas anderem.

Robin konnte im ersten Moment nicht bestimmen, was

es war, das ihr Unbehagen verursachte. Spielten ihre überreizten Nerven ihr einen Streich? Immerhin waren sie nach wie vor auf der Flucht – die Einwohner Bremens hielten sie für Verbrecher, die von Huchtings Schiff ohne Skrupel gestohlen und geplündert hatten, um sich an dem wenigen, was der Kapitän besaß, zu bereichern. Doch dann bemerkte sie, dass auch die Pferde auf der anderen Seite des Lagerfeuers unruhig auf der Stelle tänzelten und schnaubten. Irgendetwas würde geschehen.

Sie kämpfte sich unter dem Wäscheberg heraus, der ihr als Decke gedient hatte, und setzte sich auf. Es fiel ihr nicht eben leicht, denn ihre Knochen fühlten sich an, als wären sie am Boden festgefroren. Sie meinte sogar, ein leises Knirschen in ihren durchgefrorenen Gelenken zu vernehmen, als sie sich in die Höhe stemmte und das behelfsmäßige Zelt verließ. Salim ruhte im, Kaya vor dem Zelt. Doran hielt Wache und vertrieb sich die Zeit damit, Leila, die offenbar nicht mehr schlafen konnte und neben ihm am Feuer kauerte, mit seinen Geschichten bei Laune zu halten.

»Und dann blieb ich allein auf der kleinen Insel zurück – mit nichts als einem rostigen Dolch und einem halb vollen Wasserschlauch«, flüsterte er gerade in düsterem Tonfall. Von der Unruhe der Pferde hatte er entweder nichts bemerkt, oder er schrieb ihr keine Bedeutung zu.

Leila lauschte ihm gespannt: »Was hast du getan? Bist du zurückgeschwommen?«

Robin bemühte sich, weder Salim noch Kaya zu wecken. Vielleicht zog nur neuer Regen auf, oder die Tiere hatten einen Fuchs oder dergleichen gewittert. Die Männer hatten ihren Schlaf redlich verdient und bitter nötig.

Doran schenkte Robin nur einen kurzen Seitenblick,

ehe er unbeirrt fortfuhr. »Nein. Das Festland war viel zu weit weg. Man konnte es nicht einmal mehr sehen. Ich war völlig erschöpft und verzweifelt – so sehr, dass ich mich in den Schlaf weinte. Doch dann erschien mir der Prophet Mohammed im Traum. Er trug mir auf, den Dolch unter dem einzigen Baum auf der Insel zu vergraben. Schließlich sollte ich drei Tage und drei Nächte im Gebet versinken und Allah für alles Glück danken, das mir in meinem Leben widerfahren war.«

Robin zog ihren Mantel enger um die Schultern, trat einen Schritt dichter an das wärmende Feuer und ließ den Blick über ihren kleinen Lagerplatz und das dichte Geäst schweifen, das ihn umschloss. Sie konnte nichts Verdächtiges entdecken.

Trotzdem … fühlte sie sich beobachtet.

»Und du hattest so viel Glück in deinem Leben, dass du dich drei Tage und Nächte bedanken konntest?«, fragte Leila skeptisch. »Ohne Wiederholungen?«

Der Assassine lachte leise. »Selbstverständlich. Ich hatte so viel Pech in meinem Leben, dass ich mehrere Wochen benötigt hätte, um mich für all die glücklichen Fügungen zu bedanken, die es bedurft hatte, dass ich trotzdem noch immer am Leben war.«

Leila stieß einen anerkennenden Pfiff aus, während Robin die Augen verdrehte. Dass Leila dem Assassinen jede Silbe abzukaufen schien, enttäuschte Robin ein wenig, denn hin und wieder übertrieb Doran es wirklich mit seinen Geschichten. Andererseits erinnerte sie sich nur zu gut an eine Zeit zurück, in der sie selbst wie gebannt an seinen Lippen geklebt hatte, um seinen Worten – gelogen oder nicht – zu lauschen. Es war damals die einzige Möglichkeit gewesen, so etwas wie Zerstreuung auf ihrer schier endlosen Wüstenreise zu finden. Nicht zuletzt tat Doran Leila gut, weil er sie unterhielt. Auf diese Weise hielt er sie immerhin davon ab, aus Langeweile dumme Dinge zu tun.

Robin schüttelte den Gedanken ab und konzentrierte sich wieder auf die Dunkelheit, die sie umgab. Irgendetwas war da. Sie wusste es einfach, spürte die Blicke aus der Schwärze jenseits des Lagerfeuers nun fast körperlich auf sich ruhen.

»Als ich den Dolch am Abend des dritten Tages ausgraben wollte, war er verschwunden«, plauderte der Assassine derweil weiter. »Einfach weg. An seiner statt befand sich nun ein Beil unter dem Baum. Und dann wusste ich, was zu tun war.« Er ließ eine Kunstpause verstreichen. »Ich fällte den Baum und höhlte ihn zur Hälfte aus, sodass er mir als Boot dienen konnte. Und in diesem Boot paddelte ich zum …«

»Pst!« Robin bedeutete Doran zu schweigen, weil sie ein Rascheln aus dem Geäst vernommen hatte. Nun war sie sich absolut sicher. Sie wich einige Schritte zurück und stieß Kaya mit der Ferse an. Dann huschte sie wieder zum Feuer, um so dicht wie möglich bei ihrer Tochter zu sein. Der Hüne rappelte sich verschlafen und hustend auf. Durch die Geräusche schrak auch Salim auf und eilte aus dem Zelt. Genau in diesem Augenblick sprang ein Wolf aus dem Dickicht und stürzte sich auf Dorans Pferd.

Doran reagierte geistesgegenwärtig. Er verfluchte den Hintern des Teufels auf Arabisch, riss einen brennenden Scheit aus dem Feuer und schleuderte ihn nach dem Tier. Funken stoben, und der Wolf ließ von dem Hengst ab. Allerdings war es ihm vorher gelungen, ein mehr als handgroßes Stück Fleisch aus dessen Hals zu reißen. Das Pferd bäumte sich wiehernd auf. Blut schoss aus der tiefen Wunde, während sich der Wolf nun sprungbereit vor dem Assassinen duckte. Der blutige Geifer, der ihm von den Lefzen triefte, glitzerte orangerot im Feuerschein, und das dichte, verfilzte Winterfell konnte die Folgen des Hungers nicht verbergen. In seinen Augen stand der Wahnsinn. Robin bezweifelte fast, dass Dorans Hengst allein die Gier dieser verzweifelten Bestie stillen könnte.

Sie packte Leila unter der Schulter und schob sie schützend hinter sich, während sie dem Vorbild des Assassinen folgte und ebenfalls einen brennenden Ast aus dem Feuer zog.

Als sie den finsteren Waldrand mit gehetzten Blicken nach weiteren Wölfen absuchte, stürzte sich die Bestie auf Doran. Der Assassine verharrte reglos mit dem Rücken zum Feuer, als wollte er sich wehrlos in sein Schicksal ergeben. Erst als der Wolf sich auf Augenhöhe mit ihm befand, ließ er sich blitzschnell nach vorn fallen und rollte unter den Hinterläufen des Tieres hindurch. Der Wolf sprang geradewegs in die züngelnden Flammen.

Ein Funkenregen ergoss sich über Robin. Das schrille Jaulen des Wolfes durchbrach die Stille der Nacht wie ein Hammerschlag, konnte das Prasseln, Knirschen und Zischen der gierigen Flammen jedoch nicht übertönen. Robin stieß Leila beiseite und roch verbranntes Haar und verschmortes Fleisch, als das brennende Tier kaum eine Armlänge von ihr entfernt aus dem Feuer schoss. Frost und Feuchtigkeit ließen die Flammen in seinem Fell binnen weniger Lidschläge wieder erlöschen, aber das Tier musste große Schmerzen leiden. Es hetzte ziellos über die Lichtung und versuchte, auf der Flucht die letzte Glut mit Klauen und Zähnen von seinem rauchenden Körper zu wischen. Salim bereitete dem schrecklichen Schauspiel ein Ende, indem er seinen Dolch nach dem Wolf schleuderte. Ein Ruck durchfuhr den Körper der ausgemergelten Bestie. Sie hielt abrupt inne und starrte mit weit aufgerissenen Augen ins Leere. Dann brach sie zusammen. Der Griff der Waffe ragte aus ihrem Hals.

Kaya war mit wenigen Schritten bei dem Wolf und brach ihm mit einer gekonnten Bewegung das Genick. Salim nahm so lange Dorans Hengst in Augenschein. Auch das Pferd war inzwischen zu Boden gegangen, und als Salim ihr bedeutete, sich mit Leila in das improvisierte Zelt zurückzuziehen, wusste Robin, dass er es nicht mehr würde retten können.

Sie tat, wie ihr geheißen, und sang Leila ein Lied vor, während die Männer das Pferd von seinem Elend erlösten und damit begannen, es zu zerlegen, zu rösten und für die weitere Reise zu verpacken.

11. KAPITEL

Der Rest der Nacht verlief ruhig. Kein weiterer Wolf drang in ihr Lager ein, und bis auf ein einziges, entferntes Heulen deutete auch nichts darauf hin, dass sich noch Raubtiere in der Nähe aufhielten. Das Tier, das Dorans Pferd auf dem Gewissen hatte, musste den Anschluss an sein Rudel verpasst haben oder von ihm vertrieben worden sein. Möglicherweise war es krank oder zu schwach gewesen. Dennoch brachen sie ihr Lager noch vor dem Morgengrauen ab und setzten ihren Ritt, der für Kaya und Doran nun abwechselnd zum Marsch wurde, fort. Als sie am Mittag auf diese Weise kaum mehr als die Hälfte der geplanten Strecke bewältigt hatten, stand der Entschluss fest: Robin und ihre Familie sollten allein versuchen, das Dorf so schnell wie möglich zu erreichen. Kaya und Doran würden später in Egesrode wieder zu ihnen stoßen.

Als Robin zwei Tage später den ersten Erinnerungen aus Kindheitstagen begegnete und wusste, dass es nun nicht mehr weit sein konnte, begann sie an der Richtigkeit ihrer Entscheidung zu zweifeln. Für jeden mächtigen Baum, den sie aus alten Zeiten wiedererkannte, erspähte sie mindestens drei andere, die vor sieben Jahren noch nicht hier gestanden hatten. Nicht nur einige Höfe, ganze Dörfer waren verschwunden oder sichtbar aufgeblüht und um zahlreiche Gebäude erweitert worden. Trampelpfade hatten sich in richtige Wege, Wege in schlammige Pfade verwandelt. Bruder Abbés Komturei, die damals fast bis auf die Grundmauern niedergebrannt war, war neu errichtet worden. Allerdings war der Baustil nun ein anderer, die neuen Bauherren hatten weniger grob behauene, kleinere Steinquader benutzt, und so erkannte Robin den Ort, an dem sie Salim kennengelernt hatte, nur noch an einigen rußgeschwärzten Steinen am Sockel des Hauses. Ihre Heimat hatte Neues hinzugewonnen und Altes verloren. Sie hatte sich verändert, wie auch Robin sich verändert hatte. Selbst wenn das Dorf, in dem sie aufgewachsen war, noch existierte und es dort noch eine Handvoll Menschen gab, die das Massaker Gernots von Elmstatt überlebt hatten, war Robin mit einem Mal nicht mehr sicher, ob man sie wiedererkennen oder gar willkommen heißen würde. Was, wenn man ihnen mit derselben Skepsis und Abneigung begegnete wie in Bremen? Würde man ihnen überhaupt eine Herberge bieten? Oder würde man gleich mit Steinen nach dem fremdländisch aussehenden Salim und ihrer kleinen Tochter schmeißen? Würde man ihr gar einen Teil der Verantwortung für das, was damals geschehen war, anlasten?

Vielleicht, so dachte Robin da, wäre es doch besser gewesen, Doran und Kaya nicht zurückzulassen. Auf der anderen Seite hätten sie sich dann noch länger frierend durch die frostige Landschaft schleppen müssen – und das, obschon die warmen Kleider, die Saila angefertigt hatte, sie noch nicht einmal notdürftig vor der bitteren Kälte zu schützen vermochten, die der Winter über das Land brachte. Überall klebten erfrorene Vögel und Hasen am hart gefrorenen Boden fest. Um Langeweile und Kälte zu vertreiben, sprang Leila hin und wieder vom Pferd, um sich an dem Geräusch zu erfreuen, das entstand, wenn sie eines der Kleintiere mit dem Fuß von der frostigen Erde löste. Dabei unterschied sie voller Begeisterung zwischen Knirsch-, Krrrrck- und Krrrsch-Lauten.

Am letzten Tag ihres Rittes begann es zu allem Überfluss auch noch zu schneien, und entgegen Robins Hoffnungen liebte Leila den Schnee nicht. Zuerst musste sie sich genug davon auf der Zunge zergehen lassen, um zu prüfen, ob es sich wirklich bloß um gefrorenes Wasser handelte, wie ihre Eltern behaupteten, und nicht um Zucker, der vom Himmel fiel. Doch nachdem die erste Faszination verflogen war, verfluchte sie den Schnee auf Schritt und Tritt. Er durchnässte ihr die Kleider, schränkte ihre Sicht ein und begrub außerdem all die toten Vögel unter sich, mit denen sie sich ein wenig von der Kälte abgelenkt und die Langeweile vertrieben hatte.

»Allah sieht es bestimmt ohnehin nicht gern, wie du mit seinen Geschöpfen umgehst«, kommentierte Salim die Schimpftiraden seiner Tochter. »Auch dann nicht, wenn sie schon tot sind.«

Leila schnaubte: »Wenn das Wetter in meiner Welt so schlecht wäre wie in der von Allah, hätte ich andere Sorgen als tote Kaninchen.«

»Es ist Gottes Schöpfung«, verbesserte Robin, doch dann biss sie sich auf die Zunge. Hatten sie sich nicht darauf geeinigt, solcherlei Bemerkungen zu unterlassen? Tja. Zu spät. Trotzig wandte sie den Blick ab, als Salims schwarze Augen sie schalten.

»Aha.« Leila zog sich den Mantel enger um die Schultern. »Und da, wo es warm ist, gehört alles Allah.«

»Nein. Auch das Morgenland ist ein Teil von Gottes Schöpfung.« Nun, da sie einmal angefangen hatte, wollte Robin die Diskussion auch zu ihren Gunsten zu Ende bringen. Wenn der Streit zwischen ihr und Salim schon vorprogrammiert war, wollte sie dafür wenigstens ein Mal recht gehabt haben. Außerdem lenkte sie das Gespräch davon ab, dass ihre Fingerkuppen blau angelaufen waren und sie ihre Zehen seit gestern Abend kaum noch spürte. Was immerhin den Vorteil hatte, dass sie nicht mehr schmerzten.

»Und wem gehört der Teil der Welt, in dem die Inder auf Elefanten reiten und dicke Männer und sechsarmige Frauen anbeten?«, fragte Leila.

»Auch Gott, dem Herrn«, antwortete Robin.

»Und wie findet Gott der Herr es, dass die Inder sechsarmige Frauen anbeten? Und dass die Juden einen anderen Gott haben, dessen Namen sie nicht aussprechen dürfen?«

»Die Juden beten keinen anderen Gott an. Sie verleugnen nur Gottes Sohn.«

Leila blieb hartnäckig. »Und wie findet Gott der Herr das?«

Robin seufzte. »Vermutlich nicht besonders schön.«

»Und warum tut Gott der Herr dann nichts dagegen, dass die Inder sechsarmige …«, begann Leila, aber Robin ließ sie sich nicht noch einmal mit dem schrecklich langen Satz quälen, sondern fiel ein: »Weil er nicht überall sein und sich nicht um alles gleichzeitig kümmern kann.«

»Aber um tote Vögel, die knirschen, wenn man sie vom Boden abbricht – um die kann er sich offenbar kümmern. Die lässt er zuschneien.« Jetzt schmollte Leila ernsthaft.

Robin seufzte und schlang ihren linken Arm ein wenig fester um das Mädchen, das vor ihr im Sattel kauerte. »Du solltest solchen Gedanken nicht so laut nachgehen. Es gibt Menschen in diesem Land, die sich schnell angegriffen fühlen, wenn man das, woran sie glauben, infrage stellt.«

Leila zuckte gleichgültig die Schultern. »Sie können mich ja bei Gott verpetzen.« Wenn sie glauben, dass er nichts Besseres zu tun hat, fügte ihr abfälliger Blick wortlos hinzu.

Robin sandte Salim einen Hilfe suchenden Seitenblick, aber der Sarazene schaute demonstrativ geradeaus, als hätte er nichts bemerkt. Du wolltest diese Diskussion, verkündete seine steife Haltung, also sieh zu, dass du sie allein zu Ende führst.

Danke. Du mich auch, dachte Robin.

Sie näherten sich dem Fluss, der das Dorf nach Osten hin vom Rest der Welt trennte. Von hier aus, so erinnerte Robin sich, war es kaum mehr als ein halber Tagesmarsch bis zu ihrem Ziel. Dass sie beritten waren, würde ungefähr die Hälfte der Zeit einsparen. Robin verzichtete darauf, Leila mit Geschichten vom Fegefeuer zu ängstigen, in der des armen Sünders Seele bis in alle Ewigkeit schmorte, falls er nicht die Absolution empfangen hatte, ehe er starb. Stattdessen begann sie, aus ihrer Kinderzeit zu erzählen. Viel gab es nicht, dessen sie sich entsann – zumindest nicht viel, was sie Leila gern erzählen wollte. Das meiste von dem, was ihr so nah an ihrem Heimatdorf tatsächlich durch den Kopf ging, wäre auch nicht angenehmer anzuhören gewesen als die Geschichten von den Dämonen der Hölle, mit denen Geistliche ihre Predigten ausschmückten, um hartnäckig fragenden Geistern wie Leila die Zunge vor Angst am Gaumen kleben zu lassen.

Aber Leila hörte ohnehin nicht mehr richtig zu. Ihr Bedarf an Geselligkeit mit ihren Eltern war nach der langen Reise, auf der sie einander nun schon so dicht auf der Pelle hockten, offenbar mehr als gedeckt. Der bescheidene Schlauch von Aufmerksamkeit, den sie hin und wieder für Robin bereithielt, war längst wieder bis zum letzten Tropfen geleert. Sie blickte sich neugierig um und kommentierte Robins Ausführungen nicht einmal mit höflichen Floskeln. Ab und zu stellte sie eine Frage zum ganz alltäglichen Leben in dieser Eiswüste. Wenn Robin antwortete, hörte sie ihr aber doch wieder nicht zu, sodass Robin schließlich aufgab. Vielleicht, versuchte sie sich über die Enttäuschung hinwegzutrösten, mangelte es ihr einfach am erzählerischen Talent, von dem Doran viel zu viel besaß. Sie hatte nicht die blühende Fantasie, um ihre banalen Geschichten so spannend auszustaffieren, dass sie für Leila interessant waren.

Der Fluss, den sie als tief und reißend in Erinnerung hatte, war bis auf den Grund zugefroren und von einer fast knöcheltiefen Schneeschicht bedeckt. Sie mussten absitzen und die Pferde vorsichtig hinüberführen – und dann zeichnete sich das namenlose Dorf endlich in schlammigen Farben gegen das Weiß der Landschaft ab. Robin erkannte bereits aus der Ferne, dass es sich deutlich mehr verändert hatte als angenommen. Da die meisten der Bewohner bei dem Blutbad, das sie selbst nur knapp überlebt hatte, ums Leben gekommen waren, mussten inzwischen zahlreiche Fremde mit ihren Familien hierhergekommen sein. Die beiden niedergebrannten Häuser waren wieder aufgebaut worden, und das Dorf zählte jetzt mindestens zwei Häuser und einen Hof mehr. Einige der Gebäude bestanden sogar aus Stein und nicht nur aus Holz und

Lehm, und Barrikaden aus Sträuchern und Holz schützten die Siedlung vor Räubern. Aus den meisten Kaminen drang dichter Rauch. Wahrscheinlich hatte das Dorf inzwischen sogar einen Namen bekommen.

Vor ihrem inneren Auge sah Robin, wie gierige Flammenzungen aus den Fenstern zweier Häuser schlugen und sich durch das Fachwerk fraßen. Das Stroh, mit dem die Dächer bedeckt waren, brannte lichterloh. Eines der beiden bescheidenen Häuser war ihr Zuhause – das Haus ihrer Mutter. Sie sah die kleine Ofenbank in Flammen aufgehen und zu grauschwarzer Asche zerfallen –, die Ofenbank, auf der sie fünfzehn Jahre ihres Lebens lang jede Nacht verbracht hatte. Beißender Qualm stieg ihr in die Nase, der Gestank von verbranntem Fleisch. Menschenfleisch. Das Fleisch ihrer geliebten Mutter. In ihren Ohren gellten Schreie und Kampfeslärm. Sie sah Blut und entstellte Leichen. Gero, Judith, Gese und so viele andere … Die Zeit hatte ihre Namen genommen. Sie hörte das grausame Lachen der vermeintlichen Tempelritter – der Verbrecher, die Gernot von Elmstatt bezahlt hatte, um Bruder Abbé und den Orden der Templer in Verruf zu bringen. Sie trieben jene, die sie noch nicht erschlagen hatten, wie Vieh auf dem Dorfplatz zusammen. Und dann kam Gernot. Gernot von Elmstatt, der Retter in letzter Sekunde. Gernot von Elmstatt, der Rächer der einfachen Bauern. Gernot von Elmstatt, der all diese Schrecken zu verantworten hatte. Er hatte ihre Mutter töten und ihr Haus niederbrennen lassen …

Robins Finger fuhren unwillkürlich über die dünne Narbe an ihrem Hals. Hier hatte ihr Otto, der Waffenmeister der von Elmstatt, kaltblütig die Kehle geschnitten. Sie schüttelte sich. Die Flammen erloschen. Aus den Kaminen der Häuser drang wieder der harmlose Rauch der kleinen Feuer, über denen die Bewohner Wasser, ihre Hände und faden Hirsebrei aufwärmten. Salim bedachte sie mit einem bekümmerten Blick.

Inzwischen gab es eine Straße, die, so wirkte es trotz des Schnees, zumindest teilweise befestigt war. Sie führte zwischen den Barrikaden hindurch in das Hundertseelendorf. Robin und Salim saßen ab. Sie wollten das Misstrauen der wenigen Menschen, die sich bei dieser Witterung im Freien aufhielten, nicht schüren, indem sie sie buchstäblich von oben herab betrachteten.

Salim ging dicht an Robins Seite, und sie merkte an seiner Fürsorglichkeit, dass sie ihr Unwohlsein kaum verbergen konnte. Wir hätten nie hierherkommen dürfen, schalt sie sich im Stillen. Und Leila interessierte sich einen feuchten Kehricht für die Vergangenheit ihrer Mutter, sofern sie nichts mit dem Schwert und dem Waffenrock zu tun hatte. Robins Frösteln rührte längst nicht mehr allein von der Kälte her. Obwohl ihnen eine Handvoll tuschelnder Kinder folgte und nun auch immer mehr erwachsene Menschen auf die Straßen hinaustraten oder neugierig aus den pergamentbespannten Fenstern schauten, war ihr, als durchquerte sie eine kleine Geisterstadt. Geradeso als irrten die Seelen der Opfer des Unheils, das damals über dieses Dorf hereingebrochen war, noch immer durch die Straßen und Gassen. Robin fühlte sich von einem substanzlosen Kreis umzingelt. Einem Kreis aus armen Seelen, die anklagend mit unsichtbaren Fingern auf sie zeigten. Die sie unter die alte Gerichtseiche zerren und ihr den Prozess dafür machen wollten, dass sie …

Dass sie was? Dass sie ein neugieriges, naives Mädchen gewesen war? Dass sie sich zur falschen Zeit am falschen

Ort befunden hatte? Dass sie den Frevel Bruder Abbés und seiner Geliebten Helle wider Willen beobachtet hatte? Dass sie hatte zusehen müssen, wie der Knappe Jan und die arme Helle starben? Dass sie sich in die Kapelle geflüchtet hatte, um allein zu trauern, und dabei Gernot von Elmstatt und Otto auf die Spur gekommen war? Unsinn! Nichts von dem, was von Elmstatt angerichtet hatte, war ihre Schuld gewesen. Es wäre so oder so geschehen. Sie hatte nicht die geringste Chance gehabt, ihre Nachbarn und Freunde rechtzeitig zu warnen. Aber, so bohrte es weiter in ihr, warum nur hatte sie der alten Janna davon erzählt? Warum hatte sie nicht einfach für sich behalten, dass sie wusste, wer wirklich hinter den Visieren der Tempelritter steckte? Was hätte die Dorfälteste schon ausrichten können gegen einflussreiche Schurken wie Gernot und Otto? Schließlich war es Janna selbst gewesen, die Robin zusammen mit Gero und ihrer Mutter klargemacht hatte, dass es für einen kleinen Bauern zumeist gesünder war, nicht infrage zu stellen, was ein einflussreicher Mann zur Wahrheit erklärt.

Robin seufzte. Sie war jung und naiv gewesen. Sie hatte es einfach nicht besser gewusst. Ihr Verstand bemühte sich nach Kräften darum, das Schuldgefühl von ihrer Seele zu klauben. Aber es gelang ihr nicht ganz. Hätte, könnte, wäre, sollte – fort damit!, schalt sie sich schließlich selbst. Was geschehen war, war geschehen und nicht mehr zu ändern.

Robin versuchte ihre Aufmerksamkeit von den unsichtbaren Toten auf die Lebenden zu lenken. Sie entdeckte kein einziges vertrautes Gesicht. Dieses Wirtshaus am Dorfplatz hatte es auch noch nicht gegeben, als sie ihre Heimat verlassen hatte. Und als wäre all das noch nicht genug, vertraten vier Burschen von vielleicht siebzehn oder achtzehn Lenzen ihnen den Weg, als sie nun auf das Gasthaus zusteuerten.

»Wohin des Weges, ihr Fremden?«, fragte einer von ihnen anstelle eines Grußes. Seine Haut war trotz seiner jungen Jahre rau und wettergegerbt, seine Hände narbig. Ein nicht ganz verheilter Bluterguss am Auge und eine verkrustete Schramme auf dem Nasenbein ließen darauf schließen, dass er lieber seine Fäuste als seine Lippen sprechen ließ.

Salim bemühte sich um ein freundliches Lächeln. »Mein Name ist Salim. Das sind mein Weib Robin und unsere Tochter Leila. Wir sind auf der Durchreise nach Egesrode.«

»Falsche Richtung.« Ein zweiter Bursche spie geräuschvoll einen gelben Klumpen in den Schnee.

»Gar nicht wahr.« Leila, die als Einzige im Sattel geblieben war, rümpfte die Nase. »Mein Großvater hat uns eine Karte gegeben. Und er hat mir beigebracht, sie zu lesen. Kannst du auch schon Karten lesen?«

Eines der Kinder, die ihnen gefolgt waren, schleuderte einen Schneeball nach ihr. Das kalte Geschoss traf sie im Nacken und beförderte sie um ein Haar vom Pferd. Leila quietschte auf, sprang aus dem Sattel und hätte sich unverzüglich auf die viel größeren Kinder geworfen, hätte Salim sie nicht am Kragen erwischt und festgehalten.

»Eure Muttermilch war Kamelpisse!«, rief Leila den Kindern stattdessen zu. Robin war froh, dass sie es auf Arabisch tat. Obwohl – es wirkte sich wohl nicht gerade vorteilhaft auf das Vertrauen der Dorfbewohner aus, wenn sie in fremden Zungen redeten. Wer hatte ihrer Tochter nur solch derbe Flüche beigebracht?

Zunehmend nervös suchte sie die Straße nach einem

vertrauten Gesicht ab. Vergebens. Sie versuchte sich zu erinnern. Carla hatte den Angriff der vermeintlichen Templer überlebt. Ob ihre Freundin aus Kindheitstagen wohl noch hier wohnte? Wo hatte nur ihr Elternhaus gestanden? Es kam ihr vor, als wäre sie nicht seit sieben, sondern mindestens seit siebzig Jahren nicht mehr hier gewesen. Es war, als hätten die Bewohner alles dafür getan, möglichst jede Erinnerung an die Zeit unter dem Terror derer von Elmstatt auszulöschen.

»Robin – natürlich!« Einer der jungen Männer, dessen Gesicht sich unter einer Vielzahl von Pickeln kaum ausmachen ließ, gackerte hämisch. »Und ich bin Johannes der Täufer. Wollt Ihr mich bitte kurz zum Bach begleiten? Ich möchte Euch taufen. Lang und eingehend. Mit ein paar Spritzern ist es bei Euch wohl kaum getan.«

»Habt wohl nicht lange nach einem Namen gesucht, mit dem Ihr Euch hier beliebt machen könnt, was, Heide?«, spottete der Bursche mit dem blauen Auge.

»Kennst du diese dummen Jungen?«, fragte Leila. Robin schüttelte den Kopf und bedeutete ihrer Tochter dabei mit einem mahnenden Blick, die Zunge im Zaum zu halten. Aber Leila hatte offenbar keine Lust, sich den Mund verbieten zu lassen: »Ich dachte, du bist hier aufgewachsen.«

»Hier aufgewachsen – klar!« Der Bursche mit dem zerschlagenen Gesicht tat, als könnte er sich einen Lachkrampf nur mühsam verkneifen. Die anderen drei unterdrückten ihr höhnisches Gelächter nicht. »Robin, der Junge aus Neudorf – dem Ort, der Helden macht. Robin von Tronthoff, der legendäre Tempelritter, der so viele Schlachten geschlagen und so viel Blut gesehen hat, dass er entschieden hat, fortan das Leben eines Eunuchen zu führen! Ha!«

»Pass bloß auf, was du sagst!« Leila reckte ihm drohend die geballte Faust entgegen. »Meine Mutter hat ein …«

… Schwert, hatte sie wohl sagen sollen, aber Salim verpasste ihr einen geistesgegenwärtigen Klaps an den Hinterkopf. Robin hätte nie gedacht, dass sie einmal froh sein würde, wenn er die Hand gegen ihre vorlaute Tochter erhob. Oder zumindest ein wenig erleichtert. Sie schalt Leila mit einem neuerlichen bösen Blick, während die vier Burschen sich ganz und gar ihrem kollektiven Lachanfall hingaben. Auch die Kinder hinter ihnen begannen zu lachen und schleuderten weitere Schneebälle in ihre Richtung. Robin begann schon, das Schlimmste zu befürchten, da öffnete sich die Tür eines an die Wirtsstube angrenzenden Hauses. Ein Mann trat heraus und schob sich mit erstaunlich festen Schritten zwischen die rauen Burschen. Er wirkte so alt, dass er die Gerichtseiche gepflanzt haben könnte. Gegen die Kälte hatte er sich in eine moderige Decke aus verfilztem Lammfell gewickelt. Im ersten Augenblick hielt Robin ihn für Gero, der einst das Wort in diesem Dorf geführt und inoffiziell das Amt des Dorfschulzen ausgeübt hatte, aber das war natürlich Unsinn. Gero war erstens nicht annähernd so alt gewesen, und zweitens war er tot.

»Ruben, Ulfberth, Oswald und Birger!«, fuhr der Alte die Jungen an. »Ist das die Gastfreundschaft, die ihr von meinen Nichten gelernt habt?«

Die Jungen verstummten. In der plötzlichen Stille war Leilas Kichern gut zu vernehmen: »Ulfberth!«

Der Pickelige schoss einen tödlichen Blick auf sie ab, was das Grinsen in Leilas Gesicht nur noch breiter werden ließ.

»Bitte verzeiht das abscheuliche Benehmen dieser dummen Bengel.« Der Alte schritt auf Salim zu und reichte ihm zum Gruß die Hand. Robin betrachtete sein runzeliges Gesicht genau. Er war viel zu alt, um erst in den letzten sieben Jahren ins Dorf gekommen zu sein. Menschen in seinem Alter pflegten selten den Wohnort zu wechseln, wenn sie nicht unbedingt mussten. Etwas in seinen wässrigen hellblauen Augen kam ihr auch vertraut vor. Sie überlegte angestrengt, wer ihr da gegenüberstand, als der Alte auch ihr die Hand reichte und sich freundlich vorstellte: »Mein Name ist Caspar, und das sind meine Neffen Birger, Ruben, Ulfberth und Oswald, wie ihr gerade bereits vernommen habt. Na ja, eigentlich sind sie nicht meine Neffen, sondern die Söhne meiner Nichten. Aber so ist es irgendwie einfacher. Manchmal merkt man ihnen den Verlust ihrer Mütter gar zu sehr an. Ich muss mich noch einmal für sie entschuldigen.« Er schüttelte den Kopf, wohl, um den Gedanken an seine verstorbenen Nichten abzuschütteln. Dann sah er Robin scharf an. »Ich kenne Euch. Oder sollte ich besser du zu dir sagen, Robin? Als ich dich zum letzten Mal sah, warst du kaum älter als das Kind an deiner Hand. Du hast den Trog meines Schafes mit Dünnbier aufgefüllt. Es ist mir bis heute ein Rätsel, woher du es hattest.«

»So etwas hätte ich doch nie …«, begann Robin, doch dann kehrten die Erinnerungen plötzlich zurück. Eine Mischung aus Freude und Verlegenheit erfüllte sie. »Caspar«, wiederholte sie leise. »Ich erinnere mich. Ihr seid … Ich meine: Du bist fortgezogen. Damals. Meine Mutter erzählte, du wolltest dich um deine Schwester kümmern, richtig?«

Der Alte nickte. »Ganz richtig. Ich bin nach Egesrode gezogen, als Oswald und Birger gerade auf die Welt gekommen waren. Ich musste meine Schwester und meine Nichten unterstützen. Der Herr wollte es, dass alle Frauen in meiner Familie irgendwann von der Schwindsucht heimgesucht werden. Meine Schwester starb, kurz nachdem ich in Egesrode eintraf. Meine Nichten erlagen ihrem Leid der Reihe nach, noch ehe der letzte der Jungen aufgehört hatte, das Bett zu nässen. Aber das ist keine Anekdote, die man sich zwischen Tür und Angel erzählt. Möchtet ihr mich ins Haus begleiten? Für heute sollt ihr meine Gäste sein.«

»Aber sie sind Heiden!«, protestierte der Pickelige, der zu Leilas schelmischer Freude mit dem Namen Ulfberth geschlagen war. In ihren an den Klang der arabischen Sprache gewöhnten Ohren musste sich dieser Name überaus lustig anhören.

Caspar drehte sich langsam zu Ulfberth um und maß ihn mit einem langen Blick. »Vor allem anderen sind sie Menschen«, erklärte er streng. »Und nun spute dich ins Haus, und setze einen Kessel Wasser auf. Ein Becher Holundersud wird unseren Gästen gewiss sehr guttun.«

»Nachdem auch meine jüngste Nichte ihre letzte Ruhe gefunden hatte – gleich neben meiner Schwester und ihrem Ehemann, kehrte ich mit den fünf Jungen hierher zurück«, schloss Caspar nach einer guten Stunde seine tragische Lebensgeschichte. »In Egesrode hatte ich niemanden mehr, wisst ihr? In all den Jahren, die ich dort zugebracht habe, war ich viel zu sehr mit der Pflege meiner Nichten und der Versorgung der Kinder beschäftigt. So habe ich von meinen Nachbarn nie mehr erfahren als ihre Namen. Außerdem litt ich unter Heimweh. Dieses Gefühl ist dir sicherlich vertraut, Robin.« Der Greis griff mit seinen knochigen Fingern nach dem hölzernen Löffel, den sie alle sich teilten, und rührte wehmütig in seinem Sud.

Salim nahm einen kleinen Schluck. »Fünf Jungen? Ich sehe nur vier. Ist der älteste schon aus dem Haus?«

Caspar schüttelte betrübt den Kopf. »Cornelius, der jüngste, war ... ein wenig verrückt. In seinem fünfzehnten Sommer hatte er eine Erscheinung. Wenigstens behauptete er das.«

»Was hat er denn gesehen?« Robin sprach leise, um Leila nicht zu wecken, die auf dem einfachen Bett hinter ihr eingeschlafen war. Caspar hatte darauf bestanden, dass Salim, sie und Leila sich sein Schlaflager teilten. Er behauptete, er ruhe ohnehin lieber auf dem Boden vor dem Kamin. Für die vier Neffen gab es einen kleinen, separaten Raum, was in einer bescheidenen Siedlung wie dieser an Luxus grenzte. Oswald und Ulfberth (den Leila zu seiner Verärgerung zwischenzeitlich in Ulfi oder Ülfchen umgetauft hatte) hatten das Haus bald wieder verlassen. Vermutlich wollten sie sich im Wirtshaus vergnügen. Birger hatte sich schlafen gelegt. Nun saß nur noch Ruben bei ihnen auf den strohgefüllten Säcken. Robin fühlte sich nicht unwohl in seiner Gesellschaft. Er war der älteste der vier, kaum jünger als sie selbst, und erschien ihr – zumindest in Abwesenheit seiner Vettern und seines Bruders – recht besonnen und anständig.

»Angeblich ist Cornelius die Heilige Jungfrau erschienen.« Der Alte zuckte verlegen die Schultern. »Er sagte, sie habe ihm befohlen, ins Heilige Land zu reisen. Ich habe wirklich alles getan, um es ihm auszureden, aber ... Cornelius hatte schon immer einen Dickkopf unter seiner blauen Wollmütze. Und er hatte das Talent, andere von seiner Sache zu begeistern, weißt du? Bei seinen Brüdern und Vettern stieß er mit seinen Predigten zum Glück auf taube Ohren. Sie kannten ihn besser als alle anderen und hatten sich schon auf zu viele seiner wahnwitzigen Ideen eingelassen. Aber er nahm mehr als ein halbes Dutzend anderer Bengel von hier und aus dem Nachbardorf mit. Seit mehr als einem halben Jahr ist er schon verschwunden. Zuletzt hat man ihn und seine Anhänger angeblich in Bremen gesehen.«

Robin tauschte einen vielsagenden Blick mit Salim, der betrübt wegsah. Offenbar dachte er dasselbe wie sie: eine blaue Wollmütze. Vielleicht war es Caspars Neffe Cornelius gewesen, der das Schiff von Huchtings gestohlen und sich selbst und die anderen Jungen ins Verderben getrieben hatte. Ein Kind, dem die Heilige Jungfrau erschienen war … Robin schluckte bittere Galle. Wie konnte Gott so etwas zulassen? Sie würde Caspar nichts von dem erzählen, was auf der *Aisha* geschehen war. Dazu nagte das schlechte Gewissen noch immer viel zu sehr an ihr, und dem Alten würde es ohnehin nur das Herz brechen. Wahrscheinlich lebte er besser mit der Hoffnung, Cornelius könnte es geschafft haben und im Morgenland glücklich sein.

»Und als du aus Egesrode zurückkamst, waren die meisten tot«, lenkte sie das Gespräch zum ursprünglichen Thema zurück.

Caspar zuckte traurig die dürren Schultern. »Nicht alle. Aber viele. Und darunter alle, die mir wirklich am Herzen lagen. Wie zum Beispiel deine Mutter und Gero. Was von Elmstatt hier angerichtet hat, war fürchterlich. Jene, die überlebt haben, haben versucht, die niedergebrannten Häuser wieder aufzubauen und irgendwie in ihr altes Leben zurückzufinden, aber es ist nicht eben einfach, mit einer Handvoll Bauern die Arbeit eines ganzen Dorfes zu übernehmen. Es dauerte eine Weile, bis wieder eine Art Alltag einkehrte. Und dann belehnte man den Grafen von Hoggersglehn mit unserem Dorf, und alles wurde noch viel schlimmer.«

Salim horchte auf. »Was hat er getan?«

»Zunächst hat er die Abgaben erhöht. Und zwar in einem Maße, dass wir seinen Forderungen beim besten Willen nicht mehr nachkommen konnten. Über seine Enttäuschung hat er sich hinweggetröstet, indem er praktisch jede Frau und jedes Mädchen im Dorf geschändet hat. Man flüstert, er habe sogar den einen oder anderen Knaben in sein Bett geholt. Nach weniger als zwei Jahren hat jemand ihm den Garaus gemacht. Man fand ihn und seinen Begleiter erschlagen und kastriert zwischen dem Fluss und seinem Anwesen – doch da waren schon viele von uns in andere Dörfer oder gleich nach Bremen geflohen.« Caspar schüttelte sich vor Abscheu. »Seit das Lehen an Oswald von Wiemke übergegangen ist, leben wir hier aber wenigstens in Frieden. Er hat diesem Dorf den Namen Neudorf gegeben und verzichtet sogar auf einen Teil der Abgaben, die wir ihm schulden. Überhaupt hält er sich sehr zurück und überlässt uns zumeist uns selbst. Wir sind wieder viele geworden. Alle Häuser sind wieder bewohnt. Auch das deiner Mutter, Robin. Aber wenn du es zurückhaben möchtest, finden wir sicherlich eine Lösung.«

Robin schüttelte den Kopf. »Danke, aber wir sind nicht gekommen, um zu bleiben. Außerdem ist es nicht das Haus meiner Mutter. Das Haus meiner Mutter ist niedergebrannt. Es ist nur irgendein Haus, das an der gleichen Stelle steht.«

»Trotzdem.« Caspar goss ihnen dampfenden Hollundersud nach. »Die, die du kanntest, sind nicht mehr hier. Doch die, die hier sind, kennen dich. Wir wären froh und stolz, dich wieder zu Hause willkommen zu heißen. Es gibt … Geschichten.« Er zwinkerte verschwörerisch.

»Geschichten über mich?« Robin legte den Kopf schräg. Erst jetzt fiel ihr wieder ein, was Oswald, Caspars Neffe mit dem zerschlagenen Gesicht, ihr mit seinen Spötteleien schon vor über einer Stunde verraten hatte. Robin von Tronthoff aus dem Ort, der Helden macht … Selbst in Jerusalem fand sie es immer wieder bemerkenswert und schmeichelhaft, dass man sich ihre Geschichte erzählte. Dass man aber selbst hier im Abendland noch über sie sprach, war schlichtweg unglaublich. Und irgendwie beschämte es sie auch. Sie fühlte sich nicht wie eine Heldin. Eigentlich hatte sie immer nur getan, was das Schicksal von ihr verlangte. Sie war keineswegs aufgebrochen, um Jungfrauen vor Drachen oder gar die Welt vor dem Untergang zu retten.

»Nun, über jemanden Eures Namens«, verbesserte der junge Ruben seinen Großonkel. Er maß Robin aufmerksam. Dabei wirkte er, als hätte er eins und eins zwar längst zusammengezählt, das Ergebnis aber noch nicht akzeptiert. »Eine Frau kann schließlich kein Kreuzritter werden. Sie kann sich nicht in der Schlacht von Mardsch Ayun behaupten und schon gar nicht Schwert des Königs von Jerusalem werden. Das geht einfach nicht.«

Salim nickte ernst. »Auf keinen Fall.« Dann stieß er Robin neckisch mit der Schulter an. »Oder könntest du dir das vorstellen? Du ziehst mit wehenden Fahnen gegen das Heidenpack, das das Heilige Land mit seinem Unglauben verpestet? Und ich bleibe hier und vergnüge mich so lange mit einer dieser vollbusigen goldblonden Schönheiten, von denen es in Bremen nur so wimmelt?«

Robin begriff, dass er versuchte, Rubens indirekte Frage ins Lächerliche zu ziehen. Das war vielleicht auch besser so. Sie verspürte keinen Drang, sich mit den Lorbeeren zu schmücken, mit denen das Schicksal sie so oft zu strangulieren versucht hatte. Außerdem war sie sich nicht sicher, ob es ihr gut bekommen würde, wenn die Menschen von der wahren Geschichte hinter der Legende erfuhren. Wahrscheinlich war es insgesamt gesünder, wenn niemand außer Caspar und seiner Familie von ihrer Rückkehr in die Heimat Wind bekam. Sie wusste schließlich nicht, ob von Elmstatt nicht einigen seiner einflussreichen und gefährlichen Freunde von ihr erzählt hatte. Darum stieg sie in das Spiel ein. »Bislang habe ich mein einfaches Leben als Eheweib und Mutter sehr genossen«, behauptete sie, und das war immerhin nicht ganz gelogen.

Caspar konnte seine Enttäuschung nicht ganz verbergen, ging aber nicht weiter auf das Thema ein. Er kannte die Wahrheit, das war offensichtlich. Wahrscheinlich hatte er sich gewünscht, morgen auf dem Dorfplatz zu stehen und aller Welt seinen berühmten Gast vorzustellen. Aber er war auch weise genug, nicht auf offene Worte zu drängen.

Ruben hingegen war noch nicht ganz zufrieden. »Robin ist ein seltener Name. Ist es nicht unwahrscheinlich, dass zwei Kinder dieses Namens zur gleichen Zeit im gleichen Dorf geboren werden?«

Robin lachte. »Meinen Namen verdankte ich der Einfallslosigkeit meiner Mutter. Es gab einen gleichnamigen Jungen in einem anderen Dorf, einige Tagesritte südlich von hier. Meine Mutter hörte bei einem Besuch bei Verwandten davon. Ihr gefiel der Klang des Namens, und so hat sie ihn schlichtweg gestohlen.«

»Also stammt Robin von Tronthoff überhaupt nicht von hier?« Ruben war sichtlich enttäuscht.

Caspar zuckte die Schultern. »Was kann man schon mit Sicherheit sagen? Worte sind wie Teigklumpen, die sich verändern, wenn sie von Hand zu Hand gegeben werden. Alles hat einen wahren Kern. Aber manchmal sucht man für immer vergebens danach.«

Robin sandte ihm einen dankbaren Blick. Caspar lächelte traurig und rührte in seinem Becher. »Wie lange wollt ihr denn bleiben?«, fragte er nach einer Weile.

»Ich denke, wir brechen gleich morgen wieder auf«, antwortete Robin. »Bis nach Egesrode sind es noch mehrere Tagesritte, und wir wollen so früh wie möglich dort sein. Wir … besuchen meine Base«, fügte sie hinzu, ehe jemand eine entsprechende Frage stellen konnte. »Sie heiratet in weniger als einer Woche.«

»Möchtet ihr, dass meine Jungen euch begleiten? Ich kann sie nicht alle entbehren, aber auf Ulfberth und Oswald kann ich ein paar Tage verzichten«, bot der Greis an.

Ich auch!, lag es Robin auf der Zunge, aber sie verkniff es sich und setzte zu einer höflicheren Ablehnung an, als Salim an ihrer Stelle antwortete: »Ulfberth allein würde schon reichen. Das wäre wirklich sehr nett.«

Robin blickte den Sarazenen verständnislos an und bemerkte ein Blitzen in seinen schwarzen Augen. Er wollte Ülfi wohl heimzahlen, dass er ihn einen Heiden genannt hatte.

Auch Caspar schien nichts dagegen zu haben, dass Ülfi Manieren beigebracht würden. Er nickte zustimmend. »Sobald er zurück ist, werde ich ihn bitten, ein wenig Proviant einzupacken«, erklärte er. »Im Sommer hilft er auf den Feldern aus. Aber im Winter langweilt er sich nur und kommt auf dumme Gedanken. Eine kurze Reise wird ihm gut bekommen.«

»Das denke ich auch.« Salim lächelte. »Sie wird ihm ganz bestimmt sehr guttun.«

Wie schwer beschäftigt kannst Du sein, Gott, schrieb Robin in dieser Nacht in ihr kleines Buch, *dass Du den Knaben Cornelius nicht vor sich selbst schützen konntest? Wie kannst Du Deine Hände schützend über den Trinker von Huchting halten, während Du zulässt, dass diese Kinder, die Dir im Herzen so nahe waren, auf dessen Schiff in den Untergang segeln? Und wie kannst Du eine solche Schuld auf meine Schultern laden?*

12. KAPITEL

»Ulfberth, Ulfberth, hat ein blödes Pfe-herd!«

Sie hatten Egesrode schon erreicht, aber Leila waren die Neckereien noch lange nicht ausgegangen. Sie wiederholte den Reim auf Arabisch. So klang er aber nicht mehr lustig, deshalb ersetzte sie ihn durch einen arabischen Reim. Anscheinend urinierte Ulfberth gewohnheitsmäßig in die Speisen seiner übergewichtigen Großmutter. Robin war froh, dass Caspars Großneffe die Worte nicht verstand, denn er tat ihr inzwischen leid. Für seine Beleidigungen in Neudorf war er längst gestraft genug. Leila hatte ihn während der vergangenen Tage ständig scheinbar versehentlich mit Schneematsch bespritzt, und auch Salim ließ keine Gelegenheit aus, dem dummen Bauernjungen, wie er ihn hinter seinem Rücken verächtlich nannte, seine geistige Überlegenheit zu demonstrieren. Dabei wahrte er zwar stets die Form, doch die Scham darüber, dass der Heide ihm in jeder Diskussion haushoch überlegen war, hatte das spöttische Funkeln in Ulfberths Augen längst zu zornigen Blitzen gefroren. Er wagte es jedoch nicht, seiner Wut freien Lauf zu lassen. Dazu schätzte er den Großonkel, der ihn aufgezogen hatte, zu sehr. Sowohl Robin als leider auch Salim hatten schnell begriffen, dass es nur eine Sache gab, die dem jungen Mann mehr zuwider war als elendiges Heidenpack, das den Seelenfrieden der Dörfler gefährdete: den Missmut seines geliebten Onkels zu provozieren. Und offenbar fürchtete Ulfberth, dass sie nach ihrem Besuch bei Robins frei erfundener Base nach Neudorf zurückkehren und Caspar über ihre Reise unterrichten könnten. Jedenfalls verhielt er sich während des ganzen zweitägigen Rittes so, als marschierte sein Großonkel mit scharfem Blick neben ihm her und notierte sich dabei jeden Frevel und jedes falsche Wort, denn der alte Mann hatte keinen Zweifel daran gelassen, dass ihm das Wohl Robins und ihrer kleinen Familie am Herzen lag, als er seinen Großneffen dazu verdonnert hatte, mit ihnen zu gehen. Robin hatte sich ihm im Gegenzug erkenntlich gezeigt. Sie hatte ihm nicht nur einen großzügigen Teil des Pferdefleischs überlassen, von dem sie noch reichlich besaßen, sondern auch ein wenig Geld. Es sollte ausreichen, um Caspars Existenz für einige Monate zu sichern – zumindest unter den bescheidenen Verhältnissen, in denen er mit den vier Söhnen seiner toten Nichten lebte. Robin hingegen sicherte sich mit ihrer Spende das Schweigen des Alten. Er hätte wahrscheinlich auch sonst nichts ausgeplaudert, aber nun war absolut gewiss, dass niemand in Neudorf von ihrer wahren Identität erfahren würde. Sie bereute längst, den Abstecher in ihr Heimatdorf überhaupt gemacht zu haben.

Während Salim und Leila über Ulfberths Selbstwertgefühl hergefallen waren wie Geier über einen Kadaver, war Robin zumeist still ihren eigenen Gedanken nachgegangen. Diese hatten nur zu oft um die Frage gekreist, was sie in ihrer alten Heimat überhaupt gesucht und was sie erwartet hatte. Die Antwort war schnell gefunden: Sie hatte gehofft, dass es Überlebende gab, die noch immer dort lebten. Jemanden, mit dem sie vielleicht nicht einmal allzu gut Freund gewesen war, der ihr aber doch ein Stück weit das Gefühl hätte geben können, so etwas Ähnliches wie eine Heimat zu besitzen. Menschen, die ihre Sitten pflegten, ihren Glauben teilten und keinen Ramadan hielten. Denen Kamelmilch Übelkeit verschaffte, die nicht alle Nase lang nach Mekka beteten und nicht dem Zwang erlagen, es auf einen Feilschversuch ankommen zu lassen, wenn man ihnen einen goldenen Apfel schenkte. Sie hatte ihrer Tochter ihre Kultur zeigen wollen, einen kleinen Teil ihres alten Lebens, einen kleinen Teil von sich selbst. Doch Leila interessierte sich noch immer nicht für die Kindheit ihrer Mutter, und erst recht nicht für ihre Kultur. Das ungemütliche Klima war ihr lästig, aber das würde wohl kaum zu ihrer Läuterung beitragen. Die Sonne war nämlich der einzige Luxus, den sie ein klein wenig vermisste. Sie pfiff auf Gott und Allah. Stattdessen hegte sie einen ganz eigenen Glauben, den sie täglich aufs Neue erfand und zu ihrem Vorteil an die jeweiligen Umstände anpasste. Und je länger ihre Reise durch das Abendland andauerte, umso besser verstand Robin ihre Tochter.

Im Gegensatz zu Leila glaubte sie zwar an Gott, doch auch sie vermochte die Ausnahmslosigkeit nicht nachzuvollziehen, mit der die meisten rechtgläubigen Christen die Regeln und Gebote befolgten, die der Klerus ihnen vorbetete. Trotz ihrer Erschütterung über das, was sie über das Schiff der Kinder erfahren hatte, glaubte sie noch immer, dass ihr Gott ein guter Gott war. Er musste es doch sehen, wenn der Zweck die Mittel heiligte und die Umstände eine Ausnahme oder gar einen handfesten Regelbruch erforderten. Wenn sie ganz ehrlich war, war dieser Glaube gar nicht so weit von Leilas entfernt.

Außerdem verband sie mit ihrer Tochter die Abneigung gegen das Wetter. Auch Robin liebte den Schnee nicht, sondern vermisste längst das milde Klima Jerusalems. Angesichts all des Grau-Weiß des friesischen Winters sehnte sie sich nach saftigen Obsthainen und den zahllosen Farben der belebten morgenländischen Märkte. Jedes aschgraue, bleiche oder schweinchenrosige Gesicht, in das sie blickte, ließ Salims und Leilas dunkle Haut umso schöner und gesünder erstrahlen. Und jedes raue deutsche Wort vertiefte ihre Sehnsucht nach der melodischen arabischen Sprache voller Temperament und Lebenslust. Robin war heimgekehrt, aber sie hatte nicht das Gefühl, zu Hause zu sein. Ebenso wenig, wie sie in Jerusalem zu Hause gewesen war. Das Schicksal hatte sie entwurzelt und in ein buntes Wasserglas gesteckt. Sie konnte nicht zurück in die Erde, aus der sie gewachsen war. Dennoch fühlte sie sich in dem Glas, das ihr Überleben sicherte, um einen Teil ihrer selbst beschnitten.

Obwohl Robin also einige Gemeinsamkeiten mit Leila entdeckte, blieb es zweifelhaft, ob die Europareise sie fester zusammenschweißen würde. Zwar sprachen sie tatsächlich mehr miteinander als daheim in Jerusalem, ihre Tochter ließ sie aber deutlich spüren, dass sie sich lediglich aus der Not heraus mit Salim und ihr abgab und jeden anderen Gesprächspartner bevorzugt hätte. Es war nur eben die meiste Zeit niemand anders da, mit dem sie sich beschäftigen konnte – außer dem armen Ulfberth natürlich. Robin strich sich missmutig eine halb gefrorene Haarsträhne aus den Augen, die unter der dicken Mütze hervorgekrochen war. Ganz umsonst würde ihre Reise aber doch nicht sein, versuchte Robin sich ein wenig aufzubauen. Wenigstens würde sie Balduins vielleicht letzten Willen erfüllen.

Leila reimte gerade ein arabisches Lied, das die Narben an Ulfberths Händen mit seinen Zähnen in Verbindung brachte, als endlich die Burg des Grafen von Egesrode vor ihnen auftauchte. Sie hatten einen kleinen Umweg genommen, der an der Stadt vorbei auf die Erhöhung zuführte, auf der die nicht besonders große, aber offenbar noch sehr junge Festung thronte.

Salim, der mit Leila ritt, zügelte sein Pferd. »Von hier an solltet ihr allein weiterreiten.«

Robin schüttelte verständnislos den Kopf. »Wir?« Sie maß zweifelnd den Bauernjungen auf dem mageren Braunen zu ihrer Linken. »Meinst du etwa Ulfberth und mich? Aber warum?«

Salim seufzte. »Aus demselben Grunde, aus dem wir nicht mitten durch die Stadt geritten sind, staunendes Kälbchen. Die Augen des Christenvolkes reagieren mit seltsamen Krankheiten auf die Farbe meiner Haut. Sie löst eigenartige Fantasien in ihnen aus, die die Menschen unsinnige Dinge sagen und tun lassen. Wahrscheinlich ersparen wir uns eine Menge Unannehmlichkeiten, wenn dieser Naseweis sich für ein paar Stunden als dein Ehemann ausgibt. Ich betone: ausgibt.«

Der Klang des letzten Wortes war offenbar dazu gedacht, Ulfberth unmissverständlich klarzumachen, dass er sich in dieser Rolle nicht zu wohl fühlen durfte. Käme er Robin zu nahe, würde das unangenehme Folgen für ihn haben. Der Bauernjunge reagierte zwar nicht, aber ein nervöses Zucken in seinen Schläfen deutete darauf hin, dass er Salim sehr gut verstanden hatte.

»Außerdem«, fügte Salim nach einer kurzen Pause, in der es sichtlich hinter Ulfberths Stirn arbeitete, hinzu, »werde ich ihn angemessen dafür entlohnen, dass er uns diesen kleinen Gefallen erweist.«

Ulfberths Miene hellte sich ein wenig auf – zum ersten Mal, seit sie Neudorf verlassen hatten, wenn Robin nichts entgangen war. Er traute sich aber anscheinend nicht, nach einem genauen Betrag zu fragen.

Salim erlöste ihn von seiner Neugier. »Es wird für ein, zwei Schafe reichen. Dein Onkel wird es dir hoch anrechnen, sei gewiss. Aber dafür wirst du alles tun, was Robin von dir verlangt. Du wirst keine Fragen stellen und nach Möglichkeit überhaupt nicht reden. Bis auf die Worte, die mein Weib dir gleich auf dem Weg zur Zugbrücke vorkauen wird, versteht sich.« Ulfberth nickte steif, und Salim legte den Kopf schräg. »Du kannst doch reden, oder?«

»Selbstverständlich kann ich reden«, nuschelte Ulfberth.

»Hervorragend«, lobte Salim. »Und ich dachte schon, du hättest deine Zunge beim Frühstück verschluckt, denn seither habe ich nichts mehr von dir gehört.«

»Doch! Er hat gerülpst!«, wandte Leila ein.

Die Zunge verschluckt … Hinter Robins Stirn klingelte eine Idee, die vielleicht nicht von schlechten Eltern war. Salim hatte recht. Sein exotisches Äußeres würde ihnen den Zutritt zur Burg nicht eben erleichtern. Wahrscheinlich hatte er das schon viel früher bedacht und deshalb den Bauernjungen überhaupt mitgenommen. Aber Ulfberth war auf seine Rolle nicht vorbereitet und so einfach gestrickt, dass er sich wahrscheinlich sogar ohne Absicht mit dem zweiten Wort verplappern würde. Wenn er nicht rechtzeitig seine Zunge verschluckte. Gewissermaßen.

Salim fuhr fort, seinen Plan darzulegen. »Leila und ich

warten irgendwo in der Nähe des Marktes. Wenn wir Glück haben, treffen wir dort auf Kaya und Doran.«

»Ich will mit in die Burg.« Leila sprang vom Pferd, erreichte den festen Boden aber nicht, weil der Wüstenprinz sie geistesgegenwärtig am Kragen packte und behände in den Sattel zurückzog.

»Das geht nicht. Sie würden dir ohnehin keinen Einlass gewähren. Niemand würde glauben, dass du die Tochter dieses ausgebleichten Kameltreibers bist. Du kommst mit mir. Es wird nicht lange dauern; deine Mutter will nur etwas abgeben.«

Leila deutete mit dem Zeigefinger auf einen Punkt östlich der kleinen Festung. Ein vereinzelter Baum ragte auf dem kahlen Streifen zwischen Wehrmauer und Waldrand aus der schneebedeckten Erde. Von ihrem Standpunkt aus wirkte es, als lägen nur ein oder zwei Armlängen zwischen der blattlosen Baumkrone und den Zinnen, aber dieser Eindruck täuschte gewiss.

»Ich kann klettern. Ich möchte die Prinzessinnen und den Schatz sehen. Und den Drachen. Doran sagt, in jeder Burg im Abendland lebt ein Drache unter dem Verlies und frisst jeden, der daraus ausbrechen will. Außer unter dem Castello Orsini in Italien. Den von da hat Doran schon erschlagen.«

»Der, der hier haust, verschlingt außerdem jeden, der versucht, heimlich über die Zinnen zu klettern.« Salim trieb sein Pferd dicht an Robins Hengst und hauchte ihr einen Kuss auf die Lippen, was Leila mit einem Augenrollen quittierte. Ulfberth wandte pikiert den Blick ab. »Bring keine Schande über mich, geliebtes Christenweib. Und mach dir keine Sorgen: Ich habe die Frucht unserer Sünden wohl im Griff.« Um seine Worte zu bekräftigen, klemmte er Leila grinsend in den Schwitzkasten, während er seinem Tier die Sporen gab und auf die Hauptstraße zuritt, die durch die kleine Stadt führte.

Ulfberth blickte den beiden unsicher nach. »Und jetzt?«, fragte er nach einem Moment hilflos.

»Und jetzt verschluckst du deine Zunge, wenn du nicht willst, dass ich sie dir aus dem Hals reiße. Bleib einfach neben mir, und sei still, bis wir die Burg wieder verlassen.«

Die Soldaten an der Zugbrücke begegneten ihnen steif, verhielten sich aber korrekt. Ihre Pferde wurden in die Stallungen geführt. Sie selbst mussten im Innenhof warten, bis Robin es sich nicht mehr verkneifen konnte, vor Kälte auf der Stelle herumzuhüpfen. Sie begann bereits zu befürchten, dass man ihre Tiere verkauft und sie beide hier vergessen hatte. Dann würde sich der Schnee ihrer hart gefrorenen Leichen annehmen, und erst die Frühlingssonne würde sie wieder auftauen.

Endlich – es erschien ihr, als wären Stunden vergangen – wurden sie in den großen Saal des Haupthauses geführt. Ulfberth murmelte mit gesenktem Haupt und heiserer Stimme einen unverständlichen Gruß; Graf Gunther von Egesrode schenkte ihnen weiterhin keine Beachtung. Sie durften ihm für eine unangenehm lange Weile zusehen, wie er sich von zwei blutjungen Mädchen mit den zahlreichen Delikatessen mästen ließ, mit denen die lange Tafel gedeckt war. Trotz der fruchtlosen Jahreszeit, in der es sich fast ausschließlich aus den Vorratskammern zu versorgen galt, türmten sich auf dem Tisch verschiedene Brotsorten, Erbsen, Gries, Hirse, Schmalz, Käse, Milch, Rüben, Eier, Obst und reichlich Fleisch und Fisch. Und der fettleibige Graf ließ es sich hemmungslos schmecken. Mit seinen wulstigen Lippen lutschte er Brei von den Fingern der Frauen. Sein unvollständiges Gebiss riss lustvoll Stücke aus dem saftigen Wildfleisch, die er unzerkaut schluckte. Fett triefte auf seinen langen dunkelblauen Rock, der jede einzelne seiner Speckschwarten unvorteilhaft betonte. Sowohl sein strähniger aschblonder Bart als auch ein Ärmel seines pelzverbrämten Mantels waren mit Soße beschmiert.

Der Anblick des übergewichtigen, gierigen Adligen rief eine tiefe Abscheu in Robin hervor. Falls es den beiden Mädchen, deren mit bunten Bändern geschmückte Haarpracht sie als Jungfrauen auswies, genauso ging, ließen sie es sich nicht anmerken. Das Mädchen zu seiner Rechten wischte ihm dann und wann mit einem feuchten Tuch etwas Fett, Soße oder ein paar Krümel aus dem Gesicht und schenkte Wein nach, als gäbe es keine Magd im Raum. Dabei betrachtete sie den Grafen mit aufmerksamem, nachgiebigem, ja fast mütterlichem Blick. Robins Schätzung nach hätte sie dagegen getrost seine Tochter sein können oder gar sein Enkelkind. Das Mädchen zu seiner Linken amüsierte sich offensichtlich prächtig. Sie kicherte dumm und versuchte ständig, wie versehentlich zu viel nackte Haut zu zeigen. Einmal rutschte ihr Gewand durch eine künstlich ungeschickte Bewegung über den nackten Knöchel, ein anderes Mal gewährte sie zu tiefe Einblicke in ihr Dekolleté, als sie sich zu weit vorbeugte, und schließlich waren es die Trompetenärmel ihres Kleides, die nicht blieben, wohin sie gehörten. Der Anblick der beiden Jungfrauen allein genügte Robin, um sie wissen zu lassen, dass sie es hier mit einem ausgemachten Idioten zu tun hatte. Aber nicht sie, sondern Agnes von Courtenay musste den Grafen von Egesrode mögen. Und zu ihr passte seine dekadente Art. Balduins Mutter hatte lediglich mehr Stil und weniger Appetit.

Gunther von Egesrode rülpste herrschaftlich. Dann

wischte er sich mit dem Ärmel über den Mund und wandte ihnen gnädigerweise doch noch seinen Blick zu. »Sieh an! Ich habe Gäste«, stellte er in einem Ton fest, als hätte er Robin und Ulfberth gerade erst bemerkt. Seine Stimme klang hoch und nicht eben männlich – fast wie die eines Eunuchen. Dann legte er die Stirn kraus. »Ich kann mich überhaupt nicht mehr erinnern, zu irgendetwas geladen zu haben …«

Robin trat tapfer einen Schritt vor, während Ulfberth das Haupt noch tiefer sinken ließ. Wahrscheinlich hatte er noch nie zuvor eine Burg oder ein anderes herrschaftliches Anwesen betreten. Ganz gewiss hatte er noch nie mit jemandem von Rang und Namen gesprochen. Aber das sollte er ja auch nicht.

»Mein Name ist Robin«, stellte sie sich vor. »Und das ist mein Ehemann, Ulf zu Potsch. Er ist Ritter am königlichen Hof von Jerusalem. Wir bringen eine Botschaft.«

Der Graf ließ sich nicht dazu herab, sie auch nur anzusehen. Stattdessen wandte er sich an Ulfberth. »Kerl – hast du deinem Weib nicht beigebracht, dass es nur zu reden hat, wenn man es darum bittet?«

Der Bauernjunge zuckte hilflos die Schultern. »…ch… kn…ncht…spr…chn«, krächzte er.

»Wie bitte? Ich kann dich nicht verstehen.« Der Graf formte seine fleischigen Pranken zu Trichtern, die er an seine rosigen Ohren hielt. Ja, wirklich, ein ausgemachter Idiot, seufzte Robin im Stillen. Sie war froh, dass ihre einzige Aufgabe darin bestand, diesem dicken Mann eine Botschaft zukommen zu lassen.

»Er sagt, er kann nicht sprechen«, erklärte sie ungeachtet der Schelte des Grafen. »Auf unserer Reise hat er sich eine schlimme Erkältung zugezogen, die Schmerzen im Hals hinderten ihn tagelang am Essen. Inzwischen geht es ihm bereits besser, aber seine Stimme hat sich noch nicht erholt.«

Der Graf maß Robin verächtlich. »Und nun schleppt er sein Weib hierher, damit es mir die Speisen vom Tisch schwätzt?«

Herrgott – dieser Kerl konnte doch nicht wirklich so dumm sein, oder? Sie hatte ihm doch gerade gesagt, dass sie eine Botschaft für ihn habe. Außerdem hatte sie auch mit den Wachen darüber gesprochen. Es war nicht ganz einfach gewesen, aber sie hatte so lange darauf bestanden, die Botschaft persönlich zu überbringen, bis die Soldaten nachgegeben und ihr Kommen angekündigt hatten. Was um alles in der Welt versprach König Balduin sich ausgerechnet von diesem Schwachkopf?

Er war ein Kind, als er den Grafen zuletzt zu Gesicht bekommen hat, erklärte Robin sich im Stillen. Und Gunther von Egesrode war ein junger Mann, dem gerade die ersten Stoppeln seines verfilzten, fettigen Vollbartes wuchsen. Vielleicht hatte die Zeit ihn verändert. Vielleicht war es aber auch egal, was Balduin selbst von diesem Mann hielt. Wichtig war schließlich nur, dass er ein Freund von Agnes war – jemand, der hoffentlich seinen Einfluss auf sie würde spielen lassen können. Jemand, der für viel Geld dafür sorgen konnte, dass der Frieden im Heiligen Land noch eine Weile anhielt.

»Wir bringen eine Botschaft aus Jerusalem.« Robin zwang sich zur Geduld. »Ein Schreiben von König Balduin IV.«

»Läuft es so schlecht im Heiligen Land, dass der ehemalige König seine Ritter in Lumpen auf die Reise schicken muss?«, spottete der Graf.

Auf diese Frage war Robin gefasst. »Er hat uns gebeten, uns möglichst unauffällig zu bewegen. Wir sollten kein Aufsehen erregen, denn schließlich bringen wir eine persönliche Kunde.«

»Balduin – der kleine Naseweis!« Robin bemerkte, dass der Graf zwar endlich auf ihre Worte einging, dabei aber unentwegt Ulfberth anstarrte. Dieser hatte anscheinend noch nicht verarbeitet, dass sie ihn soeben in den Ritterstand erhoben hatte – und nun auch noch zu einem persönlichen Vertrauten von Balduin IV. »Als ich ihn das letzte Mal gesehen habe, hat er mir das Salz aus dem Pökelfleisch geschwätzt. Aber was erduldet man nicht alles für eine Frau wie Agnes von Courtenay …«

Er seufzte gekünstelt, aber Robin entging nicht, dass er damit etwas ins Lächerliche zu ziehen versuchte, was er eigentlich nicht zum Lachen fand. Irgendwo hinter der arroganten, genusssüchtigen Fassade musste ein alter, nie verwundener Schmerz stecken. Robin lächelte. Alter Jugendfreund! Von wegen! Dieser Mann war bis über beide Ohren verliebt in Agnes von Courtenay – immer noch.

Der Graf bedeutete einem der Soldaten mit einem Nicken, Robin die Schriftrolle abzunehmen, die sie unter dem Mantel hervorgezogen hatte. Er nahm sie mit spitzen Fingern entgegen und betrachtete sie eine Weile lang versonnen, ohne das Siegel zu erbrechen. »Die Einsicht der Königsmutter kommt spät«, sagte er schließlich gedehnt. »Die Dinge sind nicht mehr so einfach, wie sie es einst waren. Es hätte so leicht sein können für uns. Ich hätte sie zur glücklichsten Frau der Welt gemacht und sie mich zu dem Mann mit der schönsten Frau. Aber sie hat mich verschmäht. Und nun …« Er zuckte die Schultern. »Sie ist verwitwet. Und ist sie nicht auch längst neu verheiratet?

Selbst wenn ich ein verbrauchtes Weib wollte – wie will sie es anstellen? Will sie ihren Mann vergiften oder von den Zinnen stoßen? Oder erwartet sie von mir, dass ich es tue?«

Und Ihr würdet es tun, wenn sie verheiratet wäre, wettete Robin stumm. Laut sagte sie: »Diese Botschaft ist von König Balduin IV. Nicht von Agnes von Courtenay. Es geht ihm sehr schlecht, und ich glaube, das Schreiben enthält eine Bitte an Euch.«

»Balduin, der kleine Naseweis«, wiederholte Gunther von Egesrode. Seine Schultern sackten ein Stück ab, und er ließ die Schriftrolle zwischen seinen halb vollen Teller und eine Käseplatte fallen. »Als ich ihn das letzte Mal gesehen habe, hat er mir das Salz aus dem Pökelfleisch geschwätzt. Ihr könnt gehen.« Er machte eine scheuchende Handbewegung.

»Aber …«, begann Robin. Der dicke Graf hatte die Botschaft doch überhaupt nicht gelesen, geschweige denn eine Antwort verfassen lassen, mit der sie nach Jerusalem zurückkehren konnte!

»Und nehmt Euer geschwätziges Eheweib mit«, fügte der Graf hinzu, während die beiden Soldaten, die an der Tür hinter ihnen zurückgeblieben waren, vortraten und sie an den Oberarmen gepackt im Rückwärtsschritt in Richtung Ausgang zogen.

»…rch …brrrrch …ne …chr …brrrrft …«, krächzte Ulfberth geistesgegenwärtig.

»Was sagt Ihr?« Der Graf bedeutete den Wachen, einen Moment innezuhalten.

»Er sagt, wir brauchen eine Unterkunft«, übersetzte Robin.

Der Graf zuckte die Schultern. »In meiner Burg sind

alle Räumlichkeiten belegt. Aber Ihr werdet gewiss etwas finden. Es gibt ein Gasthaus am Markt. Das kostet nicht viel.«

»Aber man wird uns nicht einlassen. Wir werden von einem Mohammedaner und seinem Kind begleitet. Er soll das Mädchen in das Zisterzienserkloster südlich Eures Lehens bringen, damit es dem rechten Glauben zugeführt wird. Balduin hat Ulf darum gebeten, auf die beiden achtzugeben, bis sie ihr Ziel erreicht haben.«

Der Graf schüttelte verständnislos den Kopf. »Einen Mohammedaner …«, überlegte er laut. »Auf einer Reise, auf der es darum geht, sich möglichst unauffällig fortzubewegen.«

»Auffällig ist immer am unauffälligsten, wenn man etwas zu verbergen hat.«

Der Graf lachte verächtlich. »Balduin war schon immer ein unverbesserlicher Dummkopf. Aber die Welt wird bekanntlich regiert von unverbesserlichen Dummköpfen. Geht. Meine Männer werden Euch Zutritt zum Gasthaus verschaffen.«

Als sie den großen Saal verließen, hörte Robin den Grafen noch immer schwärmen: »Ach, die Gräfin von Courtenay … Vor zwanzig Jahren war sie noch fast so schön wie ihr beiden Hübschen hier.«

Die Mädchen kicherten, und dann schlugen die Soldaten die Tür endgültig zu und trieben Robin und Ulfberth ungeduldig in den Hof zurück. In Robin herrschte eine große Leere. Das Friedensabkommen Balduins und Saladins, das das Heilige Land im Augenblick noch schützte, war der Vergangenheit ein Stück weit näher gerückt.

13. KAPITEL

Das Gasthaus »Zum Obstgarten« war mit Abstand die luxuriöseste Unterkunft, in die Robin seit ihrem Aufbruch aus Jerusalem mit ihrer Familie eingekehrt war. Seinen Namen hatte es dem kleinen Obstgarten zu verdanken, den der Wirt, ein verhältnismäßig junger Mann namens Clemens, hinter dem Haus pflegte. Der Garten war vollkommen zugeschneit, erweckte aber trotzdem – oder vielleicht gerade deswegen – einen geradezu romantischen Eindruck. Ein fröhlich bunt bemalter Pavillon erlaubte es den Gästen, selbst im Winter an einer Feuerstelle zu sitzen und heißen Wein zu genießen, an den Zweigen der Apfel- und Birnbäume flatterten farbenfrohe Stoffbänder, und auch im Inneren hatte Clemens mit wenig Aufwand, aber viel Farbe und Liebe zum Detail etwas geschaffen, worum sich die wenigsten Menschen, die nicht von adligem Blut waren, bemühten: eine warme, wohnliche Atmosphäre. Hier zu speisen wurde für den Reisenden und auch viele besser betuchte Bürger der kleinen Stadt zu einem kleinen geselligen Erlebnis.

Dementsprechend gut besucht war der »Obstgarten« auch. Der Gastwirt verfügte nur über ein einziges freies

Zimmer, bot aber an, ein weiteres für Robin, Salim, Ulfberth und Leila räumen zu lassen, als die beiden Soldaten des Grafen mit der Bitte aufwarteten, die vier Fremden zu beherbergen. Robin wollte nicht, dass irgendjemand ihretwegen im Freien nächtigen musste, weshalb sie nachdrücklich ablehnte und außerdem darauf bestand, den gewöhnlichen Preis für Zimmer und Speisen zu zahlen. Clemens erwies sich jedoch als noch größerer Sturkopf als sie selbst. Fröhlich erklärte er, er fühle sich geehrt, die Gäste des Grafen in seinem Haus empfangen zu dürfen, und es fördere sein Geschäft jedes Mal aufs Neue, wenn Gunther von Egesrode seinen Besuch auf die Straße setze. So etwas locke andere wohlhabende Kunden an, die hofften, in seiner Gaststube Menschen kennenzulernen, mit denen es sich Geschäfte zu machen lohne. Das, so erklärte er, mache die geringfügige Investition um ein Vielfaches wieder wett. Und so steckte Robin ihr Geld am Ende doch wieder ein.

Clemens war ein guter Geschäftsmann und eine sympathische Frohnatur. Seine Sorglosigkeit wirkte geradezu ansteckend, und wahrscheinlich hätten sie der Wachen des Grafen gar nicht bedurft, um in den »Obstgarten« eingelassen zu werden, denn der jugendliche Wirt behandelte Salim und Leila völlig vorurteilsfrei. Während des Abendessens löcherte er sie in der Gaststube vor allen anderen Gästen geschickt mit neugierigen Fragen, die keine negativen Antworten erlaubten. Statt Glaubensdispute vom Zaun zu brechen, erkundigte er sich nach der Vielzahl von Obstsorten und Gewürzen, die die morgenländischen Märkte boten, und lauschte den Antworten neugierig und mit strahlenden Augen. Er wollte wissen, wie groß ein Elefant sei, und Leila demonstrierte es ihm, indem sie sich auf seine Schultern setzen ließ und die Arme in die Luft reckte. Robin lächelte, denn schließlich hatte ihre Tochter auch jetzt noch immer keinen Elefanten gesehen.

Von Robin wollte Clemens alles über die Grabeskirche wissen, und auch Ulfberth fand sein Selbstwertgefühl bald wieder und berichtete von Fischen und Korallen in allen nur erdenklichen Farben, Größen und Formvarianten, obwohl er über das Lehen des Oswald von Wiemke nie um mehr als drei Tagesreisen hinausgekommen war. Die zynischen Fragen und unerwünschten Zwischenrufe, die anfangs von dem einen oder anderen Nachbartisch herübergehallt waren, ließ Clemens entweder diplomatisch im Raum stehen, oder er antwortete mit geschickten Gegenfragen. So brachte er seine Gäste zumeist zum Lachen und hin und wieder sogar zum Nachdenken.

Ein weiterer Vorteil des »Obstgartens« bestand in seinen großen Fenstern, die zum Markt hin gelegen waren. So entging es Robin und Salim nicht, als Doran und Kaya am späten Abend in Egesrode eintrafen. Kaya wirkte sehr mitgenommen. Seine Augen tränten, seine Nase und seine Lippen waren verkrustet, und er sprach fast so heiser wie Ulfberth, als er dem Grafen gegenübergetreten war. Darum legte sich der Hüne nach einem einzigen Becher Tee schlafen. Doran blieb dagegen mit ihnen in der Gaststube und spielte fortan den Alleinunterhalter für alle Anwesenden. Bier und Wein liefen in Strömen die Kehle der zunehmend ausgelassenen Gäste hinunter. Nur Robin fiel es schwer, in die gelöste Stimmung einzufallen. Zwar hatte sie Leila zu Kaya aufs Zimmer gebracht und musste so nicht mehr befürchten, dass die Kleine mit ihrem frechen Mundwerk Unheil provozierte oder von den Betrunkenen etwas geflüstert bekam, was nicht in Kinderohren gehörte.

Dennoch war sie nicht in der Stimmung für Ausgelassenheit. Zu tief saß die Enttäuschung über den Verlauf und die Ergebnisse ihrer Reise, deren Rückweg sie nach einigen Tagen der Ruhe in Angriff nehmen würden. Leila hatte nichts gelernt. Robin fühlte sich ihr nicht näher als an dem Tag, an dem die *Aisha* die Leinen gelöst hatte. Und des armen König Balduins Bitte würde für immer genau das bleiben: eine Bitte, die nie erfüllt werden würde.

Der Graf von Egesrode war kein Jugendfreund seiner Mutter. Vielleicht war er es irgendwann einmal gewesen, aber dann hatte er sich in Agnes von Courtenay verliebt, und sie hatte ihm das Herz gebrochen. Wahrscheinlich wusste Balduin nichts davon. Ganz gewiss hatte er keine Ahnung, in was für einen Schwachkopf der Graf sich in den vergangenen Jahrzehnten verwandelt hatte. Wäre ihr Anliegen nicht so dringend gewesen, hätte Robin vielleicht sogar ein wenig Mitleid mit diesem gebrochenen Mann gehabt, der das Elend, das sein Herz quälte, mit fettigen Speisen und einer möglichst großen Zahl von schönen Frauen zu kurieren suchte. Vielleicht hätte sie ihm gewünscht, dass anstelle all der schönen Frauen endlich einmal eine gute Frau mit einer guten Seele daherkäme, die ihn in den Arm nahm und ihm das Gefühl vermittelte, das Robin allen Auseinandersetzungen mit ihrem Ehemann zum Trotz selbst empfand, wenn sie sich in ruhigen Nächten an Salim schmiegte: das Gefühl, angekommen zu sein. Dort zu sein, wohin sie gehörte, ganz gleich, an welchem Ort sie sich befand.

Aber ihr Anliegen war nun einmal von höchster Dringlichkeit gewesen. Robin konnte nicht fassen, dass der Frieden im Heiligen Land letzten Endes an einem einzigen gebrochenen Herzen scheitern sollte. Aber genau danach sah es aus. Und ein kleiner, überaus verachtenswürdiger Teil ihrer Persönlichkeit wünschte fast, Balduin würde ihre Rückkehr nach Jerusalem nicht mehr erleben. Hauptsache, sie musste ihm nicht berichten, was sich in Egesrode zugetragen hatte.

Salim, Ulfberth und Doran schienen angesichts der ausgelassenen Atmosphäre schlicht zu vergessen, dass sie nach all den Entbehrungen der vergangenen Tage einen toten Punkt erreichen könnten. Robin dagegen verabschiedete sich gegen Mitternacht mutlos und entkräftet mit einem Gähnen und einem matten Lächeln. Nicht einmal Dorans Geschichte vom Trampeltier, das sich in den Harem eines Scheichs verirrt hatte, konnte sie noch zum Lachen bringen. Wenigstens war der junge Assassine wieder da, um Leila zu unterhalten, wenn Ulfberth sie morgen wieder verließ. Mit diesem Gedanken zog sie sich in das großzügige Dreibettzimmer im Erdgeschoss zurück, das Clemens ihnen zugeteilt hatte. Als sie jedoch die Zimmertür öffnete und der eisige Wind ihr eine Wolke frischen Pulverschnees entgegenblies, war sie mit einem Schlag wieder hellwach:

Beide Fensterflügel standen weit offen. Ihre Tochter war verschwunden!

Robin stieß einen Fluch aus, stürmte an das Bett, in dem Kaya ruhte, und riss die wollenen Decken herunter. Hatte sich Leila an den schnarchenden Hünen gekuschelt? Doch Kaya lag allein auf der zerwühlten Schlafstätte und bemerkte nicht einmal, dass sie ihm die Decken genommen hatte. Seine Kleider waren durchgeschwitzt, und ein scharfer Geruch schlug Robin entgegen – offenbar fieberte er stark, und vielleicht hatte er sich auch eingenässt. Aber das war jetzt nicht Robins Problem. Der Gepäckbeutel, den sie vor dem Abendessen unter einer der Schlafstätten verstaut hatte, lugte halb darunter hervor. Er war geöffnet worden. Ein einziger Blick hinein genügte ihr, um festzustellen, dass das Schwert ihres Vaters verschwunden war.

Robin eilte ans Fenster, beugte sich weit vor und suchte die Gasse mit hektischen Blicken ab, während sie nach ihrer Tochter rief. Ihr Herz begann zu rasen. Konnte es sein, dass jemand sie aus ihrem Zimmer geraubt hatte?

Nein. Nur ein einziges Fußpaar hatte seine Abdrücke im frischen Schnee vor dem Fenster hinterlassen. Ein sehr kleines Paar Füße. Es waren Leilas Spuren, die da nach rechts hin in Richtung Markt führten. Sie musste das Schwert aus dem Beutel entwendet und sich heimlich davongemacht haben. Hier in Egesrode, weit weg von zu Hause. Niemand kannte sie hier, aber so ein hübsches kleines Mädchen mit riesigen dunklen Augen und widerspenstigem nachtschwarzem Haar musste einfach Aufmerksamkeit erregen.

Kurz entschlossen schwang Robin sich über das Fensterbrett, um den Spuren zu folgen. Sie führten dicht am Gasthaus vorbei über den Markt – Leila musste sich geduckt haben, um nicht durch die großen Fenster gesehen zu werden – und auf der anderen Seite auf die Hauptstraße. Dort vermischten sie sich mit anderen Abdrücken, sodass Robin eine quälende Weile lang befürchtete, den kleinen Fußspuren bald nicht mehr folgen zu können. Doch dann wichen sie plötzlich von der Straße ab, führten durch eine weitere finstere Seitengasse und nach Osten, aus der Stadt hinaus. Hier hatte Leila sich am Waldrand entlangbewegt. Der frische Schnee reflektierte das helle Mondlicht, sodass es Robin nicht schwerfiel, ihr auf der Fährte zu bleiben, aber ihr Herz raste noch immer, und sie sandte eine Unzahl von Stoßgebeten gen Himmel, dass Leila sich nicht irgendwann durch das Dickicht geschlagen hatte. Dort wäre es ungleich schwieriger, ihre Spur zu erkennen.

Derweil wurde der Schneefall von Minute zu Minute stärker. Sie musste sich beeilen, um sie einzuholen, ehe das pulverige Weiß ihre Spuren glättete.

Als Robin die Burg des Grafen beinahe halb umrundet hatte, vernahm sie das Wiehern eines Pferdes. Sie verharrte. Als sie den Kopf hob, knackte ihr Nacken, der von der Spurensuche am Boden fast steif war, hörbar: Zwei Schlachtrösser standen am Waldrand gegenüber der östlichen Wehrmauer. Ihre Panzerungen glänzten im Licht der Sterne und des Mondes bläulich. Robin hörte fremde Stimmen. Jemand fluchte: »Unter der Esche! Elendig dämlicher Pfaffe! Hier stehen drei Eschen nebeneinander. Eins, zwei, drei …« Der Mann musste sich irgendwo in den Schatten am Waldrand verbergen. Robin konnte ihn von ihrem Standpunkt aus nicht sehen, zog sich aber ebenfalls ein Stück weit in den Schatten zurück.

»Er wird meinen die erste«, erwiderte eine zweite Stimme mit schwerem Akzent. »Lasst uns graben bei dieses *árbol* hier.«

Sein Begleiter schnaubte. »Meint Ihr, ich grabe den halben Wald um, bis ich diese verfluchte Urkunde finde? Los: Geht zur Kastanie, und zählt Eure Schritte. Ich muss es ganz genau wissen.«

»Aber …«

»Beim Großen Baumeister aller Welten – geht!«, schnappte die erste Stimme. Robin fiel auf, dass sie ungewöhnlich dunkel war. »Ich möchte nicht die ganze Nacht hier verbringen. Und ich würde ungern auf die Höfe verzichten, die diese scheinheiligen Pfaffen uns so ganz und gar uneigennützig überschrieben haben, nur weil ein Dos Aguas gerade keine Lust hat, seine Schritte zu zählen.«

»Ganz und gar uneigennützig.« Der Mann mit dem spanischen Akzent lachte, trat aus den Schatten und steuerte auf die Kastanie zu, die ihre Arme nahe der Ostmauer gen Himmel reckte. Robin erkannte nun, dass der Mann eine weiße Fellmütze und einen ebenfalls weißen Waffenrock über seinen warmen Winterkleidern trug, den ein großes rotes Tatzenkreuz zierte. Ein Tempelritter! »Ach, was Ihr denken. Sie tun das alles, um zu gefallen der liebe Gott«, säuselte er. »Damit wir machen *guerra* und befreien Heilige Land von jede, die *pagano* ist. Niemand Euch erzählen, Vulgar zu Bravia? Als ob der Heilige Vater etwas hätte zu verbergen – als wenn *papa* sein erpressbar! Pah! *Infalible!* Sagen die Wort in Deutsch … Unfehlbar! Unfehlbar er sein! Vollkommen un…«

»Hört auf zu quatschen, und geht schneller«, grollte Vulgar. »Ich beginne zu frieren.«

Robin begriff nicht ganz, worüber die beiden Männer redeten. Hatten sie einen Geistlichen erpresst? Auf der anderen Seite hatte sie das sichere Gefühl, dass sie die Einzelheiten überhaupt nicht kennen wollte. Ihr war klar, dass die beiden Ritter schon nach diesen wenigen Sätzen nicht begeistert reagieren würden, wenn sie bemerkten, dass sie belauscht worden waren. Und nicht zuletzt waren ihr die beiden Ritter und ihre Suche nach irgendwelchen Eschen im Augenblick herzlich egal. Wo zum Donner war ihre Tochter?

Robin zog sich ein Stück weiter in das kahle Geäst zurück, während sie Leilas Spuren mit Blicken so weit folgte, wie es die Sichtverhältnisse erlaubten. Sie führten nur noch ein kleines Stück weit am Waldrand entlang. Wenige Schritte von der Stelle entfernt, an der sich der zweite Fremde in den Schatten verbergen musste, machte die Spur plötzlich einen Knick nach links in Richtung Kastanie.

Ich kann klettern!, hallten Leilas Worte im Kopf ihrer Mutter wider. Robin biss sich auf die vor Kälte zitternde Unterlippe, als sie eins und eins zusammenfügte. Leila hatte den ersten unbeobachteten Augenblick abgepasst, um sich auf die Suche nach den Prinzessinnen und dem Drachen zu machen – bewaffnet mit Robins Schwert! Wie konnte sie nur so unglaublich leichtsinnig sein! Wahrscheinlich hatte sie sich an den Baum an der Ostseite zurückerinnert und versucht, von dort aus auf die Zinnen zu gelangen. Das konnte ihr nicht gelingen, weil die Zinnen mehr als eine ganze Mannslänge von den längsten Zweigen der Kastanie entfernt waren. Aber sie würde es ausprobiert haben. Die Spuren, die sie im Schnee hinterlassen hatte, waren kaum verweht und demnach noch sehr frisch. Also, schloss Robin, kauerte Leila in genau diesem Augenblick vermutlich noch immer in der kargen Baumkrone und überlegte wahrscheinlich fieberhaft, wie sie das letzte Stück überwinden sollte.

Und jetzt marschierte der fremde Templer mit dem Geheimnis, das Robin nicht interessierte, geradewegs auf diesen Baum zu, um Schritte zu dem Versteck zu zählen, von dem Robin nichts wissen wollte.

Der zweite Mann trat aus den Schatten. Zwar trug er keinen Umhang, doch der Rest seiner Kleidung und Panzerung ließen darauf schließen, dass auch er dem Orden der Tempelritter angehörte. Auf jeden Fall war er ein Gigant von einem Ritter. Robin schätzte ihn auf über sechs

Fuß groß, und seine Schulterbreite konnte sich getrost mit der Kayas messen. Der Wohlstandsbauch, den er mit kerzengeradem Rücken vor sich hertrug, vermochte den Gesamteindruck von Kraft und Ausdauer nicht zu beeinträchtigen. Sein Bart leuchtete im Halbdunkel der mondbeschienenen Schneelandschaft rot wie Glut und reichte bis auf seine Brust hinab, und sein volles Haar fiel beinahe bis zum Steißbein, obwohl es zu einem dicken Zopf geflochten war. Suchend scharrte der Riese einen Moment mit den Füßen im Schnee. Dann bemerkte er Leilas Fußspuren.

»Dos Aguas! Wartet!«, rief er zu Robins Entsetzen, während er Leilas Fährte zur Kastanie hin aufnahm. »Ich glaube, ich bin heute in gnädiger Stimmung. Ich möchte Euch gern beim Zählen unterstützen. Jeder von uns übernimmt die jeweils zweite Zahl, was haltet Ihr davon?« Er beschleunigte seine Schritte und ließ die Hand unter seinen dicken Pelzmantel gleiten. »Ich nehme die Eins, Ihr die Zwei, ich die Drei, ihr die Vier und ich am Ende …«

Robin schrie auf, als der Riese plötzlich die Rechte unter dem Mantel hervorzog und etwas Kleines, im Mondschein metallisch Glänzendes in die blattlose Krone der Kastanie schleuderte.

»… den Spion, der auf diesem Bäumlein hockt.«

Robin stürmte, ohne nachzudenken, los, und Leila stürzte mit einem Schrei, der Robins Herz in Stücke reißen wollte, aus der Baumkrone. Keiner der beiden Ritter machte sich die Mühe, sie aufzufangen. Ganz im Gegenteil: Der Spanier wich sogar einen halben Schritt zurück, als das Mädchen auf die schneebedeckte Ebene fiel.

Von Robins plötzlichem Auftauchen alarmiert, wirbelte der rothaarige Riese auf dem Absatz herum und zog in der gleichen Bewegung sein Schwert. Robin verlangsamte ihre Schritte trotzdem nicht, sondern stürmte weiter in Leilas Richtung. Der Templer hatte eine Waffe nach ihrem Kind geschleudert – einen Dolch oder ein Messer. Ob er sie getroffen hatte? War sie verletzt? Sie würde ihn töten, wenn er ihre Tochter verwundet hatte! Sie würde sie beide umbringen – Gottes Kinder hin oder her!

Hätte sie in diesem Augenblick auch nur ansatzweise klar denken können, hätte sie gewusst, dass sie nicht die geringste Chance gegen die beiden schwer bewaffneten Männer hatte. Aber das konnte sie nicht. Ihr Herz schlug so laut, dass sie nichts anderes mehr hörte als das dumpfe Klopfen ihres rasenden Pulsschlags und ein Rauschen, das einem ausgewachsenen Wasserfall hätte entstammen können, tatsächlich aber nur das Blut war, das ihr in den Ohren rauschte. Hitze durchströmte ihren durchgefrorenen Körper, während ihre Augen sich weigerten, etwas anderes zu sehen als Leila, die da gekrümmt unter der Kastanie lag. Blut quoll ihr aus der Nase und versickerte im Neuschnee, um dort die Wurzeln des Baumes zu nähren. Der Fremde hatte sie verletzt! Vielleicht hatte er sie sogar getötet, jedenfalls regte sie sich nicht mehr.

Robin war bereit, dem Riesen das Genick mit bloßen Händen zu brechen und mit den Zähnen blutige Fetzen aus seinem Hals zu reißen. Mit einem Schrei warf sie sich ihm entgegen, und ihre Hände griffen im Sprung nach seinem Hals. Kurz bevor sie ihn jedoch erreichte, holte ein heftiger Schlag gegen den Brustkorb sie auf den verschneiten Boden der Tatsachen zurück.

»Noch ein Spion.« Der Gigant schüttelte den Kopf, während Robin hintüberkippte und hart auf den Rücken klatschte. Ihre Hände schnellten noch im Fall an die Brust.

Als sie sie kurz darauf hob und aus schreckgeweiteten Augen betrachtete, haftete allerdings kein Blut daran. Der Ritter hatte mit der Breitseite seines Einhänders zugeschlagen. Vielleicht hatte er ihr eine Rippe gebrochen, denn der stechende Schmerz machte ihr jeden Atemzug zur Qual. Auch das war ihr egal. Sie würde es überleben.

Und solange sie lebte, würde sie um Leila kämpfen.

»Eine Weiberspion«, tönte nun der Spanier. »Eine *mujer.*«

Robin versuchte, aus ihrer liegenden Position auf die Füße zu springen, wie Salim es sie einst in Abbés Kloster gelehrt hatte. Das einzige Ergebnis waren neuerliche, heftige Schmerz in der Brust. Der andere Mann, der offenbar Bravia hieß, rammte ihr den gepanzerten Stiefel in die Rippen und beförderte sie mit Leichtigkeit zurück in den Schnee.

»He! Was geht dort unten vor?«, drang eine männliche Stimme von den Zinnen der Burg zu ihnen herab, während der Riese Robins heftige Gegenwehr damit quittierte, dass er seine Ferse mit gelassener Miene und ohne sichtbare Mühe ein wenig tiefer in ihre Brust drehte. Die Luft wich pfeifend aus ihrer Lunge, und der Schmerz verwandelte den neuerlichen Schrei, der ihr auf den Lippen lag, in ein jämmerliches Ächzen.

»Nur ein paar erbärmliche Diebe!«, antwortete Vulgar zu Bravia, ohne den Blick von Robin abzuwenden, die sich vergeblich unter dem Druck seines fast unterarmlangen Fußes wand. »Ausgehungert und durchgefroren. Richtet dem Grafen von Egesrode aus, er soll seinem Volk gelegentlich die Reste seiner reichhaltigen Mahlzeiten vorwerfen. Auch seine Gesundheit würde es ihm danken.«

Robins Versuch zu protestieren endete in einem kläglichen Keuchen, doch der Soldat, den der Lärm alarmiert hatte, ließ sich zum Glück trotzdem nicht so leicht abwimmeln. Er stieß einen kurzen Pfiff aus, auf welchen hin einige weitere Wächter mit Fackeln auf den Zinnen erschienen. »Ich schicke Euch ein paar Männer zur Hilfe.«

Der Mann kam jedoch nicht dazu, seinen Worten Taten folgen zu lassen, denn Dos Aguas lachte verächtlich auf. Das konnte Bravia nicht auf sich sitzen lassen: »Wollt Ihr uns beleidigen, Kerl? Ihr wollt uns ein paar Männer schicken, die uns dabei helfen, mit einem Weib und einem Kind fertig zu werden?«

»Mit eine Weiberspion!« Dos Aguas kicherte. Robin war sich nicht sicher, ob der Spanier klar bei Verstand und mit einem unglaublich albernen Charakter gestraft oder schlicht betrunken war. Aber sie war alles andere als in der Stimmung, es herauszufinden. Mit den Fingern versuchte sie, Druck auf die empfindliche Stelle unter dem Knöchel des Hünen auszuüben. Doch selbst dort, wo der Stiefel nicht gepanzert war, war das Leder einfach zu dick.

»Zumindest werden wir sie in den Kerker werfen, bis der Graf von Egesrode über ihr Schicksal ent…«, begann der Soldat, doch nun fiel zu Bravia ihm entnervt ins Wort.

»Kümmert Euch um Eure eigenen Angelegenheiten und richtet Eurem Herrn meine Grüße aus!« Seine Worte hallten von den dicken Mauern der Festung wider und schienen die Zweige der Kastanie erzittern zu lassen, obgleich er seine Stimme längst nicht ausreizte. »Mein Name ist Vulgar zu Bravia. Und ich werde ihm die Finger dieses Diebesgesindels mittels eines Boten zukommen lassen, sobald er aus seinem Schönheitsschlaf erwacht. Und nun verschwindet!«

Beim Klang dieses Namens tauschten die Soldaten auf

den Zinnen einige unverständliche, aber aufgeregt klingende Worte und zogen sich tatsächlich eilig zurück. Der kleine Hoffnungsschimmer, den ihr Erscheinen in Robin entfacht hatte, verglühte. Wer auch immer dieser zu Bravia war – sein Ruf schien ihm vorauszueilen. Allem Anschein nach reichte ja allein sein Name aus, um seine Worte zum Gesetz zu gestalten. Lediglich der wortführende Wächter blieb einen Augenblick länger zurück – aber nur, um sich tief zu verneigen und zu versichern, dass er die Kunde wortgetreu zu seinem Herrn tragen würde.

»Kann ich sonst noch etwas ausrichten?«, rief er voller Demut. »Ihr wisst, der Graf ist jederzeit hocherfreut, von Euch zu hören oder Euch auf seiner Burg empfangen zu dürfen.«

»Ja.« Vulgar zu Bravia beugte sich vor, packte Robin am Haar und riss sie abrupt in die Höhe, sodass ihre Beine ein gutes Stück über dem Boden baumelten. »Anette von Hersterwalde – das Mädchen, mit dem er am heutigen Abend gespeist hat. Richtet ihm aus, dass sie in der Tat recht ansehnlich, aber unglaublich dumm ist. Und teilt ihm doch bitte noch mit, er möge seine Wachen auf ihre Eignung überprüfen. Mit scheint, mindestens einer seiner Männer leidet unter einer starken Beeinträchtigung des Gehörs.«

Der Wächter entfernte sich gesenkten Hauptes im Rückwärtsgang, und Robin versuchte nach Leila zu sehen. Doch der Riese hielt sie mit festem Griff am Schopf und nötigte sie, ihm ins Gesicht zu blicken. Ihre Zehenspitzen versuchten vergebens, den Kontakt zum Boden herzustellen, um den Schmerz ihrer Kopfhaut zu lindern. Immerhin hörte sie Leila nun keuchen und spucken. Wahrscheinlich hatte der Schnee ihr Gesicht verklebt, aber sie lebte.

Zu Bravia maß sie aus aufmerksamen hellgrünen Augen,

die Robin an Balduin IV. erinnerten. Was für ein Vergleich! König Balduin war ein guter Mann, die Barmherzigkeit in Person. Dieser Kerl jedoch war ein Barbar. Ein Barbar mit klugen Augen.

»Nun zu dir, Mädchen«, sagte er mit ruhiger Stimme. »Wer schickt euch zwei? Warum belauscht ihr uns?«

»Und was du haben gehört?«, ergänzte Dos Aguas in seinem merkwürdigen Deutsch.

»Nichts … niemand …«, presste Robin mühsam hervor. Ein Windstoß bewegte die Zweige der Kastanie, und Robin sah etwas metallisch glänzen. Der Dolch oder das Messer, das der Riese nach ihrer Tochter geworfen hatte, vermutete sie. Das Messer, an dem vielleicht Leilas Blut haftete …

»Wer auch immer es war – er scheint euch gut bezahlt zu haben.« Vulgars Ton klang fast mitleidig, während er sein Schwert gegen ein weiteres, in seiner gigantischen Pranke lächerlich klein wirkendes Messer eintauschte. »Oder er hat euch nicht die Wahrheit gesagt. Ich persönlich würde mein Leben jedenfalls nicht unter Preis verkaufen.«

»Hast du aber schon!«, erklang Leilas Stimme. »Mein Vater wird dich dafür töten, dass meine Nase blutet!« Sie befand sich noch immer außerhalb von Robins Sichtfeld, klang aber nicht, als wäre sie allzu schwer verletzt. Vielleicht hatte nicht der Dolch, sondern bloß der Schreck Leila aus ihrem Versteck geworfen. Robin hoffte es jedenfalls. Leila musste sich aufgerichtet haben – und jetzt hielt sie vermutlich der spanische Templer in seinem Griff. »Den Letzten, den er bezahlt hat, um mir einen Schrecken einzujagen, hätte er auch fast umgebracht, und wenn mein Vater euch …«

Der Rest ihrer wüsten Drohung erstickte in einem Klatschen. Leila schrie auf. »Du reden, wenn wir fragen, *chica*.« Dos Aguas klang jetzt weder belustigt noch betrunken. Zu Bravia setzte die Klinge des Messers an Robins Kehle, als plötzlich ein weiterer Windstoß die Äste der Kastanie wiegte und die Waffe aus ihren Zweigen fegte.

Robin streckte den Arm aus, um sie aufzufangen. Das war nicht zu Bravias erster Dolch! Es war die Waffe, die Leila aus ihrer Tasche entwendet hatte, um damit gegen den fiktiven Drachen unter der Burg des Grafen anzutreten. Das Schwert ihres Vaters! Sein Griff landete zielsicher in ihrer geöffneten Hand. Hätte Robin noch ein Zeichen benötigt, um bis zum letzten Atemzug zu kämpfen, dann hätte sie es soeben erhalten.

Zu Bravia – für den Bruchteil einer Sekunde abgelenkt – verpasste seine Chance, ihr Leben mit einem einzigen, geschickt gesetzten Kehlenschnitt zu beenden. Robin nutzte diesen winzigen Moment der Unachtsamkeit und schmetterte den Knauf des Schwertes mit aller Macht gegen das Handgelenk ihres Peinigers. Der Dolch entglitt seinen mächtigen Fingern und fiel in den Schnee. Der Riese heulte auf, eher vor Schreck als vor Schmerz, aber das spielte keine Rolle. Auch der Griff in Robins Haar lockerte sich um einen Deut, der ihr genügte, um sich loszureißen. Dass sie dabei ein Haarbüschel einbüßte, das zu Bravias Lederhandschuh aussehen ließ wie einen aus Fell, spürte sie kaum.

Was sie aber sehr wohl spürte, war der Tritt in die Magengegend, mit dem der Riese sie in der nächsten Sekunde außer Reichweite beförderte.

»Du kannst sie nicht besiegen!«, hörte sie Leila triumphieren, während sich Robins Innereien in einen gehärteten Lehmklumpen zu verwandeln schienen. »Sie hat einen Waffenrock und ein Schwert! Sie ist ein Ritter! Sie ...« Ein erneutes Klatschen ließ das Mädchen verstummen. Dos Aguas hatte sie wieder geschlagen.

Er ist der Nächste, schwor sich Robin, während sie das Schwert ihres Vaters zum Angriff hob. Ihr Verstand kam jedoch um die nüchterne Erkenntnis nicht umhin, dass sie gegen Vulgar zu Bravia vollkommen machtlos war. Der Tritt, der sie um eine gute Manneslänge davongeschleudert hatte, hatte den Tempelritter kaum etwas von den immensen Kräften gekostet, die in ihm schlummerten. Er hatte sie mit der gleichen Beiläufigkeit behandelt, mit der er sonst einen aufdringlichen Köter an den Straßenrand beförderte. In seinen Zügen stand nicht etwa Schrecken geschrieben, sondern eine Art mitleidiges Erstaunen, als wunderte er sich darüber, warum Robin es sich bloß so schwer machte.

Aber das hinderte sie nicht daran, sich ihm entgegenzuwerfen.

Der Riese parierte ihren gut gezielten Hieb mit Leichtigkeit. Ihre Klingen kreuzten sich scheppernd. Durch Robins Schwertarm schoss ein Schmerz, der sie glauben ließ, ihre Hand müsse augenblicklich abfallen und ihre Schulter zersplittern. Heiße Tränen brannten in ihren Augen. Allein Leilas Stimme hielt sie davon ab, den Kniefall vor Vulgar zu Bravia zu üben oder wenigstens auf dem Absatz herumzuwirbeln und zu laufen, so schnell ihre Füße sie trugen. Aber sie wusste, dass sie ihre Tochter beschützen musste, auch wenn es sie selbst das Leben kostete.

»Meine Mutter ist Robin von Tronthoff!«, rief Leila, die sich wohl von der Ohrfeige erholt hatte. »Sie ist ein Tempelritter! Meine Mutter ist ein richtiger Tempelritter, nicht so ein Gaukler und Blender und Betrüger wie – uff!«

Aus den Augenwinkeln nahm Robin wahr, wie der Spanier erneut nach ihrer Tochter schlug, die in seinem Griff zappelte. Dieses Mal schlug er sie nicht ins Gesicht, sondern in den Magen. Dazu benutzte er nicht die flache Hand, sondern hatte sie zu einer Faust geballt. »Robin von Tronthoff!«, höhnte er.

Robin ihrerseits parierte in diesem Moment einen Hieb von Dos Aguas' Begleiter. Der Schmerz in ihrem Arm wich einem Gefühl aufkeimender Taubheit, die sie zwang, das Schwert in die linke Hand zu wechseln. Ebenso gut hätte sie es allerdings auch fallen lassen können. Leila hatte unrecht. Ihre Muskeln waren im Laufe der Jahre erschlafft und ihre Reflexe nahezu eingeschlafen. Sie war nicht mehr Robin von Tronthoff, die Templerin, sondern nur noch eine Mutter, die versuchte, ihr Kind zu schützen. Und das würde einfach nicht reichen. Vulgar zu Bravia, das hatte sie längst begriffen, war ihr haushoch überlegen. Selbst in ihren besten Zeiten wäre sie ihm wahrscheinlich nicht gewachsen gewesen. Verdammt – bislang hatte sie nicht einmal geahnt, dass es solch riesige Menschen wie ihn gab!

»Die *mujer* mit die Kleider von Templer.« Dos Aguas kicherte, während Robin einen weiteren Hieb ihres Gegners abwehrte. Sie bemerkte, dass er nur halbherzig zuschlug. Allein deshalb hielt sie ihre Waffe noch. Er spielte bloß mit ihr. Als wollte er sie ein wenig dafür bestrafen, dass sie sich nicht einfach hatte töten lassen. Robin torkelte zwei, drei Schritte zurück und rang auf dem unsicheren Untergrund um ihr Gleichgewicht.

Zwischen den Brauen ihres Gegners bildete sich eine steile Denkfalte, während er ihr nachsetzte und zu einem neuen Schlag ausholte. Dieser war mit voller Wucht ausgeführt und hätte ihr sämtliche Finger der linken Hand gebrochen, hätte sie ihren Griff nicht in der Sekunde des Aufpralls gelöst. Ihr Schwert flog ihr aus den Händen, in einem hohen Bogen schoss es aus ihrem Blickfeld und landete irgendwo weit hinter ihr mit einem dumpfen, endgültig klingenden Geräusch im Schnee. Die Wucht des Aufschlags riss Robin von den Beinen. Mit einem Keuchen landete sie zum dritten Mal binnen kürzester Zeit auf dem Rücken. Zu Bravia riss sein Schwert in die Höhe und ließ es auf Robin herabschnellen. Entsetzt rollte sie sich zur Seite und entging der tödlichen Klinge auf diese Weise buchstäblich um Haaresbreite.

»Was wisst ihr über Robin von Tronthoff?«, donnerte seine dunkle Stimme in Robins Ohren.

Sie keuchte und kämpfte nur mühsam gegen die Panik an. Vulgar zu Bravia hatte noch eine Frage. Das war gut. Es bedeutete, dass er sie vielleicht am Leben lassen würde, bis sie sie ihm beantwortet hatte. Vielleicht hatte er sie mit voller Absicht knapp verfehlt. Am Ende hatte sie doch noch eine Chance, Leila und sich selbst vor dem Zorn des Riesen und seines Gefährten zu bewahren. Diese Männer waren doch Tempelritter, Kreuzritter, Krieger Gottes – ganz gleich, welch düsteres Geheimnis sie hüteten. Und sie, Robin, war einst auch ein Ritter gewesen, eigentlich war sie es noch immer, zumindest offiziell in ihrem anderen Leben. Sie wollte ihm die Antwort geben, die er nicht glauben würde. Ihm ins Gesicht schreien, dass Leila die Wahrheit spreche, zumindest gewissermaßen, und dass er großes Unglück über sich selbst bringe, wenn er nicht sofort – sofort! – von ihrer Tochter und ihr ablasse.

Aber sie konnte es nicht.

Ihr Herz raste wie von wilden Tieren gehetzt, was der

Wirklichkeit gar nicht mal so fern war. Ihre Kehle fühlte sich an wie zugeschnürt, und die kalte Luft, die ihr stoßweise in die Lunge strömte, brannte wie Feuer. Weil sie eben nicht mehr Robin von Tronthoff war. Ihre Sprachlosigkeit war der beste Beweis, den sie sich selbst dafür hätte erbringen können.

Dos Aguas schien das ähnlich zu sehen.

»Nun hören auf mit *pasatiempo* und bringen zu Ende, Vulgar«, forderte er den bärtigen Riesen auf. »Ihr sein kein *bárbaro*. Nicht quälen, nur tun, was muss. Und danach nehmen diese zappelnde *chica* von mir. Es machen mir Peinsam ... Schamlichkeit ... *Vergüenza!* Aber ich nicht wollen töten eine *niña* ...«

Ich schon, sagte zu Bravias verächtlich hochgezogene Braue stumm, aber er kam der Bitte seines Gefährten nicht nach. Stattdessen tat er einen Schritt nach vorn und beförderte Robin mit einem gut gezielten Tritt in die Nieren auf den Bauch. Dann ließ er sich halb neben, halb auf ihr auf die Knie fallen und riss ihren Kopf in den Nacken. Sie hörte ihre Halswirbel leise knacken.

»Raus mit der Sprache. Ich hoffe, du weißt, dass Robin von Tronthoff, dessen Namen ihr beide in Verruf bringt, ein ehrenwerter, höchst einflussreicher Mann ist.« Zu Bravias Lippen waren so dicht an ihrem Ohr, dass ihr sein heißer Atem in den Gehörgang strömte. Sie versuchte, sich gegen sein Gewicht zu stemmen, aber der Templer war einfach zu schwer. »Ein Mann, der es gewiss nicht schätzt, wenn man Lügen über seine Person verbreitet. Nicht dass du gleich noch in der Lage sein wirst, dein angebliches Wissen weiter durch diese Welt zu tragen – dennoch interessiert es mich, woher du es hast.«

»Ich weiß es von Doran!«, erklärte Leila an Robins statt.

»Er hat mir alles erzählt! Meine Mutter ist Robin von Tronthoff! Sie war der Erste Ritter am Hof des Königs von Jerusalem, bis er sie ehrenhaft aus ihren Diensten entlassen hat, damit sie sich in Ruhe um meinen Vater und mich kümmern kann!«

»Robin von Tronthoff, die des Königs Leben in der Schlacht vor Mardsch Ayun gerettet hat?«, fragte der Templer. »Robin von Tronthoff – der Junge, der einst Zuflucht in der Komturei unseres ehrwürdigen Bruders … Verflucht! Nun ist mir der Name entfallen.« Dos Aguas lachte, aber Robin war der lauernde Unterton in zu Bravias Worten nicht entgangen. Er wusste es, stellte sie fest. Sie hatte keine Ahnung, wer es ihm verraten haben könnte. Aber sie war sich sicher, dass der Riese weit mehr über den wahren Kern der Legende, die ihr vorauseilte, wusste, als ihr vielleicht lieb war.

Aber wie viel genau?

Vielleicht alles.

Der Schnee fiel immer dichter, und mittlerweile war selbst Leila, die nur wenige Schritt entfernt stand, kaum mehr zu sehen. Robin setzte alles auf diese eine Karte: »Robin, die in Wirklichkeit ein Mädchen war!« Wenigstens hatte sie ihre Stimme wiedergefunden. »Robin, die an der Seite Bruder Abbés ins Heilige Land zog und …«

»Den König rettete«, seufzte der Templer, doch seine Stimme klang weniger herablassend als zuvor. Vielleicht konnte sie ihn tatsächlich überzeugen! Vielleicht konnte sie irgendwie beweisen, dass sie Robin von Tronthoff war.

Aber wie?

»Ich kann Euch die Narbe zeigen«, flehte sie zu Bravia an. »Die Narbe, die der Bolzen in meiner Brust hinterlassen hat, als ich den Pfeil abfing, der dem König bestimmt war. Mein Waffenrock … Er steckt in meinem Beutel … Und …«

»Du besitzen einen Waffenrock, *mujer*? Du haben gestohlen! Elende kleine *ladrona!* Eine Spionin und eine *ladrona!*«

Zu Bravia schüttelte den Kopf. Robin merkte es daran, dass ihr der lange Zopf, der ihm über die Schulter gerutscht war, ein paarmal ins Gesicht klatschte. Er seufzte. »Ich will dir eine Chance geben, Mädchen. Du beantwortest jede meiner Fragen richtig, und ich erkläre mich bereit, darüber nachzudenken, ob du die Wahrheit sagen könntest. Einverstanden?«

Robin versuchte zu nicken, aber es gelang ihr nicht.

»In Ordnung«, fuhr der Riese dennoch fort. »Zunächst möchte ich von dir den Wahlspruch des Tempelritterordens wissen.«

Das war einfach: »Nos nobis Domine, nos nobis, sed nomini tuo da gloriam«, antwortete Robin. »Nicht uns, o Herr, nicht uns, sondern deinem Namen gib Ehre!«

»Hervorragend«, bestätigte zu Bravia. »Außerdem unseren Schlachtruf, bitte.«

»Au Beauseant!«

»Ihr müsst bei Gott und der Jungfrau Maria schwören und versprechen, dass …?«

»Dass Ihr dem Großmeister des Tempels stets gehorchen werdet«, brachte Robin den Satz fast mechanisch zu Ende. Sie fühlte sich wie ein Schüler, der seinem Lehrer seinen Wissensstand offenbarte. Nur drohten ihr im Falle der Unzufriedenheit dieses Lehrers weit härtere Konsequenzen als eine langatmige Predigt, ein paar Ave-Marias und eine Strafarbeit.

»*Maldito*, Vulgar!«, fluchte Dos Aguas. »Ich beginne

mich zu langweilen.« Diesen einen Satz sprach er in korrektem, fast akzentfreiem Deutsch, was darauf hindeutete, dass er ihn sehr häufig benutzte. Auch das Gähnen, das er seinen Worten nachsetzte und das durch den dichten Vorhang aus Schnee zu ihr herüberdrang, klang geübt.

»Schon gut, schon gut«, lenkte der Riese auf Robins Rücken ein. »Gehen wir also ans Eingemachte: Robin von Tronthoff, so sagst du, ist eine Frau.«

»Ich bin Robin von Tronthoff, und ich bin eine Frau!«

»Und Robin von Tronthoff, der in Wirklichkeit eine Frau ist, hat also ein Kind, ja? Eine Tochter, wenn ich richtig sehe. Ist sie also in den Bund der Ehe getreten? Wenn ja: Wie ist der Name ihres Auserwählten? Und woher stammt er?«

»Mein Ehemann und der Vater meiner Tochter Leila ist Salim, der Sohn des Alten vom Berge. Wir sind auf Masyaf, der Burg meines Schwiegervaters, vermählt worden. Unsere Tochter erblickte das Licht der Welt in der Wüste der Roten Geister«, antwortete Robin. Das entsprach voll und ganz der Wahrheit, konnte ihr aber trotzdem das Genick brechen. Und zwar im wahrsten Sinne des Wortes. Nun würde sich zeigen, was der Templer wirklich über sie wusste. Sie hatte beschlossen, die Wahrheit zu sagen, um sich nicht in einem Lügengeflecht zu verrennen. In dieser Sekunde war sie sich allerdings nicht mehr sicher, ob sie die richtige Entscheidung getroffen hatte.

Vulgar zu Bravia schwieg unangenehm lange. Aus den Augenwinkeln versuchte Robin einen Blick auf das Gesicht des Spaniers zu erhaschen, aber es gelang ihr nicht. Diese Schmerzen! Und dieser verdammte Schnee! Schließlich riss der Hüne ihren Kopf ein schmerzhaftes Stück weiter in den Nacken. »Ich muss gestehen, dein umfassendes

Wissen beeindruckt mich. Aber ich bin noch nicht überzeugt. Sag mir noch eines, Mädchen, und wenn du auch diese Frage richtig beantworten kannst, dann lasse ich dich auf der Stelle gehen. Was ist es für ein mysteriöses Gebrechen, unter dem König Balduin IV. leidet?«

Der Aussatz!, lag es Robin auf der Zunge, doch eher wollte sie sie sich diese abbeißen, als dass sie ihren Freund Balduin verriet. Ein König von Gottes Gnaden, der ehemalige König von Jerusalem, konnte nicht vom Aussatz befallen sein! So etwas durfte es nicht geben!

»Es ist … ich kann es nicht sagen.«

»Dann kann ich dich nicht am Leben lassen«, antwortete Vulgar zu Bravia kühl. »Gebt mir ein Messer, Francisco. Ich möchte ihr nicht das Genick brechen müssen wie ein Barbar.«

Leila kreischte auf, als der Spanier ihm einen Dolch zuwarf, den er trotz der schlechten Sichtverhältnisse geschickt mit einer Hand auffing.

»Die Franzosenkrankheit!«, log Robin panisch. Kalter Stahl berührte ihren Hals an genau der Stelle, an der einst der Waffenmeister Otto angesetzt hatte, um sie zu töten. »Nein, verdammt – es ist der Aussatz! Die Hölle soll mich holen, dafür dass ich es Euch verrate! Aber es ist der Aussatz, der den König, der mein Freund ist, bei lebendigem Leib zerfrisst! Es ist …«

»Der Aussatz«, wiederholte zu Bravia an ihrer Stelle. Mit einer kraftlosen Geste ließ er den Dolch wieder sinken, aber Robin wagte es nicht, aufzuatmen. Noch nicht.

»Niemand weiß von die Aussatz«, staunte der Spanier. »Niemand. Außer der König und sein *medico*.«

»Seine engsten Freunde vielleicht noch. Und du und ich, aber das tut nichts zur Sache.« Der Templer löste endlich sein Knie aus Robins Rückgrat. »Steh auf, Mädchen. Steh auf, die du vielleicht wirklich Robin von Tronthoff bist.«

Ein Seufzer der Erleichterung huschte über Robins Lippen, auch wenn sie noch weit entfernt von wirklicher Entspannung war. Jeder Knochen und jeder Muskel in ihrem Körper schmerzten. So schnell sie konnte, rappelte sie sich auf, um zu Leila zu eilen, doch Vulgar zu Bravia versperrte ihr den Weg mit seiner Leibesfülle.

Robin verharrte. »Ihr ... Ihr glaubt mir doch, oder nicht?« Was, bei allen guten Geistern, wollte er denn jetzt noch von ihr? Sie war Robin, die Templerin, eine lebende Legende, ein Kreuzritter wie er, und nun wusste er es auch! Sie waren Verbündete! Ihr Eid band sie an ihren Orden und damit auch aneinander.

»Ich sagte, ich werde darüber nachdenken. Und ich pflege mein Wort zu halten.« Der Rothaarige nickte knapp in Richtung Waldrand. »Du kannst gehen.«

»Habt Dank.« Robin versuchte, an ihm vorbeizugelangen, doch zu Bravia hielt sie an der Schulter gepackt zurück.

»Von dem Mädchen war nie die Rede. Deine Tochter wird uns begleiten. So können wir sicher sein, dass du nicht ausplauderst, was du heute gehört und gesehen hast. Ich werde deine Behauptungen überprüfen und überdenken, wie mit euch beiden zu verfahren ist. Ihr habt uns belauscht, ganz gleich, wer du bist und mit wie vielen Titeln du dich schmückst.«

»Ich habe überhaupt nichts gehört und erst recht nichts begriffen!«, begehrte Robin auf. Ein bitterer Kloß bildete sich in ihrem Hals, als sie bemerkte, dass sie sich mit ihrer unbeherrschten Zunge gerade selbst der Lüge bezichtigt hatte. Zornig wischte sie sich die dicken Schneeflocken aus dem Gesicht. Dass auch Tränen darunter waren und er es vermutlich sah, störte sie nicht.

Zu Bravia schenkte ihr ein unpassendes Lächeln. »Geh! Wir werden deinem Kind nichts zuleide tun. Ich komme zu dir, sobald ich zu einem Entschluss gelangt bin.«

Robin schüttelte den Kopf. Das konnte er doch nicht von ihr verlangen! Das durfte er ihr einfach nicht antun! Sie war sich nicht sicher, was schlimmer war: an Ort und Stelle mit ihrer Tochter zu sterben oder tatenlos zuzusehen, wie diese beiden herzlosen Barbaren mit ihrem kleinen Mädchen ins Ungewisse ritten.

Dos Aguas stieß einen kurzen Pfiff aus, und die beiden Pferde, die am Waldrand zurückgeblieben waren, trabten gehorsam wie Hunde herbei. Der Spanier saß auf, ohne Leila loszulassen, und lud sie wie ein Gepäckstück vor sich auf den Sattel. Auch Vulgar zu Bravia schwang sich auf den Rücken seines Pferdes. Vollkommen überrumpelt stolperte Robin einen Moment zwischen den beiden Tieren umher und wirbelte schließlich auf dem Absatz herum, als die beiden Männer ihren Pferden ohne ein weiteres Wort die Sporen gaben.

Das Schwert!, dachte sie verzweifelt. Sie brauchte das Schwert ihres Vaters, um den Rittern damit zu folgen und sie erneut im Kampf zu stellen. Sie war Robin von Tronthoff, einst Erster Ritter am Hofe des Königs! Mit diesem Bewusstsein würde sie den nächsten Kampf gewinnen, ganz ohne Zweifel!

Aber der Schnee, der unablässig und immer dichter vom Himmel fiel, hatte ihre Waffe geschluckt, während sie der Befragung des Riesen ausgesetzt gewesen war. So sehr sie sich auch anstrengte, sie konnte ihr Schwert einfach nirgends mehr entdecken – und je länger sie suchte, desto größer wurde der Abstand zwischen ihr und ihrer Tochter. Also gab Robin es auf und setzte den Reitern waffenlos nach, die – zumindest den Spuren nach zu urteilen – ihre Tiere in gemächlichem Schritttempo am Waldrand entlangtrieben. Robin rannte, und bald darauf hatte sie den Abstand wieder so weit verringert, dass sie sie trotz des Schneefalls sehen konnte. Da zerschnitt plötzlich ein Surren die eisige Luft unweit der Templer, und etwas Kleines blitzte silbern und golden im Mondlicht auf und schnellte auf Dos Aguas zu. Mit einem hässlichen schmatzenden Laut grub es sich tief in den Oberarm des Spaniers. Robin schloss zu den beiden Templern auf. Jetzt konnte sie erkennen, dass der Schaft eines Messers aus dem Arm des Spaniers ragte, dessen Ärmel sich sogleich mit Blut zu tränken begann.

Salims Messer! Der Sarazene war ihren Spuren gefolgt. Er hatte sie gefunden und war nun hier, um Leila und sie vor den Barbaren zu retten!

Zu Bravia zog sein Schwert, als sich ein schlanker Schatten aus dem Dunkel des Waldes löste und mit der Eleganz und Schnelligkeit einer Wildkatze auf die beiden Ritter zusprang. Dos Aguas riss das Messer aus seinem Oberarm und schleuderte die blutige Waffe zurück.

Salims Sprung verwandelte sich abrupt in einen Sturz, weil sich die Klinge durch die Muskeln seiner Bauchdecke grub. Die Pferde der beiden Ritter trampelten einfach über seinen gekrümmt am Boden liegenden Leib hinweg. Sogar über das dumpfe Stampfen der Hufe im Schnee und das Kreischen ihrer Tochter hinweg hörte Robin, wie mehrere seiner Knochen brachen. Entsetzt rief sie seinen Namen, während sie sich neben ihm auf die Knie fallen ließ.

Die Tempelritter rammten ihren Pferden die Fersen in die Seiten und verschwanden mit ihrem schreienden Kind in der Dunkelheit. Robins Schreie hingegen verhallten ungehört in der Nacht.

Salim regte sich nicht mehr.

14. KAPITEL

Robins erster Reflex war es, die Pferde zu holen und den flüchtenden Entführern zu folgen. Jedoch hatte sich der heftige Schneefall inzwischen zu einem Schneesturm ausgewachsen, der alle Spuren im Nu verwischte. Außerdem war Salim natürlich nicht in der Verfassung dazu. Zwar kam er schließlich wieder zu sich und konnte aus eigener Kraft gehen, aber es ging nur mühsam voran, zumal der Wind ihnen stetig kaltes Nass ins Gesicht peitschte.

Als sie das Gasthaus »Zum Obstgarten« nach einer gefühlten Ewigkeit erreichten, ließ ihr Anblick auch den letzten Hauch von Fröhlichkeit aus Clemens' Zügen verschwinden. »Bei allen Heiligen!«, entfuhr es dem Wirt, als Salim sich auf Robins Schultern gestützt in die Schankstube schleppte. »Was ist mit Euch passiert?«

Es behagte Robin nicht, dass er sie beide so sah. Das würde unweigerlich zu einer Menge unangenehmer Fragen führen, von denen Robin nicht wusste, ob sie sie ihm unbedingt beantworten sollte. Der einzige andere Weg in ihr Zimmer führte jedoch über das Fensterbrett, und das hätte für Salim schlimme Qualen bedeutet, denn das Messer steckte noch immer in seinem Bauch. Sie hatte es nicht gewagt, es in der Kälte und Dunkelheit – und vor allem ohne sauberes Verbandszeug – herauszuziehen. Die Hufe der Schlachtrösser, die über ihn hinweggetrampelt waren, hatten Salim außerdem mindestens zwei Mittelhandknochen und mehrere Rippen gebrochen. Aber er lebte. Und er bestand darauf, dass alles schlimmer aussah, als es in Wirklichkeit war, und dass sie sich um ihn keine Sorgen machen müsse. Natürlich glaubte ihm Robin kein Wort.

Doran und Ulfberth waren die letzten Gäste in der Schankstube. Als sie Robin und Salim erblickten, endete ihr fröhliches Geplauder abrupt. Doran sprang so plötzlich auf, dass sein Hocker umstürzte und über die Dielen polterte.

»Was ist Euch widerfahren?« Er riss sein schmales, rasiermesserscharfes Schwert aus der Scheide. »Wo seid Ihr gewesen, und was ist geschehen? Wer hat das getan?«

Clemens ließ den Lappen fallen, mit dem er die Spuren des feuchtfröhlichen Abends von den Tischen gewischt hatte. Er hob Dorans Hocker auf und schob ihn Salim zu, der sich mit einem Seufzen darauffallen ließ.

»Leila …«, brachte Robin mit erstickter Stimme hervor. »Sie haben Leila geraubt …«

»Sie? Wer sind sie?« Doran stürmte zur Tür, verharrte auf der Schwelle und suchte den Marktplatz dahinter mit Blicken ab.

»Die …« Robin zögerte. Vielleicht war es nicht richtig, Ulfberth und Clemens einzuweihen. Selbst wenn sie ihnen vertrauen konnte, setzte sie sie möglicherweise unnötiger Gefahr aus, wenn sie sie zu Mitwissern machte. Doch Salim war schwer verletzt, auch wenn er es nicht zugeben wollte. Kaya fieberte in ihrem Zimmer vor sich hin, und allein konnte sie, wie sie schmerzlich erfahren hatte, gegen die beiden Ritter nichts ausrichten – selbst dann nicht, wenn sie gewusst hätte, wo sie nach ihnen suchen sollte. Robin war auf jede Hilfe angewiesen, die sie bekommen konnte. Sie musste es ihnen sagen.

»Die Templer.«

Selbst in ihren eigenen Ohren klang ihre Stimme noch immer, als kniete der Riese auf ihr. Ihre Rippen schmerzten entsetzlich. Aber sie hatte keine Zeit, sich selbst zu bedauern. Die fremden Ritter hatten ihre Tochter gestohlen! Sie musste Leila finden und sie befreien, jetzt, sofort und um jeden Preis! Doch schließlich war es ihr Körper, der sie nach dem langen Ritt, dem Kampf mit dem Ritter und all der Sorge, die sie ertragen musste, in ihre Grenzen wies. Sie konnte nur beschämend schwach aufbegehren, als Clemens sie sanft auf einen Schemel hinabdrückte, ihr eine Decke um die zitternden Schultern legte und Ulfberth bat, saubere Tücher und eine große Schale Wasser zu holen. Als Nächstes wandte er sich Salims Verletzungen zu. Besorgt betrachtete er den Schaft, der aus dem Leib des Sarazenen ragte; dann winkte er Doran heran: »Du wirst ihn festhalten müssen.«

Während sie sich mit vereinten Kräften um Salim kümmerten, wandte sich Clemens über die Schulter an Robin. »Ihr berichtet uns derweil, was passiert ist. Ihr seid meine Gäste, und ich fühle mich verpflichtet, für Euch zu sorgen, so gut ich kann.«

Und Robin erzählte. Erst stockend, dann immer erregter, berichtete sie, was sich vor den Mauern der Burg abgespielt hatte. Sie dachte nicht mehr darüber nach, ob sie Clemens vertrauen konnte oder nicht. Es war ihr auch egal, ob es ihm schaden konnte, wenn sie ihn in ihre Probleme hineinzog. Die Worte sprudelten nur so aus ihr hervor, und die Tränen strömten in Sturzbächen aus ihren Augen. Es fiel ihr schwer, die Befragung durch den Hünen und damit das Geheimnis um ihre wahre Identität für sich zu behalten, doch das konnte sie wirklich nicht preisgeben. Und das musste sie auch nicht. Wenn Clemens ihr nicht glaubte, dass zu Bravia sie hatte gehen lassen, weil es ihm widerstrebte, eine Frau und ein Kind zu töten, dann hatte er genug Respekt vor ihr, um es sich nicht anmerken zu lassen.

Überhaupt unterbrach er sie nicht ein einziges Mal, sondern hörte aufmerksam und schweigend zu. Dabei versorgte er Salim, so gut er konnte. Robin wagte es nicht, ihren Mann direkt anzusehen, während der Wirt das Messer entfernte, das tief in Salims Bauch steckte. Der Wüstenprinz gab während der grausamen Prozedur nicht einen Mucks von sich. Er war unglaublich tapfer – nur so kannte Robin ihn. Trotzdem wusste sie, dass er große Schmerzen litt. Und bei alledem hatte er auch noch sein Kind, seine kleine kratzbürstige Prinzessin, verloren.

Als sie ihren Bericht beendete und sich ihm wieder zuwandte, hatte Salim alle Kleider oberhalb der Gürtellinie abgelegt und war dabei, die klaffende Wunde mit zusammengebissenen Zähnen selbst zu reinigen. Clemens reichte ihm lange Stoffbahnen, die er zwischenzeitlich aus sauberen Tüchern gerissen hatte.

»Vulgar zu Bravia«, wiederholte der Wirt nachdenklich, während er sich aufrichtete und hinter der Theke verschwand, um vier Becher mit dampfendem Tee aus einer Kanne über dem Herdfeuer zu füllen.

»Ihr kennt den Mann?« Robin konnte ihre Aufregung nicht unterdrücken. Sie sprang auf und eilte an den Tresen. »Wer ist er? Wo kann ich ihn finden?«

Clemens hob bedauernd die schmalen Schultern. »Ich weiß nicht, wo Ihr ihn finden könnt. Aber ich kann Euch sagen, dass niemand in dieser Stadt Euch verraten wird, wo er ist. Zu Bravia ist …« Er suchte nach den richtigen Worten. »Wie ein Geist. Zumeist sogar ein guter. Die Menschen hier lieben ihn, aber sie fürchten ihn auch. Er kommt selten, und er kommt immer unverhofft. Meistens bewirkt er Gutes, und er ist immer sehr großzügig. Wenn er einen Kaufmann besucht, lässt er in aller Regel so viel Geld dort, dass dieser sich für die nächsten Monate um nichts mehr zu sorgen braucht.« Clemens schob Robin einen Becher über den Tresen zu. »Aber er kann auch grausam sein. Einmal stieß er auf einen jungen Dieb. Konstantin war ein Bengel von gerade dreizehn Lenzen. Er war der jüngste Sohn der Müllerin. Der Teufel muss ihn geritten haben, dass er den Versuch wagte, Vulgar zu Bravia seines Geldbeutels zu berauben. Er schlich sich von hinten an den Templer an und versuchte, ihm den Beutel mit einem Messer vom Gürtel zu lösen. Vulgar zu Bravia fuhr herum und schlug ihm die Hand mit dem Schwert ab. Sie hielt den Beutel noch immer fest umklammert, als sie über das Pflaster kullerte, und der Templer nahm beides mit. Gott allein weiß, was er mit den Fingern des Kindes angestellt hat. Es geschah gleich hier auf dem Markt vor meiner Tür. Ich habe alles mit ansehen müssen.«

»Aber er hatte kein Recht, über den Dieb zu urteilen und dieses Urteil gleich noch selbst zu vollstrecken.« Doran runzelte die Stirn. »Selbst in einem barbarischen Land wie diesem gelten Gesetze, die von jedem eingehalten werden müssen. Auch von einem Tempelritter!«

Clemens schüttelte den Kopf. »Aber nicht von Vulgar zu Bravia.« Sein Blick wirkte abwesend, während er weitersprach. Es war, als reiste er durch die Zeit zu jenem Tag zurück, an dem der Junge Konstantin den größten Fehler seines Lebens beging. »Die alte Müllerin sprach beim Grafen von Egesrode vor, doch dieser hörte die Zeugen des Vorfalls nicht einmal an. Auch mich nicht. Stattdessen hielt er der Müllerin vor, ihre Kinder nicht den rechten Gebrauch ihrer Werkzeuge zu lehren. Und Konstantin hatte so viel Blut verloren, dass der Herrgott ihn nach wenigen Tagen zu sich nahm.« Clemens kehrte wieder in die Gegenwart zurück und blickte Robin direkt ins Gesicht. »Ich weiß, ich hätte mich an eine höhere Autorität wenden müssen – am besten an den Erzbischof.«

Robin kam es vor, als wollte er sich bei ihnen, aber auch bei sich selbst für ein unverzeihliches Versäumnis entschuldigen. Sie hatte längst begriffen, was Clemens ihr mit seiner Geschichte mitteilen wollte: Von den Einwohnern der kleinen Stadt war vermutlich keine Unterstützung zu erwarten. Sie konnte es sich sparen, die Menschen im Ort zu befragen. Und eigentlich hatte sie keine Zeit, sich die langatmigen Erläuterungen des jungen Wirtes anzuhören. Aber sie spürte, dass es Clemens wichtig war, diese Dinge endlich loszuwerden und seine Reue kundzutun. Darum unterbrach sie ihn nicht. Im Gegensatz zu allen anderen in dieser Grafschaft war Clemens offenbar bereit, ihr mit all seinen Möglichkeiten zu helfen. Einen Moment lang zuzuhören war das Mindeste, was sie im Gegenzug für ihn tun konnte – sosehr es sie auch quälte.

Der Wirt fuhr fort. »Nachdem die Müllerin mit dem Grafen gesprochen hatte, erschienen mehrere seiner Soldaten in meiner Schankstube. Sie machten sich über das Ungeschick des jungen Konstantin lustig – so laut, dass ich es auf keinen Fall überhören konnte. Über das Unglück mit der Sichel. Keiner von ihnen ließ auch nur den geringsten Zweifel daran, dass er selbst Zeuge des tragischen Unfalls gewesen war. Ich begriff die Botschaft, die sie mir brachten. Jeder in Egesrode kennt diese Botschaft: Leg dich nicht mit Vulgar zu Bravia an. Genieße seine Almosen, fürchte seinen Zorn, und vergiss, dass du ihn jemals gesehen hast.«

»Dann brauchen wir auf die Hilfe des Grafen nicht zu hoffen.« Salim sprach leise und undeutlich. Robin erkannte, dass es ihm schwerfiel, die Zähne auch nur einen kurzen Moment lang nicht zusammenzubeißen. Dabei war er inzwischen damit fertig, die Wunde in seinem Bauch zu reinigen, und hatte sich mit Dorans Hilfe einen sorgsam gewickelten Druckverband angelegt.

»Nein«, bestätigte Clemens. Er brachte den Mohammedanern zwei Teebecher und betrachtete den Verband, der sich schon jetzt mit neuem Blut tränkte, voller Sorge. »Es gibt einen Medikus in der Stadt. Sein Haus befindet sich links neben dem des Sattlers. Ich kann ihn holen.« Aber Robin wusste, dass Salim den abendländischen Heilmethoden nicht über den Weg traute. Zugegeben, im Vergleich zu dem, was die Ärzte in seiner Heimat zu vollbringen vermochten, waren sie hierzulande wirklich Stümper. Vermutlich würde der Medikus ihn zuerst einmal zur Ader lassen, damit er gleich noch mehr Blut verlor.

Wie erwartet schüttelte Salim entschieden den Kopf. »Ich benötige bloß eine Nadel und eine dünne, stabile Schnur. Ich werde die Wunde selbst nähen.«

Robin wusste, dass er das konnte – und dabei durfte er sich als Moslem vorher nicht einmal mit Alkohol betäuben. Hinzu kam, dass er nur die rechte Hand zur Verfügung hatte, weil in der linken die Mittelhandknochen gebrochen waren. Ja, dachte Robin, Salim war stark, zäh und tapfer. Dennoch wurde ihr allein bei der Vorstellung an die Prozedur übel. Schnell lenkte sie das Gespräch zurück auf den Tempelritter: »Mindestens vier der Wächter haben beobachtet, wie zu Bravia mich töten wollte. Als er seinen Namen nannte, vergaßen sie das Gesetz und verschwanden gesenkten Hauptes von den Zinnen. Hätte er ihnen stattdessen aufgetragen, sämtliche Kleider abzulegen und singend hinunterzuspringen, hätten sie auch das getan.«

»Haben die beiden Templer eigentlich gefunden, was sie unter den Bäumen gesucht haben?«, fragte Clemens nachdenklich.

»Dieses Schreiben?« Über den Schmerz, den Kummer und die Aufregung der vergangenen Stunden hatte Robin den Ursprung des Übels fast vergessen. Jetzt, da sie der Wirt darauf aufmerksam machte, schämte sie sich ein bisschen dafür. »Nein, das haben sie nicht«, antwortete sie, während sie aufsprang und sich aus der dicken Decke befreite. »Und darum werde ich es jetzt tun.«

Mit zwei Schritten war sie beim Ausgang, aber Clemens verstellte ihr den Weg. »Ihr geht nicht in durchnässten Kleidern«, sagte er in einem Tonfall, der keinen Widerspruch duldete. »Und schon gar nicht allein.«

Robin maß ihn zornig: »Ich glaube nicht, dass Ihr in der Position seid, das für mich zu entscheiden. Wir haben keine Zeit zu verlieren. Mit jeder Sekunde, die wir untätig hier herumsitzen, verschleppen diese Verbrecher meine Tochter einen Schritt weiter. Vielleicht gibt uns der Brief einen Hinweis darauf, wo wir sie finden können.«

Clemens nickte. »Alles, was Ihr sagt, ist richtig. Aber Ihr werdet Eurer Tochter keine Hilfe mehr sein, wenn Ihr mit rasselnder Lunge Euer Lager durchschwitzt und apathisch an die Decke starrt wie Euer massiger Gefährte. Er weigert sich übrigens auch, die Dienste unseres Medikus in Anspruch zu nehmen.«

»Ich … Doran … einer von uns wird sich um Kaya kümmern«, gab Robin ungehalten zurück. Doch dann bemerkte sie Salims tadelnden Blick. Offenbar war er zu schwach, um sich einzumischen, aber seine Miene zeigte ihr, dass er eindeutig auf Clemens' Seite war. Robin presste die Lippen aufeinander. Im Stillen musste sie zugeben, dass auch ihr Verstand dem jungen Wirt beipflichtete. Kaya war vollkommen außer Gefecht. Es konnte Tage, wenn nicht sogar Wochen dauern, bis er wieder voll belastbar war. Salim würde zumindest diese Nacht benötigen, um die klaffende Wunde in seinem Bauch anständig zu vernähen, die Knochen in seiner linken Hand zu schienen und etwas zu Kräften zu kommen. Wann er wieder würde kämpfen können, stand in den Sternen. Sie selbst war ebenfalls recht angeschlagen. Und Ulfberth, der die größten Schlachten seines bisherigen Lebens wahrscheinlich betrunken in einer Dorfkaschemme bestritten hatte, vermochte vermutlich nicht einmal einen Apfel zu entkernen, ohne ein paar Finger dabei einzubüßen. Einzig Doran war noch völlig unversehrt, aber selbst er war erschöpft von der Reise. Immerhin hatte er das letzte Stück davon zu Fuß zurückgelegt, nachdem das Fieber Kaya überwältigt hatte. Wenn Robin sich nun eine ähnlich schlimme Erkältung zuzog wie ihr ungeliebter Leibwächter, konnte Clemens den »Obstgarten« morgen früh zum Sanatorium erklären.

Robin bereute, dass sie die vier anderen Assassinen nicht mehr dabeihatten. Es war Salim und ihr wichtig und richtig erschienen, sich um Hilfe für Kapitän Atilla al-Amari und seine Mannschaft zu kümmern. Schließlich war es Leilas Schuld gewesen, dass man sie des Diebstahls eines Fischerbootes bezichtigte, und damit waren Salim und sie in Robins Augen verantwortlich. Nun aber wünschte Robin sich, sie könnte diese Entscheidung rückgängig machen. Jeder einzelne Mann des Alten vom Berge – und sogar der Alte selbst – wären ihr in dieser Situation ein Geschenk des Himmels gewesen. Wir dumm von ihr, dass die Assassinen sich nun um diesen widerwärtigen Kapitän der *Aisha* kümmerten und nicht um das Schicksal ihrer Tochter!

»Also gut«, gab sie sich geschlagen. »Ich ziehe mich um. Dann wird mich Doran zur Burg begleiten. Wir suchen nur nach dem Schreiben und kehren damit hierher zurück.«

Sie machte auf dem Absatz kehrt, und Clemens atmete erleichtert auf. »Wenn Ihr wollt, begleite auch ich Euch«, bot er sich an. »Ihr könnt mir vertrauen. Und Ihr hättet mir auch gleich sagen können, dass das Mädchen Eure Tochter ist und Ulfberth nicht Euer Mann.«

Robin verharrte mitten im Schritt und blickte schuldbewusst zu Clemens zurück. Erst jetzt fiel ihr wieder ein, unter welch haarsträubendem Lügengestrick sie sich ihm am frühen Abend vorgestellt hatten.

Clemens lächelte nachgiebig. »Den Ritter ohne Furcht und Tadel habe ich dem Bauernlümmel ohnehin nicht abgenommen. Elefanten haben übrigens keine fünf Zehen an jedem Fuß.« Ulfberth blickte beschämt zu Boden. »Aber wenn ich Euch helfen soll, müsst Ihr mir versprechen, fortan ehrlich zu mir zu sein«, fügte Clemens hinzu. »Einverstanden?«

Robin nickte. »Einverstanden.« Sie mochte Clemens, wünschte ihm ein friedvolles, unkompliziertes Leben in seinem »Obstgarten« und hoffte deshalb, dass er keine Fragen stellen würde, die sie ihm nicht wahrheitsgemäß beantworten konnte.

»Danke.« Der Wirt nahm seinen warmen Mantel von einem Haken neben der Tür und wandte sich Salim zu. »Bis sie fertig ist, bin ich wieder zurück. Ich klopfe nur schnell den Medikus aus dem Bett. Der alte Schluckspecht schuldet mir noch etwas. Keine Angst – ich besorge Euch nur eine Nadel und einen geeigneten Faden.«

Kurz darauf stand Robin mit Doran erneut zu Füßen der Burg unter den Eschen. Zu Bravia hätte es sich sparen können, Dos Aguas zur Kastanie zurückzuschicken, damit er seine Schritte zählte, denn der Spanier hatte recht gehabt: Das Schreiben lag tatsächlich unter der ersten der drei Eschen am Waldrand vergraben. Robin und Doran bemerkten schnell, dass die Erde unter der dicken Schneedecke an einer Stelle nur locker aufgeschüttet war. So mussten sie nicht lange graben, um zu finden, was geheim zu halten den Templern so wichtig gewesen war. Es war schon eine Ironie des Schicksals, dass sie es im Eifer des Gefechts einfach vergessen hatten.

Hätte der Riese doch bloß auf seinen Kumpanen gehört, dachte Robin bitter bei sich. Dann wäre ihnen all dieses Elend erspart geblieben. Sie hätte einfach abgewartet, bis die beiden zwielichtigen Gestalten ihr verdammtes Geheimnis irgendwohin getragen hätten, wo sie nicht mehr damit in Berührung kam. Dann hätte sie Leila aus der Kastanie gepflückt, ihr nach allen Regeln der Kunst das Fell über die Ohren gezogen und sie klammheimlich an Salim vorbei ins Bett zurückgeschleust. Vielleicht hätte sie Salim auch von Leilas Ausbruch unterrichtet – das wäre davon abhängig gewesen, auf wie viel Gehör sie selbst bei ihrer Tochter gestoßen wäre.

Aber zu Bravia hatte nicht auf den Spanier gehört und damit diese schreckliche Situation heraufbeschworen. Das Schlimmste, was einer Mutter widerfahren konnte, das wurde Robin spätestens in diesen Stunden klar, war nicht etwa, mit einem anstrengenden Kind wie Leila geschlagen zu sein, sondern ihr Kind einfach genommen zu bekommen. Neun Monate hatte sie Leila unter ihrem Herzen getragen und die sanften Tritte der winzigen Füße gegen ihre Bauchdecke gespürt. Bei der Geburt hätte Robin beinahe ihr Leben verloren, und seither war dieser kleine faszinierende Mensch fünf Jahre lang praktisch ihr einziger Lebensinhalt gewesen. Sie hatte jeden einzelnen Tag (und nur zu oft auch die Nächte) nach Leilas Launen und Gelüsten ausgerichtet. Und nun war ihre Tochter einfach nicht mehr da. Ihr Kind war von einer Sekunde auf die andere von zwei grausamen Männern geraubt und verschleppt worden, die sich mit Geld nahezu alles kaufen konnten und sich den Rest mit Gewalt holten. Robin fühlte sich, als wäre sie eines Körperteiles beraubt worden. Sie könnte es zwar überleben, aber das widerstrebte ihr so sehr, dass sie es eben doch nicht konnte. Ja, sie würde sich Leila zurückholen – und die Monstren, die sie ihr gestohlen hatten, für jedes Haar, das sie ihr krümmten, zehntausendfach büßen lassen.

Doran und Robin beeilten sich, die in gelbes Wachstuch eingewickelte Lederrolle aus dem Versteck zu graben, und ritten dann so schnell wie möglich zurück in die Stadt. Es konnte nicht allzu lange dauern, bis den Templern ihr Versäumnis auffiel und einer von ihnen kam, um das mysteriöse Schreiben zu holen. Robin und Doran hatten darüber nachgedacht, auf den Mann zu warten und zu versuchen, sich an seine Fersen zu heften, aber sie mussten einsehen, dass dies ein Ding der Unmöglichkeit war. Robin hatte die hervorragenden Schlachtrösser der beiden Templer gesehen. Selbst dann, wenn sie nicht einmal trabten, wäre es – zumal im frischen Schnee – unmöglich, ihnen zu Fuß zu folgen. Auf ihren eigenen Pferden würden sie dagegen sofort auffallen und in einen offenen Kampf geraten oder nicht mithalten können. Beides konnte Leila das Leben kosten. Und so blieben Robin nur zwei Möglichkeiten. Sie konnte abwarten und hoffen, dass der Riese sein Wort hielt und sich mit ihr in Verbindung setzte, sobald er zu einem Entschluss gelangt war. Oder sie konnte versuchen herauszufinden, wo die Templer sich aufhielten, um ihre Tochter dann in einer Nacht-und-Nebel-Aktion zu befreien. Auf zu Bravia würde sie sich aber ganz bestimmt nicht verlassen. Außerdem hätte sie es einfach nicht ertragen, tatenlos herumzusitzen, während die Barbaren Leila weiß Gott etwas antaten. Deshalb hatte sie sich längst für die zweite Möglichkeit entschieden.

Mit jedem Moment, in dem sie zu Stillstand und Sprachlosigkeit genötigt war, schien ein Stück ihres Herzens zu verbrennen. Sie fürchtete sich regelrecht davor, irgendwann die Augen schließen und zwei oder drei Stunden ruhen zu müssen, während Leilas Schicksal noch immer ungewiss war. Schlafen ohne Leila … Allein die Vorstellung trieb Robin erneut die Tränen in die Augen.

Der Absender des Schreibens, so erinnerte sie sich an die Worte, die der Rothaarige und der Spanier miteinander gewechselt hatten, musste ein Kleriker sein. Den konnten sie und Salim leicht in einen finsteren Winkel verschleppen und notfalls so lange schütteln, bis er ihnen alles vor die Füße spie, was er über die beiden Ritter wusste. Robin konnte es kaum erwarten, den »Obstgarten« endlich zu erreichen und das geheimnisvolle Schreiben zu lesen, denn aus Angst, der Schnee könnte eine wichtige Zeile verwischen, wagte sie es nicht, ihrer brennenden Neugier nachzugeben und es noch auf dem Rückweg aus der Rolle zu reißen, die es vor Schmutz und Nässe schützte.

Doch auch als sie das Wirtshaus endlich erreicht und die Pferde im angrenzenden Stall untergebracht hatten, musste Robin sich noch gedulden. Was sie im Gasthaus erwartete, erinnerte sie nämlich tatsächlich stark an ein Sanatorium. Salim hatte den Verband wieder abgelegt und sich an einer Wand auf den Boden sinken lassen. Ein Stapel sauberer Tücher bildete eine Insel in einem See blutgetränkter Lappen, neben denen schmierig rotes Wasser in einer Tonschale dampfte. Clemens kniete vor dem Sarazenen. Er versuchte, Salims Stichwunde, deren Größe sich zwischenzeitlich mindestens verdoppelt hatte, mit zwei Fingern der einen Hand zuzukneifen. In der anderen hielt er ein feuchtes Tuch, mit dem er das Blut auffing, das unablässig aus der Wunde quoll. Salims sonst bronzefarbene Haut war kaum noch dunkler als die des strohblonden Gastwirts, und sein Blick wirkte glasig und abwesend. Mit geradezu absurd ruhiger Hand schob er die fast fingerlange Nadel, die der Medikus ihnen überlassen hatte, durch sein eigenes Fleisch, als nähte er an einer gebratenen Schweinekeule herum.

Zu allem Überfluss hatte Kaya sein Lager verlassen und lag nun in gekrümmter Haltung auf dem nackten, kalten Boden der Schankstube. Weiter war er nicht gekommen.

»Er faselte irgendetwas von alles fressenden Wüstenrosen und einem Skorpion auf dem Busen seiner Mutter, ehe er zusammenbrach«, erklärte Ulfberth hilflos. Er war neben dem Hünen auf die Knie gesunken und tupfte mit einem Tuch den Schweiß ab, der in dicken Tropfen über dessen Stirn rann. »Ich habe versucht, ihn in das Zimmer zurückzubringen, aber er ist einfach zu schwer.«

Robin beachtete weder Ulfberth noch Kaya, sondern eilte zu Salim. »Ist es … so schlimm, wie es aussieht?«, brachte sie stockend hervor, während sie die Wunde zum ersten Mal aus der Nähe betrachtete. Erst jetzt begann sie das wahre Ausmaß der Verletzung, die der tapfere Sarazene so heruntergespielt hatte, zu verstehen.

»Vielleicht sogar schlimmer«, antwortete Clemens. »Die Wunde ist ein gutes Stück weiter aufgerissen, nachdem er den blutigen Verband entfernt hat. Und es blutet so stark, dass ich mir nicht sicher bin, ob die Klinge nicht doch irgendein wichtiges Organ beschädigt hat.«

»Alle Organe sind wichtig«, belehrte Salim ihn, ohne von der Näharbeit an seinem Fleisch abzulassen. »Sonst brauchten wir sie nicht, und Allah hätte sie uns nicht geschenkt.« Er versuchte selbstsicher, fast schon überheblich zu klingen, aber Robin entging das leichte Zittern in seiner leisen Stimme nicht. »Es ist alles halb so wild«, behauptete er, wenngleich Robin wusste, dass er log. Es bedurfte weit mehr als einer halb so wilden Verletzung, um die Stimme des Sohnes des Alten vom Berge zu brechen. »Es ist nur ein Schnitt in das Fleisch, von dem ich noch reichlich besitze. Am Dünndarm vorbei und bis kurz vor die linke Niere, wenn ich euch beide damit beruhigen kann.«

»Hast du reingeguckt, oder woher weißt du das so genau?«, fragte Robin. »Ich finde, wir sollten den Medikus doch noch holen. Ich kann dafür bezahlen.«

Clemens zuckte nur hilflos die Schultern. Schließlich hatte er buchstäblich alle Hände voll zu tun.

Salim schob die Nadel zum vierten oder fünften Mal in seinen Bauch. »Überhaupt kein Arzt ist meist gesünder als ein schlechter Arzt. Der Mensch besitzt ungefähr drei Klafter Darm, und wenn die Klinge die Niere dahinter beschädigt hätte, wäre ich schon tot. Also sorge dich nicht um mich. Tränk lieber Tücher in lauwarmes Wasser, und wickle sie um Kayas Waden. Wechsle sie alle zehn Minuten aus. Das wird sein Fieber senken. Und kümmere dich darum, dass er so viel wie möglich trinkt.« Er wandte sich an Clemens. »Könnt Ihr irgendwo schwarzen Rettich erstehen?«

»Rettich?« Clemens war verwirrt. »Bestimmt. Warum?«

»Halbiert ihn und höhlt ihn aus. Füllt beide Seiten mit Honig, und lasst das Ganze einen Tag lang stehen«, erklärte Salim, während er zwei weitere Stiche setzte. »Gebt Kaya dreimal am Tag einen Esslöffel davon. Aber achtet darauf, dass das Gemisch kühl steht.« Er lächelte schwach. »Das dürfte hierzulande ohnehin nicht allzu schwierig sein.«

Dass er die ganze Zeit von Kaya redete, während Robin fürchtete, dass er vor ihren Augen verbluten könnte, drohte sie in den Wahnsinn zu treiben. Aber sie wusste nur zu gut, warum Salim sich verhielt, als kaute er sich bloß einen Fingernagel ab: Er ließ seine Gedanken lieber um andere als um seine eigene schreckliche Verletzung kreisen, um sich von den großen Schmerzen abzulenken, die er erleiden musste. Also wechselte sie das schmutzige Wasser in der Schale wortlos gegen frisches aus dem Kessel über dem Herdfeuer und setzte dann dazu an, Clemens beim Abwischen des dickflüssigen Blutes zur Hand zu gehen. Aber Salim schüttelte abwehrend den Kopf. »Unser guter Geist hier macht das alles ganz hervorragend. Erzähl du mir lieber, was mit dem mysteriösen Schreiben ist. Habt ihr es gefunden?«

Robin zog es unter ihrem Mantel hervor.

»Dann lies es vor«, bat Salim.

Robin entrollte das säuberlich beschriftete Pergament. »Es trägt das Siegel des Fürsten von Werden.« Sie überflog die dicht an dicht gedrängten Zeilen stirnrunzelnd. »Heribert I., Wahlabt von Werden, überlässt dem gottesfürchtigen Ehrenmann Vulgar zu Bravia vom Orden der Tempelritter seinen zinspflichtigen Mann Dietmar sowie dessen Brüder Michael, Konrad, Olaf, Friedhelm und Gozwin.«

»Das ist sehr großzügig«, stellte Clemens fest. »Dietmar und Gozwin betreiben eine Pferdezucht etwas weiter im Osten. Man kennt sie weit über die Grenzen ihrer Grafschaft hinaus.«

»Als Zeugen werden genannt – zunächst kein Geringerer als Gottfried von Spitzenberg, Bischof von Regensburg«, fuhr Rob fort. »Außerdem der Abt des Marienklosters in Gundelchoven, der Schenk Siegfried …« Sie seufzte und schüttelte betrübt den Kopf. »Und so weiter, und so fort. Jede Menge wichtiger Leute. Aber das bringt uns alles nicht weiter. Dass dieser Vulgar zu Bravia eine Menge einflussreicher Leute kennt, wussten wir schon vorher. Und es ist mir völlig gleichgültig, wie er es schafft, sie zu steuern. Alles, was ich will, ist, Leila zurückzubekommen.«

Salim hatte den letzten Stich gesetzt und kappte den restlichen Faden mit dem Dolch, den Clemens für ihn von verkrustetem Blut befreit hatte. »Es sind mindestens zehn Tagesreisen bis nach Werden«, stellte er fest. »Wenn das Wetter so bleibt, sogar noch weit mehr. Und wenn wir uns mit dem Fürsten von Werden anlegen wollen …« Er schloss die Augen und lehnte sich erschöpft gegen die weiß getünchte Wand, zu der sein Gesicht kaum noch einen Kontrast bildete. »Eher können wir versuchen, den Grafen von Egesrode zu befragen – auch wenn es sich als äußerst schwierig und gefährlich erweisen sollte.«

»Aber es ist auch nicht unmöglich!« Doran war fast so tatenhungrig wie Robin selbst. »Du hast wohl vergessen, wer wir sind, Salim! Wir sind Schattenkrieger! Ich werde es wagen. Ich erklimme die Mauern der Burg und schleiche mich an seine Bettstatt. Ich werde ihn …«

»*Ich* bin ein Schattenkrieger«, fiel Salim dem Assassinen ins Wort, ohne die Augen zu öffnen. »Du bist ein Idiot. Prahlst hier vor zwei fremden Männern damit herum, ein Assassine zu sein. Dabei wissen wir beide, dass du nur in den Diensten meines Vaters stehst, weil er dich als halb verdurstetes Waisenkind vor seinen Toren gefunden hat. Wenn dir nicht immerfort seine Nachsicht und sein Mitgefühl gewiss gewesen wären, hättest du es nie so weit gebracht. Du würdest nicht einmal den Versuch überleben, über die Mauern zu gelangen. Also schlag dir das schnellstmöglich aus dem Kopf, du Schwachkopf.«

»Macht Euch keine Sorgen um Euer Geheimnis. Ich werde schweigen wie ein Grab«, versprach Clemens ehrfürchtig. »Und Ulfberth ist ein Bauernlümmel, dem niemand glauben wird. Er weiß ja nicht einmal, wie viele Zehen die Elefanten haben, die er angeblich gesehen hat.«

Doran ließ die Schultern hängen und schaute gekränkt in eine andere Richtung. Was Salim in seiner Wut und Hilflosigkeit über die Vergangenheit des gesprächigen Assassinen gesagt hatte, war auch Robin neu. Immerhin erklärte das Dorans Hang dazu, Heldengeschichten über sich selbst und seine angebliche Familie zu erfinden. Vermutlich schämte er sich für die Wahrheit und erfand sich darum einfach eine neue. Doch Dorans Probleme waren im Augenblick nichts gegen ihre eigenen. Seine Seele musste warten.

»Was Salim damit meint, ist, dass wir es nicht riskieren können, dass einer von uns verhaftet wird oder gar sein Leben verliert«, entschuldigte sie Salims verbalen Fausthieb darum nur. »Wir sind nur noch zu viert.«

»Wir hätten niemals ohne Zeki, Ümit, Sabri und Fahrettin aus Bremen aufbrechen dürfen.« Doran sprach aus, was Robin in den letzten Stunden nur zu oft gedacht hatte. »Aber es hat auch keinen Sinn, sich auf eine fast zweiwöchige Reise zum Fürsten von Werden zu begeben, um es am Ende bei einem Mann zu versuchen, der sogar noch besser bewacht wird als Graf Gunther. Noch dazu, wo einer von uns krank und einer schwer verletzt ist.«

Robin erwartete, dass Salim protestierte. Der Sarazene hob jedoch nur ein Augenlid und maß Doran mit einem Blick, der vermutlich verächtlich sein sollte, letztlich aber nur schrecklich schwach wirkte.

Clemens legte die Stirn in Falten und bückte sich nach dem Wachstuch, das Robin einfach neben all den blutigen Lappen an Salims Seite hatte fallen lassen. Er hob es mit spitzen Fingern auf. »Das müsst Ihr vielleicht auch nicht. Mir scheint, dieses Schreiben hat auf seiner Reise eine Rast eingelegt. Und zwar dort, wo man mit Tuch wie diesem um sich zu werfen vermag.«

Robin wurde hellhörig. »Und was wollt Ihr uns damit sagen?«

»Dieses Tuch …« Clemens hielt es ihr hin. »Es wird seit einigen Jahren im Kloster der Zisterzienser in Mariental bei Helmonstede hergestellt. Aber weil die gottesfürchtigen Brüder es nur zu horrenden Preisen verkaufen, kann es sich kaum jemand leisten. Der Bote hat das Schreiben zum Schutz vor Feuchtigkeit und Schmutz darin eingewickelt. Jeder normale Mensch hätte ein weniger kostbares Material gewählt.«

Robin nahm das gelbe Wachstuch an sich und betastete die wasserabweisende Oberfläche nachdenklich. »Also hat der Überbringer der Urkunde das Kloster vermutlich besucht. Wahrscheinlich stammt er sogar von dort und misst dem Stoff keinen allzu großen Wert zu, weil er ihn Tag für Tag selbst herstellt. Wie weit ist es bis nach Helmonstede?«

»Etwa viereinhalb Tagesreisen«, antwortete Clemens. »Wenn man nicht rastet.«

Sie nickte. »Ist es ein großes Kloster?«

»Nein. Es ist noch recht jung. Wie könnte es auch anders sein?«

Robin erinnerte sich daran, was Bruder Leon ihr einst im Katharinenkloster erzählt hatte. Erst Bernhard von Clairvaux war es gelungen, seinem Orden so viel Zulauf zu verschaffen, dass ihnen der Name der Zisterzienser nun, Jahrzehnte nach seiner Zeit, überhaupt ein Begriff war. Darum nannte der Volksmund sie auch die Bernhardiner. Sie schämte sich ein wenig für ihre dumme Frage.

»Dann sollten wir den Versuch wagen«, entschied sie. »Salim?«

Der Sarazene reagierte nicht. Robin tastete besorgt nach seiner Stirn. Sie war eiskalt. Mit zitternden Fingern hob sie seine Lider an und erkannte erleichtert, dass die Pupillen darunter hektisch umherhüpften. Er hatte nur das Bewusstsein verloren.

»Ich würde mich wirklich wohler fühlen, wenn der Medikus einen Blick auf ihn werfen würde«, versuchte Clemens es erneut.

Robin wartete mit einer endgültigen Entscheidung, bis sie die frische Naht an seinem Bauch eingehend betrachtet hatte, entschied sich dann aber dagegen. Salim hatte wirklich gute Arbeit geleistet, und die Wunde blutete nicht mehr. Ein Arzt, der ihn für viel Geld zur Ader ließ, ein paar Gebete dazu sprach und irgendein Wundermittel auf die frische Wunde kleisterte, würde ihm nur zusätzlichen Schaden zufügen.

»Lasst ihn uns ins Zimmer tragen. Er braucht nur ein wenig Ruhe. Sobald er erwacht, wird es ihm wieder viel besser gehen. Ulfberth – du kehrst morgen nach Neudorf zurück. Ich möchte nicht, dass du dich in Gefahr begibst. Ich danke dir für alles, was du für uns getan hast, aber ich glaube nicht, dass du uns jetzt noch helfen kannst. Richte deinem Großonkel beste Grüße und meinen Dank dafür aus, dass er dich mit uns hat reisen lassen.« Dann wandte sie sich an Clemens. »Doran und ich brechen morgen früh nach Helmonstede auf. Ob Salim uns begleiten kann, werden wir dann entscheiden. Vielleicht muss er zusammen mit Kaya zurückbleiben. Ich werde jemanden finden, der sich um die beiden kümmert. Natürlich werde ich für alles aufkommen.«

Clemens maß den bewusstlosen Sarazenen mit zweifelnder Miene, widersprach aber nicht. Stattdessen bedeutete er Doran und Ulfberth, Salim unter den Schultern zu packen, während er ihm die Arme in die Kniebeugen hakte. Auf diese Weise transportierten sie ihn vorsichtig in das Zimmer. Robin folgte ihnen.

Anschließend schleppten die Männer Kaya auf die gleiche Weise herein. »Nimm das Kamel aus meiner Tasche …«, murmelte der Riese im Fieber, als sie ihn auf dem schmalen Bett ablegten. Dann stöhnte er kurz auf und fiel wieder in tiefen Schlaf. Seine Lunge rasselte hörbar. Robin begann jetzt doch, sich ernsthaft um ihren ungeliebten Leibwächter zu sorgen, weil sie sich aber um Salim kümmern musste, überließ sie es Doran, nasse Tücher um die Waden seines Gefährten zu wickeln. Vorsichtig legte sie ihrem schlafenden Ehemann neue warme Kleider an, denn das Feuer im Kamin der Schankstube reichte bei Weitem nicht aus, um auch die Gästezimmer zu beheizen. Dann ließ sie sich neben ihm nieder und wachte an seinem Bett. Sie durfte jetzt nicht der Erschöpfung nachgeben, die sie zu übermannen drohte.

15. KAPITEL

»Ihr müsst verschwinden!«

Robin hatte nicht bemerkt, dass sie allen guten Vorsätzen zum Trotz eingeschlafen war, und verspürte zuerst nur ein schlechtes Gewissen, als die Stimme sie aus dem Schlaf riss. Sie kauerte noch immer auf der Bettkante, ihre linke Hand ruhte auf Salims Brust. Und so war ihre erste Reaktion nicht etwa, sich zu der Person umzudrehen, die sie aufgeschreckt hatte, sondern sich mit rasendem Herzen zu vergewissern, dass sich der Brustkorb unter der Decke noch immer gleichmäßig hob und senkte.

Natürlich tat er das. Es war nur eine Fleischwunde – das hatte Salim ihr doch erklärt. Nur ein Messerstich, der heftig geblutet hatte, ihm aber keinen dauerhaften Schaden zufügen würde …

Nach dem ersten Schrecken kehrten die Bilder zurück. Robin hatte geträumt. Seit Leilas Geburt war es erst das zweite Mal, dass sie von einem so wirren Traum heimgesucht worden war wie damals, als ihr die Kuhgöttin im Schlaf von dem Kind erzählt hatte, das sie unter dem Herzen trug. Aber es war das zweite Mal binnen weniger Monate. Und zum zweiten Mal hatte sie nicht die geringste

Ahnung, welche Botschaft ihr der Traum mit auf den Weg zu geben versuchte. Trotzdem wurde sie das sichere Gefühl nicht los, dass seine verschlüsselte Kunde von großer Wichtigkeit war. Obwohl sie die Bilder von Heiligen und heidnischen Götzen, von römischen Legionären, Bauern, Ziegenhirten und vertrauten Menschen, die sie liebte oder hasste, schätzte oder verachtete, noch immer nahezu ungetrübt vor ihrem inneren Auge zu betrachten vermochte, wurde sie einfach nicht schlau aus ihnen. Es gab keinen Zusammenhang, keinen roten Faden. Und schon gar keine sinnvolle Verbindung zu ihrer Situation.

»Bitte!«, drängte Clemens, der an der Zimmertür stehen geblieben war. »Doran und Ulfberth satteln bereits Eure Pferde. Verzeiht, dass ich sie eigenmächtig in den Stall befohlen habe, aber Ihr könnt wirklich nicht bleiben.« Es war ihm deutlich anzusehen, dass es ihm nicht behagte, seine Gäste des Hauses verweisen zu müssen. »Nicht in meinem Gasthaus und auch sonst nirgendwo in dieser Stadt.« In seiner Stimme schwang das Gesuch um eine Entschuldigung mit. Etwas Schlimmes musste geschehen sein, denn Clemens war kein Mann, der seine Hilfsbereitschaft und seine Gastfreundschaft vom misstrauischen Geschwätz voreingenommener Dorfbewohner und Stadtmenschen abhängig machte. Vielleicht war zu Bravia zurückgekehrt!

Robin sprang alarmiert auf und tastete instinktiv nach dem Schwert, das sie seit Jahren nicht mehr am Gürtel trug. Vielleicht würde es nun verschwunden bleiben, bis in Tagen, Wochen oder Monaten die Schneeschmelze einsetzte. Erst jetzt wurde ihr wieder in vollem Umfang bewusst, wie dramatisch ihre Situation wirklich war. Sie hatte gestern gute Gründe gehabt, sich vorzunehmen, nicht einzuschlafen. Was stand sie also hier herum und grübelte über einen wirren Traum nach? Die einzige Botschaft bestand wahrscheinlich ohnehin darin, dass sie allmählich den Verstand verlor. Und das wusste sie auch so.

»Was ist passiert?« Sie nahm das Schwert ihres fiebernden Leibwächters an sich und versuchte einen Blick über Clemens' Schulter hinweg in die Schankstube zu erhaschen. Der Wirt hob abwehrend die Hand, trat gänzlich ein und schloss die Tür hinter sich.

»Dort ist niemand. Nur ein paar Durchreisende aus den anderen Zimmern, die ein spätes Frühstück genießen«, beantwortete er ihre unausgesprochene Frage. »Und eine Magd, die ein paar Besorgungen auf dem Wochenmarkt zu erledigen hat. Sie war so freundlich, mich mit ein paar wichtigen Auskünften zu versorgen. Es sind fremde Soldaten auf der Burg; Soldaten aus Bremen. Sie suchen nach Euch.«

Ein Fluch, der ihr mehrere Wochen Fegefeuer sicherte, huschte über Robins Lippen. Er galt nicht allein den Soldaten aus der Hafenstadt, sondern auch dem Umstand, dass sie so lange geschlafen hatte, dass andere längst ihr Frühstück verzehrt hatten oder sich zum Wochenmarkt begaben. Ihre kleine Tochter bangte in einem finsteren Loch um ihr Leben oder war vielleicht schon tot! Sie wandte sich von dem Gastwirt ab und weckte Salim, indem sie ihn weit weniger sanft als seiner Verletzung angemessen an der Schulter rüttelte. »Wach auf!«

Die Lider des Sarazenen hoben sich flatternd.

»Wir brechen sofort auf.«

»Ihr habt mir verschwiegen, dass die Soldaten des Bischofs nach Euch suchen.« Clemens' Tonfall war gleichermaßen vorwurfsvoll wie enttäuscht. Dennoch machte er sich sogleich unaufgefordert daran, Robin beim Packen ihrer Habseligkeiten zur Hand zu gehen.

Robin hielt einen Moment in ihrem Tun inne, maß ihn nachdenklich, tat dann aber eine hilflose Geste und zog das letzte Gepäckstück unter Kayas Schlafstätte hervor. »Da ist so vieles, was wir Euch nicht gesagt haben. Weil es eben manchmal besser ist, etwas nicht zu wissen. Viele Menschen, die mir wichtig waren, haben ihr Leben gelassen, weil sie zu viel wussten. Gestern habe ich meine Tochter verloren, weil ich etwas erfahren habe, was mich nicht im Geringsten interessiert, geschweige denn betrifft. Versteht Ihr das?«

Clemens zuckte nachdenklich die Schultern, während Salim sich mühsam aufrichtete. Bei aller Tapferkeit konnte er sich ein leises Stöhnen nicht verkneifen. Seine Knie zitterten, und seine Finger tasteten unwillkürlich nach der Wunde in seinem Bauch, aber er bemühte sich um eine aufrechte Haltung. Er war schon in schlechterer Verfassung geritten. Sobald sie konnten, würden sie eine Rast einlegen, aber es würde gehen. Kaya hingegen sah heute noch schlechter aus als gestern, als er auf dem kalten Boden der Schankstube gelegen hatte.

»Wir können ihn nicht mitnehmen«, stellte Robin fest. »Er kann nicht reiten. Das Fieber hat ihn fest im Griff.«

»Habt Ihr ein Verbrechen begangen?« Clemens hatte Robins Antwort eine kurze Weile auf sich wirken lassen und offenkundig beschlossen, sich nicht so einfach damit zufriedenzugeben. »Ihr müsst mir nicht erzählen, was geschehen ist. Dazu bleibt jetzt ohnehin keine Zeit. Bitte antwortet mir nur mit Ja oder Nein: Habt Ihr ein Verbrechen begangen?«

Robin schüttelte den Kopf. »Nein«, antwortete sie. »Es

war ein Missverständnis, das sich bald klären wird. Wir hatten nur keine große Lust, die Zeit bis zur Klärung in einem feuchten Verlies in Bremen zu verbringen. Versteht Ihr das?«

Die Züge des Gastwirts entspannten sich. »Gewiss«, erwiderte er. »Ich wünsche Euch alles Gute und würde mich freuen, Euch bald wieder willkommen heißen zu dürfen, sobald die Missverständnisse aus der Welt geräumt sind. Natürlich mit Eurer bezaubernden Tochter. Ich bin mir sicher, dass …«

»Pst!«, fiel Salim ihm alarmiert ins Wort. Clemens verstummte, und der Schattenkrieger spitzte seine geschulten Ohren. Auch Robin horchte auf, vernahm jedoch nichts außer dem Gerede der Gäste im Schankraum, das dumpf zu ihnen hindurchdrang, sowie die übliche Geräuschkulisse des erwachenden Marktes. Salim jedoch hörte mehr. »Pferde«, sagte er nach einem Moment. »Mindestens vier gute Tiere. Sie nähern sich dem Markt von der Burg her über die Hauptstraße.«

Clemens nickte. »Ich hätte nicht so schnell mit ihnen gerechnet, aber das müssen die Soldaten des Bischofs sein. Ihr werdet durch das Fenster steigen müssen. Beeilt Euch!«

Robin zögerte. Ihr Blick fiel auf Kaya, der bleich und in Schweiß gebadet in seinen Kissen ruhte. Seine Lider flatterten leicht, was erkennen ließ, dass die Pupillen darunter einen regen Tanz vollführten. Er atmete flach und unregelmäßig, doch jeder Lufthauch, der seine Lunge erreichte, zelebrierte seine Ankunft mit einem lauten Rasseln. Seine Lippen waren aufgeplatzt und seine Nase verkrustet.

»Kennen sie Eure Gesichter?«, fragte Clemens.

»Ja. Oder halt, nein«, verbesserte Robin sich. »Unsere

schon. Aber Kaya dürften sie nicht kennen. Er hat den Wasserweg von Bord des Schiffes gewählt, ehe jemand ihn sehen konnte. Darum ist er nun so krank.«

»Dann lasst ihn zurück.« Clemens' Ungeduld war deutlich. »Ich werde mir eine Geschichte einfallen lassen, die die Verbindung zwischen Euch und ihm kappt. Macht Euch keine Sorgen, ich kann die Soldaten dazu bewegen, ihn in Frieden zu lassen. Er kann Euch wirklich nicht begleiten. Ich bin mir nicht einmal sicher, dass er selbst dann, wenn er unbehelligt liegen bleiben kann, überleben wird.«

Robin verharrte noch einen Augenblick unschlüssig vor Kayas Bett, wandte sich dann aber mit einem Ruck von ihm ab. Clemens hatte recht: Im Moment gab es nichts, was sie für ihn tun konnten. Sie würde für ihn beten.

Die Reiter hatten den Markt nun fast erreicht, sodass auch Robin sie nicht mehr überhören konnte. Salim stieß das zur Gasse hin gelegene Fenster auf, und Robin wuchtete das Gepäck hindurch, sprang aber nicht gleich ins Freie. Stattdessen löste sie den ledernen Beutel von ihrem Gürtel, in dem gut die Hälfte ihrer Reisekasse steckte.

»Ihr habt viel für uns getan, Clemens.« Sie drückte ihm den Geldbeutel in die Hand. Salim sog scharf die Luft zwischen den Zähnen hindurch, aber Robin schenkte seinem Protest keine Beachtung. Sie war entschlossen, einem guten Menschen zu geben, was er verdiente – wenigstens zum Teil, denn was Clemens wirklich verdiente, passte nicht in einen Geldbeutel. Es gab viel zu wenige Menschen unter diesem Firmament wie den jungen Wirt. »Bitte nehmt das als Lohn für Eure Mühen.«

Spätestens heute Abend würde sie Salim von ihrem Handel mit Emmanuel erzählen müssen – und davon, dass sie schon die ganze Zeit über praktisch ihre gesamte

Existenz in ein Kissen eingenäht mit sich herumschleppte. Aber das war es ihr wert. Diese Welt wäre einfach eine bessere, wenn mehr Menschen, die es sich leisten konnten, andere dafür belohnten, dass reine Herzen in ihnen schlugen.

Clemens versuchte ihr den Geldbeutel zurückzugeben. »Der Herrgott belohnt mich jeden Tag, indem er mein Haus mit zahlreichen Menschen füllt.«

Es klang nicht nach einer Floskel, sondern nach aufrichtiger Bescheidenheit.

»Dann gebt es jemandem, den der Herrgott in seiner Güte vergessen hat«, erwiderte Robin und schwang sich über das Fensterbrett in die eisige Kälte hinaus. »Lebt wohl, und bleibt, wie Ihr seid!«

Ohne sich noch einmal zu Clemens und Kaya herumzudrehen, stapfte sie an Salims Seite durch den fast kniehohen Schnee auf die Stallungen zu. Als sie das Tor aufschoben, zurrte Doran gerade den letzten Sattel fest. Aber er war allein. Sowohl Ulfberth als auch dessen Pferd waren verschwunden. Der Bauernjunge wolle mit allem nichts zu tun haben, erklärte Doran. Gestern sei alles noch ein großes Abenteuer gewesen, doch heute sehe er sich an der Seite von vier gesuchten Verbrechern.

Keiner von ihnen bedauerte die Entscheidung des Burschen. Ulfberth war kein Krieger, sondern hätte ihnen mit seinem einfach gestrickten Gemüt nur noch zusätzlichen Ärger eingehandelt. Robin dachte an Elefanten mit zwanzig Zehen und konnte nur ahnen, was ihnen ohne Caspars Großneffen erspart blieb. Eilig führte sie ihr Pferd aus dem Stall, saß auf und lenkte es durch die Seitengasse, fort vom Markt.

Als sie die zweite Kreuzung hinter sich gelassen hatten, hörten sie die Soldaten.

»Aufteilen!«, war das erste Wort, das Robin klar verstand, und sie alle begriffen sofort, was dieses Kommando für sie bedeutete. Ungeachtet der Gefahr, dass eines ihrer Tiere auf dem verschneiten Pflaster ausgleiten könnte, rammten sie ihren Pferden die Fersen in die Seiten und jagten in scharfem Galopp durch die Gasse. Offenkundig waren die Soldaten im Begriff, ihnen den Weg abzuschneiden. Die Hufe der Rösser wirbelten Schnee auf, der gegen die Wände der dicht gedrängten Fachwerkbauten klatschte. Einen Priester, der vom Lärm aufgeschreckt aus seiner Kapelle eilte, rissen der aufstiebende Pulverschnee und der Schreck glatt von den Füßen, sodass er hintenüberkippte und ihnen ein paar böse Verwünschungen nachbrüllte. Eine Bäuerin, die getrocknetes Obst und Wurzeln zum winterlichen Markt trug, konnte sich gerade noch rechtzeitig in einen Hauseingang flüchten, verlor aber dabei ihren Korb, sodass sich die Ware im Schnee verstreute.

Aber es nutzte alles nichts. Zwar machten die schweren Satteldecken und Rüstungen der Soldaten wieder wett, was ihr Gepäck an zusätzlicher Last für die Pferde bedeutete, aber die Soldaten hatten einfach die kräftigeren und gesünderen Tiere und verfügten außerdem über einen weiteren Vorteil, den Robin, Salim und Doran ihnen zwangsläufig selbst verschafften: Durch die Schneise, die sie auf ihrer Flucht in die Schneedecke schlugen, kamen ihre Verfolger besser voran als sie selbst, und ihr Vorsprung schrumpfte beständig. Es war nur eine Frage der Zeit, bis die Männer aus Bremen – es waren zwei, die sich ihnen unerbittlich näherten – zu ihnen aufholten. Sie würden kämpfen müssen. Robin wurde ganz schlecht bei dem Gedanken, und ein Seitenblick auf Salim, der die Lippen fest zusammenpresste und bleich wie der Schnee war, machte es nicht besser.

Doch dann stolperte Dorans Pferd über etwas, das unter dem Schnee verborgen lag. Das Tier wieherte, seine Vorderläufe rutschten schräg nach hinten weg, und schließlich krachte es mit der Brust zuerst in den Schnee. Die Stute rutschte noch ein gutes Stück in Laufrichtung weiter und überschlug sich dann zur Seite, bis eine Treppenstufe die grausige kleine Schlitterpartie beendete. Zwar hatte Doran geistesgegenwärtig genug reagiert, um sich aus dem Sattel zu schwingen, während die Stute fiel, aber er prallte dennoch hart mit der linken Schulter gegen eine Hauswand und wurde dann auch noch von einem der wild strampelnden Hufe am Knie erwischt, stürzte und verkeilte sich zwischen den panisch zuckenden Gliedern des Tieres und dem herumfliegenden Gepäck.

Die Soldaten zückten triumphierend ihre Schwerter, während Robin ihrerseits Kayas Waffe unter dem Mantel hervorriss und versuchte, ihren Hengst in der Enge der Gasse gleichzeitig zu bremsen und um die eigene Achse zu lenken. Salim hinderte sie jedoch daran, das halsbrecherische Manöver zu vollenden. Er jagte seinen Hengst neben ihren, entriss ihr die Zügel mit der unversehrten rechten Hand und zwang sie so, die Flucht im Galopp fortzusetzen.

»Denk an Leila!«, brüllte er auf Arabisch, während sie alle Mühe hatte, sich im Sattel zu halten. »Wenn der Rest der Meute das andere Ende der Straße vor uns erreicht, bringen sie uns nach Bremen zurück! Bei Allah! Denk verdammt noch mal an Leila!«

Und Robin hörte auf, über die Schulter zu Doran zurückzublicken, und dachte an Leila, die ihre Eltern nun mehr brauchte als jemals zuvor. Mehr als Doran und mehr als Kaya. Ihre Befreiung, ihre Sicherheit und ihr Wohlergehen standen schlicht und ergreifend über allem. Doran musste jetzt Salim und vielleicht auch sich selbst beweisen, dass er eben doch ein Assassine, ein Schattenkrieger, ein tapferer und verdienter Mann des Alten vom Berge war. Er musste allein kämpfen und siegen oder sich ergeben und darauf hoffen, dass ihn irgendwann jemand aus dem Kerker befreite, auf dass er sich eine neue, ruhmreichere Wahrheit erfinden konnte.

Robin dachte an Leila, als sie und Salim das Ende der Gasse erreichten und nur knapp an den beiden anderen Männern des Bischofs vorbeischlüpften, die ihnen den Weg abzuschneiden versucht hatten. Sie dachte an Leila, als sie so abrupt nach links abbogen, dass auch ihre Pferde für einen Moment ins Straucheln gerieten und zu stürzen drohten. Sie dachte an Leila, als Salim eine Kiste voller Eier nach ihren Verfolgern schleuderte, die er zuvor von dem Schlitten eines jungen Mädchen gerissen hatte. Sie hörte, wie eines der gepanzerten Tiere in den Schnee krachte, aber sie dachte an Leila und sah sich nicht um. Sie blickte nur nach vorn und sah, wie die letzten Häuser der Stadt einer schneebedeckten Ebene wichen. Ein vereinzeltes Gehöft und karge Sträucher, deren Zweige sich unter der Last des Schnees durchbogen, zogen an ihnen vorbei. Sie sah Schnee und noch mehr Schnee, bald gespickt mit einzelnen Bäumen, zerrissen von einem schmalen Bach, über den sie einfach hinwegsprengten, und einen Wald, durch dessen Geäst sie fuhren wie eine Sense durchs Korn. Irgendwann erreichten sie eine Lichtung. Ein dunkler Vogel, der den Anschluss in den Süden verpasst hatte, klatschte leblos zu Boden. Da dachte Robin erst recht an Leila.

Salim entriss ihr die Zügel erneut und bremste trotz seiner gebrochenen Hand beide Tiere zugleich. »Sie sind fort«, sagte er, nachdem er einen Moment in die Stille gelauscht hatte. Sein Atem, der stoßweise ging, bildete vor seinem für einen Muselmanen geisterhaft fahlen Gesicht fast undurchsichtige Wolken. »Wir haben sie abgehängt.«

»Ja.« Robin riss den Blick von dem toten Vogel los und hörte auf, sich zu fragen, ob er wohl eher ein Knirsch- oder ein Knackgeräusch verursachte, falls er auf dem Untergrund festfror und jemand ihn aufzuheben versuchte. Stattdessen sah sie sich unbehaglich auf der Lichtung um. »Was ist passiert?«, flüsterte sie abwesend.

Salim hob die Schultern. Wieder wanderte seine Rechte unwillkürlich zu der frischen Narbe an seinem Bauch, aber er saß noch immer fest und aufrecht im Sattel. »Einer von ihnen hat sich überschlagen«, antwortete er. »Der zweite hat es nicht geschafft auszuweichen.«

Das hatte Robin nicht gemeint. »Was ist mit uns passiert? Wir sind geflüchtet wie Memmen. Vor wenigen Jahren hätten wir uns der doppelten Anzahl von Gegnern gestellt. Und wir hätten gesiegt.«

Der Sarazene betrachtete sie einen Moment nachdenklich. Dann trieb er sein Pferd dichter an ihres heran, streckte den linken Arm aus und streichelte sanft ihre Wange. »Wir sind erwachsen geworden, kleine Templerin«, antwortete er mit einem wehmütigen Lächeln. »Wir sind Eltern einer wunderbaren Tochter, die uns beide jetzt mehr als je zuvor braucht. Unser Leben ist zu wertvoll, als dass wir es gefährden könnten, nur um nicht als Feiglinge dazustehen.«

Robin presste die Lippen so fest aufeinander, dass sie schmerzten. In keiner der Sprachen, die sie beherrschte, existierte ein Begriff, um das Durcheinander von Gefühlen und Gedanken auszudrücken, dem sie sich in diesen Sekunden ausgesetzt sah. Es fühlte sich nicht nur schrecklich, sondern schlicht unerträglich an. Ihre Augen füllten sich wieder mit Tränen. Überhaupt verspürte sie seit gestern Abend praktisch ununterbrochen den Drang zu weinen, und sie hatte nicht den Eindruck, dass sich daran jemals etwas ändern könnte.

Salim brach eine gefrorene Träne von ihrer Nasenspitze und hauchte ihr einen Kuss auf die Lippen. »Wir werden sie finden«, versprach er. »Und nun komm, du Rächerin der Geächteten und Enterbten und rundum zufriedenen Gastwirte. Bis zum Abend müssen wir einen Platz für die Nacht gefunden haben. Es ist zu nass, um sie im Freien zu verbringen.«

Während des ersten Tages ritten sie nahezu ohne Rast, um den Vorsprung vor ihren Verfolgern auszuweiten. Die Abende brachen zu dieser Jahreszeit ohnehin viel zu früh herein. Obwohl sie schon bald auf eine halbwegs befestigte Straße stießen, kamen sie für Robins Geschmack viel zu langsam voran. Über den Punkt, an dem sie dem Schnee einfach nur nichts Schönes oder gar Romantisches mehr abgewinnen konnte, war sie längst hinweg. Inzwischen hasste sie ihn regelrecht, weil er ihre Tiere bremste und sich durch das Gewebe ihrer Gewänder schlich. Wenigstens fielen keine neuen Flocken vom Himmel; das pulverige Nass, das die Pferde aufwirbelten und das von den Zweigen der Bäume rieselte, reichte ihr vollauf. Sie begriff nicht mehr, wie sie in ihrer Kindheit je etwas anderes als

Abneigung für den Schnee empfunden haben konnte. Das ehrfürchtige Staunen, mit dem sie einst die Finger nach den glitzernden Sternen aus erkaltetem Wasser ausgestreckt hatte, konnte sie keinen Deut mehr nachzuvollziehen.

Aber eigentlich hasste sie alles andere auch.

Sie hasste den Wald, der ihr die Sicht auf Leila verwehrte, die vielleicht irgendwo dort hinten war, oder da vorn, oder da drüben. Sie hasste den Wind, der Leilas Rufe schluckte oder in die falsche Richtung trug – ihr Weinen und ihr Schluchzen und ihre Schreie nach ihren Eltern. Selbst den Himmel hasste sie, weil er sich partout nicht auftun wollte, um Seine himmlischen Heerscharen zu ihnen hinabzuschicken, auf dass sie Leila fanden und zu ihnen zurückbrachten. Sie hasste Gott dafür, dass er es zu Bravia erlaubte, auf dieser Erde zu weilen. Und vor allem hasste sie sich selbst, weil sie es nicht geschafft hatte, ihre Tochter vor den beiden verkommenen Rittern zu schützen. Oder einfacher: sie zu einem richtigen, ganz normalen orientalischen Mädchen zu erziehen. Einem Mädchen, das schöne Dinge liebte, keiner Fliege etwas zuleide tun konnte, sich möglichst nicht schmutzig machte und vor allem niemals – niemals! – auf die Idee käme, sich zu später Stunde aus dem Haus zu schleichen. Noch dazu mit einem gestohlenen Schwert bewaffnet, um einen Drachen zu jagen, der allein in der Fantasie eines Assassinen existierte.

Robin hatte auf ganzer Linie versagt: als Mutter, als Diplomatin im Dienste des ehemaligen Königs von Jerusalem, als Kämpferin und nun auch noch als Freundin. Ihr Verstand mochte darauf beharren, dass sie richtig gehandelt hatte, weil Leilas Leben an ihrer und Salims Freiheit hing, aber trotzdem fühlte es sich furchtbar an, Doran sich selbst überlassen zu haben. Und Kaya, so lästig er ihr während der vergangenen Jahre auch gewesen sein mochte. Sie hatten ihn einem gutmütigen Gastwirt aufgebürdet, dem letztlich die Hände gebunden wären, wenn die Soldaten darauf bestanden, den schwer kranken Araber mit nach Bremen zu nehmen. In einem kalten Verlies und ohne die Fürsorge, die ihm im »Obstgarten« gewiss war, würde Kaya vermutlich keine zwei Nächte überstehen.

Sie verbrachten die erste Nacht auf dem Heuboden eines abgelegenen Gehöfts. Wie nicht anders zu erwarten, reagierte der Bauer zunächst mit Ablehnung auf ihre Bitte um einen überdachten Platz bis zum Morgengrauen, aber seine Meinung änderte sich, als Salim ihm ein paar Silbermünzen gab und ihm versprach, dass er niemandem davon erzählen würde, dass er sie aufgenommen habe. Salim schwor es bei Allah und seinem Propheten und bei seinem Weib und dem Kind, das ihrer Reise leider nicht beiwohnen könne.

Widerstrebend geleitete der Mann sie in seinen erbärmlich stinkenden Kuhstall und band einen knurrenden und geifernden Köter an der untersten Sprosse der Leiter fest, nachdem Robin und Salim samt Gepäck auf dem Heuboden verschwunden waren. Von Angst, innerer Aufruhr und Gestank gequält, wälzte Robin sich lange durch das feuchte Heu. Irgendwann zog Salim sie zu sich heran, drückte sie mit sanfter Gewalt in seinen Schoß und stimmte leise, sehr leise, eines der Lieder an, mit denen er Leila so oft in den Schlaf gewiegt hatte. Zumindest so lange, bis sie das Sprechen gelernt und auf Deutsch und Arabisch nach einem talentierten Eunuchen für die Abendstunden verlangt hatte – oder wenigstens nach etwas Ruhe.

Salim sang, der Hund jaulte, und Robin schlief ein. Sie erwachte irgendwann, weil Salim seine Wunde im Mondlicht neu versorgte. Ob alles in Ordnung sei, wollte sie von ihm wissen, und er antwortete, ganz gewiss sogar, denn er habe nur perfekte Stiche getan. Morgen würde er sich wie neugeboren fühlen. Auch seine Hand schmerze nicht mehr sehr und sei kaum mehr angeschwollen – wahrscheinlich seien die Knochen überhaupt nicht gebrochen.

Aber am nächsten Morgen, nachdem der Bauer den ausgehungerten Hund aus dem Stall entfernt hatte, erwischte Robin ihren Ehemann dabei, wie er hinter einer Scheune Wasser ließ und den Schnee damit rot färbte. Salim pinkelte Blut.

Sie sprach ihn erschrocken darauf an, aber er reagierte ungehalten. »Es ist nichts Schlimmes. Nur rotes Wasser. Vermutlich eine leichte Blasenentzündung infolge unseres traumhaften Reisewetters.«

Robin wusste nicht, was eine Blasenentzündung war, fand aber, dass Entzündung sehr ungesund klang. Obwohl Salim offenkundig nicht darüber sprechen wollte, erkundigte sie sich, was man dagegen tun könne und wohin so etwas führe, wenn man nichts dagegen unternehme, aber wieder wischte Salim ihre Bedenken unwillig beiseite. Sie solle sich nicht den Kopf zerbrechen, sondern lieber aufsitzen, schließlich hätten sie gerade dringlichere Sorgen als einen erkälteten Bauch. Und als sie dann immer noch nicht lockerließ, erklärte er widerwillig, er wolle sich um einen Tee aus Kamillenblüten bemühen, sobald sie Helmonstede erreichten. Wenn er keinen bekomme, sei es natürlich auch nicht weiter schlimm, dann würde er vielleicht ein paar Tage länger gefärbtes Wasser pinkeln und kriege leichte Bauchschmerzen, mehr aber auch nicht.

Natürlich war Robin nicht dumm. Unter den Augen des Wüstensohnes hatten sich dunkle Ringe gebildet, und seine Iris wirkte milchig trüb. Während sie hinter ihm herritt, ließ Robin ihn keine Sekunde aus den Augen und beobachtete mit zunehmender Sorge, wie seine Muskeln immer mehr Spannung verloren, seine Bewegungen immer fahriger wurden. Als der zweite Abend nahte, schien es, als wäre Salim in jeder Stunde, die sie durch die winterliche Landschaft geritten waren, um ein Jahr gealtert.

Zu allem Überfluss führte ihr Weg an keiner einzigen Siedlung mehr vorbei. Der Karte zufolge, die Scheich Sinan ihnen überlassen hatte, lag das nächste verzeichnete Dorf mindestens eine Tagesreise abseits des direkten Weges nach Helmonstede, aber sie hatten sich darauf verlassen, zumindest vereinzelte Höfe oder kleinere Siedlungen zu passieren. Die Realität zerschlug diese Hoffnung mit eisiger Faust. Der Schnee warf die Strahlen der untergehenden Sonne um ein Vielfaches verstärkt zurück, sodass ihre Augen unentwegt tränten und die Tränen auf ihren Wangen gefroren. Doch auch wenn sie sie mit beiden Händen beschatteten und in das gleißende Weiß starrten, erspähten sie keinen einzigen dunklen Fleck. In der Unendlichkeit der Eiswüste, die sich zu drei Seiten um sie herum erstreckte, seit sie den Wald am späten Vormittag hinter sich gelassen hatten, gab es keinen einzigen rauchenden Schornstein, und Robin fühlte sich auf eine alles andere als angenehme Weise mehr als fünf Jahre zurückversetzt. Damals war sie von Wadi zu Wadi gezogen, und die leblosen Dünen der ägyptischen Wüste hatten sich bis in die Unendlichkeit ausgedehnt. Nur war es jetzt nicht Sand, der sich durch ihre Kleider fraß, sondern eisiges Nass. Anstelle sengender Hitze plagte sie nun eisige Kälte, die ihre Lippen aufplatzen und ihre Gelenke bei jeder Bewegung knacken und schmerzen ließ. Außerdem war es nicht des aussätzigen Bruder Lucios Leben, um das sie fürchten musste, sondern – und das war ungleich schwerer zu ertragen – das Leben Salims. Auch wenn er es noch immer vehement bestritt, war doch unübersehbar, dass es ihm sehr schlecht ging, und nach ihrer ersten Nacht im Freien verschlechterte sich sein Zustand dramatisch.

Es war ihnen nicht gelungen, ein Feuer zu entzünden, denn die Zweige der wenigen Büsche, die hier und da ihre dünnen Ärmchen aus der Schneedecke reckten, als flehten sie um Hilfe von oben, waren einfach zu nass. Und als Robin die Augen im Morgengrauen öffnete – mühsam, denn ihre Lider waren aneinandergefroren – und sich nach einer halb durchwachten Nacht aufrappelte, war ihr, als wäre irgendetwas durcheinandergeraten. Sie hatte das Gefühl, dass bei ihr die Leichenstarre dem Tod vorauseilte. Ihre Kiefer schmerzten vom Zähneklappern, und jeder ihrer Muskeln fühlte sich an, als wollte er bei der geringsten Beanspruchung reißen. Ihre Arme und Beine ließen sich nur mit großer Willenskraft bewegen, und ihre Kleider und ihr Haar waren von einer feinen Frostschicht überzogen und völlig steif. An ihrer Nasenspitze war der Schnodder festgefroren und in ihren Mundwinkeln der Speichel. Ihr ganzes Gesicht erschien ihr wie eine verzerrte, starre Maske, und ihre Fingerkuppen mussten längst blau oder schwarz verfärbt sein, obwohl sie von dicken Fellfäustlingen geschützt wurden. Das Einzige an ihr, was sich nicht nur warm, sondern regelrecht heiß anfühlte, waren ihre Ohren. Die schienen es sich zum Ziel gesetzt zu haben, den restlichen Versager von Körper am Leben zu halten, indem sie ihm ordentlich einheizten. Stechender Schmerz erfüllte ihre Innenohren.

Verglichen mit Salim jedoch sah Robin vermutlich aus wie das blühende Leben. Der Sarazene war bereits dabei, den Frost aus den Fellen der Pferde zu reiben, bewegte sich dabei aber so langsam, dass das erste längst neuen Reif würde angesetzt haben, sobald er mit dem zweiten fertig war. Der Bronzeton war praktisch völlig von seiner Haut gewichen, und die Ringe unter seinen Augen wirkten noch tiefer und dunkler als am Tag zuvor. Auf den ersten Blick sah es aus, als schwebten seine Augen in leeren Höhlen. Die hohen Wangenknochen stachen kantig aus seinem eingefallenen Gesicht, und seine Lippen waren bläulich violett angelaufen. Seine Knie zitterten so stark, dass Robin fürchtete, sie würden den Kampf gegen sein Gewicht bald verlieren und unter ihm nachgeben.

Und an seinem Gewand haftete gefrorenes Blut.

»Deine Wunde!«, rief Robin erschrocken. »Ist sie wieder aufgerissen?«

»Nur ein kleines bisschen«, sagte Salim abwinkend, aber seine Stimme war nur noch ein heiseres Krächzen. »Ich habe sie schon wieder versorgt. Irgendjemand war so weitsichtig, meinem Gepäck den restlichen Faden und die Nadel beizufügen.«

Robin betrachtete ihn voller Sorge. »Das war Clemens«, erklärte sie. »Bitte lass mich nach der Naht sehen.«

»Es ist die schönste Naht der Welt«, behauptete Salim.

Anstatt auf ihre Bitte einzugehen, wandte er sich wieder ab und begann mit fahrigen Bewegungen sein Tier zu satteln. Dabei sprach er, um Heiterkeit bemüht, weiter: »Ich habe den falschen Beruf gewählt. Ich hätte Schneider werden sollen. Der neue Stich, den ich vorhin entwickelt habe, gestaltet jedes Dekolleté zur Augenweide. Übrigens …« Jetzt war sein Ton ein betont gleichgültiger. »Ich habe die Nadel in der Dunkelheit nicht gleich gefunden. Darum habe ich auch in deinem Gepäck nachgesehen. Als ich dieses Kissen erblickte …« Er schüttelte den Kopf, und Robin hatte den Eindruck, dass ihm diese kleine Geste Schwindel verursachte. Aber wenn es so war, dann versuchte er auch das zu ignorieren. »Zunächst dachte ich, du hättest es als Andenken von zu Hause mitgenommen, aber das kann nicht sein. Wir besitzen keine Kissen, mit denen man Braunbären erschlagen kann.«

Robin schaute verlegen auf die Schneeklumpen hinab, unter denen sich ihre Stiefelspitzen verbargen. Dass er ihrem Geheimnis auf die Schliche gekommen war, ehe sie einen Moment erwischt hatte, in dem sie ihm von sich aus davon erzählen konnte, behagte ihr ganz und gar nicht.

»Was ist darin versteckt?«, fragte Salim geradeheraus, während sie noch nach den richtigen Worten suchte.

»Eine Weberei und alles andere, was Balduin mir überlassen hat«, erklärte sie beschämt.

Salim zurrte seinen Sattel fest; so fest zumindest, wie es ihm in seiner erbärmlichen Verfassung möglich war. Erst danach drehte er sich langsam wieder zu ihr herum. Wenn er verärgert war, dann war es seinen Zügen nicht zu entnehmen. Aber eigentlich ließ sich aus seinem Gesicht ohnehin nicht mehr viel anderes erschließen als die Tatsache, dass Schwäche und Schmerzen ihm zusetzten. Die Muskeln, die sonst für starke Ausdrücke sorgten, hatten ihren Betrieb fast vollständig eingestellt.

»Und ich habe dich für eine gedankenlose Samariterin gehalten, die einem freundlichen Gastwirt aus lauter Dankbarkeit mehr als die Hälfte unseres gesamten Reisebudgets überlässt«, seufzte er nach einer Weile. »Warum hast du mir nichts davon erzählt?«

»Weil ich nicht wollte, dass du denkst, ich wolle mich für immer aus Jerusalem verabschieden«, antwortete Robin. »So war es nämlich nicht. Es war einfach nur eine gute Gelegenheit, und sobald wir heimkehren, bekomme ich alles zu den gleichen Konditionen zurück. Ich wollte nur ein wenig mehr Sicherheit, verstehst du? Die Freiheit, vielleicht einen oder zwei Monate länger hierzubleiben, ohne darauf angewiesen zu sein, dass dein Vater …«

Salim legte ihr einen Zeigefinger auf die Lippen. Es fühlte sich an, als gehörte er zu der Hand eines Kindes, nicht zu der eines starken Mannes. »Es ist in Ordnung, Robin. Du musst dich nicht rechtfertigen«, sagte er leise. »Ich hätte mir einfach nur gewünscht, dass du ehrlich zu mir bist. Gefügige Frauen bietet der Harem meines Vaters mehr als genug.«

»Aber …«

»Kein Aber. Es ist mir egal, wo wir leben. Hauptsache, wir sind zusammen. Ich habe dich zur Frau genommen, weil ich bei dir sein möchte – ganz gleich, wohin dein Weg dich führt.«

»Ja, aber …«, versuchte Robin es erneut, doch aller körperlichen Schwäche zum Trotz ließ Salim sie wieder nicht ausreden.

»Wenn es dein Wille ist, dein Leben am kältesten und feuchtesten Ort der Welt zu verbringen, bei schlechtem Essen, zwischen lauter traurigen grauen, kranken Menschen und bei Ärzten, die als Gerber oder Schmied eine bessere Figur abgeben würden, dann werde ich mich deinem Willen beugen. Es wird vermutlich keinen einzigen Tag geben, an dem ich mich nicht darüber beklage, aber das ist nur ein Spiel. Im Grunde meines Herzens werde ich glücklich sein, weil ich weiß, dass ich nur glücklich sein kann, wenn du es bist. Im Schlaf werde ich lächeln, selbst nach dem schlechtesten Essen.« Der Sarazene versuchte zu lächeln. Sein Liebesschwur berührte Robins Herz, doch sein Lächeln erinnerte sie zu sehr an das ewige Grinsen eines Totenschädels. Es fiel ihr schwer, seinem Blick standzuhalten und sich nicht einfach abzuwenden. Sein Elend drohte sie zu zerreißen.

»Ich wollte nicht fort aus dem Heiligen Land«, sagte sie leise. »Aber es tut gut, das zu hören.«

»Manchmal werde ich nur darum lächeln, weil ich von einem angenehmeren Ort träume. Mit einer Frau, die nicht annähernd so anstrengend ist wie du«, schränkte Salim ein. »Aber ich glaube, ich bleibe trotzdem bei dir.«

Robin zog eine Grimasse. »Oh«, gab sie zurück. »Vielen Dank.«

»Keine Ursache.« Salim zwinkerte ihr aus einem trüben Auge zu. »Möchtest du nun dein Pferd satteln, oder soll ich dich auf Händen nach Helmonstede tragen?«

Robin lächelte. »Ich glaube, ich ziehe es vor zu reiten. Wenn deine äußere Größe deiner inneren spontan nacheifert, fürchte ich mich vor einem tiefen Fall.«

Salim saß auf und beobachtete sie dabei, wie sie ihr Pferd für die Weiterreise vorbereitete. Er deutete nicht einmal an, ihr zur Hand gehen zu wollen – dazu war er viel zu schwach. Als sie in den Sattel geklettert war, trieb sie ihren Hengst an seine Seite, sodass sie miteinander auf Augenhöhe waren.

»Fertig, kleine Eisblume?«, fragte der Sarazene matt.

Robin nickte, machte aber keine Anstalten, ihr Tier anzutreiben. »Salim?«, fragte sie stattdessen bedrückt. Die

Worte taten so weh, dass sie sie kaum auszusprechen vermochte, aber sie brauchte einfach eine ehrliche Antwort. »Du … Du wirst doch nicht sterben, oder?« Allein die Vorstellung, dass er die Strapazen ihrer Reise nicht überstehen könnte, trieb sie an den Rand des Wahnsinns.

Aber der Wüstenprinz lachte auf, und es klang tatsächlich amüsiert. »Selbstverständlich werde ich sterben«, erwiderte er. »Aber zuvor hole ich Leila zu uns zurück und zeuge noch mindestens fünfzig weitere kratzbürstige kleine Töchter. Und einen Sohn, der so umgänglich ist wie ich.«

»Ganz sicher?«

»Ganz sicher. Ich werde mindestens einhundert Jahre alt.«

Robin beugte sich zu ihm hinüber, küsste seine kalte Nasenspitze und trieb ihr Pferd dann mit frischem Mut durch den Schnee. Salim würde sie nicht belügen; zumindest nicht, wenn seine ehrliche Antwort ihr so unglaublich wichtig war. Er würde überleben und genesen. Er wusste es, und nun wusste sie es auch. Sie würden Leila finden und befreien, und dann würden sie wieder das sein, was sie noch vor wenigen Tagen gewesen waren: eine wunderbare kleine Familie, die bloß ab und an vergaß, wie glücklich sie eigentlich war.

Einige Stunden darauf stießen sie endlich auf ein kleines Dorf, und Robin fragte Salim, ob sie nicht besser haltmachen sollten, damit er nach seiner Wunde sehen und die Pferde, deren Schritt immer unregelmäßiger und langsamer wurde, sich ein wenig stärken könnten. Vielleicht, so argumentierte sie, bekäme er dort auch den Kamillenblütentee, der seiner Blase half. Aber Salim schüttelte nur den Kopf und würdigte die Siedlung keines Blickes. Robin hingegen konnte gar nicht wegsehen von der

Mühle, deren Segel sich langsam im Wind drehten, während sie das eingelagerte Korn mahl, auf dass die Frauen es mit Milch und Wasser zu frischem, duftendem Brot verarbeiteten. Aus jedem Schornstein drang dichter Rauch, der von wärmenden Feuern in behaglichen Stuben erzählte, und der Wind trug das Lachen der Kinder, die sich auf dem Feld vor dem Dorf mit Schneebällen bewarfen, zu ihnen herüber.

Kinder …

Salim hatte recht. Sie mussten das Kloster der Zisterzienser so schnell wie möglich erreichen. Selbst wenn sie dort in Erfahrung brachten, wo sie zu Bravia finden konnten, würde dies nur der eigentliche Beginn ihrer Reise sein. Jeder Augenblick, den sie sparen konnten, könnte Leila das Leben retten. Wenn sie noch lebte …

Zu Bravia, dachte Robin bitter, war durchaus zuzutrauen, dass er sich seiner lästigen Geisel längst entledigt hatte. Vielleicht hatte er ihren kleinen Körper irgendwo verscharrt. Sie riss den Blick von den fröhlichen Kindern los, die ausgelassen auf dem Feld herumtollten, und begann wieder zu weinen. Vielleicht saßen der Riese und der Spanier gerade jetzt in einem schmucken Anwesen bei Spießbraten und süßem Wein beisammen, ließen sich Schmutz und dünne Zweige von gekauften Frauen aus dem Haar zupfen und machten sich über sie lustig. Bestimmt lachten sie beim Gedanken an Robin, wie sie irgendwo mit ihrem Schicksal haderte, ihr Geheimnis brav hütete und tagaus, tagein betete, dass zu Bravia sein Versprechen halten möge. Bis ihre Haut runzelig wurde und ihre Zähne auszufallen begannen, denn er würde sein Wort nicht halten. Er hatte ja nicht einmal gefragt, wo er sie finden könnte, sobald er zu einer Entscheidung gelangt war!

Nein, versuchte Robin sich zu beruhigen. Der Templer wusste, dass sie Robin von Tronthoff war und dass er es nicht überleben würde, wenn er ihrer Tochter etwas antat. Balduin würde dafür sorgen, dass man ihn fand und bei lebendigem Leibe über einem Feuer röstete – auf kleiner Flamme, damit sein Sterben ein langes, schreckliches Ereignis wurde.

Wenn der Aussatz den zurückgetretenen König nicht schon längst dahingerafft hatte …

Robin war sich dessen alles andere als sicher, versuchte aber, den Gedanken nicht weiterzuverfolgen. Sie wollte nicht darüber nachdenken, wer und was sie noch war, wenn König Balduin starb. Schon jetzt fühlte sie sich weit größerem Elend ausgesetzt, als ein Mensch allein verkraften konnte.

Trotzdem, wen außer Salim, Leila, Saila, Nemeth und ihrem nervtötenden Schwiegervater hatte sie dann noch? Das Dorf, in dem sie aufgewachsen war, war nicht mehr das, an das sie sich erinnerte. Außer Caspar kannte sie dort niemanden, und an Ulfberths alten Großonkel erinnerte sie sich auch nur vage. Als kleines Mädchen hatte sie den Trog seines Schafes mit Bier aufgefüllt, aber das war auch alles, was sie bis zu ihrem Besuch vor mehr als einer Woche mit ihm zu schaffen gehabt hatte.

Was war eigentlich aus Rother geworden? Bruder Abbé hatte ihr versichert, dass es ihm gut gehe, obgleich er damals nach der Schlacht mit den Männern Agnes von Courtenays seinen Arm verloren hatte. Abbé hatte ihn in einem Kloster untergebracht, in dem er, wie der Tempelritter behauptete, wider Erwarten ein überaus zufriedenes Dasein hege. Und Bruder Abbé selbst? Der war inzwischen ein alter Mann, und ein kranker zudem. Robin wusste nicht, ob es etwas gab, was die Franzosenkrankheit heilen konnte, darum widmete sie nicht nur Leila, Salim und König Balduin, sondern auch dem Geistlichen ein ausgiebiges Gebet.

Als sie mit ihrem Gebet fertig war, ritten sie längst wieder durch waldiges Gebiet. Das Dorf ohne Namen hatten sie vor Stunden hinter sich zurückgelassen, das nächste lag noch meilenweit entfernt. Ihre Lippen formten gerade ein leises Amen, als Salim plötzlich vom Pferd stürzte. Weil sie so dicht hinter ihm ritt, hatte Robin alle Mühe, ihr Tier rechtzeitig zu zügeln, damit es seinen reglos daliegenden Körper nicht einfach überrannte und in den Schnee trat, während Salims Hengst weitertrottete, als wäre nichts geschehen. Robin sprang aus dem Sattel, beugte sich erschrocken zu Salim hinab und wälzte ihn auf den Rücken. Schnee verklebte sein bleiches Gesicht. Robin wischte den Schnee hektisch beiseite und begann Salims schlaffen Leib zu rütteln.

»Salim! Salim! So mach doch die Augen auf! Sag etwas! Rede mit mir!«

Aber Salim blieb stumm, und auch seine Lider regten sich nicht. Sosehr Robin in ihrer Hilflosigkeit auch an ihm herumrüttelte, -zupfte und -zog, er reagierte einfach nicht. Robin presste ein Ohr auf seine Brust und stellte mit einem Hauch von Erleichterung fest, dass er – wenn auch schwach – atmete. Natürlich atmet er, redete sie sich beruhigend zu. Vor seiner Nase schweben ja auch Dunstwölkchen. Sie durfte jetzt nicht die Nerven verlieren. Schließlich hatte er ihr versprochen, einhundert Jahre alt zu werden; mindestens! Er lebte, und daran würde sich auch so bald nichts ändern. Der Sarazene hatte lediglich das Bewusstsein verloren. Sie hätten doch eine Rast einlegen sollen.

Robin fluchte stumm. Unser Leben ist zu wertvoll, als dass wir es gefährden könnten ... Nun hatte er es doch getan. Zwar nicht, um nicht als Feigling dazustehen, sondern um Leila so schnell wie irgend möglich zu finden, doch unterm Strich kam dasselbe dabei heraus.

Robin versuchte ihre Gedanken zu ordnen und auf praktische Dinge zu lenken. Das nächste Dorf war noch meilenweit entfernt, zum letzten zurückzureiten wäre kaum weniger zeitaufwendig und mühselig. Und selbst wenn sie sich für eine der beiden Siedlungen entschied: Sollte sie Salim etwa allein in der von Kälte, Schnee und Eis gepeinigten Wildnis zurücklassen? Undenkbar! Dass es in der Gegend Wölfe gab, hatten sie bereits kurz nach ihrer Ankunft unter großem Verlust erfahren müssen. Vielleicht gab es sogar Bären. Auch von Menschen, die ihn durch einen unglückseligen Zufall in ihrer Abwesenheit finden könnten, ging eine nicht zu unterschätzende Gefahr aus. Kaum ein Christ käme auf die Idee, einem halb toten Mohammedaner das Leben zu retten. Eher würde man dem wehrlosen Heiden die Kehle durchschneiden.

Aber Salim war ohne Bewusstsein, und er würde wahrscheinlich auch dann nicht gleich wieder reiten können, wenn er es in Kürze zurückerlangte – was Robin natürlich innigst hoffte. Sie betete nur deshalb nicht dafür, weil sie schmerzlich begriffen hatte, dass Gott gerade keine Zeit zum Zuhören hatte.

Einen Schlitten besaßen sie nicht, und Robin erwog die Möglichkeit, ihn auf dem Rücken seines Hengstes festzubinden. Derweil bettete sie Salim auf eine Decke und ein paar Kleidungsstücke, damit seine Kleider nicht von unten durchnässten, fing das Tier ein und löste das Zaumzeug von ihrem eigenen Pferd, das ihr gefügiger erschien und dem anderen Tier gewiss auch dann folgen würde, wenn niemand es mit der Trense lenkte. Dann legte sie die ledernen Riemen auf dem Nacken von Salims Hengst bereit, um Salim gleich damit festzubinden, und packte ihn unter den Schultern. Ihr erster Versuch, ihn in die Höhe zu wuchten, scheiterte, und sie begriff, dass sie es nicht schaffen würde. Selbst wenn es ihr doch irgendwie gelang, seinen Körper auf den Rücken ihres Pferdes zu hieven, könnte er auf der anderen Seite wieder herunterfallen. Sie konnten von Glück reden, dass Salim sich nicht schon bei seinem ersten Sturz das Genick gebrochen hatte. Ihr musste etwas anderes einfallen.

Eine gute Stunde später bettete Robin Salim auf ein dreieckiges, schlittenartiges Gestell, das sie aus dem Zaumzeug beider Tiere, einigen aus Kleidern gerissenen Stoffstreifen und reichlich Geäst gefertigt hatte. Sie begriff jetzt, was es bedeutete, wenn man sagte, jemand sähe den Wald vor lauter Bäumen nicht. Sie hatte viel Zeit verloren. Zeit, die sie nicht hatte, wenn sie das auf Sinans Karte verzeichnete Dorf Steimpkeborn noch vor Einbruch der Dunkelheit erreichen wollte. Wenigstens war Salim weich und sicher gebettet. Der Schlitten glitt sanft über die dicke Schneedecke. Salims widerspenstiger Hengst ließ sich auch ohne Zügel einfacher lenken, als Robin befürchtet hatte. Anscheinend war das Tier froh, die Trense endlich los zu sein, und tat seine Dankbarkeit kund, indem es auf den leichtesten Druck in die Seiten reagierte. Obwohl es noch immer sichtbar mit Hunger, Erschöpfung und Kälte zu kämpfen hatte, trabte es nun viel gleichmäßiger und auch ein wenig schneller voran. Robins Pferd, das den Schlitten zog, passte sich seinem Schritt an.

Trotzdem war es bereits dunkel, als sie Steimpkeborn erreichten. Und zwar so dunkel, dass Robin um ein Haar einfach an dem Dorf vorbeigeritten wäre, ohne es zu merken. Sie klopfte an die erstbeste Tür, um Obdach zu erbitten, und nach einer geraumen Weile öffnete sie sich einen Spalt. Ein Mann, zwischen dessen Beinen zwei ängstliche Kinderaugen hindurchlugten, grummelte ein unfreundliches »Was?«. Er reichte Robin kaum bis zur Brust. Dafür lastete ein viel zu großer Kopf auf seinem breiten Hals.

Robin bat um Verzeihung für die späte Störung und erklärte, es handele sich um einen Notfall. Sie bezweifele, dass sich hier im Dorf ein Gasthaus befinde – er möge sie verbessern, falls sie sich irre. Sie benötige einen trockenen Platz für die Nacht. Ein kleiner Winkel in einem Stall würde ihr schon genügen und vielleicht, wenn es sich irgendwie einrichten lasse, etwas Heu für ihre Pferde, die seit zwei Tagen ohne Nahrung hätten auskommen müssen.

Noch bevor sie ihre Bitte zur Gänze vorgetragen hatte, schlug ihr der Mann die Tür vor der Nase zu. Sie solle anderswo betteln, hörte sie ihn schimpfen, ehe der Riegel von innen vorgeschoben wurde. Irgendwo im Haus schepperte etwas, dann folgte ein klatschender Laut, und ein Kind begann zu plärren. Robin erwog für einen Moment, erneut anzuklopfen und dem Mann zu sagen, dass sie nicht vorhabe, sich irgendetwas zu erschleichen, sondern gut zahlen würde, aber dann entschied sie sich dagegen. Wenn dieser unfreundliche Mensch ihr seine Hilfe verwehrte, würde sie eben einen anderen fragen. An der nächsten Tür würde sie im ersten Satz erwähnen, dass sie für alles gut zahlen wolle. Und wenn seine Nachbarn ihrem Gesuch nachgekommen waren und ihren mehr als gerechten Lohn dafür erlangt hatten, würden sie mit ihrem guten Geschäft prahlen, und der Kleinwüchsige würde sich in Grund und Boden schämen und schwarzärgern. Das geschah ihm ganz recht.

Die zweite Tür öffnete sich gleich zur Gänze. Aber dafür standen zwei mit Keulen bewaffnete Bauern – Vater und Sohn, wie sie annahm – im Rahmen. Die beiden Männer erkannten gerade noch rechtzeitig, dass es nur eine Frau war, die mit zwei Pferden und einem seltsamen Schlitten vor ihnen stand. Der jüngere Mann hatte seine Keule bereits über den Kopf geschwungen und hätte Robin vermutlich das linke Schlüsselbein gebrochen, hätte er seinen Fehler nicht in letzter Sekunde bemerkt. Robin zuckte zusammen und wich einen Schritt zurück, ehe sie ihre Bitte erneut vortrug. Inzwischen waren auch ein paar andere Dorfbewohner auf sie aufmerksam geworden und hatten ihre Häuser verlassen. Vier von ihnen näherten sich dem Schlitten, auf dem der bewusstlose Sarazene ruhte. Robin beobachtete sie aus den Augenwinkeln, während der ältere der beiden Männer im Türrahmen mit ihr um den Preis für eine Nacht in einem Schuppen sowie trockenes Holz und Heu für die Tiere zu feilschen begann.

Einer der Dörfler – eine Frau, die der Größe ihres Körpers und dem Format ihres Kopfes nach zu urteilen mit dem unfreundlichen Mann aus dem ersten Haus verwandt sein musste – beugte sich weit über den Schlitten und fummelte in Salims Gesicht herum. Gerade als Robin sie zurechtweisen wollte, zog sie die Hand wieder zurück und bekreuzigte sich hektisch. Sie flüsterte den anderen Schaulustigen etwas zu. Die offene Neugier der Dorfbewohner verwandelte sich plötzlich in Angst und Schrecken. Jetzt begannen sie alle, Kreuze zu schlagen, wichen vor dem Schlitten zurück und begannen aufgebracht zu tuscheln. Schließlich stürmte die Frau mit schreckgeweiteten Augen an Robin vorbei.

Robin knurrte leise. Vermutlich hatten die Dörfler gerade bemerkt, dass der Verletzte in ihrer Begleitung ein Heide war, und wahrscheinlich hatten sie in der Abgeschiedenheit der kleinen Siedlung noch nie einen Muselmanen gesehen, sodass Salim sie selbst im Schlaf in hellen Aufruhr versetzte. Aber sie hatte sich gerade mit dem Bauern auf eine viel zu hohe Summe geeinigt und wollte nicht riskieren, dass ein armer Mann wie ihr Gastgeber aus Angst um sein Seelenheil von dem Geschäft zurücktreten würde. Sicheren Schrittes näherte sie sich Salim und dem Schlitten, doch die drei verbliebenen Dörfler wichen für jeden Schritt, den Robin sich dem Schlitten näherte, zwei zurück. Der Stein, der sie im nächsten Augenblick am Hinterkopf traf, zeigte ihr, dass ihre Hoffnung vergebens gewesen war. Salim brauchte Hilfe, er brauchte Wärme. Er brauchte beides unbedingt, weil sein Leben davon abhing – aber hier in diesem Dorf würde sie beides nicht finden können: Ruhe nicht und Wärme nicht.

»Hexe!«, brüllte der Bauer aufgebracht, während Robin zusammenfuhr und sich zu ihm umdrehte. »Verschwinde, und komm nie wieder zurück! Los! Runter von meinem Hof! Raus aus meinem Dorf! Jagt die Hexe aus dem Dorf!«

Robin öffnete den Mund, um etwas zu sagen, doch da schnellte schon ein zweiter Stein herbei und verfehlte sie nur knapp. Diesen hatte der jüngere Mann geschleudert, und er bückte sich schon nach einem dritten, während sich die kleine Frau mit dem großen Kopf an ihm vorbei ins schützende Innere des Hauses drängte. Einer der Neugierigen, die herbeigekommen waren, begann lautstark zu beten. Die beiden Männer, die bei ihr standen, suchten ebenfalls nach irgendetwas, womit sie nach Robin werfen konnten, fanden aber zum Glück nur schmutzigen Schnee und einen fast unterarmlangen, dicken Ast, der zu schwer war, um ihn weiter als acht oder zehn Fuß zu schleudern. Er fiel eine gute Mannslänge vor den Füßen des bewusstlosen Sarazenen zu Boden und landete mit einem dumpfen Laut im Schnee. Seine Botschaft dagegen war so klar wie die der Schneebälle und Steine, die ihr jetzt um die Ohren flogen: Sie war hier nicht erwünscht – ganz gleich, mit wie vielen Silbertalern sie um sich warf. Vollkommen überrumpelt von dieser Wende der Dinge, schwang Robin sich in den Sattel von Salims Hengst und trieb ihn eilig vom Hof. Das Pferd, das den Schlitten zog, trottete ihr schnaubend nach. Drei oder vier harte Gegenstände – Steine oder besonders harte Schneebälle – trafen sie im Rücken, als sie den Grund des Bauern längst verlassen hatte. Aber wenigstens folgten die Dörfler ihr nicht.

So flüchtete Robin aus Steimpkeborn, erschüttert, enttäuscht, der Verzweiflung nahe und nicht zuletzt voller Wut auf die kleingeistigen Bauern der Siedlung. Immer mehr Anwohner traten ins Freie, um sie abziehen zu sehen. Einige trugen Fackeln, aber niemand eilte ihr nach. Sie vergewisserten sich lediglich, dass sie den Ort verließ. Wahrscheinlich würden sie über Nacht Wachen aufstellen, um sicherzugehen, dass sie auch nicht wiederkam.

Robin fluchte innerlich auf die Frau mit dem großen Kopf, auf den Bauern, auf ganz Steimpkeborn, auf die Christenheit im Allgemeinen und auf Gott, der sie wieder einmal in größter Not alleinließ. Als die Nacht die letzten

Lichter der Siedlung geschluckt hatte, schlug sie ihr Nachtlager ein weiteres Mal unter freiem Himmel auf. An Schlaf war jedoch nicht zu denken. Es war einfach zu kalt. Sie war hungrig und erschöpft. Dennoch war sie viel zu aufgewühlt und durchgefroren, als dass sie auch nur ein Auge hätte zutun können. Salim ruhte unter allen Decken, die sich in ihrem Gepäck befunden hatten, damit er nicht auskühlte, doch ihre Sorge um ihn nahm trotzdem mit jeder Minute, die seine Bewusstlosigkeit anhielt, weiter zu. Sie wollte nach seiner Wunde sehen, aber dazu, und auch um Wärme für sich selbst und die Pferde zu beschaffen, benötigte sie ein Feuer. Mit nassem Holz jedoch würde es ihr kaum gelingen, eines zu entzünden.

Irgendwann – der Mond stand längst hoch am sternenklaren Himmel – fasste sie den Entschluss, zu Fuß nach Steimpkeborn zurückzukehren. Es fühlte sich zwar schrecklich an, Salim zurückzulassen, aber es war ja nur für eine halbe Stunde.

Dieses Mal näherte sie sich dem Dorf aus einer Richtung, in der der letzte Hof gleich an den Wald grenzte. Lautlos wie eine Katze, ganz so, wie sie es sich einst von Salim und den anderen Assassinen abgeschaut hatte, schlich sie in eine Scheune. Dort entwendete sie so viel Heu und trockenes Holz, wie sie schleppen konnte, trug es zu Salim und den Pferden zurück und entfachte ein kleines Feuer, ehe sie ein zweites und drittes Mal zum Stehlen in die Scheune zurückkehrte. Die Verlockung, im Trockenen zu bleiben und erst im Morgengrauen zum Lager zurückzukehren, war fürchterlich groß, aber sie kämpfte tapfer dagegen an. Sie würde Salim niemals im Stich lassen – und wenn es sie ihr eigenes Leben kostete.

Wenigstens dieses eine Mal ließ sie das Glück nicht im

Stich. Oder war es Gott? Inzwischen zweifelte sie fast ohne Gewissensbisse an Seiner Existenz. So oder so: Es gab keinen Hund auf dem Hof, und die Maultiere und Ziegen im Stall verhielten sich ruhig. Niemand wurde auf sie aufmerksam. Vielleicht waren die Besitzer des Hofes gar nicht im Haus, sondern saßen auf der anderen Seite des Dorfes mit der kleinwüchsigen Frau und den anderen beisammen und unterhielten sich über die Hexe, die es gewagt hatte, mit einem Heiden im Schlepptau um Obdach zu bitten. Robin sollte es gleich sein. Mit allem, was sie in dieser Nacht aus der Scheune entwendete, ließ es sich auch im Freien gut aushalten, und es sah auch nicht so aus, als ob es in absehbarer Zeit wieder zu schneien beginnen würde. Sie wollte Salims Wunde versorgen und von dem Pferdefleisch und den anderen Vorräten essen, die sie noch bei sich hatte. Danach würde sie sich am Feuer zur bitter nötigen Ruhe legen, auf dass sie die Reise nach Helmonstede am nächsten Tag mit neuer Kraft fortsetzen konnte. Auf diese Weise hätte sie es sogar wärmer als auf irgendeinem Heuboden oder in einem undichten Schuppen.

Als sie genügend Heu für die Pferde sowie reichlich Holz für das Feuer herbeigeschafft hatte und die wärmenden Flammen vor ihr in die Höhe züngelten, schob sie also die Decken beiseite. Sie entblößte Salims Bauch und löste behutsam den Verband, den er sich unter dem untersten Rippenbogen um den Leib gebunden hatte.

Zumindest versuchte sie es.

Der Stoffstreifen war zwar nicht blutverkrustet, wie Robin angesichts Salims schlechten Zustandes befürchtet hatte. Die beiden letzten Lagen Stoff klebten jedoch an der Wunde fest und ließen sich erst mit reichlich Wasser lösen, das sie über dem Feuer erwärmte, ehe sie es vorsichtig auf den Verband träufelte. Ein unangenehmer, süßlich-scharfer Geruch schlug ihr entgegen, und was sie im Schein des Lagerfeuers erblickte, als sie es schließlich geschafft hatte, erschreckte sie zutiefst. Die angeblich schönste Naht der Welt war unter klumpigem, übel riechendem Eiter und angetrocknetem Blut kaum mehr zu erkennen, und die Haut um sie herum war dunkel verfärbt. Salims Wunde war brandig. Seine Haut war bleich und eiskalt.

Mit zitternden Fingern befreite Robin die frische Narbe von den angetrockneten Körpersäften. Für den Moment war sie dankbar dafür, dass Salim nach wie vor fest schlief. Seine Schmerzen mussten auch dann fürchterlich sein, wenn niemand an der eitrigen Wunde herumhantierte. Zügig, damit er nicht noch mehr auskühlte, verband sie ihn mit Streifen aus einem grünen Kleid, welches Saila für sie angefertigt hatte. Dann zog sie ihn noch wärmer an als zuvor und deckte ihn mit allem zu, was sich dazu auch nur im Entferntesten eignete. Sogar einen Teil des Heus, das sie für die Tiere besorgt hatte, verteilte sie auf seinem reglosen Körper. Robin vergaß, dass sie wenigstens eine Kleinigkeit hatte essen wollen, kuschelte sich auf dem Schlitten an Salim und schlief augenblicklich ein. Für diese bereits ausklingende Nacht war sie endgültig am Ende ihrer Kräfte angelangt.

16. KAPITEL

Am kommenden Tag verband sie Salims Wunde unterwegs zwei weitere Male. Jedes Mal, so schien es ihr zumindest, war die Haut um die Narbe herum noch dunkler verfärbt und spröder. Auch der Geruch war penetranter als zuvor und hatte sich auch in seinem kalten Schweiß und in den Fasern seiner Kleider festgesetzt. Er schlich sich selbst dann noch in ihre Nase, wenn sie die Verbände längst gewechselt und den Sarazenen wieder zugedeckt hatte. Tatsächlich sah die Wunde so schlecht aus, dass es wohl allein der Kälte zu verdanken war, dass sie nicht längst Fliegen angelockt hatte und von Maden befallen war.

Sobald Salim erwachte, das wusste Robin, würde er darauf bestehen, das brandige Fleisch großflächig zu entfernen. Entweder würde er es selbst tun, oder er würde sie darum bitten. Ihr schwindelte allein bei der Vorstellung daran, wie das wohl für sie beide sein würde. Aber es musste so bald wie möglich getan werden, wenn sie nicht wollten, dass sich der Wundbrand ausbreitete und schädliche Körpersäfte ihn vergifteten und dahinrafften. Robin würde die Aufgabe übernehmen, wenn es nicht anders ging, aber sie traute es sich nicht zu, es ganz allein zu machen. Mit ihren mangelhaften Kenntnissen würde sie ihm eher schaden als nutzen. Sie brauchte zumindest jemanden, der ihr genau erklärte, wie sie vorgehen musste. Ihren ursprünglichen Plan, gleich bei ihrer Ankunft in das Kloster einzudringen und den Abt so lange zu würgen, bis er ihr alles über zu Bravia erzählte, was er wusste, zu wissen glaubte oder wenigstens ahnte, verwarf Robin. Vor allem benötigte sie jetzt Hilfe für Salim, sobald sie die Abtei am späten Nachmittag oder frühen Abend erreichte. Den Abt würde sie erst foltern können, wenn der Sarazene wieder auf den Beinen war.

Einige Meilen vor dem Mariental bei Helmonstede legte sie eine letzte kurze Rast ein, um Salim noch einmal zu versorgen und ein Stück fast gefrorenen Pferdefleisches herunterzuwürgen. Wenigstens, versuchte sie sich zu trösten, hatte er sich kein einziges Mal im Schlaf eingenässt. Sie hätte zwar weder Scheu noch Ekel gehabt, seine Scham zu waschen und ihn trocken anzuziehen, aber sie hatten nicht mehr allzu viele trockene Kleider im Gepäck. Außerdem wirkte seine Haut längst nicht mehr so bleich wie am Vortag. Es war eher ein dunkles Gelb als der gewohnte orientalische Bronzeton, den sie so sehr an ihm liebte, aber immerhin kehrte irgendeine Farbe in sein Gesicht zurück.

Als Robin bemerkte, dass sich seine Lippen und seine Nasenspitze dunkel zu verfärben begannen, schalt sie sich selbst für ihre Nachlässigkeit und umwickelte sein Gesicht mit einem Streifen des grünen Tuches, um es vor der Kälte zu schützen.

In wenigen Stunden würde er endlich aus seiner Bewusstlosigkeit erwachen – vielleicht sogar schon in ein paar Minuten. Er musste endlich aufwachen, denn er musste etwas essen und trinken. Robin rechnete jeden Augenblick damit. Sie drehte sich, während sie das letzte Stück ihres entbehrungsreichen Weges in Angriff nahm, in regelmäßigen Abständen zu ihm herum, um nachzusehen, ob er die Augen schon geöffnet hatte und vielleicht nur zu schwach war, um auf sich aufmerksam zu machen. Doch jedes Mal wandte sie sich nach einem hoffnungsvollen Moment voller Enttäuschung und Sorge wieder ab.

Als sich der Wald am späten Nachmittag endlich lichtete und sie die ersten Fragmente von grauem Mauerwerk ausmachte, schlief der Sarazene noch immer tief und fest. Nun aber, dachte sie erleichtert, während sie die Pferde ein letztes Mal zu Höchstleistungen antrieb, würde man ihm endlich einen warmen Platz im Trockenen überlassen. Anders als den abergläubischen Bauern, wie sie beispielsweise in Steimpkeborn zu Hause waren, sagte man den Zisterzienserbrüdern nicht nur großen Fleiß, sondern auch Hilfsbereitschaft, Unvoreingenommenheit und Menschlichkeit nach. Robin fühlte sich schäbig bei der Vorstellung, wie sie dem Abt der Komturei, dessen Hilfe sie gleich in Anspruch würde nehmen müssen, vielleicht schon morgen einen Dolch an die Kehle hielt, damit er ihr half, die beiden Tempelritter zu finden. Jedoch heiligte der Zweck in diesem Falle eindeutig die Mittel. Und vielleicht, versuchte sie ihr Gewissen zu beruhigen, würde sie auch gar keine Gewalt anwenden müssen …

Sie wischte den Gedanken beiseite, um sich voll und ganz auf das Jetzt zu konzentrieren und nicht etwa das Misstrauen der Brüder zu erregen, weil sie einen unsicheren und nervösen Eindruck erweckte. Zunächst trieb sie die Pferde am Westrand des Lappwaldes entlang, stoppte sie dann aber, unschlüssig, in welche Richtung sie sich wenden sollte, vor der Pfeilerbasilika. Clemens hatte recht gehabt. Dass es sich um ein sehr junges Kloster handelte, sah Robin auf den ersten Blick, denn einige Häuser der weitläufigen Anlage waren noch im Bau begriffen. Abgesehen von der dreischiffigen, turmlosen Basilika mit ihrem Querhaus und dem geraden Chorabschluss sowie der Klosterkirche auf der Nordseite und drei anderen Gebäuden, schien noch nichts richtig fertig zu sein. Trotzdem war aber fast alles schon in Betrieb. Aus den schwarzen Löchern, die anstelle richtiger Fenster in den Wänden eines kleinen Nebengebäudes klafften, drang leises Gemurmel. Irgendjemand betete oder diktierte lateinische Psalmen. Weiter hinten, wo Reisig und Geäst die Ziegel eines erst halb fertigen Dachstuhles ersetzten, plätscherte, klapperte und klatschte es unentwegt. Vermutlich fertigte man dort das gelbe Wachstuch an, das sie überhaupt erst auf die Idee gebracht hatte, ihr Glück bei den Bernhardinern zu versuchen. Ein zusammenhängendes Geviert aus drei fertigen Häusern und einem, das noch im Bau begriffen war, verfügte über einen teilweise überdachten Kreuzgang – das musste das Herz der Klosteranlage sein. Robin trieb die Pferde auf den Hof, der sich vor dem vordersten Gebäude erstreckte, saß ab und drückte Salim noch einen Kuss auf die eisige Nasenwurzel, ehe sie auf das Portal zueilte.

Mit vor Kälte steifen Fingern ergriff sie den Messingklopfer. Sie erschrak über ihre eigene Schwäche, weil es ihr so schwerfiel, ihn auf das massive Holz der Tür zu schlagen. Während der vergangenen Tage hatte sie sich so sehr für Salim aufgeopfert, dass ihr nicht aufgefallen war, wie schlecht es ihr selbst ging. Nun, da endlich Unterstützung in Sicht war, machte sich ihre eigene Schwäche mit jeder Sekunde stärker bemerkbar. Sie hatte Schmerzen im Rücken, im Gesäß, in den Fingern und Zehen und sogar noch in den Rippen, die zu Bravia ihr geprellt hatte. Die Zeit, bis sich endlich schlurfende Schritte dem Portal näherten, kam ihr endlos lang vor. Dann verharrten die Schritte noch eine weitere kleine Ewigkeit vor der anderen Seite des Eingangs. Endlich öffnete sich die winzige Klappe, die in einen der Torflügel eingelassen war.

Zwei dicht beieinanderstehende Augen blickten misstrauisch hindurch.

»Ich glaube, Frauen sind hier nicht erlaubt«, sagte eine jugendliche Stimme anstelle eines Grußes.

»Ich glaube, Ihr habt einen Eid geschworen, der Euch zur Nächstenliebe verpflichtet. Gab es eine Ausnahmefloskel bezüglich Bedürftiger weiblichen Geschlechts?«, erwiderte Robin ungehalten. Zahllose Sommersprossen drängelten sich auf der Nase ihres Gegenübers, das sich bis auf eine winzige quadratische Fläche seines Gesichts noch immer vor ihr verbarg. Er musste sehr jung sein. Wahrscheinlich ein Novize. »Im Übrigen bin nicht ich, sondern mein Mann auf Eure Hilfe angewiesen«, fügte sie hinzu, als der Junge auf der anderen Seite der Tür offenkundig sein Gedächtnis nach einer entsprechenden Ausnahmeregelung durchforstete. »Bitte! Wir brauchen einen Arzt und einen trockenen Platz – am besten einen an einem wärmenden Feuer. Mein Mann ist schwer verletzt und ohne Bewusstsein. Wenn Ihr uns fortschickt, wird er sterben.«

Sorge ergriff Besitz von dem sommersprossigen Gesicht hinter der Klappe. Robins Gefühl sagte ihr, dass der Novize kein schlechter Mensch, sondern nur ein junger Trottel war. Wenn er sich weiter so krampfhaft bemühte, sich niemals einen Fehltritt zu erlauben, würde er gewiss noch einige Kopfsprünge in die Jauchegrube tun.

Die Klappe schloss sich, ein Riegel wurde zurückgeschoben, und ein Bursche in einer weißen Tunika schlüpfte durch den Spalt, der sich im nächsten Moment zwischen den Torflügeln auftat. Seine Gewandung wies ihn als Laienbruder aus.

»Verzeiht«, entschuldigte sich der junge Mann. »Mein Name ist Markus. Ich weile erst seit dem vergangenen Herbst in diesem Kloster. Das Herz meines Vaters hörte plötzlich auf zu schlagen, und die Zisterzienser gaben mir Arbeit, Brot und Obdach. Ich kenne mich mit den Regeln noch nicht recht aus, will die gottesfürchtigen Brüder aber nicht verärgern. Ich wüsste nicht, wohin ich gehen sollte, wenn sie mich verstießen …« Sein Blick wanderte zu den Pferden und verharrte auf dem Schlitten, auf dem Salims regloser Körper ruhte. »Ist das Euer Angetrauter?« Hinter dem Laienbruder stapften jetzt noch mindestens zwei weitere Stiefelpaare durch die Halle, und der linke Torflügel schwang zur Gänze auf.

Robin bejahte und trat, von Kälte und Unruhe geplagt, von einem Fuß auf den anderen, während ein anderer Zisterzienser im Eingang erschien. Das Gesicht eines dritten zeichnete sich unscharf im Halbdunkel hinter ihm ab. Für einen Moment überkam Robin das Gefühl, den Mann im Schatten zu kennen, aber das war natürlich Unsinn. Sie war nie zuvor hier gewesen. So schaute sie nicht genauer hin, sondern blickte den alten Schwarzgekleideten an, der sie skeptisch, aber nicht unfreundlich vom Kopf bis zu den Zehen betrachtete. Möglicherweise runzelte er dabei die Stirn – sie konnte es nicht erkennen, weil sein Gesicht so alt und knitterig war, dass allein die tiefen Falten es zusammenzuhalten schienen. Aber es war ihr auch egal.

»Mein Name ist Robin«, erklärte sie ungeduldig, während Markus durch den Schnee stampfte und die grünen Stoffstreifen vom Haupt des Sarazenen zu wickeln begann. »Bitte, Vater – wir brauchen Eure Hilfe. Mein Mann ist …«

»Dieser Mann ist …«, fiel der junge Laienbruder ihr vom Schlitten aus ins Wort, aber Robin ließ sich nicht so einfach unterbrechen. Sie sprach mit lauterer Stimme weiter: »Mein Mann ist verletzt. Und ja: Er ist ein Mohammedaner. Aber vor allen Dingen ist er ein Mensch!«

»Aber …«, begann Markus erneut.

»Ihr könnt uns nicht einfach fortschicken«, flehte Robin. »Ihr dürft uns nicht wegschicken, Vater! Wenn Ihr uns Eure Hilfe verweigert, wird mein Mann sterben. Er wird den Weg bis Helmonstede nicht überleben. Bitte!«

Der Alte, der vermutlich der Abt des Klosters war, hob besänftigend eine Hand voller dicker blauer Venen und unschöner Knoten und setzte zu einer Antwort an, doch in diesem Moment trat der dritte Zisterzienser aus dem Halbdunkel und begrüßte sie mit einem überraschten Ausruf.

»Lucio!« Der Mönch schob die erhobene Hand des Alten beiseite, um Robin aus wachen hellblauen Augen zu betrachten. Dichtes blondes Haar umspielte sein hübsches, ausdrucksstarkes Gesicht. Ein Gesicht, das Robin kannte.

»Bruder Leon!« Als sie dem Zisterzienser zum ersten und einzigen Mal begegnet war, hatte er im Katharinenkloster am Berg Sinai alte Schriften studiert und kopiert. Das war fast sechs Jahre her. Dennoch erkannte sie ihn zweifelsfrei wieder. Er hatte sich nicht im Geringsten verändert, schien nicht einmal gealtert zu sein. Nach allem Elend der vergangenen Woche und der Einsamkeit, die ein großer Teil davon gewesen war, musste sie an sich halten, um ihm nicht vor Freude und Erleichterung um den Hals zu fallen. Bei ihrer ersten Begegnung waren sie für die Dauer einiger Wochen fast so etwas wie Freunde gewesen, obgleich sein Begriff von Moral ein wenig zu wünschen übrig ließ. Aber auch, wenn Bruder Leon kein vorbildlicher Christ war, war er doch ein guter Mensch. Er würde nun für sie da sein und sich für Salim und sie einsetzen. Robin war nicht mehr allein. Wieder einmal versuchten ihre Tränen, sich ins Freie zu kämpfen. Dieses Mal jedoch waren es Tränen der Erleichterung.

Der greise Zisterzienser drehte sich zu Bruder Leon um. »Du kennst dieses Weib, Bruder?«, erkundigte er sich.

Leon lächelte. »Gewissermaßen.« Er zwinkerte Robin zu. Auf einen pikierten Blick des Abtes hin wedelte er abwehrend mit der Linken. »Nicht so, wie Ihr denkt«, lachte er. »Es ist nur so, dass der Herrgott einst wollte, dass wir ein Stück unseres Weges miteinander gehen.« Er hielt inne. »Nebeneinander hergehen«, verbesserte er sich.

Der Alte betrachtete ihn einen Moment lang zweifelnd, zuckte dann aber die dürren Schultern. »Dann sorg am besten du für sie.« Damit wandte er sich ab und schlurfte ins Halbdunkel der Halle hinter dem Portal zurück. »Die Bücher warten auf mich. Und ich bin nicht mehr der Jüngste. Bring sie irgendwo unter, wo sie niemanden stört, und versorg den Mohammedaner in der neuen Bibliothek. Die Arbeiten dort ruhen ohnehin noch bis zum Frühjahr.« Bevor er sich gänzlich entfernte, fügte er aus den Schatten im Inneren des Gebäudes hinzu: »Ach ja, beachte die Regeln, und sorg dafür, dass er keinen Tag länger bleibt, als er unbedingt muss. Sobald er nicht mehr gefüttert und gewindelt werden muss, soll er zusehen, dass er in der Stadt unterkommt. Wenn er wieder zu seinem falschen Gott betet, hat er hier nichts mehr verloren.«

Leon verdrehte grinsend die Augen. Dann trat er auf die Stufen vor dem Portal und konnte es sich nicht verkneifen, Robin kurz zu herzen, nachdem er sich mit einem Blick über die Schulter davon vergewissert hatte, dass es außer dem jungen Markus niemand sah. Er legte ihr die Hände auf die Schultern und sah ihr fest ins Gesicht. »Bruder Lucio, der Robin heißt. Ich glaube, du hast mir viel zu erklären. Aber zunächst wollen wir uns um deinen Sklaven kümmern, den du geheiratet hast, nachdem sich dein Geschlecht auf überaus merkwürdige Weise plötzlich gewandelt hat. Allerdings nicht zu deinem Nachteil, wenn ich mir diese anzügliche Bemerkung erlauben darf.« Aus seinem Munde klang das überhaupt nicht anzüglich, sondern wie ein hübsches Kompliment. Und selbst wenn es anders gewesen wäre, hätte Robin sich kaum darum geschert. Es war gut – nein, es war ganz und gar wunderbar! –, dass das Schicksal sie ausgerechnet in diesen schweren Stunden zueinandergeführt hatte. Doch bevor sie sich an den Austausch von Sentimentalitäten machen konnten, mussten sie Salim versorgen.

Als hätte er in ihren Gedanken gelesen, gab der Zisterzienser dem weiß gekleideten Laienbruder einen Wink. »Du hast gehört, was Abt Bonifatius gesagt hat. In die neue Bibliothek mit ihm. Und zwar bevor die Bücher im Frühling eingeräumt und die Mauern des Hauses geweiht sind.«

Markus schüttelte energisch den Kopf. »Bruder Leon!«, versuchte er einen neuerlichen Protest. »Dieser Mann hier ist …«

»Sofort!«, schnappte Leon. Robin hatte nicht gewusst, dass er eine solche Autorität ausstrahlen konnte, und deshalb zuckte sie ob der plötzlichen Härte seiner Stimme fast ebenso heftig zusammen wie der Laienbruder. Dieser senkte den Kopf und trieb den Hengst mit dem Schlitten mangels Zaumzeug mit leichtem Druck gegen den Hals vom Vorhof.

»Er ist noch nicht lange hier«, wandte Leon sich in entschuldigendem Tonfall an Robin, während sie dem Gespann mit einigen Schritten Abstand folgten. »Er hat großes Glück, dass es Orte wie unsere Komturei gibt. Unser ehrwürdiger Abt nimmt jeden auf, der bereit ist, so zu tun, als ob er arbeitet.« Er grinste. »Ich will nicht behaupten, dass ich selbst mehr als das tue. Ehrlich gesagt bin ich hier, um mich ein wenig von all den anstrengenden Reisen der vergangenen Jahre zu erholen. Richard Löwenherz bekommt den Hals einfach nicht voll. Sobald ich zurück in England bin, wird er mit der nächsten Bitte auf mich zukommen.«

»Mit einer Bitte wie jener, der du am Mosesberg nachzukommen versucht hast?«, sagte Robin. Sie freute sich wirklich, Bruder Leon zu sehen, und ein Teil von ihr fragte sich, wie es ihm in der Zwischenzeit ergangen war und was er getrieben hatte. Vor allem wollte sie wissen, was ihn wirklich nach Mariental verschlagen hatte. Sein Verlangen nach etwas Müßiggang jedenfalls nahm sie ihm nicht ab. So etwas, das glaubte sie schon nach der kurzen Zeit, die sie damals miteinander verbracht hatten, zu wissen, war seinem Wesen fremd. Sie lächelte. Sie würde es später herausfinden. Jetzt aber galt es erst einmal, Salim wieder auf Vordermann zu bringen. Gemeinsam würden sie dann Leila zurückholen. Gewiss war das Schlimmste nun geschafft. Hier würde man Salim helfen und ihnen beiden Obdach und Nahrung bieten, bis sie wieder ihres Weges ziehen konnten. Weiterziehen würden sie natürlich erst, wenn sie herausbekommen hatten, welcher der Brüder die Urkunde im Namen des Wahlabtes von Werden nach Egesrode getragen hatte. Doch so weit konnte und wollte Robin in diesem Moment wirklich nicht mehr denken. Richtig beruhigt wäre sie ohnehin erst, wenn Salim warm und nach Möglichkeit auch weich gebettet und gut versorgt war. Und wenn er endlich aus seiner Ohnmacht erwachte.

»Vielleicht bin ich wegen einer ähnlichen Bitte wie jener am Mosesberg hier«, antwortete Leon ausweichend. Er deutete mit einem Nicken auf Salim. Markus hatte sein Gesicht wieder mit dem grünen Tuch bedeckt und schien es sehr eilig zu haben, ihn in der zukünftigen Bibliothek unterzubringen. Jedenfalls konnten sie kaum mit ihm Schritt halten, aber das war Robin nur recht. »Was ist mit ihm passiert?«, fragte der Zisterzienser.

»Wegelagerer«, log Robin. »Auf einmal standen sie auf der Straße, und … Ich weiß auch nicht genau, wie es passieren konnte.« Insgeheim erwog sie die Möglichkeit, Leon die ganze Wahrheit zu erzählen. Vielleicht konnte er ihnen ja irgendwie helfen. Möglicherweise hatte sogar er selbst die Urkunde von Werden nach Egesrode überbracht. Offenkundig kam er ja viel herum in der Welt. Sie würde darüber nachdenken – aber nicht jetzt. »Auf jeden Fall steckte auf einmal ein Messer in seinem Bauch.« Ab diesem Punkt ihrer Geschichte musste sie nicht einmal lügen. »Er hat es herausgezogen und die Wunde selbst genäht. Zunächst sah es so aus, als wäre es nur halb so schlimm, doch dann verschlechterte sich sein Zustand plötzlich. Er verlor das Bewusstsein und stürzte vom Pferd, und nun ist die Wunde brandig. Wir brauchen einen Arzt. Oder jemanden, der sich mit so etwas auskennt.«

Leon schüttelte bedauernd den Kopf. »Es gibt keinen Arzt in diesem Kloster. Und nur zwei Geistliche, die glauben, sie wären welche. Wenn du möchtest, lasse ich sie kommen. Aber selbst, wenn sie bereit sind, ihn sich anzusehen …« Er seufzte tief. »Bruder Nikolaus wird ihn zur Ader lassen, ein Gebet sprechen und ihm irgendetwas einflößen, was echte Seemannsknoten in seine Gedärme zaubert. Bruder Helfried kennt sogar noch radikalere Methoden, um einen Kranken nach allen Regeln der Kunst in einen Toten zu verwandeln. Als Freund möchte ich dir davon abraten, einen der beiden zurate zu ziehen. Wir sind doch Freunde, oder?« Er blieb kurz stehen und musterte sie mit einem eindringlichen Blick aus seinen hellblauen Augen.

»Ich denke schon«, erwiderte Robin, der es schwerfiel, ebenfalls innezuhalten. Nervös sah sie zu Salim hinüber. Markus hatte das Pferd nach Osten geführt und näherte sich nun einem Gebäude, das wie viele andere hier noch nicht ganz fertiggestellt war. Im Obergeschoss fehlten Fenster und Klappen, und Robin hätte ihren Hengst darauf verwettet, dass es noch jeglicher Inneneinrichtung entbehrte. Aber wenigstens besaß es bereits ein vollständiges Dach, und das Untergeschoss schien bereits nutzbar zu sein. Nach den Entbehrungen der vergangenen Tage erschien ihr diese Unterkunft als reinste Luxusherberge.

Leon folgte ihrem Blick und betrachtete Salim nachdenklich. »Ich habe ihn damals mit diesem persischen Scheich gesehen. Und ich wusste sofort, dass er kein Sklave ist, sondern ein Krieger. Genau wie all die anderen Männer, die mit dem dicken Alten gekommen sind. Du hast mir damals nicht die ganze Wahrheit erzählt. Ich konnte mir auch denken, dass dieses schwergewichtige

Spatzenhirn in deiner Begleitung … Wir war doch gleich sein Name?«

»Erek von Nettestal.« Robins Magen zog sich bei der Erinnerung an den Verräter, der sie und ihr Kind beinahe getötet hatte, zusammen.

»Danke, dass ich das endlich erfahren darf«, erwiderte Leon. »Jedenfalls wusste ich, dass es sich bei diesem beschränkten Trottel ohne Form und Bildung keineswegs um Robin von Tronthoff, den Ersten Ritter des Königs von Jerusalem, handeln konnte. Was dich angeht: Ich hielt dich für … Nun ja …« Er errötete leicht. »Für keinen richtigen Mann, wenn du verstehst, was ich meine. Ich dachte, dass du vielleicht … Also, ich hielt es nicht für schlimm, nicht einmal für besonders außergewöhnlich, aber …« Er schüttelte den Kopf. »Wie auch immer. Jedenfalls wusste ich, dass du mich belügst. Die ganze Zeit über. Und nun kommst du als Frau hierher und gibst vor, mit dem Muselmanen verheiratet zu sein. Du nennst dich Robin, und wenn du gleich noch ein von Tronthoff hinten anhängst, mache ich auf dem Absatz kehrt und rede kein einziges Wort mehr mit dir, weil ich dir dann einfach überhaupt nichts mehr glauben kann.«

Robin hielt seinem durchdringenden Blick stand, obwohl es ihr nicht leichtfiel. Sie musste Leon viel erklären und ihm dabei, ob es ihr behagte oder nicht, vielleicht eine ganze Reihe neuer Ausreden und Lügen auftischen. Später.

»Ich hatte keine andere Wahl«, sagte sie. »Ich habe dich belogen, das ist wahr. Aber es war nicht deine Person, sondern die Umstände, die es erforderten. Bitte, Leon … Lass uns später reden. In Ruhe und so lange du willst. Sobald nur Salim versorgt ist.«

Der Zisterzienser ließ einen quälenden Moment verstreichen. Hinter seiner Stirn arbeitete es sichtlich. Aber dann seufzte er nur tief und nickte langsam. »In Ordnung. Aber es gibt, wie gesagt, keinen Arzt hier. Ich könnte einen Boten nach Helmonstede schicken.«

»Vielleicht«, erwiderte Robin dankbar, während sie endlich weitergingen. »Aber vielleicht ist es auch gar nicht nötig. Ein wenig Wärme könnte Wunder wirken. Wenn Salim erwacht, kann er uns sagen, wie wir ihm helfen können. Komm.«

Sie hatten die neue Bibliothek erreicht, und Robin bedeutete Leon, Salim an den Füßen zu packen und ihn mit ihr zusammen vom Schlitten zu heben. Sein Körper war inzwischen regelrecht starr vor Kälte. Leon runzelte die Stirn, während er ihr half, ihn ins Innere des Gebäudes zu tragen.

Offenbar waren sie nicht die ersten Bedürftigen, die im neuen Bibliotheksgebäude untergebracht wurden, es gab nämlich wider Erwarten ein gutes halbes Dutzend schlichter Strohlager. Einige davon waren sogar mit Decken ausgestattet. Sie legten den bewusstlosen Sarazenen auf dem ersten Lager ab, und Markus entzündete derweil hastig ein paar Fackeln, die an den Wänden angebracht waren, versuchte sich dann aber unauffällig zurückzuziehen. Leon rief ihn jedoch zurück, als er gerade den ersten Fuß in den Ausgang gesetzt hatte.

»Bleib«, forderte er den jungen Laienbruder auf.

Markus verharrte mit sichtbarem Unwohlsein an der Tür.

»Vielleicht brauche ich deine Hilfe«, erklärte der Zisterzienser.

Robin bemerkte, dass seine Stimme an Autorität verloren hatte. Seine Worte klangen eher nach einer Bitte als nach einem Befehl.

»Wobei?«, fragte Markus unbehaglich. »Soll ich ein Loch graben?«

Leon trat an den Sarazenen heran und nahm das Tuch, das sein Gesicht bedeckte, mit spitzen Fingern an sich. Er erbleichte und starrte Robin an, als wäre ihm ein Geist begegnet.

Robin nickte bekümmert. »Er sieht schrecklich aus, ich weiß. Aber er wird wieder auf die Beine kommen. Salim ist unglaublich zäh.«

Leon schwieg und bedachte Markus mit einem Hilfe suchenden Blick, aber der zuckte nur die Schultern. »Ich habe die ganze Zeit über versucht, es dir zu sagen.«

Wieder sah der Zisterzienser auf den reglosen Sarazenen hinab und machte eine hilflose Geste. Dann legte er das Tuch sanft dorthin zurück, woher er es genommen hatte, und trat langsam auf Robin zu. »Robin …«, begann er leise, aber sie fiel ihm ins Wort.

»Er kommt schon wieder in Ordnung«, beharrte sie und versuchte sich an dem Geistlichen vorbeizuschieben, um sich um Salim zu kümmern. Verflucht! Gerade noch hatte sie geglaubt, sich glücklich schätzen zu können, in Leon einen Freund getroffen zu haben. Sie hatte gedacht, er würde Salim helfen und sie selbst ein wenig aufbauen. Nun aber sah es ganz so aus, als wäre sie diejenige, die dem Zisterzienser Mut zusprechen musste. »Bitte hilf mir, seine Verbände zu wechseln«, forderte sie Leon ungeduldig auf. »Die Wunde muss sauber gehalten werden, damit sich der Wundbrand nicht noch schneller ausbreitet.«

Leon ergriff sie an den Schultern und hielt sie von Salims Lager zurück. »Das hat keinen Sinn mehr, Robin.«

»Wundbrand«, sagte Markus irgendwo hinter ihr. »Leichenfäule würde es eher treffen.«

»Markus!«, schnappte Leon ungehalten. In seinen Zügen gaben Zorn, Sorge und Hilflosigkeit einander die Hand.

Der Laienbruder stotterte ein leises »Verzeih« und senkte das Haupt.

Robin versuchte sich aus Leons Griff zu winden, aber der Zisterzienser hielt sie zu fest.

»Was soll das, Leon? Nicht nur, dass du mir nicht hilfst – du hinderst mich auch noch daran, alles allein zu machen. Lass mich los!«

Aber Leon dachte überhaupt nicht daran, sondern verstärkte seinen Griff um ihre Schultern noch. »Robin«, erklärte er sanft und doch mit entschiedenem Nachdruck. »Wir können deinem Mann nicht mehr helfen. Niemand kann das – auch nicht der beste Arzt der Welt. Salim ist tot.«

»Und das«, fügte Markus leise hinzu, »wahrscheinlich nicht erst seit heute.«

Robin riss sich los, wirbelte herum und schlug dem Sommersprossigen mit der geballten Faust ins Gesicht. »Hüte deine Zunge, Kerl!«, fauchte sie, während er benommen in die Knie ging. »Du redest daher, als wäre ich krank im Geiste!«

»Nicht im Geiste«, sagte Leon traurig, während er ihr sanft einen Arm um die vor Wut zitternden Schultern legte. »Aber vielleicht in der Seele. Deine Augen haben längst erkannt, was ein jeder sofort erkennen muss. Aber dein Herz will es nicht sehen.«

Robin funkelte ihn zornig an. Die Wiedersehensfreude, die sie noch vor wenigen Augenblicken empfunden hatte,

hatte sich endgültig und restlos verflüchtigt. Was war das bloß für ein krankes Spiel, das die beiden Geistlichen mit ihr spielten? War das Leons Rache dafür, dass sie ihn im Katharinenkloster nach Strich und Faden belogen hatte? Das war völlig geschmacklos und zudem unangemessen. Oder hatte er gar selbst ein Auge auf sie geworfen, vielleicht sogar schon damals, als er sie noch für Bruder Lucio gehalten hatte? War das der wahre Grund dafür gewesen, dass er stets ihre Nähe gesucht und sich als guter Freund gegeben hatte? Spekulierte er etwa darauf, dass sie Salim aufgab, ihn für tot erklärte? Damit er, Leon, sein Glück bei ihr versuchen konnte? Schließlich war er doch an Scheinheiligkeit schon damals, als er die Gebeine der heiligen Katharina geschändet hatte, nicht zu überbieten gewesen!

Was auch immer in seinem verrückten Kopf vor sich ging, er würde sie ganz sicher nicht dazu bewegen, den Mann, den sie liebte, den sie geehelicht und dem sie ein Kind geboren hatte, einfach aufzugeben. Robin stieß den Zisterzienser in ihrer zügellosen Wut grob beiseite und trat zurück an das Krankenlager des Sarazenen. Sie wusste nicht, ob ihr noch genug Zeit blieb, Salims Erwachen abzuwarten, um das brandige Fleisch an seinem Bauch unter seiner Anleitung zu entfernen, denn er sah wirklich entsetzlich aus. Es gab keinen Arzt in dieser Komturei, wenn Robin Leon wenigstens in diesem Punkt Glauben schenken durfte. Und Leon würde ihr nicht helfen, so viel stand nun fest. Selbst wenn der Zisterzienser sich im nächsten Moment auf Knien für sein widerwärtiges Verhalten entschuldigte, würde sie nach ihm spucken und ihm klarmachen, dass sie gut und gern auf ihn verzichten konnte. Und zwar für den Rest ihres Lebens. Während sie das entschied, legte sie Salims Oberkörper frei und machte sich daran, die Verbände zu entfernen.

»Bring mir Wasser«, wandte sie sich an Markus. Zwar zürnte sie ihm ebenfalls, aber im Grunde konnte er nichts dafür, dass er ausgerechnet Leon unterstellt war. Er musste ihm wohl nach dem Maul reden. Der Laienbruder reagierte jedoch nicht, sondern sah sie nur aus trüben Augen an.

Leon betrachtete Robin zweifelnd. »Was hast du vor?«, fragte er.

»Das, was du nicht vorhast«, erwiderte Robin wütend. »Ich rette meinen Ehemann. Los, Markus! Ich brauche frisches Wasser – am besten heißes. Verflucht! Muss ich mich auf die Knie werfen und betteln, damit du tust, was euer Abt euch aufgetragen hat?«

Markus hob nur hilflos die Schultern. Offenbar wusste er nicht, ob er sich lieber an die Worte des Abtes halten sollte, der ihnen beiden aufgetragen hatte, den Verletzten zu versorgen, oder an die Leons. Der Zisterzienser war der Autorität des Abtes zwar unterstellt, aber er stand immer noch weit über ihm selbst. Und in diesem Augenblick war er ihm einfach viel näher.

Robin fluchte auf den gesamten Orden und auf den Herrgott selbst und zog den rasiermesserscharfen Dolch, den sie nach Salims Sturz an sich genommen hatte. Nun würde ihm dieselbe Klinge, die ihn um ein Haar das Leben gekostet hatte, dieses retten. Es würde eine schreckliche Prozedur werden – eine weit schlimmere, als es das Nähen der Stichwunde gewesen war. Als ihr Freund und Weggefährte Rother vor langer Zeit im Kampf verletzt worden war, hatte sie Salim dabei zugesehen, wie er den Templer auf diese Weise behandelt und ihn damit vor einem schrecklichen Tod durch die giftigen Säfte bewahrt hatte, die aus der brandigen Wunde durch seine Adern zu strömen drohten. Aber trotzdem war es ganz und gar furchtbar gewesen. Allein schon beim Zusehen hatte sich ihr der Magen umgedreht, und sie war sich nicht sicher, ob sie sich alles richtig gemerkt hatte. Außerdem fehlten ihr die Tinkturen und Kräutersalben, auf die Salim damals zurückgegriffen hatte, und sie glaubte auch nicht, dass Markus die notwendigen heißen Kohlen herbeischaffen würde. Schließlich brachte er ihr nicht einmal das frische Wasser, nach dem sie verlangt hatte. Das Wichtigste jedoch war, das wusste sie, das faulige Fleisch zu entfernen und die Wunde mit möglichst viel Druck zu verbinden. Und das würde sie auch allein schaffen, wenn es nicht anders ging. Irgendwie …

Leon entriss ihr das Messer und zog die Klinge der Länge nach durch Salims Brustkorb. Robin schrie entsetzt auf, und in der nächsten Sekunde packte der Zisterzienser sie mit harter Hand im Nacken. Er drehte ihr einen Arm auf den Rücken und nötigte sie, zur Reglosigkeit verdammt, auf die fast ellenlange Schnittwunde hinabzublicken.

»Es blutet nicht«, sagte er leise.

Robin starrte auf den frischen Schnitt. Die gelbliche Haut des Sarazenen klaffte auseinander. Der Schnitt war fast einen Fingerbreit tief, aber es quoll kein einziger Tropfen Blut daraus hervor. Stattdessen sammelte es sich als zähe Masse im offenen Fleisch. Und es war viel zu wenig.

»Siehst du nun, dass er tot ist?«, flüsterte Leon. »Siehst du es mit deinen Augen wie auch mit deinem Herzen, das, verflucht noch eins, nicht vollkommen blind sein kann?«

Robin spürte, wie sich bittere Galle ihre Speiseröhre

hinaufkämpfte und ihre Knie zu zittern begannen. Ihr schwindelte.

»Du hast getan, was du konntest, aber nun kannst du nichts mehr für ihn tun.« Der Zisterzienser ließ ihr Handgelenk und ihren Nacken los, um von hinten beide Arme um ihren Oberkörper zu schlingen.

Robin starrte noch immer auf den Leib des Sarazenen hinab, auf Salims Körper, der einfach nicht mehr blutete …

Weil er tot war. Weil sein Herz kein Blut mehr durch den Körper pumpte. Weil sie seine Leiche mit sich herumgeschleppt und umsorgt hatte. Weil es ihr eigener Pulsschlag gewesen war, den sie gehört hatte, wenn sie ab und an ein Ohr auf seine Brust gepresst hatte. Weil der Dunst, der sein Gesicht umweht hatte, ihren eigenen Atemwegen entsprungen war.

Weil sie wahnsinnig war!

Nicht die Furcht vor dem Andersgläubigen war es gewesen, die die Menschen in Steimpkeborn mit Steinen nach ihr hatte werfen und sie als Hexe hatte titulieren lassen. Sie selbst hatte es zu verschulden gehabt, weil sie mit einem Toten im Gepäck an ihre Türen geklopft hatte. Nicht der Wundbrand hatte den strengen Geruch verursacht, der unentwegt in ihre Nase gedrungen war, sondern die voranschreitende Fäulnis der Leiche. Seine dunklen Lippen, die fast schwarze Nasenspitze, die Gelbfärbung seiner Haut …

Schwindel begann sich in Robin auszubreiten, als sie endlich mit den Augen und dem Herzen sah, dass Leon die Wahrheit sprach. Eine Wahrheit, die so schrecklich war, dass sie ihr schlicht den Zugang zu ihrem Bewusstsein versperrt hatte. Übelkeit machte sich in ihr breit. Obwohl Leon sie fest in seinen starken Armen hielt, suchte sie instinktiv nach etwas, woran sie sich festhalten konnte. Sie erwischte Salims steife Hand, übergab sich, versuchte zu verstehen, wieso sie auf einmal gleichzeitig auf dem Kopf zu stehen und sich im Kreis zu drehen schien.

Und dann verlor sie das Bewusstsein.

17. KAPITEL

✠

Gott hasste Robin, und Robin hasste Gott. Sie wagte es nicht, Seine Existenz einfach zu leugnen. Schließlich konnte es sein, dass es Ihn, den Vater, der über allen Dingen stand, doch gab. Und dass in allem, was Er zuließ, ein tieferer Sinn zu sehen war, den ihr schlichtes menschliches Gemüt niemals würde ergründen können. Aber sie zürnte Ihm, denn Er hatte sie nicht nur ein weiteres Mal im Stich gelassen, sondern glattweg mit Füßen nach ihr getreten. Und dann, als sie sich von Ihm distanziert hatte, hatte Er auch noch nach ihr gespuckt. Und so ging es schon seit zweiundzwanzig Jahren. Er hatte ihre Mutter ihr Herz an einen Engländer verlieren lassen, den sie, Robin, niemals hatte kennenlernen dürfen. Dann hatte Er ihr auch ihre geliebte Mutter genommen, indem Er sie einem qualvollen Feuertod anheimgab. Mit dem Knappen Jan hatte Er einen Jungen getötet, der vielleicht irgendwann ihr Ehemann hätte werden können – zumindest aber ein sehr guter Freund. Robin selbst war zum ersten Mal mit gerade vierzehn Lenzen um ein Haar umgekommen, als die Klinge des Waffenmeisters ihre Kehle zerschnitten hatte. Heute, an diesem schrecklichsten aller Tage, die sie jemals durchgestanden hatte, wünschte sie sich fast, Otto hätte sie damals getötet und sie nicht bloß tot geglaubt, auf dass die Tempelritter in Bruder Abbés kleiner Komturei sie gesund pflegten. Denn wenn sie damals verblutet wäre, hätte sie Salim niemals kennengelernt und sich nicht in ihn verliebt. Sie hätte keine Menschen getötet und den Sohn des Alten vom Berge nicht ins Heilige Land begleitet. Sie hätte nicht erfahren, was es bedeutete, als Sklavin auf einem orientalischen Basar verkauft zu werden, und hätte König Balduin nicht auf dem Schlachtfeld von Mardsch Ayun kennengelernt und gerettet, um schließlich erneut um ihr eigenes Leben bangen zu müssen – und auch um das des Königs. Sie wäre vielleicht nie in den Stand der Ehe getreten. Von der Legende um das Wasser des Lebens hätte sie nie erfahren, und sie wäre auch nie im Maul des Drachen gelandet. Sie hätte Leila nicht geboren und sich nicht völlig entwurzelt als Weib eines Mohammedaners in Jerusalem wiedergefunden; in einer fremden Kultur, vor der sie zurück in die Heimat geflüchtet war.

Wäre Leila nicht geboren worden, hätte niemand sie ihr rauben können, und hätte man ihr Leila nicht geraubt, wäre Salim nicht im Kampf um sie gestorben.

Gott hasste Robin also offenkundig. Und anscheinend hatte Er entschieden, sie mit all jenen Menschen zusammenzubringen, die Er ebenfalls nicht leiden konnte, damit sie großes Unglück über sie brachte. Dass auch sie Ihn hasste, war ihr in ihrem wirren Kopf ein Beweis, dass Er existierte, immer und überall. So stand es doch in den Büchern geschrieben; so lehrten es die Klugen und die Geistlichen. Und vor allem spürte sie es so in sich selbst: Wenn Gott nicht existierte, könnte sie Ihm auch nicht so abgrundtief deswegen zürnen, was Er ihr alles angetan hatte.

Mit Rücksicht auf Salims und ihr eigenes Seelenheil versuchte sie trotzdem, für den Sarazenen zu beten, während Markus und Leon eine sechs Fuß tiefe Grube auf einer Lichtung unweit des Waldrandes aushoben. Aber es gelang ihr nicht. Die Nässe drang durch ihre Kleider, während sie zitternd und stumm im Schnee neben Salims Leiche kniete.

Sein Körper war in mehrere Leinensäcke gehüllt und auf ihren ausdrücklichen Wunsch mit dem kostspieligen Wachstuch umwickelt worden, das die Zisterzienser in ihrer Komturei herstellten. Scheich Raschid ad-Din Sinan würde kommen und seinen Sohn holen. Dessen war sie sich sicher. Sie wollte vermeiden, dass alles, was sich von dem Wüstenprinzen noch ins Heilige Land zurückverschiffen ließ, ein Haufen spröder Knochen wäre. Salim hatte ein anderes Begräbnis verdient. Ein schöneres und ehrwürdigeres in seiner eigenen Kultur. Und vor allem in – durch wen auch immer – gesegnetem Boden. In diesem Punkt nämlich war der Abt unerbittlich gewesen. Er vermochte zwar, in einem Heiden, der seiner Hilfe bedurfte, einen Nächsten zu sehen, ihm Obdach und Nahrung zu bieten und ihm nach Möglichkeit wieder auf die Beine zu verhelfen. Ihn jedoch auf dem geweihten Boden des klostereigenen Friedhofs zu bestatten sprengte die Grenzen seiner Toleranz. Robin hatte nicht einmal versucht, mit ihm zu diskutieren; sie war körperlich und geistig nicht in der Lage dazu gewesen. Und schließlich wäre es auch nicht Salims Wunsch gewesen, auf einem christlichen Friedhof beigesetzt zu werden. Ein Moslem, das waren seine Worte auf der *Aisha* gewesen, kam ganz gut ohne das christliche Geschwätz von der Dreifaltigkeit aus.

Trotzdem tat ihr die Vorstellung unendlich weh, ihn in wenigen Augenblicken auf unheiligem Grund, irgendwo mitten im Wald, zu verscharren. Robin wusste nicht, wie sie das überstehen sollte. Der Moment des Abschieds rückte immer näher, unerbittlich und viel zu schnell, obwohl sie den Brüdern mit keinem Handschlag beim Ausheben der Grube half. Sie wollte Zeit schinden, um möglichst lange ganz dicht an Salims Seite zu kauern und die Finger um den steifen Unterarm zu krallen, den sie unter dem Wachstuch und den Leinensäcken ertastet hatte. Rhythmisch stießen Leon und Markus ihre Spaten in den hart gefrorenen Boden, immer wieder und noch einmal, und schließlich ein letztes Mal. Robin mied ihre Blicke, als sie schließlich aus der Grube kletterten und sich erwartungsvoll vor sie stellten.

Um noch ein wenig mehr Zeit zu gewinnen, sprach sie nun doch ein Vaterunser – leise, sehr leise. Sie wollte nicht, dass der Mönch und der Laienbruder hörten, wie sie die Zeilen veränderte. Ihr Gebet hatte nicht mehr allzu viel mit dem gemein, was der Herrgott gern gehört hätte. Die Zeile »Dein Wille geschehe« brachte sie ebenso wenig über die zitternden Lippen wie das Versprechen, ihren Schuldigern zu vergeben. Sie wollte nicht, dass Gottes Wille geschah. Und sie wollte Ihm ganz bestimmt nicht vergeben. Niemals.

Es gab nur noch zwei Dinge, deren sie sich in diesem Augenblick absolut sicher war: Sie würde nie wieder glücklich sein, und sie hatte ihren Glauben verloren. Wenn sie dafür im Fegefeuer schmoren musste, sollte es eben so sein. An den Schmerz der Flammen würde sie sich gewöhnen. Vielleicht würde er sie sogar von dem ungleich fürchterlicheren Leid ablenken, das sie hier und jetzt ertragen musste und das nie wieder von ihr weichen würde, solange sie auf Erden weilte.

Als sie ihr Gebet, das keines wahr, beendet hatte, beugte sich Leon zu ihr herab, stellte sie mit sanfter Gewalt auf die Beine und bedeutete Markus mit einem Nicken, den steifen Leib des Sarazenen an den Füßen zu packen. Mithilfe einiger Seile, die der Zisterziensermönch in geschickter Anordnung zurechtgelegt hatte, ließen sie den Leichnam in die Grube hinab. Als es vollbracht war, bedachte Leon Robin mit einem auffordernden Nicken, aber sie hob nur hilflos die Schultern und schüttelte den Kopf.

Der Zisterzienser trat zu ihr hin, legte sanft einen Arm um ihre Schultern und schob sie an den Rand der Grube, sodass sie auf den Leichensack hinabblicken konnte. Ihr schwindelte. Einen Moment spielte sie mit dem Gedanken, einfach zu Salim in das Loch zu springen, um sich mit ihm begraben zu lassen. Doch diesen Gefallen hätten Leon und Markus ihr gewiss nicht erwiesen.

»Herr, in deinen Händen sei Anfang und Ende, sei alles gelegt«, sang Leon leise auf Latein, als sie auch nach Minuten nichts gesagt, sondern nur mit leerem Blick in die Grube hinabgestarrt hatte. Sie versuchte zu weinen. Es gehörte sich doch für eine trauernde Witwe, am Grab ihres verstorbenen Ehemannes zu weinen, oder? Jeder verstand die Tränen einer verzweifelten Frau in diesem schrecklichen Moment – so gut sogar, dass man sie glattweg erwartete. Aber Robin hatte in den vergangenen Tagen schon viel zu viel geweint. In der letzten Nacht hatte sie es in jeder Sekunde getan, in der sie nicht geschrien hatte. Nun schien es ihr, als wären ihre Tränen restlos aufgebraucht. Sie fühlte sich kraftlos und leer und schämte sich, weil sie nur dastand und anscheinend ohne Emotionen in die Grube hinabstarrte. Als bräche Salims Tod ihr nicht das Herz, als beendete er nicht für immer das, was sie bis gestern als ihr Leben bezeichnet hatte.

»Befiehl dem Herrn deine Wege, und hoffe auf Ihn«, sang Leon leise weiter. »Mögest du auf deinem Weg Freunde finden, die Führung der Engel und das ...«

Robin wirbelte zu ihm herum. »Engel?! Wo waren Seine grandiosen Heerscharen denn, als wir sie gebraucht haben? Es ist zu spät, Leon! Wir brauchen Gottes Hilfe nicht mehr!«

Der Zisterzienser betrachtete Robin erst erschrocken, dann nachdenklich. »Du hast dich auf deine Rolle als Bruder Lucio gut vorbereitet«, stellte er unpassenderweise fest. »Deine Lateinkenntnisse sind beachtlich.«

Robin rümpfte die Nase. »Sie reichen aus, um zu verstehen, dass du unglaublichen Schwachsinn von dir gibst. Lass mich allein, Leon. Ich brauche dich nicht, und deinen Gott schon gar nicht. Geh zurück in dein Kloster, und bete zu all den Heiligen, die uns im Stich gelassen haben, damit sie dir morgen dabei helfen, in deinem Haferbrei zu rühren oder wieder irgendwelche Reliquien zu schänden!«

Sie bereute ihre Worte schon, ehe sie sie ganz ausgesprochen hatte. Markus riss angesichts solch geballter Respektlosigkeit und Gotteslästerung erschrocken die Augen auf, aber in Leons Zügen stand nichts als Mitleid.

»So seid auch ihr jetzt bekümmert, aber ich werde euch wiedersehen«, zitierte er leise aus dem Buch des Johannes. »Dann wird euer Herz sich freuen, und niemand nimmt euch eure Freude.« Dann wechselte er in seine Muttersprache zurück. »Es tut mir leid, Robin, und ich verstehe deinen Schmerz und deine Wut. Und wenn ich ehrlich bin, muss ich gestehen, dass ich selbst weiß, dass es keine passenden Worte für diesen Augenblick gibt. Kein Spruch, kein Zitat und keine Binsenweisheit kann dir jetzt weiterhelfen. Aber ich werde dich nicht alleinlassen. Ich will hierbleiben und dir beistehen. Wir müssen nicht beten, wenn dir nicht danach ist. Ein Gebet, das nicht von Herzen kommt, ist ohnehin nur eine Aneinanderreihung wertloser Silben.«

»Sie könnte … zu dem Gott der Mohammedaner beten«, schlug Markus vor. Er war zwar kein Geistlicher, sondern nur ein Laienbruder, aber auch einem ganz normalen Christenmenschen musste es schwerfallen, diesen Vorschlag über die Lippen zu bringen. Rückblickend würde Robin ihm seine Toleranz hoch anrechnen, das wusste sie im Grunde sogar schon jetzt. Aber sie hatte einfach keine Kontrolle mehr über ihre Worte und Gefühle, und ihr Zorn verlagerte sich auf den sommersprossigen Jungen.

»Der Gott der Mohammedaner sitzt mit dem Gott der Christenheit im Garten Eden und spielt Wurfzabel! Der Gewinner darf einen guten Menschen töten. Der Verlierer muss sich damit begnügen, ein Kind entführen zu lassen.«

Markus senkte bestürzt den Blick, aber Leon horchte auf. »Ein Kind entführen zu lassen? Wovon sprichst du, Robin?«

Aus Robins Augen zuckten Blitze, die beide Männer augenblicklich getötet hätten, wären sie real gewesen. Sie antwortete nicht, sondern wandte sich mit einem Ruck ab, ergriff einen der beiden Spaten und begann, die Grube zuzuschaufeln, mit der Salim würde vorliebnehmen müssen, bis sein Vater kam, um den Leichnam zu holen. Sie hatte schon zu viel gesagt. Das meiste davon würde ihr wahrscheinlich morgen schon wieder leidtun. Doch in all ihrer Verzweiflung durfte sie nicht vergessen, warum sie eigentlich hierhergekommen war. Sie musste Leila retten. Diese Komturei war vielleicht der einzige Ort, an dem sie herausfinden konnte, wohin die beiden Barbaren ihre Tochter gebracht hatten. Es stimmte nicht, dass sie Leon und sein Kloster nicht brauchte. Ganz im Gegenteil, sie war sogar dringend auf das Vertrauen der Brüder angewiesen. Wenigstens so lange, bis sie einen Anhaltspunkt dafür fand, aus welchem der Zisterzienser sich die Antwort auf ihre Fragen herausprügeln ließ. Darum und weil sie schon jetzt an Gewissensbissen ihrem alten Bekannten gegenüber litt, musste sie endlich aufhören, ihren brennenden Zorn an Leon auszulassen. Er tat doch wirklich alles, um ihr zu helfen. Sie schaufelte wie besessen, um dem Hass auf die Welt, der in ihr hochkochte, dadurch die Möglichkeit zu bieten, Dampf abzulassen.

Leon befahl Markus, ins Kloster zurückzukehren und seinen gewohnten Arbeiten nachzugehen. Als der Laienbruder außer Hörweite war, nahm er Robin den Spaten ab.

»Von welchem Kind hast du gesprochen, Robin?«

Robin versuchte, das Werkzeug wieder an sich zu reißen, aber der Zisterzienser hielt den Spaten entschlossen fest. »Lass mich das hier allein zu Ende bringen«, bat sie mühsam beherrscht. »Du hast genug für mich getan.«

»Wäre es so, wäre dein Zorn auf mich wohl weniger groß. Erzähl mir deine Geschichte. Sag mir, was wirklich mit Salim passiert ist. Und was euch mitten im Winter nach Helmonstede trieb.«

Robin schnappte sich den zweiten Spaten und schaufelte weiter Erde und Schneematsch in die Grube. Leon sah ihr eine Weile schweigend dabei zu, dann seufzte er tief.

»Du vertraust mir nicht. Also will ich es dir etwas einfacher machen. Ich will dir erzählen, warum ich hierhergekommen bin.«

Robin sah ihn nicht einmal an, aber Leon begann dennoch zu erzählen. »Richard Löwenherz hat mich geschickt, um die Gebeine des heiligen Liudgers für den englischen Königshof zu ersteigern. Oder wenigstens einen kleinen Teil davon. Ich muss wohl nicht erwähnen, dass die Mission, die mich damals zum Berg Sinai trieb, doch noch von Erfolg gekrönt war. Und ich gestehe sogar, dass es mich keine einzige Münze gekostet hat. Die alten Männer im Katharinenkloster wollten einfach nicht verhandeln. Darum musste ich andere Mittel anwenden. Du weißt, wovon ich spreche.«

Das wusste Robin nur zu gut. Sie erinnerte sich genau an jene Nacht, in der sie ihn dabei erwischt hatte, wie er die Gebeine der heiligen Katharina geschändet hatte. Er hatte ihr also tatsächlich doch noch den Fuß gestohlen, den er damals wieder zurückgelegt hatte, als sie ihn ertappt hatte. Nur dass sie all das jetzt nicht mehr interessierte.

»Nun ja … Richard war jedenfalls begeistert von meinem Erfolg. Auch dass ich mehr als die Hälfte des Geldes, das er mir für die Verhandlungen zur Verfügung gestellt hatte, wieder mit nach Hause brachte, machte ihn nicht gerade unglücklich. Den Rest …« Er wand sich. »Den Rest habe ich behalten. Das heißt, er wurde mir gestohlen. In einem Hurenhaus.«

Nun sah Robin ihn doch kurz an. Sie mochte den aufgeschlossenen Zisterzienser. Aber an seine schlechte Eigenschaft, gelegentlich alle Moral in Lebenslust zu ertränken, würde sie sich wahrscheinlich nie gewöhnen. Sie wandte sich wieder ab, schaufelte weiter und sah aus den Augenwinkeln, wie Leon eine wegwerfende Handbewegung machte. »Wie auch immer«, wischte er das Thema beiseite. »Die Gebeine des heiligen Liudger jedenfalls werden seit 1128 alljährlich in einer Prozession durch die Stadt Werden getragen. An jedem ersten Wochenende im September, um genau zu sein. Der englische Königshof hat nie begriffen, warum man ihn nicht einfach in Frieden ruhen lässt. Eigentlich ist es nur recht und billig, diesem unwürdigen Spektakel endlich ein Ende zu bereiten, und …«

Der Spaten entglitt Robins Fingern, als die wichtigste Aussage seiner zahlreichen Worte zu ihr hindurchsickerte. »Du warst in Werden?«

Leon errötete. »Natürlich wird die Prozession auch im kommenden Jahr stattfinden. Nur sind es bloß noch die Knochen eines bedauernswerten Vogelfreien, die in dem prachtvollen Sarg ruhen. Aber davon weiß niemand. Nicht einmal der Wahlabt von Werden. Von Anfang an wusste ich, dass es keinen Sinn machen würde, mit ihm um den heiligen Liudger zu verhandeln. Es war nicht einfach, sein Vertrauen zu gewinnen und Zugang zu der Reliquie zu bekommen, aber letzten Endes ist es mir mit der Hilfe zweier vernünftiger Mönche gelungen. Der Scriptor und der Schatzmeister haben mir …«

»Nichts davon interessiert mich, Leon«, unterbrach Robin ihn barsch. »Du warst in Werden. Du hast mit dem Fürsten, der der Wahlabt ist, bei Tisch gesessen. Und nun bist du hier. Weil er dich geschickt hat? Vielleicht mit einer Botschaft?«

»Nicht direkt.« Leon war sichtlich irritiert. »Mariental lag mehr oder weniger auf dem Weg. Hierzubleiben war ein spontaner Entschluss. Ich habe den heiligen Liudger von Bremen aus allein auf die Reise nach England geschickt. Das heißt: in Begleitung eines anderen ehrwürdigen Zisterziensers. Ich brauchte ein wenig Ruhe, um für die nächsten eigenartigen Wünsche von Richard Löwenherz Kraft zu sammeln. Darum habe ich mich vom Hafen aus hierher zurückbegeben.« Er lächelte. »Weißt du, für mich ist es die reinste Erholung, wenigstens ein paar Monate lang weder zu reisen noch zu verhandeln und die Zeit dazwischen mit langwierigen Abschriften totzuschlagen. Ich darf meine Tunika und mein Skapulier weiterhin tragen, muss aber kaum mehr leisten als Markus und die anderen Konversen. Ich muss nicht siebenmal am Tag dem Stundengebet beiwohnen, keine Beichten anhören, keine Messen lesen und keine Sakramente spenden, sondern nur die Arbeiten der Laienbrüder überwachen und gelegentlich mit anpacken. Körperliche Arbeit liegt mir einfach mehr als geistige Aktivität. Vielleicht wäre ich doch besser Schmied oder Steinmetz geworden. Aber meine Eltern wollten, dass ich den Weg eines Geistlichen gehe. Sie haben alles dafür getan, und ich wollte sie nicht enttäuschen.«

Robin spürte, wie ihr Herz zu rasen begann. Was Leon ihr da erzählte, schien zu bestätigen, worauf nur ein winziger, verzweifelter Teil ihrer selbst gehofft hatte. Vielleicht hatte sie ihr erstes Ziel gerade erreicht – allein. Mit aller Macht zwang sie die erneute Welle der Übelkeit beiseite. Denk an Leila, hörte sie Salim sagen. Denk an Leila.

Und sie dachte an Leila.

Wenn sie nun keinen Fehler machte, konnte sie möglicherweise erfahren, wo sie nach Leila suchen sollte. Leon war bereit, ihr zu vertrauen, damit sie ihm vertraute. Das musste sie ausnutzen, bis er ihr alles erzählt hatte, was er wusste. Vielleicht war dann ja … alles ganz einfach.

»Hat dir der Wahlabt eine Botschaft anvertraut?«, wiederholte sie ihre Frage. »Ein Schreiben, das du jemandem bringen solltest?«

Leon zuckte die Schultern. »Wäre das denn so wichtig? Der Abt hat mir vieles anvertraut. Ich sagte doch, es war nicht einfach, sein Vertrauen zu gewinnen. Aber letztlich ist es mir gelungen.«

»Es *ist* wichtig, Leon.« Robin wurde langsam ungeduldig. »Du kannst dir nicht vorstellen, wie wichtig es ist.«

Der Zisterzienser zog die Brauen zusammen. »Das kann ich tatsächlich nicht. Schließlich redest du nicht mit mir. Ich habe dir meine Geschichte erzählt, und nun will ich deine hören. Danach beantworte ich alle Fragen, die dir noch auf der Zunge brennen. Ehrenwort.«

Robin erwog, ihn mit dem Spaten niederzuschlagen und die scharfe Kante des Werkzeugs so lange gegen seine Kehle zu drücken, bis er ihr Rede und Antwort stand, ohne eine Gegenleistung zu verlangen. Dann aber schloss sie für einen Moment die Augen, atmete tief durch und zählte langsam bis zehn, um den Drang niederzukämpfen. Sie rammte das Werkzeug erneut in die Erde und begann zu erzählen, während sie weiterschaufelte.

Als sie die Kurzfassung ihrer Geschichte beendet hatte, war die Grube restlos gefüllt. Robin schaufelte die übrige Erde zu einem kleinen Hügel auf Salims Grab zusammen. Leon, der die ganze Zeit über schweigend zugehört hatte, unterstützte sie bei den letzten Handgriffen.

Dann war er an der Reihe, sein Versprechen einzulösen. »Ich bin diesem Vulgar zu Bravia tatsächlich in Werden begegnet«, erzählte er, ohne dass Robin ihn daran erinnern musste. Sie blickte zu ihm auf. »Auf einmal tauchte er in der Stadt auf, und um mich herum spielte die Welt verrückt. Eine sehr imposante und offenkundig ungemein einflussreiche Gestalt. Kammern wurden geräumt und hergerichtet, obwohl er überhaupt nicht vorhatte, im Kloster zu nächtigen. Der Abt selbst hielt die Messe ab, der der Templer beiwohnte, und sie fiel fast doppelt so lang aus wie gewöhnlich. Ehe sich die beiden in das Privathaus des Fürsten zurückzogen, wurde das Personal weggeschickt, und jede Tür und jedes Fenster wurde von Soldaten mit Argusaugen bewacht. Noch am selben Abend verschwand der Ritter wieder aus der Stadt. Einige Tage später, als es auch für mich ans Abschiednehmen ging, kam der Fürst und Wahlabt von Werden mit dieser eigenartigen Bitte auf mich zu.«

»Worum genau hat er dich gebeten?«, fragte Robin. »Was hat er gesagt? Hat er irgendetwas verlauten lassen, was mich zu diesem zu Bravia führen könnte?«

Leon schüttelte den Kopf. »Er bat mich lediglich, ein vertrauliches Schreiben für ihn zu überbringen – in das gute Wachstuch meiner Brüder in Mariental gewickelt, um es vor Schmutz und Feuchtigkeit zu schützen. Ich sollte es an einer bestimmten Stelle an der Ostseite der Burg des Grafen von Helmonstede vergraben. Unter einer Esche.« Er machte eine entschuldigende Geste. »Ich weiß, es war ein seltsamer Wunsch, und ich habe mich auch sehr darüber gewundert. Aber ich habe den Abt nicht gefragt und das Schreiben nicht geöffnet, denn ich habe Geld dafür bekommen. Viel Geld.«

Robin presste die Lippen aufeinander, während sie angestrengt nachdachte. Doch nichts von dem, was Leon ihr erzählt hatte, brachte sie auch nur ein winziges Stück weiter. Hilflosigkeit keimte in ihr auf, und Leon nahm diese wohl zur Kenntnis, denn er trat an ihre Seite und zog sie tröstend zu sich heran.

»Ich würde dir wirklich gern helfen, Robin, aber ich kann es nicht. Und ich bin mir sicher, nicht einmal der Fürst von Werden weiß, wo dieser Vulgar zu Bravia sich aufzuhalten pflegt. Wüsste er es, würde er eine so wertvolle Urkunde nicht am Waldrand verscharren lassen, damit der Templer sie ausbuddeln kann, wann es ihm beliebt. Zu Bravia ist unberechenbar wie der Wind. Er kommt, wann es ihm passt, und verschwindet jedes Mal mit ungewissem Ziel. Sein Zuhause ist überall und nirgendwo.« Nach kurzer Pause fügte er besorgt hinzu: »Außerdem hat es keinen Sinn, sich in diesen Zeiten mit einem Tempelritter anzulegen. Die Bulle *datum optimum*, die Innozenz 1139 veröffentlicht hat, hat dem Orden eine Menge Lizenzen und besondere Rechte verschafft. Die Templer haben Geld wie Heu, und wer Geld hat, hat auch Macht. Mehr Macht, als dem Heiligen Vater selbst recht sein sollte. Aber unsereins hat das nicht zu hinterfragen.«

»Das Einzige, was ich wissen will, ist, wohin sie meine Tochter gebracht haben«, gab Robin zurück. »Und ich werde es herausfinden. Ich würde auf alles schwören, was mir lieb und teuer ist, aber leider ist mir nichts davon geblieben. Du musst es mir einfach so glauben.«

Sie ließ sich auf die Knie sinken und starrte mit leerem Blick auf die frisch aufgeschüttete Erde, unter der Salim begraben lag. Enttäuschung klopfte an ihr Herz, aber dort war kein Platz mehr für irgendein Gefühl. Vielleicht würde sie nie wieder etwas empfinden können. Nach all den Entbehrungen, dem Schrecken, dem Leid, dem Zorn, der Hilflosigkeit und der Hoffnung, die sie in den vergangenen

Tagen hatte erfahren müssen, fühlte sie sich wie innerlich gestorben. In ihrem Herzen war einfach nur noch Leere. Sie spürte nicht einmal mehr Schmerz.

Leon band ein einfaches Kreuz aus Zweigen und spießte es in den frischen Hügel. Robin brachte es nicht einmal mehr fertig, gegen das christliche Symbol auf dem Grab des Mohammedaners zu protestieren, sondern ließ es geschehen. Markus kehrte zurück und berichtete von einer Handgreiflichkeit zwischen zwei Konversen, aber Robin drehte sich nicht einmal um. Sie reagierte auch nicht auf Leons Entschuldigung und sein Versprechen, gleich wieder bei ihr zu sein. Der Zisterzienser entfernte sich eilig mit dem Laienbruder von der kleinen Lichtung, aber sie achtete nicht darauf. Sie starrte einfach nur auf den frischen Erdhügel, unfähig, zu fühlen oder klar zu denken. Es begann wieder zu schneien, zum ersten Mal seit Tagen, und sie ließ zu, dass die weichen Flocken auf ihrer Nase schmolzen, sich in ihre Wimpern klammerten und eine dünne Decke auf dem Grab des Sarazenen bildeten.

Vielleicht waren nicht nur Salim und ihr Herz gestorben – das war der einzige Gedanke, den sie noch zu fassen vermochte. Vielleicht war sie selbst längst tot und hatte es nur nicht mitbekommen. Wahrscheinlich war das das Beste, was ihr jetzt passieren konnte.

»Netter Versuch«, drang eine tiefe, dunkle Stimme an ihre Ohren.

Sie klang wie durch einen Strohballen gedämmt. Wahrscheinlich lag das daran, dass sie bloß in Robins wahnsinnigem Kopf existierte. Es war die Stimme Vulgar zu Bravias, der sie für all ihre vergeblichen Mühen, Hoffnungen und die Opfer – diese unfassbar großen Opfer, die er eingefordert hatte – verhöhnte. Robin versuchte, der Stimme in ihrem Kopf keine Beachtung zu schenken, aber als sie das nächste Mal ertönte, war sie lauter und näher als zuvor, und sie klang auch nicht mehr so gedämpft.

»Ich verstehe nicht, warum du dir solche Mühe gibst, nach mir zu suchen. Wir waren doch verabredet.«

Robin sprang mit einem Schrei auf und wirbelte herum, als sie begriff, dass die Stimme keineswegs ihrem wirren Schädel entsprungen, sondern überaus real war. Vulgar zu Bravia war da. Er hatte direkt hinter ihr gestanden, und nun sah sie sich ihm unmittelbar gegenüber. Sein feuerroter Bart umrahmte ein hässliches Lächeln.

»Nachdem du mein Eigentum ausgegraben hast, wusste ich, dass du hierherkommen würdest. Du bist nicht dumm. Nur hatte ich etwas früher mit dir gerechnet.« In Ermangelung einer besseren Waffe griff Robin nach einem der Spaten, die noch immer vor dem frischen Grab im Waldboden steckten.

Der Templer nickte knapp in Richtung der frischen, unchristlichen Grabstätte. »Es tut mir sehr leid für dich. Wirklich.«

Dann ballte er die Linke zur Faust und schmetterte sie Robin mit voller Wucht ins Gesicht.

»Und das auch«, hörte Robin ihn aus zunehmender Ferne hinzufügen, während sich die kargen Kronen der Bäume über ihr zu drehen begannen und irgendeine fremde Macht einfach so die Sonne am verschneiten Himmel löschte. Die Sehkraft war das Erste, was sie verließ, und alle anderen Sinne folgten ihr binnen weniger als zwei Atemzügen.

18. KAPITEL

Das Erste, was Robin wahrnahm, als sie ihr Bewusstsein zurückerlangte, war der beißende Geruch von Exkrementen, Moder und feuchtem Stroh, gepaart mit Qualm und Schweiß. Sie hörte die Stimmen mehrerer Menschen, verstand aber kaum ein Wort, denn sie redeten leise und alle durcheinander. Irgendwo ganz in der Nähe prasselte ein Feuer, und in unregelmäßigen Abständen erklangen Grunz- und Blöklaute sowie leises Gegacker. Durch die dünne Wand, gegen die sie starrte, als sie die schweren Lider hob, drang außerdem das Schnauben von Pferden und das Rufen eines oder mehrerer Esel. Ein Säugling jammerte leise.

Robin wälzte sich mühsam auf den Rücken und stöhnte, als jeder Muskel in ihrem Leib schmerzhaft protestierte. Kälte schüttelte sie. Außerdem pochte es in ihren Schläfen, und unter der Nasenwurzel spürte sie eine Spannung, die ihr verriet, dass ihr Riechorgan stark angeschwollen war. Verwirrt tastete sie danach und fuhr zusammen, weil schon eine sanfte Berührung mit den Fingerspitzen einen stechenden Schmerz von ihrer Nase durch ihre Stirn zucken ließ.

Der Schmerz brachte die Erinnerung zurück. Vulgar zu Bravia! Er hatte ihr mit seiner riesigen Faust mitten ins Gesicht geschlagen, genau auf die Nase, nachdem er völlig unvermittelt hinter ihr erschienen war. Vorhin an Salims Grab. Oder gestern …? An *Salims Grab!*

Ebenso gut hätte es vergangene Woche gewesen sein können, oder vor einem halben Jahr. Robin hatte nicht die geringste Ahnung, wie lange sie ohne Bewusstsein gewesen war. Natürlich wusste sie erst recht nicht, was in der Zwischenzeit mit ihr geschehen war, was er mit ihr gemacht hatte oder wo sie sich befand. Mit rasendem Herzen richtete sie sich in eine sitzende Position auf, um sich umzusehen. Das Unterkleid, das man ihr am Leib gelassen hatte, klebte an ihrem Rücken fest. Zumindest den Gestank von Schweiß hatte sie also sich selbst zu verdanken. Wahrscheinlich hatte sie Fieber.

Der Raum, in dem sie sich befand, war groß, aber trotzdem viel zu klein für all die Zwecke, die er erfüllte. Neben ihrem eigenen einfachen Bett gab es noch drei weitere Schlafstätten. Auf einem dieser Strohlager ruhte eine alte Frau. Vielleicht war sie auch tot, Robin war sich da nicht sicher. Auf jeden Fall waren ihre Augen geschlossen, und sie bewegte sich nicht. Durch zwei viel zu kleine Fenster drang das schwache Licht des Sonnenauf- oder -untergangs ins Innere des Hauses. Für die eigentliche Beleuchtung sorgten ein offenes Feuer, eine Handvoll Kerzen und eine Laterne nahe der Tür. Der Boden war vollständig mit verdrecktem Stroh bedeckt, durch das Hühner und Ziegen trippelten. Zwei Schweine – eine Sau und ein Eber – wälzten sich darin, und alle Tiere hatten überall im Raum ihre Hinterlassenschaften verteilt. Es gab eine Töpferscheibe, ein Regal voller Schalen, Becher, Krüge und anderer Gefäße, einige Truhen, einen Trog und eine Futterstelle. Gleich daneben entdeckte sie ihr Reisegepäck. Sie hatte es in der zukünftigen Bibliothek des Zisterzienserklosters zurückgelassen, also musste irgendjemand es von dort entwendet und hierhergeschafft haben.

Auf der anderen Seite des Raumes gab es einen großen, grob gezimmerten Tisch und eine Ansammlung von Baumstümpfen, die als Hocker dienten. Sämtliche Baumstümpfe waren besetzt. Auf einem saß Vulgar zu Bravia, den Robin sofort an seiner imposanten Statur und den langen roten Zöpfen erkannte, obwohl er mit dem Rücken zu ihr saß. Als einer der Fremden ihn mit dem Ellbogen anstupste und in Robins Richtung nickte, drehte er sich zu ihr herum.

Robin sprang auf, bemerkte zu spät, dass ihre Muskeln davon vollkommen überfordert waren und schlug vornüber ins moderige Stroh. Noch bevor sie sich mit den Händen vom Boden abstützen konnte, fühlte sie sich unter den Achseln gepackt, in die Höhe gerissen und auf das Schlaflager zurückverpflanzt. Zu Bravia blickte tadelnd auf sie hinab. »Nicht so ungestüm, furchtlose Kriegerin. Ich möchte nicht, dass du dich unnötig verletzt.«

Robin versuchte erneut aufzustehen. Als ihr aber sofort wieder schwindelte, beschränkte sie sich darauf, lediglich die Schultern zu straffen und das Kinn zu recken.

»Dass ich nicht lache!« Sie erschrak über die Kraftlosigkeit, die aus ihrer Stimme klang. »Wer hat mir denn gerade das Gesicht zerschlagen?«

Der Riese zuckte die Schultern. »Ich sagte, ich möchte nicht, dass du dich unnötig verletzt. Was dein gar zu empfindliches Gesicht anbelangt: Ich hatte leider keine andere Wahl. Und außerdem war es nicht gerade, sondern heute Morgen. Nun neigt sich der Tag bereits dem Ende zu.«

Nur ein paar Stunden, dachte Robin. Sie war also nicht etwa tagelang bewusstlos gewesen, wie sie befürchtet hatte.

»Ebenso, wie Ihr keine andere Wahl hattet, als Salim zu töten?«, erwiderte sie eisig.

Die Menschen am Tisch – drei Frauen, ein Junge und ein Mann um die vierzig – tauschten unsichere Blicke, wagten aber nicht, Fragen zu stellen. Natürlich nicht. Selbst die Soldaten des Grafen von Egesrode fürchteten Vulgar zu Bravia. Und bei diesen Leuten handelte es sich um einfache Bauern, wie sich unschwer aus ihrer Kleidung schließen ließ. Die Frauen trugen Kittel und schmutzige Hauben, der Junge und der Mann hatten ihr Haar kurz geschoren und waren mit einfachen Hosen, groben Hemden und Bundschuhen ausstaffiert. Dadurch standen sie in starkem Kontrast zu dem Tempelritter, der heute in ledernen Stiefeln, dunkelroter Brosche und pelzverbrämtem Mantel durch die Welt flanierte. Hätte Robin nicht schon genug andere Gründe, ihn zu hassen, wäre sein dekadentes Auftreten ihr Grund genug gewesen.

»Ich habe den Muselmanen nicht getötet.« Zu Bravias Stimme donnerte in ihren Ohren, obwohl er ganz ruhig gesprochen hatte.

»Nein«, sagte Robin. »Es war der Spanier, der Euch gehorcht wie ein Hund.«

Der Rothaarige lachte laut auf. »Der Spanier! Nenn ihn nicht den Spanier! Weißt du, woher der Begriff Spanien kommt?« Er schüttelte den Kopf. »Es waren die Phönizer, die die Küste Ishapan nannten. Es bedeutet so viel wie Insel der Klippschliefer. Nur gibt es keinen einzigen Klippschliefer in Spanien. Es waren gottverdammte Kaninchen, die die Küste verpesteten.« Er bemerkte den mörderischen Blick in Robins Augen. »Ich weiß, du bist nicht in der Stimmung für solche Belehrungen. Aber nenn den Kerl aus dem Almoravidenreich doch bitte Francisco de Dos Aguas. Nur mir zuliebe.«

»Euch zuliebe«, wiederholte Robin tonlos. Sie wollte aufspringen und ihn töten. Nein: Sie wollte ihn so lange foltern, bis er die fremden Menschen hier fortschickte, um Leila zu holen. Erst dann wollte sie ihn umbringen. Aber sie konnte es nicht. Sie fühlte sich schwach und ausgelaugt – am Körper, im Geiste, im Herzen. Immer mehr Schweiß durchnässte ihr Unterkleid, obgleich sie mit jeder Sekunde heftiger fror.

»Wo bin ich hier?«, fragte sie leise, während sie den Blick erneut durch den weitläufigen Raum schweifen ließ. »Wohin habt Ihr Leila gebracht, und was habt Ihr mit uns beiden vor?«

Zu Bravia seufzte. »Das sind eine Menge Fragen auf einmal, und ich habe darauf gewartet, dass du aufwachst, damit ich sie dir selbst beantworten kann. Vorweg aber möchte ich noch einmal betonen, dass es wirklich nicht in Franciscos Absicht lag, deinen Ehemann zu töten. Ganz im Gegenteil, er hat versucht, ihn nicht lebensgefährlich zu verletzen, obwohl er selbst verwundet war. Es tut mir leid, was passiert ist. Und Dos Aguas noch viel mehr.«

»Heuchler!« Robin versuchte vergebens, gegen das heftige Zittern und den Schwindel anzukämpfen. Der Templer drückte sie auf ihr Lager hinab, und sie wünschte, sie könnte sich mit Zähnen und Krallen gegen diese Berührung wehren und sich sofort wieder aufrichten. Aber sie schaffte es nicht. Ihr Oberkörper fühlte sich an wie mit

Blei gefüllt, und nun begann auch noch ihr Rücken zu schmerzen.

»Du fieberst, Mädchen«, sagte zu Bravia. »Du wirst dich ausruhen müssen. Olaf und seine Familie werden gut für dich sorgen. Du wirst hier bei ihnen bleiben, bis ich zurückkomme und dich hole. Es geht deiner Tochter gut, und solange du nichts Unbedachtes tust, wird sich daran auch nichts ändern. Übrigens ...« Er zog eine Robin wohlbekannte Schriftrolle unter seinem Mantel hervor. »Ich habe mir erlaubt, das hier aus deinem Beutel zu entwenden. Wenn mich nicht alles täuscht, ist es an mich adressiert.« Er nickte dem Bauern und seiner Familie über die Schulter hinweg zu. »Zur großen Freude dieses armen Kerls, der unter seinem bisherigen Lehnsherrn nicht allzu viel zu lachen hatte.«

Die Bauern reagierten nicht auf die Worte des Templers. Der ließ daraufhin ein tiefes Seufzen verlauten und wandte sich wieder Robin zu, deren vom Herdfeuer ohnehin brennende Augen sich mit Tränen füllten. Es interessierte sie nicht, wem der Bauer und seine Familie verpflichtet waren. Alles, was sie wissen wollte, war, wie es Leila ging und wo dieser Barbar sie vor ihr versteckte.

Sie versuchte dem Templer ins Gesicht zu sehen, nahm ihn aber nur verschwommen wahr. Ihre Lider wurden immer schwerer. »Leila ...«, flüsterte sie schwach. »Was habt Ihr mit ihr gemacht? Was habt Ihr ihr angetan?«

»Nichts. Das sagte ich doch bereits«, wiederholte der Riese geduldig. »Überhaupt ist die Frage wohl eher, was sie uns Tag für Tag antut. Aber wir kommen zurecht, mach dir keine Sorgen.« Der Tempelritter wandte sich wieder der Familie am Tisch zu. »Ich habe alles gesagt, was gesagt werden musste, und werde nun aufbrechen. Denkt an die

Absprachen, die wir getroffen haben, und an den Lohn, der euch für eure Mühen erwartet. Gehabt euch wohl.«

Der Mann, der Olaf sein musste, sprang auf, um dem Templer gesenkten Hauptes die Türe aufzuhalten. Eisiger Wind wehte von außen herein und ließ Robin vor Kälte erschauern, sodass ihre Zähne geräuschvoll und schmerzhaft aufeinanderschlugen.

Sie wehrte sich nicht gegen die Erschöpfung, die sie nun endgültig übermannte, sondern nahm den neuerlichen Schlaf dankbar in Empfang.

19. KAPITEL

Zu Bravia kehrte weder am nächsten noch am übernächsten Tag zurück – zumindest nicht innerhalb der kurzen Phasen, während deren Robin wach war. Stattdessen starrte sie, zumeist mit glasigem Blick und unfähig, sich zu rühren, an die Decke. In den ersten Tagen, die sie in Olafs Obhut zubrachte, erteilte ihr ausgelaugter Körper ihr die Quittung für alles, was sie sich selbst in den vergangenen Wochen zugemutet hatte. Und zwar vom ersten Tag ihrer Seereise an.

Sie fieberte unentwegt. Sämtliche Muskeln und Knochen schmerzten, und ihre Lunge rasselte kaum weniger als Kayas, als sie ihn im Gasthaus »Zum Obstgarten« zurückgelassen hatten. Wenn sie wach lag, fragte sie sich hin und wieder, was aus ihren beiden Untergebenen geworden war. Wenn sie sich, wie meistens, in einem Dämmerzustand und von Schüttelfrost gepeinigt auf ihrem Lager herumwälzte, lieferte ihre Fantasie ihr zahlreiche, detailliert ausgeschmückte Bilder vom Schicksal der beiden Assassinen. Doran etwa, der mit durch die Bauchdecke quellenden Gedärmen neben dem blutgetränkten Lager Kayas lag, dessen verkrümmte Haltung darauf hindeutete, dass man ihm sämtliche Knochen im Leib zerschmettert hatte. Robin bedauerte die beiden, aber diese Bilder, so abstoßend und blutrünstig sie auch waren, gingen ihr längst nicht so nahe, wie sie es vielleicht hätten tun sollen, denn die wichtigsten Rollen in ihren Fieberträumen spielten Leila und Salim. Es gab ruhige Momente, in denen ihre Erinnerung ihr Bilder aus der Vergangenheit zeigte. Zum Beispiel sah sie den Sarazenen durch einen im sanften Wind flatternden, transparenten Vorhang aus teuerstem Tuch hindurch. Er stand im Sonnenuntergang und wiegte einen schlafenden Säugling, eingewickelt in eine Decke aus weichem Kamelhaar. Hinter ihm ragte eine große Tür auf und vor ihm eine steinerne Balkonbrüstung; vielleicht befanden sie sich auf Masyaf, der prachtvollen Wüstenfestung seines Vaters. Bunte Vögel zwitscherten unbeschwerte Lieder in einem goldenen Käfig. Ein anderes Mal sah sie Leila durch die Tür ihrer Jerusalemer Wohnung stolpern, aufgeregt, verschwitzt und schmutzig wie ein Hausschwein, mit aufgeschürften Knien, aber glücklich. Sie quietschte und plapperte mit sich überschlagender Stimme. Saila kam und schimpfte, aber Leila beachtete sie überhaupt nicht, sondern schnappte sich eine Handvoll Weintrauben von einem Obstteller im großen Wohnraum und eilte im Hopserlauf zurück ins Freie. Saila schaute ihr lächelnd nach. Das hatte sie in Wirklichkeit nie getan. Sie hatte immer Zeter und Mordio geschrien, bis das Mädchen längst außer Hörweite war. Aber in Robins Träumen ließ sie Gnade vor Recht ergehen und machte sich geduldig und mit verträumtem Blick daran, Leilas zerrissene Kleider zu flicken.

Dann war Robin allein mit Salim, und sie befanden sich wieder in ihrem gemeinsamen Schlafzimmer; zwischen weit mehr samtenen Kissen, als sie je besessen hatten, und umgeben von einem Meer aus brennenden Kerzen. Sie trug ein Nachtgewand aus reinweißer Seide, und Salim nur eng anliegende, weiche Hosen, als er ihr das goldene Kettchen um den Knöchel legte, das er ihr geschenkt hatte. Das Fußkettchen mit dem sternförmigen Anhänger. *Robin, Salim & Leila … Ein Fußkettchen, damit es dich nicht am Handgelenk stört, wenn du auf mich einschlägst oder Dinge nach mir wirfst …*

War sie Salim eine so schlechte Ehefrau gewesen? Hatte er vielleicht weit mehr unter ihrem ungezügelten Temperament gelitten, als ihr bis zuletzt bewusst gewesen war? Sie weinte sich aus dem Traum in die Wirklichkeit, aber die Erinnerung blieb.

Auf der Rückseite ist noch Platz für weitere Namen …

Weitere Namen für weitere Kinder, die sie nie bekommen würden, denn in jener Nacht hatten sie einander zum letzten Mal geliebt. Nach Leilas Geburt hatte ihr Körper sich geweigert, noch einmal zu empfangen. Es liege daran, dass die Geburt so schwer gewesen sei, hatte Saila sie ab und an zu trösten versucht. Dabei hatte sie selbst es zu dieser Zeit noch kein bisschen bedauert. Saila hatte gemeint, es könne noch ein paar Jahre dauern, bis sich Robins Körper von der dramatischen Entbindung erholt habe. Aber sie solle unbesorgt sein, denn der Tag, an dem Salim und sie wieder guter Hoffnung sein würden, würde schon noch kommen. Ob man es ihr verübeln würde, wenn sie sich dann nach einer Anstellung in einem anderen Haushalt umsehe …?

Hatte Salim sich eigentlich noch weitere Kinder gewünscht? Oder hatte er den Anhänger nur so anfertigen lassen, dass er noch Platz für weitere Namen bot, weil er es ohnehin nicht verhindern konnte, wenn es denn so sein sollte? Robin hatte ihn nie ernsthaft danach gefragt. Überhaupt hatte sie viel zu selten gefragt, was er sich eigentlich wünschte, wie er sich ihre gemeinsame Zukunft vorstellte, was ihm besonders wichtig war und welche seine größten Ziele waren. Eigentlich hatte sie nur an sich gedacht, und natürlich an Leila. Wenn er ihre Entscheidungen infrage gestellt hatte, hatte sie mit den Waffen einer Frau gekämpft, bis er klein beigegeben hatte. Nicht selten hatte er sich am Schluss sogar für Streitigkeiten entschuldigt, für die sie selbst verantwortlich gewesen war. Natürlich hatte auch er Fehler gemacht, aber nie hatte er sie mit böser Absicht gekränkt. Nicht einmal an dem Tag, an dem er Leila von dem vermeintlichen Templer hatte erschrecken lassen. Salim war ein vernünftiger Mensch von Ehre und Moral gewesen, während ihre eigenen Stärken in fast unkontrollierbaren Temperamentsausbrüchen, Sturheit und kindischem Trotz gelegen hatten.

Robin schämte sich und schlief, erschöpft von den vielen Erinnerungen, wieder ein. Im Traum sah sie Salim über sich stehen. Er stand neben ihrem Lager und hielt das Kissen mit ihrer Barschaft in der Hand. Mit gelber Haut schaute er aus blinden Augen auf sie herab. Sein Rumpf war von oben bis unten aufgeschlitzt, aber es rann kein Blut aus der klaffenden Wunde. Robin wollte schreien, aber ihr Körper verweigerte ihr den Dienst, nicht einmal ihre Lippen gehorchten ihr noch. Ohne Eile führte Salim ihr das Kissen entgegen, drückte es aufs Gesicht und begann sie zu ersticken. Während sie starb, fragte Robin sich, warum er sie tötete. War es seine Rache dafür, dass sie ihm ein schlechtes Eheweib und Leila keine gute Mutter gewesen war? Oder weil sie sie mit ihrer Europareise alle in ihr

Verderben geführt hatte? Oder (und ihr schlechtes Gewissen ließ es sie kaum wagen, darauf zu hoffen) wollte er nur, dass sie im Tod wieder vereint waren?

Aber sie konnte nicht einfach sterben, obwohl es einem Teil von ihr erschreckend leichtfiel, sich mit dem nahenden Tod abzufinden. Leila lebte, und sie brauchte Robin. Das musste Salim doch erkennen!

Vielleicht sah er es ein und verschwand deshalb so unvermittelt aus ihrem furchtbaren Traum, wie er darin erschienen war. Möglicherweise jedoch war es einfach Olafs Weib gewesen, das ihn vertrieben hatte, denn im nächsten Moment fühlte Robin eine sehr reale Berührung an der Schulter.

Als sie die schweren Lider hob, saß Cordelia, die Frau des Bauern, an ihrem Bett.

»Du musst etwas trinken«, sagte sie sanft und hielt ihr einen Becher dampfenden Kräutertee hin, wie schon so oft in den zwei oder drei Tagen zuvor. Während der ersten beiden Tage hatte sie ihre Hand in Robins Nacken gelegt und ihr den Becher an die Lippen gedrückt, um ihr beim Trinken zu helfen, doch seit heute früh bestand sie darauf, dass Robin sich dazu halb aufsetzte und das Gefäß allein in den Fingern hielt. Dabei hielt sie ihre eigenen Hände ein kleines Stück unter dem Becher, um ihn aufzufangen, falls Robin ihn fallen ließ.

Der erste Versuch hatte genau so geendet, und Cordelia hatte sich ordentlich die Finger verbrüht. Obwohl sie kein Wort der Klage hatte verlauten lassen, hatte Robin sich beim zweiten Mal mehr angestrengt. Nun, da der dritte Tag sich bereits dem Ende zuneigte, gelang es ihr schon viel besser. Sie zitterte noch immer, aber das lag nicht mehr am Fieber, sondern nur an der Anstrengung dieser selbstverständlichen kleinen Handlung. Vielleicht spielten auch die Eindrücke, die aus ihrem Albtraum zurückgeblieben waren, eine Rolle.

»Du musst schreckliche Dinge erlebt haben«, sagte Cordelia, während Robin an ihrem Tee nippte.

Robin wandte den Blick von dem schmalen, sanften Gesicht der Bäuerin ab. Die alte Frau auf dem anderen Bett war erwacht. Sie war also doch nicht tot. Jetzt hockte sie mit angezogenen Knien auf ihrem Lager und kicherte irre vor sich hin. Hin und wieder murmelte sie ein paar unverständliche Worte, obwohl ihr niemand zuhörte.

Olaf war nicht im Haus, ebenso wenig wie seine hübsche ältere Tochter, die Robin einige Male kurz gesehen hatte. Die jüngere Tochter, die nicht so hübsch war, war bisher jedes Mal da gewesen, wenn sie die Augen geöffnet hatte. Und wie jedes Mal versuchte sie auch jetzt, den weinenden Säugling zu beruhigen, der das jüngste Kind des Bauern sein musste. Der Sohn des Bauern – ein schlaksiger Bengel von rund dreizehn Jahren – betätigte sich mit bemerkenswertem Geschick an der Töpferscheibe. Dabei saß er mit dem Rücken zu der Alten und beachtete sie ebenso wenig wie alle anderen im Raum.

Robin nickte in die Richtung der alten Frau. »Ist sie … verrückt?«, fragte sie leise, anstatt eine Antwort zu geben. Sie wollte von sich selbst ablenken. So mitfühlend die Bäuerin sich auch gab, lag es ihr fern, mit einer fremden Frau über etwas zu sprechen, was sie kaum ihrer eigenen Mutter erzählt hätte. Die Worte kratzten fürchterlich im Hals, und sie nahm einen größeren Schluck von dem Tee, verschluckte sich und begann zu husten.

Cordelia klopfte ihr leicht auf den Rücken. Robin spürte es kaum. »Nein«, antwortete sie. »Nur … anders, als sie früher war. Sie ist alt. Ihr Gedächtnis ist durchlässig geworden. Sie hört nicht mehr viel und sieht sehr schlecht. Ich glaube, sie redet mit Jessamine.« Sie deutete auf ihre Tochter. »Das ist sie.«

Als wollte sie die Vermutung der Bäuerin bestätigen, gab die alte Frau auf einmal einen überraschten Laut von sich. »Jessamine!«, entfuhr es ihr mit furchtbar krächzender Stimme. »Cordelia! Olaf! Schaut her! Unsere Jessamine hat ein Kind geboren!«

Das etwa fünfzehnjährige dunkelhaarige Mädchen, das bis dahin im Stroh gekauert und das Kind gewiegt hatte, sah verständnislos zu der alten Frau hin. Cordelia biss sich bekümmert auf die Unterlippe, erhob sich und eilte kopfschüttelnd zu der Alten hinüber.

»Godeliva!«, schalt sie die Greisin, die ihr ein zahnloses Lächeln schenkte. »Du sollst nicht immer über Jessamine und das Kind sprechen. Bitte merk dir doch wenigstens das!«

»Jessamine hat ein Kind geboren.« Die Alte überging die Schelte der Bäuerin einfach. »Warum erfahre ich erst jetzt davon? Und wer ist der Vater? Los! Zeigt mir den Vater, damit ich sehen kann, ob unsere Jessamine die richtige Wahl getroffen hat!«

Das Mädchen Jessamine sprang auf. Der Säugling purzelte von ihrem Schoß, landete mit einem dumpfen Knall auf der strohbedeckten Erde und begann zu plärren. Jessamine jedoch drehte sich nicht einmal um, sondern stürmte auf den Ausgang zu, rempelte ihre Schwester an, die das Haus in gerade diesem Augenblick betrat, und verschwand ohne ein Wort und ohne Mantel im Freien. Die ältere der beiden Schwestern fluchte, während ihr Vater ihr händereibend ins warme Innere des Hauses folgte.

»Was ist denn hier los?«, fragte Olaf gereizt. Seine Wangen und seine Nase waren rot vor Kälte. Trotzdem schwitzte er. Offenbar hatte er harte Arbeit geleistet.

Cordelia schaute ihrer jüngeren Tochter bestürzt nach, verzichtete aber darauf, nach ihr zu rufen. Stattdessen hob sie den Säugling auf und begann, ihn zu wiegen und zu liebkosen. »Deine Mutter hat schon wieder bemerkt, dass Jessamine den kleinen Ruben geboren hat«, beantwortete sie dabei die Frage ihres Mannes.

»Sie holt ihn! Sie bringt den Kindsvater her!« Godeliva gab einen gackernden Laut von sich, der entfernt an ein Lachen erinnerte. »Los! Tischt reichlich Speis und Trank auf, damit wir ihn bei einer guten Mahlzeit betrachten können …« Und nach einer kurzen Denkpause fügte sie hinzu: »Warum habt ihr mich nicht zu ihrer Hochzeit gebracht?« Die Bäuerin bedachte ihren Ehemann mit einem Hilfe suchenden Blick. Dann widmete sie sich selbst ganz und gar dem schreiendem Säugling, während Olaf seine alte Mutter anblaffte: »Du sollst sie endlich damit in Ruhe lassen! Jedes Mal dasselbe … Kein Mensch kann so senil sein, wie du dich gibst!«

»Sie kann es sich eben nicht mehr merken«, verteidigte die ältere und hübschere der beiden Schwestern ihre Großmutter. »Und Jessamine muss sich schließlich auch nicht jedes Mal so anstellen. Wenn sie mich noch einmal so anrempelt wie gerade, werde ich sie verprügeln.«

»Das wirst du ganz bestimmt nicht tun, Griseldis!«, ermahnte ihre Mutter sie.

Der Säugling ersetzte sein Geschrei durch ein mitleiderregendes Wimmern, aber an dieses Geräusch hatte Robin sich schon fast gewöhnt. Sie mochte während der vergangenen drei Tage fast nur geschlafen oder vor sich hin gefiebert haben, aber das Geräusch war im Hintergrund die meiste Zeit da gewesen.

»Armer kleiner Ruben«, sagte Cordelia sanft. »Alles wird gut. Eines Tages wird sie dich lieben, wie ein jedes Kind es verdient hat, von seiner Mutter geliebt zu werden. Weine nicht.«

Griseldis stampfte zur Feuerstelle und schleuderte einen Holzscheit in die Flammen. »Und ob ich das werde.« Sie warf entschlossen den Kopf in den Nacken. »Irgendjemand muss sie schließlich in die Wirklichkeit zurückholen. Seit seiner Geburt hat sie kein einziges Wort mehr gesprochen. Sie betet nicht einmal mit uns! Und ihr lasst ihr alles durchgehen. Jessamine braucht kein Mitleid, sondern eine anständige Tracht Prügel.«

Olaf verpasste seiner Ältesten im Vorbeigehen einen Klaps an den Hinterkopf, der sie empört aufquietschen ließ. »Ich dulde keine Gewalt unter meinem Dach«, erklärte er dabei widersprüchlicherweise. »Geh hinaus und bete, dass der Herrgott dir deine schlimmen Gedanken vergeben möge. Und bring etwas von dem Holz mit, das wir eben geschlagen haben.«

»Siegel?«, fragte die Alte, während Griseldis ihren Vater mit einem bösen Blick versah. »Was für ein Siegel braucht Jessamine?«

»Eine Tracht Prügel!«, verbesserte Griseldis sie laut und deutlich, ohne sich von ihrem Vater abzuwenden. Olaf hob drohend eine Hand, und das Mädchen stapfte wütend aus dem Haus.

Robin begann zu ahnen, dass sich die Zeit, die sie in dieser Familie zubringen musste, noch schlimmer gestalten würde, als sie angenommen hatte. Sie leerte ihren Becher und ließ sich auf die strohgefüllte Matratze zurückfallen, um sich eine Weile tot zu stellen, weiterzuschlafen oder wirklich zu sterben. Selbst wenn sie sich nicht mehr so schwach und ausgelaugt gefühlt hätte: Was hätte sie schon anderes tun können? Wenn sie Leila nicht noch einmal unnötig gefährden wollte, musste sie tun, was zu Bravia von ihr verlangte, und hier abwarten, bis er kam, um sie zu holen. Es sei denn, ihr fiel vorher etwas Besseres ein.

Für den Moment jedoch war sie zu schwach, um klar zu denken. Schließlich war sie noch immer nicht gesund, sie hatte seit mehreren Tagen nichts gegessen, und in ihrer Brust klaffte ein blutiges Loch – dort, wo man ihr das Herz herausgerissen und an seiner statt einen Fremdkörper hinterlassen hatte. Dieser schien nur schlecht mit der frei gewordenen Stelle verwachsen zu sein und ließ nichts von dem, was sich um sie herum abspielte, an sich heran, sofern es nichts mit ihrer Tochter zu tun hatte. Sogar davon, was sie mit Salim in Zusammenhang brachte, konnte sie nur einen Teil spüren. Robin war nicht mehr der Mensch, als der sie Egesrode verlassen hatte, und sie würde es auch nie wieder sein. Die Person, für die sie sich gerade noch gehalten hatte, hatte nach dem Geisteszustand der alten Frau gefragt. Nicht aber diejenige, die sie nun war. Die interessierte weder die Antwort auf ihre Frage noch der Gefühlsausbruch des Mädchens Jessamine oder sonst etwas, was um sie herum gesprochen oder getan wurde.

Cordelia jedoch nahm keine Rücksicht auf Robins Bedürfnis nach Ruhe. Sie kehrte mit ihrem quengelnden Enkelkind an Robins Bett zurück.

»Ich muss mich für meine Töchter entschuldigen«, sagte sie bekümmert. »Und auch für meine Schwiegermutter. Es ist nicht das erste Mal, dass so etwas vorkommt, und es wird auch nicht das letzte Mal sein. Es tut mir leid. Ach, es ist alles so schrecklich kompliziert seit dieser dummen Geschichte …«

Wahrscheinlich erwartete sie, dass Robin die Augen wieder aufschlug und nach der Geschichte fragte, aber diesen Gefallen tat sie ihr nicht. Nicht etwa, weil sie die Bäuerin nicht leiden konnte oder ihr gar eine Mitschuld an ihrer aussichtslosen Lage gab. Das wäre auch Unsinn gewesen. Sie hatte die Urkunde, mit der der Wahlabt von Werden dem Templer sowohl den Bauern Olaf als auch seine angeblich wohlhabenden Brüder überschrieb, selbst gelesen, und sie wusste, dass die Bauern ihrem Herrn verpflichtet waren und sich seinen Wünschen zu fügen hatten. Selbst wenn sie noch dem Fürsten unterstellt gewesen wären: dass niemand gegen Vulgar zu Bravia aufzubegehren wagte, hatte sie nun wirklich oft genug gehört und miterlebt. Es war einfach nur, dass Robin Cordelias Geschichte nicht hören wollte. Sie wusste jetzt schon, dass sie sie nicht berühren würde, ganz gleich, wie viel Tragik sie barg, und ihr war klar, dass sie sich für ihre Teilnahmslosigkeit schämen würde. Genau so kam es auch, als die Bäuerin ihr mit wenigen Worten berichtete, wie der kleine Ruben entstanden war und warum Jessamine so unbeherrscht auf die Erwähnung des Kindsvaters reagierte.

Ruben, so erfuhr sie wider Willen, war der Sohn des Grafen von Hoggersglehn und des Bruders von dessen Schwager. Beide hatten das Mädchen vor annähernd zwei Jahren beim Pilzesammeln überrascht und gemeinschaftlich missbraucht. Robin entsann sich dessen, was sie von Caspar über von Hoggersglehn, den ehemaligen Lehnsherrn von Neudorf, erfahren hatte, und bedauerte Jessamines Schicksal mit dem Verstand, aber nicht mit dem Herzen.

»Seit diesem Tag hat Jessamine nicht mehr gesprochen«, berichtete Cordelia. »Olaf fand sie im Wald und brachte sie heim. Sie war völlig verstört und verängstigt und hat tagelang nichts gegessen. Bald merkten wir, dass ihr Bauch anschwoll.« Sie blickte auf den Säugling hinab. »Seine Geburt verlief schnell und ohne Komplikationen, aber Jessamine hat trotzdem geschrien wie von Dämonen besessen. Während der ersten Woche mussten wir den kleinen Ruben an ihre Brust legen, damit sie ihn stillte, und nun …« Sie hob die Schultern. »Sie sorgt für ihn. Irgendwie. Aber wohl nur, weil wir es von ihr verlangen. Manchmal habe ich Angst, dass sie ihn tötet, wenn niemand hinsieht. Darum darf sie das Haus nicht mit dem Kind verlassen.«

»Das ist noch lange kein Grund, den Jungen zu behandeln wie einen Klumpen Ton«, sagte Olaf. »Ich werde sie dafür strafen. Sie wird nicht mit uns zu Abend essen. Sie soll über ihr Verhalten nachdenken und beten. Barfuß im Freien.«

»Sei nicht so hart zu ihr«, bat Cordelia.

»War der Templer noch einmal hier, als ich geschlafen habe?«, fragte Robin, der es längst leidtat, von ihren eigenen Sorgen abgelenkt zu haben.

Cordelia verneinte. »Er wird aber schon bald zurückkehren. Vulgar zu Bravia pflegt sein Wort zu halten. Ich bin froh, dass der Abt von Werden ihm die Lehnsherrschaft über uns verliehen hat.«

Robin zog eine Grimasse.

»Ist es wahr, dass … dass er deinen Ehemann getötet hat?«, fragte die Bäuerin vorsichtig.

Robin setzte zu einer Salve von wüsten Flüchen, Verwünschungen und Beschimpfungen an, riss sich aber am Riemen, ehe das erste unbedachte Wort ihre Lippen verlassen konnte. Bei allem Hass, den sie gegen den Riesen empfand, wäre niemandem geholfen, wenn sie Lügen über ihn verbreitete – Leila und ihr am allerwenigsten. »Nein«, antwortete sie darum wahrheitsgemäß, aber in bitterem Tonfall.

Cordelia atmete hörbar auf. »Gott sei gedankt. Es hätte mich sehr enttäuscht. Vulgar zu Bravia ist ein guter und gottgefälliger Mann, das musst du wissen. Er würde niemals grundlos töten.«

Natürlich nicht, dachte Robin wütend. Aber es fiel ihm nicht schwer, einen Grund zum Morden zu finden. Sie dachte an den Sohn der Müllerin von Egesrode, den sein Vergehen zuerst eine Hand und dann das Leben gekostet hatte.

»Er hat die Abgaben gesenkt.« Olaf lächelte zum ersten Mal, seit Robin erwacht war, während er seinen Sohn von der Töpferscheibe wegscheuchte und selbst auf dem Schemel davor Platz nahm. »Und wir bekommen eine eigene Kuh dafür, dass wir uns um dich kümmern. Er ist wirklich sehr großzügig.«

»Eine Kuh«, wiederholte Robin tonlos.

Cordelia nickte selig. »Fürs Erste«, sagte sie lächelnd. »Alles Weitere hängt davon ab, wie lange wir dich unseren Gast nennen dürfen.«

»Und was glaubt ihr, wie lange wird das der Fall sein?«, fragte Robin.

Die hübsche Bäuerin zuckte die Schultern. »Solange es dir beliebt. Du kannst gehen, wann und wohin auch immer du möchtest. Das hat er ausdrücklich gesagt.«

Robin wandte den Blick wieder von ihr ab. Das war eine glatte Lüge, aber Cordelia konnte es nicht ahnen. Wenn sie ging, das wusste sie mit absoluter Sicherheit, würde der

Templer sie suchen und finden. Er würde sie töten und gleich danach auch Leila. Die würde er dann nicht mehr brauchen, um sich ihr Schweigen über etwas, worüber sie rein gar nichts wusste, zu sichern.

Cordelia erhob sich. »Ich werde uns etwas zu essen zubereiten«, erklärte sie. »Vielleicht versuchst du, ein paar Schritte an der frischen Luft zu tun und dich dann zu uns zu setzen. Wir würden unseren Gast gern ein wenig besser kennenlernen.«

20. KAPITEL

An diesem Abend verzichtete Robin darauf, Cordelias Wunsch nachzukommen und mit der Familie des Bauern zu speisen. Aber sie gesundete schnell. Angesichts der Tatenlosigkeit, zu der sie sich verdammt fühlte, sogar schneller, als ihr lieb war. Als sie auch nach einer Woche noch kein Lebenszeichen von dem Templer erhalten hatte, begann sie sich nach und nach in den Alltag der Familie einzugliedern. Sie verhielt sich schweigsam und zurückhaltend, während sie Olaf beim Holzhacken, Jessamine und Andreas bei der Versorgung der Tiere und des Säuglings und Griseldis bei der Zubereitung der einfachen Speisen half. Das Essen setzte sich zumeist aus Hafer, Erbsen, Gerste oder Buchweizen mit Ziegenmilch, Butter, Eiern oder Schmalz zusammen, die in aller Regel zu einem nahrhaften, aber faden Brei verpampt waren. Robin, die ohnehin nur gerade so viel aß, wie sie unbedingt musste, um nicht zu verhungern, ertrug das einseitige Nahrungsangebot schweigend. Godeliva dagegen versäumte es bei keiner Mahlzeit, über ihren Brei zu klagen und nach Äpfeln, Beeren und vor allem saftigem Fleisch zu verlangen. Cordelia erklärte ihr dann jedes Mal aufs Neue, dass es mitten im Winter war und es außerdem wenigstens einiger vereinzelter Zähne bedurfte, um Fleisch oder Äpfel zu verspeisen. Und Zähne hatte Godeliva schon lange nicht mehr.

Die alte Frau verließ ihr Bett nur für die Mahlzeiten. Insgeheim hätte Robin es aber begrüßt, wenn jemand sie auf der anderen Seite des Raumes gefüttert hätte. Godelivas krächzendes Geschimpfe war nämlich nur ein kleiner Teil des alltäglichen Rituals bei Tisch. Nicht selten redete sie stattdessen wirres Zeug, das Jessamine den Appetit verdarb und Griseldis zu Lästereien animierte. In regelmäßigen Abständen verschluckte sie sich und hustete Brei und Speichel über den Tisch, und ab und zu nässte sie sich beim Essen ein. Dass sie dabei auch manchmal unter Durchfall litt, fiel offenbar niemandem außer Robin auf. Über kurz oder lang bemerkte Godeliva immer voller Schrecken, dass Blut an dem hölzernen Löffel haftete, mit dem Cordelia sie geduldig fütterte. Der Scharbock hatte ihr nämlich nicht nur die Zähne geraubt, sondern ließ auch in einem fort ihr Zahnfleisch bluten. Von dieser Erkenntnis bekam die greise Frau jedes Mal einen Weinkrampf, sodass Cordelia erst dann selbst zum Essen kam, wenn sie ihre Schwiegermutter beruhigt und ins Bett zurückverfrachtet hatte. Von dort aus entdeckte die Alte dann zum Beispiel, dass es schon Winter war, dass Olaf ein zweites Schwein besorgt hatte oder dass ein fremdes Kind durchs Stroh krabbelte.

Ein weiteres Familienritual war das Gebet. Olafs Familie betete vor jeder Mahlzeit und vor dem Zubettgehen. Jeden Morgen kroch Andreas aus dem Bett seiner Großmutter, Griseldis und Jessamine erhoben sich aus dem Lager, das sie seit geraumer Zeit mit dem Säugling teilten, und Olaf und Cordelia aus dem ihrigen. Dann dankten sie dem Herrn ausgiebig für die ruhige und erholsame Nacht – auch dann, wenn Ruben bis in die frühen Morgenstunden geplärrt hatte. Man sprach ein Dankgebet dafür, dass auch an diesem Tag noch alle Familienmitglieder wohlbehalten waren, wobei man die zahlreichen Gebrechen der Alten überging, und wenigstens ein kurzes Gebet, wenn ein Huhn ein Ei gelegt hatte. Ebenso diente das Beten als Strafe für die Kinder, wenn sie unartig gewesen waren. Für einen zerbrochenen Tonteller zum Beispiel verlangte Olaf seinem Sohn viermal das Ave-Maria und sechs Vaterunser ab. Dann scheuchte er den Jungen an die Töpferscheibe, wo dieser drei neue Teller herstellen musste. Robin brachte es noch immer nicht über sich, auch nur ein einziges Gebet zu sprechen, aber um Olaf nicht zu verärgern, bewegte sie die Lippen und dachte dabei an alles Mögliche, meistens an Salim und Leila, aber ganz bestimmt nicht an Gott.

Mit dem Töpfern verdiente die Familie sich ein bescheidenes Auskommen, und hinter dem Haus stand ein Brennofen, der Unmengen von Holz verschlang. Die ganze Familie beherrschte das Töpferhandwerk, und auch Robin lernte es schnell. Olaf lieferte die zahlreichen Schalen, Krüge, Teller und Becher, die seine Familie und er mit großem Fleiß und viel Geschick anfertigten, in die umliegenden Dörfer, weshalb er oft mindestens einen, manchmal auch zwei oder mehr Tage außer Haus war, denn das Haus seiner Familie lag ein gutes Stück abseits der nächsten Siedlungen zwischen dem Waldrand und einer Kette niedriger Hügel. Den Ton schürfte er mit Griseldis' Hilfe, die von allen seinen Kindern das kräftigste war, was sie aber nicht weniger weiblich erscheinen ließ.

Griseldis war schön, und dessen war sie sich auch bewusst. Sie ließ keine Gelegenheit aus, ihrer jüngeren

Schwester vor Augen zu halten, wie unansehnlich diese doch im Vergleich zu ihr war. Oft träumte sie lautstark davon, einen reichen Mann kennenzulernen, der sie aus den bescheidenen Verhältnissen holte, in denen sie aufgewachsen war. Robin konnte sie nicht ausstehen und mied sie, so gut es ging.

Auch Cordelia – und natürlich Godeliva – wäre sie nur zu gern aus dem Weg gegangen, aber das war natürlich nicht möglich, denn die beiden hüteten das Haus in einem fort. Godeliva, weil sie nicht anders konnte, und Cordelia, um sich um die alte Frau, Ruben, die verstörte Jessamine und natürlich um Robin zu kümmern. Der ging Cordelias übertriebene Fürsorge jedoch sehr bald nur noch auf die Nerven.

Endgültig verlor Robin die Beherrschung, als sie Cordelia dabei erwischte, wie sie einen Stapel frisch gewaschener, getrockneter und gefalteter Kleider in Robins Beutel zurückschob. Jessamine stand neben ihr und drehte voller Ehrfurcht Kayas Schwert in den Händen. Die beiden hatten offensichtlich einfach ihre beiden Beutel durchwühlt! Zum ersten Mal seit ihrer Genesung sprach Robin mehr als einen einzigen Satz am Stück. Fluchend entriss sie der Bäuerin die Kleider und den Beutel und fragte sie, was sie sich wohl einbilde, einfach in ihren persönlichen Sachen herumzuschnüffeln. Cordelia entschuldigte sich erschrocken und erklärte, sie habe Robin nur einen Gefallen erweisen wollen. Die Kleider seien sehr schmutzig gewesen und haben auch streng gerochen. An diesem Punkt platzte Robin endgültig der Kragen, denn für sie hatten diese Kleider vor allen Dingen nach Salim und Leila gerochen – nach den Menschen, die sie am meisten liebte, und nach vergangenem Glück.

Cordelia wusste natürlich nichts von Leila und Salim. Sie konnte Robin nur hilflos und bestürzt nachschauen, als sie aus dem Haus stürmte, sich auf Salims Hengst schwang und ihn in scharfem Galopp durch den Schlamm, den die Schneeschmelze zurückgelassen hatte, in den Wald hineintrieb.

Erst als sie sich wieder ein wenig beruhigt hatte und das Tier zügelte, bemerkte sie, dass jemand ihr gefolgt war. Es war Jessamine, die unbeholfen auf Robins eigenem Hengst herumrutschte. Robin fragte sie barsch, was sie von ihr wolle, aber das Mädchen machte keinerlei Anstalten, ihr seltsames Verhalten zu erklären. Natürlich nicht. Jessamine war eine von den Irren, von denen sie tagaus, tagein umgeben war. Schließlich konnte oder wollte sie seit mehr als einem Jahr nicht mehr sprechen. Stattdessen ritt sie schweigend neben Robin her, während diese ihr Pferd auf einem großen Umweg zum Haus der Bauernfamilie zurücktrieb.

Robin spürte, dass Jessamine sie aus den Augenwinkeln beobachtete, doch jedes Mal, wenn Robin zu ihr hinsah, schaute das Mädchen ertappt in eine andere Richtung. Die Gesellschaft war Robin alles andere als angenehm. Als das Mädchen sie aber am folgenden Morgen vor dem Haus erwartete, mit ihrem Hengst an den Zügeln und einem hoffnungsvollen Glitzern in den Augen, gab sie der unausgesprochenen Bitte trotzdem nach, und schon bald gewöhnte sie sich an dieses neue, ganz und gar wunderliche Ritual des schweigenden Rittes durch den Wald.

Als sie nach mehr als drei Wochen von einem dieser Ausritte zurückkehrten, waren zwei andere Rösser vor dem bescheidenen Bauernhaus angebunden. Robin hätte die Kuh daneben überhaupt nicht sehen müssen, um zu wissen, dass dies die Tiere zweier Tempelritter waren. Sie erkannte sie bereits aus erheblicher Entfernung an ihren Schabracken. Mit heftig pochendem Herzen schwang sie sich aus dem Sattel und schob die Haustür auf. Gar zu oft hatte sie in den vergangenen Wochen spekuliert, zu Bravia könnte sie einfach für immer hier ausgesetzt haben. Sie traute ihm durchaus zu, sie in vergeblicher Hoffnung versauern zu lassen, bis ihr Körper verbraucht und ihr Geist verrückt war wie bei der alten Godeliva. Nun jedoch bestätigte sich, worauf außer ihr selbst offenbar ein jeder vertraute: Der Templer hielt sich an seine Versprechen. Jetzt war er endlich gekommen, um sie entweder zu holen oder zu töten. Selbst Letzteres wäre ihr noch lieber gewesen als die lähmende Ungewissheit, in der er sie zurückgelassen hatte.

Aber es war nicht zu Bravia, der sie in Olafs Haus erwartete. Stattdessen fand sie dort Dos Aguas in Begleitung eines ihr unbekannten Mannes vor, den nicht nur das zweite Schlachtross, sondern auch das rote Tatzenkreuz auf seinem Wappenrock ebenfalls als Tempelritter auswies. Robin sah ihn überhaupt nicht richtig an, sondern heftete ihren Blick auf den Spanier – den Mörder ihres Mannes. Auch heute verbarg er sein Haupt unter der weißen Fellmütze, für die ein oder zwei Schneefüchse ihr Leben hatten lassen müssen.

Dos Aguas begrüßte sie mit einem erfreuten Lächeln und trat einen Schritt durch das moderige Stroh auf sie zu. »Ich soll sagen: Vulgar zu Bravia ist behindert«, sagte er in gebrochenem Deutsch.

Andreas, der die beiden Ritter bis zu diesem Moment mit offenem Mund und riesigen braunen Augen bestaunt hatte, kicherte und fing sich dafür von Olaf, der gesenkten

Hauptes hinter dem Jungen stand, einen Klaps auf den Hinterkopf ein. Auch der zweite Templer grinste. Nur Robin empfand keine Spur von Belustigung ob des Sprachstolperers des Spaniers. Sämtliche Muskeln in ihrem Körper waren bis zum Zerreißen gespannt, ihr Herz schlug so hart, dass es schmerzte, und die Hitzewellen, die durch ihre Adern fegten, entsprangen dem lodernden Zorn, der angesichts des schwarzbärtigen Ritters in ihr aufflammte.

Instinktiv sah sie an Dos Aguas vorbei zu ihrem Beutel nahe dem Schweinetrog, aus dem der Schaft des Schwertes ragte, das sie Kaya abgenommen hatte. Es kostete sie große Beherrschung, es nicht aus der Tasche zu reißen und es Dos Aguas durch die Rippen zu treiben – und wenn es sein musste, auch seinem Gefährten. Warum tat zu Bravia ihr das an? Was auch immer er ihr mitteilen lassen wollte: Wieso schickte er ausgerechnet den Mörder ihres Ehemannes?

Weil er will, dass die Templer dich auch töten, flüsterte ihr eine Stimme zu, die nur sie selbst vernehmen konnte. Zu Bravia hatte entschieden, sie nicht am Leben zu lassen. Ganz gleich, mit welchem Namen sie sich schmückte und welcher Eid sie aneinanderband. Robin wusste, dass sie in jener verhängnisvollen Nacht nicht so viel gehört hatte, wie die beiden Verbrecher glaubten, aber allein der Umstand, dass die Templer offenkundig einen Geistlichen erpressten, sollte doch schon Beweis genug dafür sein, dass es ihnen vollkommen egal war, welchen Eid sie vor Gott dem Herrn abgelegt hatten und mit welch ehrenwerten Zielen und Versprechen sie dem Orden der Tempelritter beigetreten waren. Hatte Robin einst wirklich darauf gehofft, dass allein ihr Name und ihre Geschichte sie davon abhalten könnten, ihr und ihrer Tochter etwas anzutun? Wie naiv sie doch gewesen war!

»Francisco meint, zu Bravia konnte leider nicht selbst kommen«, erklärte der andere Mann, der – wie Dos Aguas, zu Bravia und die meisten anderen Tempelritter auch – einen Vollbart trug. Seiner war braun wie sein Schopfhaar, das in wilden Locken in alle Himmelsrichtungen abstand, aber nicht annähernd so dicht. Er war deutlich jünger als der Spanier; Robin schätzte ihn auf Ende zwanzig. Außerdem war er ein gutes Stück größer und breiter als sein Begleiter, wenngleich längst nicht von so riesenhafter Statur wie der rothaarige Vulgar.

Der Fremde verneigte sich knapp. »Mein Name ist Johannes von Nablus. Du musst Robin sein. Kommst du von einem Ausritt?«

Robin antwortete nicht, sondern starrte den Spanier weiter hasserfüllt an. Es fiel ihr schwer, sich zu beherrschen und nichts Unbedachtes zu sagen oder zu tun. Doch bei allem Hass, den sie auf Dos Aguas empfand, durfte sie nicht vergessen, dass Leila vielleicht noch lebte. Das Wohl und Wehe ihrer Tochter hing allein von der Gunst dieser dreimal verfluchten Templer ab.

»Ausritt klingt schön.« Dos Aguas' Stimmung ließ sich durch Robins Blicke nicht trüben. »Ich fühlen auch nach *montar a caballo*. Stehen schon zu lange hier herum. Wollen wir?« Er nickte auffordernd zur Tür.

Robin rührte sich nicht.

»Wir geben dir eine *espada*, wenn du fühlen besser damit.«

»Ein Schwert«, übersetzte von Nablus geduldig.

Robin funkelte ihn an. »Danke. Ich besitze ein eigenes.« Sie stapfte an den Männern vorbei und riss Kayas Waffe aus dem Beutel. Vermutlich wollte Dos Aguas ihr die Ehre erweisen, sie in einem fairen Kampf sterben zu lassen. Irgendwo dort draußen, wo der Bauer und seine Familie, die doch so große Stücke auf Vulgar zu Bravia hielten, dem Grauen nicht beiwohnen mussten, würde es zum Kampf kommen. Sie würde sein Angebot annehmen. Dos Aguas gab einen würdigen, aber nicht unbesiegbaren Gegner ab. Von Nablus konnte sie nicht einschätzen, aber auch seine Kraft reichte vermutlich nicht an jene des übermächtigen zu Bravia heran. Die Chance, dass Leila noch lebte, war gering. Entweder war Leila schon tot, oder die Templer wollten erst Robin und dann das Mädchen beseitigen. Doch solange sie Leilas Leiche nicht in den Armen hielt, würde sie um ihr eigenes Leben kämpfen, um das ihres Kindes zu retten – auch wenn das nicht gerade einfach sein würde. Gott würde ihr nicht helfen, und sonst wusste niemand außer den Templern, wo Leila war. Und selbst wenn es anders wäre, würde niemand es wagen, Vulgar zu Bravia zu verraten …

Johannes von Nablus beobachtete stirnrunzelnd, wie sie an ihm vorbei auf den Ausgang zustapfte, während ihr entschlossenes Auftreten dem Spanier nur ein belustigtes Grinsen abzuringen vermochte. Robin entriss Jessamine, die den ersten Hengst bereits abgesattelt hatte, die Zügel des zweiten und schwang sich in den Sattel. »Wo entlang?«, fragte sie knapp, während auch die beiden Templer aufsaßen.

Dos Aguas schüttelte den Kopf. »Wo auch immer du wollen«, antwortete er fröhlich, und Robin bedachte ihn mit einem weiteren vernichtenden Blick. Sie sollte sich den Ort, an dem sie sterben wollte, also selbst aussuchen. Wie gnädig.

Sie warf den Kopf in den Nacken und trieb ihr Pferd auf der fast schon gewohnten Route in den Wald. Eine geraume Weile ritt sie schweigend vor den beiden Männern her, behielt sie aber stets aus den Augenwinkeln im Blick, weil sie jede Sekunde damit rechnete, dass einer der beiden einen Speer nach ihr schleudern oder seinen Bogen vom Sattelzeug lösen würde, um ihr einen Pfeil durch den Rücken zu treiben.

Irgendwann beschleunigte der fremde Ritter sein Tier und lenkte es an Robins Seite. »Ich soll dich von deiner kleinen Tochter grüßen. Wirklich herzallerliebst, dein Mädchen. Ein ganz bezauberndes Kind.«

Robin riss ihr Pferd am Zügel und wirbelte zu ihm herum. »Habt ihr sie also noch nicht getötet? Erst ich, dann sie, oder wie sind eure Pläne?«

Von Nablus maß sie verständnislos aus meerblauen Augen. »Warum sollten wir sie umbringen? Du hast den Worten zu Bravias Folge geleistet. Du bist hiergeblieben und hast ihm keinen Ärger gemacht, oder habe ich irgendetwas versäumt?«

»Ich glaube Euch kein Wort«, erwiderte Robin kühl.

Johannes von Nablus zog eine Grimasse. »Ich soll dir ausrichten, dass ihr Pferd bedeutend schöner ist als Luna.« Er seufzte. »Außerdem hat sie Francisco um zwei Silbertaler betrogen.«

Robin starrte ihn an. Das konnte er sich unmöglich ausgedacht haben, aber es bedeutete noch lange nicht, dass Leila immer noch wohlbehalten war. Sie setzte zu einer Antwort an, aber der Ritter mit den Locken erklärte das Thema mit einer wegwerfenden Handbewegung für beendet. »Ihr könnt uns vertrauen. Deiner Tochter geht es gut, und daran wird sich auch bis auf Weiteres nichts ändern. Wenigstens nicht solange du dich an die Absprachen hältst. Es wird ihr auf keinen Fall etwas geschehen, bevor Robert von Sablé Nachricht erhalten und eine Entscheidung gefällt hat.«

»Er ist neuer Großmeister, endlich«, erklärte der Spanier aus dem Hintergrund.

Robin drehte sich um und maß Dos Aguas kalt. Vielleicht würde es heute doch noch nicht zum Kampf kommen, und ein Teil von ihr bedauerte das sehr. Aber sie würde kein einziges Wort mit ihm wechseln. Niemals.

»Nun ja«, schränkte von Nablus ein. »Zumindest deutet alles darauf hin, dass er den Streit um die Nachfolge Gerhard von Rideforts für sich entscheiden wird. Es kann sich nur noch um Tage, schlimmstenfalls um Wochen handeln, bis das letzte Wort gesprochen ist. Vulgar zu Bravia möchte ihn darüber entscheiden lassen, was mit dir geschehen soll.«

»Weil er mit euch unter einer Decke steckt?«, fragte Robin.

Johannes lachte. »Selbstverständlich tut er das. Er ist unser Großmeister, Robin.«

»Ihr erpresst den Wahlabt und Grafen von Werden also gemeinsam. Aber soll ich Euch etwas verraten? Das alles ist mir vollkommen egal. Von mir aus könnt ihr Gott selbst erpressen. Alles, was ich will, ist, dass ihr mir meine Tochter zurückgebt. Es hat mich nie interessiert, was eure Gefährten in Egesrode getrieben haben. Nicht eine einzige Sekunde lang. Ich war auf der Suche nach meiner Tochter. Ich hätte sie genommen und wäre mit ihr verschwunden, und ihr hättet nie wieder von mir gehört.«

»Das freut mich zu hören.« Von Nablus ließ offen, auf welchen Punkt von Robins Rede sich diese Aussage bezog.

»Ich habe niemanden belauscht!«, herrschte Robin ihn an. »Eure Gefährten leiden unter Verfolgungswahn! Alles, was ich gehört habe, war zusammenhangloses Geschwätz von der Unfehlbarkeit des Heiligen Vaters und der Dummheit irgendeines Pfaffen, wenn ich mich des Vokabulars Eures Freundes bedienen darf!«

Der Spanier rollte die Augen. »Das haben Clementine auch gesagt, die alte Waschweib. Fast könnte man glauben.«

Robin erstarrte und vergaß für den Moment, dass sie niemals ein Wort mit dem Mörder ihres Mannes hatte wechseln wollen. »Clemens? Ihr meint Clemens, den Gastwirt? Was habt ihr mit ihm gemacht?«

»Nichts«, antwortete der Spanier. »Ich wollte durchschneiden seine *garganta*, damit er nicht weiterschwätzt, was du ihm geschwätzt. Aber ist entwischt.«

»Auf einmal tauchte ein Muselman auf«, erläuterte von Nablus. »Es kam zum Kampf, und der Wirt suchte das Weite – was auch gut so war. Inzwischen tut es Vulgar zu Bravia schon wieder leid, dass er den Auftrag erteilt hat, den Mann zu töten. Seit er dein Gespräch mit dem Zisterziensermönch mit angehört hat, ist er überzeugt davon, dass du tatsächlich nicht mehr weißt, als du bislang zugegeben hast. Falls Clemens sich noch einmal in der Stadt blicken lässt, wird man ihm sagen, dass der Verdacht des Hochverrats gegen ihn aufgehoben und er wieder ein unbescholtener Mann ist.«

Robin fiel ein Stein vom Herzen. Allerdings schleppte sie noch einen ganzen Karren voll Kies und mindestens einen Marmorblock mit sich herum. Doran hatte Clemens also das Leben gerettet. Das bedeutete, dass er den Soldaten des Grafen irgendwie entkommen war. Er war also doch ein richtiger Assassine. Sie wünschte, sie könnte Salim davon erzählen.

»Was ist mit dem Muselmanen?«, fragte sie.

Dos Aguas hob die Schultern. »Ich kam in die Nacht. Und auf einmal war er auch … Nacht. Einfach verschwunden.«

Mit den Schatten verschmolzen. Robin spürte einen Hauch von Stolz. Doran lebte. Wenn sie ihn jemals wiedersah, würde sie sich in Salims Namen für alles entschuldigen, was er ihm in seiner hilflosen Wut an den Kopf geworfen hatte. Salim hätte bestimmt nichts dagegen.

»Wenn ihr jetzt wisst, dass ich euch nicht belauscht habe, besteht auch kein Grund mehr für euch, meine Tochter festzuhalten und mich in dieses …« Sie nickte in die Richtung, aus der sie gekommen waren. »… in dieses Loch zu sperren.«

Der jüngere der beiden Ritter maß sie bedauernd. »Die Dinge sind nicht so einfach, wie sie scheinen. Früher oder später wären wir ohnehin auf dich zurückgekommen. Auf die eine oder andere Weise. Du bist Robin von Tronthoff – ein Tempelritter wie wir. Nur dass du eine Frau bist. Aber was macht das schon. Es gibt Regeln, die für alle gelten.«

»Und was besagen diese Regeln, von denen ich nichts weiß?«

»Zum Beispiel, dass es eigentlich nicht so einfach ist, unserem Orden beizutreten, wie es für dich war«, erklärte Johannes von Nablus. »Und dass niemand uns einfach wieder den Rücken kehrt. Wir haben dich all die Jahre nicht aus den Augen gelassen. Jeden anderen hätten wir sofort getötet. Niemand kann unseren Eid schwören und sich dann in ein hübsches Stadthaus zurückziehen, um fortan als Eheweib und Mutter zu leben, fernab all unserer ehrenwerten Ziele. Aber es gab den einen oder anderen einflussreichen Mann, der von deiner Geschichte beeindruckt war. Deshalb wurde beschlossen, dass wir dich vorerst gewähren lassen würden. Einer deiner Fürsprecher war übrigens Vulgar zu Bravia. Ihm erschien es wie ein Zeichen, dass das Schicksal dich auf diesem wenn auch tragischen Wege wieder zu uns geführt hat. Außerdem …« Er machte eine hilflose Geste. »Nun – man war sich uneins, ob deine Aufnahme in den Orden überhaupt rechtens war. Nicht nur weil du kein Mann bist, sondern vor allen Dingen, weil du die Ausbildung nicht absolviert hast, die jeder von uns vor seinem Eid durchlaufen muss.«

»Schon lange nicht mehr ist so.« Dos Aguas schnaubte verächtlich. »Es gibt viele Männer in Kleidern von Tempelrittern überall. Und mindestens eine *señora*. Aber nur noch wenige richtige Templer.«

»Der Orden hat großen Zuwachs bekommen«, bestätigte Johannes von Nablus. »Und wenn wir unsere Ziele erreichen möchten, brauchen wir auch viele gute und zuverlässige Männer, die für uns kämpfen. Leider können viele Sitten und Vorschriften bei einer solchen Anzahl von neuen Kriegern nicht mehr eingehalten werden. Das gefällt natürlich nicht allen.«

Robin schüttelte sich. So viele wirre Auskünfte, auf die sie gut und gern hätte verzichten können. Vielleicht vermochte sie sich noch wie eine Kriegerin zu fühlen, wenn sie gezwungen war, ein Schwert zu führen, aber sie war keine Templerin mehr. Sie würde keinen Finger mehr für einen Gott krumm machen, der sie im Stich gelassen hatte, als sie ihn am dringendsten gebraucht hatte. Es war ihr gleich, ob jemand an der Rechtmäßigkeit ihrer Aufnahme in den Templerorden und an der Gültigkeit ihres Eides zweifelte. Sie wollte mit alledem nichts mehr zu tun haben, und genau das sagte sie jetzt auch den zwei Templern.

»Du hörst nicht richtig zu«, tadelte von Nablus sie. »Du kannst nicht einfach austreten, wie es dir passt. Gerade du nicht. Du bist gut befreundet mit Balduin IV., und manch einer hegt die Hoffnung, dass es dir gelingen könnte, seine Weisheit auf seinen nichtsnutzigen Neffen zu übertragen. Du bist eine Legende, Robin, und wir brauchen Männer … Verzeih: Wir brauchen eine Frau wie dich. Die Johanniter machen uns im Heiligen Land immer mehr Land, Rechte und Einfluss streitig. Von Ridefort hat viele unverzeihliche Fehler begangen …« Er schüttelte den Kopf. »Aber ich schweife ab. Letztlich ist man jedenfalls übereingekommen, dass du zu behandeln bist wie all die anderen, deren Beitritt zum Orden zweifelhaft war. Was bedeutet, dass du nachholen musst, was du bisher versäumt hast. Sobald die Zeit reif dafür ist, wirst du dann einen zweiten Eid ablegen. Hätte der Zufall dich nicht jetzt schon in diese unschöne Lage gebracht, wäre es trotzdem irgendwann so gekommen. Ich kann mich nur wiederholen: Es gibt vieles, was du nicht weißt. Du bist ein Templer und kennst doch kein einziges unserer Geheimnisse. Du verstehst nicht einmal die Sprache der Vögel!«

»Muss ich das?«, fragte Robin bitter. »Neben meiner Muttersprache beherrsche ich Arabisch, Latein und sogar einige Brocken Griechisch. Ich muss nicht auch noch mit Tieren reden können.«

Von Nablus lachte auf, und Dos Aguas trieb sein Pferd neben seines und klopfte ihm belustigt auf die Schulter. »Nichts verstehen, *señora,* überhaupt nichts verstehen. Aber dafür er ist hier. Johannes wird kommen, zwei Tage in jeder Woche, und dir alles erklären.«

»Ich will es aber gar nicht wissen!« Robin fühlte Verzweiflung in sich aufsteigen.

Von Nablus wurde schlagartig ernst: »Du musst Robert von Sablé überzeugen, dass du wirklich zu uns gehörst und dass du wertvoll für uns sein könntest. Vulgar zu Bravia hofft zumindest darauf, dass von Sablé dir den zweiten und richtigen Eid abnimmt, denn er hat großen Respekt vor deiner wundersamen Geschichte. Es ist die einzige Chance, dein Leben zu retten. Und vielleicht auch das deines Kindes.«

»Aber das ist doch alles vollkommen verrückt! Ihr könnt mir keinen Schwur abzwingen, den ich nicht leisten will! Ich … Ich gehöre nicht mehr zu Euch!«

»Ist dir schon einmal ein ehemaliger Tempelritter begegnet?«, fragte Johannes von Nablus trocken.

Robin schwieg.

Der Templer nickte. »Wir bringen dich jetzt zu dem braven Bauern Olaf zurück, Robin. Ich werde am Freitag wiederkommen. Bis dahin kannst du dir überlegen, ob du mich wenigstens in Ruhe anhören willst oder ob du dich deinen Pflichten als Tempelritter verweigerst und stirbst. Kann ich deiner Tochter etwas ausrichten?«

»Bringt sie zu mir«, verlangte Robin.

Der Ritter lächelte. »Du bist aus Omar Khalids Festung entkommen. Ich bin mir sicher, du findest auch einen Weg aus der unseren, sobald wir dir dein Kind überlassen.«

Worauf Ihr Eure Locken verwetten könnt, dachte Robin bitter, hätte sich aber eher die Zunge abgebissen, als diesen Gedanken auszusprechen. »Sagt ihr, dass ich sie liebe«, antwortete sie stattdessen. »Und dass ich bald wieder bei ihr bin.«

Von Nablus schenkte ihr ein weiteres Lächeln. »Davon bin ich überzeugt.«

21. KAPITEL

Nach dem Besuch der beiden Templer änderte sich Jessamines Verhalten Robin gegenüber. Sie sattelte weiterhin jeden Nachmittag beide Tiere und erwartete Robin ungeduldig vor dem Haus, um mit ihr auszureiten, aber statt sie heimlich aus den Augenwinkeln zu beobachten und wegzusehen, sobald sie sich ertappt fühlte, starrte sie sie nun offen an. Robin erkannte eine Mischung aus Ehrfurcht und Neugier in ihren Zügen, als stünde sie dem Mädchen in grellroten Lettern ins Gesicht geschrieben. Jessamine sprach noch immer nicht. Tatsächlich gab sie nicht einmal einen Schmerzenslaut von sich, wenn sie vom Pferd fiel, was hin und wieder geschah, denn in all den Jahren zuvor hatte sie lediglich den Esel der Familie geritten. Selbst dabei waren ihr nur bescheidene Erfolge zuteil gewesen, wie aus Griseldis' Lästereien hervorging. Aber immerhin erlernte sie langsam die Kunst des Lächelns. Wenn Robins Hengst ausbrach, trat ein vergnügtes Glitzern in Jessamines Augen, und als sie einige Tage nach Dos Aguas' und von Nablus' Erscheinen ein junges Reh erspähten, das durch den noch immer tristen, aber längst nicht mehr verschneiten Wald irrte, umspielte ein unbeholfenes Lächeln ihre Lippen. Als sie bemerkte, dass Robin sie beobachtete, kehrte sie ihr beschämt den Rücken zu. Robin wusste nicht, was der Grund dafür war, aber sie war sich ziemlich sicher, dass Jessamine sich fest vorgenommen hatte, nie wieder fröhlich zu sein, ganz gleich, was auch geschah.

Und das konnte Robin sehr gut verstehen.

Sie gewöhnte sich zwar nach und nach an die durchweg verrückten Gestalten, von denen sie in Olafs Haus umgeben war, und sie konnte inzwischen sogar aus dem wirren Geplapper Godelivas, den widersprüchlichen Belehrungen des Hausherrn und dem großmäuligen Gerede Griseldis' die eine oder andere amüsante Pointe heraushören, aber dennoch gelang es ihr nicht, all das mit schelmischer Freude zu quittieren wie zum Beispiel der Junge Andreas – geschweige denn darüber zu lachen. Sie hätte sich dafür geschämt, auch nur einen Moment fröhlich zu sein, während Salims toter Leib in sechs Fuß Tiefe in ungeweihtem Boden den Maden anheimgegeben und Leila einer Horde unberechenbarer Verbrecher ausgeliefert war. Sie hatte kein Recht auf Glück.

Aus irgendeinem Grunde schien Jessamine ähnlich zu empfinden. Robin hätte sie gern gefragt, was es war, das ihr Herz zum Stillstand gebracht hatte. Aber sie tat es nicht, denn das schmale Mädchen mit den hängenden Brüsten, dem strähnigen braunen Haar und den zahllosen Sommersprossen in dem ausdruckslosen Gesicht hätte ihr ohnehin nicht geantwortet.

Doch dann kam der Donnerstag – der Tag vor jenem, für den von Nablus seine Rückkehr angekündigt hatte. Für Jessamine sollte sich an diesem Donnerstag alles ändern.

Olaf hatte Unmengen von Ton und Holz herbeigeschafft, um Krüge und Becher herzustellen, die er auf einem größeren Markt verkaufen wollte. Weil es aber nur eine Töpferscheibe und einen Brennofen gab, alle übrigen Arbeiten im Haus schon gegen Mittag erledigt waren und die Stimmung unter einem Dach mit Griseldis und Olaf kaum zu ertragen war, entschied Robin, heute einen längeren Ritt zu unternehmen. Sie wählte einen ihr bislang unbekannten Pfad, und wie immer schloss Jessamine sich ihr an.

Der Pfad führte ein Stück weit durch den Wald, an der Hügelkette im Westen vorbei und schließlich durch ein weiteres, teilweise sumpfiges Waldgebiet, das offenbar häufiger von Pferden und Wagen passiert wurde. Robin entdeckte deutliche Spuren auf dem Pfad, der hier viel breiter war. Da sie noch immer nicht genau wusste, wo zu Bravia sie eigentlich ausgesetzt hatte, drängte es sie herauszufinden, wie der Ort oder die Stadt hießen, zu der dieser Weg führte. Neben seiner Urkunde hatte der Templer, wie sie verärgert festgestellt hatte, nämlich auch ihr Tagebuch und Sinans Karte aus ihrer Tasche entwendet. Olaf hatte ihr zwar die Namen einiger unbedeutender Dörfer in der näheren Umgebung genannt, ihr aber nicht einmal zu sagen vermocht, wo genau Mariental lag. Etwa einen Tagesritt nordöstlich, hatte Olaf erklärt, vielleicht aber auch südwestlich oder ganz woanders, ganz sicher sei er sich nicht. Jetzt hatte sie aber vielleicht endlich die Gelegenheit, sich wieder zu orientieren. Mit etwas Glück ergab sich daraus ja sogar die Möglichkeit, zu Bravia zu finden und Leila zu befreien. Wenn es sich vermeiden ließ, hatte sie nämlich nicht vor, irgendwelche lächerlichen Bedingungen zu erfüllen. Wozu sollte sie bitte eine Sprache lernen, anhand deren sie sich mit Tauben und Rotkehlchen über das Wetter und den Wurmbestand in Friesland austauschen konnte?

Sie waren dem Pfad etwa eine halbe Stunde durch den Wald gefolgt, als sich plötzlich etwas Großes, Schweres aus dem Geäst über dem Weg löste, auf Jessamine herabfiel und sie zu Boden riss.

Robin schrie auf, zügelte ihr Pferd und wollte aus dem Sattel springen, um dem Mädchen zu Hilfe zu eilen, das da auf einmal von mehr als anderthalb Zentner Lebendgewicht in zerschlissenen Kleidern in den Schlamm gedrückt wurde, doch da bemerkte sie einen Schatten über sich.

Ihre Reaktion kam zu spät. Sie konnte ihrem Angreifer aus der Baumkrone nicht ganz ausweichen und wurde ebenfalls vom Rücken ihres Pferdes gerissen. Wenigstens landete sie nicht unter, sondern neben dem fluchenden Fremden im nassen Dreck, sodass sie sich abrollen konnte und unverletzt zurück auf die Beine fand. Der Angreifer – ein dünner Kerl mittleren Alters mit verlaustem Haar, verfilztem Bart und löchrigen Kleidern – zog ein Messer und belästigte sie mit einem nahezu zahnlosen Grinsen, das jedoch sogleich einer enttäuschten Flappe wich, als er Robin zum ersten Mal richtig in Augenschein nahm.

»Das sind keine wohlhabenden Leute!«, rief er seinem Kumpanen zu, der Jessamine noch immer in den kalten Schlamm drückte. Robin sah sich nach irgendetwas um, womit sie sich gegen den Wegelagerer zur Wehr setzen konnte, falls er ihr dennoch etwas anzutun gedachte.

»Lass den Kerl los, wenn er aussieht wie das Bauernweib hier. Da ist nichts zu holen.« Um sich von seiner eigenen

Behauptung zu überzeugen, nahm der Fremde die Pferde in Augenschein, die nervös auf der Stelle tänzelten.

Der zweite Angreifer stützte sich ein Stück vom Boden ab, um Jessamine zu beäugen. »Isch kein Bauer. Isch auch 'n Weibschbild.«

Entsetzt beobachtete Robin, wie seine schmutzigen Finger Jessamines Schenkel betatschten.

»Schön kräftisch«, stellte er fest, als beurteilte er ein Rindvieh auf einem Markt.

»Steh auf. Wir nehmen die Pferde mit. Sonst ist hier nichts zu holen«, bestimmte sein Gefährte und griff nach den Zügeln des ersten Hengstes, als wäre Robin überhaupt nicht mehr anwesend. Offenbar erwartete er, dass sie verängstigt das Weite suchte oder starr vor Schreck zusah, wie die beiden mit ihren Pferden im Wald verschwanden. Vermutlich hausten sie da mit einer Handvoll anderer Vogelfreier und bestritten ihren Lebensunterhalt damit, reisende Kaufleute zu plündern.

Robin ließ ihren Blick schweifen, entdeckte hinter sich einen mehr als armlangen, losen Ast und machte einen Rückwärtsschritt darauf zu; der Rechtlose mit dem Sprachfehler fummelte derweil unbeirrt weiter unter Jessamines Rock herum. Das Mädchen stemmte sich verzweifelt gegen sein Gewicht. Tränen der Angst strömten aus ihren weit aufgerissenen Augen, aber sie gab keinen einzigen Laut von sich.

»Warte!« Jetzt nestelte der heruntergekommene Fremde an seiner Hose herum. »Isch brauch auch nisch lange. Geht gansch schnell, scho lange wie dasch letschte Ma her isch. Nun schei mal nisch so schimperlisch, Mädschen! Du bisch doch auch froh, wenne mal 'nen rischtischen Kerl abkriegscht!«

Robin wirbelte herum, riss den Ast an sich, sprang auf die beiden am Boden Liegenden zu und schmetterte Jessamines Peiniger ihre improvisierte Waffe mit voller Wucht in den wulstigen Nacken. Schreiend wälzte sich der Fremde von dem Mädchen und versuchte sich aufzurappeln. Stattdessen bekam er aber Robins Fuß so fest auf die Nase, dass er hintenüberkippte und hart mit dem Hinterkopf auf dem Boden aufschlug.

Jessamine wälzte sich auf den Bauch, kroch ein Stück auf allen vieren und stolperte einige Schritte weit davon. Währenddessen fuhr Robin herum, um sich gegen den anderen Wegelagerer zur Wehr zu setzen, der seinem lüsternen Gefährten in dieser Sekunde zu Hilfe zu eilen versuchte. Ihr Knüppel traf das Gelenk der Hand, die das Messer hielt, und ihr Schlag war so hart, dass der Knochen hörbar knackte, worauf die entwaffnete Rechte des Fremden leblos an seinem Arm baumelte.

Der Vogelfreie ging heulend in die Knie und griff mit der unversehrten Hand nach dem Ellbogen über der zerstörten Rechten. Robin verpasste ihm einen Hieb in den Rücken, der ihn mit dem Gesicht zuerst in den Schlamm kippen ließ, und fuhr dann wieder zu dem ersten Mann herum.

Doch zu ihrer Überraschung hatte Jessamine sich nun ebenfalls bewaffnet und schwang einen mehr als schwertlangen und armdicken Knüppel über dem Kopf.

Ihr Peiniger riss entsetzt die Augen auf. Seine Nase war blutig und schwoll bereits an. Ungelenk versuchte er sich rückwärts auf allen vieren aus der Gefahrenzone zu bewegen, aber Jessamine folgte ihm unerbittlich. Noch bevor Robin sich entschließen konnte, sie davon abzuhalten, dem Vogelfreien unnötige Gewalt anzutun, ließ sie den schweren Ast auf den Schädel des Mannes hinabsausen. Allein der Reflex, in welchem er beide Unterarme zur Abwehr über seinen Kopf riss, rettete dem Fremden das Leben, denn der Hieb traf ihn mit einer Kraft, die Robin dem Bauernmädchen nie und nimmer zugetraut hätte.

Der Gesetzlose keuchte vor Schreck und Schmerz und versuchte winselnd, sich zur Seite hin wegzurollen. Jessamine setzte ihm nach und holte ein weiteres Mal mit dem Knüppel aus.

Sein Gefährte rappelte sich auf. Sichtlich benommen von Robins Schlag, torkelte er ein paar Schritte weit, stürzte, stemmte sich wieder in die Höhe und flüchtete in Schlangenlinien in den Wald.

»Jessamine!«, brüllte Robin, als das Mädchen ein zweites Mal zuschlug und ihren Gegner mit voller Wucht am Schulterblatt traf. »Hör auf! Der Mann hat genug! Du bringst ihn ja um!«

Das Bauernmädchen blickte sie über die Schulter hinweg an. Die Tränen strömten ihr über die sommersprossigen bleichen Wangen. Ihr Gesichtsausdruck aber zeugte nicht mehr von Furcht, sondern von blankem Hass.

»Ja«, antwortete sie zu Robins Überraschung. Dann wandte sie sich wieder ihrem Gegner zu, der sich längst in ein Opfer verwandelt hatte, und schlug ein drittes und viertes Mal zu.

Robin entschied, dass sie lange genug gezögert hatte. Sie ließ ihre Waffe fallen, war mit zwei weit ausgreifenden Schritten bei Jessamine und ergriff ihren Arm, der gerade zu einem weiteren fürchterlichen Hieb ausholte. Es kostete sie große Kraft, ihn zu halten; mit Abstand mehr, als sie erwartet hatte.

»Jessamine!«, ermahnte Robin das Mädchen scharf.

Jessamine versuchte, sich aus ihrem Griff zu winden, aber Robin verdrehte ihr den Arm auf dem Rücken, sodass der Schmerz in der Schulter sie den Knüppel fallen lassen ließ. »Lass ihn am Leben. Bitte!«

»Bitte …!« Der Mann am Boden winselte inzwischen nur noch. »Isch dachte … du wolltescht esch doch auch …«

Jessamine trat nach seinem Knie, denn inzwischen hatte er sich wieder auf den Rücken gewälzt.

»Nein«, erwiderte sie unbeherrscht. Ihrer Stimme war anzuhören, dass sie seit gut zwei Jahren nicht mehr benutzt worden war. Dennoch klang sie entschlossen. Robin bemerkte, dass das Mädchen am ganzen Leib zitterte. Selbstverständlich. Dieser widerliche Kerl, der da halb zerschlagen am Boden lag, hatte gerade versucht, ihr genau das anzutun, was schon zwei andere ihr vor mehr als zwei Jahren angetan hatten. Jessamine hatte es nie verwunden, aber immerhin hatte sie nun diesem Mann ein winziges bisschen dessen zurückgezahlt, was sie hatte erleiden müssen. Schließlich war er genauso schlimm wie die beiden Widerlinge, von denen einer der Vater ihres kleinen Sohnes war. Und deshalb hatte sie wieder zu sprechen begonnen. Es waren nur zwei einsilbige Wörter gewesen, aber das war schon weit mehr, als ihre liebende Mutter und ihr strenger Vater in all der Zeit erreicht hatten.

Vielleicht schaffte sie noch ein paar weitere …

»Ich mache dir einen Vorschlag.« Robin versuchte, so ruhig wie möglich zu bleiben. »Ich halte ihn für dich fest. Aber du lässt den Knüppel aus dem Spiel. Und du hörst auf, sobald ich dir sage, dass du aufhören musst. Einverstanden?«

Jessamine starrte sie über die Schulter hinweg an, als zweifelte sie an ihrem Verstand oder zumindest an ihrer

Aufrichtigkeit. Robin verzichtete darauf, eine Antwort abzuwarten. Sie ließ den Arm des Mädchens los, bückte sich stattdessen nach dem des Fremden am Boden und riss den Mann in eine halb aufrechte Position.

»Komm schon«, forderte sie das Bauernmädchen auf, während sie die freie Hand in das fettige und verfilzte Haar des Mannes grub und seinen Kopf in den Nacken riss. »Schlag zu. Schlag, so fest du kannst.«

Jessamine zögerte. Sie presste die Lippen so fest aufeinander, dass sich ihr Mund nur noch als feiner Strich in ihrem Gesicht abzeichnete. Robin nickte ihr auffordernd zu. »Hab keine Scheu.«

Noch ehe das letzte Wort Robins Lippen ganz verlassen hatte, trat Jessamine zu. Das Bauernmädchen beließ es nicht bei einem Tritt und ein paar Fausthieben, wie Robin angenommen hatte. Stattdessen schlug und trat sie immer wieder wie von Sinnen auf den Wegelagerer ein. Ihre Fäuste brachen sein Nasenbein und vielleicht auch seine Wangenknochen, und ihre Sohlen trieben ihm den letzten Hauch von Luft aus der Lunge. Jessamine schrie und weinte, während sie den Mann, den Robin in eisernem Griff hielt, mit aller Kraft misshandelte – und sie hatte verdammt viel Kraft.

Der Vogelfreie brüllte, jaulte, keuchte und winselte. Irgendwann verstummte er, und sein Körper hing schlaff in Robins Armen. Er war nicht bewusstlos, aber sehr benommen. Blut sickerte aus seiner Nase, aus seinen aufgeplatzten Lippen und aus einer hässlichen Wunde über dem linken Auge.

Als Robin dem Schauspiel gerade ein Ende setzen wollte, ließ Jessamine von selbst von ihrem Opfer ab, spie ihm ins Gesicht und kletterte auf den Rücken ihres Hengstes.

»Wo entlang?«, fragte sie schwer atmend und heftig zitternd.

Robin rappelte sich auf, klopfte dem völlig zerschlagenen Wegelagerer symbolisch den Dreck von den Schultern und schenkte dem Mädchen ein mitleidiges Lächeln.

»Wohin es dir beliebt.«

»Ich wollte nicht, dass mein Vater die beiden tötet«, sagte Jessamine unvermittelt, als sie sich auf halbem Wege zurück zum Hof auf dem Stamm einer uralten umgestürzten Eiche an einem schlammigen Weiher niedergelassen hatten. »Ich wollte es selbst tun.«

Robin kratzte einen verirrten Kiesel aus dem Uferschlamm und schnippte ihn in das stille Gewässer.

»Hoggersglehn«, fügte Jessamine hinzu. »Und den Mann, der bei ihm war.«

Robin nickte. »So wie den Mann, den du gerade verprügelt hast?«

Jessamine lächelte traurig. »Den wollte ich auch töten. Aber … Ich konnte es nicht. Ich glaube, ich hätte es nicht einmal geschafft, wenn du dich nicht eingemischt hättest.«

»Ja.« Robin seufzte, rückte dichter an Jessamine heran und legte ihr einen Arm um die Schultern. »Weil du ein guter Mensch bist, Jessamine. Kein Mensch hat das Recht, einen anderen zu töten. Und das weißt du.«

»Aber von Hoggersglehn …«, begann das Bauernmädchen hilflos. Dann schüttelte es den Kopf. »Vielleicht wollte ich ihn doch nicht töten. Erst im Nachhinein. Ich wünschte, ich hätte es getan, ehe mein Vater … Es war meine Schuld, nicht seine. Ich habe mich gewehrt. Aber die beiden waren einfach zu stark. Sie … Sie haben mir sehr wehgetan, weißt du? Und ich habe laut um Hilfe geschrien.«

Sie lehnte ihren Kopf an Robins Brust und starrte, in schreckliche Erinnerungen versunken, auf den See hinaus. Das Eis, das die Kälte aus seiner Oberfläche geformt hatte, war größtenteils geschmolzen; nur in der Mitte trieb noch ein ovales Stück. Ein Stück, das sich gefühlt hätte wie Robin selbst, hätte es eine Seele gehabt. Allein, haltlos und kalt inmitten eines undurchsichtigen Gewässers voll unbekannter Gefahren, das ihm beständig mehr von seiner Substanz raubte.

Robin strich Jessamine das strähnige Haar aus dem verweinten Gesicht. Die Geste war ungeschickt, denn Robin fühlte sich nicht, als berührte sie einen Menschen, sondern nur ein pulsierendes Stück Fleisch.

»Und dein Vater hat deine Schreie gehört?«, fragte sie pflichtschuldig, als Jessamine auch nach einer geraumen Weile nicht von selbst weitersprach.

Jessamine nickte und hob fast gleichzeitig die Achseln. »Vielleicht. Vielleicht war er auch nur zufällig in der Nähe. Ich weiß es nicht. Aber wenn ich nicht so laut geschrien hätte, hätte er vielleicht nicht … Ich meine: Er war wie von Sinnen. Ich weiß nicht, wie er es geschafft hat, denn er war allein, und von Hoggersglehn und sein Gefährte waren doch zum Kämpfen ausgebildet. Aber auf einmal war Hoggersglehn tot. Und kurz danach auch der Bruder seines Schwagers.«

»Ich habe davon gehört«, sagte Robin. »Auf meiner Reise hierher hat man mir davon erzählt.«

»Alles?«, fragte Jessamine bestürzt. »Auch das mit den …« Sie suchte nach den richtigen Worten.

»Man erzählt sich, jemand habe sie kastriert. Aber ihr

Schicksal scheint niemanden zu bekümmern. Du bist nicht die Einzige, der dieser Graf von Hoggersglehn Gewalt angetan hat, weißt du? Er hat sich an vielen Mädchen vergangen. Auch das erzählt man sich überall.«

Jessamine schwieg. »Trotzdem hätte ich ihn selbst töten müssen«, sagte sie nach einer Weile. »Ich wollte nicht, dass meines Vaters Seele meinetwegen in der Hölle schmoren muss. Er wollte mir doch nur helfen!«

Robin betrachtete sie zweifelnd. »Und wie kommst du darauf, dass die Seele deines Vaters in der Hölle schmoren muss?«

Jessamine blickte sie überrascht an. »Weil man nicht töten darf. So steht es doch in den Zehn Geboten: Du sollst nicht töten. Nicht: es sei denn, jemand missbraucht deine Tochter. Einfach nur: Du sollst nicht töten. Was ist daran misszuverstehen?« Sie löste sich aus Robins Umarmung und kehrte ihr den Rücken zu. Wahrscheinlich schämte sie sich. »Ich hätte nicht schreien dürfen.« Sie sprach jetzt so leise, dass Robin sie kaum mehr verstehen konnte. »Ich hätte es hinnehmen und still ertragen sollen, denn es war Gottes Wille. Eine Prüfung vielleicht. Wenn ich nicht geschrien hätte, wäre mein Vater nicht zum Mörder geworden.«

»In den Zehn Geboten steht auch, dass du nicht deines Nächsten Hab und Gut begehren darfst«, erwiderte Robin. »Trotzdem schickt der Vatikan Tausende Männer ins Heilige Land, um jene, die dort leben, zu bekehren, zu ermorden oder zu vertreiben und all ihren Besitz an sich zu reißen. Nun sag mir: Wird des Heiligen Vaters Seele in der Hölle schmoren?«

Sie war ein wenig froh, dass niemand ihr selbst diese Frage stellte, denn ihre Antwort wäre überaus unchristlich ausgefallen. Gott hatte sie verlassen, und sie missgönnte ihm jede Karawanserei, die man im Heiligen Land für ihn eroberte. Genauso wenig gönnte sie sie jedoch Allah, dem Gott der Mohammedaner. Falls die Christenheit sich täuschte und es doch noch andere Götter neben dem Allmächtigen gab, hatte auch der Salim einfach sterben lassen. Eigentlich war sie nach all den Enttäuschungen, die sie erfahren hatte, der falsche Gesprächspartner für Glaubensfragen. Wenn es jedoch das war, was Jessamine seit zwei Jahren vom Sprechen abgehalten und sie die ganze Zeit über beschäftigt hatte, musste sie sich wohl zusammenreißen. Sie wollte versuchen, ihr zu helfen, ohne sie mit ihrem ketzerischen Gedankengut zu verpesten. Deshalb musste sie das Gespräch ab jetzt in weniger kritische Bahnen lenken. Nur für den Fall, dass Gott zufällig gerade einmal in ihrer Nähe war und lauschte.

»Das kannst du doch nicht vergleichen!«, begehrte Jessamine empört auf.

»Vor Gott sind alle Menschen gleich«, erwiderte Robin gleichgültig und ermahnte sich im Stillen erneut, nicht zu viel Lästerliches von sich zu geben. Es würde ihr schwerfallen.

Jessamine schwieg und blickte auf den Weiher hinaus. Das flache Gewässer glitzerte im Schein der untergehenden Sonne. Erst nach geraumer Zeit begann sie wieder zu sprechen: »Vorhin … Als ich auf diesen Mann eingeschlagen habe. Da habe ich gedacht, ich müsste ihn umbringen. Nicht für das, was er mir antun wollte. Er hat es ja nicht getan.«

»Sondern für das, was von Hoggersglehn dir angetan hat?«, fragte Robin.

Jessamine schüttelte den Kopf. »Er hat doch schon mit

seinem Leben bezahlt. Wenn dem Unrecht, das er verteilt hat, damit nicht schon Genüge getan ist, wird der Herr schon weise über ihn richten. Nein. Ich dachte, wenn ich ihn töte – wenn ich irgendeinen Menschen töte –, komme ich auch in die Hölle. Das wäre gerecht.«

»Nein«, erwiderte Robin trocken. »Das wäre krank.«

Jessamine machte eine gleichgültige Geste. »Dann bin ich eben krank.« Endlich sah sie Robin wieder an. »Aber nicht mehr so krank wie noch heute Morgen.«

»Immerhin hast du deine Stimme wiedergefunden. Ich glaube, du wirst noch viel Gebrauch davon machen müssen, um Antworten auf all die Fragen zu erhalten, die dich die ganze Zeit über gequält haben.«

»Aber nicht von dir.« Jessamine errötete angesichts ihrer eigenen Frechheit und blickte betreten auf ihre Füße hinab. »Ich meine … Du bist kein besonders gläubiger Mensch, oder?«

»Woher weißt du das?«, fragte Robin.

»So, wie du daherredest …«, antwortete das Mädchen. »Außerdem betest du nicht mit uns. Du bewegst nur die Lippen, genau wie ich. Und manchmal flüsterst du eigenartige Dinge, während alle glauben, dass du ein Gebet sprichst.«

Robin machte ein anerkennendes Gesicht. »Du hast gute Ohren.«

»Ziemlich«, bestätigte Jessamine. »Manchmal höre ich nachts, wie meine Großmutter aufhört zu atmen. Bald wird sie überhaupt nicht mehr aufwachen.«

»Und dann?«, fragte Robin. »Kommt sie dann auch in die Hölle?«

»Wieso sollte sie?«

Robin zuckte die Schultern. »Sie redet nur tagaus, tagein

wirres, verrücktes und unwahres Zeug. Und da steht nicht geschrieben: Du sollst nicht falsch Zeugnis reden wider deinen Nächsten?«

»Aber das tut sie doch nicht aus Bosheit!«, protestierte das Bauernmädchen.

So schnell gab Robin nicht auf. »Sie verletzt dich nahezu täglich.«

»Sie ist alt und weiß nicht mehr, was sie redet«, winkte Jessamine ab. »Ich weiß das. Ich bin nur manchmal unbeherrscht.«

»Also kommt sie trotzdem in den Himmel?« Robin spielte Erstaunen.

»Natürlich!«

»Sozusagen ausnahmsweise?« Robin legte den Kopf schräg.

Jessamine maß sie aus zu aufmerksamen Schlitzen geformten Augen. »Ich weiß, worauf du hinauswillst. Aber du wirst von mir nicht hören, worauf du abzielst. Ich mag dich. Und ich glaube, ich will, dass du mich lehrst, einen Knüppel so geschickt zu schwingen wie du. Ich will mich fortan wehren können und nie wieder einen anderen in die Lage bringen, in die ich meinen armen Vater gebracht habe. Aber du bist keine Christin. Du kannst mich in solchen Fragen nicht belehren.«

Robin wandte den Blick ab und seufzte. »Wenigstens habe ich dich wieder zum Sprechen gebracht.«

»Das warst nicht du«, widersprach Jessamine, rückte aber wieder dichter an Robins Seite. »Du kannst mir überhaupt nicht helfen, weil es dir sogar noch schlechter geht als mir. Ich sehe es an deinen Augen.«

»So?« Robin bemühte sich, möglichst desinteressiert zu klingen. Es behagte ihr nicht, dass dieses Mädchen, das genug eigene Probleme hatte, in ihrer Seele herumzustochern versuchte. Sie wollte ebenso wenig mit Jessamine über sich selbst reden wie mit Cordelia, weil sie selbst … nicht mehr wichtig war. Ihr einziger Wert war ihre Aufgabe als Mutter, die alles dafür geben musste, ihr Kind zurückzugewinnen und ihm eine gute Zukunft zu bieten.

Robin erhob sich und trat einen Schritt auf die Pferde zu, die von dem schlammigen Seewasser tranken. »Ich glaube, es ist an der Zeit zu gehen. Deine Eltern werden sich bald Sorgen machen.«

Jessamine maß sie mit eindringlichem Blick, gab aber schließlich auf und folgte ihr. »Würdest du mir einen Gefallen tun?«, fragte sie kleinlaut, ehe sie aufsaß.

Robin hob die Schultern. »Welchen?«

»Bitte sag meinen Eltern nicht, dass wir miteinander gesprochen haben«, sagte das Bauernmädchen. »Ich … brauche noch Zeit. Verstehst du das?«

Robin zog die Stirn kraus. »Eigentlich nicht«, antwortete sie ehrlich, seufzte dann tief und schwang sich auf ihren Hengst. »Aber wenn du darauf bestehst: bitte schön. Ich kann schweigen wie … wie du.«

Jessamine lächelte und kletterte auf den Rücken ihres Pferdes.

In dieser Nacht lag Robin lange wach und fragte sich, wie sie das Mädchen nun, da es endlich wieder zu sprechen begonnen hatte, dazu bewegen könnte, sich besser um den Säugling zu kümmern. Auch heute ließ sie ihn nämlich stundenlang vor sich hin jammern, ehe sie sich unwillig auf die Seite wälzte, um ihm die Brust zu geben. Während Robin so ins Dunkel starrte, wurde ihr auf einmal etwas klar. Jessamine konnte es nicht wissen, aber auch wenn sie bestritt, dass Robin ihr in irgendeiner Weise geholfen hatte, so hatte sie umgekehrt sehr wohl etwas für sie getan. Ohne ihr Wissen und ohne dass Robin es gleich bemerkt hatte, hatte das Mädchen ihr etwas zurückgegeben, was ihr mit Salim verloren gegangen war. Etwas Wichtiges, nur zu Menschliches: die Fähigkeit, sich in ein anderes Herz hineinzufühlen und endlich wieder etwas anderes zu empfinden als Trauer, Hilflosigkeit, Scham und Sorge um Leila.

Jessamines Schicksal bewegte Robin mehr, als sie sich während des vertraulichen Gesprächs am Weiher eingestanden hatte. Und jetzt, in der Nacht, raubte ihr ihre Geschichte auch noch das bisschen Schlaf, das der kleine Ruben ihr zwischendurch zu gönnen bereit war.

Kurz vor Sonnenaufgang schiss Godeliva ihr Lager voll, sodass Andreas sich auf dem Boden zusammenrollte. Weil die Bäuerin schnarchend den Schlaf der Gerechten schlief und nichts davon mitbekam, stand Robin auf und wusch die alte Frau, kleidete sie neu ein und reinigte die Strohmatratze. Als sie Godeliva wieder in ihre Kissen bettete, versuchte sie sich einzureden, dass sie es nur aus Ekel vor dem Gestank getan hatte. Aber so war es nicht. Sie hatte Mitleid mit Godeliva und Andreas, der das Lager mit ihr zu teilen gezwungen war. Als die Alte sie fragte, wer sie eigentlich sei, woher sie komme und warum sie denn Olaf und Cordelia nicht wecke, um ihnen zu sagen, dass sie heute Nacht einen Gast hätten, erklärte Robin es ihr geduldig. Godeliva lachte über sich selbst und bedankte sich bei ihr für das, was sie stets als Selbstverständlichkeit hinnahm, wenn Cordelia es für sie tat. Robin deckte sie zu und lächelte, als Andreas in das Bett zurückkroch und die senile Alte sich erstaunt erkundigte, warum der Junge denn auf einmal in ihrem Bett schlafe. Gestern noch sei er unbeholfen durch das Stroh gekrabbelt und habe der Sau in den Schwanz gebissen, woraufhin sie ihm den Hintern versohlt habe, ganz gewiss …

Als von Nablus sie am folgenden Nachmittag wie angekündigt aufsuchte, war Robin völlig erschöpft. Trotzdem fühlte sie sich besser als in den endlos langen Wochen zwischen Salims Tod und dem Überfall durch die Wegelagerer. Kurzum: Robin fühlte sich wieder ein klein wenig mehr wie sie selbst; wie die Person, die sie mit Salim verloren geglaubt hatte.

Grußlos führte sie den Templer an den kleinen Weiher, an dem sie sich gestern mit Jessamine niedergelassen hatte.

Das Eis war geschmolzen.

Sie blickten eine Weile schweigend auf den See hinaus, ehe von Nablus begann: »Deine Tochter lässt ausrichten, sie vermisse ein Tier namens Glupschauge nur sehr wenig. Außerdem fühle sie sich in den warmen Hosen, die wir für sie haben anfertigen lassen, sehr wohl.«

Robin reckte herausfordernd das Kinn. »Ich habe nachgedacht. Wir sind nach wie vor Ordensbrüder, gewissermaßen. Bringt mich zu Leila, und ich ziehe wieder mit euch ins Morgenland. Der Heilige Krieg wartet. Es gibt niemanden, der Agnes von Courtenay noch zur Vernunft bringen könnte. König Balduin selbst hat nicht den geringsten Einfluss auf seinen Neffen, der nur tut, was seine machtgierige Mutter von ihm verlangt.«

»Das Heilige an dem Krieg interessiert uns nicht im Geringsten«, antwortete von Nablus. »Ebenso wenig wie den Vatikan, wenn du meine Meinung dazu wissen möchtest. Es geht um Geld, Land und Macht.«

Robin maß ihn kühl. »Schön, dass Ihr so offen zugebt,

was der Feind Euch von Anfang an nachgesagt hat. Aber auch das ist mir gleich. Ich werde für euch kämpfen, wenn ich im Gegenzug meine Tochter zurückbekomme. Ich werde sie in die Obhut von Menschen geben, denen ich vertraue.« Dabei dachte sie an Saila und Nemeth. »Ich glaube nicht, dass ich mit Agnes selbst reden kann, was die Vorzugsstellung der Johanniter angeht, die Ihr zurückzuerhalten begehrt. Aber vielleicht finde ich eine Möglichkeit, an Balduin V. heranzukommen und ihm ein wenig von der Weisheit seines Onkels zu vermitteln. Agnes kann nicht immer in seiner Nähe sein. Balduin IV. und ich sind seit Jahren eng befreundet, das habt Ihr richtig beobachtet.«

Von Nablus schenkte ihr ein warmes Lächeln. »All das wirst du tun, davon bin ich überzeugt. Aber ich möchte, dass du es reinen Herzen tust. Ich will, dass du weißt, wofür du kämpfst – tatsächlich immer gekämpft hast, auch wenn du es nie für möglich gehalten hättest.«

»Mein Herz tut nichts zur Sache«, gab Robin eisig zurück.

Der Ritter lachte wenig amüsiert. »Doch, das tut es. Ich weiß, du fühlst dich elend. Du verstehst nicht, warum ausgerechnet du für einen Gott kämpfen sollst, der dich in deinen schwersten Stunden im Stich gelassen hat. Vielleicht beruhigt es dich ein wenig, wenn ich dir vorweg verrate, dass das auch niemand von dir verlangt, weil es diesen Gott nämlich niemals gegeben hat.«

»Selbstverständlich«, schnaubte Robin. »Das ist Euch natürlich offenbar. Ihr seid im Besitz alles umfassender Weisheit und grenzenlosen Wissens. Ihr wisst, wer oder was über allen Dingen steht und wohin Gottes Wege führen – verzeiht … Es gibt ja keinen Gott.«

»Nicht grenzenlosen Wissens«, verbesserte der lockige Ritter sie. »Aber immerhin elementarer Auskünfte. Dieser Gott, zu dem die Christen überall auf der Welt beten, für den sie schuften, bis sie sterben, und für den sie jedes Leid, das zu ertragen ihnen abverlangt wird, nahezu klaglos hinnehmen, hat nie existiert. Er ist nichts als eine Erfindung der Römer. Eine großartige Idee, mit denen sich das Volk demütig, klein und dumm halten lässt.«

»Hat Euch das der Heilige Vater erzählt, oder ist Euch ein Erzengel im Schlaf erschienen?«, fragte Robin verächtlich.

»Es erschließt sich aus den Schriften, die Hugo von Payens und seine acht Gefährten zu den Gründungszeiten des Ordens bei ihren Grabungen am Tempelberg entdeckt haben«, antwortete der Templer ruhig. »Wir besitzen sie noch immer. Der vermeintliche Prophet hat sie selbst verfasst.«

Von Nablus bückte sich nach einem abgebrochenen Zweig und begann die Rinde anzuknibbeln, während er wohl darauf wartete, dass Robin eine Frage stellte. Aber ihre Neugier hielt sich in Grenzen. Sie glaubte dem Kerl ohnehin kein Wort.

»Es war eine Art Tagebuch«, erklärte er nach einer Weile von sich aus. »Ein Stück Biografie – von Jesus Christus selbst verfasst. Von Payens fand die Schriften in einer steinernen Truhe. Zusammen mit einigen anderen persönlichen Dingen des Jesus von Nazareth. Zum Beispiel die Dornenkrone und das Grabtuch, das von Payens dem Vatikan aus taktischen Gründen überließ. Außerdem war eine kleine Schatulle in der Truhe, die vier trockene Nabelschnüre enthielt. Für die Ewigkeit konserviert und fast versteinert. Und eine Urkunde, aus der hervorging, dass er verheiratet war wie jeder anständige junge Mann seiner Zeit und Kultur. Mit Maria Magdalena, die ihm als Jüngerin diente. Sie war keine Hure.«

»Selbst, wenn ich versuchen wollte, Euch zu glauben: Jesus war Jude«, erwiderte Robin. »Man mag den Juden vieles nachsagen. Aber ich glaube nicht, dass sie die Nabelschnüre ihrer Kinder in Schatullen aufzubewahren pflegen. Warum sollten sie auch? Das ist sinnlos und widerlich.«

Der Ritter zuckte die Schultern. »Das tun sie auch nicht. Aber er hat es offenbar gemacht. Warum, lässt sich aus dem, was noch zu entziffern ist, nicht mehr vollständig erschließen. Schließlich haben die Schriften fast elf Jahrhunderte überdauert. Vermutlich hat es etwas mit dem verqueren Glauben der alten Ägypter zu tun, deren Pharaonen sich nach ihrem Ableben sämtliche Organe entnehmen und sie getrennt von ihrem Körper konservieren ließen. Jesus von Nazareth erwähnt auch Moses, der diesem Glauben ebenfalls anhing. Sein Aufenthalt bei den Pharaonen soll ihn sehr geprägt haben. Jesus war beeindruckt davon.«

Robin erhob sich gereizt. »Ich danke Euch für diese spannende wie vollkommen haltlose Geschichte. Wenn Ihr es verlangt, werde ich in die Welt hinausziehen, den Willen Furcht einflößender Mischwesen predigen und Pyramiden errichten. Mit meinen eigenen Händen. Aber jetzt will ich meine Tochter sehen.«

Von Nablus stand ebenfalls auf. »Noch nicht. Dazu ist es noch zu früh. Aber ich glaube, für heute habe ich dir genug erzählt. Ich werde am kommenden Freitag zurückkehren – vielleicht bist du dann ein wenig zugänglicher.«

Er schaute auf den ruhigen See hinaus. Eine Trauerweide streichelte die Wasseroberfläche mit ihren Zweigen. Schon bald würden die ersten Knospen sprießen.

»Das hier ist ein schöner Ort.« Der Templer lächelte. »Zu unserem nächsten Treffen werde ich dich hier erwarten. Eine Stunde nach Sonnenaufgang, wenn es dir recht ist.«

Robin kämpfte den Drang, ihm vor die Füße zu spucken, mühsam nieder, kletterte in den Sattel und ritt in scharfem Galopp davon.

22. KAPITEL

Robin schloss einen Handel mit Jessamine. Sie würde ihrem Wunsch, sie das Kämpfen zu lehren, nachkommen. Tatsächlich stellte sie ihr sogar in Aussicht, sich an dem Schwert zu üben, das sie jüngst so verwundert in den Händen gedreht hatte. Zuerst musste sie aber beweisen, dass sie die Stäbe, die vorerst ersatzweise herhalten mussten, einigermaßen geschickt zu führen vermochte. Im Gegenzug nahm sie dem Mädchen das Versprechen ab, den Säugling nicht mehr schreien zu lassen – nicht am Tage und schon gar nicht in der Nacht. Spätestens an jedem vierten Tag würden sie ihre heimlichen Kampfübungen auf einer Waldlichtung, die sie zu diesem Zweck auserkoren hatten, durch einen Spaziergang mit dem kleinen Ruben ersetzen. Robin würde die Verantwortung für den Spaziergang vor Olaf und Cordelia übernehmen. Jessamine willigte ein, ohne gegen eine dieser Bedingungen aufzubegehren.

Ein paarmal versuchte Cordelia Robin darüber auszuhorchen, was es mit den täglichen Ausritten in den Wald mit ihrer Tochter wirklich auf sich hatte. Zwar sei Jessamine ihr im Haus ohnehin nie eine große Hilfe gewesen, sodass sie nichts dagegen einzuwenden habe, wenn sie sich täglich für eine oder zwei Stunden entferne, aber neugierig sei sie doch.

»Es tut ihr gut«, erklärte Robin nur knapp.

Damit gab sich die Bäuerin immer für ein paar Tage zufrieden. Davon, dass Jessamine neuerdings wieder von ihrer Stimme Gebrauch machte, sobald sie außer Hörweite ihrer Familie war, ahnte niemand etwas. Aber ein jeder spürte – und das war wohl der wirkliche Grund dafür, dass niemand Einwände gegen die regelmäßige Streunerei erhob –, dass Robins Gesellschaft tatsächlich ein kleiner Segen für Jessamine war. Immerhin gelang es ihr neuerdings, die verletzenden Fragen und Ausrufe ihrer Großmutter geflissentlich zu übergehen. Sie aß ihre Gerstenpampe mit gesundem Appetit, und ihre Wangen bekamen einen rosigen Schimmer. Dann und wann, wenn Griseldis sie gar zu arg beschimpfte, spie sie ihrer Schwester in den Napf oder trat ihr vors Schienbein, anstatt die Beleidigungen schweigend hinzunehmen oder wütend aus dem Haus zu rennen. Alles in allem machte sie eine Entwicklung durch, die einer gesunden recht nahekam. Zumindest wenn man von ihrem beharrlichen Schweigen der Familie gegenüber absah.

Johannes von Nablus besuchte Robin jeden Freitag. Eine Stunde nach Sonnenaufgang trafen sie sich am Weiher. Zuerst erzählte er ihr immer von Leilas neuesten Streichen und frechen Worten. Dem Templer oblag nämlich nicht nur die Aufgabe, Robin regelmäßig zu besuchen und sie zu belehren, sondern auch die Verantwortung für Leila. Manchmal, gestand er Robin, falle er am Abend wie ein Brett auf sein Lager und fühle sich wie tot, so sehr strenge das Mädchen ihn an. Aber spätestens wenn er eine Nacht über ihre letzten Schandtaten geschlafen habe, wisse er ihnen schon wieder etwas abzugewinnen. Er sei sich sicher, dass Leila etwas ganz Besonderes sei und dass sie auf ihre eigentümliche Art noch viel erreichen werde. Sie müsse gefördert werden, und zwar in alle erdenklichen Richtungen. Darum (und damit sie ihre Energien nicht immerfort auf Albernheiten und Attacken auf sein nachlassendes Nervenkostüm vergeude) habe er begonnen, ihr das Bogenschießen beizubringen und auch das Speerwerfen. Und wie man einen Hund dressiere, ohne ihn im Affekt zu ertränken, wenn er sich nicht gleich füge. Nebenher lehre er sie Englisch und Französisch; leider nicht im Schriftlichen, denn Leila an einen Tisch zu setzen und dazu zu bringen, eine Feder übers Pergament zu führen, sei ein Ding der Unmöglichkeit.

Sobald er seinen wöchentlichen Bericht über Leilas Entwicklung abgeschlossen hatte, verlangte Robin – anfangs nachdrücklich, später trotzig und irgendwann aus schierer Gewohnheit –, zu ihrer Tochter gebracht zu werden, und stets seufzte von Nablus: »Noch nicht.« Dann machte er sich wieder daran, Robin mit hanebüchenen Geschichten von Jesus Christus, ägyptischen Pharaonen, den alten Römern und dem Vatikan auf die Nerven zu fallen.

Hugo von Payens, so erzählte er ihr zum Beispiel, sei keineswegs als Gründer des Tempelritterordens zu betrachten. Er habe die Templer lediglich zu dem gemacht, was sie heute seien. In Wirklichkeit reiche die Geschichte der Templer aber viel weiter zurück, sogar weit vor die christliche Zeitrechnung. Schon vor annähernd viertausend Jahren habe es Zünfte wie jene gegeben, aus denen Hugo von Payens und seine acht Gefährten in Jerusalem hervorgegangen seien.

Schon im ägyptischen Totenbuch habe man diese Zünfte, verborgen hinter verschiedenen mysteriösen Namen und Symbolen, erwähnt. Auch am Bau des Tempels Salomos seien sie beteiligt gewesen – es gebe alte Papyrusrollen, aus denen dies hervorgehe. Ihre Ziele vor Entstehung des Christentums seien die innere Wandlung und die geistige Vervollkommnung des Menschen gewesen, was Robin nicht ganz verstand. Die alten Templer lebten in Ehrfurcht vor einer höheren Macht, die sie den Großen Baumeister aller Welten nannten. Demütiges Kuschen vor irgendeiner höheren Macht jedoch sei ihre Sache nie gewesen. In Anlehnung an ihre Wurzeln vor Tausenden von Jahren, so behauptete von Nablus und deutete stolz auf seinen Wappenrock, trügen sie noch heute Weiß wie die altägyptischen Götter und Gottkönige in ihren Barken.

Einmal hielt er Robin seinen Siegelring hin. Sie hatte schon viele Ringe wie diesen gesehen, aber nie allzu genau hingeschaut. »Siehst du, was da steht?«, fragte der Templer.

Robin entzifferte die lateinischen Lettern. »Sigillum Militum Christi«, antwortete sie schulterzuckend.

»Siegel der Streiter Christi«, übersetzte von Nablus. »Nicht der Streitmächte des Vatikans oder im Namen des Allmächtigen, sondern Siegel der Streiter Christi. Weil wir das erreichen wollen, was Jesus Christus wirklich gepredigt hat. Nicht das, was die römisch-katholische Kirche ihm einige Jahrzehnte nach seinem Tod nachzusagen begonnen hat. Es gibt keine Belege dafür, dass er einer der alten Zünfte angehört hat. Aber er hat sich verhalten, als wäre er einer von uns gewesen.«

Womit sie wieder bei dem Thema waren, mit dem von Nablus sie anfangs gelangweilt und gequält hatte und bald regelmäßig bis zur Weißglut reizte. Jedes Mal, wenn sie sich trafen, erzählte er ihr ein bisschen mehr von dem haarsträubenden Unsinn, den er und seinesgleichen, die sich der Innere Kreis der Templer nannten, herausgefunden zu haben glaubten. Und nur zu oft ging er so sehr in seinen Ausführungen auf, dass Robin mit dem Denken kaum noch hinterherkam, sodass sie es in Ruhe nachholen musste, wenn Johannes von Nablus wieder für eine Woche verschwunden war.

Sie setzte sich wirklich mit seinen Geschichten auseinander; sonst hatte sie ja auch kaum etwas zu tun. Sie kümmerte sich um Jessamine, Ruben und immer häufiger auch um die alte Godeliva, die seit Robins Einsatz an ihrem vollgekackten Bett einen Narren an ihr gefressen hatte, obwohl sie sich sonst selten an etwas erinnerte, was länger als einen halben Tag zurücklag. Während Robin mit den Händen ihre Arbeit verrichtete, hatte sie jedenfalls viel Zeit, sich Gedanken über von Nablus' Geschichten zu machen, und sie begann sich all die kritischen Fragen und verächtlichen Bemerkungen, die ihr während der letzten Woche in den Sinn gekommen waren, zu merken, um sie dem Templer bei nächster Gelegenheit an den Kopf zu werfen.

Aber so gründlich sie auch nachdachte, gelang es ihr doch nie, ihm eine Falle zu stellen. Sie wollte, dass er sich verriet und Robin Gewissheit darüber verschaffte, dass er die ganze Zeit über bloß ein krankes Spiel mit ihr trieb und keineswegs selbst an den Unsinn glaubte, den er ihr zu verkaufen versuchte. Doch Johannes von Nablus wusste einfach auf alles eine Antwort. Und irgendwann – der Frühling war längst hereingebrochen und hatte den Wald grünen, die Kuh kalben und Ruben laufen und ein paar Worte sprechen lernen lassen – ergaben all die Auskünfte und Anekdoten, die angeblichen Fakten und die großen

Zusammenhänge, von denen der Templer berichtete, tatsächlich einen Sinn.

Das geschah nicht nach und nach. Es war nicht wie ein Bild, das sich im Laufe der Zeit aus einzelnen Schritten ergab, indem jemand den Hintergrund ausfüllte, eine Kohleskizze zeichnete, die Linien säuberlich nachfuhr und die einzelnen Abschnitte mit immer feineren Pinselstrichen kolorierte. Eines Morgens wachte Robin einfach auf und ... verstand. Es fiel ihr wie Schuppen von den Augen, ganz so, als hätte sie es die ganze Zeit über gewusst und nur nicht für möglich halten wollen. Offenbar war die Verschwörung, von der der Templer sprach, viel zu gewaltig gewesen, als dass sie ihre Wahrhaftigkeit einfach hatte hinnehmen können. Aber jetzt begriff sie plötzlich. Das ganze Bild lag klar vor ihr. Sie achtete nicht auf Jessamines stummen Protest, als sie sich noch vor dem Frühstück auf den Rücken ihres ungesattelten Tieres schwang und allein zu dem Weiher hinausritt, an dem sie sich erst in einigen Tagen wieder mit Johannes von Nablus treffen würde.

Robin brauchte Zeit für sich allein. Sie musste nachdenken und verarbeiten, was ihr auf einmal so offenbar war: das Geheimnis, auf dem der Innere Kreis der Templer gründete. Dieser Kreis von größenwahnsinnigen, machtgierigen Gestalten, dem auch sie auf einmal angehörte, ob sie wollte oder nicht. Selbst wenn die Umstände sie nicht an Olafs Hof gekettet hätten, hätte sie keine Möglichkeit gesehen, ihr Wissen (und auf einmal erschien es ihr wie handfestes Wissen und nicht mehr wie eine wahnsinnige Idee) für bessere Zwecke einzusetzen, als die Templer es dieser Tage taten.

Mit den Relikten des wahren Jesus Christus erpressten sie also den Heiligen Vater selbst. Und das schon seit Hugo von Payens. Im Laufe der Zeit hatten seine Nachfolger immer mehr handfeste Beweise für das widerwärtige Spiel gesammelt, mit dem die Heilige Kirche arglose Menschen schikanierte und ausbeutete. Immer schon, seit Beginn ihrer Geschichte. Skrupellos und ohne Gnade schöpften die Templer Reichtum und Macht aus ihrem Wissen. Nüchtern überlegt, hätte Robin schon viel früher darauf kommen müssen, dass nicht die Templer dem Vatikan, sondern der Heilige Vater dem Orden der Tempelritter verpflichtet war. Warum sonst überschrieb die Kirche ihnen Privilegien und Ländereien im Übermaß? Es gab keinen vernünftigen Grund dafür. Die Templer lebten keusch, hatten nur selten Familie, für die es zu sorgen galt, und verfügten trotzdem längst über mehr Geld, als sie innerhalb mehrerer Generationen ausgeben konnten. Geld, das die Heilige Kirche ihnen zur Verfügung stellte. Angeblich dafür, dass sie ins Heilige Land zogen und es von den Heiden befreiten. Im Namen Gottes.

Aber das taten die anderen Orden auch. Trotzdem genoss keiner von ihnen die gleiche Vorzugsstellung wie die Tempelritter. Von Ridefort, ihr letzter Großmeister, dessen Name noch immer einen bitteren Geschmack auf Robins Zunge hinterließ, hatte eine ganze Reihe taktischer Fehler in Jerusalem begangen, ganz so, wie Bruder Abbé in seiner Weisheit einst vorausgesagt hatte. Daher würde der Einfluss der Templer auf den neuen König wohl weniger schwer wiegen, als es ihnen recht war. Dennoch waren sie noch immer mächtiger und wohlhabender als alle anderen Orden zusammen. Zu Bravia besuchte Werden, und er musste nicht einmal eine entsprechende Bitte formulieren, damit man ihn mit großzügigen Geschenken überhäufte. Vermutlich würde es Johannes von Nablus und diesem widerwärtigen Dos Aguas in Städten, in denen ihre Namen geläufig waren, nicht anders ergehen. Weil sie die Kirche in der Hand hatten mit all den Beweisen, die sie gegen sie gesammelt hatten. Beweise, die unzweifelhaft belegten, dass Jesus Christus tatsächlich das gewesen war, als was die Juden ihn schimpften: ein Verräter, der den Hebräergott Jahwe als Satan tituliert und die Gottwerdung des einzelnen Menschen durch Vervollkommnung der eigenen Seele gepredigt hatte.

War es das, was die Kuhgöttin und Moses ihr in ihren Träumen mitzuteilen versucht hatten? Schon Monate zuvor?

Vielleicht. Vielleicht aber auch nicht. Ein bisschen wünschte Robin es sich, denn in einem Punkt pflichtete sie von Nablus inzwischen vollkommen bei. Ein Gott, der nie existiert hatte, war immer noch besser zu ertragen als ein Gott, der einen in einem fort im Stich ließ.

Die Templer besaßen also handschriftliche Berichte von Jesus von Nazareth selbst. Nach allem, was Robin darüber gehört hatte, stellten diese ihn als Opfer einer jüdischen Sekte dar, die ihn ans Kreuz gebracht hatte, um sich mit einem vermeintlichen Märtyrer zu schmücken. Das hatte er offenbar schon zu Lebzeiten insgeheim befürchtet. Viel schwerer wog jedoch, dass die Templer inzwischen auch zwei verschiedene Varianten des Neuen Testaments besaßen. Eberhard von Barres, der dritte Großmeister der Templer nach Hugo von Payens, hatte diese Dokumente aus dem Vatikan schleusen können.

Es waren die Originalschriften, die von den Römern zunächst sorgsam überarbeitet worden waren. Dann hatten sie sie auf Papyrusrollen übertragen und irgendwo verbuddelt, wo sie auf jeden Fall über kurz oder lang gefunden werden mussten. Einfache Leute hatten sie wieder ausgegraben. Menschen, von denen man sich wünschte, dass sie an das glaubten, was sie da im Namen von vier frei erfundenen Evangelisten lasen. Sie sollten die Mär von Jesus Christus hinaus in die Welt tragen und das Judentum in sich spalten. Und diese Papyrusrollen enthielten die Variante, die man noch heute dem Volk predigte: eine Mär, die die Grundlage für ein riesiges Geschäft, vielleicht sogar für die Herrschaft über die Welt darstellen sollte.

Die Geschichte des Jesus von Nazareth verbreitete sich wie ein Lauffeuer. Schon bald hatten die Römer erreicht, worum es ihnen eigentlich gegangen war: Das jüdische Volk war in sich zerstritten. Mehrere kleine Gegner waren einfach besser zu handhaben als ein großer, und die Römer hätten zufrieden sein können mit dem Unfrieden, den sie gestiftet hatten. Doch statt den Dingen nun einfach ihren Lauf zu lassen, ersannen sie einen weiteren, viel größeren Plan. Mit unschlagbarem taktischem Geschick sandten sie neue Prediger aus, die das, was die Juden entzweit hatte, auf ihre eigene, durch und durch römerfreundliche Weise interpretierten.

Sie vervielfachten das Neue Testament und nahmen weitere Änderungen an ihrer genialen Erfindung vor. Sie erfanden die Absolution und brachten den Menschen bei, was sie tun mussten, um sie zu erhalten. Sie hielten Gottesdienste und verlangten Geld, um sie in würdigerer Umgebung abhalten zu können. Sie bauten Kirchen, so groß und beeindruckend wie möglich, um den Menschen überall auf der Welt ihre gottgewollte Macht zu demonstrieren. Schleichend und überaus geschickt, vereinnahmten sie die Seelen und Herzen der Leute. Menschen erklärten sie zu schlechtem, sündigem Fleisch, das dankbar zu sein hatte für alles, was der Allmächtige ihnen nicht nahm. Wenn sie gegen das Gesetz verstießen, das man schon lange zuvor dem wahrscheinlich vollkommen ahnungslosen Moses angedichtet hatte, mussten sie seine Rache fürchten. Man erklärte ihnen, dass sie Schafe zu sein hatten, verwehrte ihnen Bildung und sogar fast das Denken. Oder zumindest das Reden über das Gedachte, das man immer schneller und rücksichtsloser zur Ketzerei erklärte, die jeden Kritiker nur zu schnell das Leben zu kosten vermochte.

Rom brauchte längst keine Heerführer mit Hundertschaften von Soldaten mehr. Was die Römer geschickt über Jahrhunderte hinweg vereinnahmt hatten, war viel wertvoller als jeder noch so bedeutende Landstrich, der ihnen einst gehört hatte. Sie besaßen die Herzen und Seelen der Menschen, die sich für einen erfundenen Gott verausgabten und im Grunde alles, was sie erwirtschafteten, direkt oder indirekt in den Vatikan, den großen Rädelsführer, pumpten.

Aber die Templer waren keinen Deut besser als der Vatikan. All das, was der Heilige Vater ihnen zusprach, gab er ihnen auf Kosten der kleinen Leute, die in Zeiten des Heiligen Krieges längst mehr als nur den Zehnten entrichteten. Dabei wussten viele von ihnen kaum, wovon sie ihre Kinder am Leben erhalten sollten.

Rasenden Herzens blickte Robin auf den Weiher hinaus. Irgendwo im Dickicht zu ihrer Rechten raschelte es, und sie fühlte sich beobachtet. Aber es war gewiss nur ein Tier, das durch den frühlingshaften Wald streifte. Oder ihre überspannten Nerven spielten ihr einen Streich.

Trotzdem erhob sie sich mit einem Ruck und kehrte zum Hof der Bauernfamilie zurück. Sie begann zu begreifen, warum zu Bravia sie ausgerechnet hier untergebracht hatte. Sie hätte es nicht einmal gewagt, mit Olaf oder einem anderen Mitglied seines Haushaltes über von Nablus' Geschichten zu reden, wenn sie ihnen wirklich vertraute. Tiefgläubig, wie Olaf und die anderen waren, hätten sie sie für ihre ketzerischen Gedanken im Weiher ertränkt. Oder auch nicht, denn schon für den kommenden Monat hatten die Templer ihnen ein weiteres Rindvieh in Aussicht gestellt. Zumindest aber hätten sie ihr kein einziges Wort geglaubt. Anders als der Innere Kreis der Templer hielt sie nichts in den Händen, was ihre wahnsinnige Geschichte hätte belegen können.

An diesem Freitag jedenfalls fiel das Begrüßungsritual zwischen von Nablus und Robin aus. Stattdessen fuhr sie ihn an, kaum dass das Dickicht sie in ihren Schutz genommen hatte. »Wenn all das wahr ist, was Ihr mir erzählt habt, dann seid ihr keinen Deut besser als der Heilige Vater! Alles, was ihr euch aneignet, wurde zuvor einem ahnungslosen Menschen geraubt! Einem Menschen wie Olaf, dessen Mutter die tagtägliche Haferpampe längst den letzten Zahn gekostet hat! Habt Ihr seine jüngste Tochter gesehen? Ihr verdammter Glaube hat sie zerstört! Und trotzdem wäre sie noch bereit, ihr letztes Hemd für den Herrgott zu lassen. Sie glaubt tatsächlich, der Graf von Hoggersglehn hätte ein Recht dazu gehabt, sie so fürchterlich zu missbrauchen; und wenn nicht, dann werde Gott es schon richten. Sie lebt in ständiger Angst vor der Erbarmungslosigkeit eines Allmächtigen, den es nie gegeben hat! Da draußen …« Sie machte eine Handbewegung, die die ganze Welt einzuschließen versuchte. »… leben zahllose Menschen, die so sind wie Olaf oder die sogar noch schlechter dran sind. Für die Kirche verhungern Kinder! Jeden Tag! Oder sie wachsen ohne Eltern auf, weil man ihre Väter der Ketzerei bezichtigt und ihre Mütter auf dem Scheiterhaufen verbrennt. Tausende werden in diesem ganz und gar unheiligen Krieg abgeschlachtet, Gläubige wie Ungläubige. Und ihr … ihr unterstützt all das, indem ihr einfach nichts tut, außer möglichst großen Gewinn aus der Demut und der Furcht der einfachen Leute zu ziehen!«

»Hast du das Gefühl, dass es Olaf schlechter geht, seit der Fürst von Werden uns mit seinem Hof belehnt hat?«, fragte von Nablus gelassen.

Robin winkte ab. »Das ist etwas anderes. Ihr verlangt einen besonderen Gefallen von ihm, für den er einen außerordentlichen Lohn erhält. Wäre ich nicht hier, hättet ihr keinen Grund, ihn so großzügig mit Kühen zu beschenken.«

»Wahrscheinlich nicht. Aber wir würden ihn auch nicht in einer Form ausbeuten, wie der Wahlabt von Werden es getan hat. Hat Olaf dir erzählt, wie oft er seine Soldaten geschickt hat, um ihn zu terrorisieren?« Der Templer schnaubte verächtlich. »Der Abt verlangt längst nicht mehr nur den Anteil an Abgaben, der ihm von Rechts wegen zusteht. Es ist viel mehr, was er von den Menschen nimmt. Und wenn sie versuchen, sich dagegen zu wehren, beruft er sich darauf, dass sie zu dumm seien, um anständig zu rechnen – falls seine Männer nicht gleich die Waffen sprechen lassen und einfach kurzen Prozess mit ihnen machen.«

»Trotzdem«, beharrte Robin. »All die Reichtümer, die die Kirche euch überschreibt, sind von Menschen wie Olaf erwirtschaftet worden. Sie gehören ihnen. Ihr bestehlt sie genauso wie der Klerus und der Adel!«

»Aber doch nicht zu unserem eigenen Nutzen, Robin«,

verteidigte der Tempelritter sich und seinesgleichen. »Der Tag wird kommen, an dem sich alles ändert. Was wir jetzt von ihnen nehmen, benötigen wir irgendwann, um sie zu befreien, verstehst du das nicht?«

Robin schüttelte unwirsch den Kopf. »Nein, das verstehe ich tatsächlich nicht.«

»Die Eckpfeiler, auf denen die Kirche ruht, sind die jüdisch-christliche Religion, eine auf alttestamentarischer Zinserlaubnis basierende Geld- und Handelswirtschaft und das Prinzip der absolutistischen Herrschaft. Das erste der Zehn Gebote macht das unmissverständlich klar. Und der Vatikan verkauft sich als Sprachrohr Gottes auf Erden. Er nennt sich unfehlbar, und damit ist die Herrschaft des absolutistischen Gottes, den es nicht gibt, nichts als seine eigene. Der Orden der Tempelritter gedenkt, diese drei Eckpfeiler einzureißen. Es wird nicht mehr lange dauern, und unsere Macht – und Geld ist Macht, Robin – wird ausreichen, um diese jüdisch-christliche Kirche auszulöschen und eine neue, urchristliche Glaubensgemeinschaft zu errichten. Unter Ausschaltung jeglicher Glaubenszwänge. Niemand weiß wirklich, welche mystische Macht über allen Dingen steht. Und ob es überhaupt eine gibt. Aber es soll jedem selbst überlassen sein, ob er an Gott, Allah, Buddha, geflügelte Trampeltiere oder einfach an überhaupt nichts glaubt. Wir werden dafür sorgen, dass die Menschen ihre Entscheidungsfreiheit zurückerlangen.«

»Wie soll das funktionieren?«, fragte Robin. »Es ist doch ihr Glaube, der die Christen davon abhält, tagtäglich übereinander herzufallen, einander zu bestehlen, zu belügen und noch viel schlimmere Sünden zu begehen. Ihr legt den Grundstein für eine Welt voller Barbaren, wenn ihr einfach Gottes Wort abschafft. Was soll den Menschen davon abhalten, zum Tier zu werden, wenn es den Begriff der Sünde nicht mehr gibt?«

»Weltliche Gesetze.« Von Nablus war wie immer auf jeden Einwand vorbereitet. »Außerdem unterschätzt du den menschlichen Geist. Wenn man einem anderen Unrecht tut, fühlt man sich doch nicht nur darum schlecht, weil man die Strafe Gottes fürchtet. Man wird vor allen Dingen von seinem eigenen Gewissen geplagt. Der Mensch ist kein Tier. Er verfügt durchaus über einen Sinn für Moral und nicht zuletzt über eine Menge Erfahrungswerte.«

Robin schüttelte den Kopf. »Selbst, wenn ich euch eure ehrenwerten Ziele abnehmen wollte: Wie wolltet ihr sie durchsetzen? Mit noch mehr Gewalt, Unrecht und Krieg?«

»Durch Aufklärung. Das Zauberwort heißt Bildung. Für den kleinen Bauern genauso wie für den Fürstensohn. Aber du hast natürlich recht: Dann und wann wird sich Gewalt gewiss nicht vermeiden lassen. Aber wirklich nur, wenn es unbedingt sein muss.«

Robin schluckte trocken. »Musste es unbedingt sein, Salim zu töten?«

Von Nablus blickte sie bedauernd an. »Es lag nicht in Franciscos Absicht, deinen Ehemann zu töten.«

Robin ließ nicht locker. »Und wenn ich nicht Robin von Tronthoff wäre? Wenn es mir nicht gelungen wäre, Vulgar zu Bravia von meiner Identität zu überzeugen? Er hätte mich umgebracht, nicht wahr? Er hätte mir an Ort und Stelle die Kehle durchgeschnitten. Allein auf den Verdacht hin, dass ich irgendetwas gehört haben könnte, was mit der wohl erfolgreichsten Nötigung der Menschheitsgeschichte zusammenhängt. Er hätte sogar meine Tochter getötet. Ein unschuldiges Kind!«

Von Nablus schwieg.

»Er hätte«, wiederholte Robin düster.

»Manchmal muss man Opfer bringen«, verteidigte sich Johannes von Nablus. »Schließlich geht es um eine große Sache.«

Robin funkelte ihn an. »Eure große Sache interessiert mich nicht. Die Welt ist schlecht, und euer geheimnisvoller Innerer Kreis ist kein bisschen besser als jede andere Vereinigung, die zu lange an Macht und Geld geschnuppert hat. Ich bleibe dabei: Ich werde für euch kämpfen, wann und wo immer ihr wollt. Aber ich werde es für Leila tun. Nur für Leila.«

Und dann werde ich mit ihr verschwinden, fügte sie in Gedanken hinzu. Sie würde ein neues Leben beginnen – in einem anderen Land, unter einem anderen Namen, als ein vollkommen anderer Mensch. Sie besaß noch immer die Barschaft, die aus ihrem Handel mit dem Juden Emmanuel hervorgegangen war. Vielleicht würde sie nach Indien flüchten und Leila einen Elefanten kaufen.

Sie riss ihren Braunen herum und trieb ihn ein Stück weit in Richtung des Hofes, aber Johannes von Nablus rief sie noch einmal zurück.

»Möchtest du sie sehen?«, fragte er unvermittelt. »Deine Tochter?«

Robin zügelte ihr Pferd so hart, dass es empört aufwieherte. »Selbstverständlich will ich das.«

»Dann komm heute Abend an die Südseite der Hügelkette. Ich glaube, es ist an der Zeit, euch eine Stunde miteinander verbringen zu lassen. Aber ich will sie nicht ganz bis hierher bringen. Ich fürchte, dass sie mir dann später einmal entwischt und versucht, auf eigene Faust herzukommen. Immerhin ist sie deine Tochter. Ich traue ihr einiges zu.« Er lächelte gequält.

Robin bohrte ihren Blick misstrauisch in seinen, doch nichts in den dunkelblauen Augen des Templers deutete darauf hin, dass er sie nur schikanieren wollte, indem er falsche Hoffnungen in ihr weckte.

»Zu Einbruch der Dämmerung?«, schlug Johannes von Nablus vor.

»Zu Einbruch der Dämmerung«, stimmte Robin zu. Ihr Herz tat einen vorsichtigen, glücklichen Hüpfer. »An der Südseite der Hügelkette.«

»Ich werde pünktlich sein«, versprach der Templer. »Aber nur für eine einzige Stunde. Es gibt noch viel zu tun für eines neues, besseres Zeitalter.«

23. KAPITEL

»Bobin!«, begrüßte Ruben sie fröhlich, als sie – zum vielleicht allerletzten Mal – in das Haus der Bauernfamilie zurückkehrte. »Bobin! Bobin! Da!«

Der Junge zog sich an einem der Baumstümpfe hoch, die der Familie als Hocker dienten, tat ein paar wackelige Schritte in ihre Richtung, stolperte und kippte der Länge nach um. Robin half ihm auf die Beine, ehe sie sich daranmachte, in ihrem Reisegepäck herumzuwühlen. Es rührte sie ein wenig, dass Jessamines Kind ihren Namen auszusprechen versuchte, ehe es anständig nach seiner Mutter oder seiner Großmutter zu rufen lernte. Sie hatte ihre anstrengenden Mitbewohner ein bisschen ins Herz geschlossen, und es tat ihr leid, dass ihr das erst jetzt, da sie im Begriff war, sie zu verlassen, wirklich bewusst wurde. Sie würde den kleinen Ruben vermissen, und auch Jessamine, die ein erstaunliches Geschick an der Waffe bewies. Seit zwei Wochen erlaubte Robin ihr, das Schwert zu führen, wenn sie die Lichtung besuchten. Ihre Lichtung …

Jessamine würde sich verlassen fühlen. Sie würde einsam sein, wenn Robin nicht mehr bei ihr war. Allein schon deshalb, weil sie dann niemanden mehr hatte, mit dem sie reden konnte, und das im wortwörtlichen Sinne. Doch anders als der eine oder andere Tempelritter bildete Robin sich nicht ein, die Welt retten zu können. Das hatte sie nie getan. Jessamine musste lernen, ohne sie zurechtzukommen, denn es gab einen Menschen, der Robin viel wichtiger war als sie. Wichtiger als alle anderen Menschen auf der Welt.

Sie brauchte eine Weile, um die Nadel zu finden, die der Medikus Salim überlassen hatte. Nachdem sie sie in ihrer Manteltasche hatte verschwinden lassen, beschäftigte sie sich ein wenig mit dem kleinen Ruben und Jessamine. Die junge Mutter stellte sich noch immer grob und unbeholfen im Umgang mit ihrem Sohn an, gab sich aber sichtlich Mühe, geduldiger und vorsichtiger zu werden. Olaf, Andreas und Griseldis waren außer Haus, vermutlich um Lehm abzubauen. Godeliva sang mit krächzender Stimme Lieder, die Robin noch nie gehört hatte. Vielleicht erkannte sie sie auch schlicht nicht wieder, so schief, wie sie aus dem zahnlosen Mund der alten Frau klangen. Sosehr sie das häusliche Leben auch gerade genoss, wartete Robin doch nur auf eine Gelegenheit, Cordelia abzulenken und Jessamine und Ruben für einen Moment loszuwerden. Irgendwann, nach einer gefühlten Ewigkeit, verließ die Bäuerin das Haus, um sich um die Kuh zu kümmern, die draußen weidete und ihr Kälbchen säugte.

»Warum unternimmst du nicht einen Spaziergang mit deinem Kleinen?«, wandte Robin sich an Jessamine, als ihr einfach kein besserer Vorwand einfiel, unter dem sie sie für einen Moment fortschicken könnte. »Trag ihn zur Lichtung, und lass ihn dort ein paar Schritte versuchen. Der Boden ist weich und voller Moos, sodass er sich nicht verletzen wird, wenn er fällt. Deine Mutter hat bestimmt nichts mehr dagegen.«

Jessamine schenkte ihr einen verständnislosen Blick und sah dann zu Godeliva hin, die in diesem Moment das Schicksal eines unglücklichen Hofnarren besang.

Robin winkte ab. »Du kannst ruhig mit mir reden. Deine Großmutter wird alles, was du sagst, sofort wieder vergessen. Außerdem hat sie noch gar nicht gemerkt, dass du nicht mehr sprichst.«

Jessamine legte misstrauisch den Kopf schräg. »Was hast du vor?«, erkundigte sie sich.

»Ich?« Robin gab sich unwissend. »Was soll ich denn vorhaben?«

»Du willst mich loswerden.«

Robin tat eine abwehrende Geste. »Du lieber Himmel – nein.« Sie log so schlecht, dass sie sich selbst für ihre Schauspielkunst schämte. In diesem Augenblick jedoch gingen ihr einfach viel zu viele wichtige Dinge durch den Kopf, als dass sie sich darauf hätte konzentrieren können, eine gute Lügnerin zu sein. »Oder vielleicht doch, ja«, gestand sie darum. »Ich ... möchte einen Moment allein sein. Ist das so schwer zu verstehen?«

»Das ist aber nicht alles.« Wahrscheinlich war Jessamine zu lange der stumme, aufmerksame Beobachter gewesen, um sich von bloßen Worten und schlecht gespielten Zügen täuschen zu lassen.

Robin gab auf. »Ich möchte die wichtigsten Dinge aus meinen Taschen holen.«

»Weil du uns verlässt?«

Robin hob mitfühlend die Schultern. Sie wollte Jessamine nicht mehr belügen. »Nein ... Ja ... Vielleicht. Wenn es sich heute ergibt, dann ja.« Sie versuchte die Abschiedsstimmung mit einem dummen Scherz aufzulockern. »Bitte erzähl es nicht deinen Eltern.«

Jessamine lachte nicht darüber. Sie lächelte nicht einmal, sondern schaute nur noch trauriger. »Aber du kommst zurück, oder?«

Robin schwieg.

Jessamine ließ die Mundwinkel hängen. »Ich werde dich nicht überreden können zu bleiben, oder?«

»Nein.«

»Und du wirst mir auch nicht verraten, wohin du gehst, damit ich dich eines Tages besuchen kann. Ich weiß nicht einmal, woher du gekommen bist. Niemand hier weiß es. Und Vulgar zu Bravia hat uns verboten, dich danach zu fragen.«

»Ich weiß selbst noch nicht, wohin ich gehe«, antwortete Robin. Sie würde versuchen, Leila an sich zu reißen, wenn Johannes von Nablus allein kam. Vielleicht sogar dann, wenn er in Begleitung eines zweiten Templers erschien. Sie würde versuchen, mit ihr zu entkommen. Einfach nur irgendwohin gehen, wo zu Bravia und die anderen sie niemals finden würden.

»Glaubst du, dass wir uns wiedersehen?«, fragte Jessamine betrübt.

Robin blickte sie einen Moment traurig an, trat dann an ihre Seite und zog sie an sich heran, um sie zu umarmen. »Wenn Gott es will«, antwortete sie leise.

Godeliva führte das Lied vom glücklosen Narren zu Ende und stimmte ein anderes an, und Jessamine schmiegte sich eine geraume Weile schweigend an Robins Brust. Dann löste sie sich aus der Umarmung und wischte sich eine winzige Träne aus dem Augenwinkel. »Was ist es, was du heimlich aus deinem Gepäck holen wolltest?«

»Das Schwert.«

»Und das samtene Kissen, das ganz unten liegt?«

»Woher ...«, begann Robin.

Das Mädchen machte eine besänftigende Geste. »Meine Mutter hat es gesehen, als sie deine Kleider gewaschen hat«, erklärte sie. »An einem dieser Freitage, an denen du dich mit dem Templer getroffen hast, konnte sie einfach nicht widerstehen. Sie wollte es nur ansehen. Aber es war so schwer ...« Sie zog eine beschämte Grimasse. »Sie hat es nicht geöffnet, sondern nur gerüttelt und geschüttelt. Griseldis, mein Vater und sie haben geraten, was es enthalten mag. Sie glauben, dass es voller Geld ist.«

»Und trotzdem haben sie es nicht geöffnet?«, wunderte Robin sich. Olaf war arm. Sie hätte Verständnis dafür gehabt, wenn er ihr wenigstens zwei oder drei Münzen gestohlen hätte.

»Meine Eltern würden niemals stehlen. Und auch mein Bruder nicht. Nicht einmal meine abscheuliche Schwester würde eine solche Sünde begehen.«

Robin maß sie mit einem langen Blick. »Ihr seid gute Menschen. Ihr alle. Auch dein Vater. Keiner von euch wird im Fegefeuer schmoren. Niemals.«

Jessamine zuckte die Schultern. »Das kannst du nicht wissen«, erwiderte sie. »Außerdem wollten wir über so etwas nie wieder reden. Du verstehst einfach nichts davon.« Kurz hielt sie inne und schien über etwas nachzudenken. »Kann ich dir irgendwie helfen?«, fragte sie dann.

»Wobei?«, fragte Robin.

»Bei dem, was du gerade noch heimlich tun wolltest«, antwortete Jessamine augenrollend.

Robin lächelte. »Nein. Oder warte – vielleicht doch. Gibt es Nadel und Faden in diesem Haus?«

Jessamine nickte, und Robin griff nach dem schwereren der beiden Beutel, zog Kayas Schwert und ein Untergewand heraus, schob beides unter ihren Mantel und nickte Jessamine auffordernd zu. »Dann such danach, und komm mit.«

Weniger als zwei Stunden später (und damit viel früher, als Robin allein fertig geworden wäre), war das kleine Kunststück vollbracht. Mit der groben Nadel, die der unersetzliche Clemens in Salims Tasche untergebracht hatte, und mit Jessamines fleißiger Unterstützung hatte sie ein zweites Innenfutter über das erste ihres Mantels genäht. Und zwar eines, das es buchstäblich in sich hatte. Ein Beutel konnte nur zu leicht verloren gehen oder ihr entrissen werden. Außerdem würde er sie beim Kampf zu Pferde behindern, wenn es denn tatsächlich so weit kam. Stattdessen trug sie den Erlös aus dem Verkauf der Weberei nun dicht am Körper. Das hatte den zusätzlichen Vorteil, dass die Polsterung aus Münzen und Linsen (denn damit es nicht auf Schritt und Tritt klimperte, hatten sie auch diese in den zahlreichen kleinen Fächern untergebracht, aus denen sich das neue Innenfutter zusammensetzte) sogar eine gewisse Schutzfunktion übernahm. Fortan würde ihr der Mantel als ein zwar nicht übermäßig stabiles, dafür aber umso eleganteres und bequemeres Kettenhemd dienen.

Robin begutachtete ihr Werk voller Stolz, drückte Jessamine dankbar an sich und legte das Kleidungsstück an.

»Mit so viel Geld kannst du dir ein richtiges Haus kaufen.« In der Stimme des Mädchens schwang eine Spur von Neid mit. »Eines aus Stein sogar. Und ein paar Rinder und Schweine.«

»Ja«, bestätigte Robin. »Vielleicht.« Dann griff sie in ihre Rocktasche, in der sie ein paar der Münzen untergebracht hatte, und reichte sie Jessamine. »Das ist für dich und deine Familie.«

Das Mädchen zögerte, das Geld anzunehmen.

»Nun nimm schon«, drängte Robin. »Dein Vater kann jeden Taler gebrauchen. Er arbeitet hart und erhält viel zu wenig Lohn für seine Mühen.«

Jessamine hielt widerstrebend die Hand auf, und Robin ließ die Münzen hineinfallen. »Wenn du darauf bestehst. Ich werde es meinem Vater geben. Er wird sich sicher darüber freuen.«

Robin war noch nicht fertig. »Außerdem möchte ich, dass du das Pferd behältst.«

Jessamine riss ungläubig ihre braunen Augen auf. »Das meinst du nicht ernst!«

»Doch. Du reitest inzwischen, als wärest du zum Knappen ausgebildet. Es wäre schade, wenn du auf einmal keine Gelegenheit mehr dazu hättest.«

»Das … das kann ich nicht annehmen«, stotterte Jessamine und errötete. »Warum tust du das?«

Vielleicht für die Gottwerdung des Menschen durch die Vervollkommnung der Seele, dachte Robin voller Spott und Bitterkeit, sprach es aber nicht aus. Vielleicht handelte sie nur aus ganz normalem Mitgefühl. Oder aus rein praktischen Gründen, denn sie konnte nicht auf ein zweites Pferd achtgeben, wenn sie in halsbrecherischem Tempo durchs Dickicht zu jagen gezwungen war.

Laut sagte sie: »Weil ich sowieso nur ein Pferd reiten kann.«

Jessamine zögerte. Dann schritt sie auf das Pferd zu, das fortan ihr allein gehören sollte, und streichelte sanft seine Nüstern. »Ich danke dir«, sagte sie leise. »Für alles, was du für mich getan hast.«

»Ich dachte, ich habe nichts für dich getan«, neckte Robin sie. »Ich dachte, ich könnte dir überhaupt nicht helfen. Das hast du selbst gesagt.«

»Ich habe es gesagt?«

»Ja«, bestätigte Robin.

»Und danach habe ich noch mehr gesagt? Ich habe immer wieder mit dir gesprochen?«, fragte Jessamine.

»So war es wohl«, antwortete Robin.

»Dann wirst du mir doch geholfen haben. Mit jeder Silbe, die du mir über diesen einen Tag hinaus entlockt hast.«

Robin lächelte und kletterte in den Sattel ihres Pferdes. »Leb wohl, Jessamine«, verabschiedete sie sich voll aufrichtiger Wehmut. »Ich werde an dich denken.«

Jessamine nickte traurig. »Und ich werde jeden Tag für dich beten.«

Statt ihr Pferd um die Hügelkette herumzulenken, wählte Robin den weniger bequemen, dafür aber deutlich kürzeren Weg direkt über die Anhöhe. Er war nicht sonderlich steil, aber steil genug, dass sie absteigen musste, um nicht aus dem Sattel zu rutschen oder den Hengst über alle Maßen zu beanspruchen. Sie wusste auch nicht, ob sie auf der anderen Seite ebenso schnurgerade wieder hinunterkommen würde. Dort war sie noch nie gewesen, aber bis zur Abenddämmerung war es noch eine ganze Weile. Notfalls konnte sie immer noch umkehren und den Pfad nehmen, der um die Kette herumführte, die sich weniger als eine Meile zu beiden Seiten hin erstreckte. Mit Jessamines tatkräftiger Unterstützung hatte sie eine Menge Zeit eingespart, die sich nun in quälende Länge zu ziehen drohte.

Robin wusste nicht, aus welcher Richtung Johannes von Nablus kommen würde, und von der Hügelkuppe aus bot sich ihr der beste Blick über die Umgebung. Die Anhöhe war nicht bewaldet, und auf der Westseite erstreckte sich ein freies Feld bis zu einem schmalen dunklen Streifen am Horizont. So weit das Auge reichte, erspähte Robin nicht eine einzige Hütte, geschweige denn ein Dorf. Hohe Gräser, wilde Blumen, die bereits vereinzelte Knospen trugen, und stacheliges Gestrüpp überzogen die Anhöhe und einen Teil der Ebene. Als sie Leila zuletzt gesehen hatte, war das Kind noch fast bis zu den Knien in frischem Schnee eingesunken – so lange war es schon her. Ob sie sich sehr verändert hatte? Robin lächelte – noch immer fühlte sich dieses seltene Lächeln fremd und ungewohnt an. Den Ausführungen des Templers nach zu schließen jedenfalls, hatte Leila sich wohl nicht im Geringsten verändert. Aber gewiss war sie ein wenig gewachsen. Ob sie ihr wohl das Haar abgeschnitten hatten? Wenn nicht, bildete es bestimmt längst einen Filzklumpen auf ihrem Haupt, denn Robin glaubte nicht, dass sich einer der Männer die Mühe machte, Leila die widerspenstige schwarze Wolle jeden Tag zu kämmen und zum Zopf zusammenzubinden. Überhaupt verstand man unter Körperpflege in diesem Teil der Welt etwas ganz anderes als im Morgenland, wo die Menschen sich nach Möglichkeit täglich wuschen und die Frauen ihre Lider und Lippen bemalten, um schön zu sein. Baden galt hierzulande als ungesund – ein großer Irrtum, wie Robin fand.

Irgendwo auf halber Strecke glaubte sie Schilf zu erkennen. Vermutlich barg die Landschaft Flecken von sumpfigem Grund, doch schräg unter ihr, am Fuße des Hügels, schien der Boden fest zu sein. Ungünstigerweise war das Gefälle an den meisten Stellen zu steil, um sich mit dem Pferd hinunterzuwagen, aber Robin entdeckte einen Vorsprung von mehreren Dutzend Schritt Breite, wo sich die Anhöhe deutlich sanfter neigte. Aber auf der Höhe eines nicht zu groß geratenen Mannes endete er wie abgeschnitten, und eine teils von dichtem Gestrüpp überwucherte Felswand führte senkrecht in die Tiefe. Robin rechnete sich aus, dass es dem Hengst vielleicht zuzutrauen war, hinunterzuspringen; wenigstens dann, wenn sie nicht auf seinem Rücken saß. Blieb nur noch die Frage, wie sie das eigenwillige Tier, das mit Sattel und Zaumzeug stets zu seinem alten Starrsinn zurückfand, dazu überreden konnte, diesen Sprung zu wagen.

Sie seufzte tief und ließ sich ins Gras sinken. Wahrscheinlich blieb ihr doch keine andere Wahl, als den anderen Weg zu nehmen, auch wenn es sie Zeit kosten würde. Aber sie hatte ohnehin nicht vor, sich mit einem Kampfschrei auf von Nablus zu stürzen, sobald sie ihn irgendwo erblickte. Sie durfte sich keinen Fehler erlauben. Wenn sie ihre Chance, Leila im Kampf zu befreien, für allzu gering erachtete, würde sie noch einmal zum Hof der Bauernfamilie zurückkehren und eine bessere Gelegenheit abwarten müssen. Falls der Templer wirklich mit ihrer Tochter kam, um ihnen ein wenig Zeit miteinander zu gönnen, vertraute er ihr schließlich schon zumindest so weit. Wenn sie sein Vertrauen nicht enttäuschte, weil es ihr zu gefährlich erschien, würde sie ihn bestimmt dazu bewegen können, sich noch einmal auf ein solches Treffen einzulassen. Immer wieder, bis sich die richtige Gelegenheit ergab …

Robin überprüfte die Stabilität ihres Geldmantels und den Sitz des Schwertes, das sich darunter verbarg. Sie stand auf, zurrte die Riemen des Sattelzeugs etwas fester, band ihre Stiefel neu und wand ihre Haare zu einem festeren Zopf. Schließlich ließ sie sich wieder ins Gras fallen und wartete. Je tiefer sich die Sonne am wolkenlosen Himmel schob, umso mehr blendete sie ihre Augen. Bald vermochte sie den dunklen Streifen, den das nächste Waldgebiet am Horizont bildete, nur noch verschwommen zu erkennen, und schließlich musste sie die Augen mit der Hand beschatten, um überhaupt noch etwas zu erkennen.

Wieder einmal durchzuckte sie der altbekannte Schmerz, als ihr in den Sinn kam, was sie Leila eigentlich erzählen wollte, wenn diese sie nach ihrem Vater fragte. Die Wahrheit? Undenkbar. Sie hing doch so sehr an Salim, und natürlich auch an dem Zuckerwerk, das er stets so locker in den Taschen getragen hatte.

Salim tätigte Geschäfte in … in Lourdes, genau. Nachdem er sich vergewissert hatte, dass sie alle nur Opfer eines fürchterlichen Missverständnisses geworden waren und Leila gut untergebracht war, hatte er sich wieder auf seine Pflichten besonnen.

Seit wann er ein Geschäftsmann war?

Nun, es hatte sich eben so ergeben. Man musste Gelegenheiten beim Schopfe packen, wenn sie sich ergaben. Die kleine Wunde, die er aus dem Kampf davongetragen hatte, war schnell verheilt. Die Narbe war kaum noch zu sehen. Er hatte gehört, dass man Leila in Englisch und Französisch unterrichtete. Das freue ihn sehr, denn so könne sie ihn im nächsten oder übernächsten Jahr nach Lourdes begleiten. Für neue Geschäfte …

Robin fröstelte, obwohl es überhaupt nicht kalt war. Dann stand sie wieder auf und schüttelte sich, um die bitteren Gedanken loszuwerden, die sich auf einmal hinter ihrer Stirn tummelten. Sie würde Leila wiedersehen, worauf sie sich von ganzem Herzen freute – und das war im Augenblick das Allerwichtigste. Außerdem wurde es nun langsam Zeit für den Abstieg.

Ihr Pferd schien ihren unausgesprochenen Gedanken mit einem Schnauben beipflichten zu wollen, und ein anderes stimmte ihm in der gleichen Sprache zu.

Robin verharrte und lauschte. Was war das gewesen? Sie ließ den Blick über die Anhöhe und hinab in die Ebene schweifen, konnte aber nirgendwo etwas Verdächtiges ausmachen. Hatte sie wirklich ein zweites Pferd schnauben gehört? Unmöglich. Jedenfalls war weit und breit nichts zu sehen.

Doch dann hörte sie es noch einmal, und dann ein gedämpftes Scharren. Die Laute schienen direkt aus dem Stein unter ihr zu kommen. Sehr leise nur und doch unüberhörbar.

Sie eilte zu dem Abhang, kroch auf den Knien bis an die Kante heran und blickte hinab. Dort unten sah sie aber nichts als dichtes, teilweise mit Dornen versehenes Gestrüpp, das von unten am Stein hinaufkletterte und von oben über die felsige Kante wucherte. Trotzdem: Dieser Hügel musste eine Höhle haben. Vielleicht verbarg sich ein Zugang hinter all den dünnen Zweigen und Ranken.

Robin erwog, in die Tiefe zu springen und nachzusehen, verwarf die Idee aber schnell wieder. Wenn der Eingang zu der Höhle sich genau an dieser Stelle verbarg, würde sie vielleicht direkt vor dem fremden Pferd im hohen Gras landen – und zwar mit einem verräterischen Laut und nur getrennt durch einen Vorhang aus Grünzeug und dünnem Geäst. Und wo ein Pferd war, da war schließlich auch ein Reiter.

Johannes von Nablus?

Hatte sie vielleicht gerade den Zugang zu dem Ort entdeckt, an dem Vulgar zu Bravia und die anderen Templer sich versteckten? Zu dem geheimen Platz, an dem sie Leila gefangen hielten? War sie seit Monaten so dicht bei ihr gewesen? Hatte sie praktisch in unmittelbarer Nachbarschaft gewohnt? So nah …?

Robins Puls begann zu rasen, und ihr Atem beschleunigte sich. Sie musste sich beherrschen, um nicht wenigstens hinabzuklettern und nachzusehen, aber sie durfte sich keinen Fehler erlauben. Von Nablus erwartete sie heute Abend, in weniger als einer Stunde. Er rechnete damit, dass sie kommen würde, und darum ließ er gewiss besondere Vorsicht walten, wenn er das Versteck verließ. Sie durfte nichts überstürzen. Stattdessen wollte sie sich darum bemühen, vollkommene Ahnungslosigkeit vorzutäuschen, wenn sie die Hügelkette gleich wie geplant umrundet hatte und sich dem Treffpunkt von der anderen Seite aus näherte. Sie würde die Zeit mit Leila genießen und dann vorgeben, zum Hof der Bauernfamilie zurückzukehren. In Wirklichkeit jedoch würde sie auf der anderen Seite der Anhöhe im Wald ausharren, bis der Templer sich wieder in Sicherheit wiegte und durch den geheimen Zugang in das Versteck zurückkehrte. Und dann würde sie ihm folgen.

Leise erhob Robin sich wieder, packte ihren Hengst an den Zügeln und machte ein paar Schritte in die Richtung, aus der sie gekommen war. Da bemerkte sie aus den Augenwinkeln eine Bewegung in einiger Entfernung. Sie beschattete die Augen mit der Hand, um besser sehen zu können, und erkannte zwei dunkle Punkte, die sich über die Ebene auf die Hügelkette zubewegten. Zwei Reiter …

Erst als sie sich ihr auf rund zweihundert Schritt genähert hatten, machte Robin sie mit nunmehr tränenden Augen als zwei Männer aus. Einer von ihnen hielt ein Kind im Arm. Er war von weit überdurchschnittlicher Größe, und sein Haar leuchtete wie Feuer im Licht der tief stehenden Sonne. Vulgar zu Bravia!

Robin hatte überhaupt keinen Zweifel, dass er es war. Sein Begleiter musste Johannes von Nablus sein. Sie konnte seine außergewöhnlichen Lockenpracht schon über diese relativ große Distanz erkennen.

Aber wer war dann der Reiter, der in der Höhle lauerte?

Die Antwort auf ihre Frage brach aus dem Gestrüpp, das den Zugang verdeckte, als zu Bravia und von Nablus auf weniger als fünfzig Schritt herangekommen waren. Scheinbar aus dem Nichts schoss ein gerüstetes Schlachtross mit einem schrillen Wiehern auf die beiden Ritter zu, dicht gefolgt von drei weiteren berittenen Soldaten. Die Schabracken der Pferde waren in Grün- und Blautönen gehalten, und einer der Fremden trug eine Lanze, an der eine Fahne mit einem Wappen wehte, das Robin noch nie zuvor gesehen hatte. Es zeigte einen gekrönten Jungfrauenadler. Ein Mischwesen, halb Mensch, halb Vogel.

Als sie den ersten Schrecken überwunden hatte, schwang Robin sich in den Sattel und rammte ihrem Hengst die Fersen in die Seiten. Sie vergeudete keinen Gedanken mehr darauf, ob sich das Tier verletzen könnte, wenn es mit der Last, die sie darstellte, fast eine Mannshöhe in die Tiefe sprang. Sie tat es einfach. Diese Männer, wer auch immer sie waren, jagten schnurgerade auf die beiden Templer zu, von denen einer ihre kleine Tochter in den Armen hielt. Robin hatte Leila längst erkannt, obwohl sie ihr tatsächlich das Haar geschoren hatten. Sie hörte sie quietschen und irgendetwas rufen. In wenigen Augenblicken würde Leila sich inmitten eines blutigen Gefechts wiederfinden. Robin musste sie holen, sofort!

Kaum dass die Hufe des Pferdes festen Boden berührten und ein heftiger Ruck durch ihrer beider Leiber fuhr, riss Robin Kayas Schwert aus der Scheide. Der Hengst protestierte mit einem schrillen Laut gegen die grobe Behandlung, und seine Hufe gruben sich fast bis zu den Fesseln in den Untergrund. Für einen Moment brach er aus, aber wenigstens war er nicht gestürzt, und als Robin die Zügel kurzerhand losließ und die Finger stattdessen in seine Mähne grub, um sich auf seinem Rücken zu halten, beruhigte er sich wieder. Trotzdem verlor sie durch seinen Widerstand kostbare Zeit.

Von Nablus und zu Bravia hatten ihre eigenen Pferde herumgerissen und jagten nun in die Richtung zurück, aus der sie gekommen waren. Die fremden Reiter folgten ihnen schreiend und mit gezückten Waffen. Ein weiteres Mal trieb Robin ihren Hengst praktisch aus dem Stand zu voller Leistung an. Doch gerade als er die ersten Schritte auf die Ebene hinaus getan hatte, teilte sich das Gestrüpp hinter ihr erneut. Der Hügel spie zwei weitere Soldaten auf kräftigen Schlachtrössern aus.

Ehe Robin wusste, wie ihr geschah, fand sie sich zwischen zwei kräftigen, mit Kettenhemden und Helmen gerüsteten Fremden wieder. Bevor sie in irgendeiner Weise darauf reagieren konnte, fühlte sie sich an den Haaren gepackt und rückwärts vom Rücken ihres Pferdes gerissen, das nun ohne sie über die Ebene sprengte.

Robin schrie, während sie rücklings auf den Boden hinabsegelte. Ohne nachzudenken, hieb sie mit dem Schwert nach dem Arm, der sie aus dem Sattel gerissen hatte; dann schlug sie unsanft auf. Sie hatte den Fremden in der Armbeuge getroffen, und ein Unterarm mit einem gepanzerten Handschuh landete nur einen Lidschlag nach ihr auf dem Boden. Als er merkte, dass er einer wichtigen Extremität beraubt worden war, schrie auch der Soldat und stürzte vom Rücken seines Pferdes. Blut schoss in Fontänen aus dem Armstumpf und spritzte Robin ins Gesicht.

Sein Gefährte sprang fluchend aus dem Sattel und trat Robin mit voller Wucht gegen das Nasenbein. Bunte Punkte flimmerten vor ihren Augen. Für einen kurzen Moment nahezu blind, versuchte sie trotzdem, auf die Beine zu springen. Dabei schlug sie wie wild mit ihrer Waffe um sich. Sie traf auf Widerstand, aber es war nur die Panzerung des Pferdes, das schnaubend einen Schritt zur Seite tat. Zum Glück kehrte ihre Sehkraft fast so schnell zurück, wie sie sie verloren hatte – der zweite Soldat war verschwunden!

Mit rasendem Herzen wirbelte sie herum, brachte die Bewegung aber nicht ganz zu Ende, weil sie sich erneut am Schopf gepackt fühlte. Jemand riss ihren Kopf in den Nacken und presste ihr etwas Nasses, scharf Riechendes ins Gesicht, das ihr den Atem raubte. Robin wehrte sich gegen den Griff und versuchte zu schreien, aber auf einmal spürte sie einen heftigen Schwindel in sich aufsteigen. Ihre Knie wurden weich, ihre Arme taub und ihre Augen blind.

Das Letzte, was sie wahrnahm, war eine dunkle Stimme, die so nah klang, als wäre sie ihrem Kopf entsprungen.

»Beruhige dich«, sagte die Stimme aus der Finsternis, die sie auf einmal einhüllte. »Wir sind hier, um dir zu helfen. Jetzt wird alles gut …«

24. KAPITEL

Als Robin wieder zu sich kam, stellte sie fest, dass sie an Händen und Füßen gefesselt war. Der Mann, der ihr angeblich helfen wollte, hatte sie über den Sattel des zweiten Pferdes geworfen. Die Zügel hielt er locker in der Hand, während er neben ihr herritt. Der Besitzer des Tieres, über dem Robin hilflos mit dem Kopf nach unten hing, war nirgends zu sehen. Offenbar hatte der Soldat den Mann, den sie schwer verletzt hatte, einfach zurückgelassen, oder er war längst verblutet. Wahrscheinlich eher Letzteres. Sein Blut verkrustete noch immer die Wimpern ihres rechten Auges. Ihr Schädel dröhnte, und in ihrem Mund lag ein widerwärtiger Geschmack, als hätte sie eine Ratte totgekaut.

Benommen versuchte sie den Kopf zu heben, um zu dem fremden Reiter aufzublicken, schaffte es aber nicht. »Wohin … bringt ihr mich?«, fragte sie mit brüchiger Stimme. »Und wer seid ihr?«

Der Mann antwortete nicht, sondern trieb die Pferde weiter den Pfad entlang durch den Wald. Aus den Augenwinkeln erkannte Robin, dass dieser sich weiter vorn zu lichten begann. Allzu lange konnten sie noch nicht unterwegs sein; höchstens zwei Stunden, denn die Sonne war noch nicht vollständig untergegangen, und die letzten Strahlen verpassten der Landschaft einen milden, orangegelben Anstrich.

»Wir müssen umkehren!« Robin versuchte es erneut in flehendem Tonfall. »Die Templer ... Sie haben meine Tochter ...«

Nichts. Vielleicht war der Soldat taub oder stumm oder beides zusammen. Aber konnte das sein? Er war doch derjenige, der zu ihr gesprochen hatte, ehe ...

Ehe was genau geschehen war? Robin erinnerte sich an das nasse Tuch und den beißenden Geruch. Dann hatte sie das Bewusstsein verloren, einfach so. Dabei hatte er sie nicht einmal besonders lange am Atmen gehindert. Nur für die Dauer weniger Sekunden, schätzte sie.

Sie passierten die letzten Baumreihen und erreichten einen kleinen Hügel, auf dem ein schmuckes Anwesen thronte. Robin hörte Wimpel im Wind flattern – wahrscheinlich waren sie grün und blau. Als sie das Anwesen erreichten, erspähte Robin auch andere Häuser, die sich an der anderen Seite um die Erhöhung drängten. Eine sehr kleine Stadt oder ein größeres Dorf. Wo zum Teufel waren sie hier? Doch dann schüttelte Robin stumm den schmerzenden Kopf, denn im Grunde war die Antwort auf diese Frage unerheblich. Es war nicht wichtig, wo sie waren, denn ganz gewiss waren sie nicht dort, wo Leila war. Und das war alles, was Robin in diesem Moment wollte: dort sein, wo sich ihre Tochter befand.

Sie erinnerte sich an ihre letzten Eindrücke vor der Bewusstlosigkeit. Vulgar zu Bravia und Johannes von Nablus hatten ihre Pferde an den Zügeln herumgerissen und vor den Fremden über die Ebene zurückzustürmen versucht.

Ob es ihnen wohl gelungen war, die Verfolger, die plötzlich aus dem Nichts erschienen waren, abzuhängen? Oder hatten sie sich dem Kampf schließlich doch noch gestellt – mit Leila in ihrer Mitte?

»Bitte!«, flehte sie erneut, während der Soldat absaß und beide Tiere über einen gepflasterten Hof auf das Tor des Haupthauses zuführte.

Der Soldat hämmerte mit der Faust gegen einen der hölzernen Flügel, auf denen ein Wappen mit dem gleichen Mischwesen prangte, das sie zuvor schon an der Lanze eines Reiters ausgemacht hatte. Noch bevor er die Hand ganz zurückgezogen hatte, schwangen beide Flügel auf. Offenbar wurden sie erwartet, denn schon im nächsten Augenblick eilten zwei weitere Männer in den einfachen Kleidern von Bediensteten aus dem Inneren des Hauses. Sie hoben Robin mit vereinten Kräften vom Pferd, stellten sie auf die wackeligen Beine und durchtrennten die Fesseln an ihren Füßen, damit sie sich aus eigener Kraft voranbewegen konnte.

»Dort entlang«, befahl der Soldat, der offenbar doch sprechen konnte, und deutete auf das offene Tor. Als sie nicht sofort reagierte, versetzte er ihr einen Stoß zwischen die Schulterblätter, der sie die drei steinernen Stufen zum Eingang hinaufstolpern ließ. Dann ergriff er sie hart am Oberarm und schleifte sie mit sich durch ein Gewirr von Gängen, die in regelmäßigen Abständen von Fackeln beleuchtet wurden und mit zahlreichen Bildern in blattgoldverzierten Rahmen geschmückt waren. Die meisten der Bilder waren Porträts adliger Männer und Frauen – wahrscheinlich Abbildungen des Hausherrn und seiner noch lebenden und toten Verwandten. Keines der Gesichter war Robin auch nur ansatzweise bekannt.

Irgendwann hielt der Soldat so abrupt inne, dass Robin erneut ins Stolpern geriet und ein stechender Schmerz ihre Schulter durchfuhr. Einer der beiden Diener, die ihnen gefolgt waren, überholte sie gesenkten Hauptes. Er klopfte an eine übermäßig breite und hohe Tür, deren kupferner Knauf von höchster Schmiedekunst zeugte, und öffnete sie, als eine männliche Stimme zu ihnen herausdrang. Rückwärts entfernte er sich wieder, während der Soldat den Raum betrat und Robin grob mit sich zerrte.

In dem weitläufigen Raum stand ein riesiges, mit zahlreichen Kissen und Decken ausgestattetes Bett, über dem sich ein transparenter Baldachin spannte. Außerdem erblickte Robin einen großen, über und über mit floralen Schnitzereien verzierten Schrank, einige prunkvolle Truhen und einen schweren Schreibtisch, vor dem ein mit einem Lammfell behängter Sessel mit der Rückenlehne zur Tür stand. Eine samtene Mütze ragte über die Lehne hinaus und bewegte sich, als der Soldat einen förmlichen Gruß äußerte.

Als sich daraufhin nichts regte, sagte der Soldat: »Ich bin gekommen, um Euch die Frau zu bringen, Herr.«

Der Mann erhob sich aus seinem Sessel und drehte sich zu ihnen herum. Er musste die vierzig schon vor geraumer Zeit hinter sich gelassen haben, trug einen dunkelgrünen Mantel aus edlem Samt und spitz zulaufende, viel zu groß wirkende Stiefel, die Robin an das alberne und unpraktische Schuhwerk ihres Schwiegervaters erinnerten. Seinen hellblonden Bart hatte er zu einer kunstvollen Frisur gestalten lassen, und er trug an jedem Finger einen breiten Ring mit mindestens einem glitzernden Edelstein.

»Oskar«, erwiderte er den Gruß des Soldaten erfreut.

»Ihr wart schneller, als ich gedacht habe … Warum ist die Frau gefesselt?« Als ihm Robins verkrampfte Haltung auffiel, trat sichtbarer Ärger in seine Züge.

»Sie wollte nicht freiwillig mit mir kommen«, antwortete der Soldat schulterzuckend.

Der Mann, dessen Namen Robin noch immer nicht kannte, schnaubte verärgert. »Das hat auch niemand erwartet. Wozu habe ich euch den Dunst der Seligen anvertraut, Oskar? Habt ihr sie nicht betäuben können?«

Betäuben können …, hallten seine Worte in Robins Kopf wider. Das nasse Tuch mit dem beißenden Gestank … Hatte er sie damit betäubt? Gegen ihren Willen einfach einschlafen lassen? Das war nicht möglich. So etwas gab es nicht!

Der Soldat machte eine entschuldigende Geste und begann, Robins Fesseln mithilfe eines Messers zu lösen. »Doch, das habe ich. Aber ich wusste nicht, ob die Wirkung lange genug anhalten würde, um sie hierherzubringen. Ich befürchtete, dass sie mir nicht zuhören, sondern gleich wieder eine Dummheit begehen würde. Sie hat Raphael den Arm abgeschlagen.«

»Hat er es überlebt?«, fragte der Mann, der zweifelsohne von Adel war.

»Nein, Herr.«

»Schade.« Diese Bekundung des Adligen schien Robin nur halbherzig zu sein. Er wandte sich ihr zu. »Ich hoffe, es geht Euch wieder gut. Ich weiß, der Dunst der Seligen hinterlässt manchmal schlimme Kopfschmerzen, aber das Teufelszeug wird seinem Namen dennoch gerecht. Ihr könnt Euch kein Bild davon machen, wie selig ich neulich um diese großartige Kreation war, als ich mir gleich zwei Zähne auf einmal ziehen lassen musste.«

»Wer seid Ihr?« Robin rieb sich die schmerzenden Handgelenke und fragte sich insgeheim, ob es möglich wäre, mit Anlauf durch das große Fenster über dem Schreibtisch ins Freie zu springen. Wahrscheinlich handelte sie sich dabei einige Schnittwunden ein, aber sie würde es überleben.

Ein Anflug von Irritation huschte über das Gesicht des Mannes. Dann lächelte er. »Oh … verzeiht! Ich habe mich noch gar nicht vorgestellt. Und Oskar hat es offenkundig versäumt, irgendwelche Erklärungen zu äußern. Ich bin Graf Gregor von Geestermünde zu Bramel. Aber Ihr dürft mich Gregor nennen – der Einfachheit halber. Ihr wart auf dem Weg zu mir.«

Robin starrte ihn an.

»Doran erreichte mich vor geraumer Weile mit der Kunde, dass Euch etwas zugestoßen sei«, erklärte von Geestermünde. »Natürlich habe ich sofort mehrere Soldaten ausgesandt, die nach Euch suchen sollten. Es war nicht einfach, Eurer Spur zu folgen. Sie verlor sich in Mariental. Ein junger Mönch wusste zu berichten, dass Ihr zwar dort gewesen, aber auch sehr plötzlich wieder verschwunden seid. Ohne den armen Salim – Gott hab ihn selig.«

Bei der Erwähnung von Salims Namen zog Robins Magen sich in schmerzhafter Erinnerung zusammen.

»Ich sandte einige Späher aus«, berichtete der Graf weiter. »Ich wusste, mein alter Freund Sinan würde es mir nie verzeihen, wenn ich nicht alles gäbe, um wenigstens sein Enkelkind zu finden, nachdem ich schon seinen Sohn nicht habe retten können. In einem Dorf erzählte man von einem Bauern, der seine Abgaben neuerdings nicht mehr an den Fürsten von Werden entrichte, sondern an den allerorts geschätzten Vulgar zu Bravia. Außerdem, so flüsterte man sich, stehe der Bauer auf einmal in Besitz einer eigenen Herde von Rindviechern – was natürlich maßlos übertrieben war, aber wir waren auf der richtigen Fährte. Vor einigen Tagen schließlich erreichte mich einer der Späher mit der Nachricht, dass er Euch gefunden zu haben glaube. Und nun seid Ihr hier.«

Robin funkelte ihn an. »Und Leila? Was ist mit dem Enkelkind Eures guten Freundes, welches zu retten Euer ehrenwertes Ziel war? Sie ist immer noch irgendwo da draußen bei Vulgar zu Bravia und seinen abscheulichen Gefährten! Ihr habt mich einfach eingefangen wie ein entlaufenes Tier. Und mich davon abgehalten, meine Tochter selbst zu befreien!«

Von Geestermünde lachte. »Aber das könnt Ihr doch gar nicht, Robin! Ihr seid eine Frau. Ihr bildet Euch doch nicht allen Ernstes ein, allein gegen mehrere Tempelritter antreten zu können? Und das braucht Ihr jetzt auch nicht mehr. Vielleicht habt Ihr gesehen, dass Oskar und Raphael von vier weiteren Männern begleitet wurden. Es sind meine besten Krieger.«

»Und was ist, wenn Eure besten Krieger versagen?«, fragte Robin zornig. »Was ist, wenn von Nablus und zu Bravia sie besiegt haben? Oder wenn Leila im Gefecht zu Schaden gekommen oder gar getötet worden ist? Ihr habt das zu verantworten, Gregor! Ihr ganz allein! Und Euer guter Freund Sinan wird Euch umbringen. Mit seinen eigenen Händen.«

»Es sind vier gegen zwei«, winkte von Geestermünde ab.

Robin wollte erneut auffahren, aber dann fiel ihr etwas auf. »Woher wusstet Ihr von unserer Verabredung?«, fragte sie misstrauisch.

Der Graf seufzte. »Ich sagte doch, meine Späher konnten Euch ausfindig machen. Einer kehrte zurück, der andere blieb vor Ort; nur für den Fall, dass Ihr den Hof des Bauern wieder verlassen würdet. Ich war noch unschlüssig, wie ich weiter vorgehen sollte, doch heute Morgen kam mein Späher hierher zurück, um von Eurer Verabredung für den Abend zu berichten. Und vor allem davon, dass der Templer Eure Tochter mitbringen wolle. Da beschloss ich, die Gelegenheit beim Schopfe zu packen und das Kind zu befreien.«

»Was Euch kläglich misslungen ist. Anderenfalls wären Eure Männer wahrscheinlich schon wieder hier.«

»Habt Geduld, Robin.« Der Graf seufzte und entließ dann Oskar mit einer Handbewegung. Der wandte sich ab, um den Raum zu verlassen, aber von Geestermünde rief ihn noch einmal zurück.

»Habt Ihr nicht etwas vergessen?«, fragte er mit einer hochgezogenen Braue.

Der Soldat zog eine Grimasse, griff in eine lederne Tasche an seinem Waffengurt und entnahm ihr widerwillig ein verschlossenes Tongefäß, das er dem Grafen aushändigte.

»Danke, Oskar«, sagte von Geestermünde frostig. »Und nun geht. Schickt mir einen Diener mit rheinischem Dollbier. Und mit einer Kanne von meinem besten Tee.«

Als der Soldat den Raum verlassen und die Tür hinter sich geschlossen hatte, setzte von Geerstemünde sofort wieder ein freundliches Lächeln auf. »So weit kommt es noch, dass er mit meinem vielleicht größten Schatz verschwindet.« Er schmatzte einen nassen Kuss auf das kleine Tongefäß. »Ihr könnt Euch nicht vorstellen, was mich dieses Zaubermittel gekostet hat. Es ist eine der Geheimwaffen Eures Schwiegervaters. Er hat ein Vermögen dafür verlangt.«

Robin folgte dem fest verschlossenen Gefäß mit Blicken, während der Graf es im Schrank verstaute. »Was ist das?«

»Wenn ich das so genau wüsste, hätte dieser Beutelschneider vom Berge mir nicht das Einkommen eines ganzen Jahres dafür abverlangen können. Ich nenne es den Dunst der Seligen, aber eigentlich hat es überhaupt keinen Namen. Jedenfalls nicht, soweit ich weiß. Euer Schwiegervater behauptet, es enthalte Halit, Kupferwasser, Glasmacherseife, Wasser aus muriatischen Quellen und Sumpfluft aus Methana. Ich habe sehr gebildete, kluge Menschen damit beauftragt, etwas Vergleichbares aus diesen Zutaten herzustellen; natürlich ohne die Sumpfluft aus Methana, denn Luft ist Luft.« Er lachte. »Bislang ohne Erfolg. Natürlich. Raschid wäre ein Dummkopf, wenn er dieses wunderbare Geheimnis einfach so preisgeben würde.«

Er drehte sich zu Robin herum, um den Blick seiner braungrünen Augen in ihre zu bohren. Sein Tonfall wurde plötzlich eindringlich. »Wo wir gerade von Geheimnissen sprechen: Der Späher hat mir von einem Gespräch erzählt, das er belauscht haben will. Von einem Gespräch zwischen dem Templer und Euch. Er sagt, Ihr seid ziemlich aus der Haut gefahren.«

»Bin ich das?« Robin wich dem Blick des Grafen aus, indem sie durch den Raum zu stapfen begann. Ihr Blick streifte die Schriften, die der Graf studiert haben musste, als sie hereingekommen waren. Skizzen, Abkürzungen und ein aufgeschlagenes Buch. Die eine Seite war sehr eng beschriftet, auf der anderen war eine Pflanze abgebildet, die Robin nicht kannte. Sie erinnerte sich daran, dass Scheich Raschid ad-Din Sinan von Geschäften mit seltenen Kräutern und Gewürzen gesprochen hatte.

»Wollt Ihr Euch nicht setzen?« Gregor von Geestermünde deutete einladend auf das große Bett. »Ich will nicht aufdringlich sein. Ihr könnt Euch auch gern auf dem Sessel niederlassen, aber das Bett ist mit Abstand bequemer. Nach so vielen Wochen in einer armseligen Bauernhütte wird es Euch geradezu paradiesisch erscheinen. Außerdem seht Ihr müde aus.«

Trotzig blieb Robin in der Mitte des Raumes stehen. »Wir müssen zurück. Ich muss wissen, dass Eure Soldaten Leila befreien konnten. Und dass sie unversehrt ist.«

Der Graf rollte die Augen. »Ihr seid nicht gut darin, auf das Geschick anderer Menschen zu vertrauen, nicht wahr?« Er seufzte. »Gleich bricht die Nacht herein. Wahrscheinlich würden wir meine Männer sowieso nicht finden. Aber wartet nur ab. Selbst wenn sie sehr gemächlich reiten, werden sie in weniger als einer Stunde hier eintreffen.«

»Und wenn nicht?«

»Sie werden kommen«, wiederholte von Geestermünde. »Und sie werden Eure Tochter mitbringen. Ich sagte doch, es sind meine besten Männer. Sie haben mich noch nie enttäuscht.«

Es klopfte, und einer der Diener trug zwei Krüge und zwei Becher herein und stellte sie auf einen entsprechenden Wink des Grafen auf dem wuchtigen Schreibtisch ab. In einem der Krüge dampfte würzig riechender Tee, der andere musste das verlangte Bier enthalten.

»Lass nur«, sagte von Geestermünde, als der Bedienstete einschenken wollte. »Ich komme allein zurecht. Du kannst gehen.« Nachdem der Mann verschwunden war, wandte er sich an Robin. »Tee oder Dollbier?«

Robin schüttelte den Kopf.

»Nun kommt schon. Ihr tretet meine Gastfreundschaft ja geradewegs mit Füßen. Ich lasse dieses Bier eigens aus dem westlichen Rheinland liefern. Einzig die Neusser verstehen es, Bier so zu brauen, dass es gleichsam beruhigt wie auf angenehme Weise erregt.« Er zwinkerte frech, ließ aber die Mundwinkel hängen, als Robin sich naserümpfend abwandte. Sie hätte zwar eigentlich nichts gegen einen Schluck Wasser oder etwas anderes gehabt, da noch immer schmutziges Rattenfell aus ihrer Zunge zu sprießen schien, doch auf das angebotene Bier wollte sie sich trotzdem nicht einlassen. Von Geestermünde wusste von dem Gespräch, das sie am Morgen mit dem Templer geführt hatte. Somit wusste er auch, dass es etwas gab, womit Vulgar zu Bravia und die anderen Templer dem Vatikan das Geld aus der Tasche zu ziehen vermochten. Er hatte gerade schon einmal versucht, sie darüber auszufragen, und nun wollte er sie mit Alkohol gefügig machen. Das war nur zu offensichtlich. Aber Robin würde nicht über das sprechen, was sie von Johannes von Nablus erfahren hatte. Niemals und mit niemandem. Sie hatte es selbst nicht wissen wollen und wünschte, sie könnte es einfach aus ihrem Kopf verbannen.

Außerdem würde sie ohnehin nur noch mehr Unheil anrichten, wenn von Geestermünde ihr glaubte. Sie wusste nicht, was er tun würde, aber so, wie sie ihn einschätzte, würde er versuchen, in irgendeiner Weise von diesen Auskünften zu profitieren. Damit würde er sich vermutlich selbst ins Verderben reiten.

»Oh«, sagte der Graf bestürzt. »Manchmal denke ich einfach zu wenig nach. Zuerst biete ich Euch mein weiches Bett an und dann auch noch ein Bier mit erregender Wirkung. Ich muss Euch ja erscheinen wie ein lüsterner alter Schmierfink … Vielleicht möchtet Ihr stattdessen etwas von dem Tee?«

»Ich möchte meine Tochter sehen.«

»Das werdet Ihr auch dann, wenn Ihr während des Wartens einen Becher Tee zu Euch nehmt.« Von Geestermünde schenkte ihr ein und drückte ihr den Becher einfach in die Hand. »Und nun setzt Euch wenigstens auf den Sessel. Meine Männer werden Eure Tochter unverzüglich in meine Gemächer geleiten, sobald sie hier eintreffen.«

Robin musterte ihn noch einen weiteren Moment trotzig, doch dann besann sie sich darauf, dass sie das kindische Verhalten, mit dem sie Salim einst das Leben Tag für Tag erschwert hatte, endgültig hatte ablegen wollen. Sie ließ sich in den Sessel fallen. Der Tee war so heiß, dass sie sich die Lippen daran verbrannte, und schmeckte darüber hinaus absolut fürchterlich, aber wenigstens spülte er das Rattenfell von ihrer Zunge.

»Seht Ihr«, lächelte der Graf zufrieden, »eigentlich ist es doch gar nicht so schwer.«

Robin sah das völlig anders. Es fiel ihr sogar sehr schwer, tatenlos herumzusitzen, während sie noch immer nicht wusste, was sich auf der Ebene hinter den Hügeln zugetragen hatte. Würden von Geestermündes Soldaten tatsächlich bald mit ihrer Tochter hier auftauchen? Was sollte sie tun, wenn zu Bravia und von Nablus mit Leila entkommen waren? Angesichts des Verrats, den sie Robin in diesem Fall zwangsläufig andichten mussten, würden sie Leila wahrscheinlich direkt töten – wenn sie es nicht schon jetzt getan hatten. Und dann würden sie nach ihr selbst suchen, um auch ihr das Leben zu nehmen. Auf der anderen Seite: Welche Rolle spielte das dann noch? Wenn ihre Tochter nicht mehr am Leben war, dessen war Robin sich sicher, dann wollte sie es auch nicht mehr sein. Leila war alles, was sie noch hatte.

Oder eben nicht hatte.

Sie nippte an dem bitteren Tee, und eine Träne kullerte ihr über die Wange und tropfte in den dampfenden Becher. Eine Träne, die unterging, wie Robin selbst es tun würde, wenn die Männer des Grafen versagten …

Von Geestermünde trat an ihre Seite, wischte ihr eine weitere Träne aus dem Gesicht und versuchte einen Arm um ihre Schultern zu legen. Robin zuckte zusammen, worauf er entschuldigend wieder zurücktrat.

»Es ist guter Tee«, bemerkte er und leerte dann selbst mit einem einzigen Zug einen Becher Dollbier. »Er beruhigt die Nerven.«

Robin nahm demonstrativ einen größeren Schluck von dem eigentlich immer noch viel zu heißen Getränk. Das hatte den Vorteil, dass sie sich die Zunge dermaßen verbrühte, dass sie den bitteren Geschmack des nächsten Schluckes kaum noch wahrnahm. Sie bereute es ein wenig, nicht auf das Angebot eingegangen zu sein, sich auf dem Bett niederzulassen, denn auf einmal fühlte sich ihr nach wie vor schmerzender Kopf fürchterlich heiß und schwer an. Vielleicht eine weitere Nachwirkung des Dunstes der Seligen. Äther des Teufels wäre jedenfalls eine viel zutreffendere Bezeichnung für das Höllenzeug gewesen, mit dem dieser Oskar ihr die Sinne geraubt hatte.

Und wo sie gerade über ihre Sinne nachdachte: Auf einmal fiel ihr auf, wie außergewöhnlich farbenprächtig das Buch auf dem Tisch illustriert war. Die winzig kleinen Buchstaben daneben begannen zu wachsen, zu schrumpfen und schließlich wieder zu wachsen …

Ihr schwindelte.

Graf Gregor von Geestermünde schlang ihr erneut einen Arm um die plötzlich zitternden Schultern, und dieses Mal wehrte sie sich nicht.

»Was ist los mit Euch, Robin?«, fragte er besorgt. »Ihr seht überhaupt nicht gut aus. Kommt. Ihr solltet Euch einen Moment hinlegen.«

Mit sanfter Gewalt hob er sie aus dem Sessel und lenkte sie durch den Raum, um sie auf der Bettkante abzusetzen. Ihre Sohlen schienen den Boden nicht zu berühren. Ihr war, als ob sie schwebte, und das machte ihr Angst.

Der Graf strich ihr beruhigend über die feuchte Stirn. »Alles wird gut, Robin«, versprach er. »Bald wird alles wieder gut.«

Robin versuchte sich auf all die Umstände zu konzentrieren, die sie hierhergeführt hatten, aber es gelang ihr nicht richtig. Leila ... Sie musste Leila finden. Aber warum entglitt der Tonbecher nicht ihren Händen, obwohl sie ihn überhaupt nicht mehr zwischen den Fingern hielt? Sie sah es ganz deutlich: Da war mindestens ein Fingerbreit Platz zwischen dem Gefäß und ihrer Handfläche.

»Diese Templer müssen Euch Schreckliches angetan haben.« Der Graf ließ sich neben ihr auf der Bettkante nieder. Es wackelte, und Robin fühlte sich wie auf die *Aisha* zurückversetzt, als das Auf und Ab der Matratze einfach nicht mehr nachließ. »Euch und Eurer Tochter«, hörte sie von Geestermünde von irgendwoher sagen. Sie drehte den Kopf, um sich zu vergewissern, dass er noch immer neben ihr saß. »Vielleicht haben sie sie angefasst«, sagte der Graf, während er ihr traurig eine Haarsträhne aus dem Gesicht wischte. »Oder ihr noch Schlimmeres angetan ... Vulgar zu Bravia ist ein Verbrecher, der bestraft werden muss. Ich hasse ihn. Ich hasse ihn schon seit vielen Jahren. Und ich verstehe nicht, warum er immer alles bekommt, was er will; ganz gleich, wo er gerade auftaucht.«

»Ein Verbrecher«, wiederholte Robin und erschrak ein wenig über ihre eigene Stimme, denn sie klang, als gurgelte sie Wasser. Irgendetwas schien in ihrem Hals zu stecken. Sie versuchte, es mit einem weiteren Schluck Tee hinunterzuspülen. »Er hat … mir meine Tochter gestohlen. Dos Aguas hat meinen Ehemann getötet. Und sie …«

Sie erpressen die Heilige Kirche, wollte sie sagen. Aber war die Kirche denn heilig? Konnte man jemanden erpressen, der reinen Gewissens war? War sie reinen Gewissens? War sie Salim ein gutes Eheweib gewesen? Hätte sie Leila mit ins Abendland nehmen müssen? Waren das da unten wirklich ihre Füße?

Was geschah hier mit ihr? Warum konnte sie keine zusammenhängenden Gedanken mehr fassen?

Hingen sie wirklich nicht zusammen?

Robin hatte Angst. Sie war dankbar, dass von Geestermünde sie schützend an sich zog. Wann hatte sie zuletzt in einem starken Arm gelegen? Was würde Salim sagen, wenn er sie jetzt so sehen könnte? Konnte er sie sehen?

Von sehr weit her drang Hufgetrappel in ihre Ohren. Gregors Soldaten? Die Männer, die Leila bringen sollten? Sie setzte sich gerade auf, verlor fast das Gleichgewicht und ließ sich wieder in die schützenden Arme von Geestermündes sinken. Nie zuvor hatte sie sich so kraftlos und unendlich verletzlich gefühlt.

»Jemand muss Vulgar zu Bravia das Handwerk legen«, hörte sie den Grafen flüstern. »Für immer.«

»Für immer«, hörte sie sich selbst antworten.

Gregor von Geestermünde zu Bramel streichelte ihr

über die Schultern. »Wir werden ihm das Handwerk legen. Du und ich. Wir beide. Mit allem, was du über ihn weißt.«

Robin betrachtete die Schnitzereien auf dem Schrank. Sie entwickelten ein unheimliches Eigenleben. Sie riss den Blick davon los und grub ihr Gesicht in den samtenen Mantel des Grafen, um überhaupt nichts mehr sehen zu müssen. Von Geestermünde schlang nun auch den zweiten Arm um sie und zog sie dicht an sich heran. Einen Moment lang hielt er sie fest und wiegte sie sanft. Robin fühlte sich geborgen und behütet.

»Er erpresst den Klerus, nicht wahr?«, fragte der Graf. »Er hat irgendetwas in der Hand, wovor sie sich fürchten. Weißt du, was es ist?«

»Die Relikte … All die Dinge, die sie am Tempelberg fanden. Die Schriften des Jesus von Nazareth und …«

Warum erzählte sie diesem Menschen all das? Sie wollte nichts davon wissen und nicht darüber reden. Es war alles viel zu schrecklich!

Aber genau darum musste sie etwas dagegen unternehmen. Gegen Vulgar zu Bravia und den Inneren Kreis der Templer. Gegen den Heiligen Vater und sogar gegen Gott selbst, denn der existierte ja nicht, war nie gewesen, war nur eine Lüge, die …

»Und?« Der Graf streichelte ihr beruhigend den Rücken.

»Und das Neue Testament«, brachte Robin den Satz zu Ende. »Es ist eine Fälschung. Alles ist eine Fälschung!«

»Du redest wirr daher«, seufzte der Graf und schob sie ein Stück von sich weg. Robin fühlte sich wie in eisiges Wasser geworfen. Er konnte sie doch jetzt nicht einfach loslassen!

Endlich bemerkte der Becher, dass sie ihn schon lange

nicht mehr festhielt, und purzelte auf den Boden hinab, wo er zerbrach.

»Der gute Tee …«, tadelte von Geestermünde sie sanft und nahm sie wieder in den Arm. Allerdings nur, um sie in die weichen Kissen zu betten. »Kannst du irgendetwas von alledem beweisen? Hast du vielleicht einen Anhaltspunkt, wo sich all diese vermeintlichen Relikte finden lassen?«

Robin schüttelte den Kopf und bereute es in der nächsten Sekunde, denn nun schwankte auch der Baldachin. Der Graf gab einen enttäuschten Laut von sich und wollte wieder von ihr abrücken, doch dieses Mal sah Robin es kommen und krallte ihre Finger in den Ärmel seines Mantels. Sie zog ihn wieder zu sich hinunter. Er durfte jetzt nicht gehen und sie mit diesen fürchterlichen Eindrücken allein lassen. Unter der Decke über dem Baldachin flatterte ein Jungfrauenadler, das Wappentier des Grafen. Halb Frau, halb Vogel …

Von Geestermünde beugte sich zu ihr hinab und küsste ihre Lippen. Sein Mund war weich und warm.

Salim würde es verstehen. Sie hatte ein Recht darauf, glücklich zu sein. Nur für einen ganz kleinen Moment … Vielleicht hatte er ja sogar selbst die Geschicke von da, wo er jetzt war, gelenkt. Vielleicht hatte er Gregor von Geestermünde zu Bramel eigens für sie auserkoren, wenn er selbst doch nicht mehr bei ihr sein konnte, um auf sie achtzugeben und für sie da zu sein.

In ihrem Unterleib begann es heftig zu pulsieren, als sie von Geestermündes erregten Atem an ihrem Hals spürte. Sein Bart kitzelte ihre Haut. Seine starken und doch so weichen Hände tasteten sanft nach ihren Brüsten, durch ihrer beider Kleider hindurch spürte sie den Druck seines harten Gliedes an ihrem Oberschenkel …

… und die Tür schwang auf und krachte heftig gegen die Wand.

Robin erschrak. Für einen winzigen Moment übermannten sie Furcht und Ekel, und sie glaubte schon, sie hätte in die Wirklichkeit zurückgefunden. Doch das konnte nicht sein, denn jetzt zerplatzte eines der schreckensweit aufgerissenen Augen des Grafen einfach. Ein eiserner Bolzen trat schräg unter seinem Ohr aus dem Hinterkopf aus und nagelte das Kissen, auf dem Robin lag, an der Matratze fest.

Robin ließ sich wieder in die weichen Federn fallen. Sie versuchte den Leib des Grafen wieder auf ihren eigenen zu ziehen, um die entsetzlichen Trugbilder in einem kurzen Moment des Glücks zu ertränken. Doch auf einmal schien von Geestermünde doppelt so viel zu wiegen wie noch wenige Sekunden zuvor. Und auch als Robin die Lider für einen Augenblick schloss und dann wieder öffnete, klaffte noch immer die blutende Austrittswunde in seinem Hinterkopf.

Scheich Raschid ad-Din Sinan, der Alte vom Berge, schob eine kaum handlange, einer Armbrust ähnelnde Waffe in die Tasche seines reich bestickten Mantels. Dann durchquerte er den Raum mit trippelnden Schritten, riss den leblosen Grafen am Kragen vom Bett und ließ ihn auf den Boden fallen, um ihm einen verächtlichen Tritt zu verpassen. Danach wandte er sich Robin zu, die noch immer nicht wusste, ob sie wirklich glauben sollte, dass ihr Schwiegervater auf einmal hier war, oder ob sie noch immer in ihrem Wachtraum voller Wahnvorstellungen gefangen war.

Sinan schlug ihr ins Gesicht.

»Wie kannst du es wagen?« Robin kannte ihn jetzt

schon viele Jahre, aber sie hatte noch nie gesehen, dass er sich in unbeherrschtem Zorn gehen ließ. »Wie kannst du es wagen, kaum verwitwet, meinen armen geliebten Sohn so sehr zu …«

Er brach ab, runzelte die Stirn und packte Robin an den Schultern. Dann schüttelte er sie so heftig, dass ihre Zähne aufeinanderschlugen. Robin sah, was er nicht bemerkte: Sein Bart färbte sich dabei violett. Allem Schrecken zum Trotz musste sie lächeln.

»Oh, du Tochter einer verirrten Eselsstute und eines betrunkenen Rindviehs!« Scheich Sinan schlug die Hände über dem Kopf zusammen. »Er hat dir also eines seiner Hexengebräue untergejubelt. Wie konntest du nur so dumm sein! Komm.«

Er packte sie unter einer Schulter und stellte sie unsanft auf die Beine. Robin kippte vornüber, und er fing sie stöhnend auf und bettete ihren schweren Kopf auf seinen gewaltigen Bauch. Dann schnippte er zweimal mit den Fingern der freien Hand.

»Ümit! Sabri!«, rief er mit seiner hohen Stimme, die Robin in diesen Sekunden mehr denn je an die eines Eunuchen erinnerte. Sie kicherte. »Ruft Zeki und Fahrettin herbei … Was macht denn Doran hier? Und warum sieht sein Gesicht so zerschlagen aus?«

»Er näherte sich uns aus den Schatten«, hörte Robin einen der Assassinen antworten, während irgendeine fremde Macht schweren, kalten Ton um ihre Beine zu kneten begann. »Wir hielten ihn für einen Soldaten, und dann haben wir …«

»Ich will es nicht wissen!«, sagte der Alte vom Berge ungehalten. »Kommt her. Ihr werdet sie abwechselnd tragen müssen. Wenigstens bis zum Versteck der Pferde.«

25. KAPITEL

An das, was in den folgenden Stunden geschah, erinnerte Robin sich am folgenden Morgen nur noch unvollständig. Abwechselnd hatten sich die Assassinen ihren zur Trägheit verdammten Körper über die Schulter geworfen, um sie zu tragen, oder sie zu zweit unter den Armen gepackt, um sie mit sich zu schleifen, denn bis zu den Pferden war es meilenweit gewesen.

Jedenfalls war es Robin so vorgekommen. Mehr als einmal waren ihr die Augen einfach zugefallen, und wenn sie sie geöffnet hatte, hatte sie in das teils besorgte, teils vorwurfsvolle Gesicht ihres Schwiegervater geblickt – einmal aber auch in das einer Harpyie, und ein anderes Mal hatten die Bäume ihr aus leuchtenden Astlöchern zugezwinkert. Manches von dem, was sie gesehen hatte, war zweifelsohne wahr gewesen. Anderes entsprang ihrer vollkommen außer Kontrolle geratenen Fantasie, und bei wieder anderen Dingen war sie sich noch immer nicht ganz sicher.

Als sie die unscheinbare kleine Kapelle auf einer Lichtung im Wald hinter der Ebene erreicht hatten, hatte Sinan ihre Pferde an zwei reisende Händler übergeben.

»Sie nehmen den anderen Weg«, hatte Raschid lächelnd erklärt. »Den offiziellen zum klostereigenen Gestüt.«

Dann waren sie von einem Kapuziner empfangen worden. Das heißt, Robin hatte gedacht, er sei ein Kapuziner, denn er trug eine Kutte mit einer langen Kapuze. Aber dann hatte er eine versteckte Bodenklappe hinter dem Altar für sie geöffnet. Nachdem sie alle die steile steinerne Treppe hinabgestiegen waren, die darunter zum Vorschein gekommen war, und der Kapuziner mehrere Fackeln entzündet hatte, hatte er die Kutte abgestreift. Und darunter war das weiße Gewand eines Tempelritters zum Vorschein gekommen. Der fremde Templer hatte sie durch ein Gewirr von engen Gängen geführt. Dann hatten sie erst einen natürlichen Stollen, dann eine Höhle mit einer sehr niedrigen Decke und schließlich einen weiteren Stollen erreicht, der steil in die Tiefe führte. Mehr als einmal hatte Robin geglaubt, im flackernden Fackelschein grobe Zeichnungen auf dem unbehauenen Stein auszumachen: Zeichnungen, die Männer mit Speeren und riesige Elefanten mit gigantischen Stoßzähnen zeigten. Und obwohl das alles ihr recht wunderlich erschienen war, gehörte es trotzdem zu den Dingen, deren Robin sich auch nun, da sie in weiche Kissen gebettet in einer lichtdurchfluteten Kammer erwachte, relativ gewiss war.

Viel beängstigender war ihr der Anblick der bärtigen, vierfüßigen Männerköpfe aus Stein erschienen, die den Durchgang zur nächsten Höhle geziert hatten. Eine Art Altar, übersät von Zahlen, mysteriösen Symbolen und Abbildungen Furcht einflößender Mischwesen hatte auf einer Erhöhung in der Mitte der Höhle gethront, und darüber hatte ein Kreuz gebrannt.

Jetzt lag Robin in einer kleinen Kammer und fragte sich,

ob sie wirklich all das gesehen hatte, woran sie sich zu erinnern glaubte. Ja, dachte sie, während sie sich unsicher in dem Raum umzusehen begann. Es hatte tatsächlich gebrannt. Eiserne Ketten hielten das Symbol der Christen an der klafterweit entfernten Höhlendecke, und obwohl das Kruzifix nicht etwa aus Holz, sondern aus verrußtem Stein zu bestehen schien, hatte es lichterloh in Flammen gestanden. Vielleicht seit einer Ewigkeit und für immer …

Konnte es tatsächlich so gewesen sein, oder war das ein Trugbild gewesen, hervorgerufen durch den Hexensaft aus giftigen Pilzen und Kräutern, den Gregor von Geestermünde ihr verabreicht hatte, wie ihr Schwiegervater behauptete?

Bei der Erinnerung an das, was gestern Abend mit ihr geschehen war – was dieser widerwärtige Dreckskerl mit ihr gemacht hatte –, rann ihr ein eisiger Schauer über den Rücken. Außerdem schämte sie sich. Zitternd setzte Robin sich auf und zog die weiche Decke, die Johannes von Nablus herbeigetragen hatte, eng um ihre Schultern.

Johannes von Nablus …

Scheich Raschid ad-Din Sinan hatte sie tatsächlich in das Geheimversteck der Tempelritter gebracht – in ein Kloster angeblicher Kapuziner. Nach allem, was Robin in den vergangenen Monaten durchgemacht hatte, hätte sie eigentlich mit jeder Art von Verrat rechnen müssen. Trotzdem war sie zutiefst schockiert darüber, dass ihr eigener Schwiegervater sie geradewegs in den Schlund des Drachen geführt hatte. Und nicht nur das: Scheich Raschid ad-Din Sinan schien sogar ein enger Vertrauter des sogenannten Inneren Kreises der Tempelritter zu sein – vielleicht sogar eingeweiht in all ihre finsteren Geheimnisse.

Als sie in der vergangenen Nacht schließlich über eine

schmale Treppe und ein Labyrinth aus weiteren Gängen in das falsche Kapuzinerkloster gelangt waren, hatte er ein paar beschämend freundliche Worte mit Vulgar zu Bravia gewechselt, der ihn, die Assassinen und Robin an der Seite Johannes von Nablus' in Empfang genommen hatte. Robins kraftlosem Protest hatten die Männer nicht die geringste Beachtung geschenkt. Von Nablus hatte Sinan und sie in dieses kleine Zimmer im Südflügel der Anlage geführt und ihrem Schwiegervater den Schlüssel anvertraut.

Sinan hatte all die Fragen, die Robin auf der Zunge brannten, unbeantwortet gelassen. Sie solle sich ausruhen, hatte er gesagt, und zwar unter der warmen Decke, damit die giftigen Säfte, die ihren Geist verwirrten, ihren Körper mit dem Schweiß verließen. Außerdem zwang er sie, einen Becher einer tiefschwarzen Brühe zu trinken, die wie Kohle roch und vermutlich auch daraus bestand, und außerdem eine ganze Kanne lauwarmen Wassers.

Obwohl Robin gehorcht und sich bald schon viel besser gefühlt hatte, ließ er sie noch immer nicht zu ihrer Tochter. Immerhin versicherte er ihr aber glaubhaft, dass es Leila gut gehe und dass sie keinen Schaden von dem blutigen Gefecht zwischen den Soldaten Geestermündes und den beiden Templern davongetragen habe. Dann hatte er ihr eine gute Nacht gewünscht und war verschwunden. Robin hatte gehört, wie er den Schlüssel im Schloss gedreht hatte. Sie war jedoch nicht mehr in der Lage gewesen, sich zu vergewissern, ob er sie tatsächlich eingesperrt hatte.

Nun aber, da sie wieder erwacht war, wollte sie dies schleunigst nachholen. Robin stand auf und erschrak ein wenig darüber, dass sie doch noch so wackelig auf den Beinen stand. Sie rüttelte einen Moment an dem Türknauf, aber offenbar hatte Sinan wirklich den Schlüssel herumgedreht, und so eilte sie an das unverglaste Fenster, nur um festzustellen, dass die glatte Außenwand darunter mehr als vier Mannshöhen in die Tiefe reichte. Der Hof, den sie durch das Fenster sah, war vom geschäftigen Treiben mehrerer echter oder falscher Mönche erfüllt. Also kehrte sie zur Tür zurück und hämmerte mit der Faust dagegen.

Von außen drangen trippelnde Schritte zu ihr hindurch, und einen Moment später klapperte ein Schlüssel im Schloss.

»Guten Morgen, meine Träne des Orients«, begrüßte Sinan sie, nachdem er die Tür umständlich geöffnet hatte. »Ich hoffe, du hattest eine geruhsame Nacht.«

Robin versuchte, sich an ihm vorbeizuschieben, aber es gelang ihr nicht, denn seine Körperfülle nahm den Türrahmen fast völlig ein. »Ich will Leila sehen.«

»Aber, aber!« Sinan lachte und schob sie zwei Schritte zurück in die kleine Kammer. »Nicht so voreilig, mein Kind. In der Ruhe liegt die Kraft.«

Er zog die Tür wieder ins Schloss und drückte Robin auf den Schemel, der neben dem schmalen Bett das einzige Möbelstück im Raum war.

»Was soll das?« Robin versuchte, wieder aufzustehen, aber Sinan hatte den Schlüssel schon wieder gedreht. Dieses Mal von innen. »Warum lässt du mich nicht zu meiner Tochter? Ich muss Leila sehen!«

Scheich Sinan maß sie langsam vom Kopf bis zu den Zehen, und obwohl sein Mund weiter lächelte, entging ihr nicht der Kummer, der in seine Augen trat.

»Sie ist ... Ihr ist doch nichts geschehen, oder? Du hast mir versprochen, dass sie wohlbehalten ist!« Robin befand sich am Rande der Hysterie. Ihr Herz begann zu jagen, und kalter Schweiß bildete sich in ihrem Nacken.

Scheich Sinan machte eine besänftigende Geste. »Natürlich ist sie das. Es geht ihr gut, das kannst du mir glauben. Und du wirst sie sehen. Aber erst, wenn wir miteinander gesprochen haben.«

»Warum?« Robin erlaubte sich ein vorsichtiges Aufatmen. »Ich glaube, ich habe es verstanden. Dieser Vulgar zu Bravia ist ein Freund von dir. So einer von der Sorte wie von Geestermünde. Ein Freund von der Art, die man lieber nicht hat, weil man dann nämlich keine Feinde mehr braucht. Auf jeden Fall bist du jetzt hier – warum auch immer. Und alles ist gut. Wir können gehen. Leila und ich können gehen.«

Sinan schüttelte traurig den Kopf. »So einfach ist es leider nicht. Zunächst einmal wird Leila Fragen stellen. Viele Fragen, die du nicht beantworten kannst. Weil ich sie zuerst einmal dir beantworten muss.«

»Zum Beispiel?« Im Augenblick fiel Robin wirklich nichts ein, was sie von ihrem Schwiegervater wissen wollte. Außer vielleicht, warum er hier war. Ob er schon wusste, dass seine Hilfe für seinen Sohn zu spät kam. Und vor allen Dingen, ob er wusste, wer Salims Tod zu verantworten hatte. Aber all das hatte auch noch ein paar Stunden Zeit.

»Zum Beispiel wirst du ihr nicht erzählen, dass mein geliebter Sohn nicht mehr am Leben ist«, antwortete Sinan, als hätte er in ihren Gedanken gelesen. »Sie ist noch so jung. Ich habe Angst, dass sie nicht verkraftet, was schon wir beide kaum verarbeiten können.«

Robin zuckte die Schultern und starrte an seinem massigen Leib vorbei ins Leere. »Das hatte ich nicht vor. Weißt du, wer ihn getötet hat?«

Sinan nickte. »Das Schicksal. Zu Hause hätte es ihn einen

einzigen Gang zu einem muslimischen Arzt gekostet, und alles wäre gut gewesen. Aber in diesem viel zu kalten Land voller ungebildeter Menschen …« Er hob betrübt die Schultern. »Der Tod ist keine Strafe, sondern nur das unvermeidliche Ende eines jeden Lebens, Robin«, sagte er leise. »Er schmerzt nur diejenigen, die zurückbleiben und den Verlust eines geliebten Menschen verwinden müssen. Allah hat meinen Sohn zu sich genommen. Salim ist jetzt in der Djanna, wo Wasser und Milch und Honig fließen. Er ist in guten Händen.«

»Aber Dos Aguas …«, protestierte Robin, doch Sinan schnitt ihr mit einer unwirschen Geste das Wort ab.

»Er hat nur getan, was jeder andere auch getan hätte. Salim hat kopflos und überstürzt gehandelt. Alles andere war eine Aneinanderreihung unglückseliger Umstände und Zufälle.« Er seufzte tief. »Willst du denn nun überhaupt nicht wissen, warum ich hier bin?«

»Darf ich Leila sehen, nachdem du es mir erzählt hast?«, gab Robin zurück.

Sinan überging die Frage. »Ein Handelsschiff aus Bremen legte in Jerusalem an. Zufällig betrieb der Kapitän ein Geschäft mit einem meiner Handelspartner, und er erzählte von einer Dau, die man einige Wochen zuvor in Bremen festgesetzt hatte. Man bezichtigte die Mannschaft einiger unschöner Verbrechen. Dann erwähnte der Kapitän den Namen al-Amaris, und da setzte sich mein langjähriger Geschäftspartner unverzüglich mit mir in Verbindung. Schließlich wusste er, dass Atilla al-Amari regelmäßig Überfahrten für mich übernahm. Ich bin unverzüglich aufgebrochen, aber leider kam ich trotzdem zu spät.« Er machte ein betrübtes Gesicht.

»Wurde Atilla verurteilt?«, fragte Robin.

»Nicht nur das.« Sinans Miene drückte aufrichtiges Bedauern aus. »Das Urteil war schon vollstreckt, als ich Bremen erreichte. Atilla wurde gehängt. Meine größte Sorge war natürlich, dass man auch Salim, Leila und dich zum Tode verurteilt haben könnte, aber dann begegnete mir Sabri und berichtete, dass euch die Flucht gelungen sei und dass ihr euch nach Egesrode durchschlagen wolltet. In Egesrode stieß ich dann nach mühseligen Nachforschungen auf diesen jungen Wirt … Wie war doch gleich sein Name?«

»Clemens«, antwortete Robin. »Er war zurück in seinem Gasthaus?«

»War er denn zwischenzeitlich verschollen?«

Robin machte eine wegwerfende Handbewegung, insgeheim jedoch fiel ihr ein Stein vom Herzen. Jemand musste Clemens davon unterrichtet haben, dass der Verdacht des Hochverrats, den zu Bravia ihm angehängt hatte, wieder aufgehoben worden und er ein freier Mann war.

»Er erzählte mir, was sich zwischen den Templern und euch zugetragen hatte, und so brach ich sofort zu diesem Kloster auf. Ich kenne Vulgar zu Bravia schon sehr lange und sehr gut. Darum wusste ich, wo ich ihn finden konnte. Und vor allen Dingen Leila. Ebenso wusste ich, dass er es nicht wagen würde, ihr ein Haar zu krümmen, und dass er sie mir unverzüglich aushändigen würde. Als ich gestern hier eintraf, hörte ich von dem Zwischenfall mit den Soldaten meines geschätzten Freundes Gregor von Geestermünde, und ich ließ es mir nicht nehmen, persönlich bei ihm vorbeizuschauen.«

»Sinan, ich danke dir dafür, dass du gekommen bist und die Dinge in Ordnung gebracht hast. Ich bin wirklich gespannt auf die Einzelheiten, von denen du mir auf der Heimreise erzählen kannst. Wochenlang. Aber jetzt will ich zu meiner Tochter.«

»Du wirst hierbleiben«, sagte Sinan unvermittelt.

Robin glaubte sich verhört zu haben. »Wie bitte?«

»Leila wird mit mir nach Masyaf zurückkehren«, antwortete ihr Schwiegervater. »Du jedoch wirst hierbleiben. Bei deinesgleichen. Du wolltest doch ein Tempelritter sein, oder nicht? Es war doch der Traum des kleinen Mädchens aus einem namenlosen friesischen Dorf, das …«

»So war das nicht!« Robin sprang auf und starrte Sinan ungläubig an. »Du kannst nicht einfach mit Leila verschwinden und mich bei diesen Barbaren zurücklassen! Du … Du kannst mir meine Tochter nicht wegnehmen!«

Den letzten Satz hatte sie geschrien, aber Sinan hob unbeeindruckt die Schultern. »Dass du sie weder erziehen noch auf sie achtgeben kannst, hast du eindrucksvoll bewiesen. Ich werde mein Enkelkind in meine Obhut nehmen und ihr eine angemessene Erziehung zuteilwerden lassen. Und vor allen Dingen werde ich auf sie aufpassen.«

»Das wirfst du mir nicht vor, oder?«, brachte Robin fassungslos hervor. »Du machst mich nicht ernsthaft dafür verantwortlich, dass …«

»Es ist vollkommen egal, ob ich dich für irgendetwas verantwortlich mache oder nicht«, fuhr Sinan ihr über den Mund. »Robert von Sablé ist hier. Er möchte dich kennenlernen. Außerdem will er, dass du die Ausbildung beendest, die du einst so leichtfertig begonnen hast, und den zweiten Eid ablegst. Den Eid, der dich an den Inneren Kreis der Templer bindet. Während der vergangenen Jahre hat dich die Ehe mit meinem Sohn vor der Entscheidung der Templer geschützt. Doch irgendwann mussten sie sie fällen. Du hast dich in einer Grauzone zwischen dem Großmeister der Templer und mir bewegt. Das ist jetzt vorbei. Mit Salims Tod habe ich keine Handhabe mehr über das, was mit dir geschehen soll. Aber ich bin froh, dass von Sablé bereit ist, dir eine Chance zu geben, dich als würdiger Templer zu beweisen. Immerhin bist du die Mutter meines Enkelkindes.«

So, wie die Worte aus seinem Mund klangen, zweifelte Robin nicht daran, dass ihr Schwiegervater schon seit langer Zeit in die geheimen Machenschaften der Tempelritter eingeweiht war. Vermutlich zog auch er den einen oder anderen Faden in dieser verwerflichen Intrige, oder er ließ sich sein Schweigen wenigstens teuer bezahlen. Aber nichts davon war in diesem Moment für Robin von Belang.

»Du kannst deine Beziehungen spielen lassen!« Sie musste sich beherrschen, um ihn nicht am Kragen zu packen und zu schütteln. Nur mühsam beruhigte sie sich wieder. »Vielleicht hast du sogar recht, und ich bin wirklich keine gute Mutter. Möglicherweise ist Leila auf Masyaf tatsächlich am besten aufgehoben – zumindest fürs Erste. Aber ich werde dich begleiten. Weil ich bei Leila sein muss. Sie braucht ihre Mutter!«

»Und genau darum wird ihre Mutter hierbleiben«, erwiderte Sinan unerbittlich. »Weil ihre Mutter sonst sterben wird. Und ich kann überhaupt nichts dagegen tun. Du hörst mir nicht richtig zu, Robin. Es gibt klare Regeln und Vereinbarungen, was meine Zusammenarbeit mit dem Orden der Tempelritter anbelangt. Unsere Verbindung ist rein geschäftlicher Natur, aber sie ist auch sehr sensibel. Sie funktioniert seit Jahrzehnten; aber nur, weil beide Seiten genau wissen, wo der eigene Wirkungsbereich endet und der des anderen beginnt. Und ich werde unsere – wie ich gern gestehe – überaus lukrative Übereinkunft ganz bestimmt nicht deinetwegen aufs Spiel setzen. Noch dazu völlig unnötig. Was ist denn schließlich schon dabei?«

»Du weißt also über alles genauestens Bescheid. Vermutlich erzählst du mir gleich auch noch etwas von der Gottwerdung des Menschen durch Vervollkommnung seiner Seele. Wie unglaublich selbstlos ihr doch alle seid!«

»Unsinn.« Sinan war offensichtlich belustigt von dem Gedanken. »Ich könnte dir etwas von der Vervollkommnung meines Vermögens erzählen. Alles andere grenzte an Größenwahn. Aber von mir aus ...« Er zuckte die Schultern. »Es ist mir gleich, was ein paar Hundert Jahre nach meiner Zeit auf dieser Welt geschieht. Ob die Templer ihre Ideen durchzusetzen vermögen oder nicht und ob es den Menschen danach besser, schlechter oder ganz genauso geht wie jetzt. Ich bin ein alter Mann. Ich werde es nicht mehr erleben.«

»Dann bist du auch zu alt, um Leila ...«, begann Robin, doch Sinan ließ sie schon wieder nicht ausreden.

»Es ist doch nicht für immer, Robin. Wir reden von ein paar Monaten. Schlimmstenfalls von wenigen Jahren. Irgendwann wirst du die Sprache der Vögel sprechen. Du wirst die Ziele der Tempelritter teilen und ihre Regeln befolgen. Regeln, in die ich mich ebenso wenig einmische, wie sie sich in jene, die ich für meine Männer aufstelle. Du wirst endgültig eine von ihnen sein, und dann bist du wieder frei. In einem gewissen Rahmen zumindest. Du wirst deine Pflichten zu erfüllen haben, aber ganz bestimmt wirst du Leila besuchen können. So oft du willst, wenn deine Zeit es erlaubt.«

»Aber …«

»Ich werde sie jetzt holen, damit du dich von ihr verabschieden kannst.« Und mit diesen Worten beendete der Alte vom Berge die Diskussion. »Ich kann dich nur eindringlich darum bitten, ihr nichts zu versprechen, was du nicht halten kannst. Beherrsche dich deiner Tochter zuliebe, damit du sie weder verunsicherst noch enttäuschst.«

Damit warf er den Kopf in den Nacken, trippelte aus dem Raum und verriegelte die Tür hinter sich. Robin blieb nichts anderes übrig, als hilflos durch den Raum zu streifen. Nach einer gefühlten Ewigkeit kehrte Scheich Sinan zurück. Er brachte Johannes von Nablus mit und auch Vulgar zu Bravia, aber Robin hatte nur Augen für Leila, deren Finger in der gigantischen Pranke ihres Großvaters so zerbrechlich und winzig wirkten. Als sie Robin erblickte, riss sie sich los, fiel ihr um den Hals und plapperte los: »Mutter! Mater! Mère! Madre! Johannes hat mir beigebracht, den *flexus* zu benutzen! Und ich kann schon ein *épée* führen – nicht mehr das aus *bois,* sondern ein richtiges aus *ferrum!* Willst du das schöne *donum* sehen, das er mir vorgestern gemacht hat? Es ist draußen im *coemeterium!*«

»Im *coemeterium*«, wiederholte Robin leise und drückte Leila so fest an sich, wie sie konnte. Ihre Finger streichelten das kurz geschorene Haar ihrer Tochter, und sie spürte, wie sich ein bitterer Kloß in ihrem Hals bildete. Ihre Augen begannen zu brennen, doch das Letzte, was sie wollte, war, Leila mit ihren Tränen zu bekümmern. Sie musste sich zusammenreißen.

Robin grub die Nase in den dunklen, weichen Schopf und atmete den süßen Duft ihres kleinen Mädchens. Wenigstens hatten sie sie regelmäßig gewaschen.

»Das bedeutet Innenhof, nicht wahr?«, brachte sie mühsam und sehr leise hervor. »Mein Latein ist nicht das allerbeste.«

»Kirchhof«, verbesserte Leila sie und löste sich aus ihrer Umarmung. Mit beiden Händen griff sie nach Robins Gesicht, um den Blick ihrer schwarzen Augen tief in den ihren zu bohren. Eine Geste, deren Salim sich einst so häufig bedient hatte, wenn er ihr etwas Wichtiges zu sagen hatte. Mit ihrem kurzen schwarzen Haar und den endlos tiefen dunklen Augen sah sie ihrem Vater so ähnlich, dass Robin gegen den Drang ankämpfen musste, sich loszureißen und wegzusehen.

»Warum hast du mir nie die *vérité* über dein *gladius* und den Waffenrock erzählt? Wieso hast du mir nicht gesagt, dass du eine *bellatrix* bist?«, fragte Leila vorwurfsvoll.

»Macht es dir etwas aus, dich für eine Sprache zu entscheiden, in der du mit mir reden möchtest?«, antwortete Robin ausweichend, obwohl sie nur zu genau verstand, was Leila ihr vorwarf.

In den Augen der Kleinen blitzte es schelmisch auf. »Französisch oder Latein? Spanisch kann ich noch nicht so gut.«

»Deutsch oder Arabisch«, bat Robin.

Leila seufzte. »Also gut. Weil du es bist«, antwortete sie in einem Deutsch, aus dem Robin nun dreierlei Akzente herauszuhören glaubte. »Johannes hat mir alles erzählt. Ich weiß jetzt, dass du eine Kriegerin bist. Ich weiß, dass du König Balduin das Leben gerettet hast. Und dass du aufhören wolltest zu lernen, weil du dachtest, eine Mutter kann keine Kriegerin sein.«

Oh, ich war eine Kriegerin, dachte Robin betrübt, sprach es aber nicht aus. Jeden Tag, an dem du an meiner

Seite warst, und besonders in den Nächten, in denen du mir fehltest …

Laut sagte sie: »Ich wollte für dich da sein. Und für deinen Vater.«

»Ach – wir kommen doch zurecht«, winkte Leila ab. »Ich bin doch kein *jeune enfant* mehr – kein Kleinkind«, fügte sie hastig hinzu. »Du kannst ruhig hierbleiben und deine Geschicke an Schwert und Lanze üben. Großvater hat mir gesagt, dass du es dich nicht zu sagen traust, aber es ist überhaupt kein Problem, wirklich. Wir haben schon alles für die Heimreise gepackt. Aber zuvor will ich dir den Bogen zeigen, den Johannes mir geschenkt hat. Und die Zielscheibe im Kirchhof. Ich treffe fast immer ins Schwarze, du wirst staunen!«

Robin sah an ihrer Tochter vorbei zu ihrem Schwiegervater hin. »Was hat er dir gesagt, wohin er dich bringt?«, fragte sie.

»Nach Masyaf«, seufzte Leila. Allzu begeistert schien sie von dieser Aussicht nicht zu sein, und Robin hatte nichts anderes erwartet. Sie bedachte Sinan mit einem düsteren Blick, aber der schüttelte nur beschwichtigend den Kopf. »Nur, bis Vater und du wieder da sind«, wiegelte Leila ab. »Aber ich darf alle meine Waffen mitnehmen, und sogar das Pferd, das ich mir ausgesucht habe. Es heißt Stella, der Stern. Luna und Stella – das passt gut zusammen, oder?«

»Eine schöne Wahl«, bestätigte Robin wehmütig. Die Aussicht, sich von Leila trennen zu müssen, kaum dass sie sie nach so vielen Monaten endlich wieder in die Arme schließen konnte, zerriss ihr schier das Herz. Erneut kämpfte sie gegen die Tränen an. »Ich werde dich bald besuchen, das verspreche ich dir.«

Sinan schalt sie mit einem strengen Blick.

Leila strich ihr mit ihren kleinen Fingern durchs Haar. »Lass dir ruhig Zeit, und mach dir um mich keine Sorgen. Doran kommt schließlich auch mit. Und ich werde Großmutter besuchen. Großvater sagt, sie kennt noch viele andere Sprachen. Er behauptet, bald werde ich Reden schwingen wie ein Mudschahid, verhandeln wie ein jüdischer Kaufmann und den Krummsäbel schwingen wie ein Assassine.« Sie lächelte stolz.

Robin presste die Lippen aufeinander und nickte langsam. »Davon bin ich überzeugt.«

»Und jetzt komm endlich mit.« Leila ergriff sie an der Hand und zog sie ungeduldig in Richtung Ausgang. »Wollen wir doch mal sehen, wer von uns beiden der bessere Schütze ist!«

26. KAPITEL

Von diesem Tag an verriegelte niemand mehr eine Tür hinter Robin. Man machte ihr aber nur allzu deutlich klar, dass sie sich genauso gut in ihr eigenes Schwert stürzen könne, falls sie gedenke, das Kapuzinerkloster ohne Absprache zu verlassen oder dem Orden gar den Rücken zu kehren. Man würde sie finden und töten, wie ihr kein anderer als Robert von Sablé, der zukünftige Großmeister des Templerordens, höchstpersönlich erklärte. Darüber hinaus teilte man ihr mit, sie solle sich glücklich schätzen, dass Vulgar zu Bravia sich für sie eingesetzt habe. Wenn es allein nach von Sablé gegangen wäre, hätte man gleich kurzen Prozess mit ihr gemacht. Und zwar schon vor vielen Jahren. Besonders, nachdem der Innere Kreis in Erfahrung gebracht hatte, dass es sich bei dem legendären Robin von Tronthoff tatsächlich um ein Weib, um ein einfaches Bauernmädchen aus einem unbedeutenden Ort, handelte. Ihm sei es gleich gewesen, ob sie unter dem persönlichen Schutz Scheich Raschid ad-Din Sinans stehe oder nicht. Unfälle geschähen eben.

Aber, fuhr er fort, nun solle sie ihre Chance erhalten, denn sie habe ja schon das Wichtigste verstanden. Und irgendwann werde sie vielleicht auch begreifen, worum es wirklich gehe. Vulgar zu Bravia und Johannes von Nablus jedenfalls seien überzeugt davon, dass sie die Sache der Tempelritter irgendwann als ihre eigene annehmen und mit allen ihren Möglichkeiten unterstützen werde. Er selbst glaube jedoch nicht daran. Falls Robin aber wider Erwarten die Sprache der Vögel zu lernen vermöge und außerdem beweise, dass sie neben Glück auch über Geschick im Kampf verfüge, werde er sie unabhängig von ihrem Geschlecht und ihrer Geschichte für würdig befinden, den Waffenrock der Templer zu tragen. Dafür werde sie aber noch viele andere Dinge lernen und begreifen müssen. Auch ihre Treue zum Inneren Kreis der Templer werde sie immer wieder unter Beweis stellen müssen. Er selbst wolle in regelmäßigen Abständen über den Stand ihrer Entwicklung unterrichtet werden. Im Sommer des kommenden Jahres werde er zurückkehren und jeden einzelnen der Ordensbrüder, mit denen sie bis dahin verkehrt habe, eingehend befragen. Dann werde er eine endgültige Entscheidung treffen.

Der Frühling ging, und der Sommer kam. Robin wusste sich nicht anders zu helfen, als sich in ihr Schicksal zu fügen und zu tun, was auch immer Vulgar zu Bravia von ihr verlangte. Nachdem Robert von Sablé das falsche Kapuzinerkloster wieder verlassen hatte, stand der rothaarige Riese wieder an der Spitze der Hierarchie dieses Ortes. Nur zu oft übte sie sich unter seiner persönlichen Aufsicht an allen verfügbaren Waffen und fühlte sich dabei von sich selbst betrogen. Sie wusste ganz genau, dass sie niemals das Schwert für die angeblich selbstlosen Ziele der Templer schwingen würde, weil keiner von ihnen besser war als ihr Schwiegervater. Und der gestand wenigstens offen, dass es ihm lediglich um seinen persönlichen Profit ging.

Johannes von Nablus weihte sie in die Geheimsprache des Inneren Kreises und in ihre komplizierte Symbolik ein, führte sie durch jeden Winkel des Labyrinths unter dem Kloster, klärte sie über die durch und durch unheimlichen Zeremonien und Riten auf, die der Orden im Altarraum abzuhalten pflegte, und zeigte ihr, wie man das steinerne Kruzifix mit Griechischem Feuer zum Brennen brachte. Außerdem lehrte er sie Französisch, und Robin fühlte sich elend, weil es ihr verwehrt blieb, Leila zu besuchen und ihr zu beweisen, dass sie ihr Talent für fremde Sprachen ganz eindeutig von ihrer Mutter geerbt hatte. Sie durfte ihr nicht einmal einen Brief zukommen lassen, um zu beteuern, wie sehr sie all ihre Fehler bereue und wie sehr sie sie vermisse.

Auch umgekehrt erreichte sie kein Lebenszeichen von ihrer Tochter. Robin konnte nicht einmal beten, dass es ihr auf Masyaf gut ging und dass Raschid das Törchen ihres goldenen Käfigs häufig genug aufsperrte, um sie fliegen zu lassen. Einen Gott gab es für sie schließlich nicht mehr.

In den späten Abendstunden, wenn sie sich erschöpft an Körper und Geist in die kleine Kammer zurückzog, die man ihr überlassen hatte, stand sie oft stundenlang am Fenster und starrte auf Wedelohe hinaus. So nämlich hieß das von regem Leben erfüllte Dorf, durch das die Straße führte, die vor den Toren des Klosters endete. Sie beobachtete das emsige Treiben der Menschen, die sich als graue, braune und weiße Flecken zwischen den schlichten Lehmhütten und Fachwerkhäusern bewegten. Von hier oben wirkten sie winzig wie Spielzeug.

Robin wartete auf ein Wunder. Sie stellte sich vor, wie

Dutzende von gerüsteten Pferden durch die Gassen sprengten, geritten von vermummten Assassinen und angeführt von ihrem Schwiegervater. In ihren Tagträumen hatte der Alte vom Berge endlich eingesehen, dass er die Mutter seiner Enkeltochter nicht einfach im Stich lassen konnte, und deshalb kam er nun, um sie aus den Fängen der Templer zu befreien. Robin hatte nicht die geringste Ahnung, in welchem Rahmen Raschid ad-Din Sinan von seiner Verbindung zu den Tempelrittern profitierte – aber konnte denn wirklich irgendein Preis hoch genug sein, um dem eigenen Enkelkind dafür die Mutter zu nehmen und einer Mutter ihre Tochter? Gerade er, der doch soeben erst schmerzlich am eigenen Leib erfahren hatte, wie es sich anfühlte, ein Kind zu verlieren?

Aber ihr Schwiegervater kam nicht.

Immer wieder erwog Robin zu fliehen. Es schien so einfach zu sein. Das Kloster besaß ein eigenes Gestüt, und vermutlich müsste sie nicht einmal ein Pferd stehlen, wenn sie nur glaubhaft genug vorgab, dass sie ganz allein einen Ausritt machen wolle. Sie besaß noch immer ihren Mantel, in dem Münzen vom Wert einer alten, aber ertragreichen Weberei verborgen waren. Damit könnte sie sich eine ganze Weile über Wasser halten und sogar ins Morgenland übersetzen, wenn sie den Templern nicht zuvor in die Hände lief.

Aber was sollte sie dann tun?

Wenn der Alte vom Berge keinerlei Anstalten machte, sie von selbst aus den Fängen des Inneren Kreises zu befreien, würde er ihr gewiss auch keine Zuflucht in seiner Festung gewähren. Saila und Nemeth hegten und pflegten ihr Stadthaus vermutlich noch immer in dem Glauben, dass Salim und sie bald zurückkehren würden, aber dort würden die

Templer als Erstes nach ihr suchen. Falls Balduin überhaupt noch lebte, war er gewiss nicht mehr in der Lage, ihr zu helfen. Auch Bruder Abbé war ein alter kranker Mann, der seinen Ordensbrüdern darüber hinaus gewiss nicht in den Rücken fallen würde. Er hatte sie schließlich selbst von Anfang an belogen, indem er ihr so vieles verschwiegen hatte. Und so blieb Robin nichts anderes übrig, als auch den ganzen Sommer im Kloster zu verbringen.

Doch dann kam jener regnerische Morgen im frühen Herbst, an dem sich ihr Schicksal besiegeln sollte.

Im Morgengrauen bat Johannes von Nablus sie darum, nach Wedelohe zu reiten, um frische Milch für das gemeinschaftliche Frühstück zu erstehen. Gehorsam streifte Robin ein Kapuzinerhabit über den Mantel, den sie selbst zum Schlafen nicht ablegte, zog die Kapuze weit ins Gesicht, um sich vor dem heftigen Regen zu schützen, und eilte über den Hof. Sie betrat die Stallungen durch den schmalen Hintereingang. Die Stallburschen begannen mit dem Füttern und Ausmisten erst nach Sonnenaufgang, und so war sie überrascht, als sie eine Gestalt zwischen den Pferdeboxen erblickte. Als sie näher kam, erkannte sie, dass es sich dabei um Francisco de Dos Aguas handelte, der sich einen Sattel über die Schulter und Zaumzeug über einen Arm geworfen hatte. Offenkundig war auch er im Begriff, das Kloster schon zu früher Stunde zu verlassen.

»Oh«, sagte er anstelle eines Grußes.

In den vergangenen Wochen hatte sie es gut verstanden, ihm aus dem Weg zu gehen, denn sein Anblick kratzte immer wieder an der offenen Wunde, die ihre erste Begegnung in Egesrode in ihrem Herzen hinterlassen hatte. Nach wie vor nannte sie den Spanier im Geiste den Mörder ihres Ehemannes, auch wenn Salims eigener Vater Dos Aguas gewissermaßen die Absolution erteilt hatte. Auch ihrem guten Vorsatz, niemals ein Wort mit ihm zu wechseln, war sie nach diesem einen Ausrutscher damals im Wald hinter dem Haus des Bauern Olaf treu geblieben.

»Du darfst also reiten?«, fragte der Templer unbefangen, als pflegten sie dann und wann einen kleinen Plausch miteinander zu halten. »Ganz allein?«

Robin antwortete nicht, sondern kehrte ihm den Rücken zu und nahm ebenfalls einen Sattel und Zaumzeug von den Haken an der Rückwand des großen Stalles.

»Vulgar schenkt dir große *confianza*«, fuhr der Spanier fort, während Robin demonstrativ eines der schönsten und kräftigsten Tiere für sich wählte und es zu satteln begann. »Viel zu große. Johannes und er überschätzen dein Wesen. Oder unterschätzen, wie du es siehst.«

Er schüttelte den Kopf, öffnete eine der Boxen und lud Sattel und Zaumzeug auf dem offenen Tor ab, um dem Tier die Nüstern zu streicheln, während er weitersprach. Zu Robins Verärgerung hatte er es offenbar nicht besonders eilig. Umso hastiger bereitete sie ihr eigenes Pferd für den kurzen Ritt vor.

»Irgendwann im Leben, ein jeder muss finden seinen besonderen *destino*, verstehst du? Eine Aufgabe, die ihm bestimmt ist. Und Vulgar und Johannes glauben, deine Bestimmung ist zu sein eine *guerrera*. Aber ich glaube nicht an höhere Macht und Bestimmung. Ich glaube an *metas*. An Ziele.«

Robin verspürte nicht die geringste Lust auf philosophische Auseinandersetzungen; schon gar nicht mit dem Mörder Salims. In der Eile entglitt das Zaumzeug ihren Händen.

»Dein Ziel ist, bei deiner Tochter zu sein«, redete Dos Aguas weiter. »Du wirst niemals unseren Waffenrock tragen. Weil das Herz einer *guerrera* niemals stärker sein kann als das Herz einer Mutter. Du wirst sterben. Wenn Robert von Sablé zurückkehrt, du wirst sehen. Du kannst ihn nicht täuschen – genauso wenig wie mich.«

Robin erhob sich mit einem Ruck und funkelte den Templer über die Tore der beiden einander gegenüberliegenden Boxen hinweg an, sagte aber nichts. Kein Wort!, versuchte sie die Wut, die in ihr aufschäumte, zu besänftigen. Niemals würde der Spanier ihr auch nur eine einzige Silbe abringen – ganz gleich, was er daherredete!

»Du weißt, ich sage Wahres«, sprach Dos Aguas weiter, während er dem Ross das Zaumzeug anzulegen begann. »Du weißt, ich …«

Was auch immer er hatte sagen wollen, ging in einem lauten Wiehern unter. Der Hengst, in dessen Box der Spanier stand, bäumte sich plötzlich auf und streifte die Schläfe des Mannes mit einem der Vorderhufe. Dos Aguas schrie auf und stürzte rücklings durch das offene Tor des Verschlags. Mit einem dumpfen Laut landete er im Mittelgang zwischen den beiden Boxenreihen. Das Tier riss die Augen auf, als wäre es plötzlich von Dämonen beseelt, und trampelte über den Templer hinweg, während dieser vergebens versuchte, sich zur Seite weg in Sicherheit zu rollen.

Die Flucht des Pferdes endete vor dem verriegelten Tor der Stallungen, wo es verharrte und nervös schnaubend mit den Hufen scharrte. Dos Aguas regte sich nicht. Angesichts seines zertrümmerten Schädels glaubte Robin im ersten Moment, dass er tot sein musste, doch dem war nicht so.

Der Spanier stöhnte leise, als Robin zögerlich an seine Seite trat. Sein linkes Auge war zerquetscht, und die heftig blutende Wunde an seinem verformten Kopf war mit Knochensplittern gespickt. Seine zitternden Lippen formten einen stummen Hilferuf.

»Du hast recht«, flüsterte Robin, während sie sich wie im Traum nach dem Schwert des Tempelritters bückte, es aus der Scheide zog und an seine Kehle setzte.

Dos Aguas starrte ihr aus einem entsetzt aufgerissenen Auge entgegen. Offenbar gab er sich selbst tatsächlich noch eine Überlebenschance, wenn sie nur hinauseilte und Hilfe holte. Aber Robin wusste es besser: Niemand konnte eine solche Verletzung überleben.

»Mein Ziel ist es, bei meiner Tochter zu sein. Und ich werde nicht überleben, ebenso wenig wie du – ob ich bleibe oder gehe.«

Sie riss das Schwert in die Höhe und ließ es mit aller Kraft auf den Hals des Spaniers hinabsausen. Sein Körper zuckte ein letztes Mal, als sein Kopf durch das blutige Stroh kullerte.

»Aber ich werde in Freiheit sterben«, schloss Robin, während die Waffe ihren zitternden Fingern entglitt. »An einem besseren Ort. Jeder Ort ist besser als dieser.«

Und damit stapfte sie über den leblosen Körper des Mannes hinweg, der Salim getötet hatte. Sie verzichtete darauf, sich um Sattel und Zaumzeug zu kümmern, und schwang sich stattdessen auf den Rücken des ungesattelten Pferdes, das den Ruf der Freiheit vernommen und die Flucht versucht hatte. Robin hatte sich entschieden. Eher wollte sie sich in ihr eigenes Schwert stürzen, als – beraubt um alles, was ihr je lieb und teuer gewesen war – in Gefangenschaft zu leben.

Durch die Hintertür ritt sie ins Freie. Dann spornte sie das Pferd zu einem scharfen Galopp an und raste über den Vorhof, die Wiese, die das Kloster vom Dorf trennte, und durch Wedelohe hindurch. Sie sah sich nicht um. Sie dachte auch nicht darüber nach, wohin ihr Weg sie führen mochte, sondern ließ das Pferd entscheiden, welche Pfade es einschlagen wollte. Sie rastete kaum und stets nur kurz, mied Städte und Dörfer und versuchte sich von dem zu ernähren, was die Natur ihr bot. Jede Nacht schlief sie im Freien und nahm dafür in Kauf, das eine oder andere Mal vollkommen durchnässt zu erwachen und praktisch in einem fort zu frieren. Bald begann sie auch erbärmlich zu stinken.

Als sie nach Wochen, die ihr wie Monate erschienen, eine winzige Siedlung nahe des Rheins passierte, war sie längst kaum mehr als ein Schatten ihrer selbst. Aber was machte das schon? So spiegelte ihr Äußeres wenigstens wider, was von ihrem Inneren noch übrig war.

Sie hätte auch diese Ortschaft unbeachtet hinter sich gelassen, um für weitere Wochen oder Monate ziellos ins Ungewisse zu flüchten, hätte nicht ein Ochsenkarren ihren Weg gekreuzt, der sich auf dem Weg in die Siedlung befand. Zwei dunkle Schläfenlocken kräuselten sich unter dem Hut des bärtigen Fahrers, und auch der Mann, der ihn vor dem ersten Haus freundlich in Empfang nahm, war offenkundig ein Jude.

Und wenn Ihr irgendwann in Not geratet, hörte sie des alten Emmanuels Stimme auf einmal hinter ihrer schmutzigen Stirn flüstern, sucht die nächste jüdische Siedlung …

Sie zügelte ihr Tier und beobachtete die beiden Männer, die ebenfalls mit unverhohlener Neugier zu ihr hinblickten. Zwei, drei Atemzüge verharrte sie unschlüssig, dann entschied sie, es zu versuchen. Was hatte sie schließlich noch zu verlieren?

Robin saß ab und ging zu Fuß auf die beiden Juden zu. Das Pferd folgte ihr.

»Ich habe Emmanuel ben Ruben aus Jerusalem vors Kinn geschlagen«, sagte sie anstelle eines Grußes. »Und er hat mir verziehen.«

Der ältere der beiden Juden lächelte und führte sie in sein Haus.